Otto Julius Bierbaum

Prinz Kuckuck

*Leben, Taten, Meinungen und Höllenfahrt
eines Wollüstlings - 3. Band*

 Literaricon

Otto Julius Bierbaum

Prinz Kuckuck

Leben, Taten, Meinungen und Höllenfahrt eines Wollüstlings - 3. Band

ISBN/EAN: 9783959136143

Auflage: 1

Erscheinungsjahr: 2017

Erscheinungsort: Treuchtlingen, Deutschland

Literaricon Verlag UG (haftungsgeschränkt), Uhlbergstr. 18, 91757
Treuchtlingen. Geschäftsführer: Günther Reiter-Werdin, www.literaricon.de.
Dieser Titel ist ein Nachdruck eines historischen Buches. Es musste auf alte
Vorlagen zurückgegriffen werden; hieraus zwangsläufig resultierende
Qualitätsverluste bitten wir zu entschuldigen.

Printed in Germany

Cover: Adolph von Menzel, Im Biergarten, 1883, Abb. gemeinfrei

Nach einer im
Sommer 1907
von Karl Bauer
angefertigten
lebensgrossen
Lithographie

Prinz Kuckuck

Leben, Taten Meinungen und Höllenfahrt eines Wollüstlings

In einem Zeitroman
von
Otto Julius Bierbaum

*Die großen Epochen unsres Lebens liegen
dort, wo wir den Mut gewinnen, unser Böses
als unser Bestes umzutaufen.* [NIETZSCHE]

Dritter Band

Im Verlage von Georg Müller
München und Leipzig 1908

Vorwort

Indem ich diesen letzten und dickſten Band des Prinzen Kuckuck in die Hände meiner Leſer lege, von denen mich ſehr viele durch Briefe heftiger Ungeduld erfreut haben, darf ich es nicht unterlaſſen, um Abſolution von der zwar läßlichen aber auch häßlichen Sünde der Nicht-einhaltung eines gegebenen Verſprechens zu bitten. Was die Vollendung des dritten Bandes verzögert hat, war das Gefühl der Notwendig-keit, mir zuweilen einen weiteren Abſtand von dem bereits Niedergelegten zu gönnen, um da-mit für die Ökonomie des Ganzen einen klaren Überblick und mithin für das noch zu Geſtaltende das rechte Ausmaß zu gewinnen. — An die groteſke Legende als ſei der dritte Band längſt fertig geweſen, aber durch Ankauf beim Verleger nicht in den Buchhandel gelangt, und ich hätte mich erſt bereit finden laſſen müſſen, ihn in genehmerer Form nochmal zu ſchreiben, haben wohl nicht einmal die geglaubt, die ſie erfunden haben. Ich bin einigermaßen geſpannt darauf, mit welchen Phantaſieſchlüſſeln

die eifrigen Ausbeuter des Prinzen Kuckuck
die „Geheimnisse" des dritten Bandes er-
schließen werden. Sie davon zu überzeugen,
daß es in dieser Dichtung keine anderen Beziehungen gibt als solche, die aus dem Plan
des Werkes hervorgehen, gebe ich auf. Für
die Böswilligen unter ihnen muß jedoch not-
gedrungen bemerkt sein, daß insbesondere die
Stücke „Jonathan" und „David" auf keinerlei
„Beziehungen" von der Art zurückzuführen
sind, wie sie in der fixen Idee der spuken,
die nicht harmlose Ausleger dieses Buches,
sondern verleumderische Untersteller sind.

Lermoos in Tirol
in den Drei Mohren   O. J. B.
am 3. Oktober 1907.

Einteilung

(Inhalt des dritten Bandes)

Viertes Buch:
Zu Pferde und zu Hause .

Fünftes Buch:

Nachbericht

Erstes Kapitel: Der Büßer

(Ende des dritten Teils)

VIERTES BUCH

Zu Pferde und zu Hause

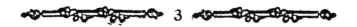
ERSTES KAPITEL
Der geborene Reiter

Erstes Stück: Felix

Henricus Felix Hauart amicus fühlte sich ausbündig wohl. So wohl, daß er beschloß, sich fürderhin Felix und nicht mehr Henry zu nennen.

Er schrieb in sein „Tagebuch", einen gewaltig dicken Lederband mit silbernem Anhängeschloß aus seiner Leipziger Zeit, der als Wichtigstes zahlreiche Mädchenadressen nebst beigefügten kurzen Charakteristiken enthielt, mit sowohl lapidaren wie wilden Zügen die Worte: „Endlich frei! Endlich die Zügel allein in der Hand! Endlich Herr meiner selbst und also — glücklich! Das Schicksal hat mich gerächt und — belohnt. Ich habe es aus seinem (IHREM) eigenen Munde. Die schwarze Perle glüht auf in einem geheimnisvollen Lichte und strahlt mir entgegen: Felix! — Es gab eine Zeit, da ich ein Knabe war, der Henfel hieß und glücklich schien. Diesen Knaben hat der Vater Karls ermordet. Dann kam eine Zeit,

da ich genannt wurde, wie es diesem Mörder
gefiel. Aber nicht er, sondern sein Sohn hat es
gemacht, daß dieser Name mir jetzt wie ein
Brandmal erscheint, auf eine Sklavenstirne ge-
prägt. Ich werfe ihn mit Abscheu von mir
und heiße mich von Schicksals Gnaden Felix.
So heiß ich, was ich bin!!!"

Wie angenehm das war, so schreiben zu
dürfen, ohne sich scheu umsehen zu müssen, ob
nicht zwei wasserblaue Augen über die Schultern
guckten und zwischen zwei rasiermesserscharfen
blassen Lippen das Wort hervorkam: „Affe!"

Nur im Traume genierte ihn Carolus poeta
noch ein paar Male. Nicht etwa in grauslicher
Form, gespenstisch, als Toter, — nein; das
wäre weniger fatal gewesen, als die durchaus
realistische, widerwärtig lebendige Manier, in
der sich der glücklich abgethane in den Träumen
seines Erledigers zum Worte meldete:

— „Wie siehst du wieder aus, Henry?
Wirst du dich denn nie anziehen können, wie
ein Europäer?"

— „Laß das! Schweig! Du kannst ja
Gips nicht von Marmor unterscheiden und verwechselst einen Lichtdruck mit einer Radierung.
Rede von Weibern oder Beefsteaks, aber nicht
von Kunst!"

Welch ein Wohlgefühl, nach solchen Worten
zu erwachen und sich mit dem Bewußtsein auf
die andere Seite wälzen zu dürfen: Gott sei
Dank, er liegt unter einer dicken Marmorplatte,

die bestimmt nicht gipsern ist, auf dem Sarazenenturm! Ich aber lebe und ziehe mich an
und rede fortan, wie Ich will.

Und ehe Felix nach Neapel zurückgereist war,
stellte Karl seine nächtlichen Besuche schon ein.
Er spielte auch in Felixens Traumleben keine
Rolle mehr.

Wer glücklich ist, der leicht vergißt. Und Felix
war glücklich. Er dachte nicht einmal mehr an
Berta.

Er dachte an Pferde und Uniformen, an
Reiten und Kommandieren. Doch kam dies
diesmal nicht von seinem reitenden Kosaken her,
obwohl er diesen und den seidenen Schlafrock
jetzt nicht weniger heilig und in Ehren hielt.

Onkel Jeremias war es gewesen, der diese
Gedanken in ihm lebendig gemacht hatte, indem er darauf hinwies, daß der auf Reisen
befindliche junge Grandseigneur eine Staatspflicht
habe, die sich jetzt nicht mehr verschieben lasse. Kein
halbes Jahr mehr, und der letzte Termin lief ab.

Anfangs hatte sich Felixens fürstlicher Sinn
dagegen empört. Er und eine Dienstpflicht!
Da er unbeirrt weiter in der Überzeugung
lebte, ein Erzeugnis fürstlicher Lenden zu sein,
fand er diesen Gedanken im Grunde ab-
geschmackt, aber die Vorstellung, welche Folgen
es haben mußte, wenn er auf Prärogativen
bestand, die nur von seiner persönlichen Überzeugung sanktioniert waren, erwies sich doch
als mächtig genug, ihn zu einem Pakt mit

der Realität zu bewegen. Und, wie immer, stellte sich hilfreich seine weitere Überzeugung ein, daß sein Stern doch schließlich alles zu seinem Besten lenke:

Nichts Besseres konnte ihm gerade jetzt beschieden sein, als Militärdienst. Das war der rechte Abschluß seiner Wanderjahre und vielleicht die Einleitung zu etwas Stabilerem. Seine rasche Phantasie sah bereits Perspektiven von kriegerischem Glanz, und es kam ihm mit Trällern eine Erinnerung an Frau Klara ins Ohr:

> Dort vergiß leises Flehn, süßes Wimmern,
> Da, wo Lanzen und Schwerter dir schimmern,
> Sei dein Herz unter Leichen und Trümmern
> Nur voll Wärme für Ehre und Mut!

Aber auch ohne Leichen und Trümmer erschien ihm seine nächste Zukunft sehr verheißungsvoll und heiter. Reiten, — ah! Und noch dazu in Uniform reiten! Den Säbel an der Seite, eine Lanze in der Faust, und alle Fenster der kleinen vornehmen Residenz mit Mädchenköpfen garniert, die ihm schwärmerisch entzückt nachschauten.

O ja: Felix war glücklich. Die angenehmsten Gefühle aus seiner Henfelzeit waren wieder munter in ihm geworden. Er war ganz kindisch vergnügt in seinen bunten Vorstellungen, die den lustig bemalten Vorhang zu einem neuen, entsprechend lustigen Akte seines Lebensspieles aufrollen ließen, nachdem ein grauer über einem

grauen gefallen war. Denn es erschien ihm
jetzt alles grau, was er auspiciis Caroli
poetae erlebt hatte.

Was sich im einzelnen nun begeben, wie
und wohin (zu welchen Höhen) ihn sein Stern
führen mochte, das überließ er ruhig diesem
hohen Regisseur. Wozu nachdenken? Weshalb
planen? Im rechten Momente kam sicher wieder
das Stichwort von der wunderbaren Frau.

Und der Akt setzte richtig mit dem Auftreten einer Person ein, die sich bald als be-
stimmend für den neuesten Schauplatz der Handlung erweisen sollte.

Im Vestibül des prachtvollen Hotels am
Meere, das Felix diesmal zu seiner Wohnstätte
in Neapel erkoren hatte, war ihm die elegante
Erscheinung eines jungen Deutschen aufgefallen,
der ihm dadurch noch besonders interessant wurde,
daß sein Diener ihn mit Durchlaucht anredete.
Er mochte mit Felix etwa gleichaltrig sein, sah
aber älter aus infolge der etwas vornüber-
gebeugten Haltung und seiner sonderbar welken
Haut. Felix wurde an Fritz Böhle, den mor-
phinistischen Zweibändermann, erinnert, doch
schien ihm das Air des Fremden noch vornehm
blasierter; wofür ihm freilich das Geistreiche
deutlich abging, das „Schniller" zumal beim
lebhaften Sprechen ausgezeichnet hatte. Die
jugendliche Durchlaucht hatte sogar etwas Blödes,
doch fand Felix, daß ihr dieser Zug gar nicht
schlecht zu Gesichte stand, und er ahnte nicht

mit Unrecht, daß er geflissentlich zur Schau getragen wurde, etwa mit der Bedeutung: Bitte, ich habe keinen Geist nötig. Ein ungewöhnlich großes Monocle im rechten Auge verhalf dem Antlitz zu einer interessanten Verzerrung.

Alles in allem: Der Herr sah gut aus. Felix erkundigte sich bei dem schweizerischen Portier, wes Nam' und Art der erlauchte Fremdling sei. Der freie Schweizer zog die Augenbrauen hoch, wie einer, der ganz Außerordentliches zu künden hat, und erklärte im Respektstone, das Wort Durchlaucht mit reichlichen Rachenlauten schmückend, Durchlaucht sei ein Prinz aus ehemals regierendem Hause, sein Name aber sei so lang, daß es schier unmöglich sei, sich ihn zu merken. Er bitte den Herrn also, das Chärtli auf der Fremdentafel zu studieren, wo er unter Nummer zehn stecke.

Und Felix las: Franz von Assisi Ferdinand Maria Arbogast Prinz von Durenburg und Zörringen zu Lohbuchheim.

— Eine feine Sache, so ein langer Name, dachte sich Felix. Und man begreift, daß solche Herrschaften einen kurzen, prägnanten Titel haben müssen. Man könnte sie sonst überhaupt nicht anreden. Prinz . . . Durchlaucht . . . Man kommt sich ganz nackt vor.

Es steckte doch ein bißchen Neid in diesen ironisch angehauchten Gedanken, aber Felix stieß ihn geschwind von sich, indem er die Lippen zu einem unausgesprochenen „Bah" schürzte.

— Durenburg ... Zörringen ... Lohbuchheim, wiederholte er geringschätzig in sich: was
das für Dörfer sein mögen. Heute werden sie
von Schultheißen regiert, und der ganze Rest
der alten Herrlichkeit wird eine Ruine sein
mit einem Kastellan, der der einzige Mensch
auf Gottes Erdboden ist, der noch zu sagen
weiß, was diese Dorfdynasten einmal bedeutet
haben.

Und er dachte wieder einmal recht inbrünstig
an Habsburg-Mexiko.

Als sich aber bei der Table d'hote die
Gelegenheit zu einer Vorstellung ergab, fühlte
er sich doch einigermaßen dadurch geschmeichelt,
daß Seine Durchlaucht die Bemerkung machte:
„Freue mich, einen Landsmann begrüßen zu
können. Gedenken, länger hier zu bleiben?"

Es entwickelte sich ein Tischgespräch, aus
dem als Hauptsache hervorging, daß der Prinz
sich in Neapel sträflich langweile.

— „Bin, weiß Gott, nicht zu meinem Vergnügen da. Höherer Befehl: Arzt. Nerven-
beruhigung durch Mopsen. Neuestes System.
Alles verboten: Alkohol, Nikotin, sogar die
Mädchen. Na: durchhalten!"

Er sprach mit rheinischem Tonfalle und
als ob er ein Gelübde zu seinem Namenspatron
abgelegt hätte, die Regeln der deutschen
Syntax auf ein Mindestmaß zu beschränken.
Machte aber auf Felix den Eindruck eines
Menschen, der sich törichter gab, als er war,

und mit dem angenehm auszukommen sein mußte, wenngleich ein gewisses Vonobenherab anfangs abschrecken mochte. Im Grunde gefielen diese etwas hochmütigen Allüren, die aber hier wie etwas Angeborenes, Natürliches wirkten, dem zukünftigen Kavalleristen ganz gut, ja, er fand sie auf der Stelle nachahmenswert. Da er aber von Karl her gewöhnt war, im allgemeinen eher pretiös wohlgesetzt zu reden, und seine ganze Natur auch im Gespräch mehr zum Dekorativen, als zur Knappheit neigte, so fiel es ihm nicht ganz leicht, dieses Muster zu kopieren.

Indessen machte auch er auf den Prinzen ersichtlich einen günstigen Eindruck. Er benahm sich gut und sicher, legte sich aber, ganz unbewußt, eine Nuance von Bescheidenheit bei. Das Entscheidende jedoch war, daß der Prinz sofort merkte, es nicht mit einem Grünling zu tun zu haben, sondern mit einem jungen Lebemann von vielen Graden, der zweifellos in all den Dingen wohl bewandert war, in deren Pflege Seine Durchlaucht jetzt widerwillig pausieren mußte. Nur in einem stellte sich Felix zu des Prinzen Erstaunen als unerfahren heraus: im Spiel.

— „Merkwürdig! Nie gejeut!? Sonderbare Tugend. Na, kommt schon noch. Mir natürlich allerstriktest verboten. Beinahe Ehrenwort abgenommen. Beinahe! Kann ja nicht verschworen werden. Alles andere, —

ja. Jeu — nee. Angeboren. Erbe. Reflex=
bewegung vor grünem Tische. — Möchte wirklich
wissen, ob solche Möbel in dieser unangenehmen
Stadt gar nicht gibt."

— „Doch, Durchlaucht. Hier ist für alles
gesorgt. Wenigstens für alle Leidenschaften."

— „Äh ja. Weiß. Unglaubliche Sachen.
Tolle Spezialitäten: Jungens, Kinder, Ziegen,
Enten und überhaupt alles, was der Mensch
vermeiden soll. Daher der Name Süden.
Aber Jeu=Zirkel? Wo man anständigerweise
hingehen kann? Glaub's nicht. Wahrscheinlich
Gaunerklubs. Affröse Möglichkeiten. Leb=
haft gewarnt worden." —

Felix beschloß, Nachforschungen anstellen zu
lassen, und es gelang ihm, durch John einen
Klub ausfindig zu machen, der, ausschließlich
aus Herren der Gesellschaft bestehend, im Rufe
stand, dem Glücksspiele angelegentlichste Pflege
angedeihen zu lassen, und in den Fremde von
Distinktion durch Mitglieder eingeführt werden
konnten.

Ateneo nannte sich dieser Klub, — ver=
mutlich, weil auch in der berühmten Gelehrten=
schule des Kaisers Hadrian das Spiel ludere
par impar fleißig traktiert worden ist. Aber
die eleganten Signori, die dem Ateneo an=
gehörten, wußten auch sonst, was sie dem
etwas feierlichen Namen ihres Klubs schuldig
waren. Sie hatten die Wände ihres Spiel=
zimmers mit alten Mosaiken bedeckt, auf

denen man griechische Knöchelspieler und würdige
Quiriten mit talis und tesseris am Werke
sehen konnte. Und über dem Eingang zu
diesem Raume der grünen Tische war ein
Distichenpaar zu lesen, das auf Deutsch etwa
so lauten möchte:

Der du dies Zimmer betrittst, das Fortuna geweiht ist, der Göttin,
Die die Roulette uns gab, da auf der Kugel sie
schritt,
Wisse: der Väter Sinn erkannte der Würfe Bedeutung:
Canis der niedrigste ward, Venus der höchste
benannt.

Es muß aber gesagt werden, daß Seine
Durchlaucht jenen Mosaiken und diesen Versen
keinerlei Beachtung schenkte, als sie dieses so
heiß ersehnte Zimmer zum ersten Male mit
Felix betrat, dem der Prinz für seine glücklichen Bemühungen derart dankbar war, daß
er sein Erkenntlichkeitsgefühl in einen Satz
faßte, der Subjekt und Prädikat besaß.

Franz von Assisi usw. war eine wilde Spiel-
ratte. Wenn seine langen, schmalen Hände
mit ihren feingliedrigen, scheinbar aus altem,
nachgegilbtem Elfenbein geschnitzten Fingern
auf dem grünen Tuche lagen, so schien es, als
ströme durch sie aus ihrer Unterlage her ein
kräftigendes Fluidum in den sonst so gebrech-
lich wirkenden Körper. Der Prinz richtete
sich dann straff auf und war ganz Muskel

und Nerv. Selbst seine welke Haut schien sich zu spannen, und die sonst kleine bräunliche Pupille seiner grünlichen Augen erweiterte sich. Er konnte, mit äußerster Anspannung der Aufmerksamkeit, zehn Stunden bei der Roulette, Trente et quarante, Rouge et noir und beim Pharao sitzen, ohne daß er das geringste zu sich nahm. Sein Gesicht blieb unbeweglich, nur die Lippen verschwanden im Aufeinanderbeißen auf Momente, und es gab Augenblicke, wo seine feinen, dünnen Nasenflügel bebten. Immer gleich auch blieb sich seine Stimme beim Spiel. Sie hatte dann eine Art von Flüstern, das, kaum hörbar, Wort von Wort doch deutlich abhob.

Kein Zweifel: diesem nicht mehr ganz frischen Zweige an einem sehr alten Stammbaume war das intensivste Lebensgefühl beim Hasard beschieden. Er spielte nicht, um zu gewinnen, und es war nicht eigentlich Gewinn und Verlust selbst, was ihn erregte. Er genoß das Gefühl der Konzentration, das ihm sonst versagt war, das Gefühl einer ganzen Hingegebenheit an eine Macht, die Schlag auf Schlag sich äußerte wie Elektrizität aus Spannung. Diese Macht gewissermaßen auf eine Probe zu stellen, ja, sie zu reizen, obgleich er wohl wußte, daß das unsinnig war, aber es doch immer wieder zu versuchen, wieder zu glauben, sich immer wieder auf Momente als Herr des Glückes zu fühlen: das erfüllte ihn mit einer

Art weißgluthafter Leidenschaft, unter deren
Herrschaft er bei äußerer Kälte das heftigste
seelische Feuer entwickelte, dessen er fähig war.
— Er war sich alles dessen kaum bewußt,
aber eben deshalb was er so mächtig über ihn.

Felix benahm sich ganz anders, als er, am
Spieltische, und er war auch ein ganz anderer.
Er gab sich lächelnd, ironisch, abschätzig, weil
er glaubte, zeigen zu müssen, daß Gewinn
und Verlust ihn nicht tangierte. Und dies war
auch anfangs sein einziges Gefühl bei der
Sache. Bis er zu gewinnen begann und,
mit kurzen Unterbrechungen, immer wieder ge=
wann. Damit stellte sich sofort sein Wahn=
gefühl ein, der unbedingte Günstling des Glückes
zu sein, der Mann mit dem Stern über sich:
Felix. Er konnte bloß ein Lächeln haben
über die wilderregten neapolitanischen Signori,
die sich bei Fehlschlägen in die schwarzen
Haare fuhren und der Madonna greuliche Un=
ehrennamen gaben, und er mußte auch über
seines Prinzen andauernden statuenhaften Ernst
lächeln, obgleich es seine ganze Anerkennung
hatte, daß Seine Durchlaucht auch durch die
heftigsten Verluste nicht aus der Ruhe gebracht
wurde.

„Warum nehmen Durchlaucht das Spiel
eigentlich so ernst?" fragte er einmal, als sie
beim Morgengrauen nach Hause schritten.

„Wozu sollte ich sonst spielen?" antwortete
der Prinz. „Man spielt doch nicht zu seinem

Vergnügen. Liebe ist Pläsier. Jeu ist was anderes. Jeu ist . . . na . . . nee: Ernst auch nicht . . . ist mehr . . . ist . . . äh . . . Jeu ist Zwang . . . äh . . . Unterwerfung und . . . wie heißt es doch in der Bibel . . . ja: wider den Stachel löken. Unsinn. Ich weiß nicht, was es ist. Kein Mensch weiß es. Wenigstens kein anständiger Mensch. Die andern, na ja: Gewinnen. Lotto. Kümmerlich. Pöbelsentiments. Begreife das. Haste was, so kannste was. Höchst begreifliches Sprichwort. Aber paßt bloß auf Populace. Nicht zum Nachfühlen. — Übrigens habe ich Pech bei den Athenern. Noch einmal: dann Schluß. Capri. Mastkur. Muß Manöver in anständiger Form mitreiten. — Na: felissicima notte!"

„Notte?" meinte Felix und wies zum Himmel, den es blau purpurn überzog.

— „Schlafen ist immer notte. Wenn's keinen andern Grund zum Jeuen gäbe, schon genug das: bombensicherer Schlaf hinterher. Beweis: Jeu — geistige Beschäftigung. Versteht sich übrigens am Rande. — Was? Gehen nicht ins Bett?"

Der Prinz fragte so, weil Felix nicht mit ins Hotel trat, sondern nachdenklich auf die Uhr schaute.

— „Verlohnt sich nicht mehr. Muß um acht Gäule ansehn, die mir sonst weggekauft werden."

— „Gäule?! In Neapel?! Gibt's ja gar nicht. Offiziere reiten hier Böcke."

— „Brauche Viererzug. Will nach Deutsch=
land kutschieren. Muß mein Jahr abdienen."
— „Was?! Sind noch nicht Offizier?!"

Seine Durchlaucht waren aufs höchste er=
staunt. Hatten es für selbstverständlich ge=
halten, daß dieser, wenn auch bürgerliche, so
doch offenbar bessere junge Herr längst Reserve=
offizier sei.

Und er fuhr fort, als Henry den Sach=
verhalt erklärt hatte: „Aber das ist ja . . .
da kann ich vielleicht . . . Na, später. Noch
zwei Minuten, und ich falle um vor Schlaf.
Würde sonst die Gäule gerne mit ansehn.
Gäule und Frauen, angenehmes Beschauen,
braucht aber Weisheit und Gottvertrauen. Für'n
Wagen übrigens gut, die Italiäner. — Wünsche
kein Glück! Vous comprenez? Wieder=
sehen bei den Athenern!"

∗

In der darauffolgenden Spielnacht waren
wieder weder Kugeln noch Karten dem Prinzen
hold. Wie Felix fast unausgesetzt gewann, so
verlor er fast ohne Unterbrechung, und es kam
so heftig, daß er für einen Moment mit all
seiner Contenance etwas ins Schwanken kam
und fast zitternd nach der Brieftasche griff, ihr
eine größere Summe zu entnehmen, die aus
dem Häufchen Banknoten nicht zu decken war,
das vor ihm lag. Aber die Brieftasche war
leer, und der Prinz erkannte mit Schrecken,

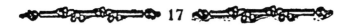

daß er seine ganze Reisekasse verspielt hatte. Er runzelte die Stirn und war nicht imstande, das Wort zurückzudrängen, das sich ihm auf die Lippen zwang: „Fatal!"

In diesem Moment beugte sich Henry, der hinter ihm stand, weil ihm das ewige Gewinnen langweilig geworden war, ein wenig vor und flüsterte: „Wollen Durchlaucht, bitte, über mich verfügen."

Der Prinz blickte auf und erwiderte: „Sehr verbunden." Schrieb einen Gutschein und spielte weiter. Setzte höher und höher und verlor immerzu, so daß die Ziffern auf den Gutscheinen immer länger wurden.

Seiner Durchlaucht wurde doch etwas unheimlich zumute, und er wollte mehr als einmal aufhören, aber erst der äußerste vom Klub angesetzte Termin zum Schluß machte dem Spiel ein Ende.

Der Prinz war in sehr gedrückter Stimmung, als er mit Felix nach Hause ging. Es war ihm höchst peinlich, dem Fürsten, seinem Vater, ein Telegramm um Geld schicken zu müssen, denn damit mußte es aufkommen, daß er, entgegen seinem bestimmten Versprechen, gespielt hatte. Auch war die Summe so groß, daß er sich doch nicht ganz sicher darüber war, ob dieser bessere junge Herr sie sogleich werde vorstrecken können.

Darüber beruhigte ihn Felix nun freilich schnell, wie er zu ahnen begann, daß sein Begleiter von derartigen Zweifeln geplagt wurde.

„Scharmant," entgegnete der Prinz, „wirklich sehr verbunden. Sonst in der Tat peinliche Situation gegenüber diesem Mann im schwarzen Barte. Mein Lebtag nicht so unglückliche Hand gehabt. Und gerade hier, von allen Quellen entfernt. Scheußlicher Leichtsinn. Papa diesmal alle Ursache zu höchst fatalen Reprimanden. Kennen das vermutlich auch? Alte Geschichte: Väter und Söhne. Überall gleich. Na, saurer Apfel gesund, wenn auch reinbeißen eklig."

Felix durchschaute die Situation nicht ganz, denn, unerfahren, wie er war, glaubte er, daß ein Prinz mit so langem Namen überhaupt nicht in gewöhnliche Verlegenheiten kommen könne, aber er ahnte sie doch ungefähr. Er entgegnete fürs erste, daß er vollkommen selbständig in der Verfügung über sein Vermögen sei, und dies vom Tage seiner Mündigkeitserklärung an. Väterliche Gewalt habe er überhaupt nie gespürt.

„Müssen aber doch sozusagen Vater gehabt haben," meinten erstaunt Seine Durchlaucht.

„Einen Pflegevater, ja," entgegnete Felix, „aber selbst dieser hat mir nie verraten, wer mein eigentlicher Vater war. Ich weiß, durch einen Testamentsbrief meines Pflegevaters, nur, daß ein Geheimnis im Spiele ist, das zu lüften auch er nicht befugt war."

„Haben aber doch nachgeforscht?!" fragte interessiert der Prinz.

„Ja," antwortete Felix mit leise betonter

Wichtigkeit, „soweit ich selber durfte. Ich habe gewisse — Rücksichten zu nehmen, deren Mißachtung gegen die besondere Art meiner Abstammung verstoßen würde."

Seine Durchlaucht blickte ihn musternd an, hüstelte und sprach: „Verstehe. Kommt vor. Na ja. Im Grunde angenehme Position. Hat Vorteile, keine direkten Verpflichtungen zu haben. Und schließlich: Blut die Hauptsache."

Es war ihm recht angenehm und eine Art Erleichterung, daß er das Geld einem nicht schlechtweg und ganz gewöhnlich bürgerlichen Herrn verdankte, sondern einem bloß quasi Bürgerlichen, der unter Umständen von höher her sein konnte, als der ehrwürdigen Durenburg. Bei diesem Sachverhalte durfte er sich auch herbeilassen, anzudeuten, daß es ihm sehr angenehm wäre, wenn er das Telegramm an des Papas Durchlaucht jetzt nicht abzuschicken brauchte, sondern die Begleichung seiner Schuld bis zu seiner Rückkehr zu den Quellen verschieben dürfte. Er deutete nur an, aber Felix war feinhörig genug, die Melodie zu verstehen, die mit der Sordine gespielt wurde. Die gleichfalls feine und gedämpfte Art, mit der er darauf reagierte, erleichterte dem Prinzen die Annahme auch dieser weiteren Gefälligkeit, indem sie seine Überzeugung bestärkte, daß er es hier mit einem besonders edlen Halbblute zu tun habe.

Dieser junge Mann gefiel ihm jetzt von Grund

2*

aus, und er fühlte sich einem weiteren Verkehr mit ihm nicht abgeneigt.

„Schon Regiment gewählt?" fragte er am nächsten Tage.

„Nein," antwortete Felix, „ich habe die ganze Angelegenheit auf unentschuldbare Weise vernachlässigt. Bin auch ganz unwissend in militärischen Verhältnissen."

„Demnach böser Reinfall nicht ausgeschlossen," sagte der Prinz, indem er sein Monocle umständlich putzte, was er nur in wichtigen Gesprächsmomenten zu tun pflegte. „Waffe natürlich klar: Kavallerie. Alles andere mehr oder weniger gemischt, obgleich, versteht sich, ehrenwert und notwendig. Na ja. Aber auch Kavallerie hat Nuancen. Kenne Regimenter, die nichts sind als Fußvolk zu Pferde. Besser zu vermeiden." Er putzte nochmals seine Scherbe. Dann fuhr er fast schüchtern fort: „Möchte mich, äh, revanchieren. Rat erteilen. Kann von Nutzen sein. Wenn in mein Regiment treten, meine Empfehlung ohne weiteres sicher. Kommen dadurch über allerhand weg. Auch für später gut."

Felix griff entzückt mit beiden Händen zu, und als er dann Näheres über das Regiment, seine Uniform, seine Garnison, eine kleine, schön gelegene Residenzstadt, hörte und über den Fürsten, den Hof, das Theater und die Damen des Theaters wie der Gesellschaft gleichfalls nur Verlockendes vernahm konnte er seinen

Gefühlsäußerungen nur mit Mühe den Ton der Gleichmütigkeit verleihen, den im Verkehr mit dem Prinzen unbedingt beizubehalten er mit Recht für angebracht hielt.

„Also abgemacht!“ beschloß der Prinz das Thema, indem er Felix die Hand reichte. „Freue mich, weiterhin das Vergnügen zu haben. Schade, daß jetzt nach Capri muß. Werde Ihre Gesellschaft sehr entbehren. Italiener nicht mein Fall. Zu laut.“

Er nahm daher mit unverstelltem Vergnügen Felixens Anerbieten, ihn nach Sorrent zu kutschieren, an, und Felix seinerseits empfand hohe Wonne, als der Prinz seinen vier neuen Gäulen sowohl, wie der „prachtvollen Donnerkutsche“ (so nannte er den riesigen und bequemen englischen Reisewagen, den Felix gekauft hatte) uneingeschränkten Beifall zollte. Aber geradezu triumphatorische Hochschwellung des Gefühls durfte er genießen, als der Prinz angesichts seiner Kutschierkunst in die Worte ausbrach: „Fahren ja wie der liebe Gott! Gäule sind zu beneiden. Entschieden angeborenes Talent!“

Er war jetzt felsenfest überzeugt, daß Felix bestes Halbblut war.

Da das Schiff des Prinzen in Sorrent erst zwei Stunden nach ihrer Ankunft abging, beschloß man, die Straße nach Amalfi ein Stück zu befahren.

„Was ist denn das für'n Ding?“ fragte

Seine Durchlaucht, als Karls Monument auf-
tauchte.

„Ein kleines Denkmal, das ich einem hier
verunglückten Freunde habe setzen lassen," antwortete Felix ruhig.

„Was Tausend!" sagte, von wirklichem
Respekt ergriffen, der Prinz. „Setzen Denk-
mäler? Höchst anständige Passion. Muß ich
natürlich genau betrachten!" Und er dachte,
während er ausstieg, bei sich: „Allerbestes
Halbblut. Direkt kaiserliche Anwandlungen.
Merkwürdiger Mensch. Sieht auch wirklich
tadellos aus. Wird sich in Uniform blendend
machen. Regiment kann sich freuen. Müßte
unbedingt dabei bleiben, wenn von Adel wäre."

Er betrachtete das Denkmal mit befriedigtem
Neigen des Kopfes, indem er sprach: „Brillante
Sache. Sehr geschmackvoll. Lateinische Auf=
schrift guter Einfall. Dichter gewesen, der
Bedauernswerte? Merkwürdig. Müssen mir
nachher erzählen. Verse natürlich von ihm.
Sehr pietätvoll. Kommen mir etwas dunkel
vor. Aber entschieden genial. Müssen mir
wirklich ausführlich erzählen."

Und Felix erzählte wirklich ausführlich eine
gar ergreifende Geschichte von einem Poeten,
der trotz seines bürgerlichen Namens bestimmt
war, der Dichter der Aristokratie, des Glanzes,
der Macht, des souveränen Herrenrechtes zu
werden. „Aber diese hohen Gedanken," schloß
er mit bedeutsam sich senkender Stimme, „standen

wohl in einem unüberbrückbaren Widerspruche mit den innersten Instinkten des Verewigten, mit seiner Herkunft, seinem Blute. Sein Gehirn führte gewissermaßen ein Dasein ohne nähren= des Hinterland. Es mußte sich verzehren, und ein tragisches Ende war der von einem unerbitt= lich folgerichtigen Schicksal bestimmte Schluß."

„Ja," meinte der Prinz, „es gibt so Sachen."

Zweites Stück: Die erste Etappe

Felix war mit seinem Viererzug nach Deutschland mehr zurückgerast, als gefahren. Die Meinung des Prinzen, daß seine Gäule zu beneiden seien, bestätigte sich dabei nicht. Er fuhr ein gutes Dutzend zuschanden, und wenn es nicht italienische Pferde gewesen wären, die ans Ausgepumptwerden gewöhnt sind, so würden noch mehr halblahm zurückgeblieben sein.

Felix wußte wohl, daß das kein gutes Fahren, sondern ein scheußlicher Unfug war, und er hatte sich das Heimkutschieren anfangs auch anders gedacht. Aber seit ihm die Uniform des prinzlichen Regimentes winkte, war Italien für ihn nur eine Strecke Landes, die er so schnell als möglich hinter sich lassen mußte, und er war so voll von Begierde und Erwartung dieses neuen, glänzenden, bunten, bewegten Lebens, dem er entgegenjagte, daß er es wie ein Bedürfnis empfand, den Sturm seines Inneren auszutoben und auszurasen. Je heftiger,

haſtiger die fegenden ſechzehn Hufe vor ihm
ſpektakelten, je krachender das Eiſen der Rad=
reifen über Stock und Stein polterte, je dicker
der Staub hinter ihm aufwirbelte, je höher er
ſelbſt auf ſeinem Bocke hin und her ge=
ſchleudert wurde, um ſo wohler, friſcher, be=
luſtigter fühlte er ſich. Mochten die vierbeinigen
Kreaturen, die ja doch ſeinem Gaulideale nicht
entſprachen, die Kränke kriegen, mochten John
und der Kutſcher hinten zerſcheuert und zer=
ſchunden werden, — was tat's! Er ſchonte ſich
auch nicht. Seine Arme wurden wie aus Holz,
alle Muskeln und Knochen ſchmerzten ihn,
abends ſank er ins Bett wie ein Ding aus
Blei. Nichts intereſſierte ihn. Selbſt die großen
Städte, in denen er ſoviele verlockende Adreſſen
wußte, waren nur zum einſchläfrigen Über=
nachten da. Fort, fort, fort! Weiter! Nach
Deutſchland! In die Uniform!

*

Nun hatte er ſie an und befragte mehr
als einmal täglich den Spiegel an der Wand,
wer der Schönſte ſei im ganzen Land.

Zwar der Stalldienſt war nicht ſüß und
auch nicht dekorativ, das frühe Aufſtehen kam
bitter an und ſauer der Schweiß beim Gedrillt=
werden. Auch war fürs erſte ſchmählich wenig
freie Zeit zum Glänzen auf der Straße übrig,
und der Umſtand, zwar Reiter, aber nicht
Reiteroffizier zu ſein, den er urſprünglich allzu=

wenig mit in Rechnung gezogen hatte, machte
sich nun oft genug bemerklich. Seine Durchlaucht sah er kaum; die übrigen Offiziere be-
handelten ihn streng dienstlich, und kasinoreif
war er noch nicht. Aber all dies hinderte nicht,
daß er sich sehr à son aise befand. Er wußte,
daß es bald anders kommen würde. Doch gefiel
ihm im Grunde auch der jetzige Zustand schon.
Die feste Leitung und bis ins einzelne genaue
Regelung, unter der sein Leben stand, dieses
ganze seelische und körperliche Training tat ihm
wohl. Er empfand es nicht als Freiheits-
beraubung, daß ihm plötzlich das Recht genommen war, über seine Zeit zu verfügen; es
war ihm vielmehr angenehm, daß Regiment
und Eskadron ihn der Notwendigkeit überhoben,
darüber nachzudenken, womit er seine Zeit ausfüllen sollte. Er, der „geborene Herr", fühlte
sich wie geborgen im Zwange des Dienst-
reglements.

Manchmal, wenn er an dienstfreien Tagen
sich die Wollust gönnen durfte, angetan mit
seinem seidenen Schlafrocke auf dem Diwan zu
liegen, fragte er sich selbst, wie das eigentlich
kam, daß er die Freiheit gar nicht vermißte.
Er fand nur die Antwort: Abwechselung,
und er begnügte sich damit, weil er keineswegs
darauf versessen war, sich die freie Zeit durch
heftiges Nachdenken zu belasten. Den Umstand,
daß die rein körperliche Tätigkeit, ob auch
unter Kommando, ihm ersichtlich wohltat, über-

sah er aber doch nicht als einen weiteren
Grund für sein Wohlgefallen an dieser Un-
freiheit. Er tat sich sogar etwas zugute darauf,
indem er sich sagte, daß es im Grunde eine
sehr vornehme, ja die eigentlichst ritterliche
Tätigkeit sei. Auch wußte er, obwohl es
ihm noch nicht von den Vorgesetzten ausdrücklich zugestanden war, daß er gut ritt.
Die Aussetzungen, die ab und zu beim Dienste
gemacht wurden, waren offenbar nicht so sehr
wirklicher Unzufriedenheit mit seinen Leistungen
entsprungen, als dem Prinzip, einen Rekruten
nicht übermütig zu machen. Wie wirklicher
Tadel klang, das zu bemerken hatte er oft
genug Gelegenheit, wenn er die Donnerwetter-
worte auffing, mit denen der andere Einjährige in der Eskadron bedacht wurde, ein Herr
von Herzfeld, der trotz Taufe und Adel nicht in
der Lage war, es zu verbergen, daß seine
Ahnenreihe in orientalischem Dunkel verschwand.

Kurt von Herzfeld war der Sohn eines
sehr reichen Mannes, der am Hofe dieser
kleinen Residenz in höchster Gnade stand und
den erblichen Adel für unbestreitbare Verdienste um die Ordnung der fürstlichen Finanzen
erhalten hatte. Trotzdem war es nicht gut
getan, daß der Sohn des Begnadeten gerade
an Ort und Stelle die verschnürte Uniform trug.
Denn das Offizierkorps, ausschließlich aus Ab-
kömmlingen alter Adelsgeschlechter bestehend,
war, bei aller gebotenen Loyalität gegenüber

dem Herrn des Landes, keineswegs sehr erbaut davon, daß Serenissimus aus Gründen, die alle Welt wußte, einen wahren Regen von Adelsdiplomen über Gläubige und Ungläubige herabgehen ließ, sofern sie nur imstande waren, mit standesgemäßen Brieftaschen aufzutreten. Daher diese neue Aristokratie hier nicht Brief=, sondern Brieftaschenadel genannt wurde.

Herr von Herzfeld senior (nach Luther Martin genannt) hatte geglaubt, daß sein Sohn in diesem Regiment unbedingt avancieren müsse, aber Herr von Herzfeld junior (Kurt genannt, weil dieser Name in alten Ritterromanen häufiger ist als jeder andere), hätte reiten können, wie der alte Ziethen, und ein militä= risches Genie sein können, wie Napoleon, er wäre doch nicht avanciert. Gerade nicht. Erst recht nicht. Denn es galt, zu zeigen, daß „diesen Leuten" wenigstens eins nicht offen stehe: ein altadeliges Offizierskorps.

Gleich von Anfang an ging es dem armen Kurt schlecht im verschnürten Rocke. Er wurde nicht nur körperlich, sondern auch seelisch kujoniert. Obwohl er keineswegs schlecht ritt und auch in allem Übrigen des Dienstes durchaus seinen Mann stellte, bürgerte es sich doch als Regel ein, daß er, wie nach einem Natur= gesetze, immer nachreiten, immer nach= exerzieren mußte. Zumal im Stalldienst schien man von ihm Leistungen von einer Voll= kommenheit zu erwarten, die man im allge=

meinen Einjährig-Freiwilligen sonst nicht zuzu-
muten pflegt, und die Art, wie man bestrebt war,
ihn zu einem konkurrenzlosen Meister in der
Handhabung der Lanze auszubilden, ließ von
vornherein den Schluß zu, daß man nicht vorhatte, ihn in Grade aufrücken zu lassen, die
die Lanze nicht führen.

Dies ertrug Herr von Herzfeld mit Gelassenheit. Obwohl körperlich keiner von den
kräftigsten, ließ er es sich nie merken, daß er
nur mit ingrimmiger, zähnezusammenbeißender
Energie imstande war, alles das auszuführen,
was von ihm extra gefordert wurde. Er riß
sich bis zum Äußersten zusammen und gönnte
seinen Peinigern nicht den Triumph, ihn schwach
zu sehen.

Fast unerträglich aber waren die psychischen
Demütigungen, die er auszustehen hatte: der
feinere Hohn der Offiziere, der schon aus der
Art zu fühlen war, wie sie ihn mit spöttischer
Betonung „Einjähriger von Herzfeld" nannten,
und die groben Direktheiten der Unteroffiziere.
Er war oft sehr nahe daran, die Unbesonnenheit
zu begehen, die, so schien es, der häßliche
Zweck der häßlichen Übung war. Aber er
wußte, was auf dem Spiele stand, würgte die
aufsteigende Wut hinunter und blieb äußerlich
kalt. Keine Muskel des Gesichtes zuckte.
Trotzdem endigte jeder höhnische Tadel mit
den Worten: „Grimassieren Sie nicht, Einjähriger von Herzfeld!"

Die Situation des jungen Mannes war um so qualvoller, als er auch im Elternhause auf Tadel stieß, statt Trost zu empfangen. Der alte Herzfeld, dem es nicht beschieden gewesen war, die Uniform zu tragen, erklärte ihn mit Empörung für einen unmilitärischen Menschen, der nicht wisse, was er dem Rang seiner Familie schuldig sei. „Was heißt das: Schinderei? Sollen sie dich in Watte emballieren? Bist du aus Porzellan? — Beleidigung? Sollen sie für dich ä extra Wörterbuch erfinden? Sollen sie sagen Herr Graf, wenn du doch bloß von bist? Sollen sie dir sagen, du bist wunderschön, wenn du Gesichter schneidst? Schneid' keine Gesichter! Es gehört sich nicht als Kavallerist."

— O Gott, dachte sich dann der arme Kurt, sie haben recht.

Er hatte in der Tat keinen militärischen Ehrgeiz. Er wollte Literaturgeschichte studieren und interessierte sich für die Romantiker. Wozu mußte er Reserveleutnant in einem Kavallerie= regimente werden, er, dessen ganzer Ehrgeiz nach einem Lehrstuhle der deutschen Literar= historie stand? Wär ich doch lahm oder bucklig geboren, dachte er sich manchmal. Gott weiß, daß ich fühle, wie herrlich das alte deutsche Rittertum war. Wozu aber muß ich auf einem Pferde sitzen und mit Lanze und Säbel fechten? — Gut, ich tu's und mach's genau so gut, wie die braven Bauernjungen, die nicht halb so geschunden werden, wie ich. Aber, daß ich mich beleidigen lassen muß, weil ich von Juden stamme und einen Vater habe, der so geschmacklos war, sich adeln zu lassen, — das ist zu viel. Das ist empörend, schändlich, gemein. Nicht bloß, weil mein Stolz, sondern auch, weil mein Glaube an das Ritterliche darunter leidet. Diese Leute, die so unedel sind, daß sie einen Wehrlosen zu beleidigen vermögen, was eine Art Feigheit ist, wenn man es näher betrachtet, diese Leute stammen von meinen herrlichen alten Rittern ab, diesen prachtvollen Menschen, die edel, tapfer, großmütig und in den schönsten Zeiten ihres Standes gar Dichter waren. — Ich finde, daß ich mich tapferer und vornehmer betrage, als meine Beleidiger, aber ich kann mich nicht darüber freuen. Nein, ich kann nicht. So wenig ich in diese Kreise hinein möchte, zu denen ich trotz meines albernen „von" ganz und gar nicht gehörte und auch durchaus nicht gehören mag, so gerne möchte ich doch glauben, daß sie wirklich adelig sind.

Dieser junge Sinnierer, der in seiner Familie nicht zu Hause war und in der Welt erst recht nicht, hätte sich gern an Felix angeschlossen. Er empfand durchaus keinen Neid und Ärger darüber, daß der der Bevorzugte, ihm oft als Muster Vorgehaltene war, denn er sah es ja selber, daß Felix besser ritt und soldatischer aussah, als er. Er sagte ihm das auch un-

umwunden und selbst mit einem Tone von Bewunderung. Denn er bewunderte gerne.

Felix seinerseits hatte zwar die deutliche
Empfindung, daß sein Kamerad klaftertief
unter ihm stehe und schon deshalb kein Umgang für ihn war, weil die Offiziere ihn nicht
achteten, aber seiner Eitelkeit tat jede Bewunderung wohl, gleichviel aus welchen Tiefen
sie kam. So ließ er es sich also halb gönner-
haft gefallen, daß Kurt von Herzfeld Verkehr
mit ihm suchte. Schließlich fing es ihm ja auch
an, langweilig zu werden, keinerlei Aussprache
zu haben, da zu seinem ärgerlichen Erstaunen
der Prinz noch immer nicht Miene machte, sich
um ihn zu kümmern und die übrigen Offiziere
sich lediglich darauf beschränkten, im Dienste
immer freundlicher, anerkennender zu werden.
Es war also auch eine Art Trotz, daß er Kurts
Bemühungen nicht zurückstieß. Er empfing
ihn sogar auf seiner Wohnung, und diese
Besuche bildeten bald seine einzige Zerstreuung
und Genugtuung, da der „kleine Herzfeld",
wie er ihn bei sich nannte, so angenehm an-
schmiegend war und eine Art Kultus mit ihm
trieb.

Sie tranken zusammen Thee, Kurt klagte
sein Leid, schwärmte von seinen Romantikern
und wurde nicht müde, zu wiederholen, daß
Felix sein einziger Trost in dieser schrecklichen
Zeit sei, während dieser aufs großartigste Weltanschauung ertönen und an dem verblüfften

jungen Mann seine Lebenserfahrungen vorbei-
passieren ließ.

— Was für ein Mensch! dachte sich Kurt:
Lebemann, Dichter, Ritter, Philosoph!

Und er fing an, ihn zu lieben, obwohl
Felix kein Hehl daraus machte, daß er („ich kann
nun mal nicht anders; es steckt im Blute") eigentlich Antisemit sei: „Aber, natürlich, das schließt
nicht aus, anzuerkennen, daß es auch anständige
und sympathische Juden gibt."

„Ach," meinte Kurt, „dann darf man aber
auch nicht Antisemit schlechtweg sein und höchstens
sagen: Ich bin nicht Philosemit. Und das ist
ja eigentlich a u ch ein Unsinn, wie alles, was
in Bausch und Bogen für oder wider ist."

„Nein," erklärte Felix, „Antisemitismus
ist Instinktsache, Sprache des Blutes. Zwischen
den Ariern und den Semiten ist Feindschaft
gesetzt von Bluts wegen."

„Wenn das richtig wäre," entgegnete Kurt,
„so müßte ja ich Anti=Arier sein, und ich bin
es so wenig, daß ich mich durchaus als Deutscher
fühle, obwohl ich mich meiner jüdischen Abkunft
nicht etwa schäme."

Felix lächelte und dachte sich: Zu dünnes
Blut; geschwächte Instinkte; Gelehrtennatur.
Und er sagte: „Vielleicht sind Sie nicht r e i n
semitischer Abstammung. Ich habe mir sagen
lassen, daß Halbjuden deutscher Nationalität zuweilen geradezu krampfhaft teutonisch empfinden.
Was, nebenbei gesagt, meine Sache keineswegs

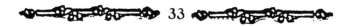

ist. Ich fühle rein arisch, nicht germanisch. Bin arischer Kosmopolit. Übrigens auch von Bluts wegen."

— „Sie sind nicht aus rein deutscher Familie?"

Felix lächelte wiederum. Am liebsten hätte er gesagt: Bitte im Brockhaus unter Habsburger nachzuschlagen. Aber er begnügte sich, seine Unterlippe vorzuschieben und leichthin zu erklären: „Die Familie, der ich entstamme, ist zwar ursprünglich deutscher Herkunft, hat aber keinen Wert darauf gelegt, sich nur mit deutschen Geschlechtern zu versippen. Sie ist durchaus international. Überdies war meine Mutter Spanierin. Ich möchte fast meinen, daß der erlauchte Grande Don Juan zu ihren Vorfahren gezählt hat."

„Daher also Ihr südliches Aussehen!" rief Kurt aus. „Ich habe immer so etwas vermutet. — Was mich aber doch wundert, ist, daß Sie kein deutsches Nationalgefühl haben. Ich habe immer gemeint, Sie haben die Absicht, Offizier zu werden, und ohne Nationalgefühl geht das doch kaum."

— Aufdringliche Judenlogik, dachte sich Felix und erwiderte aigriert: „Ich hoffe, es bleibt unter uns, was ich da gesagt habe. Wenn ich einmal deutscher Offizier sein werde, werde ich es natürlich mit Leib und Seele sein, genau so wie die Herren mit hochadeligem Namen, die auch allesamt nicht rein deutschen Geblütes sind."

„Wie es sich ja auch mit der Abstammung der deutschen Fürsten verhält, die aber trotzdem das Nationalgefühl geradezu repräsentieren," pflichtete Kurt bei.

„In der Tat gerade so," schloß Felix die Unterhaltung, deren Verlauf er bereits bedauerte.

Überhaupt fing der Verkehr mit Herrn von Herzfeld bald an, ihm lästig zu werden, und es war ihm gar nicht angenehm, daß Kurt die Gewohnheit annahm, ihn von der Kaserne nach Hause zu begleiten.

— Schließlich wird er mich noch einladen, den weiland Fellhändler zu besuchen, dachte er sich und beschloß, langsam vom Einjährigen von Herzfeld abzurücken. Daß er diesem, der immer deutlicher zeigte, wie herzlich er ihm zugetan war, einen nicht geringen Schmerz damit antun würde, war ihm recht gleichgültig.

Als er die Gefreitenknöpfe erhalten hatte (mit denen Kurt von Herzfelds Kragen sich nicht schmücken durfte), erschien, endlich, der Prinz bei ihm. Felix war eben vom Dienst zurückgekehrt, hatte das gewohnte Bad genommen und pflegte in seinem seidenen Schlafrock einer wohl verdienten Ruhe, indem er mit Wohlgefallen an die lobenden Worte dachte, mit denen der Rittmeister seine erste militärische Beförderung begleitet hatte. Der Prinz, der knapp nach eben erfolgter Anmeldung eintrat, mußte lachen, wie Felix in dieser äußerst un-

militärischen Bekleidung militärisch Stellung
nahm. Er reichte ihm die Hand und sagte
lächelnd: „Bitte rühren! Endlich mal wieder 'n
bißchen plaudern. Mensch zu Mensch. Dienst
Sache für sich. Komme zu gratulieren. Immerhin ersten Schritt gemacht. Alles der Reihe
nach bei Militär. Hoffentlich gefällt Ihnen in
Uniform?"

Felix beteuerte, daß er sich nie wohler
gefühlt habe.

— „Nie daran gezweifelt. Geborener
Reiter. Darf es Ihnen sagen, Mensch zu
Mensch, außerdienstlich: alle Kameraden weg.
Sitz, Schneid, Haltung, Gäule, alles tipp-topp.
— Bloß eins unangenehm vermerkt: Umgang
mit, äh, Dingsda von Herzfeld. Offen ge-
standen: selber perplex. Gutmütigkeit muß
Grenzen haben bei Militär. Sonst ja schöner
Zug. Geht aber nicht überall. Müssen
Jüdchen unbedingt abwimmeln."

Felix beteuerte, daß er diesen Entschluß
bereits gefaßt habe, ihn aber nun mit besonderer
Beschleunigung ausführen werde. Selbstverständlich sei nicht er es gewesen, der diesen
Umgang gesucht habe.

— „Persönlich nie daran gezweifelt. Mehr-
zahl Kameraden auch nicht. Einige aber
doch kopfscheu geworden. Beinah demonstrativ gefunden. Na, nichts verloren, wenn
gleich Schluß machen. Dann Kasinoverkehr
nichts im Wege. Alles andere später gleich-

3*

falls arrangeabel. Können sich auf mich verlassen."

Felix beteuerte, daß er immer danach
streben werde, sich der Gönnerschaft Seiner
Durchlaucht würdig zu erweisen, und daß er
nie anders, als nach den Ratschlägen Seiner
Durchlaucht, zu handeln gedenke, die für ihn
Befehle seien.

*

Er brach den Umgang mit dem mißliebigen
Kameraden so schroff ab, daß der arme Kurt
ganz trübsinnig darüber wurde, und er ging,
in der Beflissenheit, zu zeigen, daß er auch an
antisemitischer Gesinnung nicht hinter dem Offizierskorps zurückstehe, so weit, daß er im Kasino
zutrauliche Äußerungen des „Jüdchens" in
offenbar sehr belustigend chargierter Form zum
besten gab, denn man schüttelte sich vor Lachen
darüber und wünschte immer aufs neue,
Äußerungen des Herrn von Herzfeld über alt-
deutsche Ritterlichkeit zu vernehmen. Nur wenn
der Oberstleutnant Graf Pfründten zugegen war,
durfte man Felix nicht ermuntern, seine Spezialität
zu produzieren. Dieser Offizier, der enra-
gierteste Judenfresser von allen, hatte nämlich,
als er einmal bei solchen Äußerungen Felixens
zugegen war, gesagt: „Lassen Sie das, Einjähriger Hauart; Sie treffen den Tonfall
zu gut."

Felix hatte das wie einen Schlag ins Gesicht
empfunden, ohne selbst zu begreifen, warum.

Es war einer der Momente gewesen, in denen ein Mensch den andern als Feind erkennt, ein jäher Augenblick der in wilder Hitze Haß gebiert.

Drittes Stück: Das Thee-Thema

Seine Durchlaucht hatten alle Ursache, mit ihrem Günstling zufrieden zu sein. Alle Welt, mit einziger Ausnahme des Grafen Pfründten, war sich darüber einig, daß das Regiment niemals einen prächtigeren, schneidigeren Einjährigen gehabt habe. Nicht allein, daß er im Dienste über alles Lob erhaben war, daß er sich im Umgange mit den Offizieren sicherſten Taktes so benahm, wie es einerseits seine Stellung unterhalb des Offizierskorps erforderte, andererseits aber die Protektion durch den Prinzen, mit dem er offensichtlich fast intim wurde, nach der Richtung hin nuancierte, als sei er zwar zurzeit noch dienstlich Unterschied, hinsichtlich aller anderen Verhältnisse aber au pair; nicht allein, daß er diesem Umstande durch schlechthin feudale Lebensführung auf größtem Fuße Rechnung trug und so den Glanz des Regimentes erhöhte, — er sah auch persönlich glänzend aus und entzückte durch ein Betragen von höchster Artigkeit bei stilvollster Innehaltung des speziell militärisch Standesgemäßen alle Kreise, mit denen er in Berührung kam. Und sein Verhältnis zum Prinzen brachte es mit sich, daß dazu auch die exklusivsten Kreise der Residenzstadt gehörten.

Die eigentlichen Hofkreise waren dies sonderbarerweise nicht. Die waren mit Elementen untersprenkelt, durch deren Hoffähigkeit innerhalb der Exklusiven das doppelsinnige Wort entstanden war, der Hof sei zuweilen eine allerhöchst gemischte Gesellschaft. Mochte der regierende Herr daran Gefallen finden, wie er auch sonst an mancherlei Gefallen fand, worüber man sich mit der altadligen Kunst moquierender Medisance untereinander recht herzhaft ausließ, — zur Gesellschaft gehörte beileibe nicht alles, was von Gnaden Serenissimi mit adligem Titel und Wappen prunkte. „Knoblauchadel" nannte Graf Pfründten diese neue Aristokratie, und als gar der Sohn eines Mannes gegraft worden war, der sein Vermögen der klugen Ausnutzung großstädtischer Fäkalien verdankt hatte, verstieg sich seine Empörung zu dem Worte „Klosett-Papier-Adel", und er verbat es sich eine Weile demonstrativ, Graf genannt zu werden.

Der regierende Herr, ein Mann von altgrand-seigneuralem Geiste, der früher hochpolitisch ehrgeizigen Plänen nachgegangen war, ohne aber mit Bismarcks Kürassierstiefeln Schritt halten zu können, und der sich seitdem darauf resigniert hatte, souverän seinen Leidenschaften nachzuleben, die ihn immer wieder zur Jagd, zum Weibe und zum Theater trieben; dieser nicht bloß sehr vornehm, sondern auch

entschieden geistreich aussehende regierende Herr
kümmerte sich um diesen passiven Widerstand
Derer von, auf und zu recht wenig. Er über=
sah es sogar mit hautainer Gleichgültigkeit, als
die Offiziere seiner Residenz von Berlin aus
bedeutet wurden, den Hofbällen ihrer Garnison
bis auf weiteres fernzubleiben, — von wegen
des Hofstaates, der ein etwas wunderliches
Ansehen gewonnen hatte, seitdem der alte Ober=
hofmeister nicht mehr an seiner Spitze stand,
dessen altadelige Würde es freilich nie geduldet
hätte, daß ein ehemaliger Reisender in Seiden=
waren den Stab des Zeremonienmeisters führte.
Serenissimus wußte es selbst recht gut, daß
die Herrschaften, die seinem Souveränitätsrechte,
Standeserhebungen vorzunehmen, sieben= und
auch neunzinkige Kronen auf der Visitenkarte ver=
dankten, nicht immer reine Adelsmenschen waren,
und er behandelte sie zuweilen weniger ihrem
neuen Rang, als ihren persönlichen Qualitäten
gemäß, aber er hatte in seinem langen Leben
wohl auch innerhalb der Kreise des Geburts=
adels ab und an Begegnungen mit Qualitäten
von gleichermaßen fragwürdiger Höhe gemacht,
und so fand er das prinzipielle Naserümpfen
derer vom echten Blaublute nicht ohne weiteres
berechtigt. Er liebte es, derartige Spiele der
Gesichtsmuskeln geradezu zu provozieren und
amüsierte sich weidlich darüber. Sein Epi=
kuräismus hatte mit den Jahren einen zynischen
Zug angenommen, ohne daß das fürstliche Air

darunter gelitten hätte. Die Menschenverachtung, die um seine Mundwinkel spielte und in den Krähenfüßen eingegraben war, die seine kleinen, listigen Augen umgaben, stand ihm recht fürstlich zu Gesichte. Wäre nicht der Bart à la Napoleon III. gewesen, mit dem er manche Charaktereigenschaften, Triebe und Anschauungen gemeinsam hatte, so hätten seine Züge sicherlich an einen älteren Fürstentypus erinnert, an den der wollüstigen, launenhaften, verschwenderischen, aber auf der Höhe des Geistes ihrer Zeit stehenden Souveräne des achtzehnten Jahrhunderts. Die Dreieinigkeit seiner Leidenschaften für Jagd, Weib und Bühne war ganz im Stile des galanten Säkulums, und er gab sich ihr nicht anders hin, als wäre er vor dem kategorischen Imperativ Kants geboren worden. Daß er seine Favoritinnen, die er regelmäßig dem holden Kranze anmutiger Bühnenkünstlerinnen entnahm, als „Vorleserinnen" signierte, war kein schamhaftes Zugeständnis an seine Zeit, denn er hielt es nicht für fürstlich, sich zu genieren. Diese Damen lasen ihm wirklich auch manchmal etwas vor. Aber das sinnliche Vergnügen an der weiblichen Stimme löste bei ihm auch andere sinnliche Tendenzen aus, und je idealer der gesungene oder gesprochene Text war, um so sicherer erfolgte die angenehme Reaktion.

An den Hof dieses Fürsten hätte Felix vortrefflich gepaßt. Die vornehme Gleichgültigkeit

gegenüber herrschenden Meinungen des höheren
und niederen Volkes in Dingen der Moral; der
wollüstige Grundton, getragen und überzogen
vom großen Orchester der Liebe zu allem Künstlerischen; das auf alten Vorrechten mit absoluter
Selbstherrlichkeit Fußende und doch von der
zeitüblichen Art der Ausübung dieser Rechte
durchaus Abweichende, gleichzeitig Würdevolle
und Frivole dieses Hofes entsprach eigenen Neigungen in ihm und zog ihn an. Aber, einmal,
der regierende Herr war alt, und man wußte,
daß nach ihm nicht allein eine andere Linie,
sondern auch sehr andere Anschauungen zur
Herrschaft kommen würden, und dann, was
das Ausschlaggebende war, Felix befand sich,
ohne eigentlich zu ihm zu gehören, doch im
anderen Lager. Die habsburgischen Lippen
schürzten sich mit nicht weniger geringschätzigem
Spotte über den Knoblauchadel, als die Lippen
der alten Landesaristokratie, und Felix hatte
wahrhaftig keine Lust, zu der allerhöchst ge-
mischten Gesellschaft zu gehören.

Indessen: eher wäre ein Kamel durch ein
Nadelöhr gegangen, als daß ein simpler Herr
Hauart hier Offizier geworden wäre. Und
Felix wollte, mußte Offizier werden, aktiver
Offizier in seinem Regimente. Er kaprizierte
sich darauf, nicht allein, weil diese Uniform
ihm gefiel, und weil hier schließlich eine Anzahl
Voraussetzungen bereits erfüllt waren, die
anderswo erst noch zu erfüllen gewesen wären,

sondern auch, weil er wußte, daß Graf Pfründten sich die Gelbsucht an den Hals ärgern würde, wenn es ihm hier gelänge.

Mit dem bloßen Adel, das wußte er wohl, wäre es aber auch noch nicht getan gewesen. Einjähriger von Herzfeld war immer noch bloß gemeiner Reiter. Auch sein durchlauchtiger Gönner, Förderer und Freund gab sich darüber keinem Zweifel hin. Es galt, stärkere Trümpfe auszuspielen.

Der Prinz hatte von Anfang an, schon um sein auffälliges Interesse für diesen nichts als Herrn Hauart zu motivieren, Andeutungen fallen lassen, daß man es hier mit mehr als blos einem besseren Millionär zu tun habe.

— „Geheimnisvolle Sache. Mysteriöse Herkunft. Nicht völlig eingeweiht, aber positiv überzeugt: Vater sehr hoher Herr."

Später, als er mehr erfahren hatte, wenn auch schließlich nichts, als wiederum geheimnisvolle Andeutungen, deren phantastische Seltsamkeit ihn aber nicht stutzig, sondern erst recht geneigt machte, an einen allerhöchsten Papa seines Protégés zu glauben, wurde er ausführlicher, indem er aus eigener Kombination durchaus in das Fahrwasser von Felixens Phantasien geriet.

— „Mutter exotische Dame. Kennen das schöne Lied: „In Mexiko, da lebt man froh, macht mit dem Fächer immer so." Daher von Pfründten beanstandete Nase, die persönlich

sehr edel finde. Bitte, von Herzfeldsche Nase
zu vergleichen. Übrigens Pfründten selber sehr
krummen Zinken. Na ja. Gleichgültig. Im
übrigen: Siehe Konversationslexikon, Mexiko.
Habe sehr genau nachgeforscht. Stimmt mit
Zeit auffallend. Auch sonst vollkommener
Indizienbeweis. Lege Hand ins Feuer. Klipp
und klar natürlich niemals nachzuweisen. Derlei
Geheimnisse immer delikat. Überdies Mund
versiegelt."

Wirkte das schon im Offizierkorps sehr
plausibel, wo man von vornherein und gerne
geneigt war, das brillante Auftreten eines
Bürgerlichen als hocharistokratische Erbgabe
anzunehmen, so fand man es in den Salons
nicht bloß plausibel, sondern direkt überzeugend.
Zumal, weil der Prinz es vortrug, dessen
standesherrliches Extrabewußtsein man kannte,
und der durchaus nicht im Geruche eines Mannes
von blühender Phantasie und romantischen
Neigungen stand. Wenn Seine Durchlaucht
bereit war, ihre deutlich blaugeäderten, schönen
und zweifellos erzadeligen Hände dafür ins
Feuer zu legen, daß der p. p. Hauart mehr
als p. p. war, so konnte man sich darauf
verlassen. Und man tat es mit großer Beflissenheit, denn man fand es entzückend, ein
so romantisches Gesprächsthema zu haben und
sich phantastischen Mutmaßungen hingeben zu
dürfen.

Ein ganzer Legendenkranz wand sich um

Felixens jetzt glatt gescheiteltes Haupt. Die
ältesten wie die jüngsten Damen beteiligten sich
daran, die geheimnisvollen Andeutungen des
Prinzen mit wunderbaren Arabesken zu
schmücken.

Den einen galt es als sicher, daß Felixens
Mutter eine vornehme Dame rein spanischen
Blutes gewesen sei, und sie erwiesen sich als
sehr begabt in der Imaginierung einer Liebes-
geschichte zwischen Palmen und Agaven. In-
folgedessen fanden sie, daß Felix schwermütige
Augen habe. Die anderen lächelten über diese
Banalität. Für sie war Felix der Sohn einer
Indianerin mit unaussprechlich langem Namen
und unsäglich wilder Blut. Schauplatz des
Liebesabenteuers war für sie eine Chinampa, ein
schwimmender Blumengarten. (Denn man las
alles, was man über Mexiko nur bekommen
konnte und machte sich daraus ein kühn ent-
worfenes Bild: Palmen mit Gletscherhinter-
grund; Männer mit goldenen Ohrringen, ziegel-
roten Mänteln und breitkrämpigen Kegelhüten;
Frauen, glutäugig und schlangenhaft, mit seidenen
Mantillen, Granatblüten im blauschwarzen Haar
und gelben Fächern. In der Ferne sprengten
Indianer einher.) Von dieser Indianerin hatte
Felix seine dunkle Haut, die man als ambra-
farben bezeichnete, und seine verwegene Reit-
kunst. — Die einen aber wie die anderen
fanden, daß er, wenn auch vielleicht nicht
eigentlich schön, so doch unbeschreiblich interessant

aussehe, entweder wie ein junger spanischer
Grande oder wie ein Brigante aus den Bergen
Mexikos, deren merkwürdigster nur leider einen
so unpassenden Namen führte, daß nur die
Mutigsten ihn auszusprechen wagten. Daß auf
alle Fälle fürstliches Blut in seinen Adern rollte,
konnte nur blöden Augen verborgen bleiben,
denen der Blick für das unbeschreibliche Etwas
abging, das der Kenner sofort im Gehaben
von Menschen edelster Abkunft erkennt.

Kein Thema beherrschte die Damenthees so,
wie das Thema Felix.

„Ich bin eine alte Frau," rief einmal die
verwitwete Baronin Mettwitz aus, „und so
darf ich es sagen: ich bin eine Spur verliebt
in unsern Mexikaner."

„Bitte: Indianer!" warf die Gräfin Cham
ein, die zur Gegenpartei gehörte.

„Gleichviel," fuhr die Baronin fort, „er ist
entzückend, und ich hoffe sehr, daß er uns
erhalten bleibt. Haben Sie bemerkt, wie belesen er ist, wie hübsch er zu plaudern versteht,
wie wenig ihm die Unart vieler unsrer Herren
anhaftet, immer wieder auf das alleinselig-
machende Thema Pferd zurückzufallen?"

„Er ist ungemein gebildet," sagte eine gleichfalls ältere Dame, „und zitiert reizend Gedichte."

„Ja, wissen Sie denn nicht, daß er sogar
einem Dichter ein Denkmal gesetzt hat?" rief die
Baronin aus, froh des Umstandes, daß der Prinz
ihr als der ersten diese Mitteilung gemacht hatte.

— „Ein Denkmal?"

— „Einem Dichter?"

— „Wo denn?"

— „Welchem Dichter?"

— „In Marmor?"

— „Es steht irgendwo am Mittelmeer, ganz aus Marmor und mit einer lateinischen In= schrift. Der Prinz sagt, es ist so schön, daß man davon träumen könnte. Nur schade, daß der Dichter, der als römischer Kaiser dargestellt ist..."

— „Ah!"

— „Wie bezeichnend!"

— „... sich in einem Wahnsinnsanfall ins Mittelländische Meer gestürzt hat."

— „Wie entsetzlich!"

— „Furchtbar!"

— „Aber warum denn?"

— „Ich sagte es ja: er wurde plötzlich wahn= sinnig, und es hätte nicht viel gefehlt, daß er seinen Freund mit sich hinabgezogen hätte."

— „Und trotzdem ein Denkmal!"

— „Wie edel!"

— „Das sieht ihm ähnlich."

— „Was für Erlebnisse!"

— „Daher oft sein düstrer Zug."

„Den hat er von der Mutter," entschied die Baronin mit Bestimmtheit. „Übrigens erklärt der Prinz, noch viele andere edle Züge aus seinem Leben zu kennen. Ich hoffe, daß er mir keinen vorenthält."

„Ich begreife nur eines nicht," sagte die

Gräfin Cham nach einer Pause, „das eine begreife ich nicht, daß er nicht wenigstens geadelt worden ist, wie es doch immer mit natürlichen Söhnen von Fürsten geschieht."

„Es ist auffällig," bemerkte die Baronin, „aber aus den Umständen zu erklären. Wir alle kennen ja doch den fürchterlichen Schluß des Trauerspieles von Mexiko. Wer weiß, wie es gekommen wäre, wenn diese infamen Rebellen nicht gesiegt hätten. Ich kann den jungen Mann nicht ohne tiefes Mitgefühl ansehen. Er kommt mir immer wie ein unschuldig Verbannter vor, wie ein Ausgestoßener, ohne Heim und Anschluß trotz seines Reichtums."

— „Ach ja."

— „Es ist wirklich wahr."

— „Traurig."

„Aber das läßt sich doch reparieren?" meinte eine von den jüngeren Damen. „Unser gnädigster Herr könnte ja auch einmal einen Würdigen adeln."

„Das weiß der liebe Himmel," seufzte die Baronin auf, „aber: ob er's tut? Es wäre eine zu merkwürdige Ausnahme, als daß man daran glauben könnte. Und schließlich dürfte unser Mexikaner zu stolz dazu sein."

Da lachte die junge Gräfin Pfründten, die die Tochter ihres Gatten hätte sein können und den, wenn auch von ihren Standesgenossinnen angefochtenen, Ruf hatte, die schönste Frau des Regiments zu sein, ironisch auf.

Alles wandte sich empört ihr zu, und die Baronin warf ihr ein spitziges „Nun?" entgegen.

Aber die schöne junge Gräfin zuckte bloß die Achseln und meinte: „Wir werden ja sehen. Einstweilen möchte ich nur darauf aufmerksam machen, daß Herr Hauart nicht zu stolz dazu gewesen ist, die zuletzt von unserm gnädigsten Herrn abgelegte Vorleserin zu seiner Geliebten zu erküren."

War schon der Inhalt dieser Worte geeignet, den Theekreis heftigst zu schockieren, so mußte der schlechthin gehässige Ton, mit dem sie vorgebracht wurden, die gesamte Damenschaft geradezu entsetzen.

Es hätte jede gerne Pfui gesagt, aber man sagte nur einmütig indigniert: „O!"

Doch es kam noch schlimmer. Die schönste Dame des Regiments lehnte sich ruhig zurück und sagte: „Wer weiß. Er wäre der erste nicht, der versucht hätte, sich auf diese Manier allerhöchsten Ortes beliebt zu machen. Vielleicht heiratet er sie gar. Dafür wird er mindestens Baron."

Das war zuviel. Sowohl die indianische, wie die mexikanische Partei war im Tiefsten ihrer Gefühle verletzt. Eine kurze Pause eisigen Schweigens noch, dann erhob man sich und nahm mit vielsagenden Blicken von der Baronin Abschied, die der boshaften Gräfin kaum die Fingerspitzen reichte.

Viertes Stück: Selma mit dem Brustpanzer

Obwohl in seiner Gegenwart nie davon gesprochen wurde, fühlte es Felix doch sehr wohl,
daß sein Geheimnis auf Frau Famas Flügeln
die Residenz durchrauschte.

Die Offiziere, Graf Pfründten immer ausgenommen, wurden zusehentlich kordialer und
beglückwünschten ihn, als er nach Ablauf seines
Dienstjahres den Entschluß kundgab, als Fahnenjunker der Offizierslaufbahn zuzustreben, so
herzlich dazu, daß er an ihrem guten Willen,
ihn einmal als Regimentskameraden zu begrüßen, nicht zweifeln konnte. Die Art, wie
man ihn jetzt behandelte, war mehr als ge-
messene, durch ein gewisses Air von Herablassung fatal nuancierte Freundlichkeit; sie hatte
etwas Freieres, beinahe schon Kameradschaft-
liches angenommen.

Felix, hierin recht feinfühlig, hatte es mit
guter Witterung bemerkt, wie etwas, das
einer atmosphärischen Schicht verglichen werden
mochte, die ursprünglich zwischen ihm und dem
Offizierskorps lag, sich mehr und mehr ver-
flüchtigt hatte. Frau Famas Flügelrauschen
hatte das verweht; er wußte das wohl. Und
er fand das ganz in der Ordnung, indem er
für sich die Lage eines großen Herrn in Anspruch
nahm, der unter einem bürgerlichen Inkognito
aufgetreten war, es aber zuließ, daß dieses Inkognito von anderer Seite gelüftet wurde.

Es bereitete ihm natürlich innige Genugtuung, so ohne direktes eigenes Zutun — erkannt
zu werden. Daß schließlich sein Name echt und
keineswegs eine vorgehaltene Maske war, fiel
ihm gar nicht ein. Er hatte sich längst in das
Gefühl eingewöhnt, eben immer nur inkognito
aufzutreten und durchaus ein andrer zu sein,
als der er hieß. Selbst die Standeserhöhung,
auf die der Prinz hinarbeitete, würde immer
doch nur ein etwas dekorativeres Inkognito
bedeuten, sagte er sich. Gewissermaßen eine
Maske aus Seide statt der aus Leinwand, die
das Schicksal ihm bisher zu tragen auferlegt
hatte. Aber wirklich demaskieren würde er sich
nie können. Welches Wappen man ihm auch verleihen mochte, es würde nie die hochherrlichen
heraldischen Insignien aufweisen, die ihm zukamen.

So ging er denn auch nur mit einer gewissen
Lässigkeit auf des Prinzen Absichten ein, obwohl er gleichzeitig im Innersten doch recht beglückt davon war. Denn hier, in diesem Kreise,
dem er durchaus angehören wollte, wirkte ein
Mensch ohne Wappen ungefähr so, wie ein
Mann, der die Frechheit hätte, einen Ball in
Badehosen mitzumachen. Und überhaupt: es
ging zweifellos nicht an, ewig alle Menschen
von Gesellschaft in peinliche Beklommenheit zu
versetzen durch Nennung eines Pseudonyms, das
sich nicht durch das geringste Ornament von
der großen Müller- und Schulze-Herde abhob.
Es war geschmacklos und also unmöglich.

Auf den Prinzen machten Äußerungen Felixens in diesem Sinne einen vortrefflichen Eindruck. Zumal die Nachlässigkeit, mit der Felix die Angelegenheit behandelte, gefiel ihm, denn sie war ihm ein neuer Beweis für angeborene Vornehmheit.

Aber er hatte doch darauf bestanden, daß auch Felix selber etwas dazu tue.

— „Müssen von zwei Seiten aus operieren. Höchster Herr zuweilen sonderbar. Echappiert gerne plötzlich. Für Militär jetzt gar kein Interesse mehr. Fahnenjunker gänzlich egal. Millionen schon weniger. Müssen aber, äh, vorsichtig nahegebracht werden. Kann ich nicht tun. Nee. Scheue Konkurrenz mit gewissen Managern. Kann bloß leise andeuten, was nicht, äh, direkt finanzieller Natur. Wird auch wirken. Höchsten Ortes viel Sinn für natür- liche Söhne vorhanden. Überdies Romantiker. Aber nicht bloß. Na ja. — Sicherstes Mittel immer einschmeichelnde Stimme von Vorleserin. Wissen doch: Wappenspruch geadelter Singe- dame: vis in voce."

Felix lächelte verständnisvoll, aber nicht ganz reinlich.

Der Prinz fuhr fort: „Scherz beiseite. Meine 's ernst. Müssen sich an letzt ge- wesene 'ranmachen. Augenblicklich regierende natürlich streng zu meiden. Alte Herren Späßen Jugendlicher immer abgeneigt. Finde begreiflich. Aber letztgewesene immer Stein

im Brette. Finde rührender Zug. — Augen=
blicklich letztgewesene übrigens recht reizvoll!"
— „Selma mit dem Brustpanzer?"

Felix zeigte sich etwas erschrocken:

— „Die Dame ist mir zu dick, Prinz. Auch
liebe ich diese idealistischen Kuhaugen nicht."

— „Gibt sich mit der Zeit. Können ja weg=
sehen. Mensch nicht bloß zum Vergnügen auf
der Welt. Begreife Abneigung gegen Fülle
übrigens nicht. Hemigloben unten und oben,
der Mensch soll Gottes Gaben loben."

Auch dieses Kasinozitat brachte Felixens Ab=
neigung nicht ins Wanken. Er kannte Selma
mit dem Brustpanzer vom Ansehen recht gut,
denn er bewohnte eine Villa in der berühmten
Straße am Schloßberg, die man die avenue des
lectrices nannte, weil ein Viertel Dutzend der ge=
wissen gewesenen Vorleserinnen dort ihre chalets
hatten, und die üppige Selma pflegte immer
am Fenster zu erscheinen, wenn er vorüberritt.

— Gott behüte und Gott bewahre! dachte
er bei sich, ich will keine Fettflecke kriegen.

Aber Prinz Assi (wie Seine Durchlaucht im
Kasino nach seinem Namenspatron hieß) unter=
stützte seinen auf so massiger Basis errichteten
Plan mit so vielen Argumenten, daß Felix sich
schließlich sagen mußte, es sei ein soliderer kaum
zu finden.

Erstens bewies Serenissimus dieser Gewesenen
eine besonders deutliche Anhänglichkeit über
das Grab seiner Liebe hinaus, und dann war

es bekannt, daß die ehrgeizige Selma sich nicht auf die sonst übliche Art abfinden lassen wollte. Das obligate Chalet besaß sie bereits, an Geld fehlte es ihr auch nicht, und an dem höchsten Huldbeweis: Verheiratung mit einem Manne von ebenso gutem Adel, wie uner= schrockener, zu jeder Lehenspflicht bereiten Loyalität, schien ihr sonderbarerweise nichts zu liegen. Sie hatte es sich in den Kopf gesetzt, Direktorin einer Pflanzschule für junge drama= tische Talente zu werden, die natürlich vom Hofe zu gründen war. — Gute Seelen fanden das sehr ideal, böse Menschen erklärten es sich damit, daß Selma, nachdem sie die Liebe des Alters genossen, den begreiflichen Wunsch hegte, diesen Genuß nun auch in mehr jugendlicher Form kennen zu lernen. Doch dachte sie, meinten dieselben boshaften Leute, dabei nicht bloß an sich, sondern auch an den gnädigsten Herrn. Ihr die Eleven, ihm die Elevinnen.

Es war gewiß häßlich, so von einer Künst= lerin zu denken, die immer nur (und wie ideal) die idealsten Frauengestalten der Dichtung ver= körpert und sich einmal emphathisch geweigert hatte, ein „sinnliches Ungeheuer" darzustellen. Aber die Medisance blüht in kleinen Residenz= städten auf jedem Fensterbrette, und die ideale Selma stand wirklich etwas zu häufig hinter den Gardinen, wenn junge Männer ihr Haus passierten.

Sie würde, das war dem Prinzen unbedingt

klar, einer Annährung Felixens gewiß keine
Schwierigkeiten entgegensetzen, ihn vielmehr mit
kräftigen Tragödinnenarmen so innig ans liebevolle Herz pressen, daß nur dessen üppige
Polsterung ein Unglück verhüten konnte. Wenn
dann Felix gleichfalls Kraft, Feuer und einige
Ausdauer bewährte, gleichzeitig aber aus unwiderstehlicher Leidenschaft zur dramatischen
Kunst eine recht ausgiebige Stiftung für die zu
gründende Pflanzschule machte, dann war an
hohen Lohn für hohe Leistung nicht zu zweifeln.
Für einen glänzenden jungen Mann, der so in
jeder Hinsicht ihren Wünschen genug tat, würde
Selma zweifellos mit dem ganzen Feuer ihrer
Künstlerseele und mit dem ganzen Timbre ihrer
bestrickenden Stimme beim höchsten Herrn
wirken, und dieser würde, gleichzeitig vom
Prinzen auf das romantische Mexiko hingewiesen, ebenso zweifellos den vereinten Bemühungen einer großen Dame der Kunst und
eines großen Herrn der Geburt ein geneigtes
Ohr schenken. Dies um so mehr, als er dadurch auf die angenehmste Manier zur Gründung eines Kunstinstituts kam, das dem geliebten
Theater zu dienen bestimmt war.

*

So war es geschehen, daß Felix in der Tat
Selma mit dem Brustpanzer zu seiner „Geliebten"
erkoren hatte.

Es wäre ihm aber recht unangenehm ge-

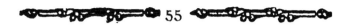

weſen, hätte er erfahren, daß gerade Graf
Pfründten davon Wind bekommen hatte. Es
mußte das geradezu durch Spionage geſchehen
ſein, denn Felix frequentierte die Dame ſeiner
Intereſſen nur im Dunkel der Nacht und bemühte ſich peinlich, keine Kunde dieſer liaison
aufkommen zu laſſen, die ihm weder ſehr wohlgefällig war, noch beſonders dekorativ erſchien.

Trotzdem mußte er monatelang Nacht für
Nacht in dieſer ihm unausſtehlichen Villa bei
dieſer ihm ganz und gar ungemäßen Dame
zubringen.

Hier war es, wo er erſt fühlte, was er
einmal beſeſſen hatte: Liane.

Sehnſucht kannte er nicht; weder vorwärts
noch rückwärts gewandte; und auch die Gabe,
in Erinnerungen zu ſchwelgen, war ihm nicht
eigen. Aber hier drängten ſich Vergleiche mit
ſolcher Stärke auf, daß er mehr als einmal
das kleine Pariſer Haus und ſeine Herrin wie
leibhaft vor ſich zu ſehen vermeinte, wenn er
vor gegenwärtigen Reizen die Augen verſchloß.

Selmas Boudoir war grauenhaft: eine Folter-
kammer des Geſchmacks. Die hochgeſtimmte
Seele der Künſtlerin, im Grunde maſſiv wie
ihre Körperlichkeit, hatte es verſchmäht, dieſen
Raum mit imitiertem Rokoko auszuſtatten, wie
es ihre Kolleginnen zu tun pflegten. Ihrem
dramatiſchen Elan konnte nur das entſprechen,
was ſie im Sinne ihrer Zeit für Renaiſſance
hielt. Hochrenaiſſance verſteht ſich. Balkiges

Getäfel, nach den Ausmessungen eines Riesen-
saales, drückte eichenklotzig ein mittelgroßes
Zimmer, das keine Türen, sondern Portale aus
Nußbaumholz hatte, dem alle möglichen
Schändlichkeiten angetan worden waren. Löwen-
köpfe sperrten daran die Rachen auf, so daß
man sehen konnte, wie die großen Bronzeringe
(aber es war eigentlich keine Bronze) an den
Zähnen hingen. Unverschämt dicke Fruchtkränze
bepflasterten das übrige, und in einigen schaukelten
sich noch dazu gräßlich eingezwängte Putten
mit Wasserköpfen. Rechts und links aber
traten mühsam und daher mit ingrimmigen
Blicken Landsknechte aus dem Holze hervor,
die ungemein schön geringelte Bärte, aber an
diesem Orte eigentlich keine Daseinsberechtigung
hatten. Die großen, bogigen Fenster waren
mit zahllosen flaschengrünen Butzenscheiben von
deutlicher Fabriksherkunft bedeckt, mußten aber
auch noch daran befestigte Glasmalereien ertragen,
die rührende Szenen aus dem Trompeter von
Säckingen in Farben wiedergaben, denen nur ein
abgehärteter Magen widerstehen konnte. Die
Papiertapete heuchelte braungenarbtes Leder
mit Goldornamenten, die ein Stillleben von
Helmen, Schilden, Spießen, Säbeln, Trompeten,
Pauken und Kronen zu bedeuten hatten. Zum
Glück war dieser papierlederne Kriegslärm
zum großen Teile von Lorbeerkränzen mit
gewaltigen goldbedruckten Bändern bedeckt,
die meistens die Farbe des Herrscherhauses

trugen, dem die begnadete Künstlerin ihre
höchsten Triumphe verdankte. Möbel standen
in diesem dräuenden Raume keine, sondern
gewaltige Gebäude, die sich nur herabließen,
als Schränke, Tische, Stühle, Sofas zu
figurieren. Was Holz an ihnen war, war bis
an die Grenze der Möglichkeit geschnitzt, und
zwar dermaßen, daß man hätte glauben können,
diese wild vorgereckten Kanten, Knäufe, Zacken,
Zinken, Wülste seien nicht zum Schmucke,
sondern zum Schutze dieser Holzbefestigungen
bestimmt. Wo sich Stoff an dieses Holz an-
setzte, ornamental ausgeschorener Plüsch von
unappetitlich braungelblicher Farbe, war dieser
Umstand unmäßig betont durch gewaltige Knöpfe
aus bronziertem Metall. Auch gab es hier
wiederum aufgesperrte Löwenrachen mit Ringen.
Der persische Teppich aus Wurzen mußte höchst
kostbar sein, denn er war von vielen Bären-
fellen bewacht, deren aufgerissene innen rot be-
malte und zähnefletschende Köpfe im Kampfe mit
dem Schuhwerk der Besucher dieses Kabinetts
der Schrecken ihre Nasen eingebüßt hatten.
Inmitten eines Erkers, der von einer Palast-
terrassenbalustrade aus knolligen Säulen wie ein
Altar abgeschlossen war, stand, zwischen blechernen,
aber sehr sauber auf Natur lackierten Palmen,
auf einem trotzig gekanteten Untersatze aus
naturfarbenem Eichenholze mit eingelassener
Bronzeinschrift die Büste Selmas als Jungfrau
von Orleans. Nach ihr, die so glatt und

glänzend war, daß man auf die Vermutung
kommen mußte, sie sei vom Seifensieder aus
weißer Glyzerinseife gegossen worden, führte
die gefeierte Tragödin den Namen Selma mit
dem Brustpanzer. „Kein Busen war's, ein
Bollwerk war's zu nennen."

Hier, vor diesem Erkeraltar stehend, angetan
mit einem Schlafrock aus himmelblauem Flanelle,
der nach ihrer Meinung vom Schnitte eines
griechischen Priesterinnengewandes, in Wahrheit
aber doch eben nur ein ganz gewöhnlicher
Schlafrock war, pflegte die üppige Heroine,
à la Germania auf dem Niederwalde frisiert.
mit glühenden Bäckchen und gewaltig einher-
wogendem Busen Verse der Klassiker zu
deklamieren, indessen Felix auf einem schauderhaft unbequemen Stuhle sitzen mußte, dessen
gebuckelte und gekerbte Knöpfe sich ebenso
schmerzhaft in seinen Rücken eingruben, wie die
hohl scheppernden Wortrouladen der begeistert
Wimmernden in seine Ohren. Ursprünglich hatte
ihm die skrupellose Selma zugemutet, auf diesem
Stuhl der Qualen einen im Hause der Vorleserin allergnädigst zurückgelassenen Schlafrock
des höchsten Herrn zu tragen, aber Felix,
obwohl er sonst Order zu parieren hier nicht
weniger als in der Kaserne sich zur Pflicht gemacht hatte, war in diesem Punkte denn doch
nicht gefügig gewesen. Er hatte sich darauf
hinausgeredet, daß der Schlafrock Serenissimi
für ihn nie und nimmermehr ein Gebrauchs-

gegenſtand, ſondern immer nur ein Objekt der Verehrung ſein dürfe. Aber auch die Zumutung, dann ſeinen eigenen Schlafrock hier zu deponieren und zu tragen, hatte er zurückgewieſen. Es gab denn doch immerhin Grenzen. Schauderhaft genug, daß er genötigt war, ſich ſelbſt zu proſtituieren, um einen im Offizierskorps möglichen Namen zu erhalten. Seine Heiligtümer aber ſollten von dieſer brünſtigen idealiſtiſchen Kuh nicht berührt werden. Er hatte einfach geſagt, er beſitze kein derartiges Kleidungsſtück, das würdig wäre, den prachtvollen Renaiſſancemöbeln Selmas benachbart zu ſein. Dafür mußte er nun als Oreſtes hier ſitzen, die bloßen Füße in Theaterſandalen und auf dem nackten Leibe eine grüne Theatertunika mit rotem Mäander an der Saumlinie. Er kam ſich wie ein Statiſt vor, der der Heroine ihr Rollen abhören darf.

O, dieſe Rollen, dieſe rollenden, hallenden Rollen! Felix bekam einen unauslöſchlichen Haß gegen den fünffüßigen Jambus, und der Geſchmack an klaſſiſchen Dramen, ohnehin nicht ſonderlich ſtark bei ihm entwickelt, wurde ihm hier für alle Zeit verleidet. Selmas übermäßig gefühlsſchwangeres Organ, das auf den höchſten Herrn angenehm erhitzend gewirkt hatte, wirkte auf ihn ganz anders. Man konnte nicht ſagen: erkältend, denn es wahr ihm in der Gegenwart ſeiner Huldin nie heiß

zumute. Man hätte eher sagen können:
abstumpfend. Selma hatte für ihn nicht
Kanthariden, sondern Brom in der Stimme.
Doch geschah es auch, daß er in der
wabernden Umplätscherung dieser von heftigen
Atemstößen gehobenen Rhythmenwogen innerlich
eine Wut aufsteigen fühlte, die er nur durch
rastloses stummes Wiederholen eines gegen=
sätzlichen, gewissermaßen als Gegengift wirkenden
Rhythmus bemeistern konnte. Am besten bewährte
sich das Anapästgehüpf: Wenn der Mops mit
der Wurst übern Spucknapf springt.

Dabei aber doch ein entzücktes Mienenspiel
zu unterhalten, war indessen schwer, und es
war um so schwerer, weil er wohl wußte, daß
Selmas idealistische Atemgymnastik nur das
Vorspiel zu einer sich immer gleich bleibenden,
reizlosen realistischen Liebesszene war, der jede
Gliederung, jeder Geist, jedes Raffinement,
jede Glut, jede Überraschung fehlte. Mäßiges
Naturprodukt, durch keine Kunst geadelt und
verfeinert.

O, lieber, viel lieber noch Friedrich Schiller
in Selmaschen Rouladen!

Oft, wenn die vor Begeisterung Keuchende
schon Anstalten machte, zu dem Tragödien=
schritte anzusetzen, der ihm die Zerreibungszone
ihrer Umarmung näherte, sprang er hingerissen
auf und zurück und rief:

„O, bitte, einmal noch von der herrlichen
Stelle an:

In raues Erz sollst du die Glieder schnüren,
Mit Stahl bedecken deine zarte Brust,
Nicht Männerliebe darf dein Herz berühren
Mit sündgen Flammen eitler Erdenlust."

Aber, wie bedeutsam er auch die zwei letzten Verse betonen mochte, es kam doch immer zu der unvermeidlichen Katastrophe, die mehr dem Wesen der Voltaireschen Pucelle, als der Schillerschen Jungfrau entsprach), und unter deren Entladungen sich Felix mehr als einmal fragte: Wann ist diese furchtbare Person eigentlich echt: wenn sie Schiller, oder wenn sie mich notzüchtigt?

Hätte er sich eingehender mit Selmas Charakter beschäftigt, so würde er darauf gekommen sein, daß sie es das eine wie das andere Mal war, im tieferen Sinne aber nie.

Doch Felix dachte nicht daran, sich mit Selmas Charakter zu beschäftigen; er hatte gerade genug mit ihrer Leiblichkeit zu tun.

Wenn die Griechenpriesterin in ihrem himmelblauen Flanell ihren Orestes unter schallenden Küssen zwischen den grimmigen Landsknechten hindurchbugsiert und zu ihrem geräumigen Lager geschleppt hatte, das in einem himbeerlimonadefarbenen Lichte schwamm, weil eine von zwei an Drähten schwebenden Tauben gehaltene Rosaglasmuschel es so wollte, dann lernte Felix die große, aber bittere Wahrheit des prinzlichen Wortes kennen, daß der Mensch nicht bloß zum Vergnügen auf der Welt ist. Der Begriff der Arbeit ging ihm auf, und, wenn es auch Arbeit auf einem Gebiete war, wofür er hinreichend Talent, und auf dem er reiche Erfahrung besaß, so gehörte doch viel Selbstüberwindung, gewaltige Energie und der beharrliche Gedanke an den Lohn der Mühe dazu, sie zu leisten.

Als ihn der Prinz eines Tages beinahe aufgeregt mit der Meldung beglückte: „Höchster Herr in Anerkennung besonderer Verdienste um dramatische Kunst Graf gemacht!" da atmete er tief auf und sagte: „Gott sei Lob und Dank! Das hab ich mir redlich und sauer verdient. Es war die höchste Zeit."

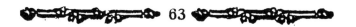
ZWEITES KAPITEL
Im Sattel

Erstes Stück: Der Stern der rechten Bahn

Vom Nichts zum Grafen, — das war ein Hochsprung, der selbst bei den Untertanen des „Adlers" Aufsehen machte. (Der nicht etwa Adler hieß, weil er hoch flog, sondern weil er so viele Krähen geadelt hatte, die sich nun mindestens für Falken hielten.)

Sogar Selma war verblüfft. Soviel Einfluß hatte sie sich als Gewesene doch nicht zugetraut, und die Summe, die Felix gestiftet hatte, war zwar recht erklecklich, entsprach aber doch eigentlich nur sieben und nicht neun Zinken. Die ideale Künstlerin war einen Moment fast ärgerlich überrascht, denn sie hatte für ihren angebeteten Orestes eine Nachbildung ihrer berühmten Jungfraubüste in Perlenstickerei anfertigen lassen, und darin nahm keinen kleinen Platz eine siebenzackige Krone ein. Zwei rundliche Liebesgöttchen hielten diese Krone in der Schwebe, während ein himmelblaues S darunter

ein scharlachrotes J innig umschlang, — was alles
gewiß noch immer sehr „niedlich", aber nun
doch unverwendbar war.

Selma gab sofort eine Korrektur in Be-
stellung, sollte aber auch für diese keine Verwendung finden, denn Graf Orestes bekam mit
einem Male kalte Füße in den Theatersandalen.
Er verließ auch seine Villa in der Avenue des
lectrices und kaufte ein kleines Schloß in der
Umgebung der Stadt einem geborenen Grafen
ab, dessen altes Wappen nicht so gut vergoldet
war, wie Felixens neues.

Man fand das allgemein sehr stilvoll und
machte sich auf große Dinge gefaßt, als Felix
die alten Stallungen abbrechen und fünfmal
so große neue dafür errichten ließ.

In der Gesellschaft zweifelte, immer nur den
obstinaten Grafen Pfründten ausgenommen,
der übrigens um diese Zeit den Dienst quittierte,
niemand daran, daß die sensationelle Grafung
auf Beweise zurückzuführen sei, die der Prinz
höchsten Ortes für Felixens hohe Herkunft er-
bracht habe. Ließen doch Seine Durchlaucht
Andeutungen in diesem Sinne genug fallen.

Von der Gesellschaft sickerte diese Meinung,
durch das Filter der Dienerschaft nicht etwa
verdünnt, sondern verdichtet, in das Publikum,
genannt Volk, und so wurde es bald zur allgemeinen Überzeugung, daß der neue Graf
eigentlich noch viel mehr, als bloß ein Graf sei. Da
aber das Volk aus angeborener Anhänglichkeit

an das angestammte Herrscherhaus immer ge=
neigt ist, romantische Geheimnisse mit diesem
in Verbindung zu setzen, so belächelte man an
den Stammtischen sowohl, wie in den Kaffee=
kränzchen das Märchen von Mexiko als höfisch
ersonnene Fabel, zwinkerte mit den Augen und
flüsterte: Uns machen se nischt vor!

Gerade daß der neue Graf, im Gegensatze
zu den vielen neuen Baronen usw., nicht offiziell
bei Hof verkehrte, sondern nur zuweilen
allein zu Serenissimus befohlen wurde, galt
als Bestätigung dessen, was die Stimme des
Volkes raunte.

Alles in allem: Felirens Standeserhöhung
fand überall Verständnis und Beifall, nur nicht
bei der neuen Aristokratie, die dafür jetzt ein so
reges Interesse für die zu gründende dramatische
Pflanzschule zu betätigen begann, daß das Ent=
stehen dieses Kunstinstitutes bald gesichert er=
schien. Die Portemonnaiebarone zweifelten
nicht einen Augenblick daran, daß der Graf
lediglich die Folge einer besonders ausgiebigen
Stiftung für diese dem höchsten Herrn offenbar
höchst sympathische Stiftung war.

Indessen verhielt sich die Sache doch etwas
anders.

Serenissimus hatte des Prinzen geheimnis=
volle Andeutungen immer mit huldvollem Lächeln
angehört, oftmals mit dem Kopfe nickend, zu=
weilen ein interessiertes „ah!" oder ein bedenk=
liches „hm" einfallen lassend, hatte ein paar=

mal mit seinem überlebensgroßen Bleistifte
Notizen auf seinen entsprechend umfangreichen
Papierblock gemacht, war auch einmal an seine
Handbibliothek getreten, ein Buch herauszu-
greifen und in ihm nachzuschlagen, kurz, er
hatte die Sache mit legerem Wohlwollen, aber
nicht mit besonderer Anteilnahme behandelt.
Dann aber hatte er sich den geheimnisvollen
Fahnenjunker einmal in seiner Theaterloge vorstellen lassen, ihn aufmerksam betrachtet und
ein paar gnädige Worte des Lobes darüber
an ihn gerichtet, daß er ein so erfreuliches
Interesse für die dramatische Kunst betätige.
„Sehr schön das," hatte er gesagt; „nobile
officium. Freut mich. Ich habe auch erfahren, daß Sie Umgang mit Dichtern ge-
pflogen haben. Wünschte wohl, daß unsere
jungen Herren überhaupt ähnliche Neigungen
an den Tag legten und sich nicht bloß als
Reiter und Pferdezuchtförderer fühlten. Aber
die gegenwärtige Zeit ist materiell gesinnt.
Sogar die Dichter. Hoffentlich hat Ihr Freund
nicht zu den Realisten gehört."

„Er war ein großer Idealist," hatte Felix
leise, aber doch emphatisch erwidert. „Ja, er
ist gewissermaßen an seinem Idealismus zugrunde gegangen." Darauf der höchste Herr:
„Besitzen Sie ein Werk von ihm?" Und Felix:
„Leider nur ein einziges im Druck. Ich gedenke, die übrigen später herauszugeben". —
In diesem Augenblicke hatte der Kammerherr

vom Dienst gemeldet, daß auf der Bühne um-
gebaut sei. „Lassen Sie anfangen!" hatte
Serenissimus befohlen und Felix mit den
Worten verabschiedet: „Schicken Sie mir das
Werk Ihres Freundes."

„Wie?" hatte Prinz Assi gesagt, als ihn
Felix bat, das Gedicht Karls dem höchsten
Herrn zu überbringen. „Verse? Nie irgend-
wem bisher Verse überbracht. Komisches
Gefühl. Sind hoffentlich nicht modern. Sonst
brenzliche Sache. Werde lieber vorher lesen."

Er war aber nicht weit gekommen und hatte
den königlichen Druck bald zugeklappt.
— „Entschieden unbedenklich. Durchaus anständige Gesinnung. Bloß bißchen exaltiert.
Na ja: Poesie. Begreife, daß Verfasser schließlich übergeschnappt. Wolkenexistenz auf die
Dauer ungesund."

Auf den höchsten Herrn aber hatte die
prachtvolle Dichtung ganz anders gewirkt. Er
war tief ergriffen davon gewesen und hatte
den Prinzen beauftragt, am nächsten Tage
Felix mit ins Schloß zu bringen.

„Ihr Freund war ein Genie," hatte er gesagt. „Es ehrt Sie aufs höchste, daß er Sie
seines Umganges gewürdigt hat, und Sie
haben meinen ganzen Respekt, daß Sie in so
jungen Jahren schon begriffen haben, daß einem
solchen Dichter ein Denkmal gebührt. Die
Nachwelt würde ihm viele Monumente gesetzt
haben, wenn er länger am Leben geblieben

5*

wäre. Ich beneide Sie darum, daß Sie sich den Ruhm erworben haben, ihn als einziger zu erkennen und ihm so zu danken, wie es sonst nur das schöne Vorrecht der Fürsten oder der Ausdruck der Verehrung eines ganzen Volkes ist. Sie haben damit ganz im Sinne seiner herrlichen Dichtung gehandelt, im Sinne echten Adeltums. — Es ist ein Unglück, daß das Gedicht damals nicht in meine Hände gelangt ist. Ich würde ihn auf der Stelle zu mir berufen haben, obwohl es sich an eine höhere Adresse wendet . . . Nun, das war ein Irrtum. Berichten Sie mir, was darauf erfolgt ist."

Felix hatte das in wohlgesetzten Worten getan und der Fürst darauf mit Lächeln erwidert: „Hm. Ich verstehe das. Hofmarschälle, auch wenn sie vom urältesten Adel sein mögen, sind nicht immer die geeigneten Kapazitäten, Genie zu erkennen. Es kann vorkommen, daß ihnen derlei — fremd ist . . .

Daher ich es von jeher vorgezogen habe, mich in Dingen der Kunst auf mich selbst zu verlassen. Wenn Karl August seinen Hofmarschall befragt hätte, wäre Goethe nie nach Weimar gekommen. — Aber an großen Höfen kann man wohl von diesen Zwischenstationen nicht Umstand nehmen. Auch ist Konzentration auf Kunst in unserer Zeit dort noch kaum möglich. Die Kunst ist nicht bloß lang, sondern auch tief, und um Tiefe zu erkennen, muß man

für Tiefe Zeit haben. Kunst ist ein Kräutlein,
nicht für alle Leutlein, heißt ein alter Spruch
in meinem Lande. Und:

Die höchste Liebe, wie die höchste Kunst,
Ist Andacht. Dem zerstreuten Gemüt
Erscheint die Wahrheit und die Schönheit nie —

sagt Herder."

Dann hatte er sich noch ausführlich von
Karls Wesen berichten lassen, hatte der be-
geisterten Schilderung, die Felix davon gab,
hohes Lob gezollt, den Wunsch geäußert, Einsicht in alles Ungedruckte des Gottbegnadeten
zu nehmen, und den beglückten Freund des
genialen Dichters aufs allerhuldvollste verabschiedet.

Und kurz darauf war die Grafung erfolgt.

Prinz Assi hatte ganz recht, wenn er einmal
bemerkte: „Verdanken Grafen, glaube ich, aller-
erster Linie poetischem Freund. Nichts so Eindruck gemacht, wie sonderbares Gedicht und
Monument. Wollen aber lieber andern gegenüber beiseite lassen. Kein Verständnis für so
Sachen."

Es wäre aber nicht nötig gewesen, das
Felix zu sagen. Er wußte ganz genau, worauf die überschwängliche Gnade des höchsten
Herrn zurückzuführen war, und er gedachte
keineswegs, irgendwen davon zu unterrichten.

Übrigens irritierte es ihn gar nicht, daß
er die Grafenkrone gewissermaßen aus den
toten Händen dessen empfangen hatte, der von

seinen Händen erwürgt worden war. Er fand
vielmehr, daß sein Stern ihm überaus folge-
richtige Bahnen vorwies. — Alles für mich!
sagte er sich, selbst das Genie Karls. Ihn
leuchtete es zum Hades hinab, mich auf die
Höhen der Menschheit. O, mein fürstliches
Schicksal! O, du mein geheimnisvoller Stern,
der alles fremde Licht sammelt, es auf mich
fallen zu lassen. So gehen Fürsten ihren Weg.
Ihr Blut ist ihre Auszeichnung; sie brauchen
sich nicht zu mühen, brauchen nicht zu schaffen.
Sie brauchen nur an sich zu glauben und an
die Macht ihres Blutes, das den Glanz alles
Schaffens auf sie lenkt, wie eine Leuchte, die
von ihnen selbst ausgeht. Das ist das Geheimnis der zum Herrschen Geborenen.

Zweites Stück: Hamburger Reflex-
bewegungen

Nach Hamburg, wohin er bisher nur recht
selten geschrieben hatte, weil, wie er regelmäßig zu Anfang und zum Schluß seiner kurzen
Zuschriften betont hatte, der Dienst ihm kaum
Zeit zum Schlafen ließ (was aber nur für den
Dienst bei Selma zutraf), nach Hamburg, wohin
er auch nur recht wenig und nicht gerade mit
Vergnügen dachte, meldete Felix seine Standeserhöhung in einem Stile, der nach seiner Meinung
dort nicht weniger gräflich wirken mußte, als
die Grafung selbst.

Er schrieb: „Meine sehr geliebte Base!"
(er fand Base jetzt vornehmer als Cousine
und hätte am liebsten Muhme geschrieben)
„Gestatte, daß ich Dir heute nur ganz kurz
eine Mitteilung mache, die Dir bei der gütigen
Anteilnahme, die Du meinem Schicksal wid-
mest, gewiß nicht gleichgültig sein wird, obwohl sie nur etwas Äußerliches betrifft, ein
Ereignis, das zwar von erfreulicher, nicht
aber von eigentlich wesentlicher Bedeutung
für mich ist. Mein gnädigster Herr hat
geruht, mich aus eigenem Rechte in den
Grafenstand zu erheben. Ich gebrauche den
üblichen Ausdruck, ohne mir seinen Sinn zu
eigen zu machen. Ich stehe als Graf Hauart
nicht höher, als ich bisher gestanden habe,
und ich würde auch jeden noch höheren Titel
nicht als eine tatsächliche Auszeichnung vor
Menschen ansehen, die mein Blut (also mein
angeborener Stand sozusagen) als ebenbürtig
empfindet."

Als er soweit gekommen war, legte er die
Feder weg und fragte sich: Empfinde ich eigentlich Berta als ebenbürtig? . . . Ist sie nicht
schließlich doch bloß eine Hamburger Krämers-
tochter? . . . Empfinde ich überhaupt etwas
für sie? . . . Was ist sie mir denn noch? . . .
Was kann sie mir denn jetzt noch sein? . . .
Ach was! Weg mit diesen Gedanken . . . Sie
hat mein Wort, und das Schicksal wird darüber
befinden, ob ich es einlöse . . . Auf alle Fälle

heirate ich nicht übermorgen, und schon morgen
kann mein Stern über einem Schlosse stehen. —
Überlas das Geschriebene noch einmal, fand
den Ton gut und schrieb mit wahren Schwadrons=
hieben der Feder weiter:

„Darüber kein Wort mehr. Ich könnte
nur sagen, was Du selber nicht weniger sicher
fühlst, als ich. — Die ganze Affäre hat nur Be=
deutung für meine militärische Laufbahn, und
ich habe sie nur deswegen durch meinen Freund
Prinz Durenburg usw. (sein ganzer Name ist
zu lang, als daß ich Dich damit behelligen
möchte) bei der höchsten Stelle einleiten lassen.
Denn, da das äußerst exklusive Offizierkorps
meines Regiments nur aus Angehörigen
adeliger Familien besteht, würde ich als
simpler Herr Hauart hier nie Offizier
werden können, und ich habe mich just
auf diese Uniform kapriziert, die, wie ich
hoffe, auch dem erlesenen Geschmack meiner
gnädigsten Base nicht unwohlgefällig sein wird.
— Daß der höchste Herr aus einer gewissen
huldvollen Sympathie für meine Wenigkeit
und aus übergnädiger Anerkennung gering=
fügiger Beteiligung meinerseits an künst=
lerischen Interessen, die höchst seinen eigenen
parallel laufen, gleich zur Grafung schreiten
würde, hätte ich selbst nicht geglaubt. Es
ist ein seltener, fast einziger Fall, der denn
auch in den Kreisen, zu denen ich nun offiziell
gehöre, nicht wenig Aufsehen gemacht hat.

Indessen bringt man mir ausnahmslos die freundlichsten Gesinnungen entgegen, nicht anders, als sei mein neuer Stand der mir (im Sinne dieser Kreise) eigentlich gebührende. Und so kann es denn auch keinem Zweifel unterliegen, daß ich, und schon sehr bald, dem Offizierkorps meines Regiments angehören werde, zu dessen Mitgliedern ich übrigens schon seit längerer Zeit im freundschaftlichsten Verhältnisse stehe. Daß ich Soldat mit Leib und Seele bin, weißt Du. Es kann keinen mir gemäßeren Stand geben, als den eines Reiteroffiziers. Ich weiß wohl, daß in manchen Kreisen der Kavallerieoffizier als ein Mensch angesehen wird, dessen Horizont über Pferd und Kaserne, Kasino und äußerliche Amüsements nicht hinausgeht, aber ich denke, meine zuweilen zwar etwas boshafte, aber Allgemeinurteilen nicht leicht zugängliche teure Base wird nicht daran zweifeln, daß ich auch im Sattel jene geistigen Interessen nicht verleugnen werde, deren Pflege mir ein angeborenes Bedürfnis ist, und die ich im Umgange mit unserem unvergeßlichen Karl als einzig wesentlichen Lebensinhalt habe begreifen lernen dürfen. Als Beweis dafür diene Dir meine Absicht, Karls hinterlassene Schriften demnächst herauszugeben. Da die Manuskripte in Deinem Besitze sind, bitte ich Dich untertänigst, sie mir recht bald zusenden zu wollen. Es ver-

steht sich, daß ich sie in der denkbar vor-
nehmsten Form an die Öffentlichkeit bringen
werde.

Indem ich mich Onkel und Tante ehr-
erbietigst empfehle, lege ich mich Dir zu
Füßen als Dein getreuer Diener und Vetter

Felix."

Als Berta den Brief gelesen hatte, lächelte
sie bitter und geringschäßig. Dann runzelte
sie die Stirne und biß die Lippen aufeinander.
Sie legte den Brief auf den Tisch und sah ihn
starr an. Mit einem bösen Ausdruck. Wie
einen Feind. Plötzlich stand sie auf und wischte
ihn mit einer zornigen Handbewegung vom
Tische. Trat ans Fenster und sah in die
ziehenden Wolken. Wandte sich um, hob den
Brief auf und ging, erst schnell, aber bald den
Schritt verlangsamend, die Treppe hinab zu
den Eltern.

Die saßen einander steif gegenüber am Tische,
als ob sie sich eben gezankt hätten. Aber so
saßen sie seit Karls Tode immer in der Dämmer-
stunde. Sie sprachen nie von ihm, waren
überhaupt noch einsilbiger geworden als früher,
aber er stand unsichtbar zwischen ihnen. —
Ein Schatten, den sie fühlten.

Äußerlich schienen sie nicht verändert. Was
konnte sich an diesen harten Zügen viel ver-
ändern.

Aber beide fühlten, daß sie innerlich alt

geworden waren, daß sie abstarben, einander
abstarben.

Ihr Inneres war voll gegenseitiger Anklagen.
Sanna wiederholte sich immer wieder: Er ist
schuld daran; er hat ihn verdorren lassen, bis
giftige Säfte in ihm schändlich lebendig wurden.

Jeremias aber verstockte in dem Zorne: Sie
hat die Schuld. Sie hat mit mütterlicher Eitel=
keit und sündhafter Verblendung Nachsicht
geübt gegenüber der Geilheit seines Geistes,
der sich früh schon von Gott ab= und dem
Götzendienste der Selbstüberhebung und Welt=
sucht zuwandte. Durch das Weib ist die Sünde
in die Welt gekommen.

Die Frömmigkeit der beiden nahm nicht ab,
eher zu. Aber gegen diesen Schatten half sie nicht.

Nur eines verband sie noch: Berta. Und
seltsam: sie spürten, daß auch dieses Kind
ihnen verloren war, aber sie taten nichts, es
zu retten. Darin waren sie sich einig: nur
Gott selbst konnte diese Seele zu sich wenden.
Sie war so starr und kalt. Ganz unnahbar
so guten, wie bösen Worten. Nie gab Bertha
ein Ärgernis. Ging in die Kirche, wie sie.
Betete zu Tische. Aber sie fühlten wohl:
Tönendes Erz und klingende Schelle. — Sie
verkehrte mit niemand und schreckte ihre Alters=
genossen, die jungen Mädchen sowohl, wie die
jungen Männer, durch eisige Kälte und stummen
Hochmut ab. Theater, Bälle, Konzerte besuchte
sie nie. Nur die Kunsthalle. Aber sie las,

wie beide Eltern übereinstimmend meinten,
sündhaft viel. Sie hatte nicht allein die
Manuskripte, sondern auch die Bücher Karls
an sich genommen und duldete es nicht, daß
die Eltern Einsicht nahmen. Das hatte böse
Kämpfe gegeben, aber Berta war Siegerin
geblieben. Sie wußte wohl: Ein Blick in diese
Bücher, und sie wären dem Feuer überantwortet
worden.

Lektüre für ein junges Mädchen war es
wohl auch eigentlich nicht, und gewiß nicht Lektüre
für Jeremiassens und Sannas Tochter, wohl aber
Lektüre für Karls Schwester. Es befand sich
darunter der ganze bis dahin erschienene
Nietzsche, alles von Taine und Stendhal, das
meiste von Balzac, Beaudelaire und den Gon-
courts, die fragments d'un journal intime
von Henri Frédéric Amiel, Burckhardts Kultur
der Renaissance, die Briefe des Abbé Galiani,
der Principe Macchiavells, Heinses Petron-
übersetzung, Casanovas Memoiren, Rétif de
la Bretonnes Monsieur Nicolas und eine
Unmenge englischer und französischer Porno-
graphieen. Von älterer deutscher Literatur war
vollständig nur Goethe vertreten, dann Brentano,
Novalis, Friedrich von Gentz, Adam Müller.
Die antike Literatur aber fand sich fast lücken-
los in durchschossenen Exemplaren mit zahlreichen Übersetzungsversuchen vor. Selbst die
Spätrömer und späteren Hellenen, wie Longus,
fehlten nicht. — Was Berta von diesen

Büchern nicht in der Ursprache lesen konnte, schaffte sie sich in Übersetzungen an, da ihr Wunsch, lateinisch und griechisch zu lernen, bei den Eltern auf heftigsten Widerspruch gestoßen war.

Die Wände ihres Zimmers waren wie tapeziert mit Kunstblättern und Photographien, die Karl auf seiner Reise gesammelt hatte, soweit sie nicht Nacktheiten wiedergaben, die Berta unter Verschluß halten mußte, weil Sanna sie kurzweg in Fetzen gerissen haben würde. Alle diese Bilder steckten in schmal- kantigen schwarzen Rahmen, die ein Auswechseln der Blätter zuließen, denn es hatte sich in Karls Nachlaß eine solche Menge vorgefunden, daß Berta ihr Museum wöchentlich erneuern konnte.

Ihr Museum — Karls Museum. Denn das Ganze war im Grunde nichts, als ein fortwährender Kultus mit dem Geiste Karls, ein unablässiges Bemühen, diesen Geist zu durchdringen, ihn sich ganz zu eigen zu machen. Sie hätte seine Briefe und Tagebücher, sie hätte alles, was er hinterlassen hatte, aus dem Kopfe hersagen können, aber sie las es immer wieder in seinen Schriftzügen. Das Unleser- lichste, sie vermochte es zu entziffern. Selbst Durchstrichenes wußte sie zu enthüllen. Sie konnte stundenlang über einem einzigen Worte sitzen und genoß ein wahres Glück, wenn es ihr gelungen war, seinen Sinn zu finden.

Kein Wunder, daß sie blaß und schmächtig wurde. Kein Wunder auch, daß sie um die Lippen einen verkniffenen Zug und tiefe Schatten unter die Augen bekam, etwas von einer Gelehrten oder von einer Nonne.

Denn sie war im Grunde wahrhaftig nicht darauf angelegt, ganz im Geistigen aufzugehen; auch ohne die üppigen Schilderungen in Karls erotischen Büchern hätte ihr Blut revoltiert. Es gab Augenblicke, wo sie sich die Kleider vom Leibe riß und sich in der Wut ihrer hungrigen Sinne auf dem Teppich wälzte, ekstatisch stöhnend. Nur Stolz und Berechnung hielten sie davon ab, sich nach den historischen und erdichteten Mustern auszulassen, von deren Praktiken sie aus ihrer Lektüre aufs genaueste Bescheid wußte. Sie wurde zu einer Messalina der Phantasie, so angefüllt mit wollüstigen Vorstellungen, daß sie manchmal die Empfindung hatte, selbst ihr Gehirn sei ein Organ der Wollust. Die Folge war eine zeitweilige Verdumpfung ihres ganzen Wesens, eine drückende, schmerzende Müdigkeit, und dann wieder ein wildes Empordrängen von scheußlichen Begierden, die über alles Maß des Möglichen hinausgingen und aus greulicher Unzucht in Grausamkeitsvorstellungen umschlugen.

Aber immer wieder tauchte in diesen üppigen und krassen Bildern die Gestalt des mit höchstem Ingrimm gehaßten, verabscheuten, verachteten und dennoch gierig ersehnten Vetters auf. Er sollte es mit seinem Leibe bezahlen, was der ihrige erduldete — und mit seinem Leben das Leben Karls. Dann erst würde ihr Leben beginnen, ein Leben im Sinne ihres Bruders, tief beeinträchtigt zwar durch sein Fehlen, aber gewürzt durch das hohe Gefühl, ihn gerächt zu haben.

*

Berta trat ruhig vor die Eltern und legte den Brief auf den Tisch: „Von Henry".

„So nenne ihn doch Felix, wenn er's haben will!" verwies sie Sanna, die immer darauf drang, daß Berta den „Verlobten" gelinder behandelte, denn sie führte dessen Kälte auf die mangelnde Wärme der „Braut" zurück. Und, wie vieles auch in ihr ein anderes Aussehen gewonnen hatte seit dem Verluste Karls: der Wunsch, daß „das Geld" in die Familie käme, hatte nichts an Entschiedenheit verloren. Bei ihr nicht und bei Jeremias nicht.

„Wir werden ihn jetzt noch ganz anders nennen müssen," sagte Berta. „Lest nur. Er ist Graf geworden."

„Was!?" riefen Sanna und Jeremias wie aus einem Munde aus. Und sie griffen ebenso gleichzeitig zum Briefe.

„Du wirst mir vielleicht gestatten, daß ich ihn vorlese," sagte der Herr des Hauses, indem er ihn ihr entzog.

Und er las das gräfliche Schreiben in seinem halb kaufmännischen, halb pastoralen Tone vor.

„O Gott," sagte Sanna weinerlich und sah Berta erschrocken fragend an.

„Eine schlimme Nachricht," sagte Jeremias und schlug einen nervösen Fingerwirbel auf der Tischplatte.

„Ich finde sie komisch und gleichgültig," entschied Berta.

Jeremias sah ihr streng ins Gesicht: „Ich begreife dich nicht. Ich verstehe nicht, warum du dich stellst, als fühltest du nicht, was dieser Brief für dich bedeutet. Er enthält eine Absage an dich."

„Ach ja," seufzte Sanna tief auf.

Und Jeremias fuhr scheinbar ruhig fort: „Daß er es bisher schon immer vermieden hat, auch nur anzudeuten, in welchem Verhältnis er zu dir stand . . ."

„Steht," warf Berta ein.

„Stand," beharrte Jeremias . . . „das ließ sich am Ende begreifen, wenn auch nicht entschuldigen, denn er schrieb ja überhaupt nur Briefe, die nichts enthielten. Daß er aber auch in diesem Briefe davon schweigt, der so Wichtiges enthält, eine Sache, die ja auch dich anginge, wenn du ihn noch etwas angingest, das beweist, daß er sein Wort vergessen hat."

Sanna nickte mit dem Kopfe und sah Berta an, als ob Leben und Tod für sie auf deren Lippen schwebte.

Diese Lippen aber kräuselten sich nur, — stolz und geringschätzig, und erst nach einer Weile

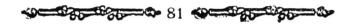

sprachen sie: „Es genügt, daß ich es nicht vergessen habe."

„So?" meinte Jeremias. „Zum Heiraten gehören zwei."

Diesen vermeintlichen Spott (denn Jeremias
hatte diese Worte nicht eigentlich spöttisch gemeint) ertrug Berta nicht. Eine dunkle Röte
überdeckte jäh ihr Gesicht, und sie sagte mit
bebender Stimme: „Ich werde ihn heiraten, so
wahr, wie ich hier stehe und weiß, daß keine
andere Gräfin Hauart wird, als ich."

Gräfin Hauart?... Sie erschrak vor dem
Worte. Wie war es auf ihre Lippen gekommen?
Gefiel es ihr?

Plötzlich lachte sie kurz auf: „Aber so freut
euch doch!! Gräfin! Gräfin Berta! Welch
schöner Name! Ich habe mir vieles erträumt;
— das nicht! Es ist nur gut, daß die Aussteuer
noch nicht bestellt ist. Jetzt dürfen wir die
Krone nicht vergessen."

„Bist du so sicher," fragte, doch etwas er-
leichtert, Sanna, „oder stellst du dich nur so?
Ich fürchte, ich fürchte ..."

„Was ist zu fürchten!" rief jetzt wieder
Berta mit Stirnrunzeln aus.

„Nun, er wird jetzt jede Komtesse kriegen,
die er mag," meinte Sanna.

„Und hat es sicher schon auf eine bestimmte
abgesehen," fügte Jeremias hinzu. „Zwar
wäre er zu der Torheit imstande, für einen
leeren Titel das viele Geld auszugeben, das

ihm zweifellos der Graf gekostet hat, aber der Grund zu dieser törichten Vergeudung liegt entschieden tiefer, liegt in der Absicht, von dir loszukommen, um eine andere, eine Hochgeborene heiraten zu können."

Jetzt sah Berta ihrem Vater streng ins Gesicht.

Sie sagte: „Möglich, daß er mich so beleidigend gering einschätzt, wie ihr. Sicher, daß ich es verdiente, wenn ich dächte, gleich euch. Dann würde es sich empfehlen, eine Abstandssumme zu verlangen, damit wenigstens etwas gerettet wird. Nicht?"

„Was wagst du . . ." wollte Jeremias losbrechen.

Aber Berta schnitt ihm kühl das Wort ab: „Ach, bitte, Papa, nur keine großen Worte. Wer, wie du, bereit wäre, sich damit abzufinden, daß dieser . . . dieser . . . Graf sich einfach auf dem Absatz herumdreht und sagt: Ich habe etwas Passenderes gefunden, — der hat nicht das Recht, beleidigt zu sein. Ich aber, hörst du, ich finde mich mit Unverschämtheiten nicht ab. So wenig ich ihm nachlaufe, so wenig laß ich ihn davonlaufen. Mir liegt an seiner Person nicht mehr, als an seinem neuen Titel. Eher weniger. Trotzdem werde ich, muß ich ihn heiraten. Mag er mich immerhin warten lassen. Um so besser für mich. Um so schlimmer für ihn. Aber der Tag kommt. Verlaßt euch darauf."

Die beiden Alten waren sprachlos.

Endlich flüsterte Sanna: „Ja, aber, Berta, wenn du ihn nicht magst, weshalb willst du ihn dann ..."

— „Habt ihr ihn vielleicht gemocht, als ihr ihn ins Haus nahmt?"

„Es war Christen= und Bürgerpflicht," erklärte Jeremias.

„Und wir dachten auch an ..." Sanna schloß plötzlich die Lippen. Sie hatte sagen wollen: euch.

Und Berta rief: „So sprich's doch aus! So habe doch endlich einmal den Mut, dich zu bekennen, zu sagen, daß auch du an ihn denkst, jetzt noch öfter als früher, wo ihr seinet= und meinetwegen den Menschen zu euch genommen habt, der euch so verhaßt war, wie uns. Auch du, Papa!"

„Nein! Nein!" schrie Jeremias und ließ unentschieden, was er verneinen wollte.

Sanna ließ den Kopf sinken und bewegte die Lippen.

Es war das erstemal, daß von „ihm" die Rede war.

Berta fuhr nach einer Pause fort: „Ich weiß, daß ihr an ihn denkt. Jeder Mensch muß an ihn denken, der ihn gekannt hat. Immer. Und ich sage euch: Ich denke nur an ihn, und nur, indem ich an ihn denke, kann ich daran denken, den Menschen zu heiraten, der ihn ... Gleichviel. Ihr habt diesen Menschen

6*

in unſer Haus genommen um unſertwillen. Ich
ſetze euer Werk fort, indem ich ihm in ſein
Haus folge um Karls willen. Es iſt Pflicht,
wenn auch nicht Chriſtenpflicht. O nein!
Chriſtenpflicht wäre es ja, zu verzeihen. Warum
aber ſoll ich dieſe Pflicht einem Fremden gegenüber üben, da ihr ſie nicht einmal eurem
Sohne gegenüber anerkennt?"

„Es iſt ihm verziehen", ſagte Jeremias ernſt und
traurig, „doch die Sünde vergeſſen kann nur Gott."

Sanna legte die Hände auf die ſeinen. Aber
beider Hände waren kalt.

„Sünde? Von wem ſprichſt du?" rief Berta
empört.

„Laß das, mein Kind," begütigte Sanna.
„Du tuſt uns weh. Wir müſſen dieſe Dinge
ſchweigend tragen."

Es trat eine Pauſe ein, während der Jeremias
den Brief nochmals überlas.

„Willſt du antworten, Berta?" fragte er.
— „Ja."

„Willſt du nicht lieber mich antworten laſſen?"
fragte Sanna.

— „Nein. Deine Antwort würde keine Antwort ſein, ſondern ein Glückwunſch."

— „Du willſt ihm etwa doch nicht ſo antworten, wie du eben geſprochen haſt?"
Sanna ſagte das ſehr bekümmert und fuhr
fort: „Ich habe dich vorhin nicht ganz ver-
ſtanden und nur gefühlt, daß du erbittert biſt,
wo du doch vielmehr . . ."

— „Bitte, Mama, überlaß das mir. Den Brief könnt ihr ja lesen."

*

Und der Brief lautete so:

„Lieber Vetter!

Wir haben mit Vergnügen davon Kenntnis genommen, daß Du Graf geworden bist und nächstens Offizier werden wirst. Weder die Eltern noch ich unterschätzen das Glück, das Dir damit beschieden worden ist und das Dir noch bevorsteht. Dieser Titel, dieser Stand passen zu Dir. Insbesondere zweifle ich nicht daran, daß Du in der Uniform glänzend aussiehst und durchaus so auftrittst, wie man es in den Kreisen, denen Du nun angehörst, von einem gräflichen Reiteroffizier erwartet. Schade nur, daß Du Dich bei uns noch nicht hast sehen lassen. Du treibst die Zurückhaltung etwas weit, mein lieber Vetter, und ich würde Ursache haben, Dein Ausbleiben übel anzusehen, wenn ich es mir nach Deinem letzten Briefe nicht dahin ausdeuten könnte, daß Du nur nicht als bürgerlicher Einjährig=Freiwilliger hast kommen wollen, da Du vorhattest, später in höherem Glanze vor uns zu erscheinen. Dieser Umstand beweist, daß Du Sinn für mise en scène und die Gabe ruhigen Abwartens hast, — beides meiner Meinung nach aristokratische Eigenschaften.

Ist es unbescheiden von mir, einer Bürgerlichen, wenn ich sage, daß ich beide auch

besitze? Zumal die Kunst, ruhig abzuwarten,
ist mir zu eigen, — soweit und solange sie als
vornehm gelten kann. Denn es gibt da einen
Moment, von wo an es als niedrig gelten muß,
sie auszuüben; einen Moment, wo Geduld zur
Erbärmlichkeit, Langmut zur Schwachmütigkeit
wird. Der edle Mohr darf sagen: Patience,
thou young and rose-lipp'd cherubin,
aber auch der tapfere Clifford hat recht:
Patience is for poltroons.

Du wunderst Dich vielleicht, daß ich Shake-
speare zitiere, und fragst Dich, woher ich diese
Weisheit habe. Ich kann es Dir sagen:
Diese Zitate stehen hart hintereinander auf der
letzten Seite von Karls Tagebuch. Karls Tagebuch . . . Es ist auch Deins, mein Vetter
. . . Da ich täglich in ihm lese, denke ich
also täglich an Dich . . .

Patience, thou young rose-lipp'd
cherubin . . .

Aber Karls Manuskripte kann ich, darf
ich Dir nicht schicken. Zwar würde kein Wort
aus ihnen verloren gehen, wenn sie verloren
gingen, denn jedes Wort, das Karl hinterlassen
hat, ist in mir aufbewahrt. Jedes Wort.
Aber diese Abschriften dürfen an keinem
anderen Orte sein, als wo ich atme, und ihre
Herausgabe soll erst erfolgen, wenn Du sie
lesen — darfst.

Im übrigen freut es mich, daß Du solche
Absichten, solche Interessen hast. Ich habe nie

daran gezweifelt, daß Du ihnen auch im höch=
sten Glanze stets treu bleiben wirst. — Ein
Vers von Karl:

Glas glänzt gemein,
Glänzt nur im Licht von draußen.
Hat keinen eignen Schein.
Es spiegelt nur, es äfft; es ist ein Grausen:
Schlecht und modern, gefällig und gemein.

Der echte Glanz entbricht aus innern Kräften,
Kristallgesetzlich, fest und festlich, rein, —
Geheimnisvoll durchglüht von eignen Lebens,
                                        Säften:
Dem Blut der Gottheit, das, erstarrt im Stein,
Des Körpers Dunkelheit mit Licht durchbrach
Und dem Kristall sein Werde leuchtend! sprach.

Das Gedicht ist überschrieben: ‚Pöbel und
Adel‘. Es stammt noch aus der Schulzeit
Karls und ist von ihm durchstrichen. Er hat
es, wie aus einer Anmerkung hervorgeht, in
einer Physikstunde geschrieben. Ich denke, es
wird Dich interessieren, und Du wirst für seine
Mitteilung dankbar sein

Deiner teilnehmenden Cousine Berta."

Frau Sanna war tief gerührt von dem
Gedichte Karls, das sie tief religiös fand,
weil das Blut der Gottheit darin vorkam, und
auch Jeremias zeigte sich ergriffen davon als einem
Beweise dafür, daß der „Unglückliche" nicht
immer auf den Pfaden der Gottlosigkeit
gewandelt sei.

Über den Brief Bertas aber schüttelten beide den Kopf. Sie ahnten nicht, wie wohl=berechnet jedes Wort darin war.

Drittes Stück: Der gräfliche Kommentar

„Diese Gouvernante!" rief Graf Felix aus, als er Bertas Brief gelesen hatte. Und er warf ihn zornig auf einen Haufen Sportzeitungen. „Glaubt sie, mir mit diesem Tone zu imponieren?" grollte er, indem er sporen=klirrend durch das Zimmer schritt und jedem Stuhle einen Fußtritt gab, der im Wege stand.

— Denkt sie vielleicht, ich lasse mich durch Drohungen zwingen?

— Bildet sie sich vielleicht ein, ich sei noch immer der, der sich Trense und Kandare an=legen läßt?

— Wir haben reiten gelernt, Fräulein Berta. Kavalleristen verstehen es nicht bloß, Pferden die Mucken auszutreiben. Nur nicht so hart=mäulig, teilnehmende Base.

— „Teilnehmend." Als ob sie einen Beileids=brief geschrieben hätte.

— Die richtige Bürgermamsell. Möchte mir zeigen, daß einer Hamburger Pfeffersacktochter kein Grafentitel imponiert.

— Und besteht doch darauf, Frau Gräfin zu werden. Läßt nicht locker.

— „Patience". Jawoll! Bitte, sich nur zu bedienen. Geduld bringt Rosen. Aber geben

Sie auf Ihre Fingerchen acht, wenn Sie danach langen!

— Und immerzu der göttergleiche Karlemann. Als ob ich mich vor Gespenstern fürchtete.

— Zu dumm nur, daß sie die unsterblichen Produkte des glücklich Abgehalfterten nicht herausrücken will. Ich brauche sie ja . . . gottverdammich! . . . Was soll ich denn dem Gnädigsten sagen?

Felix warf sich in seinen Armstuhl, daß das Leder krachte, rollte mit ihm an den Tisch heran und riß den Brief an sich.

Diesmal las er ihn langsam. Wort für Wort überdenkend. Und, je weiter er las, desto nachdenklicher wurde er. Seine Wut dampfte ab, und ein sonderbares, recht unangenehmes Gefühl von Unsicherheit kam über ihn. Er ward sich's nicht bewußt, aber es war wieder der Geist Karls, der ihn lähmte und zugleich empörte. Ein würgendes Gefühl von Ohnmacht beherrschte ihn. Er hatte die bestimmte Empfindung, mit unendlich vielen dünnen Fäden festgebunden zu sein.

Sie macht sich lustig über mich, grübelte er, und gibt sich gar keine Mühe, das zu verbergen. — Sie ist ihrer Sache ganz sicher.

— „Mit Vergnügen Kenntnis genommen."

— Kaltschnauziges Aas! — Sie „unterschätzt nicht das Glück". Das heißt: Sie will nicht geradezu sagen, daß es eine Albernheit ist.

— „Dieser Titel, dieser Stand passen zu dir."

— Impertinent! Ich sehe sie, wie sie das schrieb, ich sehe ihre Lippen, — Karls Lippen . . . Ah! Ekelhaft! . . . Soll ich den Menschen nie loswerden? Soll er mir auch als Leiche noch das Haus verpesten? — Er hat den Brief geschrieben, er! Das Wort Zurückhaltung war sein Lieblingswort. Hier ist es obendrein mit Ironie beschmiert. — O, sie legt sich keinen Zwang an. Sie lacht mir gerade höhnisch ins Gesicht.

— Oder sollte der Passus von den aristo-kratischen Eigenschaften doch echt sein? Von hier an beginnt ja der Ernst. „Patience is for poltroons" . . . Wie das zu den Tagebüchern überleitet, — das ist ganz Karl. — . . . „Karls Tagebuch . . . Es ist auch Deins, mein Vetter!" Dieses „mein" an dieser Stelle ist fürchterlich. Es läßt ahnen, was in diesen verfluchten Tage-büchern von mir, über mich steht.

Er stand auf und sagte sich: Ich muß sie haben! Ich muß! Solange sie in diesen Händen sind, bin ich in den Händen dieses Toten.

Es war dunkel im Zimmer geworden. Er trat ans Fenster und sah in seinen Park hinaus, hinter dem er das Gerüstwerk zu seinem Stall-umbau blinken sah.

Herrgott, wenn's doch keine Weiber gäbe! dachte er sich. Sie sind doch schwerer zu behandeln, als Pferde. Wenigstens diese da . . .

Er dachte zurück, und es wurde ihm klar,

daß Berta das einzige menschliche Wesen war, an dem er hing, von dem er nicht loskommen konnte. —

Gegen sie hatte selbst die schwarze Perle nichts vermocht. — Hatte sein „Schicksal" nicht immer vor ihr gewarnt? Aber er? Hatte er auf die Warnungen gehört?

Er konstruierte sich einen begrifflichen Gegensatz zwischen Schicksal und Verhängnis, und er personifizierte beides in den zwei Frauengestalten, die den größten Einfluß auf ihn hatten.

Die hütende, warnende Frau, die ihn auf sein innerstes Wesen hingewiesen hatte, ihm geheimnisvoll seine Abstammung andeutend, war die Verkörperung seines Schicksals, und das war sein Blut. Folgte er ihr und somit ihm, so ging er den geraden Weg seiner Bestimmung. Aber das Verhängnis, verkörpert in Berta, lauerte am Wege und zog ihn abseits, — abwärts.

Konnte es fraglich sein, wem er folgen mußte?

Er stampfte mit dem Fuße auf, daß es an seinen Hacken klirrte, und drehte sich um. Das Zimmer erschien ihm jetzt ganz dunkel. Nur das Weiße des Briefes leuchtete von der schwarzsamtenen Tischdecke her. Er konnte seinen Blick nicht davon abwenden.

Wenn ich sie wenigstens liebte! dachte er sich.

Und plötzlich: Wahrscheinlich — liebe ich sie. Sie ist das einzige Weib, das ich begehrt und nicht besessen habe. Vermutlich ergibt das das, was man Liebe nennt.

Er trat zu einem alten Barockfekretär mit gewundenen Säulen, deffen fämtliche Schubfächer fich öffneten, wenn man an verborgener Stelle auf eine Feder drückte. Er ließ die Feder fchnappen und entnahm einem Fache das Bündel Bilder, die er von Berta befaß.

Ans Fenfter tretend betrachtete er fie aufmerkfam, eines nach dem andern.

Wie fie fich immer ganz gleich geblieben ift, fagte er bei fich: Immer fchöner werdend, und doch immer die gleiche. — Gefällt fie mir eigentlich? Gefiel fie mir je? — Nein, ich habe fie immer nur bewundert. Ihre Schönheit bewundert, wie ich Karls Geift bewunderte, — aber immer mit einer Art Mißbehagen. — Und doch, ich weiß: Wenn fie jetzt hier hereinträte, wäre ich ihr verfallen, völlig verfallen. — Ich wußte wohl, warum ich nicht nach Hamburg reifte, und ich werde auch jetzt nicht hingehen. — Dies ift gewiß: Ich darf fie jetzt nicht fehen. — Was wäre das für ein Wahnfinn, jetzt, eben aufgenommen in die Gefellfchaft, eine bürgerliche Coufine zu heiraten. Ich würde meine Pofition von vornherein untergraben. — Nicht allein, daß ich an Affektionswert verlieren würde, wie ein Heldentenor, der fofort an Verehrung einbüßt, wenn er heiratet, — man würde auch folgern: er ftammt doch in Wahrheit bloß aus jenen Kreifen; fein Blut hat ihn dahin gezogen trotz feines Grafenwappens de dato vorgeftern. Art läßt nicht von Art. —

Das geht unmöglich. — Später, dann, wenn ich
fester im Sattel sitze, kann ich's am Ende wagen,
vor sie hinzutreten. Je älter ich sie werden
lasse, um so mehr gewinne ich an Chancen.
Auch könnte es bis dahin wohl geschehen, daß
mich eine andere fesselt oder wenigstens reizt,
die besser zu meinem Wappen paßt.

Graf Felix war sehr zufrieden mit seinen Ge-
dankengängen und schloß die gefährlichen Bilder
wieder ein. Den Brief legte er dazu, ohne
„Pöbel und Adel" nochmals gelesen zu haben.

Aber bis tief in die Nacht hinein warfen
sich ihm Erwägungen, Befürchtungen, Drohungen
entgegen. Je schwerer die Weine waren, die
er gegen sie ins Feld führte, um so mehr gewannen
sie selbst an Last und Wucht. Erst der Halb-
betrunkene vermochte es, sich vor ihnen in die
Wolken alkoholbeflügelten Selbstbewußtseins zu
retten, wo er sich zwischen Wahrheit und Einbildung wieder wohl fühlte.

Ich liebe sie, sprach der Wein aus ihm, ich
liebe sie mit meinem Hasse auf alles, was von
Karls Art ist. Sie muß mein werden, ganz
mein. Ich will mein Verhängnis besiegen,
indem ich es meinem Schicksal untertan mache.
— Was kann die Schönheit gegen meinen Stern?
Ihr Blut ist Wasser gegen meins. — Sie haßt
mich, weil sie den Toten liebt. Aber sie soll
seinen Mörder lieben lernen und den Toten
vergessen. Dann erst werde ich ganz frei sein
von ihm, — und auch von ihr.

Kein Haß wird mehr sein und auch keine
Liebe. — Weib, was habe ich mit dir zu schaffen?
Liebe, was habe ich mit dir zu schaffen? —
Mein Schicksal duldet keine Liebe. Wer zum
Genuß bestimmt ist, muß auf Liebe verzichten.
Die Liebe wird ihm zum Verhängnis, wenn
er sie nicht tötet durch Genuß.

Sprach der Wein.

Viertes Stück: Die Farbe des Lebens

Als Graf Felix Hauart Offizier geworden
war, gab er in seinem ländlichen Schlosse ein
feierliches Mahl. Nicht allein die Damen und
Herren des aktiven Offizierskorps waren geladen
und erschienen auch, sondern überhaupt alles,
was zur „wirklichen" gehörte, wie sich die alt-
eingesessene Gesellschaft zum Unterschiede zur
hergelaufenen, hergeadelten nannte. Selbst
Graf Pfründten hatte nicht abgesagt.

Er war ein bärbeißiger alter Herr, der keinen
Willen außer dem seinen und vor allem keinen
Widerspruch duldete, aber seine junge Frau
verstand es dennoch, immer ihren Willen durch=
zusetzen, indem sie durch verstellten Widerspruch
den grimmigen Alten just dorthin leitete, wohin
sie wollte.

Sie wußte, daß er die bestimmte Absicht
hatte, abzusagen, und eben deshalb überraschte
sie ihn, der Überraschungen durchaus nicht liebte,
mit der Mitteilung, sie habe bereits abgeschrieben.

Sofort runzelte er die Brauen und sagte pikiert: „Das hättest du doch wohl einer gemeinsamen Besprechung überlassen können, mein Kind. Ich liebe derartige faits accomplis nicht."

Worauf sie: „Aber es ist doch ganz unmöglich, daß wir hingehen können. Es ist doch völlig ausgeschlossen. Du darfst doch nicht der Gast eines Menschen sein, der . . ."

— „Was darf ich nicht? Ich darf, was mir beliebt."

— „Bedenke doch, daß die Besitzung dieses exotischen Grafen einem nahen Verwandten unserer Familie gehört hat, ja früher einmal im eigentlichen Familienbesitz gewesen ist. Keinen Fuß in dieses Haus!"

— „Entschuldige, Erna, das müßtest du schon mir überlassen. Ich für meine Person finde, daß gerade dieser Umstand ein Grund ist, hinzugehen. Wir dürfen die Meinung nicht auf= kommen lassen, als seien wir dadurch aigriert."

— „Aber ich bitte dich, es wäre geradezu unpassend."

— „Mach mich nicht böse, Erna. Was sind das für Worte, nachdem ich dir soeben gesagt habe, daß ich es für mehr als passend finde. — Ist der Brief schon besorgt?"

— „Nein, — aber . . ."

— „Bitte, kein Aber. Du wirst sehr bald selber einsehen, daß ich recht habe, und froh sein, daß ich noch im letzten Moment deine Übereilung redressiert habe."

So, nach Durchsetzung seines Willens, ging
er sogar mit Vergnügen in das Haus, in das
er sich eigentlich fest vorgenommen hatte, nie
einen Schritt zu tun.

Das gräfliche Paar gehörte zu den zuerst Er=
scheinenden, und Felix begrüßte es mit besonderer
Liebenswürdigkeit, der er höchst geschickt ein
Air von Befangenheit beizugeben wußte. Der
alte Graf zeigte sich gleichfalls von seiner liebens=
würdigsten Seite, um seiner Frau gegenüber
weiter zu manifestieren, wie man sich in einem
solchen Falle passend zu geben habe. Diese
aber blieb steif und kalt.

Sie scheint mich, weiß Gott, zu hassen, dachte
sich Felix. Wie schade. Sie ist in der Tat
die Schönste im hiesigen Flore.

Daß er nicht sie, sondern die alte Oberstin
zu Tische zu führen hatte, war ihm recht zuwider.

Er wagte die Frage, ob es vielleicht genehm
wäre, das Haus in seiner neuen Einrichtung
zu betrachten.

Gräfin Erna warf ihrem Gatten einen Blick
zu, der deutlich sagte: Lieber nicht! Und prompt
erfolgte die Antwort: „Aber gerne. Kenne es
von früher her. Interessiert mich natürlich, wie
Sie's umgekrempelt haben."

Die Gräfin jedoch schien es darauf anlegen
zu wollen, ihn zu ärgern. Sie sagte kurz:
„Du vergißt, daß Hausherrenpflichten den
Grafen in Anspruch nehmen. Hör' doch, es
fahren Wagen vor."

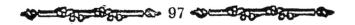

So war es in der Tat, und Felix mußte begrüßen.

Der Graf aber sagte streng zur widerspenstigen Gattin: „Ich hoffe, daß du dich nicht weiterhin demonstrativ anders verhältst, als ich. Jetzt sind wir einmal da, und niemand darf sehen, daß du widerwillig da bist.“

„Also werde ich auf höheren Befehl die Beglückte spielen,“ häkelte die Gräfin weiter.

— „Mein Gott, was ist denn mit dir? Ich bitte dich einfach, d'accord mit mir zu handeln.“

— „Also doch: ‚Bitte, recht freundlich!‘ Gut, du sollst deinen Willen haben. Es wird mir schwer fallen, aber es soll geschehen.“

„Na, siehst du!“ meinte der Graf, und es sprach aus diesen Worten die ganze Genugtuung eines Ehemannes, der seine Frau gut gezogen hat. —

Das „Zauberfest“, wie es Prinz Assi nannte, verlief ebenso korrekt wie glänzend.

Der neue Graf war so klug gewesen, in Allem seinem durchlauchtigen Freunde zu folgen, um mit Sicherheit alles zu vermeiden, was irgendwie als zuviel oder als zu persönlich empfunden werden konnte.

— „Gewisse Dosis althergebrachter Langerweile unumgänglich. Wird als Zeichen angeborener Vornehmheit estimiert. Nur populace amüsiert sich unter sich. Noblesse bloß mit anderen Schichten, dann aber kräftig. Etwa mit Künstlern oder -innen. — Zumal in Ihrem Falle Hauptsache Repräsentation. Weniger der werten Persönlichkeit, als des Standes. Originalität ausgeschlossen. Macht sich immer Spur parvenühaft. Noblesse nie originell, stets korrekt. — Rücksicht auf ältere Damen und Herren sozusagen Pietätspflicht. Daher: Spur altmodisch. Modernstes überdies immer problematisch. — Essen darf Spur besser sein als landesüblich. Darin tolerant. In Weinen und Schnäpsen erst recht Zwang unnötig. Übelnehmen ausgeschlossen. Dagegen Service heikler Punkt. Livreen ditto. Immer réservé. Können sich übrigens auf John verlassen. Entschieden Schweinehund, aber beste Nummer."

Graf Felix fand es zwar im Grunde „Spur impertinent", daß sein prinzlicher Freund es für nötig hielt, ihm derartige Direktiven zu geben, aber er war doch dankbar dafür und hatte alle Ursache, es zu sein. Denn er würde, unberaten, gewiß des Guten etwas zu viel getan haben. Er hatte eine Neigung, Pracht zu entfalten und zu verblüffen, schon unter Karls Mentorschaft nur mühsam zurückgehalten, und jetzt schien es ihm eigentlich an der Zeit, sich ihr hinzugeben.

Indessen blieb dank der prinzlichen Oberleitung aller Anstoß vermieden, und es war eine Stimme darüber, daß der Graf das Ganze mit vollendetem Stile arrangiert und sich bei seinem ersten Debüt als Gastgeber höchst entsprechend benommen habe. Selbst Graf Pfründten fühlte

sich geneigt, seine sehr bösen Zweifel an der
Herkunft des neuen Grafen einer Revision zu
unterziehen.

Als das Mahl zu Ende war und man sich
in die Gesellschaftsräume begeben hatte, flammten
im Parke plötzlich Hunderte und Hunderte von
bunten Lichtern auf. Dies war die einzige
moderne Überraschung, denn die Residenz hatte
noch kein elektrisches Licht, und auch die Innen-
räume des gräflichen Schlosses waren an diesem
Abend ausschließlich durch Kerzen erleuchtet,
obwohl Felix eine eigene elektrische Lichtanlage
für sein ganzes Besitztum besaß.

Man war entzückt, und alles drängte zu
den hohen Fenstern, hinauszuschauen.

„Märchenhaft!" meinten die Damen, oder
auch „wie poetisch!"

„Und zu denken, daß das alles mit einem Knips
hervorgebracht wird!" sagte bewunderungsvoll
und doch nachdenklich die Oberstin.

Da flammte der ganze Hintergrund in grünem
Lichte auf.

— „Ah!"

— „Was ist denn das?"

„Il palazzo degli cavalli," erklärte der
Prinz, der seit Neapel gerne italienisch kam.
„Unmöglich, Pferdestall zu nennen. Einzig in
seiner Art. Beinah Pferdetempel."

„Sehen wir ihn uns doch an!" rief die
Gräfin Pfründten.

Die Herren waren sämtlich damit einverstanden,

7*

aber die älteren Damen fürchteten, in der Vor-
frühlingsnachtluft einen Schnupfen zu bekommen.

So kam es, daß Felix der schönen Gräfin den
Arm geben durfte, als er die Gesellschaft durch
den illuminierten Garten zu den Stallungen führte,
die jetzt mit Scheinwerfern rot beleuchtet waren.

„Himmlisch, diese Glut!" sagte die schöne
Gräfin; „als ob alles in Feuer stünde."

Felix, der dabei einen Blick aus ihren dunkelblauen Augen bekommen hatte, der ihn fast
um die Besinnung gebracht hätte, wollte schon,
und der Wahrheit entsprechend, antworten: „Es
steht auch alles in Flammen", denn schon während
des Essens hatte er ein paarmal Gelegenheit
gehabt, zu fühlen, daß freundliche Blicke von
ihr bei ihm zündeten. Aber er war sich seiner
Sache gar nicht sicher. Seine schöne Feindin
konnte mit ihren leuchtenden Blicken Böses im
Schilde führen. Sie galt als kokett und ver-
schlagen. So sagte er nur: „Gräfin lieben
das Rot?"

„Über alles!" flüsterte sie. „Es ist die Farbe
des Lebens."

Und wieder streifte, nein: durchdrang ihn
ein Blick, der ihn erhitzte.

Ich wag's! dachte er sich, mag kommen, was
will! und er sprach: „Die Dichter sagen: auch
die Farbe der Liebe."

„Aber natürlich!" sagte die Gräfin und
legte ihren Arm eine Nuance fester auf den
seinen; „das ist dasselbe."

Felix preßte ihn um dieselbe Nuance fester an sich und sprach leise: „Von morgen an werde ich meinen Garten nur noch rot illuminieren." Diesmal streifte ihn ein Blick nur.

Man war bei den Stallungen angekommen. Die Diener ließen die schweren, mit eisernen Buckeln beschlagenen Eichenholztore rechts und links in die Mauern rollen; man hörte das Scharren von Hufen, Klirren von Ketten, Aufschnaufen und Prusten erwachender Pferde, und ein warmer gesund animalischer Duft, gemischt mit dem Geruche von Heu und Lederzeug, schlug wie ein Schwaden in die kühle Nachtluft heraus.

Felix schritt über die Schwelle und drehte das Licht an.

Alles drängte mit einem Ah unverstellter Bewunderung in den wie taghell erleuchteten Raum, der in der Tat kein Pferdestall, sondern ein Pferdepalais zu nennen war.

Mit Ausnahme des peinlich trocken gehaltenen Ziegelbodens war alles Steinerne in ihm aus glänzendem, grauem, bläulich schwarz geädertem tiroler Marmor. Die Schranken der Pferdestände liefen nach vorn in vierkantige Säulen aus, auf denen, den Pferden des heiligen Markus in Venedig nachgebildet, halbmeterhohe Pferdestatuetten aus schwarzem Marmor standen. Von Säule zu Säule hing eine schöngliederige Kette aus Schmiedeeisen, die eine weiße Emailtafel mit dem Namen des Pferdes hielt, das so glücklich war, den dahinter liegenden Stand innezuhaben.

„Donnerwetter!" riefen die Herren, von denen außer dem Prinzen noch keiner dieses Wunder von einem Stalle gesehen hatte, aus, und der Prinz triumphierte: „Na? Zuviel gesagt?"

— „Pompös!"

— „Fabelhaft!"

— „Sehenswürdigkeit der Residenz. Muß in den Bädeker!"

— „Tausend und eine Nacht!"

Aber die Damen klatschten einfach in die Hände, ehe sie imstande waren, sich auf ihre Art über diesen Stall der Ställe entzückt zu äußern, den die etwas kindliche Gattin des ältesten Rittmeisters „eine Bonbonniere" nannte. Dann verteilte man sich in die einzelnen Stände, die Gäule zu bewundern.

Felix wußte es klüglich so einzurichten, daß er mit seiner schönen Gräfin möglichst abseits blieb, zumal so fern als irgend möglich von ihrem Gatten, der zum Glück die kindliche Rittmeisterin zu führen hatte, von deren zappelnder Lebendigkeit er ganz absorbiert wurde.

„Ihre Liebe zu den Pferden ist ja die reine Leidenschaft, Graf; beinahe sündhaft," sagte Gräfin Erna.

„Gibt es denn eine andere Liebe?" meinte, scheinbar gleichgültig, Felix.

„O ja," antwortete die Gräfin kurz wie mit einem Seufzer.

— „Dann ist es keine."

— „Was Sie sagen!"

Das kam fast spöttisch heraus.

Dann aber ernster: „Leidenschaft, — ja. Obwohl das auch schon ein verpöntes Wort ist, außer auf dem Theater. Aber Sünde? — Sie gehen offenbar nur in die Kirche, Graf, wenn sie Kirchkommando haben."

— „Und dann nehme ich mir ein angenehmes Buch mit."

Gräfin Erna lächelte: „Zum Beispiel?"

— „Eine Novelle von Maupassant."

— „Wer ist das?"

— „Gnädigste Gräfin kennen Maupassant nicht? Ich bitte um Verzeihung, aber ich halte die Frage für einen Scherz oder — für eine spanische Wand."

— „Demnach ist dieser Maupassant ein — unpassender Dichter?"

— „Für junge Mädchen, — ja."

— „Und für junge Frauen?"

— „Nein. Das heißt . . . es kommt auf die jungen Frauen an."

Sie machte eine kurze Wendung und ging zum nächsten Stande.

Sollte ich mich zu weit vorgewagt haben? dachte er sich. Aber sie zwingt ja förmlich dazu. Unglaublich, wie sie es versteht, die Richtungspunkte des Gespräches zu fixieren.

„Was Sie Ihren Pferden für sonderbare Namen geben!" sagte die Gräfin. „Tiberio,

Liane, Pirotschka, Ahala, Ahaliba, schwarze
Perle, Kosak. Ich wette: hinter jedem Namen
steckt eine Geschichte, — aber nicht von Maupassant,
wenngleich sie von ihm sein könnte."

— „Also kennen gnädigste Gräfin Maupassant
doch?"

— „Wenn Sie es nicht weiter sagen — ja.
Aber Sie dürfen es wirklich nicht weiter sagen.
Man würde mich steinigen, — nicht, weil ich
ihn lese, denn es lesen ihn alle, die den großen
und kleinen Plötz noch nicht vergessen haben —,
aber, weil ich es Ihnen gesagt habe."

— „Ein Mann, der nicht zu schweigen weiß,
ist ein Elender. Es gibt keine Tortur, die
mir ein Geheimnis abringen könnte, das mich
mit Jemand verbindet. Ich wünschte nur . . ."

Er sah sie groß an und schwieg.

— „Nun?"

— „Ich wünschte nur, recht viele Geheimnisse
zu bewahren zu haben."

— „O! Gleich recht viele?"

— „Oder ein recht großes."

Was war das? Umschloß sie nicht seinen
Arm mit ihrer rechten Hand? Zog sie ihn
nicht gleichzeitig an sich? Der Bruchteil einer
Sekunde nur, — aber, war es nicht so?

Ein Moment nur. Aber Felix fühlte: es
war der Moment.

Er verwünschte ingrimmig das bewunderte elektrische Licht. In diesem niederträchtig hellen Raume
durfte er ihr nicht einmal die Hand küssen.

Er bebte, und auch durch sie lief ein Zittern.

„Gehen wir!" flüsterte sie. „Mir wird so . . .
Die Luft hier . . ."

— „Ja!"

Er hauchte es nur und führte sie schnell
hinaus. Wie entzückte es ihn, zu bemerken,
daß sie auf den Fußspitzen ging, heimlich davon
zu kommen.

Kein feiges Bedenken jetzt mehr! Das war
kein Spielen von ihr. Das war echt. So
echt, wie sein strömendes, rasendes Glücksgefühl.

Er preßte sie draußen an sich, zog sie in
einen dunklen Nebengang, umschlang sie mit
beiden Armen und küßte sie auf den Mund,
die die Arme wie willenlos hängen ließ und
den Kuß so heiß und lange erwiderte, daß ihm
schien, es sei nicht Anfang und Ende in ihm.

Aber plötzlich riß sie sich von ihm los und
flüsterte hastig: „Gehen Sie zurück! Sagen
Sie, ich war unwohl und sei ins Haus! Heute
kein Blick mehr! Ich schreibe."

Sie lief wie ein junges Mädchen zwischen
den Bäumen davon. Er mußte sich einen
Augenblick an einen Stamm lehnen. Ihm war,
er müsse umsinken vor Wonne. Oder springen,
tanzen, dem erst besten um den Hals fallen.

Doch er riß sich zusammen, gewann mit
hastigen Schritten den Haupteingang, kehrte auf
ihm um und schritt schnell zum Stall, wo er dem
Grafen Pfründten meldete, daß er die Gräfin
Unwohlseinshalber ins Haus begleitet habe.

— „Unwohl?"

Der Graf sah ihn forschend an, daß Felix erschrak.

Doch beruhigte er sich schnell, als er die weiteren Worte vernahm: „Halten Sie mich nicht für einen Barbaren, Graf, aber ich nehme diese Anfälle meiner Frau nicht ernst. Sie bekommt sie regelmäßig, wenn sie einer Situation, die sie langweilt, ein Ende machen will. Und sie hat leider gar keinen Pferdeverstand. Ich hoffe, daß sie Sie's nicht allzusehr hat merken lassen, wie gleichgültig ihr dieser Musterstall war.

— „Aber ich bitte, Graf . . ."

— „Na, vielleicht ist es eine kleine Entschädigung für Sie, wenn ich Ihnen sage, daß die Art, wie Sie Ihre Bäule halten, mich alten Kavalleristen sehr für Sie eingenommen hat, und daß ich mich recht von Herzen freue, Sie als Offizier in meinem Regiment zu wissen."

Er drückte ihm kräftig die Hand und nahm, ins Haus zurückgekehrt, seine Frau streng ins Gebet: „Nein, nein, Erna, wie haben uns in ihm geirrt. Der Mann ist kein von Knoblauch, trotz seiner Nase. Wer seine Bäule liebt, wie er, ist der geborene Edelmann."

„Wohl dem, der seiner Antipathien so schnell Herr zu werden vermag," erwiderte betont spitz die Gräfin; „ich bin nicht so beweglich."

Der Graf ärgerte sich: „Das ist zwar ein sehr weiblicher, aber kein schöner Zug. Man muß gerecht sein."

Und die Gräfin: „Ich leugne ja auch gar nicht, daß der Pferdestall sehr nett ist. Nur übertrag ich mein Wohlgefallen nicht gleich auf den Besitzer."

— „Wohlgefallen! Wohlgefallen! Wer verlangt denn gleich Wohlgefallen? Ich wünsche lediglich, daß du ihn nicht weiterhin brüskierst."

— „Wie du willst."

* * *

Als das Rollen des letzten Wagens schon längst verklungen war, stand Felix noch immer am Fenster und sah in den Park hinaus. Die Lichter tanzten vor seinen Augen. Er war wie berauscht von seinem Erlebnis, und nie noch in seinem Leben, meinte er, ein so hohes Daseinsgefühl empfunden zu haben.

Was war die Grafung, was das Offizierspatent gegen diesen Kuß! Beide hatte er erstrebt, um beide es sich Mühe kosten lassen, und an dem schließlichen Erfolg waren andere beteiligt gewesen. Dieser Kuß aber war wie ein flammender Stern auf seinen Mund niedergesunken, von keinem Willen angezogen, rein nur herabgelenkt durch den Magnetismus seines Blutes, seiner bannenden Kraft.

War es nicht wie ein Traum? War es nicht ganz so traumhaft, wie alles Eigentliche seines Lebens? War nicht so das erste Erscheinen „der Frau" gewesen? Und auch die „Abschüttelung" des Vetters erschien ihm wie eine Traumhandlung. — Alles andere aber, was mit dem Hause Kraker zusammenhing, stand jetzt als etwas scheußlich Grelles vor ihm, als feindliches Licht, bestimmt, ihn aus seiner geheimnisvollen Atmosphäre in das gemeine Leben zu reißen.

Mein ist das Halbdunkel, durchbrochen von den glühenden Augen der Leidenschaft, sagte sich sein überschwingendes Gefühl, sie aber wollen mich in das nüchterne Tageslicht der Gewöhnlichkeit zerren. Seligen Dank den heißen Augen, die in dieser Nacht gekommen sind, mich an mich zu erinnern, Helferinnen der schwarzen Perle.

John trat ein und flüsterte: „Befehlen Herr Graf, daß das Licht im Garten abgedreht wird?"

— „Ja. Aber die roten Scheinwerfer sollen bleiben."

Mit einem Schlage lag der Park in Finsternis, aber hinter dem Dunkel erhob sich wie eine Flammenwand glühend die Farbe des Lebens.

Fünftes Stück: „Süße Rache, o süße Rache!"

Es war bereits voller Frühling geworden, als Gräfin Erna zum ersten Male es wagen durfte, heimlich zu Felix zu kommen.

Gesehen hatten sie sich oft, denn Graf Pfründten hatte es glücklich durchgesetzt, daß ein reger Verkehr zwischen dem gräflichen Paare und Felix zustande gekommen war. Mit großem

Geschicke hatte sich die Gräfin dabei ihre Maske
der Widerwilligen in behutsamer Abschattierung
weggeschminkt und mit einer freundlichen, wenn
auch noch immer recht zurückhaltenden Miene
vertauscht.

Aber man hatte sich nicht bloß gesehen und
immer mehr aneinander entflammt, sondern auch
beinahe täglich heimliche Briefe gewechselt, die
ebenso viele Brandscheite für die Glut ihrer
Leidenschaft gewesen waren.

Als die Gräfin nun in der lauen Dämmerung
eines in sanftem Regengeriesel vorübergegan-
genen Maitages zu Felix kam, waren irgendwelche retardierenden Momente vor der längst
vorbereiteten scène à faire nicht mehr vonnöten.
Nur eine ganz kurze Weile herrschte eine Art
Befangenheit auf beiden Seiten, bis sich Felix
vor der Geliebten niederwarf und seinen Kopf
zwischen ihre Knie preßte. Die Gräfin lehnte
sich in dem Stuhl zurück und drückte mit beiden
Händen seinen Kopf noch tiefer zwischen ihre
Glieder. Sie fühlte seine heißen Hände an
ihren Beinen hinauftasten und schloß die Augen.
Küsse, wie sie sie nie genossen, nur geträumt hatte,
lasteten auf ihren Lippen, brachen sie auseinander, senkten sich in den Mund, schienen
sie ganz ausfüllen zu wollen. Dann fühlte sie
sich fest umspannt und leise hoch gehoben. —
O, ewig so, dachte sie, ewig so umfangen,
getragen. — Bald dachte sie nichts mehr.

Als sie zum ersten Male die Augen öffnete,

sah sie seine Augen dicht über den ihren. Sie umschlang ihn, preßte ihn an sich und hauchte: Noch! Noch!

Aus der Dämmerung wurde Abend, aus dem Abend Nacht. Da erst fanden sie die Sprache wieder.

„Kein Licht, ich bitte, kein Licht!" flüsterte sie, als er sich erhob. „Bleib! dich fühlen ist besser, als dich sehen."

„Und doch sähe ich dich so gerne," sagte er; „deine Augen möchte ich jetzt sehen. Nie sind die Augen einer Frau schöner, als wenn sie müde sind vom Glück."

„Don Juan", sagte sie, aber es war kein Vorwurf in ihrer Stimme.

Er fühlte sogar eine Art Bewunderung heraus und erwiderte leise, indem er ihre Wangen streichelte: „Wie deine Haut jetzt herrlich zu fühlen ist. Wollust für die Hände. Sie bestätigen mir, was ich nun weiß: Du warst zum ersten Male glücklich."

— „Ja, und ich wußte es lange schon, daß ich es in deinen Armen sein würde."

— „Und hast mich doch gehaßt?"

— „Ich habe dich geliebt vom ersten Augenblicke an."

— „Wann war das?"

— „Du warst etwa zwei Monate hier. Ihr rittet auf Patrouilleübung mit dem kleinen Störkwitz. Mein Mann stand hinter mir. ‚Wer ist denn der stolze Einjährige,‘ fragte ich. ‚Es sind zwei, wie du siehst,‘ anwortete er, der die gräßliche Unart hat, mich ewig zu korrigieren. — ‚Aber nicht beide stolz‘, antwortete ich geärgert, immer noch hinter dir dreinschauend, keinen Blick von dir lassend, bis ihr um die Ecke wart. Noch mit geschlossenen Augen sah ich dein Gesicht. Du hattest, wie immer beim Reiten, die Lippen fest aufeinandergepreßt, hieltest dich ein bißchen zu steif, sahst stolz gerade aus und schienst mit einer Kopfbewegung deinem Nebenmanne sagen zu wollen, er möge schweigen.“

— „Ich weiß! Wahrhaftig, ich weiß! Es war mir unangenehm, daß dieser Herr von Herzfeld gerade vor dem Hause des Oberstleutnants mich ansprach. Denn ich wußte, daß der ihm noch weniger grün war, als die anderen. Ich verbat es mir kurz darauf ein für allemal. — Da also war's!“

— „Ja! Und ich war entschieden sofort in love, denn das ist mehr als verliebt. Ich war sogar unbesonnen, denn ich reizte meinen Mann, indem ich noch sagte: ‚Der, den ich meinte, sieht gut aus.‘ Er wurde unangenehm aufgebracht.“

— „Was sagte er denn?“

— „Ach, du weißt ja, daß er dich nicht leiden konnte.“

— „Aber es interessiert mich wirklich, zu erfahren, wie er sich damals ausgesprochen hat.“

— „Gott, laß das doch. — Es würde dich ärgern, und er hat sich ja bekehrt.“

— „Jetzt machst du mich erst recht neugierig. Also sag's, ich bitte dich."

— „Es ist absurd. Er nannte dich einen aufgeblasenen Judenbengel."

— „Mich?"

Felix richtete sich im Bett auf und bebte am ganzen Leibe vor Zorn.

— „Siehst du, daß es dich ärgert."

Die Gräfin richtete sich gleichfalls auf, schlang die Arme um ihn und küßte ihn in überströmender Zärtlichkeit und drückte ihn aufs Bett nieder, immer noch den Mund auf seinem.

Aber er erwiderte den Kuß nicht.

Sie ließ von ihm ab und sagte: „Jetzt habe ich dir richtig die Laune verdorben. Komm! Vergiß die Albernheit. Er sieht in jedem Menschen einen Juden, dessen Stammbaum er nicht kennt. Es ist nicht seine einzige Narrheit."

Felix schwieg. Er erinnerte sich an die Szene, wie ihm der Graf verboten hatte, das „Jüdchen" nachzuahmen. Vergessen hatte er sie nie, und hinter der Leidenschaft für die Gräfin war immer der Haß gegen den Grafen gestanden. Aber die Leidenschaft hatte schließlich den Haß verschattet. Jetzt stand er wieder grell und heiß auf.

„Das soll er mir büßen," knirschte er.

„Laß es mich büßen!" hauchte sie. „Räche dich an ihm — an mir!"

Felix lachte kurz und grimmig auf und

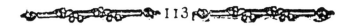

vollzog die Rache mit einer Glut, daß die Gräfin glaubte, vergehen zu müssen.

„So sehr haßt du ihn?" sagte sie in wonniger Erschöpfung. „O, diese Rache ist süß.'

„Ich liebe dich," antwortete er, heftig atmend, „ich liebe dich, wie ich nie eine Frau geliebt habe. Es ist eine Liebe, die sich nie erschöpfen kann, und sie kann auch mit niemand geteilt werden."

Da lachte die Gräfin kurz auf: „Was für Ideen du hast. Denkst du, ich habe ihm jemals angehört? Denkst du, ich könnte ihm jetzt angehören? Ich habe die Ehe mit ihm schon in dem Augenblicke gebrochen, als ich dich damals vorüberreiten sah, und ich werde sie von jetzt ab nie so sündhaft brechen, als wenn er glaubt, mich zu besitzen. — Dessen sei gewiß. Für mich lebt nur ein Mann: Du. Außer dir nichts als Schatten. Ich war selbst bisher einer unter den andern. Du erst hast mich lebendig gemacht. Was gehen mich jetzt — Schatten an?"

Er wollte etwas erwidern, sie aber bedeckte seinen Mund mit dem ihren und raubte jetzt ihm die Besinnung mit Küssen, die ihm zeigten, welch eine gelehrige Schülerin er an ihr hatte.

Vom Kirchturm des benachbarten Dorfes schlug es zwölf Uhr.

„Gütiger Himmel!" rief sie aus, „ist das möglich? Zwölf?! Vergeht die Zeit so schnell, wenn man liebt? Mir ist, als ob ich eben erst hier eingetreten wäre."

Sie sprang auf: „Jetzt, bitte, Licht. Nur einen Blick in den Spiegel, dann muß ich fort."

Felix drehte das Licht auf, und der halbrunde Rokokopavillon, seinerzeit von einem italienischen Baukünstler aufgeführt und La Nichietta genannt, weil seiner Gestalt die Form einer Muschel zugrunde lag und überall in ihm Muschelformen sich wiederholten, glühte rosig auf, wie das Innere der großen Meermuschel, die die Neapolitaner Venusohr nennen.

Gräfin Erna sah sich entzückt um. „Wie reizend!" sagte sie, „und das alles habe ich gar nicht gesehen. Nur dich. Nur dich. — Aber ich kenne den Pavillon überhaupt nicht, obwohl ich doch früher oft genug in Hainbuchen" (so hieß der Besitz) „gewesen bin."

— „Dein vortrefflicher Vetter hat dieses Kleinod von einem Mauerhäuschen als Niederlage für Gartengerätschaften benutzt," bemerkte Felix, „und überdies so verfallen lassen, daß kaum mehr die Form davon zu erkennen war. Weißt du übrigens, daß unser Pavillon von einem Grafen Pfründten erbaut worden ist?"

— „Ach?"

— „Ja, und genau zu dem Zwecke, dem wir ihn heute aufs neue eingeweiht haben."

— „Ein Graf Pfründten? Ist es die Möglichkeit? Es hat einen amourösen Pfründten gegeben?"

— „Und ob! Hast du nie von Alexander dem Großen gehört? So wurde er bei Hofe

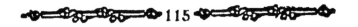

genannt, denn er war von gewaltiger Größe
und Breite."

—„Dann kenne ich ihn. Es hängt bei uns
ein kolossaler Pfründten, der Alexander hieß.
Er hat für die Republik Venedig gegen die
Türken gekämpft. Ein prachtvoller Mensch.
Aber mein Mann hat sich nie herbeigelassen,
von ihm zu erzählen."

— „Das glaube ich. Alexander der Große
ist nämlich der schwarze Mann unter den
Pfründtens. Beim Volk hieß er nicht „der
Große", sondern „der Terke".

—„Von dem mußt du mir morgen ausführlich
erzählen. Es ist der einzige Pfründten, dem
ich Dank schulde, da er uns diese entzückende
Muschel hinterlassen hat, und ich habe die
Empfindung, daß er mir imponieren wird. —
Morgen! Felix! Morgen! O!"

Sie umschlang und küßte ihn.

„Heute haben wir's gemacht, wie die Räuber
im Walde," sagte sie, indem sie ihren Hut
aufhob, der zerknüllt am Boden lag; „nicht
einmal den Regenmantel hast du mich aus-
ziehen lassen, du ungeduldiger, unpassender
Mensch, du! Morgen wollen wir es uns
bequem machen. Dann will ich auch deinen
berühmten Schlafrock sehen, den Prinz Assi
‚Harun al Raschid‘ getauft hat, und von
dem mein Kammermädchen mir erzählt hat,
er stamme vom Kaiser von China."

Felix lächelte geheimnisvoll und sagte, nicht

8*

ohne einen Ton von Herablassung in der Stimme: „Du sollst ihn sehen."

Die Gräfin band sich den Schleier vor, Felix öffnete ein Fenster und rief halblaut: „Friedrich!"

Keine Antwort.

— „Ach so, er ist ja halbtaub. Außerdem wird er eingeschlafen sein, der alte Knabe. Übrigens unbezahlbar für uns jetzt. Hört kaum, sieht schlecht, redet keinen Ton. Und was hast du zu der alten Landlordkutsche gesagt? Bist du nicht erschrocken, wie du sie an den vier Pappeln hast halten sehen? Aber: Gummiräder. Für die Stadt! Ich hätte am liebsten auch den Gäulen Gummischuhe anziehen lassen. Man kann nie vorsichtig genug sein."

— „Das weiß Gott. Aber solange mein Mann weg ist, hat's keine Gefahr."

— „Und wenn er kommt, machen wir's wie sein großer Ahne Alexander der Terke."

— „Morgen!"

— „Morgen!"

Felix führte seine schöne Gräfin die kleine Treppe hinunter zum Mauerpförtchen und trug sie über den regenfeuchten Wiesengrund zu der ehrwürdigen, unendlich bieder aussehenden Kutsche, auf deren Bock ein altes, sonst nur zu Gartenarbeiten verwandtes Männchen schlief, dem es kein Mensch ansehen konnte, daß es gewürdigt wurde, gräflich Hauartsche Rosse zu zügeln.

Felix sah so lange in die Nacht hinaus, bis das Licht der Kutschlaterne verschwunden war. Da der Wagen durch die Wiese fuhr, hörte man nicht Räder, nicht Hufe. Nur das Rauschen des nahen Flusses und das Rieseln des Regens war vernehmbar.

Als Felix durch den Park seinem Hause zuschritt, das, in allen seinen Räumen erleuchtet, inmitten der schwarzen Nacht aus der Entfernung etwas Märchenhaftes hatte mit seinem französischen Doppeldache und dem schmiedeeisernen Gegitter vor den hellen Fenstern, da fühlte er sich zwar etwas müde, aber doch innigst befriedigt.

Das war wundervoll, sagte er sich. Das war anders und mehr, als alles Frühere. Es besteht da ein deutlicher Unterschied. Erstens: eine wirkliche Dame. Die kluge Liane hatte doch nicht recht. Die große Kurtisane ist doch nur ein Surrogat für die geborene Dame. Möglich, daß sie für alte Fürsten höhere Reize hat. Aber, um das zu genießen, muß man alt sein und die Damen bereits hinter sich haben. Oder, worauf es wohl hinausgeht, Damen nicht mehr reizen können. Vielleicht, wenn ich einmal mit Prinzessinnen und Königinnen geschlafen habe, komme ich auch dazu, die höhere Raffiniertheit mehr zu schätzen, als vornehmen Ehebruch. Einstweilen finde ich, daß er unendlich reizvoller ist. Denn, und das ist der zweite Punkt: Hierbei ist Liebe. Die Gräfin liebt mich. Was ist gegen diese Leidenschaft die Kunst einer Liane? Gute Komödie. Gewiß: Man kann dabei lernen. Sie hat mehr Nuancen, im gewissen Sinne auch mehr Schönheit. Aber sie gibt doch weniger Wesentliches her. Das vorhin war verschwenderisch wie die Natur selber, gewitterhaft. Und dann dazu: die Gefahr. Köstlich. Das Geheimnis. Herrlich. Und schließlich, das Beste von allem: Daß ich gleichzeitig an diesem impertinenten Pfründten Revanche nehme. O, ich wünschte, es käme einmal der Tag, da ihm die Augen aufgingen!

Er pfiff die Melodie Bartolos „Süße Rache, o, süße Rache!"

Dann, schon halb im Einschlafen: Wenn ich sie ihm ganz wegnähme? Wäre es nicht ein Triumph für mich, wenn sie sich scheiden ließe? . . . Aber der Skandal . . . Meine Stellung hier . . . Das Offizierkorps . . . Ehrengericht . . . Duell . . . Der alte Schuft schießt wie ein cowboy . . .

Er schlief ein und träumte wieder einmal recht unangenehm von dem langen Friesen in Jena.

Sechstes Stück: Alexander der Zerke

Als am nächsten Tage die Glocke wiederum zwölf Uhr schlug, rief die Gräfin aus: „O diese schändliche Turmuhr."

„Wenn du es gebietest, laß ich John hinaufklettern und sie abstellen," erklärte Felix.

Aber die Gräfin, diesmal nicht im Regenmantel, schwang sich aus dem Bette und lachte:
„Nein, nein, lieber nicht! Sie ersetzt uns das
Gewissen, sozusagen; erinnert uns an Welt,
Moral, Religion; warnt uns, nicht ganz zu
vergessen, daß die übrige Menschheit auch noch
da ist. Wir brauchen sie. Wenn sie nicht
wäre, käme ich nie fort von hier. Und das
wäre zwar schön, aber verrückt."

„Wer nicht verrückt vor Liebe ist, ist nicht
verliebt! — sagt Alexander der Terke," entgegnete Felix.

„Herrgott, den Türken haben wir auch vergessen!" rief die Gräfin. „Mir scheint, wir
vergessen sämtliche Grafen Pfründten."

„Gott behüte!" sagte Felix, „das wäre zu
gewissenlos und schändlich undankbar."

— „Pst! Keine Frivolitäten!"

— „Nimm an, du wärst noch die kleine
Baronesse von Stüren im Prinzeßkleidchen, deren
Porträt ich als Amulett tragen darf. Wäre
dann unser Glück so vollkommen?"

— „Es wäre gar nicht, mein Liebling.
Denn Erna von Stüren hätte so was nicht
getan."

— „Also! . . . Übrigens: weißt du das so
genau, daß diese junge Dame sich nicht in mich
verliebt hätte?"

— „Verliebt schon, aber in die Nicchietta
wäre sie nicht gekrochen."

— „Bestimmt nicht?"

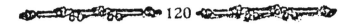

— „Ganz bestimmt nicht."

— „Warum?"

— „Weil sie gewußt hätte, daß Graf Hauart sie heiraten würde."

— „Und wenn er gesagt hätte: Ich heirate nicht! . . .?"

— „Dann hätte sie sich auf ihren kleinen hohen Absätzen herumgedreht und ihn nie wieder angesehen."

— „Und hätte am Ende einen anderen geheiratet?"

— „Hätte am Ende einen anderen geheiratet."

— „Und dann?"

— „Dann wäre sie vielleicht in die Muschel gekrochen."

— „„Die einzige Möglichkeit, als Mensch der Gesellschaft Liebe zu genießen, ist der Ehebruch' — sagt Alexander der Terke."

— „Ich glaube, er hat recht. — Aber du machst mich wirklich gespannt auf meinen Familientürken. Morgen mußt du mir bestimmt von ihm erzählen."

— „Ich werde dir sogar aus seinem Tagebuche vorlesen und dir einen Kupferstich zeigen, der ihn vorstellt. Nach dem Porträt könnte er eher mein Ahne, als ein Vorfahre des Obersten z. D. Grafen Adalbert von Pfründten sein."

— „Mir ist auch aufgefallen, daß du dem Porträt ähnlich siehst, das bei uns hängt. Du hast Nase, Augen, Haare ganz wie er. Nur die Lippen sind anders."

Felix lächelte.

Die Gräfin fuhr fort: „Merkwürdig, wie dieser dunkle Türke in die blonde Sippe der Pfründten geraten ist. Ich habe mir sämtliche Bilder daraufhin angesehen. Es sind lauter Flachsköpfe."

— „Wenn man in Madrid geboren ist, kann man wohl durch — Zufall schwarze Haare und Augen bekommen haben."

— „Ein Pfründten in Madrid geboren? Was für Einfälle!"

— „Alexander von Pfründten ist in Madrid geboren. Sein Vater war in spanischen Diensten und katholisch."

— „Guter Gott, wenn das Adalbert wüßte!"

— „Er weiß es natürlich, aber er spricht nicht davon. Diese Linie der Pfründten ist nämlich überhaupt nicht ganz sauber. Schon der Vater Alexanders war ein Abenteurer, und Alexander selbst rühmt sich geradezu, einer gewesen zu sein. Er ist übrigens evangelisch geworden, — soweit er nicht Türke war."

— „Gott, machst du mich neugierig. — War er verheiratet?"

— „Wie man's nimmt."

— „Das verstehe ich nicht."

— „Morgen sollst du es erfahren."

— „Ach ja! Morgen! Morgen! Morgen!"

*

Als es aber morgen schon wieder gewesen war und das Gewissen auf der Turmuhr zwölf

geschlagen hatte, wußte die schöne Gräfin immer
noch nichts von dem geheimnisvollen Alexander,
und sie konnte nur noch schnell den alten
Kupferstich betrachten, der ihn in türkischem
Kostüm mit einem ungeheuren, ballonartigen
Turban auf dem schnauzbärtigen Kopfe darstellte.

*

Am Abend darauf empfing sie Felix in diesem
Gewande und lud sie ein, ein paar türkische
Damenpumphöschen nebst einer goldgestickten
Jacke anzuziehen. Sie hatte es aber sehr
eilig, auch dieses Gewand wieder abzulegen,
und so kam Felix auch diesmal nicht dazu, aus
dem Tagebuche vorzulesen. Aber sie nannten
sich von diesem Tage an Jussuff und Zelmi.

*

Doch Zelmi war nicht neugieriger, als Erna,
und Jussuff war Türke genug, lieber in der
Liebe, als in Reden zu exzellieren.

Erst die Rückkehr des flachsblonden Pfründten,
die nach Verlauf von vierzehn Tagen erfolgte,
machte es möglich, von dem dunkelhaarigen
Ahnen einiges zu berichten.

Graf Pfründten war mit seiner Frau und
dem Prinzen Assi nach Hainbuchen gekommen,
sich die gräflich hauartschen Gäule einmal
„ordentlich" anzusehen.

„Zeigen Sie meiner Frau inzwischen Ihr
Haus, Graf," sagte er; „sie interessiert sich
mehr für alte Möbel, als für edle Pferde.

Der Prinz und ich wollen Ihre Gäule mal
genau aufs Korn nehmen. Da Sie sich heuer
im grünen Felde ein paar Stangen Gold und
Reiterruhm erwerben wollen, wird es Ihnen
von Nutzen sein, wenn ein alter Herrenreiter
Ihnen ein paar Winke gibt. Ich seh's den
Gäulen unfehlbar an, wozu sie taugen, und
auch Ihrem Trainer will ich ein bißchen das
Pülschen fühlen. Ich traue dem edlen Briten
nicht ganz. Es ist nicht alles Gold, was
englisch spokt."

So waren Zelmi und Jussuff allein, — doch
leider nicht in der Muschel. Sie saßen sich in
Felizens „Studierzimmer" auf Stühlen gegenüber, die entschieden mehr zum Träumen, als
zum Studieren einluden. Doch sah der Raum
im übrigen sehr nach Studio aus. Eine um-
fangreiche Büchersammlung war auf prachtvoll
massiven Regalen aus Ebenholz untergebracht,
die fast bis zur Decke hinaufreichten, doch noch
Platz für goldbronzene Cäsarenbüsten ließen
und Vorhänge aus schwerer gelber Seide hatten.
Das Schwarzgelb wiederholte sich in den ge-
diegenen Einbänden der Bücher aus matt-
schwarzem Leder mit Goldtiteln. Schlug man
die Bücher auf, so zeigte sich das Exlibris des
Grafen in schwarzem Druck auf tiefgelbem
Papier. Es war nach Felizens Angaben, die
sich aber zum Teil auf Ideen Karls zurück-
führten, archaisierend in Holz geschnitten und
stellte eine Pyramide dar, über der ein Stern

schwebte. Sie ragte aus einem dunklen Ge=
wässer empor, auf dem Blätter und Blüten
in der stilisierten Form der victoria regia
schwammen. Auf ihrem breitesten Teile, dicht
über der Wasserfläche, war als Relief das
gräflich hauartsche Wappen zu sehen, das auf
Felixens Wunsch gleichfalls die Farben schwarz=
gelb erhalten hatte, im übrigen aber indifferent
und gar nicht nach dem Wunsche des Gegraften
ausgefallen war. Die Mitte des Obelisken
umzirkte eine Wolke. Zwischen Wolke und
Stern standen die Worte des jüngeren Seneca:
Ducunt volentem fata, nolentem trahunt.
Felix hatte sie oft von Karl vernommen und
sich zu eigen gemacht.

„Wie viele Bücher du hast,‟ sagte die Gräfin
leise, „fast anstößig viele für einen Kavalleristen.
Denn es scheint nicht lauter Militärliteratur zu
sein.‟

„Ich sammle allerhand fürs Alter,‟ er=
widerte Felix; „jetzt denk’ ich wenig ans Lesen.
Dienst und Liebe nehmen mich ganz ein.‟

Er stand auf und beugte sich über sie.

Aber Erna wollte jetzt nicht Zelmi sein:
„Keine Dummheiten jetzt! Setz dich hübsch
ruhig hin! Wir haben Wichtiges zu besprechen.
Wir müssen auf Mittel und Wege sinnen, wie
wir in unsere Muschel kommen können.‟

„Brauchen wir nicht,‟ entgegnete Felix,
„Alexander der Terke hat’s vorbedacht. Ich
denke, die Rossebeschauer werden uns genügend

Zeit laſſen, daß ich dir endlich von ihm erzählen
kann."

Er erhob ſich und holte aus ſeinem Geheim-
ſekretär einen alten Pergamentband, deſſen
vergilbte Blätter dicht mit bräunlichen Schrift-
zeichen in franzöſiſcher Sprache bedeckt waren.

„Mein Gott," ſagte die Gräfin, als ſie
hineingeſehen hatte, „was für Krähenfüße.
Und das haſt du entziffert?"

„Ja," antwortete Felix, „es war eine verteufelt ſchwere Arbeit, aber intereſſant und
lehrreich. Ich habe auf die Überſetzung Wochen
und Wochen verwandt. Dieſer Pfründten iſt
vorbildlich. Sei froh, daß du nicht ſeine Frau
biſt. Er hätte dich wahnſinnig betrogen."

— „Wenn er mich zugleich wahnſinnig geliebt
hätte, wär's ihm verziehen worden. Vom
Überfluß verſchenk' ich gern. Aber Treue ohne
Leidenſchaft iſt eine Bürgertugend, die mir nicht
imponiert. Ich bin nicht eiferſüchtig, ſolange
ich mich geliebt weiß. Avis an Jussuff!"

— „Untertänigſt zur Kenntnis genommen mit
brevi-manu-Vermerk: Nicht zur Sache gehörig."

— „Mit anderen Worten: du hörſt nicht
gerne von Treue reden."

— „Wir werden darüber einiges beim Terken
leſen. — Laß dir zuerſt von dieſem Schweins-
lederbande berichten, den mir der letzte Herr
von Hainbuchen ſchon wegen ſeiner Verwandtſchaft mit den Pfründten gewiß nicht überlaſſen
hätte, wäre ihm ſeine Exiſtenz bekannt geweſen.

Ich fand ihn in einem Wandschrank der Nicchietta,
der, wie der ganze entzückende Raum, mit
gräßlichen Tapeten überklebt war. Es waren
übrigens mehrere Schichten Tapeten aufgepappt,
und aus dem Muster der untersten konnte ich
entnehmen, daß die Überpappung schon bald
nach dem Hintritte Alexanders stattgefunden
hat, wenn sie nicht gar von ihm selber vorgenommen worden ist, als er nicht mehr muschel-
kräftig war. Außer dem Pergamentbande
fanden sich noch verschiedene Frauenkleider in dem
Schranke, sowie allerhand billiger Schmuck aus
venezianischen Glasperlen und eine Menge
Fläschchen und Döschen, die wohl Parfümerien
und Salben enthalten haben mögen. Auch
recht amöne alte Kupferstiche, italienischer Herkunft, fielen in meine Hände: Liebesszenen
voll sauberer Details in puncto puncti, mit
der ganzen graziös wollüstigen Finesse jener
galanten Zeit, ausgeführt. Wir werden uns,
denke ich, noch manchmal daran erfreuen, und
du sollst natürlich auch die netten Kleider zu
sehen bekommen, die für heutige Augen dem
Schrank das Aussehen einer Maskengarderobe
geben, denn es befinden sich unter ihnen orien-
talische, italienische, spanische, aber auch hiesige
Trachten aus der verliebten Gegenwart Alexanders; ein paar Pumphöschen und das einzige
männliche Gewand der Sammlung kennst du
ja bereits. Ich habe alles an Ort und Stelle
belassen, bis auf das Buch selbst, das ich in

meinem Geheimarchiv bewahre, weil es mir fast wie ein Stück von mir selbst vorkommt. —

— Ich glaube, es besteht nicht bloß eine äußere Ähnlichkeit zwischen mir und dem spanischen Pfründten, der, dessen kannst du ganz sicher sein, gar kein Pfründten war. Über diesen Punkt darf ich mich, soweit er mich angeht, nicht näher äußern."

— „Das find' ich nicht nett von dir. Mir könntest du am Ende ebensogut wie dem guten Assi dein Geheimnis anvertrauen."

— „Der Prinz ronomiert. Ich habe ihm nichts anvertraut. Nur ein Mensch weiß um mein Geheimnis."

— „Unser Gnädigster. Ich verstehe."

Felix schwieg. Er wollte nicht direkt lügen, hielt es aber auch nicht für nötig, eine Anschauung zu bestreiten, die die Überzeugung bei Erna und, durch die Gräfin, auch bei den übrigen befestigen mußte, daß seine Grafung auf eine genaue Kenntnis der höchsten Stelle über seine Herkunft zurückzuführen war.

Er sagte: „Ich darf nicht reden, auch zu dir nicht. Nimm mein Schweigen als Beweis dafür, daß ich Geheimnisse von Wichtigkeit unverbrüchlich geheim zu halten weiß. Ich werde nicht einmal schriftlich, wie Alexander, Andeutungen hinterlassen. — Aber eines darf ich dir sagen: Dieses Buch hier hat nicht der Zufall in meine Hände gegeben. Das Schicksal selbst wollte mir nochmals zu Gemüte führen, daß ich zu denen gehöre, die es sichtbarlich leitet, die es Einblicke nehmen läßt in seine geheimnisvollen Verwebungen. Ich soll im Sinne meines Wahlspruches, den ich dir vorhin erklärt habe, bestärkt werden als der Fatalist aus erkennendem Wollen, der ich bin."

Die schöne Gräfin verstand das nicht völlig, aber sie ahnte mit einem angenehmen kleinen Gruseln geheimnisvolle Hintergründe der Felixschen Existenz. Und das war es ja auch, was ihr Jussuff wollte, der ein unwiderstehliches Bedürfnis empfand, sie dunkel ahnen zu lassen, was ihm jetzt, nach der Lektüre der Aufzeichnungen Alexanders, in der Tat noch mächtiger, als früher, zur lebendigen, unumstößlichen Gewißheit geworden war.

„Mein Gott, wie ernst du geworden bist," sagte sie, „du hast ein ganz anderes Gesicht bekommen. So streng, fast fanatisch, siehst du sonst nur zu Pferde aus."

„Sein Schicksal muß man fanatisch lieben," entgegnete Felix sehr betont, „und das meine scheint nur heiter. In Wahrheit ist es, bei allem Wundervollen, mit dem es mich begnadet hat, streng. Ich kenne seine dunklen Augen und werde ernst, wenn ich an sie denke."

Felix posierte nicht, als er dies, an Erna vorbei wie ins Unendliche starrend, schließlich mit ganz leiser Stimme sprach, innerlichst ergriffen von seinem Wahn, der ihn in der Tat ernst machte. Seit seiner Grafung und seit der Auf-

findung des alten Manuſkriptes hatte er ſtunden-
lange Anwandlungen eines wolkenhaften, ſonder-
baren Gefühls. Es war ihm, als würde er
gewaltig ins Düſtere erhoben. „Dunkles Rauſchen,
dunkler Rauſch,‟ ſchrieb er einmal in dieſem
Zuſtande in ſein Tagebuch; „der Reif drückt
und leuchtet nach innen. Groß und ſchmerzlich.
Die Ahnungen läuten ins Klare. Wunden
ſingen jubilierend: Mein Jeſus, Barmherzigkeit!‟

Aber er hatte vorhin die Wahrheit geſagt:
Der Dienſt und die Liebe nahmen ihn ganz
ein. — Es waren Anwandlungen, nebelhaft
kommend, wie Nebel vergehend. Wenn die
gerne geübten Pflichten ſeines Berufes, ſeines
Standes, wenn die ſüßen Anforderungen der
Liebe an ihn herantraten, fanden ſie einen
willigen, klaren, heiter befliſſenen Menſchen.

Es war eine Pauſe eingetreten, die die Gräfin
bedrückte, weil ſie ihr in Felixens Weſen etwas
zum Bewußtſein brachte, das zu dem ihren
keine Beziehungen hatte.

Sie unterbrach ſie und ſagte forciert luſtig:
„Nun aber heraus mit dem Terken aus dem
Wandſchranke, oder ich gehe auf die Gaulſchau.
Sie wird ohnehin bald zu Ende ſein, und du
haſt kaum mehr Zeit, ihn mir von allen Seiten
vorzuſtellen.‟

„Ich hoffe, dir immerhin ein Bild in großen
Zügen von ihm geben zu können,‟ entgegnete
Felix; „Details können wir ſpäter genießen,

wenn uns la nicchietta wieder hat. — Also
höre! Alexander war vierzig Jahre alt, als
ihm Hainbuchen durch Erbschaft zufiel, voraus=
gesetzt, daß er den ‚papistischen Götzendienst‘
abschwor und sich zu dem hierorts alleinselig=
machenden Gottesmann Martin bekannte. Er
befand sich damals in Neapel, — genau wie
später ich, als mir das Schicksal durch den
Prinzen verkünden ließ, daß ich in dieser Haupt=
und Residenzstadt mein Glück suchen sollte, —
und, genau wie ich, spannte er vier Pferde vor
seinen Wagen und raste nordwärts. Nur: er
war nicht allein. Er hatte drei Damen bei
sich: eine Türkin, eine Griechin und eine ganz
kleine, erst vierzehnjährige Neapolitanerin. Drei
Damen — drei Religionen. Er fügte, hier an=
gekommen, eine vierte hinzu, indem er schleunigst
lutherisch wurde. Denn, so schrieb er (ent=
schuldige, wenn ich beim Übersetzen die Nuance
der Zeit nicht ganz getroffen habe): ‚Warum
sollte ich mich zieren? Hainbuchen ist zwar
kein Königreich, aber ein sehr angenehmes pied=
à-terre für einen Aventurier, der nachgerade
Lust bekommen hat, zu kosten, wie Suppe und
Braten vom heimischen Herde schmecken. Dieses
scharmante Besitztum war wohl das Studium
der achtundzwanzig langweiligen Artikel der
greulichen Augsburgischen Konfession wert.
Habe mich also ohne Besinnen zu dem landes=
üblichen Christentum bekehrt und singe nun
mit dem streitbaren Doktor Martin:

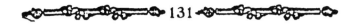

Gott woll ausrotten alle Lahr,
Die falschen Schein uns lehren,
Darzu die Zung stolz offenbar
Spricht: Trotz! Wer wills uns wehren?
Wir habens Recht und Macht allein,
Was wir setzen, das gilt gemein,
Wer ist, der uns soll meistern?

Ich singe es in meinem gothischen Kirchen-
stuhle aus einem dicken ledernen Buche mit so
gewaltiger Stimme, daß eigentlich niemand an
meinem lutherischen Christentume zweifeln dürfte.
Trotzdem hörte ich gestern, als ich mit ge-
spanntem Hahne still wie das lauernde Fatum
hinter der Hecke am Luderplatz saß, den Lock-
kautz über mir, ein Bauernmädel ein Liedchen
singen, das mich nicht darüber im Zweifel läßt,
daß meine Hainbuchener sich über das Christentum ihres neuen Herrn eigene Gedanken machen.
Ich ließ das ahnungslose Ding näherkommen,
sah, daß es hübsch war, legte mein Feuerrohr
aus der Hand, packte die Kleine, die vor Schreck den
Göttern des Waldes eine natürliche Libation dar-
brachte, am Busentuch, fühlte ein paar alabasterne
Halbkugeln, entdeckte zwei Marmorsäulen und
ein niedliches Opfergröttchen für Sankt Cypriphor
und unterließ es nicht, das beliebte Opfer
mit vieler Andacht zu bringen. Trotzdem es
auf der anderen Seite ein Erstlingsopfer war,
hielt sich die Kleine sehr wacker und ließ in mir
die angenehmsten Meinungen über die Talente
meiner neuen Untertaninnen wach werden.

9*

Fürchtete sich auch weiterhin gar nicht vor
mir, versprach, nach Möglichkeit alltäglich zur
gleichen Stunde am gleichen Orte zu lustwandeln
(war heute auch richtig und pünktlich da), und
nahm sich schließlich das Herz, mir das Liedchen
langsam vorzusprechen. Ich habe mir's auf=
geschrieben. Es lautet so:

Graf Alexander der Terke
Treibt lauter Teufelswerke
Und ist ein falscher Christ.
Er hat der Weiber dreie
Und nimmt sich täglich neie,
Weil er ein Terke ist.

Die eine ist katholisch,
Die andre konstantinopolisch,
Die dritte glaubt an nischt.
O, geht ihm aus den Wegen,
Ihr tugendhaften Mächen,
Daß er euch nicht erwischt.

Die Christen meinen's ehrlich,
Die Terken sein gefährlich.
Er treibt mit euch bloß Spott.
Der Teufel wird ihn holen,
Herr Beelzebub versohlen,
Er glaubt an keinen Gott.

Mariechen hat mir nicht verraten, wer der
Verfasser dieses munteren Liedchens ist. Ich
finde das hübsch von ihr. Wahrscheinlich ist der
Dichter ein junger gescheiter Bauernbusch, der
gesehen hat, was für Augen ich mache, wenn

mir was Sauberes in Schußweite kommt, und er hat sich gedacht: dem Vogelfänger will ich meine Vögelchen aus dem Garne jagen. Er hat es auch wirklich in dem halben Jahre seit meiner Ankunft erreicht, daß sie alle recht scheu geworden sind. Natürlich, wenn man gleich die ganze Religion, den lieben Gott und den Teufel ins Feld führt nebst drei Götzendienerinnen: das muß unfehlbar wirken. Ich habe es immer gesagt: die Deutschen sind zwar eine plumpe, aber talentvolle Nation. Wenn ich den Bengel erwische, mach ich ihn zu meinem Leiblakeien. Er soll alle abgelegten „Mächen" kriegen.

Aber wie seltsam richtig das Volk doch ahnt. Wie laut und eifrig ich auch Luthers Lieder singen mag: es wittert den Teufelsbraten. Und meine drei bis vor einem halben Jahre rechtmäßigen Gattinnen hat er auch gleich als Betthasen erkannt, obwohl sie hier als Aufwärterinnen figurieren.'"

„Mein Gott!" rief da die Gräfin aus, „er ist also wirklich Türke gewesen!?"

„Es scheint so," meinte Felix, „zumal, wenn man die Stelle hinzunimmt, die ich jetzt vortragen werde."

Er blätterte suchend, fand und las: „Merhuma ist nun auch spediert. Heimweh und ewige Halsschmerzen. Außerdem fing sie auch an, deutsch zu lernen, und bei ihrer Geschwätzigkeit konnte das noch gefährlicher werden, als bei der Zypresse von Korfu."

— „Das ist die Griechin?"

— „Ja. Die hatte Alexander nach Verlauf eines Jahres nach Hause geschickt, weil sie ihre deutschen Sprachkenntnisse zu Andeutungen mißbraucht hatte, die ihm fatal waren. — An unserer Stelle wird er noch deutlicher. Höre weiter: ‚Es ist nicht notwendig, daß meine Beziehungen zum Propheten hier authentisch bekannt werden. In jedem nicht ganz gewöhnlichen Menschenleben gibt es Episoden, die der persönlichen Erinnerung vorbehalten bleiben müssen. Unter der grünen Fahne habe ich viel gelernt. Kismet ist ein großes Wort. Doktor Luther hat mir kein größeres gesagt.'"

— „Was heißt das?"

— „Genau dasselbe, was mein Wahlspruch ausspricht. — Ist es nicht sonderbar? Wo ich auch dieses Buch aufschlage, finde ich Geist von meinem Geiste."

— „Daher der Name Jussuff."

— „O, es ist nicht zum Spaßen. Dieses Buch hat nicht umsonst auf mich gewartet, als auf seinen ersten und einzig legitimen Leser. Es steht sogar ausdrücklich drin."

— „Aber!"

— „Bitte, hör zu: ‚Ich bin ein Fremder unter denen, die mich zu sich rechnen. Ich laufe unter ihren Konventionen, stehe aber ganz außerhalb ihrer bestimmenden Überlieferungen. Ich habe kein Vaterland, keine Religion, keine Moral. Ich habe auch kein Standesgefühl.

Diese Grafen und Barone sind mir erzlächerlich, obwohl ich die Füße und Worte setze, wie sie. Ich verführe ihre Frauen, wie schon mein Vater ihre Frauen verführt hat. Darunter meine Mutter, die mit Recht sehr stolz darauf war."

Die Gräfin runzelte die Stirne: „Es ist etwas undelikat von dir, mir das vorzulesen, mein Lieber."

— „Aber ich bitte dich! Wenn du nicht imstande bist, diese Aufzeichnungen objektiv zu nehmen, so darf ich sie dir freilich nicht vor= lesen. Ich habe einen höheren Standpunkt bei dir vorausgesetzt."

— „Du mutest mir vielmehr einen recht tiefen zu. Ich werde einmal keinen Stolz fühlen, eine unter vielen zu sein."

— „Und ich habe nicht die Absicht, den Grafen Alexander zu kopieren. Bitte, sieh dir die anderen Damen dieser Haupt= und Residenzstadt an und frage dich, ob du mich für geschmacklos genug halten darfst, eine von ihnen verführen zu wollen."

Die Gräfin betrachtete aufmerksam ihre Fingernägel und schwieg.

Erst nach einer Weile sagte sie: „Lies weiter. Vielleicht macht das Folgende das Vorherige besser."

— „Es kam mir überhaupt nur auf das Folgende an: ‚Ich habe den Stand meines Vaters nicht, aber ich habe sein Blut, das Blut eines souveränen Herrn, obwohl ich die

Welt nicht als Fürst, sondern als Abenteurer
erobert habe. Das ist eine Auszeichnung gewesen, denn ich habe mich weniger gelangweilt
dabei, weil ich das Leben kennen lernen durfte.
In den Tiefen, wie in den Höhen. Welch eine
Wohltat! Das Leben ist ein göttliches Kunstwerk, aber man muß es nicht bloß als Frag-
ment kennen lernen. Die Fürsten sehen im
allgemeinen, so hoch sie stehen, am wenigsten
davon. Die Wolke des Hofes versperrt ihnen
die Aussicht, und wenn sie hinuntersteigen, benehmen sie sich meist so ungeschickt, daß ihnen
auch unten bloß Komödien vorgespielt werden.
Der Adel aber starrt auf die Krone, der Bürger
auf den Adel und das gemeine Volk auf den
Bürgermannsbauch. Immerhin haben die
Untersten noch den weitesten Blick. Die Gescheiten unter ihnen (und sie weisen die meisten
klugen Köpfe unter allen Ständen auf) gucken
nur zu ihrer Belustigung nach oben und sehen
sich im übrigen unter ihresgleichen um, wo
dann die besten Köpfe, die, aus denen die
Dichter werden, ein unbeschreibliches Pandä-
monium entdecken, ein Theatrum mundi,
dem ihr Genie nun herrliche Helden aus der
Höhe hinzudichtet. Ihnen gereicht es zum Vorteile, daß sie die höheren Schichten nicht aus
genauem Augenschein kennen. Wäre es anders,
so würden die Helden in ihren Dichtungen
weniger herrlich ausfallen. — In unserer Zeit
hat nur der Abenteurer den Genuß des Ganzen,

aber nur der Aventurier, der zugleich ein edler Bastard ist, wird diesen Genuß voll ausfühlen können. Er steht über allen Ständen, weil er von allen Ständen etwas hat, aber keines Standes Enge. Er ist der wirkliche souveräne Herr, wenn das Glück hinzukommt, daß er kein armer Teufel ist, der bloß ums Geld abenteuern muß. — Überlege ich es recht, so bin ich ein wahrer Günstling des Glücks. Mir ist die herrliche Gabe der Sicherheit geworden, die überall bestimmt und ruhig auftritt. Seine Kaiserliche Majestät hat mich so wenig ein- geschüchtert, wie mir irgendein Brigand oder Ruffiano mit gezücktem Dolche Angst gemacht hat. Ich tanze mit Damen und Bauernmädeln gleich gut und verstehe es, den einen wie den anderen im Bett ihre besonderen Reize abzu- gewinnen. Geld hat mir nie gefehlt. Trotzdem habe ich mich nicht geniert, zuweilen fremde Börsen zu erleichtern, die mir zu wohl gefüllt erschienen im Vergleich mit den Köpfen ihrer Besitzer. Es war mir ein ebenso großes Ver- gnügen, Dummköpfe übers Ohr zu hauen, wie gegen Feinde zu fechten, die ganz und gar nicht meine Feinde waren, und an denen ich bloß den Überschuß meiner Kraft ausließ. Das Gefühl der Überlegenheit hat mir immer den höchsten Genuß verschafft. Als ich einmal sogar einen Griechen im Spiel betrogen habe, empfand ich nicht geringeren Triumph, als nach einer siegreichen Reiterattacke. Gewinnen, Rauben,

Raffen ist meine Leidenschaft, aber der Weiber-
raub ist der herrlichste unter allen. Weiber,
die ich kaufen kann, mag ich nicht; auch nicht
das Weib als kirchlich und staatlich garantierten
Besitz: das monogame Eheweib. Gott bewahre mich vor dem Ehestand, der, wie der
unangenehme Apostel Paulus sagt, eingesetzt
ist, die Unzucht zu vermeiden, denn ich habe
nicht im mindesten Lust, zu meiden, was mir
das höchste Vergnügen macht, — ein Vergnügen,
dem ich mein Leben und meines Lebens kost-
barste Augenblicke verdanke. Dabei versteht
sich am Rande, daß ich kein prinzipieller
Feind der Ehe bin. Wie sollte ich in fremden
Gehegen pürschen, wenn es keine fremden
Gehege gäbe? Aber sie sind auch überhaupt
sehr nützlich, ja notwendig. Das gemeine Ganze
braucht Gesetze überall, weil es ohne diese
Dämme und Schranken durcheinander fallen
würde. Der menschliche Durchschnitt ist zur
Freiheit gänzlich ungeeignet. Diese ist das
Vorrecht der wenigen, denen sie angeboren ist
als Drang zum Abenteuer, als Lust am Raube.
Je weniger solcher Menschen es gibt, um so
besser ist es. Man muß die Gesetze so streng als
möglich machen, damit nur die verschlagensten
und unbändigsten Geister es wagen, die Wege
der Freiheit zu gehen. Kommt einer von
ihnen einmal zur Herrschaft (was nur selten
der Fall ist, weil die im Hermelin Geborenen unfrei geborene sind), so wird er

instinktiv Tyrann. Denn er hat seine Freiheit zu schützen.'"

Die Gräfin gähnte.

„Langweilt dich das?" meinte Felix beleidigt, denn er bildete sich ein, seine Weltanschauung vorzutragen.

„Gott ja, ein bißchen," sagte Erna. „Ich hatte mir meinen Familientürken amüsanter gedacht."

Felix ließ die Unterlippe sarkastisch hängen und fand, daß seine schöne Gräfin recht wenig Verstand und auch nicht viel Interesse für ihn habe, denn sie mußte doch in Gottes Namen merken, daß er sie in seine Gefühlswelt einführen wollte. Und er dachte an Berta. Die würde anders aufgehorcht haben.

„Du bist mir böse," sagte die Gräfin. „Aber du vergißt, daß mich der Türke nicht so interessieren kann, wie die Frage: Was machen wir nun? Wie kommen wir in die Muschel?"

— „Also gut; ich werde dir bloß das noch vorlesen, was uns darüber belehren kann. Nur eine kurze Stelle vorher noch, die dich, hoffe ich, interessieren wird, weil sie so seltsam auf mich hinweist."

Er wollte sie lesen, da knirschten Schritte, und kurz darauf trat der Prinz ein.

— „Pardon, wenn störe. Ihr, äh, na, wie sagt der Dichter, ihr laßt gewiß ein griechisch Trauerspiel. Na ja. Graf ungemein belesen. Alle Damen entzückt. Schmeißt mit Zitaten. Kann gleich fortfahren. Wollte bloß unter-

tänigst melden: Oberst erfleht noch Weile Urlaub.
Will unbedingt Schimmelstute Liane Reitbahn
probieren. Behauptet: Blender, sprungscheu;
kann was erleben. Übrigens einfach enflammé.
Möchte graue Perle am liebsten selber Karls-
horst reiten. Total verjüngt."

Die Gräfin lächelte. Felix lächelte. Der
Prinz lächelte.

Dann beurlaubte sich Seine Durchlaucht, drehte
aber an der Türe nochmals um und sagte:
„A propos, Graf! Schon wieder neuer Gaul.
Rapphengst. Scheint Aas. Name?"

„Hat noch keinen," antwortete Felix kurz,
der im Grunde ärgerlich über die Fortdauer
der Störung war.

„Wenn es eine Stute wäre, hätt' ich einen
hübschen Namen, Graf, der Ihnen Glück bringen
würde," meinte die Gräfin.

Felix sah sie fragend an.

„Nicchietta," sagte die Gräfin.

„Allerliebst," meinte der Prinz.

Und die Gräfin: „Da es aber ein Hengst
ist, schlage ich den Namen des Helden unserer
Novelle vor: Der Terke."

„Der Terke?" fragte der Prinz, der als
Rheinländer das Wort nicht verstand. „Was
bedeutet das?"

„Ein Geheimnis für Fremde," sagte die
Gräfin; „ein schwarzes Geheimnis. — Gefällt
der Name nicht, so schlage ich den eines anderen
Türken vor: Jussuff!"

„Ach so: Terke — Türke!" lachte Seine Durchlaucht. „Finde Terke glänzend."

„Ich auch," sagte seltsam ernsthaft Felix, der sofort wieder an Schicksalsbestimmung dachte. „Der Terke wird mir Glück bringen."

— „Also: Hurrah der Terke!"

Und damit verschwand der Prinz.

Der Graf aber gab der Gräfin die Hand und sagte fast feierlich: „Ich danke dir. Das war eine Eingebung."

„Ein Spaß," lächelte die Gräfin, „und nun lies schnell weiter. Wir haben nur eine halbe Stunde Zeit."

— „Also nur kurz vorher noch die wenigen Worte, die mich so sonderbar berührt haben. Höre: Wozu, für wen schreibe ich das alles? Dieses Buch wird niemand lesen, solange ich lebe. Ich bin, was alle meiner Art sein müssen, im Grunde einsam, ein Einsiedler der Wollust. Ich gehe in die Welt, das Leben kommt zu mir, aber von meinem Eigentlichsten erfährt niemand. Sie glauben, ich mache Gold und suche den Stein der Weisen. Niemand weiß, daß ich ihn habe. Wollte ich ihn enthüllen, würde ich gesteinigt. Und mit Recht. Daß ich ein Narr wäre! Ich liebe die Welt so, wie sie ist, zu sehr, um ihr ein Ärgernis geben zu wollen. Diese Mühle mahlt auf ihre Art mein Korn. Die Moral, die gute, alte, graue Eselin, trägt mir die Säcke ins Haus. Soll ich sie dafür prügeln? Da sei Gott vor! Ich streichle

sie und halte jedem den Bügel, der darauf
reiten mag. Zeige mich auch gerne zuweilen
selber hoch zu Esel vor Hoch und Nieder. Das
macht wohlgelitten bei der ganzen Eselkavallerie.
— Diese Gattung von Reitern wird nie aus-
sterben, und sie wird immer die Menge für sich
haben. Aber es wird auch immer einzelne
geben, die von meiner Art sind, Prinzen vom
Geblüt des unverstockten Lebens, edle Abenteurer
im Garten der Wollust, freie Herren und Genießer auf eigene Faust. Möge ein solcher
dieses Buch finden und es lesen als eine Bestätigung der Ewigkeit des Geschlechtes derer,
die vom ältesten Adel des Lebens sind, vom
Adel der unverdorbenen, ureingeborenen, sich
selbst genießenden Lust. Ich glaube an nichts,
als an die Kraft, von der ich ein Teil bin,
und ich glaube an die Unsterblichkeit dieser
Kraft über alle Dummheiten des Gehirnes hinaus.
Sie ist mächtiger, als alles, obwohl die Menschheit sie verschüttet hat mit einem dichten schwarzen
Aschenregen unsinniger und krankhafter Irr-
lehren. Sie umgibt schon den einzelnen, der
sie unbekümmert besitzt, mit einer Atmosphäre,
die, wie der Magnetberg auf die Schiffe, un-
widerstehlich mächtig anziehend auf die Sinne
des andern Geschlechts wirkt. Die Frauen
stürzen in die Sphäre meiner Kraft, wie Mücken
ins Licht. — Warum sollte von dieser Kraft nicht
auch ein geheimnisvoll unkörperlicher Teil mit
meinen Worten in dieses Buch übergehen? Ich

legte es unter die Achselhöhle jeder Frau, die
ich hier besaß. Es ist parfümiert mit Wollust
und durch und durch getränkt mit der Essenz
der Wahrheit meines Lebens, das wahrhaftiges,
ganzes Leben war. Und so wird es, wie lange
es auch verborgen und vergessen liegen mag
zwischen Frauenkleidern, dereinst mit der Macht
meiner Sphäre einen Artverwandten anziehen
und ihn grüßen von einem Ahnen, der edelstes
Blut stets adelig betätigt hat als einer der
wenigen, die aus freier Lust zu freier Lust er-
schaffen sind, gleich den Halbgöttern der Alten."

Felix hatte schließlich mit beinahe prophetischem
Tone mehr deklamiert als vorgelesen, die letzten
Stellen frei rezitierend.

„Was sagst du dazu!" rief er aus; „ist es
nicht überwältigend?!"

„Es ist sehr merkwürdig," meinte die Gräfin
bloß, die nicht eben sehr aufmerksam zugehört
hatte.

„Es ist eine Art Testament," sagte Felix;
„das zweite, das ich in diesem Sinne besitze.
Und so soll es auch seinen Platz dort haben,
wo das erste ruht: im Fußgestell dieser Statuette,
die für mich unendlich viel mehr bedeutet, als
das kümmerliche Grafenwappen de dato 1892.
Ich lasse einen ausgehöhlten schwarzen Marmor
darunter legen und verschließe es darein. Schwöre
mir, daß du niemand dieses Geheimnis verraten
wirst!"

„Ich schwöre," sagte die Gräfin und erhob

die Schwurfinger, — aber sie sagte es zu Felixens großem Mißbehagen lachend. Und fuhr schnell fort: „Aber nun endlich das Wichtigste: Der gute Rat!"

— O Gott! dachte sich Felix, diese Frau hat nicht das geringste wirkliche Interesse für mich. Sie ist eine kleine Natur und bloß begehrlich. Ich bin ihr nichts, als der junge kräftige Ersatzmann. — Eine Mücke, die in meine Sphäre geflogen ist. Eine ganz dumme kleine hübsche Mücke. — Ich fürchte sehr: nur eine Frau wird mich wirklich verstehen: Berta.

Er hatte wieder einmal sein Kähnchen an ein großes Schiff gehängt und glaubte zu steuern, wo er bloß geschleppt wurde.

„Schnell! schnell!" fuhr die dumme kleine hübsche Mücke in sein düsteres Nachdenken. „Lies!"

„Ach Gott," meinte Felix, „das könnte ich dir eigentlich mit zwei Sätzen erzählen."

— „So!? Gerade das Interessanteste soll ich nicht im Original haben! Nein, nein! Ich will den echten Terken!"

— „Also gut. Es sind verschiedene Tagebuchstellen, die zum Teil sehr weit auseinander liegen. Erstens: ‚Nun ist La Nicchietta fertig geworden. Meister Raffaello Prunelotti hat sich selbst übertroffen. Es ist die reizendste Liebesmuschel, die man sich denken kann: ein niedliches Häuschen, komponiert um ein riesiges Bett. Francesco Navagera, der den nun auch

ermüdenden Geist der Wollust Venedigs in die
Farbe gerettet hat, hat die Wände mit Liebesszenen bemalt, angesichts deren jede Vestalin
zur Bacchantin werden müßte."

— „Wie schade, daß davon nichts mehr zu
sehen ist."

— „Allerdings. Dieser Navagera mag zwar
ein sehr genialer Maler gewesen sein, aber er
scheint es mit der Solidität nicht ganz genau genommen zu haben. Es ist alles weggeblättert.
— Ich fahre fort: Ich habe die fürchterlichsten
Strafen auf das Betreten meines Allerheiligsten
gesetzt. Nur Brigida hat außer mir einen
Schlüssel zu dem labyrinthisch krausen Türschloß.
Ich habe das Heiligtum denn auch mit ihr eingeweiht. Schade, daß sie nicht mehr vierzehn
Jahre alt ist. Sie war nur mit vierzehn
reizend. Jetzt als Sechzehnjährige erscheint sie
mir wie eine Matrone. Ich würde sie nach
Hause schicken, wenn sie nicht so rührend an-
hänglich und überdies in anderen Dingen höchst
brauchbar wäre. Auch besitzt sie die hohe und
leider seltene Eigenschaft, nicht einen Schatten
eifersüchtig zu sein. Sie hält die Muschel im-
stand und verbreitet außerdem mit viel Geschick geheimnisvolle Andeutungen über die Bestimmung des Häuschens, um das die gesamte
Dienerschaft seitdem in scheuem, weitem Bogen
herumschleicht. Es gilt als meine Goldmacher-
werkstätte, wo auch der Stein der Weisen in
unheimlich geformten Retorten und natürlich

unter Beiſtand des Böſen gebacken wird. Damit
dieſer fürchterliche Umſtand auch ſinnfällig werde,
habe ich einen Schlot in Form eines antiken
Räuchergefäßes aufs Dach ſetzen laſſen, bedeckt
mit ſchauerlich kabbaliſtiſchen Zeichen, die gleich=
falls der unbezahlbare Navagera in ſchwarzer
und goldener Moſaik hergeſtellt hat. Es iſt ein
äſthetiſcher Frevel, aber höchſt nötig. Stets,
wenn ich die Nicchietta betrete, entzünde ich im
Kamin Stoffe, die einen dicken ſchwärzlich=gelben
Qualm aus dem Schlot aufſteigen laſſen.' "

— „So ein Filou!"

— „Ja. Und wie merkwürdig, daß das
Moſaik in meinen Farben war. Ja, ſogar der
Qualm."

— „Aber ich bitte dich! Das iſt nun doch
der reinſte Zufall."

— „Zufall? Das Wort kenne ich nicht. —
Weiter! —: Jetzt fragt es ſich nur, wie ich die
Muſchel am bequemſten und ſicherſten bevölkere.
Der Eingang direkt durch die Mauer von außen
iſt ſicher. Den Wald dahinter habe ich um=
zäunen laſſen. Überraſchungen von dort ſind
ausgeſchloſſen. Wie aber mach' ich es, daß
meine Weibchen aus ihren Häuſern kommen?"

— „Ah! Jetzt kommt's!"

— „Nicht gleich. Alexander berichtet erſt noch
von verſchiedenen nicht ungefährlichen Aben=
teuern mit Damen, die ſo kühn waren, am Tage
zu kommen, ſowie von zahlreichen Vergnügungen
mit hübſchen Bauernmädchen, die es nächtlich

wagten. Dann aber erscheint folgende Ein-
tragung: Ich hab's! Die kleine kluge Brigida
hat mich darauf gebracht, als ich eine Spielgesellschaft im Schlosse arrangiert hatte, wobei
ich meine guten alten Griechenkarten aus Venedig
mit großem Erfolge verwendete. Brigidas
Idee verdient in ihren eigenen Worten ver-
ewigt zu werden. Das kluge Mädchen sagte:
Diese Tedeschi sind wie verrückt aufs Spiel.
In der Stadt wagen sie es nicht. Auch giltst
du ihnen als Lehrmeister, und dein alter Cypern-
wein lockt sie auch. Du brauchst sie nur ein-
zuladen, und sie kommen so oft, wie du willst.
— Was hilft mir aber das? antwortete ich.
Dann muß ich mit diesen langweiligen Junkern
spielen, statt mit ihren Frauen. — O, antwortete
sie, das machst du so: Du spielst ein paar
Nächte mit und gewinnst natürlich. Denn die
Tedeschi sind ja so dumm, so dumme stupidoni
sind sie, daß sie nichts merken. Und nun sagst
du: no, signori, ik kann Sie nikes spiele mit
Ihne (das Kauderwelsch ist das einzige, was
mich noch an ihre vierzehn Jahre erinnert,
aber man kann es nicht schreiben); ich mag
nicht immer gewinnen, und Sie sehen ja, ich
gewinne immerzu. Und ich schwöre Ihnen:
das wird nicht aufhören. Denn, wie Sie wissen,
suche ich den Stein der Weisen, und ich habe
zwar ihn noch nicht gefunden, wohl aber gewisse
Kenntnisse, die mir die Karten verraten. Es
wäre also nichtswürdig, wenn ich mit Ihnen

spielen wollte. Und dann: Ich pflege des Nachts in meinem Laboratorium das Problem der Goldmachekunst zu verfolgen und andere Ihnen bekannte Versuche zu machen, die nur nächtlicherweile möglich sind. Es geht also aus zwei wichtigen Gründen nicht, daß ich mit Ihnen spiele. Aber mein Haus steht Ihnen offen, und Signorina Brigida wird ebenso gut für Sie sorgen, als wenn ich da wäre. E questi majali sonno tutti in namorati di me, Dio mio me ne guardi! Ich schwöre dir, sie werden noch lieber kommen, wenn Du nicht dabei bist. Es kostet dich bloß ein bißchen Vino Cipro und mich ein paar Blicke, die grünes Holz qualmen und altes brennen machen. — Das gute Mädchen ist für diese vortreff= liche Idee auf eine Weise belohnt worden, die ihren ganzen Beifall hatte, und ich habe ihr dankbaren Herzens versprochen, daß sie auch in Zukunft nicht bloß zum Bettenmachen die Muschel besuchen werde."

— „Und der Plan ist geglückt?"

— „Ja. Durch mehr als zwanzig Jahre berichten peinlich genaue Eintragungen des Grafen davon, wie oft vorn im Schlosse die Herren ihr Glück im Spiele suchten, während hinten in der Muschel ihre Gattinnen, soweit sie jung, hübsch und sonst dazu geeignet waren, nach einem bestimmten Turnus das Glück in der Liebe fanden. Nur einmal drohte Unheil. Höre: Das Schicksal hat es beliebt, mich auf

recht witzige Art in mein fünfzigstes Jahr zu
geleiten. Ich hatte das Glück, die bisher so
stolz abweisende Baronin Berta Stoltheim zum
ersten Male bei mir zu sehen, die fuchsrote,
sommersprossige, wenig hübsche, aber, wie ich
sehr schnell erkennen durfte, höchst tempera-
mentvolle Frau des töricht frommen Kammer-
junkers Gottfried, den ich nur dadurch zum
Spielen kriegen konnte, daß ich ihm versprach,
ihn bei Gelegenheit in die Herstellung des Lebensbalsams einzuweihen. Denn dieser fromme
junge Mann hat sich durch das betende Herum-
rutschen auf den Knien frühzeitigen Rheumatis-
mus zugezogen und ist auch sonst widerwärtig
kränklich. Nun macht man zwar im ganzen
Lande Lebensbalsam und natürlich unter Gebet
und Bibellektüre, aber der fromme Gottfried
scheint dem meinen, von dem die Rede geht,
daß der Teufel ihn destilliere, doch mehr
Respekt entgegenzubringen. Ich weiß noch
nicht, ob ich ihm ein Abführmittel oder
Kanthariden geben soll. — Indessen war es
unvorsichtig von mir gewesen, ihm das Versprechen zu machen. Es hatte eben zwölf
Uhr geschlagen . . ."

— „Ob das schon unsere Turmuhr war?"
— „Sicherlich."
— „Seltsam, zu denken: alle diese vielen
Frauen sind nun schon so lange tot, die diese
Uhr aus ihren Wonnen aufschreckte, und der-
selbe Ton desselben Metalls klingt nun mir

ins Ohr und treibt mich aus der Muschel. Es
hat was Unheimliches."

„Es ist ein Symbol für die Ewigkeit
jener Kraft," sagte Felix und glaubte, etwas
sehr Tiefes gesagt zu haben. „Also: Es hatte
eben zwölf Uhr geschlagen, und ich freute mich
des Umstandes, daß die ersten Minuten meines
fünfzigsten Jahres mich in vollster Betätigung
unverminderter Kraft sahen, als plötzlich das
Türschloß kreischte und, zum höchsten Entsetzen
der Baronin, Brigida ins Zimmer gestürzt kam
und in ihrer Muttersprache meldete: ‚Die
Herren kommen! Alle sind betrunken. Der
junge Baron am meisten. Er schwört, eingeladen zu sein, den Lebensbalsam kochen zu
sehen.' — Er kommt im richtigsten Momente,
dachte ich mir, aber die Baronin starb fast
vor Schreck und wollte, nackt, wie sie war,
in den Wandschrank kriechen. Ich aber hätte
aufschreien mögen vor Vergnügen, endlich wieder
einmal Dummköpfe ins Bockshorn jagen zu
dürfen. Tu dir den rotseidenen Domino um!
rief ich Brigida zu, die spitze Kapuze über den
Kopf, den Moro vor! Es war im Nu geschehen, und die Kleine sah mit der schwarzen
Maske und dem roten Zeug ganz teufelsmäßig
aus. Nun schnell Feuer anschlagen! Während
sie's tat, häufte ich venezianisches Glühpulver
auf eine Schaufel, setzte meinen gelben Turban
und gleichfalls eine Maske, aber eine kalk-
weiße, auf, nahm das lange Rufrohr zur Hand,

das ich einmal türkischen Korsaren abgenommen habe, und stellte mich, nackt im übrigen, wie ich war, nur im Schmucke meiner dichten schwarzen Brustbehaarung, ins Fenster. Brigida mußte das Pulver entzünden und sich neben mich stellen; die Baronin erhielt die Weisung, sich niederzukauern und die Schnur des Vorhangs in die Hand zu nehmen. Da knirschten auch schon die Schritte unterm Fenster. Auf! rief ich, und der Vorhang flog auseinander. Im selben Momente durchstieß ich mit meinem Rohre die Scheiben und brüllte wie ein Bär: Kudaktu bilik! Jussuff Chass Hadschil kün toelty! Elik ai toldy! Baschlamak dschami, baschlamak dschami! Odalyk ewala, ewala, ewala! Unterdessen schwang Brigida in zuckenden Kreisen ihre Schaufel, deren rote Flamme hoch aufschlug und uns und alles wie mit Blutschein übergoß. Wimmerte auch recht unheimlich dazu, bis sie, von der Komik der unten schlotternden Gestalten über= wältigt, gell kreischend auflachte. Dabei ver= schüttete sie einen Teil des brennenden Pulvers, das in fliegenden Flammen durch die Luft stob. Wie das die tapferen Junker sahen, die bis dahin vor grausigem Schreck sich nicht vor= und rückwärts gewagt hatten, drehten sie sich, wie vom Teufel selber am Genick gepackt, um und rasten davon. Ich konnte nur noch dreimal mein türkisches Adieu wiederholen: Ewala! Ewala! Ewala! dann ergriff mich ein so unbändiges Bedürfnis, zu lachen, daß ich mit dem rechten Arm Berta, mit dem linken Brigida umschlingen mußte. Ich wäre sonst umgesunken. Nun befahl ich Brigida noch schnell, zu verhüten, daß meine tapferen Freunde sich etwa gleich in ihre Wagen würfen, spedierte die Baronin hastig, kleidete mich ebenso schnell an und trat zwischen die vor Grausen nüchtern und käseweiß gewordenen Helden, die mich anstarrten, als sei ich der Gottseibeiuns selber. — ‚Sie spielen nicht?‘ sagte ich im Tone des Erstaunens. — Sie hatten aber noch die Sprache nicht wiedergewonnen. ‚Dann kann ich vielleicht,‘ fuhr ich fort, ‚jetzt mein Versprechen erfüllen und unserm Stoltheim die Herstellung des Lebensbalsams vorführen. Alle Herren sind gleichfalls eingeladen.‘ — ‚Um Gottes willen!‘ schrien alle und wichen zurück. Der Kammerjunker aber wimmerte: ‚Nie! Nie! Das war die Strafe für meinen Fürwitz!‘ — ‚Was denn?‘ fragte ich, und nun stotterte er eine Schreckensgeschichte zutage, die weit über das Wirkliche unserer Komödie hinausging. Er hatte nicht weniger als sechs Teufel gesehen und das Geheul einer ganzen Legion von Satanassen vernommen. Aber einigen war auch das noch nicht genug. Der ganze Pavillon sei in Flammen aufgegangen, sagten sie, Feuerräder hätten sich durch die Luft gewälzt, Beelzebub selbst sei in einem feurigen Wagen durch die Lüfte gefahren. — ‘Und das alles,

ohne daß ich etwas davon gemerkt habe?'
sagte ich lachend; ‚meine Herren, ich bitte um
Pardon, aber mir scheint, Sie können meinen
Cyperwein nicht vertragen. Er, nur er hat
den Teufel in sich. Was mich betrifft, so mag
ich Ihnen zwar vielleicht an Tapferkeit und
allen übrigen adeligen Tugenden nachstehen, —
nicht aber an Christentum. Sie haben geträumt,
und zwar, wie mich bedünkt, nicht so, wie
christliche Junker träumen sollten.' Ich sagte
das letzte sehr ernst und, da ich weitaus der
Älteste der Gesellschaft war, väterlich ernst. —
Der gute Gottfried war gänzlich zerknirscht
und nahm alle Schuld auf sich. Er sei zur
Strafe für sein lasterhaftes Begehren nach
Spiel und Lebensbalsam vom Teufel besessen
gewesen und habe die anderen mit in dessen
Verschlingung gezogen. Ich gab mir alle Mühe,
ihm klar zu machen, daß weder meine Karten,
noch mein Lebensbalsam unchristlich seien, fürchte
aber, er kommt mir nicht wieder.“

„Eine drollige Geschichte,“ sagte die Gräfin
belustigt, „und die Stoltheims sind heute noch
genau so dumm, wie damals. Aber, mein
Liebling, ich sehe nicht recht ein, was wir für
uns aus alledem entnehmen sollen. Du kannst
doch nicht behaupten, Gold zu machen und
Lebensbalsam zu kochen. Auch hast du, gottlob,
keine Brigida.“

— „Gewiß nicht. Aber wir können den
Obersten durch den Prinzen bewegen, bei mir

zu spielen. Soviel ich weiß, hat er eine Schwäche fürs Jeu."

— „Und was für eine. Er ist nicht weniger versessen darauf, als der Prinz."

— „Das ist die Hauptsache. Absentieren kann ich mich immer."

— „Ohne Angabe eines Grundes doch kaum."

— „Ein Vorwand findet sich leicht. So wird es mir z. B. jedermann glauben, daß ich eine Geliebte habe, und niemand, auch der Oberst nicht, wird so grausam sein, mich zurückhalten zu wollen, wenn John meldet, eine — Dame warte auf mich im Pavillon."

Die Gräfin lächelte. Es bereitete ihr ein wohliges Vergnügen, sich vorzustellen, wie sie in Gegenwart ihres Mannes ihrem Geliebten gemeldet wurde.

„Du bist ruchlos," sagte sie; „du hast wirklich was vom Terken."

„Siehst du?" meinte Felix geschmeichelt; „es wird hoffentlich noch einmal der Tag kommen, wo du bemerkst, wieviel ich von ihm habe."

„O, das weiß ich schon!" erwiderte mit einem verliebten Blicke die Gräfin und legte die Arme um seinen Hals. „Mein Jussuff! Wie freue ich mich auf unsere Spielabende! Möge mein Mann so viel Glück am grünen Tische haben, wie ich in der weißen Muschel! So viel Glück, daß es ihn jeden Abend nach Hainbuchen zöge! — Daß du mir aber nicht auf die Idee kommst, einen Turnus einzurichten!"

Sie sagte es lächelnd, aber doch nicht bloß im Spaß.

„Aber Zelmi!" wehrte Felix ab. „Wenn mich nichts anderes davon abhielte, so wäre es das Ende unseres Türken."

— „War das traurig?"

— „Ja."

— „Erzähl' mir's."

— „Nicht gerne eigentlich, denn es zeigt den Grafen schwach und somit nicht beispielwürdig für mich. Denke dir: er ist fromm geworden, fromm und — feig. Er hat sich das Leben genommen. Es ist mir ein furchtbares Rätsel. Ich gäbe die Hälfte meines Vermögens darum, wenn er bis ans Ende seiner Tage fürstlich geblieben wäre und fürstlich geendet hätte. Ich empfinde seinen Tod wie einen Schandfleck im eigenen Hause."

— „Du lieber Gott, dann müßte ich vor lauter Schandflecken melancholisch werden. In meiner Familie geht keine Generation ohne Selbstmord vorüber. Weißt du, wie man uns oben in Mecklenburg nennt? Die Wassergänger. Es gibt sogar eine richtige Familiensage darüber. — Aber, Gott Lob, bei mir hat's keine Gefahr mehr, seit ich dich habe. — Früher freilich, in den ersten Jahren meiner trostlosen Ehe, hat mich's manchmal förmlich gezogen. Ich durfte über keine Brücke gehen. Und jetzt freu' ich mich auf nichts so sehr, wie auf die Fahrt über die Brücke hinter der Nicchietta."

- „Und gerade auf dieser Brücke hat sich der Graf erschossen."

— „Um Gottes willen!!"

— „Ja. Scheußlich. Er hat sich einen Stein um den Hals gehängt, übers Geländer gelehnt und sich so erschossen, — um ganz sicher zu gehen. Vorher hat er's noch in dieses Buch geschrieben. Es sind seine letzten Worte. Was ihnen folgt, ist ein spanisches Gebet zur Mutter Gottes. — Erlaß es mir lieber, dir die Geschichte zu erzählen. Sie ist — deprimierend."

— „Ach, bitte, — doch! Ich weiß, es wird mich auch bedrücken, aber ich habe eine förmliche Passion, Geschichten von Selbstmördern zu hören."

— „Wie du befiehlst. — Der Graf war zweiundsechzig Jahre alt, als er sich in eine junge Gräfin verliebte, — die einzige unter seinen Geliebten, deren Namen er nicht nennt. Ich habe Anlaß zu glauben, daß er dies deshalb vermieden hat, weil . . . nun ja: weil diese Gräfin möglichenfalls seine Tochter war."

— „O, pfui! Das ist empörend."

— „Nichtsdestoweniger ist es wahrscheinlich so gewesen. Es stimmt mit der Zeit, und gewisse Andeutungen weisen darauf hin. Auch macht es den Schluß erklärlicher."

— „Abscheulich."

— „Ja. Das Schicksal wollte ihn wohl auf die gewisse höchste Probe stellen, die es keinem seiner Auserwählten erspart. Es ist eine Art

Blutprobe. Erst wer sie besteht, ist ein ganz Auserlesener. Graf Alexander hat sie nicht bestanden und wurde dafür verurteilt, unwürdig zu enden. Ich habe viel über seinen Fall in die Schwäche nachgedacht, der wohl doch zu dem Ganzen gehört, soweit es mir gültig ist."

„Bitte, so erzähle doch!" mahnte die Gräfin nervös gereizt.

— „Nun denn: Die junge Gräfin war, er spricht es selbst mit diesen Worten aus, in den alten Mann ‚mit Leib und Seele so verliebt, daß es fast wie der Zwangszustand einer Nachtwandlerin erschien'. Auch ihn nahm sie ganz ein, so daß er um diese Zeit keine andere Geliebte hatte. Nur Brigida ließ ihn nicht los. Sie, die damals sechsunddreißig Jahre alt war, klammerte sich nach seinen Worten ‚wie eine Wildkatze' an ihn an und begann, Gattinnenrechte geltend zu machen und — zu drohen. Er sagt es nicht ausdrücklich, aber man gewinnt die Empfindung, daß diese Neapolitanerin zugleich eine wildleidenschaftliche und eine berechnende Natur war, ihm völlig und ehrlich von Anfang an ergeben, aber immer mit dem Ziel im Auge: Es muß der Tag kommen, wo er mir allein gehört. Oft genug tauchen in dem Tagebuche Erwägungen auf, ob er sich ihrer nicht gewaltsam entledigen solle. Aber sie werden immer abgelöst von dem Bekenntnis, daß sie ein Stück seines Lebens, daß es ihm unmöglich sei, sich sein

Haus ohne sie vorzustellen. Es scheint sogar,
daß er sie zu seiner Erbin eingesetzt hat. —
Mit dem Eintreten der jungen Gräfin in sein
Leben spitzte sich das Verhältnis zu Brigida
bedrohlich zu. Sie, die nie Eifersucht gezeigt
hatte, war offenbar von der grimmigsten Eifersucht gegen die Gräfin beseelt, die ihrerseits als
geradezu krankhaft eifersüchtig geschildert wird.
Der Graf ist ratlos, verliert Ruhe und Ent-
schlußkraft. Die Gräfin liebt er, ohne Brigida
kann er nicht sein. Zum ersten Male in seinem
Leben kommt er in die für einen Menschen
seiner Art fürchterliche Lage, mit einer Frau
aus Berechnung verkehren zu müssen. Denn
er weiß: wenn er sich Brigida versagt, kann,
wird Entsetzliches geschehen. Er deutet an, daß
das Leben der Gräfin nicht sicher sei vor ihr.
So überwindet er, zum ersten Male in seinem
Leben im Banne einer Einzigen, seinen Widerwillen und ‚gibt sich‘, wie er es ausdrückt,
‚ohne Liebe wider die Treue weg‘. Einen
Satz muß ich dir vorlesen: ‚Schändliches Verhängnis! Verfluchte Krankheit des Alters!
Das Gefühl der Treue frißt sich in mich wie
Mauerschwamm. Ich fühle mich schuldig, seit
dieses Gefühl der Schwäche mich hat. Es ist
das Ende. Ich bin kein Mann mehr.‘ —
Der Gatte der Gräfin stand im Felde, und so
hätte sie allnächtlich kommen können, aber der
Graf war gezwungen, zwei Nächte für Brigida
zu reservieren. Er bezeichnet sie im Tagebuch

stets mit einem Kreuz und als die schwarzen
Nächte im Gegensatz zu den hellen. Eine Überraschung durch die Gräfin schien ausgeschlossen,
da, wie wir schon erfahren haben, das Wäldchen
hinter der Nicchietta damals umzäunt und
das Gatter für den Wagen nur zu den bestimmten Stunden geöffnet war. Diese Vorsicht
hat nichts geholfen. Höre! Ich muß dies
lesen, und du sollst es sehen, was ich lese!
Diese drei dicken bräunlichen Kreuze, mit irrem
Finger über die ganze Seite gestrichen, sind
Blut Nicchiettas."

„Weg! Weg!" rief die Gräfin und stieß
das Buch von sich. „Aber — lies!"

Und Felix las: „Heilige Jungfrau, Mutter
des Herrn, behüte mich vor dem Rasen des
Himmels, der sich auftut in blutroten Blitzen!
Die ewige Gerechtigkeit brüllt aus Donnern
des Allmächtigen. Der Wald stöhnt, und der
Baum meines Lebens bricht krachend zusammen.
Ich kann nur noch beten und mein katholisches
Kreuz schlagen. Hier sitz' ich nackt in meiner
furchtbaren Sünde, mit dem Blute der Teufelin
befleckt, die nackt dort in dem schmachvollen
Bette liegt. Möge ein Blitz sich erbarmen und
dieses Haus der Laster und Unreinheit aufgehen lassen in Flammen, die vom Himmel sind.
Mich aber beschütze, du Gebenedeite, daß ich
noch Zeit finde, zu deiner Gnade zu wallfahrten
nach Kastilien und zu beichten. — Sie rührt
sich hinter mir. Ich weiß es. Tot spreitet sie

noch die Schenkel. Ich rieche ihren Schweiß
und ihr Blut. Unter der linken Brust rieselt
es hervor aus dem blassen Leibe in einem
Bache, der in der Scham versickert. Sie hat
Granatblüten im Haar und eine Kette von
schwarzen Perlen um den Hals. Ihre toten
Augen starren mich an. Ihre Lippen sind ver=
zogen, wie die eines weinenden Kindes. Es
ist noch immer das Wort auf ihnen, der Fluch:
Amore! — O, Madonna, du weißt, warum ich
dies schreibe. Du fühlst, ich taste nach der
Spitze deines goldenen Schuhes, der auf der
Weltkugel steht. Du siehst: ich rutsche auf
meinen nackten Knien an dich heran, meine
Tränen zu trocknen am Saum deines himmel=
blauen Kleides und zu dir selbst zu beichten,
da nur du, nur du Fürbitte für mich haben
kannst bei deinem himmlischen Sohne. — Ich
fürchte mich, Madonna, ich fürchte mich vor
diesem meinem Leibe, der vom Aussatze der
Wollust bedeckt ist. Ich fürchte mich, daß er
zu neuen Sünden erwachen wird, wenn diese
dröhnende, flammende Nacht vorüber ist. Ich
fürchte, wie schwach ich jetzt auch bin, den
Teufel der Kraft. O, schütze mich! — (Hier
folgt ein spanisches Gebet.) — Ewige Jungfrau,
ich danke dir! Mein Herz ist rein, mein Geist
ist klar zur Beichte. — Ich habe in dieser
Nacht zwei Frauen gemordet. Du kennst sie.
Wenn dein heiliger Mond aufgehen wird nach
diesem Wetter, wird er die Blonde auf dem

Fluſſe treiben ſehen. Ihr weiter Mantel iſt
blau, wie der deine. Ihre Augen ſind dunkel,
wie die meinen. Vergib ihr. Alle ihre Sünde
iſt ihr von mir gekommen. Du weißt es. —
Als ſie in dieſer Nacht auf ihren kleinen,
ſchmalen Füßen zu mir ging, trieb ſie zweifache
Liebe. Sie hat es nicht gewußt, daß es doppelte
Sünde war. Vergib ihr. — Weißt du, wie es
kam? Nein. Dein reines Auge iſt aller Sünde
blind. Doch du mußt es hören, mußt es mir
ab und auf dein gütiges Herz nehmen. — Sie
ſtand vor meinem Fenſter und rief mich mit
ihrer ſüßen Stimme an. Ich aber lag bei der
Teufelin und erſchrak vor der Stimme des
Engels. So erſchrak ich, daß ich alt wurde,
wie ich meinen Namen aus ihrem Munde ver=
nahm. Alt und ſchwach. Ich hatte nicht Kraft,
die Schwarze zu halten, die ſich ans Fenſter
ſchwang und gellend in die ſtürmiſche Nacht
hinauslachte mit allem Spotte und aller Grau=
ſamkeit der Hölle. Als ich ſie zurückreißen
wollte, ſah ich die Blonde in die Knie ſinken
und beide Hände auf ihr Herz preſſen. Ich
rief ihren Namen, und ihr Geſicht verzerrte
ſich vor Ekel. Dann wandte ſie ſich um und
lief in den Wald. Eine fürchterliche Gewißheit
fuhr in mich, zuckend und grell, wie der Blitz,
der eben den Wald erleuchtete. Ich ſprang
nackt vom Fenſter hinab in die Nacht. Der
letzte Reſt meiner Kraft war in dieſem Sprunge
und in meinem Laufe hinter ihr her. Aber

die Schwarze folgte mir und war schneller, als
ich, und stärker. Sie umschlang mich von hinten
und hielt mich fest, als ich die Blonde auf der
Brücke sich noch einmal umblicken und dann
über das Geländer ins Dunkle, Rauschende
fallen sah. Ich schrie auf und sank nieder.
Die Schwarze führte einen Greis zurück, den
sie wie einen Greis beschmeichelte. Sie legte
mich aufs Bett und tat sich mit Küssen und
Liebkosungen zu mir. Da ging mir die Hölle
der Wollust auf, und ich wußte, daß ich all
mein Leben ein schmutziger Sünder gewesen bin.
Aber ich wußte auch, daß ich nie mehr sündigen
würde, es sei denn mit dieser da, die über
meiner Kälte mit allen Hitzen der Hölle lag.
Vergib meinem Herzen, Madonna, wenn es
irrte, aber es sprach mit den Schlägen eines
alten, kalten Mannes zu mir: Du mußt sie
töten, wenn du nicht ewig verloren sein willst.
Und ich tastete heimlich nach dem goldgriffigen
Dolche mit dem Adler=Wappen meines Vaters,
der mich wie mit aufmunternden Augen ansah
von der schwarzen Decke des Betttisches, und
ich stieß ihn ihr ins Herz. Ihr Blut rann
über meine Brust, wie ein heißer Schleim.
Mich ekelte. — So ist es geschehen, und nun
schwanke ich zwischen kalter Ruhe und heißer
Angst. — Jetzt bin ich ruhig, Madonna. Be=
stimme und beschütze meinen Weg."

Die Gräfin seufzte tief auf: „Wie gräß=
lich!"

„Und doch war es das Schlimmste nicht," sagte Felix.

„Die Macht des katholischen Gebetes, unendlich stärker, als die irgendeines anderen, kräftigte ihn und half ihm über die nächste Zeit weg. Er war sogar imstande, mit ruhiger Überlegung alles abzuwenden, was sich jetzt gefährlich gegen ihn erhob: Verdacht des Mordes, Mutmaßungen des Zusammenhanges mit dem Selbstmord der jungen Gräfin und so weiter. Aber als das vorüber war, verfiel er in Wahn und Angst. Er sah die beiden Frauen allnächtlich neben sich. In allen Geräuschen hörte er ihre Stimmen. Ein fürchterlicher Ekel vor sich selber peinigte ihn noch mehr, als das. In seinem Tagebuche wechseln Gebete und schändliche Verwünschungen des Heilandes und der Madonna. Er hat damals den Dolch seines Vaters in eine Tischplatte gestoßen und davor in gotteslästerlichen Anrufungen des Teufels gelegen, die Mordwaffe als das wahre Kreuz anbetend. Brigida nennt er bald Höllenhure, bald den Erzengel des heiligen Lebens, der dreimal heiligen Kraft. Schließlich werden die Gräfin und die Neapolitanerin seinem irren Geiste eine Person, und er liegt zerknirscht in ewigem Gewinsel vor diesem Spuk, bis er endlich eine letzte Klarheit hat: ‚Wage, zu sterben!' Der Stein, den er sich an einer türkischen Galeerenkette um den Hals gehängt hat, war der Kopf einer antiken

Venusstatue. — Den Wandschrank hat er noch selbst vermauern lassen. Die beiden Schlüssel zur Nicchietta hat er in den Fluß geworfen. Heute noch nennen die Hainbuchener unsere Muschel das ‚Geschechehäuschen‘, und sie schwören darauf, daß es darin spukt.“

„Ich habe jetzt selber fast ein Grauen davor,“ sagte die Gräfin. „Wie dumm, daß ich dich habe erzählen lassen. Ich werde mich jedesmal fürchten, wenn ich hineingehe.“

„Aber die Furcht wird vor der Liebe weichen, wie der Mond vor der Sonne,“ meinte Felix. „Mit uns ist nicht die Schwäche, sondern die Kraft. Der Spuk ist längst verflogen. Das heilige Leben leuchtet noch. Dem, der es als Wissender anbetet, leuchtet es nicht düsterer, sondern tiefer. Mein Glaube an die Kraft ist durch das traurige Ende des Grafen Alexander nicht erschüttert, sondern vertieft worden.“

Er hätte der Gräfin und sich noch lange in diesem Stile etwas vorgeredet, wenn jetzt nicht der Prinz und der Graf endlich gekommen wären, beide erhitzt vom Reiten und voller Bewunderung für den gräflich Hauartschen Stall.

„Und wissen Sie, welches Ihr bester Gaul ist, Graf?“ rief der Oberst aus: „Der Terke! Auf dem müssen Sie der erste Herrenreiter Deutschlands werden bei Ihrer Schneid und Ruhe im Sattel.“

„Vorausgesetzt, daß nicht Hals brechen!“ meinte der Prinz. „Erzadliges Aas. Aber Teufel in sich.“

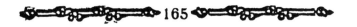

Siebentes Stück: Der große Vogel

Obwohl es sich Felix vom Prinzen her an-
gewöhnt hatte, jetzt stark vornüber gebeugt zu
gehen, da er immer irgendeine Affektiertheit
brauchte, sich äußerlich vom Gewöhnlichen zu
unterscheiden, stand er nun in der Fülle seiner
Kraft, im Hochtriebe seines Selbstgefühls.
Die Anwandlungen eines krankhaft verstiegenen,
grellen, aber zwischenhinein durch sonderbare
Ängste verschatteten Höhenwahns wurden
seltener, da der Dienst, die Liebe und die
Morgenarbeit mit den Rennpferden ihn strapaziös
hernahmen. Je mehr er sich körperlich aus-
gab, um so mehr schien er an Kraft und Frische
zuzunehmen, und je weniger Zeit er fand, dem
nachzuhängen, was er seine Gedanken nannte,
um so weniger verfiel er den fixen Ideen, die
der dunkle Untergrund aller seiner Gedanken
waren. Sie waren ihm jetzt auch deshalb
weniger gefährlich, weil er sie der Gräfin
gegenüber immerhin manchmal aussprechen
konnte, denn der Plan mit den Spielabenden
war vollkommen geglückt, und es ergab sich,
wie von selbst, daß in der Nicchietta zuweilen
vom Grafen Alexander gesprochen wurde. Für
Felix aber bedeutet das nichts anderes, als
den Auftakt zu wahren Fugen der Selbst-
bespiegelung. Da die Gräfin immer leidenschaftlicher in ihrer Liebe zu ihm wurde, verfiel
auch sie schließlich bis zu einem gewissen Grade

der Macht dieser geheimnisvoll überschwänglichen
Töne. Wenigstens gewöhnte sie es sich an,
ihnen mit dem Ausdruck hingegebener Aufmerksamkeit zu folgen, indem sie voller Bewunderung
zu Felix aufblickte. Es lag ja schließlich auch
ein Reiz mehr für sie darin, den Geliebten
nicht bloß seiner körperlichen Vorzüge wegen
bewundern zu dürfen, sondern auch andere
Kräfte und Geheimnisse von ihm aus auf sich
wirken zu lassen. Eine wie nüchterne Natur
sie im Grunde auch war, es fehlte ihr doch
nicht gänzlich an romantischen Bedürfnissen.
Stärker war freilich erotische Neugier bei ihr
ausgebildet. Trotz beharrlichen Leugnens entschieden und heftig eifersüchtig auf den gegenwärtigen und zukünftigen Besitz ihres angebeteten Jussuff, fehlte ihr rückwärts gewandte
Eifersucht so völlig, daß sie am liebsten jedes
einzelne erotische Abenteuer aus Felixens Vergangenheit haarklein vorerzählt und geschildert
hätte haben mögen. Zumal für Liane interessierte
sie sich so mächtig, daß Felix schließlich genötigt
war, viel mehr Dichtung als Wahrheit über
seine Liebesmeisterin vorzutragen.

„Ich bewundere diese Person" (Dame sagte
sie doch nicht) rief sie einmal aus, „ja, ich beneide sie beinahe. Ich möchte jetzt nicht mit
ihr tauschen, da ich dich habe, aber, wenn
ich bedenke, was für ein elendes, hungriges,
leeres Leben ich geführt habe, ehe der Himmel
mir dich beschert hat, so muß ich doch sagen:

ich wäre lieber eine große Pariser Kokotte gewesen, als die arme Gräfin Pfründten von
damals."

„Liebes Kind," erwiderte Felix darauf mit
väterlichem Weisheitstone, „du irrst dich. Du
hättest nie mit ihr getauscht, und du würdest
dich an ihrer Stelle nie wohlgefühlt haben.
Ich habe auch Käufliche kennen gelernt, die
Deklassierte waren, wirkliche ehemalige Damen
von bester Herkunft. Es war nicht eine
darunter, die sich mit Liane hätte messen können,
nicht eine, die wie Liane wirklich glücklich im
Liebesberufe war. Es war immer ein Schatten
schlechtes Gewissen dabei, immer ein scheuer
Blick nach rückwärts, immer das böse Gefühl
einer durch nichts zu tilgenden Unzulänglichkeit."

— „So können also nur diese wirklich
lieben?"

— „Keineswegs. Aber nur die empor-
gestiegene Kokotte kann die Liebe als freie
Kunst ausüben. Auch zu dieser Kunst gehört
nicht bloß Begabung, sondern Studium. Die
echten großen Kokotten kommandieren die
Liebe, wie Goethe von den Poeten verlangt
hat, daß sie die Poesie kommandieren sollen.
Dazu gehört eine Macht über die Leidenschaft,
die eine Dame um so weniger hat, je leidenschaftlicher sie ist. Das muß geübt, dafür muß
allerhand aufgeopfert werden. Die Dame aber,
die aus Leidenschaft für den Liebesgenuß
Kokotte wird, wird es immer erst in einem

Alter, wo man das nicht mehr lernen kann.
Ganz abgesehen davon, daß eine Dame niemals
den Begriff der Ehre völlig zu vergessen
vermag."

— „Na, wenn man ein Palais, Equipage,
Dienerschaft und zu Anbetern alte Fürsten und
junge Millionäre hat und überdies mit den
langweiligen Kreisen, wo Ehre die Leidenschaft
und den Genuß ersetzen muß, gar nicht mehr
in Berührung kommen will, spürt man es
wohl kaum, daß einem diese Auszeichnung ver=
sagt bleibt."

— „Das meine ich auch nicht. Darüber
könnte sich vielleicht gerade eine in einem ge=
wissen Sinne besonders ehrgeizige Dame hinweg=
setzen. Denn in der Tat werden ja große
Kokotten in Paris keineswegs unehrerbietig be=
handelt, ja, man huldigt ihnen wie Königinnen.
Mein Bruch mit Liane erfolgte lediglich
deshalb, weil ich mich zu dieser Huldigung
nicht verstehen wollte. Aber, meine Liebe,
dieses Gewerbe oder diese Kunst ist unehren=
haft, weil Bezahlung dafür verlangt und ge=
leistet wird. Das kann eine wirkliche Dame
niemals ertragen. Der adelige Mensch macht
aus seinen Begabungen kein Geschäft. Wenn
ich, was ich zweifellos könnte, als Zirkusreiter
auftreten würde, so könnte mich die höchste
Gage und der frenetischeste Applaus nicht
darüber hinwegtäuschen, daß ich im Sinne der
Gesellschaft ehrlos geworden bin. Und natürlich

mit Recht. Ja, selbst wenn ich als Dichter
mein Brot verdienen würde, was ich am Ende
auch könnte, so würde ich mich damit gesell-
schaftlich unbedingt deklassieren. Selbst Lord
Byron hat dies im Grunde erfahren müssen.
Und gleichfalls mit Recht. Aristokratie darf
nur dilettieren. Selbst die volle Ausübung
seines Genies hat der Aristokrat seinem Stande
zum Opfer zu bringen. Sein Beruf ist herrschen,
leiten, kommandieren und genießen. Daher
gibt es für den adeligen Mann nur zwei
Berufe: Offizier oder Diplomat."

— „Und für die adlige Frau?"

— „Dame zu sein. Ihr Dilettantismus, —
denn man kann Dilettant mit Leidenschaft und
Genie sein, — bewährt sich am schönsten auf
dem Felde der Liebe. Ehebruch deklassiert
nicht, solange er die standesgemäßen Grenzen
einhält."

Derartige Produktionen als starker Geist
taten Felix ungemein wohl, obgleich er eigentlich
nichts produzierte, als flache Reminiszenzen.
Doch das merkte er gar nicht, und selbst wenn
er es gemerkt haben würde, hätte er gefunden,
daß eben dieser Umstand recht im Grunde
aristokratisch=dilettantischer und somit höchst vornehmer Natur sei. Er durfte sich mit Recht
sagen, daß er ein hurtiges Auffassungsvermögen
und die Gabe besaß, Aufgefaßtes gut und
mit dem Anscheine voller Durchgründung vorzutragen, und er sah sich für diese Gabe

überall durch auszeichnenden Beifall nicht weniger
belohnt, als wenn er eigenes Gewächs präsen=
tiert hätte. Das genügte ihm, und er kam
schließlich dahin, diese Genügsamkeit als das
Resultat aristokratischer Selbstzucht anzusehen.
Hatte er nicht das Dichten, hatte er nicht allen
literarischen Ehrgeiz aufgegeben? Die Lehren
Karls, dazu bestimmt gewesen, allen reellen
Tätigkeitstrieb in ihm zu schwächen, ihn hohl
zu machen und daher immer bereiter, alles
Fremde und, wie Karl vorhatte, besonders alles
ihm Schädliche aufzunehmen, saßen fest in ihm.
Das Aufgehen im rein Äußerlichen seines Be=
rufes, wie er ihn auffaßte, begünstigte den
Aushöhlungsprozeß ebensosehr, wie die billigen
Erfolge, die er überall hatte.

Er war Graf, war Offizier, die schönste
Frau der Stadt war seine Geliebte, ihr Mann,
einmal sein offenkundiger Feind, war ebenso
offenkundig sein Freund geworden; alle übrigen
Kameraden bewunderten seinen Stall, seine Reit=
kunst, erkannten sein ganzes Auftreten als über
alles Lob erhaben an, prophezeiten ihm einen
glänzenden Namen als Herrenreiter; der weib=
liche Teil der Gesellschaft umgab ihn mit deut=
lichen Zeichen dafür, daß sie in ihm den In=
begriff alles interessant Männlichen, Außer=
ordentlichen verehrte. Nun kam noch eine große
öffentliche Auszeichnung hinzu.

Der Grundstein zur Pflanzschule für drama=
tische Talente wurde durch den Landesfürsten

persönlich im Rahmen eines feierlichen Aktes ge-
legt, dem der ganze Hof, die Spitzen aller
Behörden, das Offizierkorps, die echte und die
Talmi=Gesellschaft, die angesehensten Vertreter
des Bürgertums, sowie die meisten ortsansässigen
Koryphäen der Kunst, Literatur und Wissen=
schaft beiwohnten. Es war einer der großen
Tage der Residenz. Wer nur den geringsten
Sinn für Loyalität und Anstand, nur ein leises
Gefühl für die Bedeutung und Würde der
Kunst besaß, ließ Fahnen vom First seines
Hauses, Fähnchen aus den Fenstern flattern.
Selbst die Wurstbrater auf dem Marktplatze
hatten ihre Stände mit frischem Grün ge=
schmückt, und es schien, als ob dem Bratwurst=
dufte heute ein festliches Aroma anhaftete.
Das Geschäftsleben stockte während der Feier=
lichkeit gänzlich. War auch nicht die ganze
Stadt geladen, so mußte doch die ganze Stadt
dabei sein. Der alternde Fürst, in den letzten
Jahren meist kränklich, hatte seinen geliebten
Untertanen schon lange kein öffentliches Schau=
spiel mehr gegeben, und man wußte, daß es
bei solcher Gelegenheit immer allerhand Inter=
essantes zu hören, zu sehen und zu kritisieren gab.

Ob er wohl auch diesmal die Vorleserin
vom Dienst ganz ungeniert vor den Damen der
Gesellschaft auszeichnen, ob die ganze Heerschar
der Ehemaligen aufmarschieren würde? Ob
es mehr als Gerücht wäre, daß Selma mit
dem Brustpanzer den Vorzug haben werde, in

ihrem berühmten Musengewande ein Gedicht
des poetischen Wirklichen Geheimrates zu deklamieren? Ob Serenissimus ihr dann die Große
Medaille für Kunst und Wissenschaft öffentlich
auf den wallenden Busen plazieren würde?
Welche Auszeichnungen sonst wohl noch zu erwarten seien? — Zumal darauf war man gespannt, wer diesmal das Glück haben werde,
den „Großen Vogel" zu erhaschen, den viel ersehnten höchsten Orden „für besondere Verdienste um das fürstliche Haus und gemeine
Wohl".

Alles war gespannt und die Bleistifte der
Reporter wie mit Elektrizität geladen.

Wenn indessen ein Fremder der Feierlichkeit
beigewohnt hätte, so würde er sich vergebens
gefragt haben, was denn eigentlich Aufregendes
an ihr sei. Zum genießenden Verständnis dieser
Veranstaltung war Personenkenntnis nötig.
Man mußte wissen, was es bedeutete, wenn
der Fürst diesem Herrn bloß mit einem Neigen
des Kopfes vorüberschritt, jenem aber zu-
lächelte und einem dritten sogar die Fingerspitzen reichte. Man mußte es verstehen, welche
Bedeutung es hatte, daß eine gewisse Dame in
einer Hofequipage vorfuhr, obwohl sie doch nicht
eigentlich offiziell zum Hofe gehörte, und daß
drei andere, gleichfalls ohne Hofdamen zu sein,
in der vordersten Reihe der Geladenen plaziert
wurden, während die Gräfin X und die Baronin Y
nicht so direkt vis-à-vis der fürstlichen Gnaden-

sonne ihre Strahlen genießen konnten. Wer aber Kenner war, sammelte hier Stoff zu Gesprächen für gut eine Woche.

Von der eigentlichen Grundsteinlegung versprach man sich nichts Sensationelles. Das Programm, die Aufeinanderfolge der Hammerschläge, hatte schon im Amtsblatt gestanden: Zuerst natürlich der Fürst, dann der Ministerpräsident, dann der Hoftheaterintendant, dann der Bürgermeister. Aber gerade hierbei geschah Außerordentliches. Erstens: Serenissimus hielt, obwohl er müde und krank aussah, eine Rede. Nun, man verstand von ihr nichts, denn er sprach sehr leise. Aber: Zum Schlusse ließ er sich von einem Lakaien ein prachtvoll gebundenes Buch überreichen und legte es in die Höhlung des Steines.

— „Was war denn das für ein Buch? Haben Sie gehört? Eine Urkunde? Nein, ich glaube, er hat von einem Gedicht gesprochen? Was? Ein Gedicht? Von wem denn? Vom Wirkliche Geheimen? Natürlich. Aber nein, ich glaube . . .“

Die tuschelnden Rätselrater wurden sogleich und auf höchst erstaunliche Art belehrt.

Der Fürst, statt den Hammer dem Minister zu überreichen, ließ den Grafen Hauart hinaufwinken, gab ihm die rechte Hand, legte die linke auf seine Schulter, sprach aufs freundlichste lächelnd zu ihm und überreichte ihm schließlich den Hammer.

Alle Welt stimmte darin überein: es war ein unvergeßliches Bild und ein Ereignis.

„Un — er — hört!" murmelte die Gattin des Ministers.

„Welche Improvisation!" meinte der Wirkliche Geheime.

„Das Programm durchbrochen!" notierte der Redakteur des Regierungsboten.

„Dieser junge Mann wird in einer Weise bevorzugt!" sagte Herr Martin von Herzfeld zu seiner Gattin, geborene Silberstein.

„Ein Offizier, wo doch der Fürst Offiziere gar nicht mehr mag!" bemerkte die Bürgermeisterin.

„Na, bei der Ähnlichkeit . . .!" erwiderte die Konsistorialpräsidentin.

„Das ist stark!" dachte bloß ihr Gatte.

„Wer jetzt noch zweifelt, ist blind und blöde," entschied der Führer der Opposition im Landtage, Fleischermeister Knoll.

„Der Minister macht ein Gesicht wie ein Waisenknabe," konstatierte der witzige Wochenplauderer der oppositionellen „Volksstimme".

So lief, wie in flachen, lautlos hüpfenden Wellen, flüsterndes Getuschel durch alle vorderen und hinteren Reihen bis zur Masse des Volkes, das jetzt vor gespannter Neugierde auf den Fußzehen stand. Dann hörte man kurze Hammerschläge und glaubte etwas zu vernehmen wie: „Verewigter Freund . . . Dein Geist . . . adelige Kunst . . . Zukunft . . . Kultur . . . hoher Fürstensinn."

„Prachtvoller Mensch!" sagte Graf Pfründten zu seiner Frau. „Wie er dasteht, ernst, ergriffen, aber ohne die geringste Befangenheit."

Die Augen der Gräfin leuchteten, aber sie sagte kein Wort. Ja, sie biß die Lippen fest aufeinander, daß ihr kein Wort entschlüpfe. Jetzt hätte sie sich nicht verstellen können. Sie genoß den Anblick ihres Angebeteten, wie er nun hochaufgerichtet neben dem Fürsten stand und ihm, der Ritter dem Lehensherrn, stolz und ergeben ins Gesicht blickte, wie eine göttliche Erscheinung, und wiederholte in sich immerfort: Mein ist er, mein!

Und der Fürst richtete wiederum, aufs huldvollste lächelnd, leise Worte an den zum Mittelpunkte der ganzen Feierlichkeit Gewordenen, winkte den Kammerherrn vom Dienste heran, entnahm einem dargebotenen Etui etwas Glitzerndes, in alle Augen und Herzen Leuchtendes, das jeder und jede kannte: den Großen Vogel, und heftete die höchste Auszeichnung „Für besondere Verdienste um das fürstliche Haus und gemeine Wohl" zwischen die silbernen Schnüre der gräflichen Attila.

Ein „Ah!" der Ergriffenheit drängte in jeglicher Brust empor und war bereit, sich von tausend Lippen stürmisch aufzuschwingen, dem huldreichen Fürsten und dem prächtigen jungen Manne entgegen, der so hohe Gnade so ruhig bescheiden und schön mit einer schlechthin großartigen Verbeugung hinnahm. Aber man war

denn doch zu wohl erzogen, als daß man seine
Ergriffenheit in Gegenwart des höchsten Herrn
hätte laut werden lassen. Das Ah blieb stumm
auf halbgeöffneten Lippen liegen, als schönes
Zeichen residenzlicher Erziehung.

Das übrige der festlichen Handlung, die pro=
grammgemäßen Hammerschläge und selbst Selmas
Jambengewoge fand nur geringes Interesse.

Das Wort des Tages war und blieb: „Der
Graf". Die Stadt war voll davon zum Über=
fließen, aber der Telegraph sorgte dafür, daß
es auch über ganz Deutschland hinwegflog.
Soweit die deutsche Zunge klingt und in Drucker=
schwärze festgehalten wird, erfuhr der Zeitungs=
leser das große Ereignis. Graf Felix Hauart
war einen Augenblick lang berühmt. Ein Strahl
aus der Höhe fiel von seinem Namen auf die
Frühstücksbuttersemmel des Bürgers.

Freilich, wenn die Buttersemmel in die Kaffee=
tasse getunkt und dann im Munde des Biederen
verschwunden war, war Name und Glanz schon
wieder weg. „Alles veloziferisch", wie Goethe
sagt. Ein einmaliger Frühstücksruhm zerfließt
schneller als ein Stück Zucker im Kaffee. Erst
wer sich einen ganzen Zuckerhut von Ruhm
errichtet, was immerhin schon eine Art Pyramide
ist, darf der fröhlichen Zuversicht leben, daß
von ihm, vielleicht, auch noch beim Mittagessen
die Rede sein wird.

Felix war fest entschlossen, sich diesen Zucker=
hut zu errichten.

Die Versuchung trat jetzt nahe an ihn heran, ihn aus poetischen Werken zusammenzusetzen, denn allgemein galt er als der Verfasser des Gedichtes, das der Fürst im Grundstein der „Pflanzschule" der Ewigkeit aufbewahrt hatte, und zumal die Damen nannten ihn nur noch ihren „poetischen Grafen". Eitel und skrupellos, wie er war, fühlte er kein Bedürfnis, die ungehört verflüsterte fürstliche Rede, um deren Sinn er natürlich angegangen wurde, zu erklären. Er lehnte jede Erklärung unter dem Vorwande der Bescheidenheit ab und diktierte dem interviewenden Redakteur des Regierungsboten ein paar dunkle Zeilen in die Feder, aus denen nur der bereits Wissende die Wahrheit herauslesen konnte.

Aber auch den Andrang poetischen Ehrgeizes wies er schließlich mit männlicher Entschlossenheit zurück. Es sprach wohl der Große Vogel aus ihm, wenn er sich sagte: Mir ziemt nur eine erste Stelle. Um diese aber in der Dichtkunst unsrer Zeit zu erringen, müßte ich das Gesetz des aristokratischen Dilettantismus verletzen, müßte mit Literaten à la Hermann Honrader konkurrieren, die doch schließlich allesamt Pöbelnaturen sind. Auch ist unsrer Zeit das Höchste in der Poesie versagt, wie selbst ein Dichter vom Genie Karls immerzu erklärt hat. Der adelige, ehrfürchtige, kulturbewußte Geist beschränkt sich heute darauf, Goethe zu lesen, und verschmäht es, selbst berufsmäßig zu poe-

tifieren, was schon an sich etwas Schändliches
und ein Beweis kunstverlassener Gesinnung ist.
O nein! Leute meines Schlages überlassen
den Federhalter als Werkzeug jenen unsympathisch
aufdringlichen Wortführern der Zeit, die pöbel=
haft frech genug sind, die heilige Stille, die
den reinen Sinn aus den Werken der großen
Vergangenheit her beglückt, mit ihrem läster=
lichen Geheuche zu durchbrechen. Unsere Stimme
tönt nur uns und denen, die uns nahe stehen.
Gewiß, auch ich werde wohl hier und da ein
Gedicht schreiben, um es etwa Zelmi unters
Kopfkissen zu legen. Jedoch ganz gewiß nur
sehr selten und immer ehrfürchtig resignativ.
Nicht für die Menge, nur für die eigene Sphäre.
Was mir der Fürst sagte: Daß es gälte, von
hoher Warte aus das Licht der Schönheit zu
verbreiten über alles Volk wie von dem Leucht=
turm einer Insel der Seligen, Reinen, Ruhigen,
— das ist vieux jeu, erlauchter fürstlicher
Idealismus auf Schillerscher Grundlage, im
Grunde Verkennung der Kunst, Verquickung von
Ästhetik und Moral. Serenissimus hat Karl
recht oberflächlich verstanden. Der hätte sich
innerlich schön bedankt für diese Anerkennung,
obwohl er gewiß vor Seligkeit gestorben wäre,
wenn er statt meiner auf dem Podium gestanden
hätte. Es war ganz gut, daß ich die Poesie
zu repräsentieren hatte. Ich habe ihn und sie
vor einer Blamage gerettet.

Sprach der Große Vogel.

Dann aber Felix der Gespornte: Die erste Stelle, die ich erreichen kann, ohne mit Pöbelmenschen konkurrieren zu müssen, ist im Sattel. Ich habe mehr einzusetzen als Gehirn: mein Leben. Der Kunst, die ich beherrsche, sind die höchsten Ziele noch nicht weggenommen. Sie ist nicht in der Dekadenz, sie blüht in einem neuen Frühling. Sie ist ewig, wie das Leben selbst. Nicht ein Stück von mir zeige ich, wenn ich sie ausübe, sondern mich ganz und gar. Ich reite: das heißt: ich lebe aufs intensivste und in meinen Kräften gesteigert durch das edle Tier, das ich zwinge und beherrsche. Ich gehe als Erster durchs Ziel: das heißt: ich lasse nicht bloß andre Kunst, ich lasse andre Leben hinter mir. Und wenn ich der Herrenreiter bin, der die meisten Siege auf seine Farben vereinigt hat, so repräsentiere ich eine positive persönliche Überlegenheit an Kräften und Fertigkeiten von viel zweifelloserer Bedeutung, als wenn irgendein Künstler durch Erfolge zum Mann des Tages geworden ist. Der künstlerische Erfolg hängt nicht so sehr von der Kraft des Künstlers, als von Launen des Pöbels ab; über den Erfolg des großen Herrenreiters entscheiden nur seine persönlichen und seines Stalles Qualitäten. Das Glück, das dabei auch im Spiele ist, macht nicht der zuschauende Mob, sondern Fortuna selbst. Ich kenne mich mit Huren gut genug aus, um zu wissen, daß sie wohl zuweilen versuchen mag, einem Geringeren

zuzulächeln, daß sie aber mit ein paar Peitschen=
hieben immer wieder zur Räson zu bringen
ist. Glück folgt der Kraft. Wer nicht siegt,
hat nicht rücksichtslos genug siegen wollen. Ein
Rennen ist eine Folge von Momenten höchster,
unbedingtester Anspannung. Der Sieg gehört
dem, der nicht einen Moment schwach und un=
sicher, nicht einen Moment feig, keinen Moment
unbesonnen war. Die höchsten Eigenschaften
des Edelmannes sind es, die auf dem grünen
Felde vom Ruhm gekrönt werden. Auch Ver=
schlagenheit, Tücke, Grausamkeit gehört dazu.
Der Teufel auch! Es geht um Tod und Leben
und Ruhm! Ich lege nicht Hunderttausende
in Gäulen an und riskiere mein Rückgrat, um
aus irgendeinem Sentiment irgend einmal auch
nur zu denken: Bitte, nach Ihnen! Die Herren
vom siegenden Sattel sollen was erleben. Es
rückt eine Farbe ins Treffen, vor der ihnen
die Augen übergehen werden.

Sprach der Gespornte.

Achtes Stück: Der knochige Zeigefinger des alten Herrn

Felix war gewiß stolz auf den Großen Vogel
und genoß das warme Bad des Ruhmes mit
Entzücken, das ihn in der Residenz wohlig
umgab. Aber der Gedanke, im Sattel zu
siegen, nahm ihn doch noch mehr ein. Gerade,
weil man ihn jetzt besonders seiner künstlerischen

Interessen, seiner poetischen Qualitäten wegen
hofierte, drängte es ihn mächtig, die „Welt"
durch Siege auf einem Gebiete zu verblüffen,
das fern ab von diesen Interessen, diesen Gaben
lag. Hatte er nicht schon als unbärtiger Jüngling den Namen Lord Byron geführt? Hatte
das Schicksal damit nicht wie mit einem Scherze
andeuten wollen, aus welchen Ingredienzien
sich einmal sein Ruhm zusammensetzen sollte?
Wohl! Der dichtende Herrenreiter, der Kunst-
förderer zu Pferde, das war die Note, die ihn
auszeichnen sollte, — vor den Poeten sowohl
wie vor den gewöhnlichen Turfgrößen, die er
im Grunde auch schon rechtschaffen gering-
schätzte.

Er meldete sich und seine Pferde also fleißig
überall an, wo sein Debüt in einem glänzenden
Rahmen vor sich gehen konnte, und er verfolgte
mit hoher Genugtuung die Kommentare, mit
denen seine Nennungen in den Sportblättern
begleitet wurden.

Indessen sollte seine Begeisterung eine fatale
Douche und damit eine Eindämmung erfahren,
unter der er schwer zu leiden hatte.

Er wurde von Serenissimus zu allerunter-
tänigster Dankabstattung in besonderer Audienz
empfangen, die über eine Stunde lang währte.
Aber gerade diese ungewöhnliche Auszeichnung
war gar nicht dazu angetan, ihn zu beglücken.
Der Fürst hatte trotz seines leidenden Zustandes,
der ihm das Sprechen offenbar zu einer An-

ſtrengung machte, faſt ohne Unterbrechung und
ſehr eindringlich zu ihm geſprochen. Felix
durfte ſich ohne ſeine gewöhnliche Überſchwäng-
lichkeit ſagen, daß der regierende Herr ein
außerordentliches Intereſſe für ihn empfand und
Abſichten mit ihm hegte, die ihm im höchſten
Grade ſchmeichelhaft und bedeutſam ſein mußten.
Aber, ach, dieſes Intereſſe galt eigentlich einem
anderen, einem früheren Felix, nicht dem gegenwärtigen, und dieſe Abſichten zielten durchaus
nicht auf das, worauf der gegenwärtige Felix
ſein Trachten gerichtet hatte.

Erſt ſprach der Fürſt in allgemeinen Wendungen über die Notwendigkeit einer intenſiveren
Anteilnahme der Ariſtokratie an kulturäſthe-
tiſchen Beſtrebungen. Er entwickelte den Begriff des Mäcenatentums als nobile officium
und wies darauf hin, daß, wenn der Adel
dieſe Pflicht vernachläſſigte, die hohe Finanz
ſie übernehmen werde, womit nach ſeiner
Meinung die Herrſchaft des Judentums, ohnehin ſchon ſehr feſt begründet, geradezu ſtabiliert
werden müßte. „Sie wiſſen,“ ſagte er, „daß
ich nicht Antiſemit bin, und daß ich deswegen
mancherlei Widerſpruch zu erfahren habe. Ich
kann es nicht ſein. Kann es nicht als Fürſt
und kann es nicht als Kunſtfreund. Denn ich
ſehe jetzt ſchon, daß die jüdiſchen Kreiſe in
Deutſchland an Kunſtförderung mehr leiſten, als
alle anderen zuſammen. Aber, wenn ich das
auch anerkenne, ſo bin ich doch nicht unbedingt

erfreut darüber. Ja, ich erblicke eine gewisse
Gefahr darin. Wenn der deutsche Geist ästhetisch
im allgemeinen zu schwerfällig ist, so ist der
jüdische, wie überhaupt, so besonders in Dingen
des Geschmackes, der Kunst zu beweglich. Er
faßt schneller auf, läßt aber auch schneller fallen.
Die Juden drängen, mit wenigen Ausnahmen,
immer nach links. Das schadet so lange nichts,
als auf der anderen Seite genug Gegengewichte
vorhanden sind. Gegengewichte, nicht Hemmschuhe.
Sie verstehen mich. So ein Gegengewicht ist
unsere große Tradition. Der Name Goethe
spricht sie am vollsten aus. Auf Goethe folgten
die Romantiker und — Heinrich Heine. Jene
sind vergessen, dieser hat sich mächtig durchgesetzt
bis auf den heutigen Tag. Die Juden, obwohl
in ihren Kreisen am frühesten umfassende
Vorsteher Goethes und auch der Romantiker
waren, haben, und niemand darf sie verständiger=
weise deswegen tadeln, den Mann ihres Blutes
erhoben. Brentano, Novalis, Eichendorff, Mörike,
um nur einige von denen zu nennen, die größere
und reinere Dichter waren, als Heinrich Heine,
sind neben diesem in den Augen des Publikums
verblaßt. Darin drückt sich zweifellos eine
Schwächung national=künstlerischen Empfindens
der Deutschen aus. Ich sage beileibe nicht,
daß das deutsche Volk sich dem Dichter Heine
hätte verschließen sollen, weil er ein Jude war;
ich erblicke vielmehr ein Symptom nationaler
Schwäche auch darin, daß gewisse Kreise sich

gegen diesen bedeutenden Dichter seiner Abstammung wegen aufgelehnt haben. Der deutsche Geist braucht den jüdischen nicht zu fürchten als ein gefährliches Gift, er kann ihn vielmehr recht wohl brauchen als eine Art Stimulans. Aber die Diktatur des Judentums in Sachen des deutschen literarischen Geschmackes ist nicht weniger eine Schmach des Jahrhunderts, als der Antisemitismus. Die Schuld daran trägt zum großen Teil unser Adel, der ästhetisch nicht etwa rückständig geworden ist, denn das könnte unter Umständen eine Auszeichnung sein, sondern ganz einfach indifferent. Er ist teilweise verbauert, teilweise zum reinen Kasernenadel geworden. Agrarische und militärische Interessen haben die kulturellen so gut wie völlig verdrängt. Er ist materiell und äußerlich geworden. Ich weiß wohl, daß Entschuldigungen dafür vorhanden sind. Der Reichtum des Adels ist zurückgegangen; andere Kreise, die der Hochfinanz und Industrie, haben ihm hierin den Rang abgelaufen. Und, da tätige Kunstförderung ein Luxus ist, den sich nur sehr Reiche in großem Stile erlauben können, so möchte man wohl sagen, es sei ganz natürlich, daß die alten großen Namen das Mäcenatentum den neuen großen Geldbeuteln überlassen. Aber das hieße nichts anderes, als abdanken. Eine Aristokratie, die nicht mehr auf der Höhe der ästhetischen Kultur ihrer Zeit steht, die den Anschluß an die Aristokratie der Kunst versäumt, es gleich-

gültig mit ansieht, wenn die Pflicht der Kunstförderung von andren Schichten ausgeübt wird,
beraubt sich selbst um die wertvollsten Voraussetzungen ihrer Zukunft. Die Herrschaft gehört
immer denen, die zum Geiste halten. Zumal
heutzutage ist man nicht mehr bloß durch Handhabung äußerer Machtmittel mächtig. Wie das
ein Denkender unter der Herrschaft der Preß-
freiheit übersehen kann, ist mir unbegreiflich.
Aber nur die Juden und die Sozialdemokraten
übersehen es nicht. Muß ich es Ihnen sagen,
welche Gefahr darin liegt? Kann eine hohe,
allgemeine, lebensstilbildende Kultur, kann mit
andren, aber dasselbe bedeutenden Worten eine
aristokratische Kultur entstehen (denn um ein
Entstehen handelt es sich heute), wenn der Geist
einerseits von einem traditionslosen Reichtum,
anderseits von den traditionsfeindlichen Führern
der Bedürftigen repräsentiert wird? Reichgewordene Plebejer hier, trotzige Proletarier
dort; in der Mitte das Bürgertum, das entweder von den einen oder den anderen betört
wird, wenn es nicht, gleich dem Adel, völlig
indifferent den lieben Gott einen guten Mann
sein läßt, ohne jede Spürung dafür, daß es sich
inmitten einer Zerreibungszone befindet. —
Dies der heutige Aspekt. Kein erfreulicher
Anblick für einen alten Fürsten, der die großen
kulturellen Gesichtspunkte nie aus den Augen
gelassen hat, obwohl er seine kräftigsten Tage
in einer Zeit verlebte, die hauptsächlich mit der

Errichtung des potitischen Machtgerüstes für eine neue große deutsche Kultur beschäftigt war. Das Gerüst steht da; erst kürzlich haben wir es durch Erhebung der Präsenzstärke noch mehr befestigt; Handel und Industrie nehmen gewaltig zu; Deutschland wird reich. Aber dieser Reich= tum wird uns zum Fluche werden, wenn er sich nicht in große Kulturwerte innerhalb aller zur Macht Berufenen umsetzt. Nur wenn dies geschieht, kann von oben her Harmonie das Ganze durchdringen, kann die Oberschicht selbst vor dem Vorkommen in Materialismus behütet werden. Aber zu dieser Harmonie gehört Beteiligung der Kreise, die mit der großen deutschen Tradition am engsten verknüpft sind, gehört der Adel und das höhere Bürgertum. Wie aber sieht es in dieser Generation der Erben aus? Ich entdecke kaum Spuren von Idealismus, es sei denn in Phrasen, die ihn den Unteren nur noch mehr verächtlich machen, und der Begriff aristokratischen Kulturgewissens scheint überhaupt nicht vorhanden zu sein. Die Sozial= demokratie darf sich mit einem Anscheine des Rechts als Hüterin nicht bloß des sozialen Idealismus aufspielen, und die mächtige jüdische Presse darf mit Recht von sich sagen, daß sie allein ein Organ für die geistige Entwicklung der Zeit auch in Kunst und Literatur hat. Aber diese Kunst und Literatur ist auch danach. Was tischt sie uns auf? Scheußlichkeiten. Was erregt sie? Niedre Instinkte. Theorien, wie

die des Naturalismus, in ihrer Absurdität
tausendmal von Goethe entblößt, durch unsre
ganze klassische Zeit mit Werken höchster Höhe
widerlegt, vagabundieren gleich Strolchen und
Tölpeln durch unser Schrifttum. Es ist ein
Triumph der Roheit sondergleichen, angesichts
dessen der feinere, an Weimar geschulte Geist
verzweifeln möchte. Oder können Sie mir außer
den Schriften Ihres verewigten Freundes Zeichen
der Besserung nennen?"

Felix war in Verlegenheit, denn er hatte
nur winzig wenig von dem gelesen, was ihm
sein Buchhändler an moderner Literatur ins
Haus geschickt hatte. Immerhin konnte er auf
die letzten Bücher Honraders hinweisen, in
denen er wenigstens geblättert hatte, und die
in der Tat eine entschiedene Abwendung vom
Naturalistischen deutlich an den Tag legten.

„Wenn dem so ist," erwiderte der Fürst,
„so verdient dieser Autor und jeder, der sich
gleich ihm in diesem naturalistischen Fegefeuer
geläutert hat, liebevollste Anteilnahme, tätigste
Förderung. Ich gehe wohl nicht fehl, wenn
ich annehme, daß Sie, mein junger Freund,
sich dies angelegen sein lassen, ja, ich möchte Sie
ganz ausdrücklich darauf hinweisen, daß die
Auszeichnungen, mit denen ich Sie trotz Ihrer
Jugend bedacht habe, vornehmlich den Sinn
einer Aufmunterung haben sollten, aufs ent=
schiedenste in dem Geiste fortzufahren, den sie
durch Ihr Verhalten Karl Kraker gegenüber

bewährt haben. Sie haben meine ganze Zu=
neigung dadurch gewonnen und mich zu Dank
verpflichtet, weil Sie eine Hoffnung in mir
erregt haben: die Hoffnung, daß nun doch in
der Generation der Erben junge Männer von
entschiedenem Sinne für die höheren Aufgaben
der Zeit erstehen, echte, ganze, geistig tatbereite
Aristokraten im Sinne des herrlichen Gedichtes
Ihres genialen Freundes. Ich hoffe, das
Gefühl des Dankes dafür Ihnen gegenüber auch
noch weiterhin zum Ausdrucke bringen zu
können, wenn mir Gott noch eine Weile das
Leben gönnt, und zwar durch mehr als nur
Titel und Orden. Sie sind über Ihre Jahre
reif, und so werde ich mich im gegebenen Augen=
blicke nicht für gebunden erachten, Ihnen gegen=
über Anciennitätsrücksichten walten zu lassen.
Wenn sich wirklich, wie Sie sagen, in Ihrer
Generation künstlerische Kräfte regen, die einen
neuen Idealismus erhoffen lassen, so ist es wohl
an der Zeit, auch die öffentliche Kunstpflege
Angehörigen dieser Generation anzuvertrauen.
An mir soll es nicht fehlen. — Aber etwas
hat mich stutzig gemacht. Ich habe erfahren,
daß Sie einen Rennstall halten, daß Sie be=
absichtigen, sich als Herrenreiter zu betätigen.
Ich hoffe sehr, daß ich falsch berichtet worden bin,
oder daß es sich nur um eine Laune bei Ihnen
handelt. Die Bemühungen um Hebung der
Pferdezucht haben natürlich mein landesväter=
liches Interesse, und ich verdenke es auch

Ihnen nicht, daß Sie sich als Kavallerist und
Grundbesitzer daran beteiligen wollen. Aber
ich setze voraus, daß dies mit weiser Zurückhaltung geschieht und Sie in der Pflege höherer
Interessen nicht im mindesten stört. Überlassen
Sie das Rennwesen denen, die nichts Besseres
wissen und können, und vergessen Sie den alten
guten Gemeinplatz nicht: „Man kann nicht
zween Herren dienen.“ Sie gehören in die
palaestra musarum und nicht auf den con-
cours hippique.“

Damit war Felix gnädigst entlassen. Aber
es war ihm höchst unwohl von dieser Gnade
zumute. Er fühlte sich im eigentlichsten Sinne
aus dem Sattel geworfen.

Daß er nun nicht mitreiten durfte, daß er
alle seine Nennungen, bis auf ein paar wenige
zu Flachrennen mit bezahlten Schenkeln, zurückziehen mußte, war ihm klar. Das Gegenteil
wäre offene Auflehnung gewesen, Fronde gegen
den Lehensherrn gewissermaßen, Beweis un-
aristokratischen Sentiments.

Noch vorgebeugter, als gewöhnlich, schritt er
durch die Straßen der Stadt, und er produzierte
so schmerzlich düstere Schrägfalten in der Lippen-
partie des gräflichen, sonst so stolzgemuten Ant-
litzes, daß alle, die ihm begegneten, sich erstaunt
und fast bekümmert fragten: Wie ist es nur
möglich? Trotz des Großen Vogels betrübt?
— Und mancher brave Bürgersmann dachte
sich in der sanften Tonart des Landes: I nu

ja, nee, nee; auch bei die Großen is nich alle Tage scheenes Wetter, und sei Päckchen hat e jeds zu tragen. — Aber Fritze Strähle, der berühmte poetische Wurstbrater, von dem das Gedicht herrührte:

Ein schönes Weib
Erfreut den Leib,
Gebratene Wurst
Erzeugt den Durst,
Und Durst bringt Glück.
Bei mir kost't bloß fünf Pfennje das Stück.

— Dieser Bratwurstdichter fing sich angesichts des grambeladenen Grafen die weltweisen Verse aus der freien Luft:

Der Mensch ist doch e Unglücksworm!
Sogar der Mensch in Uniform
Mit hohen Orden und schönen Titeln.
Man kann bloß mit dem Koppe schütteln.
Hat eener was, so will er mehr
Und geht dem Storche gleich einher,
Der immerzu den Schnabel senkt,
Damit er noch mehr Frösche fängt.
Und doch, wie billig ist das Glück!
Bei mir kost't bloß fünf Pfennje das Stück.

Er schrieb das Gedicht, wie er stets zu tun pflegte, auf eine Schiefertafel, die vor seiner Bude hing und eine magische Anziehungskraft auf alle Passanten ausübte. Selbst Serenissimus unterließ es nicht, wenn er den Marktplatz überschritt, Einblick in die jeweils neueste Strählesche Poesie zu nehmen. So groß ist die Macht der Dichtkunst. Felix aber, ohne es zu

ahnen, daß der Aspekt seines Unglücks einen
Poeten inspiriert und einem Bratwürstler erneuten
Zulauf verschafft hatte, setzte sich in der Kaserne
todtraurig aufs Pferd und ritt, gesenkten Kopfes,
wie Napoleon nach der Schlacht bei Waterloo,
Hainbuchen zu.

Zu Hause angekommen, warf er sich in den
einladendsten seiner schwarzen Klubstühle und
starrte ingrimmig vor sich hin. Der reitende
Kosak, der nun zwei Untersätze hatte, stand
in seiner Gesichtslinie. Er ärgerte ihn jetzt,
weil er ihn nochmals an das erinnerte, was er
nun also nicht tun sollte: reiten, siegen.

Felix sprang auf, vergaß seine aristokratischen
Lehensmannsgefühle und murmelte: „Schweinerei
verfluchte.“

Und er dachte, indem er klirrend auf und
nieder schritt: Soll ich denn nie tun dürfen, was
ich will?

Er trat ans Fenster und sah das Weiß der
Stallung durch den Park her leuchten. — Alles
das also umsonst, für nichts, Coulisse, dachte
er sich; bloß, weil ein alter Herr sich einbildet,
ein junger adliger Mensch dürfe nicht an sich,
sondern müsse an andre denken. An die Dichter!
Die Künstler! Das Volk! Die Kultur! —
Verfluchter Wahnsinn! Altbackener idealistischer
Quatsch! Ich war noch keine vierzehn Jahre,
als ich es schon besser wußte.

Er drehte sich um. Sein Blick fiel wieder
auf den Kosaken. — In deinem Fußgestell

steht's anders geschrieben, dachte er sich. Papa
Hauarts Worte, die Richtschnur meines Lebens,
predigen die Freiheit, nicht den Zwang. Ich
hätte ihnen besser folgen sollen. Schon dieses
Offiziersdasein ist ja im Grunde meiner un-
würdig. Was bin ich denn in dieser Affen-
jacke? Ein willenloses winziges Rad in der
Riesenmaschinerie des deutschen Heeres. Dreh'
mich und drille. Blödsinn. – Hätte sich Graf
Alexander dazu hergegeben? Du lieber Gott!
Er wäre, lebte er heute, längst drüben in
Brasilien, wo's jetzt Krieg gibt. Schlachtfeld,
– à la bonne heure! Und, wenn's das
Schlachtfeld nicht sein kann, so wenigstens der
Rennplatz. Aber der Exerzierplatz, – Pfui
Teufel! Ein Droschkenkutscher hat mehr Ab-
wechslung als ich. – Geld ist Quark, sagte
Papa Hauart, wenn es bloß Zinsen und nicht
Freiheit bringt. Weiß der Himmel, ich ersticke
in dem Quark. – Da ich aber hinaus will,
endlich wieder mal in die Welt, mich auszutoben
in Siegen und Abenteuern, – da hebt ein
alter Herr, der von mir und meinem Blute so
viel weiß, wie ich vom Bretzelbacken, den
knochigen Zeigefinger und flüstert: Bitte, hier-
geblieben; ich habe etwas mit Ihnen vor. –
Und ich?! Es ist wahrhaftig blöde, – ich
muß vor Seligkeit eine Träne der Rührung
unterdrücken und mich hochbegnadet fühlen.
Und weiß nicht einmal, womit ich begnadet
werden soll. Vielleicht beliebt es dem alten

Herrn, mich zum Kurator dieser absurden Pflanzschule zu machen, oder zum Bilderumhänger in
der Galerie mit dem Titel Herr Direktor. —
Daß dich die Motten ...!

Er mußte sich wieder setzen. Heulen hätte
er können. Heulen. Die Zähne fletschte er schon.

„John! In drei Teufels Namen, John! So
kommen Sie doch! Sitzen Sie auf Ihren langen
Ohren? Machen Sie Gedichte? — Kognak!"
brüllte er.

John brachte die Flasche, und auch die große
Pythia von Delphi hätte von seinem spedisteinernen
Gesichte nicht den Gedanken ablesen können,
der jetzt seine Gehirnwindungen beherrschte: Und
wenn er Herzog wird: Lebensart lernt er nie.

— Er kriegt einen Bauch, dachte sich Felix.
Auch er leidet in dieser Atmosphäre.

— „Sie langweilen sich hier, John."

— „Aber, Herr Graf ..."

— „Na: Paris, London, Madrid, Wien,
Rom, Neapel waren am Ende amüsanter.
Nicht?"

„Wenn der Herr Graf mich mit zu den
Rennen nehmen ..." grinste der Tadellose.

— „Gehen Sie!"

Wenn er Mitleid heuchelt, ist ihm eine Laus
über die Leber gekrochen, stellte der Psychologe
fest.

Felix aber sprach dem Kognak hastig und
reichlich zu und erfüllte den schwarzgelben Raum
mit Wolken Zigarettenrauchs.

Und er kam selbst in wolkenhafte Stimmung:
Ducunt volentem fata, nolentem trahunt.
Kismet. — Wer weiß, vielleicht meint's gerade
jetzt das Schicksal gut mit mir. — Was war
zuletzt der eigentliche Grund, weshalb ich reiten
wollte? — Ehrgeiz? — Guter Gott! Zu billig,
zu billig. Gute Pferde laufen lassen kann
jeder Bankierssprößling. — Freilich: selber reiten!
Ja, ja, ja doch. Es hätte mir Spaß gemacht.
Aber im Grunde war's doch die Langeweile
hier, die ich auf der Rennbahn verjagen wollte.
Geruht Serenissimus, sie auf andre Weise zu
beseitigen, — va bene! va bene! Nicht wie
ich will, — wie du willst, heiliges Schicksal!
Verzeih', wenn ich trotzig war. Ich weiß: Trotz
ist Ballast; wer trotzt, macht sich dem Schicksal
schwer. Ich aber will leicht auf deinen Schwingen
fliegen. Trage mich, wohin du willst. Nur
trage mich hoch!

Der mildhitzige Kognak, der überbequeme
Stuhl, der mit Morphium getränkte Tabak
der ägyptischen Zigaretten, das Rauschen der
Bäume draußen und sein schlafwilliges Gemüt
vereinigten sich zur Erzeugung einer angenehmen Müdigkeit. Felix zog die Beine hoch,
drückte sich in die Ecke des Stuhls und ließ
sich von seinem Schicksal einstweilen in das
hohe Reich der Träume tragen, wo er die
angenehmsten Dinge über seine nächste Zukunft
erfuhr.

Neuntes Stück: Ermunternder Beifall

Erfrischt und in bester Laune wachte er auf, als die Spielgesellschaft bei ihm erschien, von der er sich mit scherzhaft geheimtuerischer Wichtigkeit beurlaubte, um sich zur Muschel zu begeben.

„Glückliche Jugend!" meinte Graf Pfründten, als er draußen war, „sie braucht keinen grünen Tisch, um Fortuna kennen zu lernen. — Wissen Sie übrigens, Prinz, wer die Dame ist?"

— „Nee. Woher?"

— „Ich weiß es!"

— „Ah?"

Der Graf flüsterte: „Meine Frau hat mir's gesteckt. Teezirkelweisheit. Der Damenwelt bleibt nichts verborgen. Hoffentlich sagt's nicht jede ihrem Manne. Na, ich bin ein Grab."

— „Dame doch nicht aus Gesellschaft?"

— „Wo denken Sie hin! Das wäre denn doch . . .! Natürlich Bühne."

— „Fürstliches Gehege?"

— „Serenissimus hat die Jagd wohl definitiv eingestellt."

— „Tant mieux. Für den Grafen, versteht sich. Sonst bedenklich. Na: en avant!"

Und das Spiel begann. Hier auf dem grünen Tuche, in der Nicchietta auf dem weißen Linnen. Ganz wie zu des Türken Zeiten. — Wenn das Leben der Menschen ein Schauspiel ist, von Göttern für Götter in Szene gesetzt, so geht es den Göttern nicht anders, als dem Theater-

publikum: Sie sehen im Grunde immer die=
selben Stücke; nur Stil und Kostüm ändert sich.

Jussuff und Zelmi hatten ihre großen Szenen,
deren Gefühlsgewalt sich nur pantomimisch aus=
drücken konnte, auch schon hinter sich. Als
der Hundsstern noch über ihrer Liebe brannte,
hatten sie die Lippen nur zu Küssen gebraucht;
jetzt gab es immerhin Pausen, die mit Worten
ausgefüllt wurden. Zumal in dieser Nacht
wurde ziemlich viel gesprochen, denn Felix fühlte
das lebhafteste Bedürfnis, sich in der neuen
Rolle zu produzieren, die er nun, als aus der
Hand des Schicksals empfangen, sich innerlich
bereits zurechtgelegt hatte.

Zu seiner großen Freude hatte er auch darin
bei der Gräfin einen vollen Erfolg. Entgegen
seiner Befürchtung, daß sie sein plötzliches
Verhalten vielleicht sonderbar finden und als
Symptom geringer Wissenskraft einigermaßen
abschlägig kritisieren würde, begrüßte sie seinen
Entschluß mit lebhaftester Freude und stimmte
ihm aus ganzem Herzen bei.

Sie sagte, und auch das galt ihm sogleich
als Schicksalswink: „Wie glücklich bin ich, daß
es nun doch so kommt, wie ich seit deiner
großen Auszeichnung im stillen immer gehofft
habe. Ich sagte mir damals gleich: es ist
etwas im Werke. So zeichnet man keinen
aus, den man sein Avancement in der Kaserne
machen lassen will. Übrigens war und ist das
auch die allgemeine Meinung. Glaube mir,

man hätte dich für sehr ungeschickt, ja unklug gehalten, wenn du nach dieser Szene, die wie eine Umarmung vor allem Volke wirkte, dem Ehrgeize nicht widerstanden hättest, als Stall= besitzer und Herrenreiter zu glänzen. Du wärest in der allgemeinen Bewunderung ge= sunken, und wenn du gleich hundertmal gesiegt haben würdest."

„Aber die Kameraden?" meinte Felix; „werden die nicht geringschätzig darüber denken, wenn ich so gewissermaßen kneife? Werden sie nicht meinen, mir sei im letzten Augenblicke die Courage abhanden gekommen?"

— „Nicht im entferntesten. Erstens wäre es absurd, an deine Schneid im Sattel zu zweifeln, da jeder einzelne schon genug Proben deiner Tollkühnheit gesehen hat, und dann wissen sie alle sehr wohl, um wieviel glänzender und schneller deine Karriere sein wird, wenn du den Absichten des regierenden Herrn folgst. Ernennt er dich, wie ich bestimmt glaube, inner= halb dieses oder des nächsten Jahres zum Intendanten, so bist du in zwei, drei Jahren „Exzellenz."

„Aber ich bitte dich: bei meiner Jugend!" wandte Felix ein, obwohl er dem Überschwang der verliebten Prophetin willig folgte.

— „Gewiß, es klingt märchenhaft, ist aber nichtsdestoweniger wahrscheinlich. Serenissimus kümmert sich nicht um höfische Gepflogenheiten, wenn höchste persönliche Sympathie bei ihm im

Spiele ist. Hat er dich in der Audienz etwa
wie einen jungen Leutnant behandelt? Hat
er dich nicht, nach deiner eigenen Erzählung,
zum Vertrauten seiner tiefsten Gedanken über
Kunstpflege gemacht? So spricht man nur mit
jemand, den man trotz seiner jungen Jahre für
reif und bedeutend genug hält, nicht nach seinen
Jahren, sondern nach seiner inneren Besonderheit
bewertet und verwendet zu werden. — O, ich
bin mir ganz sicher! Denn, bestimmt, es kommt
auch noch das hinzu, was er als einziger von
deiner Herkunft weiß."

Felix schwieg. Es stieg der abenteuerliche
Gedanke in ihm auf, daß der Fürst am Ende
wirklich mehr darüber wissen könnte, als er
selbst. Wenn diese Saite anklang, dröhnte
Sphärenmusik um ihn, in ihm, die jedes vernünftige Bedenken übertäubte.

Er legte seinen Kopf auf Zelmis Brust und
hörte ihr Herz schlagen. Wie sonderbar das
war: dumpf aus der Tiefe, eilend, drängend,
treibend, rufend; Takt und Maß, Stoß und
Aushalten, Dauer in Bewegung. Er lauschte
und lauschte.

Was die Gräfin indessen sprach, hörte er
nur wie ein schmeichelndes Drüberhinraunen,
der Worte kaum halb bewußt werdend: Wie
glücklich sie sei, daß er sich nicht diesen Gefahren aussetzen, nicht so häufig weg von ihr
sein werde in Gesellschaft dieser meist recht
rohen, ja wilden Menschen, die nichts zu schätzen

wüßten, als edle Pferde und gemeine Weiber. Jetzt erst sei sie ganz glücklich, jetzt erst sei sie frei von Sorgen und sehe die Zukunft nebellos in einem dauernden Glanze aus nichts als Glück und Stolz.

Ohne die Worte genau zu hören, spürte es Felix an dem beschleunigten Herzschlag, wie sehr die Gräfin durch das erregt war, was sie als dauernden Glanz ohne Nebel bezeichnet hatte. Nicht ohne einen kleinen Schreck konstatierte er das. In diesen eilenden Herzschlägen klang eine Hoffnung, ein Kalkül mit, das ihm nicht gefiel.

Felix entfernte sein Ohr dem verräterischen Herzen, indem ihm ein Vers einfiel, den er einmal irgendwo aufgeschnappt hatte:

> Goldne Ketten klingen leise,
> Goldne Ketten binden fest.
> Wachs tut sich ins Ohr der Weise,
> Wenn ein Weib von ferne, wehe,
> Goldne Ketten, goldne Ehe-
> Sklavenketten klingen läßt.

Zehntes Stück: Jonathan

Am nächsten Morgen, es war ein Sonntag, und Felix hatte die Eskadron in die Kirche zu führen, statt daß er ausschlafen durfte, wurde ihm ein eingeschriebener Brief übergeben, dessen Adresse eine ihm unbekannte Handschrift zeigte. Er legte ihn in den letzten Roman Honraders, mit dessen Lektüre er während

des Kommandos zum lieben Gotte zu beginnen
dachte.

Nachdem er seine Schnürenjungen unter=
gebracht hatte, nahm er den Brief vor und
ersah aus der Unterschrift mit Erstaunen, daß
er von Herrn Kurt von Herzfeld geschrieben war.

— Was fällt denn dem ein? dachte er sich
und las:

„Hochverehrter Herr Graf!

Wollen Sie es gütigst verzeihen, wenn ich
mir erlaube, Ihnen eine Angelegenheit vor=
zutragen, die einen gemeinschaftlichen Freund
angeht."

— Gemeinschaftlichen Freund? Ist das
Jüdchen meschugge?

„Ich beeile mich, vorauszuschicken, daß
ich ohne jeden Auftrag handle, ja nicht
einmal weiß, ob der Schritt, den ich rein
aus persönlicher Anteilnahme an den Ver=
hältnissen eines der wertvollsten Menschen
unsrer Zeit nehme, dessen Beifall finden
würde. Es handelt sich um Hermann
Honrader."

— Merkwürdig. Also selbst das Jüdchen
wird vom Schicksal mit Missionen betraut.
Sonderbar.

„Ich brauche Ihnen über Wesen und Be=
deutung dieses außerordentlichen Mannes
nichts zu sagen, hochverehrter Herr Graf.
Sie kennen ihn besser, genauer, länger als

ich, da ich erst seit einem halben Jahre das Glück und die Ehre seines vertrauten Umgangs genieße. Er lebt ganz einsam in einem Bauernhäuschen bei Dachau; man möchte sagen: wie ein Verschollener. Selbst in den eigentlichen Literaturkreisen gilt er als abgetan, ‚ausgeschrieben‘, wie das dumme Wort heißt. Nun, Sie wissen es so gut, wie ich, daß das Gegenteil wahr ist. Der Verfasser des ‚Großen Helfers‘ ist ein Dichter, der von sich sagen kann, daß alles, was bisher von ihm erschienen ist, nur die Bedeutung einer kurzen Ouvertüre hat. Sein eigentliches Werk hebt erst an. Auch ‚Der Helfer‘ ist gewissermaßen nur Exposition."

— Wie ich gleich selber sehen werde, Kleiner. Aber so viel weiß ich nun schon: Hermann der Gewaltige, mein Herzog von ehedem, hat keine Heerscharen mehr hinter sich.

Felix konstatierte das nicht ohne Schadenfreude.

„Leider sind die äußeren Verhältnisse des Dichters nicht so, wie sie ihm gebühren und wie sie notwendigerweise hergestellt werden müssen, damit er in voller Freiheit, Stimmung, Anregung schaffen kann."

— Aha.

„Verstehen Sie mich nicht falsch. Honrader lebt nicht in Not und Elend. Er gilt sogar, weil er ja eine Reihe sogenannter Erfolge gehabt hat und weil er seine Arbeiten gut honoriert bekommt, für wohlhabend. Und, da er zu geschmackvoll und stolz dazu ist, den armen Poeten zu mimen, vielmehr in Kleidung und Auftreten sich deutlich von den Schriftstellern unterscheidet, die es für angemessen halten, sich äußerlich gehen zu lassen, ist er sogar einem gewissen albernen und kleinlichen Neide seitens derer verfallen, die es ihm nicht verzeihen, daß er mehr genannt und besser bezahlt wird als sie."

— Ich kenne die erhabenen Herrschaften.

„In Wahrheit kommt er eben durch; nicht dürftig, sondern anständig, aber doch eigentlich recht kümmerlich und im Engen. Er beklagt sich nie. Aber Frau Christine, die es sich sonst gleichfalls nie merken läßt, daß nicht alles so steht, wie es sollte, hat es mir doch mehr als einmal gestanden, daß er unter dieser Kleinlichkeit der Verhältnisse leidet. Er möchte einmal hinaus aus der Enge, möchte zumal Italien kennen lernen, — wenigstens Venedig, das so nahe und ihm dennoch un-erreichbar ist."

— Schiller hat Genua auch nicht gesehen und doch den Fiesco geschrieben. Das Genie muß nicht von allem haben.

„Niemand wird besser, als Sie, hoch-verehrter Herr Graf, zu ermessen vermögen, wie drückend eine derartige Beengung von einem gestaltenden Geiste, einem dichterischen Ingenium empfunden werden muß. Sie, der

Sie selbst poetisch angelegt sind und bereits
einmal einem bedeutenden Dichter die Möglichkeit gewährt haben, seine Phantasie zu
befruchten und zu vertiefen durch eine freie
Fahrt in die Welt, — Sie werden gewiß
auch gerne bereit sein, in diesem Falle Hilfe
zu verschaffen. — Sie stehen überdies dem
Dichter nahe von Kindheit an ..."

— Ich will nicht hoffen, daß Christine oder
Hermann selber aus der Schule geplaudert hat.
Das wäre peinlich. Wäre fatal.

„... Weder Herr noch Frau Honrader
haben mir Näheres darüber mitgeteilt ..."

— Gott sei Dank!

„... aber ich durfte aus den wenigen
Andeutungen entnehmen, daß Sie nicht bloß
literarisches, sondern auch menschliches Interesse
für unsern Freund seit lange her betätigt
haben. So werden Sie es also, hoffe und
glaube ich, begreiflich finden, wenn ich mich
mit der Frage an Sie wende, ob Sie nicht
Ihre bekannten engen Beziehungen zu unserm
Fürsten, der Sie erst kürzlich in Anerkennung
Ihrer kunstfördernden Bestrebungen in so
ungewöhnlicher Weise ausgezeichnet hat, im
Interesse Honraders dahin ausnutzen möchten,
daß Sie eine möglichst große Unterstützung
für ihn aus der fürstlichen Privatschatulle
erwirkten."

— Er schreibt schon wie ein Professor. —
Aber wie merkwürdig: er muß das ungefähr

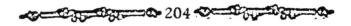

zur selben Zeit geschrieben haben, als mir
Serenissimus genau dasselbe nahelegte, was
ich nun ihm nahelegen soll. Wenn das ein
Zufall ist, so ist die ganze Welt ein Zufall.

In diesem Augenblicke endete das Choral=
vorspiel auf der Orgel, und die Gemeinde hub
zu singen an:

> „Der heißt und ist auch recht beglückt,
> Dem Gott solch einen Freund zuschickt,
> Der Feind ist falschen Sinnen,
> Und als ein treuer Jonathan
> Sich seines Davids nimmet an,
> Wenn Hilf und Rat zerrinnen."

Schon die zweite Strophe hätte Felix be=
lehren können, daß der alte brave Michael
Hörnlein, der dieses Lied „von der wahren
Freundschaft" der theologischen Muse abge=
nötigt hat, unter dem Freunde natürlich Christum
meinte:

> „Indem des Allerhöchsten Sohn,
> Der besten Freunde Kern und Kron,
> Mein Freund hat wollen werden."

Aber die zweite Strophe hörte er schon gar
nicht mehr, völlig eingenommen von der orakel=
haften Bedeutung, die für ihn die erste hatte.

Jonathan und David. Ein neues Stück,
eine neue Rolle. Und genau die, in der er
nun seit zwanzig Stunden etwa lebte.

Seine Eskadron hätte jetzt Skat spielen
können, statt zu singen und dem General=
superintendenten zu lauschen, und der hätte ein

Kapitel aus dem Dekameron vortragen dürfen,
statt seine Predigt über die wahre Freundschaft
des Christenmenschen, — Felix hätte von alledem
nichts bemerkt, nichts vernommen. Er war
ganz wo anders; hier saß bloß die Uniform,
die er im Geiste längst ausgezogen hatte.

Felix der Mäcen, Felix der Intendant,
Felix die Exzellenz. Eine neue Walze drehte
sich in seinem schicksalergebenen Gehirne.

Zu Hause angekommen legte er die Uniform
sofort ab. Denn sie erschien ihm nun weniger
dekorativ als lächerlich. Zu dem, was er jetzt
vorhatte, stimmte einzig der seidene, geblümte
Schlafrock.

Er nahm eine seiner mächtigen Adlerfedern
zur Hand, die zwar mehr klexten, als daß sie
schrieben, der Schrift aber eine gewaltige
Körperlichkeit verliehen, so daß eine Seite, von
ihr bedeckt, aussah wie ein Wald vom Sturm
gepeitschter Bambusschäften.

Und Felix schrieb:

„Sehr geehrter Herr Doktor!

Mit verbindlichem Danke empfing soeben
Ihr Geschätztes vom 12. currentis. Selt•
same Fügung will, daß erst gestern mit
Höchstem Herrn über Honrader gesprochen,
wobei Höchstderselbe tatkräftige Unterstützung
dieses Dichters als mit höchstseinen Intentionen
durchaus korrespondierend bezeichnete. Sub•
vention aus Privatchatouille indessen zurzeit

unangängig. Werde daher persönlich eintreten und entsprechende Summe Honrader
nebst Brief senden.

Mit wiederholtem Danke

grüßt bestens

Felix Graf Hauart."

Kein Dichter kann unter dem Wehen höchster
Inspiration eine leidenschaftliche Szene heftiger
aufs Papier hinfegen, als es Felix mit diesen
Zeilen tat, die in seiner Adlerfederschrift vier
große Seiten seines dicken gräflichen Briefpapiers
einnahmen. Nie zeigte ein fürstliches Hand-
schreiben majestätischeren Duktus. Es war kein
Brief; es war ein Monument.

Felix war zufrieden.

Und er wollte sofort den Kiel des Königs
der Lüfte ansetzen, gleichfalls in fegendem Tempo
an Hermann zu schreiben.

Doch schon die Anrede machte Schwierigkeiten.

— „Lieber Hermann!"? Unmöglich. Zu kor-
dial. Hätte Fortsetzung in Du-Form erfordert,
und das ging denn doch nicht an. — Felix erinnerte
sich des Umstandes zu deutlich, daß Hermann
ihn einmal beinahe die Treppe hinuntergeworfen
hatte. Und überhaupt: Schranken aufrichten!
Gerade jetzt. — Wie sagte doch Papa Hauart? —: Die Hand, die schenkt, schwebt immer
über der nehmenden.

Also: „Sehr geehrter Herr!" — N . . . nein!
Zu demonstrativ kühl. Schon mehr unfreund-

lich. Beinahe verletzend. Und — gefährlich!
Denn Hermann konnte sich beleidigt fühlen und
die Spende ablehnen. Was unbedingt ver=
mieden werden mußte, da es Felix sehr darauf
ankam, daß Hermann seine Gabe nicht zurück=
wies. Denn er wollte seine mäcenatische Be=
tätigung dem gnädigsten Herrn sogleich mit=
teilen als Beweis dafür, wie schnell und in
welchem Grade er beflissen war, den leisesten
Andeutungen der höchsten Stelle Folge zu leisten.

— „Hochgeehrter Herr!"? — Nicht viel besser.
Auch „Sehr" oder „Hoch verehrter Herr" nicht
angängig.

Warum nicht einfach „Lieber Freund!"? —
Doch nicht! Zu intim, auch bei folgendem Sie.

Felix sann und sann. Biß der Adlerpose
einige Federn aus. Kaute sogar (obwohl es
ihm Karl selig so oft verboten hatte) an den jetzt
gräflichen Fingernägeln. Riß Ecken des schönen
dicken Briefpapiers ab. Machte Röllchen daraus.
Fuhr sich damit nervös in die Ohren. (Gleich=
falls früher oft und heftig reprimandiert!)
Stöhnte und sann. Sann und stöhnte. Wurde un=
geduldig. Ärgerlich. Wütend. Auf Hermann.
Auf sich. Auf sich und Hermann zugleich. Auf
John, der etwas zu melden hatte. Auf die Adler=
feder, die zerbissen scheußlich aussah. Sogar
auf den heiligen Schlafrock, der ihm beim
Schreiten hinderlich war, denn er war jetzt
Fußfreiheit gewöhnt.

Da fuhr die Erleuchtung auf ihn nieder, wie

Lichtstrahl aus Wolkenschlitz niederfährt auf ekstatisch vergrübelte Heilige.

Er stürzte zum Schreibtisch und schrieb:

"Werter Meister!"

— Wie man doch bei der Kavallerie ver= blödet! dachte er sich. Früher hätte ich das instinktiv erraten.

Und nun ging's schneller, wenn auch nicht wie gefegt:

"Ein erfreuliches und bedeutsames Zu= sammentreffen verschiedener Ereignisse, das ich Zufall weder nennen mag noch darf, legt mir den angenehmen Zwang auf, Ihnen diesen Brief zu schreiben. Möge ihm gute Statt bei Ihnen beschieden sein, dessen dich= terischen Aufstieg ich, wie die gesamte kunst= liebende Welt, mit höchster Anteilnahme immer verfolgt habe.

Sie wissen, wie lebhaft ich von jeher das Bedürfnis empfunden habe, am Literatur= leben unsrer Zeit teilzunehmen, — nicht so sehr als Schaffender, wie als Empfangender und, wenn ich so sagen darf, als Fördernder. In den Jahren der Unerfahrenheit habe ich, wie manch anderer, geglaubt, zeitgenössische Begabungen durch Herausgabe einer Zeit= schrift fördern zu sollen. Darüber bin ich hinaus. Es wird damit wenig und selten an rechter Stelle getan. Auch ist es eine Art Dilettantismus, wenn ein Nichtliterat sich in dieser Weise betätigt."

Felix legte erschrocken die Adlerfeder nieder, deren Flug über das Papier ihn mit sich fortgerissen hatte. Er empfand, daß das nicht recht zu den Meinungen stimmte, die er sich erst kürzlich über den Dilettantismus zugelegt hatte. — Aber, nun ja doch —: hatte. Man entwickelt sich eben. Und überdies: egal. Als Einleitung war das schließlich ganz brauchbar.

„Ich aber bin dezidierter Nichtliterat, wenngleich ich nicht leugne, daß ich immer noch hier und da einen Vers kritzele.

Was mir jetzt als die Hauptsache erscheint, ist: Schöpferische Kräfte, die durch Ungunst der Verhältnisse eingeengt sind, freizumachen aus dieser Umengung. Mir scheint das geradezu eine Pflicht derer zu sein, die das Schicksal äußerlich bevorzugt hat."

— Bloß äußerlich? Das ist wieder Unsinn; stimmt ganz und gar nicht; ist eigentlich Blasphemie. Aber: egal. Weiter!

„Besitz verpflichtet. Nur der besitzt mit Recht, der seinen Besitz wirken läßt."

— Nettes Zeug schreib' ich da zusammen. Seit ich nicht mehr reiten will, reitet mich irgendein wahnwitziger Teufel.

Er merkte gar nicht, daß er nach Diktat schrieb, und daß wieder einmal Carolus Poeta lebendig über ihn war. Und er schrieb fast mit Karls Worten:

„Der Reiche ist nie reicher, als wenn er seinen Reichtum auf geistige Zinsen anlegt, indem er produktive Kräfte damit unterstützt. Indem er zu schaffen hilft, schafft er selbst. Sein Geld wird Geist."

Felix mußte aufstehen. Es überwältigte ihn. Er kam sich wie inspiriert vor. — Aber Karl diktierte weiter:

„Wenn sich aber der Reichtum den besten Geistern seiner Zeit kongenial erweist, erhöht er den Genuß seiner selbst zu einer Intensität, die weit über alle materiellen Genüsse hinausgeht. In diesem Sinne kann man Reichtum als persönliche Begabung genießen."   .

Die Adlerfeder fuhr dahin, als ob der heilige Geist sie selber führte, und Felix hatte jetzt in der Tat einen lange entbehrten hohen Genuß. Denn alles dies war jetzt für ihn neuerdings Wahrheit. Daß diese Inspiration aus einem Grabe kam, — nicht direkt aus dem auf dem Sarazenenturm, sondern aus dem in seinem Gehirn, wo alle diese Meinungen begraben gewesen waren unter anderen ebenso wahren Wahrheiten —, spürte der glückliche Wiederkäuer nicht. — Aber er mußte nun wohl zur Sache kommen. Und so ließ er sich aus den Höhen scheinbarer Selbstergriffenheit herab und schrieb:

„Ich handle also nicht aus bloßer Pflicht, sondern aus dem, ich darf wohl sagen: höheren egoistischen Instinkte geistig interessierten Reichtums, wenn ich, eine mehr äußerlich glänzende Episode meines anscheinend planlosen Lebens beschließend, mir vorsetze, mich künftig wieder der Förderung künstlerischer Tendenzen zu widmen.

Daß ich dabei zuerst an Sie, wertester Meister und Freund ..."

Das Wort saß da wie ein Bolzen, unbewußt hingeschnellt von der vibrierenden Sehne eines von sich selbst entzückten Gemütes. Und so mochte es denn stehen bleiben.

„... denke, wird Sie nicht in Erstaunen versetzen. Wer könnte mir, seit Karl Kraker dahingegangen ist, näherstehen, als Sie? Wem gegenüber könnte mich so wie gegen= über Ihnen gleichzeitig ein Gefühl schuldigen Dankes erfüllen?

Freilich, ich weiß, Sie leben nicht in Not. Sie sind ein Anerkannter, der keine fremde Hilfe braucht, um sich durchzusetzen. Aber ich weiß auch, daß ein sensibler Geist, wie der Ihrige, mehr braucht als das gemeinhin Notwendige.

Ich würde es als eine hohe Auszeichnung des Schicksals betrachten, wenn es mir ge= stattete, der zu sein, von dem Sie das an= zunehmen geneigt sein wollten, was ich nicht als eine Unterstützung, sondern als eine Art Beitrag zu Ihrem Freiheitskapitale angesehen wissen möchte."

— Dieser Satz ist zwar nicht sehr schön, aber sehr gut, fand Felix. Nie hat sich ein frei= gebiger Spender mehr in Bescheidenheit ge=

wunden, als ich es hier tue. Und das mit dem Freiheitskapitale ist schlechthin das Delikateste von Delikatesse, was sich vorstellen läßt. Wenn der erlauchte Dichter mir daraufhin einen Korb gibt, ist er nicht bloß ein Esel, sondern auch ein Tölpel. — Nun, ich denke, er wird nicht so blöde sein.

„Es steht bei Ihnen, ob Sie den beifolgenden Scheck bei der Münchner Reichsbankstelle präsentieren wollen oder nicht. Ich hoffe, daß Sie mir nicht den Schmerz einer Ablehnung antun, vielmehr auch künftighin bereit sein werden, mich auf diese Weise an Ihrem Schaffen Anteil nehmen zu lassen.

Daß mein fürstlicher Gönner und Landesherr eine Annahme Ihrerseits nicht weniger freudig begrüßen würde als ich selbst, möchte ich hinzuzufügen nicht unterlassen, weil es gewiß nicht ohne Interesse für Sie ist, zu vernehmen, daß dieser erleuchtete Souverän gleichfalls zu denen gehört, die das Schaffen eines Hermann Honrader sich in vollster Freiheit entfalten sehen möchten.

Und so habe ich Sie schließlich nur noch zu bitten, meine ergebensten Empfehlungen Ihrer sehr verehrten Frau Gemahlin zu Füßen zu legen und zu glauben, daß

ich bin und bleibe

Ihr

getreuer Verehrer und Freund

Felix Hauart.“

— Dieser David kann mit seinem Jonathan wahrhaftig zufrieden sein, sagte Felix zu seinem lieben Herzen, als er den Brief zum fünften Male durchgelesen hatte.

Aber Jonathan war auch mit sich selber sehr zufrieden.

Er lehnte sich behaglich im Schreibstuhle zurück und führte seine Blicke auf den Bücherrücken seiner Bibliothek spazieren. Es war ihm, als ob er eine Revue über seine Truppen abhielte.

Elftes Stück: David

Als Felix dem Prinzen seinen Entschluß, nicht zu reiten und die Gründe dafür mitteilte, nahm Seine Durchlaucht das Monokel mit ungewohnter Schnelligkeit vom Auge und rief aus, indem er sich wie erschrocken niedersetzte: „Scheußlich! — Pardon, — aber wirklich scheußlich! Inevitabel, aber scheußlich. Machte am liebsten sofort Kniefall, Gnädigsten umzustimmen. Natürlich hoffnungslos. Nie Reiter gewesen. Außer Pegasus. Na ja. Gänzlich gefühllos in Pferdesachen. Roß Grane einzige Ausnahme. Für Sie direkt Schlag ins Kontor. Regiment um große Hoffnung ärmer. Zum Haarausraufen! Bewundre Ihre Ruhe."

Graf Pfründten äußerte sich ähnlich. Das ganze Offizierskorps bedauerte und beschwor den anscheinend tief Bekümmerten, in der Verzweiflung nicht zu weit zu gehen und etwa gleich den Rennstall aufzugeben. Eine Reihe Kameraden erbot sich, Felizens Pferde zu reiten.

Dieser Ausweg schien ihm gangbar. Zwei Eisen im Feuer, dachte er sich. Serenissimus hat recht: mein eigentliches Feld ist die palästra musarum. Gut: auf ihr lasse ich nun Hermann rennen. Warum soll ich aber nicht gleichzeitig auch den Terken rennen lassen? Lassen! Das ist es. — Mein Irrtum war, daß ich selber mittun wollte. Darin lag der prinzipielle Verstoß gegen das Wesen meiner Bestimmung. Eine unbegreifliche Verirrung. Ebensogut könnte ich einmal als Intendant auf die Idee kommen, selber mit zu mimen.

So schoß wieder einmal echtes Korn, von anderen gesät, und eigener Windhaber munter nebeneinander in ihm auf, und das sorglose Pächterhirn des reichen Mannes ahnte gar nicht, wie sehr er sich um alle Ernteaussichten brachte, indem er Saat und Unkraut wild durcheinander wachsen ließ und den Anbau eigener Brotfrucht völlig vergaß. Indessen, er fühlte sich wohl dabei. Seine angeborene Faulheit, glücklich zurückgedrängt gewesen durch die einzige seinem Wesen gemäße Arbeit: mit den Pferden, ließ sich wieder wollüstig gehen. Schon wurde der Dienst ihm lästig, und er sehnte den Augenblick herbei, wo er ihn „auf höchsten Befehl" quittieren durfte.

Mittlerweile langte Hermanns Antwort an.

Auch sie war Wasser auf seine Mühle, obwohl ihm nicht alles an ihr behagte.

Hermann schrieb:

„Lieber Henfel!

Ich hoffe, Sie gestatten es mir, Sie mit dem Vornamen anzureden, unter dem ich Sie bisher gekannt habe. Es geschieht das deshalb, weil ich mir beim Briefschreiben den Adressaten immer wie einen persönlich Anwesenden vorstelle. Und einen Felix Hauart kenne ich nicht. Er ist mir so fremd wie der Graf Hauart."

— Angenehmer Genosse. Der Sozialdemokrat steckt ihm doch im Blute.

„Das müssen Sie aber nun nicht falsch verstehen. Ich unterschätze den Wert auszeichnender Titel keineswegs und habe mich seinerzeit über Ihre Grafung aufrichtig gefreut. „Graf" paßt zu Ihnen."

— Wie huldvoll.

„Nur, nicht wahr, Bekanntes umzutiteln fällt schwer. Ich bring' es z. B. auch nicht über mich, junge Maler hier, die ich noch als Akademiker gekannt habe, mit Herr Professor anzureden. Derlei ist schließlich für das Publikum. Unsereins hält sich an den Menschen.

Nun verklausulieren Sie, lieber Henfel, in Ihrem freundlichen Briefe Ihre Menschlichkeit zwar ein wenig sonderbar, aber ich

lasse mich dadurch nicht irre machen. Ich
erkenne sie, begrüße sie mit Freude und
nehme ohne alle Umschweife die Wohltat
herzlich dankend an, die sie mir erweist."
— Na also.

„Es ist eine Wohltat von Ihnen, eine
Wohltat für mich. Warum wollen wir es
anders nennen? Daß Sie eine andere Be-
zeichnung dafür bevorzugt haben, ehrt Sie,
und es war mir rührend und interessant
zugleich, den Wendungen nachzugehen, mit
denen Sie sich bemüht haben, mir die Annahme zu erleichtern. Aber ich selbst, als
der Empfangende, darf auf alle Umschweife
verzichten und muß das schöne Kind beim
schönen rechten Namen nennen: Wohltat!
Ich tue es ohne alle Beschämung. Solange reine Kunstausübung nur zufallsweise
entsprechend bezahlt wird, nämlich nur dann,
wenn sie, was immer ein Zufall bleibt, das
Glück hat, der Menge zu gefallen; solange
es der Staat nicht für angebracht hält, sie
ausgiebig zu unterstützen, und solange es
auch keine andere Organisation gibt, die
diese kulturelle Notwendigkeit besorgt: solange darf der materiell unbemittelte Künstler
ohne alles Schamgefühl Geschenke der wenigen
annehmen, die ihr Wohlgefallen an seiner
Kunst auch durch Wohltaten beweisen wollen.
Nicht ein Schatten von Schande haftet dem

an. Nur das Betteln darum wäre schmählich, und wer dafür auch nur das geringste Opfer an seiner künstlerischen Art und Persönlichkeit brächte, wäre, ich will mich gelinde ausdrücken, als künstlerischer Charakter nicht sehr achtbar zu heißen und wohl auch überhaupt nicht eigentlich wertvoll. Dies gilt aber nicht weniger von denen, die den üblicheren Weg einschlagen, daß sie sich, sobald sie bemerkt haben, es sei mit reiner Kunstübung nicht ins Wohlleben zu kommen, den Wünschen oder Launen des Publikums mehr oder minder schnell und beflissen beugen. Ich urteile nicht hart über sie, weil ich oft genug bemerkt habe, daß sie im Grunde zu bedauern sind.

Und so ruf' ich dann mit Herrn Walther von der Vogelweide:

,Ich hab' mein Lehen, alle Welt! ich hab'
mein Lehen!',

und ich ruf' es darum nicht weniger ungeniert als er, weil ich es nicht aus fürstlicher Hand habe gleich ihm, der sich schon für freies Quartier mit lobpreisenden Versen revanchierte:

,Die Hab' des Herrn von Österreich
Erfreuet süßem Regen gleich
Sowohl die Leute, wie das Land.'"

— Die Hab' des Herrn von Österreich . . . Seltsam, seltsam.

„Ja, ich halte es für einen glücklichen
Umstand, daß ich diese Aufhellung meines
zwar nicht düsteren, aber doch von allzuvielen
kleinen Sorgen bewölkten Alltages keinem
gekrönten Haupte verdanke. Die heutigen
Souveräne haben, auch wenn sie mit ihrer
Persönlichkeit tagtäglich ins grelle Rampen-
licht der Presse treten, immer etwas Un-
persönliches. Was sie immer tun mögen,
es wirkt als Repräsentation, wie persönlich
auch die Gebärde sein mag. Ein heutiger
Fürst ist immer offiziell, er kann sich nicht
die Nase schneuzen, ohne daß es in alle
Welt hinaustelegraphiert wird; — und
wenn einer es darauf anlegt, nicht offiziell
zu scheinen (denn es bleibt immer bloß
Schein), so ärgert sich das Publikum und
zischt (man sagt jetzt Publikum statt Volk,
— alles Öffentliche hat etwas Theaterhaftes
bekommen).

Aber wir, nicht wahr, lieber Henfel, wir
spielen nicht miteinander Theater! Ihre
Unterschrift auf dem Scheck ist mehr als
Tinte auf Papier, — ist ein Händedruck.

Ich möchte ihn gerne persönlich erwidern
möchte Sie gerne von Angesicht zu Angesicht
sehen, möchte ein lebendiges Bild vom gegenwärtigen Henfel mit nach Italien nehmen.
Also ein Bild des Grafen Felix Hauart.
Welche Linien hat das Leben ihm eingegraben?
Welche Züge seines Wesens hat er heraus-

gearbeitet? — Und ich hörte auch gerne aus dem Munde eines reichen Mannes von seinem ‚Glück‘ und ‚Unglück‘. Möchte gerne wissen: Fühlt er sich fest, sicher, ist er mit sich — und seinem Reichtum einig? War dieser für ihn ein Mittel, schneller zu sich zu kommen (was die Hauptsache im Leben ist), oder hat er ihn zuweilen abgelenkt, verführt, — von sich selbst weggeführt?“

Der Herr ist neugierig, wie alle Literaten, dachte sich Felix und überschätzt als echter Plebejer die Bedeutung des Geldes. Ich bin für ihn ein — Kapitalist. Von meinem Wesen hat er keine Ahnung. Wie könnte er auch? Weil er Romane schreibt, glaubt er, ich müsse mich interessant „entwickeln“, müsse „Züge meines Wesens herausarbeiten“. Die Macht edlen Blutes scheint ihm ein verschlossenes Gebiet zu sein. Ich bin ich, mein zudring- licher Herr. Ich bin, der ich war, und ich werde immer sein, der ich bin. Veränderungen im Menschen geschehen durch Anpassung. Ich aber habe es nicht nötig, mich anzupassen. Wer den Versuch macht, mich zu modeln, fliegt über eine Mauer ins Meer. — Auch das Geld modelt mich nicht. Der Reichtum ist mir nicht angeflogen als etwas Fremdes, dem ich mich anpassen müßte; er gehört zu mir als ein Teil meines Wesens, und so bin ich natürlich mit ihm einig, — viel einiger, als Sie es mit Ihrem Genie zu sein scheinen, da Sie sich offenbar

unabläſſig „entwickeln". Was ſchließlich ein
Zeichen ſchwacher Grundanlage, mangelnder
Wohlgeborenheit iſt. Wüßten Sie wirklich,
was die Hauptſache im Leben iſt, ſo würden
Sie mich fragen, ob ich mit meinem Schickſal
einig bin. Aber dieſer Begriff iſt allen plebe-
giſchen Genies fremd. Dieſe krankhaften
Anſichherumarbeiter müſſen natürlich erſt fragen:
Fühlen Sie ſich feſt, ſicher? Es überſteigt ihr
Faſſungsvermögen, daß der Wohlgeborene dieſe
Feſtigkeit und Sicherheit als unantaſtbares
Erbe beſitzt.

Jonathan fühlte ſich ſo erhaben über ſeinen
David, daß er den Schluß von deſſen Brief
nur ganz ſchnell und gleichgültig überlas:

„Nun, ich hoffe, daß unſere Wege uns
jetzt auch zuweilen perſönlich zuſammen-
führen werden. Fürs erſte geh' ich jetzt
als Stipendiat Ihres freundſchaftlichen Inter-
eſſes nach Italien. Goethe ſoll mein Reiſe-
begleiter ſein, er, in deſſen Auge und Geiſt
ſich dieſes Land zu einem Bilde verſpiegelt
hat, das gewiß alles das enthält, was uns
Deutſchen von kosmopolitiſcher Bildung das
Wertvollſte an dieſem Lande der großen klaren
Natur, großen klaren Kunſt, großen klaren
Tatkraft iſt. Ich ſchreite, das Helle vor
mir, Finſternis im Rücken, aus der Enge
ins Weite, aus ſelbſtzerſpaltender Traum-
vergrübelung in ein gewaltiges Geſichtsfeld
realer Schönheit. Das Deutſch-chriſtlich-gemüt-

liche möge zeigen, ob es sich gegenüber dem
Romanisch=antik=sinnlichen behaupten kann.
Goethe, dem antiken Wesen kongenial, eine
römische Patriziernatur, ins Deutsch=gründliche
und Modern=poetische vertieft, aber auch ver=
differenziert, kam in seinem Wesen viel weniger
verwandelt zurück, als die erschrockenen
Weimaraner glaubten; er hatte sein Eigent=
lichstes vielmehr bestätigt gefunden und hat
es mit der nur ihm in diesem Maße eigen
gewesenen ungeheuren Kunst der Selbstheraus=
bildung in demselben antiken Stile und Geist,
der seine Dichtung damals durchdrang, monu=
mental vereinheitlicht, vereinfacht. Man fand
ihn einesteils ‚sinnlich‘, andernteils ‚steinern‘
geworden. Beides erschien als Fehler und
war in seiner Vereinigung die gewaltigste
Leistung des Goethischen Lebens. Daß nach
ihr die Entwicklung nicht innehielt, daß der
sinnliche Stein wuchs, der monumentale Mensch
immer menschlicher wurde, ohne an Monu=
mentalität einzubüßen, das grenzt ans Wunder=
bare und ist einzig. — An mir wird sich
Ähnliches so wenig vollziehen, wie an irgend=
einem Menschen dieser unserer Zeit. Denken
Sie an den größten aller Modernen, an
Nietzsche. An Goethe gemessen bleibt er der
Gigant neben dem Halbgott. Lesen Sie ihn,
lieber Henfel, lesen Sie nur ihn, und Sie
brauchen nichts weiter zu lesen, was heute
geschrieben wird; es ist, als ob das Gehirn

unfrer Zeit felbft in dem Schädel diefes Gewaltigen arbeitete. Aber, wenn Sie nach den Erfchütterungen, Erhebungen, Lichtftrömen, Tiefenklarheiten, Bergfeuern diefer Lektüre zum Kunftwerke Goethifchen Lebens und Goethifcher Dichtung zurückkehren, werden Sie fühlen: bei ihm ift in fchöner Wahrheit das Hölderlinfche Bild:

Am Abendhimmel blühet ein Frühling auf;
Unzählig blühn die Rofen, und ruhig fcheint
Die goldne Welt;

während auf Nietzfche die Fortfetzung gilt:

    o dorthin nehmt mich,
Purpurne Wolken! und mögen droben
In Licht und Luft zerrinnen mir Lieb und
       Leid! —
Doch, wie verfcheucht von törichter Bitte, flieht
Der Zauber. Dunkler wird's, und einfam
Unter dem Himmel, wie immer, bin ich.

Nietzfche weiß, infolge feiner enormen Intuitionskraft, die aus einem kritifchen Philologen einen dichterifchen Offenbarer gemacht hat, von der echten Antike unendlich mehr, als fich Goethe je hat träumen laffen, aber in Goethe lebte trotz allem das Eigentlichfte der alten Welt tatfächlich wiedergeboren, wofür wir nur das Behelfwort haben: Maß. Alles Moderne ift aber einftweilen noch maßlos, ja maßfeindlich. — So kann ein Menfch wie ich nur das eine hoffen: daß wenigftens der Sinn für Maß und ruhige Haltung (wie im Leben so in der Kunst) gekräftigt werde auf den Schauplätzen antiken Geistes. Erfüllt sich diese Hoffnung, so ist Ihr Geld nicht schlecht angelegt, denn es wird sich dann auch meine andere Zuversicht erfüllen, ohne die ich jetzt die Feder überhaupt aus der Hand legen würde: Dichtungen hervorzubringen, die innerlich und äußerlich Stil haben, indem sie gleichsam eine Lichtung in das Wirrsal des Lebens schlagen, klare Einblicke, weite Aussichten und vom Ganzen ein zugleich reiches und im Sinne der Freskomalerei simplifiziertes Bild gebend. Gelingt mir dies einmal, so haben Sie, lieber Henfel, in der Tat einen Anteil an dem Erfolge, denn Ihrem Geschenke verdanke ich die Gunst, endlich einmal so arbeiten zu dürfen, wie der Künstler arbeiten können muß, der große Pläne groß gestalten will: in voller äußerer Harmonie und Ruhe, frei von den bei aller Kleinlichkeit zu Boden drückenden Sorgen des Tages, nicht bloß mit dem Nötigsten kümmerlich versehen, das ‚anständig‘ zu leben erlaubt, sondern auch mit den reicheren Mitteln ausgestattet, die ihm die Wahl einer anregenden Umgebung, freie Bewegung und ein wenig Schönheit gestatten, kurz: das Gefühl eines freien Herrn verleihen, das schließlich auch beim Dichter von gewissen äußeren Umständen abhängig ist.

Nochmals Dank für diese Gunst und die
herzlichsten Grüße, wie von meiner Frau,
so von mir.   Ihr

Hermann.“

Von alledem hafteten in Felix nur die Worte
„sinnlich“ und „steinern“. Seine bedenkliche
Gabe, alles auf sich zu beziehen, was er leicht
aufnehmen konnte (wenn es nicht anders ging,
korrumpiert und verzerrt), machte ihn zu der
törichten Einbildung fähig, sich nun auch als
goethische Natur zu empfinden. Wäre ihm
von Goethe mehr bekannt gewesen, als das,
was er von Karl aufgeschnappt hatte, dessen
unjugendlicher Geist aber eigentlich nur im
alten Goethe zu Hause gewesen war, so würde
er vielleicht doch vor diesem Aberwitz zurück-
geschreckt sein. Aber auch Goethe war ihm
nur serviert worden, auch Goethe war für ihn
nur eines der vielen Mischgerichte, ihm vor-
gesetzt und angepriesen von Vorkostern, die,
bewußt oder unbewußt, sich bemüht hatten, ihn
mit Leckerbissen zu vergiften. Die vielen
Ragouts aus anderer Schmaus hatten schließlich
eine geistige Unterernährung zur Folge gehabt,
die ihn zu jeder Absurdität der Einbildung
fähig machten. Er hatte jegliches Distanz-
gefühl verloren. Auch wo er sich ehrerbietig
gehabte, so gegenüber höheren Vorgesetzten und
seinem gnädigsten Herrn, war es Allüre. Aber
in jeglicher Allüre war er groß.

Von jetzt ab, sagte ihm sein Instinkt (denn er brauchte sich derlei nicht einmal zu überlegen), würde es entsprechend sein, etwas Steinernes zur Schau zu tragen. Das Altersbild Goethes von Schwerdtgeburth und die Totenmaske Napoleons, beide bisher nur selten mit Aufmerksamkeit von ihm betrachtet, sah er sich nach der Lektüre des Hermannschen Briefes genau an. Nicht, um danach die Maske für seine neue Rolle festzustellen. Beileibe nicht. Auch sein Komödiantentum bedurfte keines Studiums, keiner Anstrengung. Er hatte es nicht nötig, gleich den Charaktermaskendarstellern auf der Variétébühne, seine Gesichtsmuskeln gewaltsam zu verzerren und, wenn auch nur zu sich selbst, zu rufen: Napoleon der Erste Kaiser der Franzosen! oder Wolfgang von Goethe Dichterfürst! Zwar war sein ganzes Leben nichts, als eine derartige Variétéproduktion vor sich selber und seinem jeweiligen Publikum, aber, vor wem er auch grimassieren mochte, vor Huren oder Gräfinnen, gemeinen Reitern oder Offizieren, seinen Dienern oder dem gnädigsten Herrn: er grimassierte unbewußt, seine Allüre war sein Ernst.

Zwölftes Stück: Das Schicksal dementiert sich

Die steinerne Maske machte allgemeinen Eindruck, wurde aber durchaus falsch aufgefaßt.

„Nicht so zu Herzen nehmen!" meinte Prinz Assi.

„Ich begreife Ihre Depression vollkommen," sagte Graf Pfründten, „aber Sie müssen die Flinte nicht gleich ins Korn werfen."

„Du Armster!" flüsterte die verliebte Gräfin, „laß dir's doch nicht so nahe gehen. Es ist ja ein Glück."

— Kein Mensch versteht mich, dachte sich Felix und fühlte sich sehr geschmeichelt.

Aber es war ihm doch eine Genugtuung, daß der gnädigste Herr ihn verstand, als er die erbetene Audienz in Sachen Hermann Honrader gewährt erhalten hatte.

Felix erschien in Zivil, und das feierliche Schwarz hob die steinerne Maske entschieden.

Der Fürst sah aschfahl und abgemagert aus. Die Hand, die er Felix reichte, war kalt und ihr Druck kaum fühlbar. Er saß zurückgelehnt in einem breiten Armstuhl, die aufgeschlagene Bibel im Schoß und ließ Felix sich ganz nahe zur Seite setzen.

„Bin sehr geplagt jetzt," sagte er leise; „friere, friere, friere. Ein abscheuliches Gefühl. Und alles starrt mich an. Es ist ein Lauern ringsum. Sie warten und flüstern, Weiber, Propheten, Erben und Diener. Die schwarze Fahne liegt bereit. Aber noch ist die alte Dame nicht auf den Balkon getreten um die Mitternacht und hat das historische dreimalige Ach gestöhnt. Sie wissen doch, die Gräfin Warrenbach, die links angetraute, die von den

Pfaffen vergiftet worden ist. Sie muß an meinem Schlafzimmer vorüber, wenn sie zum Balkon will. Ich werde sie hören, wenn's so weit ist, denn ich weiß nicht mehr, wie schlafen tut. Eine Maus würd' ich hören. Böse Nächte. Aber das geht vorüber. Ich weiß es. Ich will es. Die fatale Gräfin braucht sich meinetwegen noch nicht zu inkommodieren. — Aber das ist dummes Zeug. Gut, daß Sie da sind. Reden wir von bessern Dingen. Sie sehen ernst aus wie nach einem wichtigen Entschlusse. Das gefällt mir. Auch, daß Sie nicht in Uniform gekommen sind. Was bringen Sie Neues?"

Felix referierte, was er getan hatte.

— „Brav! Brav! Lesen Sie mir vor, was der Dichter geantwortet hat."

— „Es sind einige Stellen in dem Briefe, die vielleicht . . ."

— „Nicht doch. Gerade darum. Ich höre gerne, was man sich einbildet, mir verschweigen zu müssen."

Felix las den Brief vor. Der Fürst hörte mit aufgemunterten Blicken aufmerksam zu.

— „Hat mich sehr interessiert. Bringen Sie mir gleich morgen das letzte Buch des Dichters und schreiben Sie ihm, daß ich auf seinen Besuch rechne. Inoffiziell!"

Er lächelte und fuhr fort; es war ein hastiges Flüstern: „Schreiben Sie ihm, daß ich einer von der alten Art Fürsten bin, die noch

Zeit hatten, inoffiziell zu sein, wenigstens
Künstlern gegenüber. Ach, ich habe die Kunst
ja gerade deswegen geliebt, weil sie das Gebiet
ist, wo ein Fürst wirken kann als Mensch zum
Menschen, aus reiner Menschlichkeit für reine,
höchste Menschlichkeit, wo es all dieses offizielle
Drum und Dran nicht gibt, diese Einschachtelung,
diese Gitter aus goldenem Stacheldraht, hinter
denen wir eingesperrt sind. Langweilig. Langweilig. — Wenn ich mir nicht sagen dürfte, daß
ich diese tödliche, alberne, stockige Langeweile
zeit meines Lebens so oft durchbrochen habe,
als es nur irgend möglich war, so würde ich
mein Leben bedauern, ja verwünschen. — Die
freien Stunden auf der Jagd, die freien Stunden
mit Künstlern, — das waren die Lichtblicke.
O, Sie haben's gut, mein junger Freund! Sie
können frei genießen und frei wirken, — ohne
Instanzenweg nach unten. Die hausbackene
Wahrheit des biederen Wandsbecker Boten hat
sich mir oft und oft bestätigt:

> Die Kronen sind nicht ohne Bürden,
> Sind nicht ohn' Gefahren, Kind!
> Und es gibt für Menschenkinder Würden,
> Die noch größer sind.

Früher waren die Gefahren der Krone
wenigstens noch heroischer Natur. Hybris.
Man lieferte den Dichtern dramatischen Stoff.
Aber der letzte Fürst, der das getan hat, war
der, den wir jüngst einen Parvenu haben
nennen hören. Ich habe diesen Emporkömmling

immer bewundert, und selbst sein Neffe war
mir interessant. Auch er war Abenteurer. Nun
ja. Wohl dem, der's sein darf. Heutige Fürsten
von Geblüte dürfen's, können's nicht. Die
Gefahren ihrer Kronen liegen nicht im Heroischen,
sondern im Trivialen. Ihr Dichter hat recht:
aus dem Volke ist Publikum geworden, und
dieses Publikum wünscht bürgerliche Komödien,
in denen der Fürst den Helden nur markiert. —
Einzige Rettung: die Kunst. Da das Leben
nicht mehr imstande ist, der Dichtung Stoff
zu Heldentragödien zu liefern, so muß die
Dichtung große, heroische Gefühle ins Leben
tragen. Pathos, lieber Graf! Pathos!"

Der Fürst sank in sich zusammen, schmiegte
den Kopf schräg gegen die Lehnenwange des
Stuhls und ergriff Felixens Rechte mit seiner
linken Hand, sie auf die Armlehne legend und
streichelnd. Er schien völlig erschöpft und atmete
in kurzen, flachen Zügen. Es trat eine Pause
ein, während der Felix ihn aufmerksam betrachten
konnte, denn der Fürst hatte mit einem Male
die Augen geschlossen. Ein Schreck durchfuhr
den Betrachter: Wenn er jetzt stürbe! Er hätte
aufstehen und den Kammerdiener herbeirufen
mögen. Aber seine Rechte war von der Hand
des Kranken wie von einer kalten Handschelle
umschlossen.

— Es geht zu Ende mit ihm, dachte er sich;
— und was wird dann aus mir?

Da schlug der Fürst die Augen auf.

„Ich habe mir überlegt," sagte er, ganz ruhig einsetzend, „was wir zusammen noch tun könnten, ehe die alte Dame kommt. Wenn Sie mir morgen das Buch Ihres Dichters bringen, wird Gelegenheit sein, darüber eingehend zu reden. Diese Nacht werde ich schlafen. Ich fühle es. Und morgen werde ich frisch und klar sein . . ."

Er schloß wieder die Augen und sprach, ohne sie zu öffnen: „Sorgen Sie immer für schöne Stimmen. Schöne, volle, warme Stimmen. Und für Jugend. Denken Sie an König David und die junge Abisag von Sunem. Er war alt und fror wie ich. Da sprachen seine Knechte zu ihm: ‚Laßt sie meinem Herrn Könige eine Dirne suchen, eine Jungfrau, die vor dem Könige steht und seiner pflege, und schlafe in seinen Armen und wärme meinen Herrn und König.' Wärme meinen Herrn und König. Ja, Jugend macht warm und jung. — Denken Sie: Er sitzt in seiner Loge und friert; nur Jugend kann ihn wärmen . . . Die Luft des Theaters . . . O . . ." Das abgespannte Antlitz lächelte. „Odeur de femme . . . Warm erregtes Leben . . . Glanz auf Augen und Mund . . . Volle Stimmen und zärtliche Blicke . . . Noch, wenn der Vorhang sich senkt, schlägt eine warme Welle hinauf . . . Pathos und Liebe . . . Wollust und Ideal . . . Thalia mit den goldenen Lippen . . ."

Seine rechte Hand hob sich müde zu einem

weiten Bogen. Dann sank sie wie leblos aufs
Knie. — Jetzt schlief er wohl? ... Plötzlich
richtete er sich auf und sah irre um sich: „Wer
war hier!?"

— „Es ist niemand ..."

— „Schon gut! Ich will nicht Bathseba und
Nathan, Zadok und Benaja. Rufen Sie es
aus und sagen Sie es jedermann: Ich bin gesund. — Morgen werde ich ausfahren. Mit
Ihnen. Auf den Schloßberg und zum alten
Intendanten. Sagen Sie es jedermann: Ich
fühle mich völlig wohl."

Er erhob sich, von Felix gestützt, mühsam.
Die Bibel glitt auf den Boden. Felix hob sie auf.

„Sie hat auf mir gelegen wie eine Decke,"
sagte der Fürst; „Luther hat recht, sie ist ein
sehr großer weiter Wald mit allerhand Bäumen,
und jeder findet Früchte auf ihnen. Aber man
kann sich darin verlaufen. Nur alte Leute
finden sich in diesem Walde zurecht. — Die
Bibel ist das einzige von meinen Lieblings-
büchern, aus dem ich mir nie habe vorlesen
lassen."

Er lächelte sonderbar und geleitete Felix ein
paar Schritte. Im nächsten Stuhle ließ er sich
wieder müde nieder: „Ich will schlafen. Sagen
Sie es draußen. Niemand soll mich stören.
Und zu Friedrich: Morgen nachmittag um drei
Uhr Ausfahrt mit Ihnen."

Als Felix an der Tür seine letzte Verbeugung
machte, sah er, daß der Kopf des Fürsten

vornübergesunken war und hörte ihn leise
röcheln.

Im Korridor schon empfingen ihn flüsternde
Fragen. Er setzte ihnen sein steinernes Antlitz
entgegen und antwortete, wie ihm befohlen
worden war.

In ihm aber stießen sich Unsicherheit, Angst
und Hoffnung.

Er hatte das Gefühl, einen Sterbenden verlassen zu haben, aber die Zuversicht zu seinem
Sterne drängte es heftig zurück.

Unmöglich! sagte er sich, es kann nicht sein!
Es wäre sinnlos. Und wenn es ein Wunder
wäre: es wird geschehen! Ich werde morgen
mit ihm zum Intendanten fahren.

Als er in seinen Wagen steigen wollte, sah
er den Prinzen über das Rondell kommen und
ihm zuwinken.

— „Wie steht's oben? Böse Gerüchte überall.
Wollte eben ins Schloß. Nachfragen."

— „Er schläft."

— „Nun, — und?"

— „Ich bin beauftragt, zu erklären, daß
er sich wohl fühle. Hat mich auf morgen zur
Ausfahrt befohlen."

— „Ausfahrt? Also bloß leeres Gerede
gewesen. Gottlob. Russische und englische
Verwandtschaft wieder mal falsch berichtet. Na
ja. — Und sonst? Quant à vous? Richtig:
Ausfahrt! Müssen mir erzählen."

Er stieg zu Felix in den Wagen und überredete ihn, mit in die Weinstube zu kommen, wo sich die Offiziere zu treffen pflegten.

Auch dort war man überrascht, von Felix zu hören, daß der höchste Herr sich wohl befinde. Die ganze Stadt war voll von Berichten über Ohnmachtsanfälle, Fieberdelirien, Agonie des Fürsten. Sogar „die ächzende Gräfin" sollte tatsächlich bereits gesehen und gehört worden sein.

„Das ganze Schloß ist verrückt," sagte der Oberst. „Jeder weiß was anderes. Von den obersten Hofchargen bis zum letzten Küchenjungen sind alle wie besessen. Frau von Senkenberg schwört, die Ächzende selber gesehen zu haben."

„Das kommt davon, wenn man Eau de Cologne für ein Getränk hält," meinte ein Major.

„Nee, es ist die Hofluft," erklärte der Oberst. „Ich habe schon öfter die Beobachtung gemacht, und nicht bloß hier: wenn ein regierender Herr auch nur den Schnupfen hat, so kriegt alles, was um ihn herum ist, mindestens das Grippenfieber. Und nun gar, wenn, wie diesmal, der Regierende ein paar Tage niemand zu sich läßt außer dem Kammerdiener, und wenn dieser Würdenträger erklärt, der höchste Herr sehe schlecht aus, — dann braucht nur eine Kammerfrau in der Nacht mal wohin zu müssen, und am nächsten Tage hat der ganze Hof das Schloßgespenst gesehen. Danken wir unserm Schöpfer, daß wir Soldaten sind, meine Herren."

„Ich an Ihrer Stelle, Graf," wandte er sich
zu Felix, „würde es mir noch sehr überlegen,
die Reiteruniform auszuziehen und den ge-
stickten blauen Frack anzutun. Den schwarzen
haben Sie ja jetzt schon an ..."

Felix fühlte, daß das keine Huldigung für
sein Zivil bedeutete, und er hielt es für angebracht, zu lügen: „Es war der Wunsch
Seiner Hoheit, daß ich so erschiene, und ich
würde mich auch nur auf seinen bestimmten
Wunsch hin dazu bereitfinden, die Uniform an
den Nagel zu hängen. Und, weiß Gott, nicht
mit Begeisterung."

Diese Antwort gefiel sehr, und der Oberst erwiderte: „Bravo, Graf. So spricht ein Offizier.
Jammerschade, daß Sie schließlich doch wohl
genötigt sein werden, die Reitstiefel auszuziehen.
Diese Audienz hat am Ende schon die Entscheidung gebracht?"

— „Doch nicht, Herr Oberst. Ich habe um
die Erlaubnis gebeten, Gegenbedenken zu äußern,
mit der Bitte, mich wenigstens noch eine Reihe
von Jahren im Sattel zu lassen. Morgen soll
die Entscheidung fallen. Ob freilich nach dem
Wunsche meines Herzens, wage ich nicht mit
Bestimmtheit zu hoffen. Aber, wie sie auch
fallen möge: ich werde bemüht sein, an jeder
Stelle meine Pflicht zu tun. Ich meine, auch
damit als Offizier zu handeln, der sich nie
fragen darf, ob ihm ein Kommando gefällt
oder nicht."

Felix sagte dies mit so schönem soldatischen
Ernste, daß jeder seiner Kameraden von dem
Gefühle durchdrungen war, Töne einer schmerzlichen Resignation vernommen zu haben, männ-
lich gefestet durch echt militärischen Geist. Man
bedauerte und bewunderte ihn gleichzeitig. Er
konnte sich keinen besseren Abgang wünschen
und war auch selbst recht ergriffen von seinen
Worten.

In diese schöne Szene brach der Herr Hof-
traiteur Schulze, genannt das dicke Mosel-
blümchen, mit den asthmatisch hervorgestoßenen
Worten ein: „Am Schloß ist die schwarze Fahne
aufgezogen!"

Alles sprang auf. Nur Felix blieb sitzen.

Er saß noch da, als sämtliche Offiziere das
Zimmer verlassen hatten.

Er saß und starrte vor sich hin. Wie ein
Niedergebrochener. Es war ihm, als wäre er
genarrt, verhöhnt, entblößt, gedemütigt worden.

„Bin ich denn verrückt?!" sagte er plötzlich
laut.

Er sagte es, erschrocken über einen Gedanken,
der wie etwas Wahnsinniges über ihn her-
gefallen war: Das alles ist nicht Wirklichkeit;
ich träume bloß; weder war ich beim Fürsten,
noch ist der Fürst gestorben. Ich liege in
meinem Bette und träume scheußlichen Unsinn.

Er stand auf und lief auf die Straße. Lief
zum Schlosse. Sah die Fahne.

Er mußte sich mit Aufgebot aller Kraft davon

zurückhalten, den Wachtposten zu fragen: Ist das dort eine schwarze Fahne?

Eine Reihe fürstlicher Equipagen stand vor dem Schlosse. Er sah, wie der einen die lange schmale ihm wohlbekannte Gestalt des russischen Großfürsten entstieg, der seit einer Woche hier weilte. Ein junger Prinz von Großbritannien entstieg einer andern.

— Und ich?! hätte er schreien mögen. Ich? Wo bleibe ich?

— „Bin ich auf einmal ein Nichts? Ein Leutnant? Ich, der ich morgen . . .“

„Ja, morgen!“ murmelte er höhnisch und stieg, endlich einmal angeekelt von sich selbst, in seinen Wagen, der hinter ihm her gefahren war.

Dreizehntes Stück: Der Sieger

John hatte böse Tage, und von dem Porzellan und Glas auf Hainbuchen fand manches Stück ein unsanftes Ende. Die Bronzestatuette Goethes nach Rauch wurde zum Projektil des gräflichen Zornes und zersetzte die steinernen Züge des alten Goethe von Schwerdtgeburth. Aus den heruntergerissenen gelbseidenen Vorhängen der Bibliothek konnte John seiner Geliebten Unterröcke machen lassen. Aus einer ganzen Anzahl der schwarzen Lederbände waren die Exlibris vandalisch gewaltsam entfernt worden. Selbst der seidene Schlafrock hatte zu leiden gehabt, und die Lanze des Kosaken war im Kampfe mit der Felixschen Wut zerbrochen.

— Wenn ich noch in keiner Lebensversicherung wäre, sagte sich John der Weise, jetzt würde ich mir eine Police nehmen. Die Leute, die diesen Menschen für einen Indianer halten, haben nur halb recht: er ist ein verrückter Indianer. Seine Tollwut ist die eines Wilden. Wenn je ein Mensch die Zwangsjacke verdient hat, so ist er es. Aber auch die Reitpeitsche wäre bei ihm angebracht. Ein größeres Vergnügen, als ihm fünfundzwanzig aufzuzählen, kann ich mir nicht vorstellen. Es ist eigentlich würdelos, daß ich bei diesem rasenden Rowdy bleibe. Ebensogut könnte ich einen Posten als Menageriewärter annehmen. Ich glaube, daß jedes Nilpferd mehr Lebensart und Seelenadel besitzt, als er.

— Aber nicht soviel Geld! dachte er dann lächelnd weiter und führte sich zu Gemüte, was für ein hübsches Vermögen er sich in den Diensten dieses tollwütigen Indianers bereits angehäuft hatte, nicht immer auf rechtliche, aber, wie er fand, stets auf entschuldbare Weise, denn schließlich war man es doch seiner Würde schuldig, sich wenigstens materiell für die moralische Demütigung schadlos zu halten, die in einer Stellung bei einem Menschen ohne Erziehung lag. Auch vergaß John den Umstand nicht, daß bei Felix auf die Tollwutsperioden stets solche von ebenso exzessiver Liebenswürdigkeit und Generosität folgten.

— Jedes Schimpfwort, das er mir ins Ge-

ſicht wirft, ſagte er ſich, jedes Gebrüll, womit
er mein Ohr beleidigt, wird eines Tages zu
einem Goldſtück oder, wenn's beſonders greulich
war, auch zu einem blauen Lappen. Seine
Flegeleien ſind eigentlich Wechſel auf mich, und
ſie werden, das muß man ſagen, ſtets pünktlich
eingelöſt, ohne daß ich ſie zu präſentieren
brauche. Er hat ein unſauberes Gewiſſen mir
gegenüber. Ich bin Mitwiſſer ſeiner Gemeinheit.
Dieſe Wiſſenſchaft iſt ein Kapital, das ſchöne
Zinſen trägt. — Nein, der Poſten iſt zwar
nicht ſehr anſtändig für einen Mann, der ſonſt
nur bei wirklichen Kavalieren in Dienſt ſtand,
— aber gut. Und ſicher. Denn fortſchicken wird
er mich nie. Ich werde dieſen, übrigens auch
recht lehrreichen Dienſt, erſt dann verlaſſen,
wenn er definitiv und andauernd verrückt ge=
worden ſein wird. Und bis dahin hab' ich
mein Schäfchen im Trockenen. —

Auch diesmal folgte auf die Periode der
Wutentladung eine ſolche der Abſpannung und
erſt weinerlichen, dann dumpfen und ſchließlich
faſt heiteren Gelaſſenheit.

In dieſem Falle war es ein Wort aus dem
Hauſe Kraker, das ihm hilfreich wurde: Prüfung.

— Wie ſonderbar, dachte er ſich, daß die
letzten Worte meines fürſtlichen Gönners von
der Bibel handelten. O, ich weiß, auch Onkel
Jeremias hat eine Schickſalsmiſſion mir gegen=
über erfüllt. Nichts iſt Zufall, nichts iſt
Hemmung in meinem Leben, alles fördert mich.

So auch diese Probe. Das Schicksal tat eine glänzende Perspektive bewußt verfrüht vor mir auf. Nicht, als ob ich ihr eigentlich hätte ausweichen sollen. Keineswegs. Es wird vielmehr der Tag noch kommen, da ich sie werde verfolgen müssen und können. Jetzt aber mußte sie mir durch eine Katastrophe schmerzhaft verstellt werden zum Zeichen dafür, daß ich vorher erst noch andere Kräfte zu betätigen habe. Ich ahnte es ja instinktiv und war mir schließlich auch ganz klar bewußt darüber. Aber diese Katastrophe hat, und das war ihr Zweck, dieses Bewußtsein vertieft. Würde ich nach ihr trotzig geblieben sein und mich darauf versteift haben, auf eigene Faust jene lockende Perspektive zu verfolgen, so hätte ich die Probe nicht bestanden. Da ich mich aber überwunden habe, hat es sich gezeigt, daß ich auch nach einem scheinbaren Fehlschlag mit gleicher Sicherheit der Führung meines Fatums zu folgen weiß.

Mit dieser Dialektik hatte Felix bei sich natürlich den vollsten Erfolg, wie stets, wenn er darauf ausging, das gut zu heißen, was er aus der Konstellation der Umstände als seinen Schicksalsgehorsam, d. h. als das jeweils Bequemste herausholte. Er nannte das dann auch wohl seinen Willen. Irgendwelche Überwindung hatte es ihn gar nicht gekostet. Im Grunde fiel er mit einem Gefühle von Erleichterung auf seine alten, ihm wesentlich gemäßen Absichten zurück, und was sich so wütend

ausgetobt hatte, war nur das Gefühl fehl=
geschlagener, gedemütigter Eitelkeit gewesen.
Sofort war nun die andere mächtigere da,
nun erst recht als Reiter zu glänzen. Sie war
die mächtigere, weil sie auf dem Felde seiner
eigentlichen Begabung lag, und sie schoß um so
kräftiger empor, als sie nicht nur von einem
Menschen genährt wurde, wie jene andere, die
nur der Fürst gepflegt hatte, sondern von allen,
die ihm nahestanden.

Nur von Gräfin Erna nicht. Die aber mußte
sehr bald merken, daß ihr Einfluß auf Felix
nicht über die Sphäre hinausging, deren Grenze
innerhalb des Himmelbettes in der Muschel lag.

Jussuff war seiner Zelmi im Grunde schon
überdrüssig. Dieser Ehebruch begann ihm zur
Langenweile zu werden, erschien ihm nachgerade
ehemäßig trivial. Die Einrichtung eines Turnus
nach Art des Terken wäre ihm sehr sympathisch
gewesen, aber dazu gebrach es ihm angesichts
der Eifersucht der Gräfin an Mut. Zum Don
Juan fehlte ihm zwar nicht der wollüstige
Trieb und der absolute Mangel an eigentlicher
Liebefähigkeit, aber es fehlte ihm dazu der
tapfere Sinn des echten Geschlechts=Abenteurers,
für den die Gefahr des Genusses hitzigste Würze
ist. Auch war er durchaus keine erotische Er=
oberernatur, die den echten Don Juan zu einem
Taktiker der Verführung, zu einem Künstler
in der Verwendung aller Mittel der Männlich=
keit macht, als welche durchaus nicht bloß

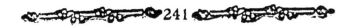

geschlechtlicher Natur sind. Er hielt es auch
hier mit der Bequemlichkeit und ließ sich auch
erotische Genüsse lieber servieren, als daß er
sie sich erkämpfte. Sein Ideal der Geschlechts=
betätigung war eigentlich der Harem. Da er
sich in Deutschland nicht gut einen Serail an=
legen konnte, gedachte er, auf seinen Reisen
als Rennreiter wenigstens die Bordells wieder
fleißig zu frequentieren. So geschickt und be=
flissen er sonst dazu war, seine Eigenschaften
immer in der bengalischen Beleuchtung seiner
Einbildung als etwas Ungemeines zu betrachten,
— in diesem Punkte konnte er zuweilen ehrlich
vor sich selbst sein und sich sagen: Dauernden
Reiz übt das Weib auf mich nur in seiner
Erscheinung als Hure aus; je gemeiner das
Mensch ist, um so heftiger wirkt es auf mich;
nur muß es anständige Wäsche tragen.

Wenigstens jetzt dachte er so, da sein erstes
Verhältnis zu einer Dame ihn unbefriedigt
gelassen hatte. Da er nicht lieben konnte, auch
nicht in dem besonderen Sinne des Don Juans,
der jedes einzelne Abenteuer brünstig=leiden=
schaftlich wie eine erste und einzige Liebe durch=
kostet, — treu bis zum nächsten; da er nichts
kannte, als sinnliche Wollust schlechthin, Ge=
schlechtsausübung ohne jedes andere begleitende
Gefühl außer der bei ihm überall mitdominieren=
den Eitelkeit; da er im Grunde eigentlich immer
nur das animalische Männchen in Aktion war,
nicht der ganze Mann, so mußte er, um in

feiner Art ganz genießen zu können, immer
auch brutal fein dürfen, brutal in der Zärtlich=
keit und brutal im Wegstoßen des Weibchens
nach Beendigung der Szene. Im Tagebuch
des Terken hatten fich, aus der Zeit, da Graf
Alexander alt geworden war und unter Brigida
zu leiden begann, die Ekelverfe aus einem
türkifchen Prinzenfpiegel befunden:

> Wohl, noch einen Genuß hat der Mann:
> Die Luft am Weibe.
> Das Wafchen mit kaltem Waffer danach,
> Glaub’ es mir, Prinz, ift das Befte daran.

Felix war weit davon entfernt, fich die Moral
anzueignen, die der fcheußliche Moralift und
Weltverachtungsprediger damit im Auge hatte,
aber er war jetzt fchon Zyniker genug, d. h.
fchon jetzt in diefem Punkte hinreichend durch=
drungen von feiner eignen Gemeinheit, daß er
neben diefe moraliftifche Unflätigkeit fchreiben
konnte: Unerfreulich, aber wahr.

Gräfin Erna, die ihren Juffuff liebte, merkte
es wohl, daß er nicht mehr der gleiche war
wie in ihren Mufchelflitterwochen, aber fie fchob
die Schuld daran auf den Fehlfchlag feiner Hoff=
nungen, und fie verdoppelte ihre Zärtlichkeit,
ihn zu tröften und aufzurichten. Sie paßte fich
auch fchließlich dem Umfchwung feiner Stimmung
an und ließ davon ab, ihm feinen Rennehrgeiz
ausreden zu wollen. Alle ihre Mahnungen
liefen nur noch darauf hinaus, daß er beim
Reiten vorfichtig fein und die fchlechten Ge=

wohnheiten der Turfhelden nicht mitmachen
möge.

Diese zärtliche Sorge tat Felix wohl. Er
empfand es wie eine angenehme Wärme im
Rücken, in der Liebe dieser Frau eine Art
Zuhause zu haben, das ihn immer wohlig
aufnehmen würde, wenn er von seinen Fahrten
und Siegen zurückkehrte. Wunderschön: die
Burgfrau, im Turmzimmer sitzend, ihre Blicke
dorthin gewandt, wo der traute Buhle kämpft;
und mit wehendem Schleier auf dem Altane
stehend, wenn er heimkommt. Zärtliche Bewunderung dem Sieger, zärtliche Pflege dem
Verwundeten. Ein Herz im Rückhalt.

Es gibt keinen Mann, der das zu seinem
Glücke nicht brauchte. Aber, während der
rechte Mann dieses Glück mit seinem ganzen
Herzen bezahlt, war Felix auch hierin der kalte
Nehmer und Betrüger.

*

Es folgten zwei Jahre des Sieges für ihn
und seine Farben. Schwarz-gelb wurde zum
Losungswort des Glückes aller Totalisator-
süchtigen, der gräflich hauartsche Stall zu einem
Faktor der Berechnung auf allen größeren
Rennplätzen, der verwegene und, wie sich bald
herausstellte, ebenso rücksichtslose wie ver-
schlagene, jedoch immer besonnen korrekt blei-
bende Reiter zu einer Turfberühmtheit ersten
Ranges. Sein Regiment hatte alle Ursache,
mit diesem Offizier zufrieden zu sein, der seine

16*

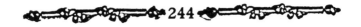

Uniform in den Rennbahnen von Sieg zu Sieg
führte und prachtvoll darin aussah: ein Bild
kavalleriſtiſcher Eleganz und Entſchloſſenheit zugleich. Wie der in Erz gegoſſene Wille zum Siege
ſelber ſah er aus, wenn er, den Blick geradeaus
gerichtet, die Lippen feſt geſchloſſen, die ſeidene
Uniformmütze ſtraff über den kurz geſchornen
Kopf geſpannt, vom Waageplatz langſam in
die Bahn ritt, ſcheinbar gleichmütig, aber ſchon
jetzt bis in die Fingerſpitzen erfüllt von einer
geſpannten Energie, die, wenn das Zeichen fiel,
Pferd und Reiter zuſammenſchweißte zu einem
einheitlichen animaliſchen Organismus, der prachtvoll elementar funktionierte. Dieſer in jedem
andern Verhältniſſe zum Leben grundwillenloſe
Menſch machte aus ſich und ſeinem Pferde
einen Willenskomplex, der in der Betätigung
ein wundervolles Bild reſtloſer Energieentfaltung
bot. In dieſem Zentauren war kein Bluts-
tropfen, der nicht beſeelt war von dem unbedingten, durch keinerlei Erwägung anderer
Art beeinträchtigten Willen: zu ſiegen um jeden
Preis. Hinter jedem Rennreiter ſitzt der Trainer
allen Lebens im Sattel: der Tod, bereit, jede
Gelegenheit zu ſeinem unwiderruflichen Einſpruch
gegen das Leben zu erheben, wenn es ſich um
eine Haaresbreite vergaloppiert. Felix fühlte,
aber er ignorierte ihn. Er ritt mit Todes-
verachtung, weil er die felſenfeſte Überzeugung
hatte, nicht bloß feſt im Sattel ſeines Gaules,
ſondern auch des Lebens zu ſitzen. Hier hatte

er wirklich das Gefühl einer sicher begnadeten
Souveränität, das er sich sonst immer nur vor=
täuschte. Er hatte es nur hier, weil er nur
hier selbständig aus angebornen und durch
Übung gesteigerten Gaben handelte. Er ritt,
trieb fremdes Leben mit eignem Leben an,
überwand einen fremden Willen, indem er ihn
mit eignem Willen erfüllte, — er herrschte und
siegte, da er das Faule, Leere, bei aller Un=
verschämtheit jeder fremden Kraft Unterwürfige
in sich beherrscht und besiegt hatte. Beherrscht,
besiegt durch Drangabe seiner Kraft an eine
wirklich persönliche Leistung. Der Mensch der
Allüre wurde hier zum Mann der Tat. — Auch
hierbei leitete ihn Applausbedürfnis. Aber
kein Verständiger konnte das Eitelkeit nennen.
Der Wunsch nach Lob, Anerkennung, Ruhm
steht hinter jeder menschlichen Handlung; selbst
der Heilige ist von ihm nicht frei; er wendet
sich nur an eine höhere Adresse und ist dafür
bereit, die Verachtung der Anderen dafür auf
sich zu nehmen. Aber jede Anerkennung hat
schließlich irgendeine Verachtung zur Folie. Der
Herrenreiter Felix z. B. wußte wohl, daß
mancher seiner früheren literarischen Bekannten
ihn verachten würde, weil er seinen Ruhm in
Ausübung eines „Sportes" suchte. Er durfte
mit Recht über diese Verächter lachen, von
denen gewiß nur wenige bereit waren, für ihren
Ruhm ihr Leben in die Schanze zu schlagen.
Er war, indem er ritt, um als Sieger akklamiert

zu werden und in den Sportsblättern an erster
Stelle zu rangieren, nicht eitler als sie, die für
Anerkennung und Nennung ihrer Leistungen
nicht weniger empfänglich waren, als er, und
schließlich so gut, wie er, darauf ausgingen.
Was einer mit ganzer Hingabe tut, ist nie eitel
und das Werk der Eitelkeit. Es hat seinen
Lohn in sich, und die äußere Anerkennung dafür
tut einem besseren Bedürfnisse tätiger Menschen-
natur genug, als der Eitelkeit.

Auch Felix fühlte das, und so empfand er jetzt
eine Genugtuung, die sich selbst seinem im übrigen
grundeitlen Wesen wohltuender und intensiver
mitteilte, als seine sonstigen Hochgefühle.

Das Böse war nur, daß, je mehr er sich
an den Sieg gewöhnte, je mehr sein Ruhm als
Reiter und Besitzer des erfolgreichsten Renn-
stalles wuchs, um so mehr auch sein übriges
Selbstbewußtsein zunahm. Je mehr er als
Reiter gepriesen, als vornehmer, reicher Kavalier
umdienert wurde, um so verächtlicher ließ er
die Unterlippe hängen und die Lider sinken,
eine hochmütige Mißachtung dieser Begleiterscheinungen seiner Erfolge nicht bloß markierend,
sondern auch wirklich empfindend. Und diese
Geringschätzung führte sich nicht so sehr auf die
Erkenntnis zurück, daß es noch höheren Ruhm
gäbe, als den eines Siegers im Wettrennen,
wie auf das Gefühl: dieses Volk glaubt, mich
zu ehren, und schnappt doch bloß noch ein paar
Schaupfennigen meines Wesens, die ich fallen lasse.

Weit entfernt zu fühlen, daß er sein Wesent=
lichstes gab, indem er ritt, bildete er sich nur
immer mehr ein, daß diese Betätigung, diese
Siege nichts seien, als ein Vorspiel, ein Symbol
seiner eigentlichen Wirksamkeit auf höheren
Gebieten. Er nahm sich selbst ein gutes Teil
der Freude an seinen Erfolgen, indem er sich
diesen Einbildungen hingab, fühlte sich in ihnen
aber in der Tat wohler, als er sich je im
Genusse von etwas selbständig Erworbenem
fühlen konnte.

Schon nach seiner ersten Rennsaison hatte er
den Namen „Seine Impertinenz“ zum dauernden
Titel innerhalb der Herrenreiterkreise gewonnen,
in denen, wie in allen Kreisen, die von Ringern
nach öffentlichem Beifall gebildet werden, Kon=
kurrenzneid, Medisance und tatentschlossene
Intrige üppig gedeihen. Auch die allzuglänzende
Neuheit seines Grafenwappens wurde in ihnen
gegen ihn ausgespielt, und da Prinz Assis
Geheimnisse hier weniger wirkten als an Ort
und Stelle der Grafung, so gewann die Legende
seiner Standeserhöhung im Munde der Herren=
reiter eine Fassung, die für Felix nicht be=
sonders schmeichelhaft war. Man konnte Worte
hören, wie „der gegrafte ‚Schwung‘“, und ein
altreichsgräflicher Ulan, den Felix in der
Siegerliste abwärts placiert hatte, behauptete,
das Schwarz in seinen Wappenfarben deute
auf den schwarzen Pfeffer und das Gelb auf
den Tee, mit welchen Handelsartikeln die

ehedem bürgerlichen Millionen des niegelnagel-
neuen Grafen erworben worden seien. Auch
die Nase Felirens mußte wieder herhalten,
zum Haken zu dienen, an dem Despektierlich-
keiten aus der Rüstkammer des Antisemitismus
aufgehängt wurden.

Felix hörte von alledem nichts, aber er
fühlte, daß er hier wieder die atmosphärische
Schicht vor sich hatte, die in der Garnison so
glücklich schnell zum Weichen gebracht worden
war. Doch gab er sich keine Mühe, sie zu
beseitigen. Er fühlte sich sicher und erhaben,
obwohl es ihm innerlich heftig wurmte, auf
passiven Widerstand zu stoßen. Er spürte, daß
der Neid die Grundsuppe dieser ungemütlichen
Empfindungen war und sagte sich ingrimmig
resolut: das beste ist, ich gebe ihm noch mehr
Nahrung; wenn sich der Neid überfressen hat,
platzt er, und was zurückbleibt ist die Beschämung,
aus der sich dauerhaftester Respekt entwickelt.

Als das zweite Jahr seiner Tätigkeit als
Herrenreiter zu Ende ging und es bereits fest-
stand, daß die Summe seiner Siege und Preise
die aller übrigen diesmal weit hinter sich zurück
lassen würde, hatte er dies noch nicht völlig
zwar, aber beinahe erreicht. Aber er war
mittlerweile stark blasiert worden, und er freute
sich des Resultates nicht eben sehr.

— Langweilig. Ekelhaft.

Auch sonst befand er sich in schlechter
Stimmung.

Er hatte sich ausgiebig „amüsiert" und war
nun wieder zu der Überzeugung gelangt, daß
„diese Weiber" seinen höheren Bedürfnissen
nicht genügten. Zum Teil aus Eitelkeit, zum
Teil in der Absicht, seine minderbemittelten
Konkurrenten zu ärgern, hatte er sich eine
berühmte professionelle Schönheit als Renommier-
geliebte zugelegt, die unter allen ihren Neben-
buhlerinnen am höchsten im Kurse stand, weil
sich erlauchte Alkovengeschichten an sie knüpften.
Sie war viel älter als er, schien aber das
Geheimnis ewiger Jugend zu besitzen, soweit
sich Jugend körperlich äußert. Gescheit und
bedeutend, wie Liane, war sie nicht, hatte auch
nicht deren vornehmen Charakter. Sie war
Amerikanerin und praktisch. Temperament
zeigte sie nur in geschäftlichen Angelegenheiten. Aber sie war im höchsten Grade
dekorativ. Wenn sie neben Felix im Dogcart
saß, ein Bild moderner Eleganz, wurden die
ältesten Berühmtheiten des Amüsements in den
exklusivsten Rendezvous=Orten der inter-
nationalen „Welt" aufmerksam. Felix, im hell-
grauen Gehrock und Zylinder, eine Orchidee
im Knopfloch, die naturbraunen Zügel in der
Hand, nahm sich neben ihr im Sinne derselben
Eleganz tadellos aus und durfte sich mit gutem
Fuge der angenehmen Überzeugung hingeben,
daß ihn die Damenwelt der grande vie nicht
weniger bewunderte, als seine Partnerin von
der Herrenwelt bewundert wurde.

Dies und anderes, was mehr die Befriedigung von Trieben anging, die sich nicht so öffentlich produzieren ließen, und wobei ihn Miß Maud eigentlich im Stiche ließ, da dieser raffiniert gepflegte angelsächsische Körper in der Tat mehr ein schönes Objekt der Betrachtung, als des Genusses zu sein schien („ach, laß das, my dearling!"), — alles dies war für den Moment sehr reizvoll, und Felix war nicht faul, sich möglichst viele reizvolle Momente zu verschaffen, in denen er seiner Eitelkeit oder seiner Wollust dienen konnte. Aber, je mehr von ihnen er hinter sich hatte, um so entschiedener gruben sich die Falten um die Lippen ein, die da kündeten: Langweilig! Ekelhaft!

Felix dachte in der Tat recht oft, wenn er ihr fern war, an seine Burgfrau. So oft er aber heimkam und in ihren Armen lag, fand er regelmäßig, daß sie nicht auf der Höhe seiner Sehnsucht sei.

Ich möchte ein Haus, sagte er sich, ein stilles, vornehmes Heim, in dem eine Frau waltete, eine schöne Herrin, die mich nicht bloß liebte, sondern auch ganz begriffe. Ganz begriffe, weil ich sie zur Mitwisserin meines Eigentlichsten machen könnte, und weil sie fähig wäre, dieses Geheimnis durchzufühlen bis auf den Grund mit all seinem Glanze und all seiner Dunkelheit und Trauer. Nichts befriedigt mich, nichts füllt mich aus. Warum? Weil ich innerlich so einsam und ohne Resonnanz

bin. Auch der Höhenmensch kann nicht leben
ohne Mitteilung, das ein Echo findet. Gib
mir ein Echo, Schicksal! Gib mir ein Echo!
Ich brauche ein weibliches Herz, einen weib=
lichen Geist, in meinen Tiefen erfühlt und
verstanden zu werden. Ich verzehre mich
in dieser töblichen Einsamkeit, die zur Leere
in mir selber wird. Ein Echo! Ein liebendes,
verstehendes Echo gib mir, o Schicksal. Gib
mir ein Weib!

So sprach sein Bewußtsein, das halb erkannte,
was ihm fehlte. Sein Unbewußtes aber, das der
Dialektik seiner Einbildung nicht unterworfen
war, erkannte den Mangel seiner Existenz ganz.
Das Unbewußte, das in jedem Menschen
weiß, was fehlt, immer aber nur bewußt wird
als ein dumpfes Gefühl der Unzufriedenheit,
das nur bei den instinktmächtigsten Menschen
zu einem Willen wird, der die Befehle des
Unbewußten ahnt und ausführt: dieses dunkle
Schicksalswissen im Innersten des Menschen trieb
Felix inmitten des Halbdunkels seiner Un=
zufriedenheit und Einbildung an, die Bilder
und Briefe Bertas zur Hand zu nehmen.

Die Briefe waren nicht geeignet, ihn zu ihr
zu drängen. Der letzte war, ohne irgendwie
deutlich zu sein, fast drohend. Felix empörte
sich dagegen in einer ungewissen Ahnung von
etwas Demütigendem, Verhängnisvollem. Aber
die Bilder überwanden ihn. Diese Augen,
willensklar und durchdringend, wie die Karls,

aber schön und geheimnisvoll, durchleuchteten ihn mit einer strahlenden Zuversicht, erfüllten ihn mit einer unbedingten Gewißheit: Hier ist die Entscheidung, dies ist das Ziel. Seine schwankende Ratlosigkeit wich einer festen, gehobenen Stimmung. Das Stück Poet in ihm wachte auf, entzündete sich zu hingerissenen Schwärmereien und flackernden Wortlichtern, die er in seinem Hochgefühle gerne zur Flamme eines schwungvollen, prächtigen, hochauflodernden Gedichtes vereinigt hätte.

Als er aber sein „Tagebuch" und die gewaltige Adlerfeder zur Hand genommen hatte, sank all die Pracht zu dem winzigen Wortehäuflein ohne Schwung und Glanz zusammen:

Du solltest mir durch die Gemächer schreiten!

Doch Felix, der Dichter, war nicht der Mann, eine rhythmische Offenbarung seines Inneren deshalb für gering zu achten, weil sie sich mit wenigen und anscheinend kunstlosen Worten begnügte. Er fand, wie er sie einsam aber majestätisch auf einer großen, sonst leeren Seite aus echtem Büttenpapier vor sich sah, daß es eine wahrhaft monumentale und in ihrer Monumentalität erschöpfende Äußerung des Schicksals selber sei.

Außerdem fand er sie auch „dantesk". Er kannte vom Dichter der göttlichen Komödie zwar nur das beliebte Zitat von der Hoffnung, die die Eintretenden draußen lassen sollen, aber das Profil des großen Florentiners ist zu eindrucksvoll, als daß nicht ein jedes poetische deutsche Gemüt genau wissen sollte, was es sich unter „dantesk“ vorzustellen hat.

*

Noch zu keinem Rennen war Felix in dieser Aufregung gereist, wie zu diesem letzten der Saison, das in der großen Bahn bei Hamburg stattfinden sollte.

Sein Sieg auf dem „Terken“ war der allgemeine Tip, und auch er zweifelte so wenig daran, wie an der Exaktheit des pythagoräischen Lehrsatzes.

Trotzdem wagte er es nicht, das Krakersche Haus vor dem Rennen aufzusuchen. Der Anblick Bertas hätte ihn, sagte er sich, um alle Ruhe gebracht, und er wollte vor ihren Augen glänzender, als je, siegen.

Er sandte in einem ungeheuren Strauße dunkelroter Rosen Karten für eine Loge und einen Brief an Berta, worin er sie bat, das Rennen auf alle Fälle zu besuchen, da er nur für sie reite und sich nach dem Rennen mit ihr treffen wolle. Unterschrieben: „der Deiner Schönheit, Huld und Herrlichkeit lebenslänglich untertänige Henry Felix.“

Berta verstand diese Unterschrift vollkommen. Der rosenlippige Cherub ihrer Geduld war in den letzten Jahren mehr als einmal nahe daran gewesen, sich in eines der vier Tiere aus der Apokalypse zu verwandeln, die da „waren

inwendig voll Augen und hatten keine Ruhe Tag
und Nacht". Aber immer wieder hatte sie ihn
beschwichtigt und sich gesagt: Es kommt der Tag.

Jetzt war er da. Sie wußte es. Und Die
seit Karls Tode schwarze Stoffe getragen hatte,
wählte heute zum ersten Male ein farbiges
Kleid: türkisblaue, weiche, fließende Seide mit
einem altgoldenen Gürtel. Es war betont ein=
fach und kostbar zugleich und folgte nicht der
Linie eines Modeblattes, sondern ihres Wesens,
die nun bald achtundzwanzig Jahre alt geworden
war und mehr die Schönheit einer ernsten
wissenden jungen Frau, als eines jungen Mädchens
mit obligater Unschuldsheiterkeit angenommen
hatte. Was an dieser Schönheit als ebenso be=
zeichnend auffiel, wie der ruhige Ernst, war Stolz
und Bestimmtheit. Sie hatte, ins Blonde, Nord=
deutsche übertragen, etwas von den Römerinnen
Feuerbachs.

Als sie mit den Eltern, die neben ihr
etwas rührend Komisches hatten (denn Jere=
mias sah aus wie ein bekümmerter Back=
pflaumenmann, und Sannas Äußere ließ die
Wahl offen, sie für eine ältere Institutsvor=
steherin oder eine bessere Hebamme zu halten),
machte sie beim Logenpublikum, Damen wie
Herren, unter denen niemand aus dem Krakerschen
Kreise war, Sensation, und Prinz Assi, der zu
Felixens Leidwesen Zeuge seines letzten Triumphes
in diesem Jahre hatte sein wollen, bemerkte zu
einem Standesherrn in Gardedukorps=Uniform:

„Feodal! Friesisches Vollblut. Verstehe nur Begleiterscheinungen nicht. Unmöglich Produkt dieser Pastorenlenden. Königliche Person!"

Vor dem Hindernisrennen mit Felix auf dem Terken, das den clou des Tages bildete, begab sich der Prinz zu seinem sieggewohnten Freunde. Es fiel ihm sogleich auf, daß Felix anders war als sonst: nervös, aufgeregt, ärgerlich.

„Na?!" fragte der Prinz, „unzufrieden? Paßt dem Terken was nicht auf der Bahn der Pfeffersäcke? Sieht doch aus wie immer. Aber Sie, Graf! Zappeln ja förmlich. Laus auf der Leber?"

Felix war ärgerlich, Rede und Antwort stehen zu müssen. Auch konnte er den Prinzen heute überhaupt nicht brauchen. Berta allein konnte er ja präsentieren. Aber das übrige Krakersche ... Unangenehm.

Er erwiderte, um für alle Fälle vorzubauen: „Reite nicht gerne hier. Entfernte Verwandt= schaft meines Pflegevaters nötigt mich zur An= sprache. Leute, die mir immer zuwider gewesen sind. Ich habe Ihnen ja mal von der frommen Ofenröhre erzählt, die mir meinen angebornen Katholizismus protestantisch hat verräuchern wollen."

(Er hatte in der Tat, da der Prinz katholisch war, auch seine katholischen Neigungen mit ins Treffen geführt.)

„Saprifti!" rief der Prinz aus. „Habe Ofenröhre leibhaftig gesehen! Hat noch eine

zweite auf: Zylinder aus Methusalems Jugend-
jahren. Gattin gleichfalls gänzlich verräuchert.
Unglaubliche Garnitur. Aber fabelhafte Dame
dabei. Offenbar nicht zugehörig. Möchte
schwören: ältestes Holstein. Salm-Salm bereits
knallverschossen."

Felix runzelte die Stirne. Er stieg in den
Sattel und verabschiedete sich vom Prinzen.

In die Schranken reitend vermied er es,
nach den Logen zu sehen. Zu seiner Aufregung
Bertas wegen kam jetzt wieder die alte Wut
auf die Krakerschen. — Wie fatal, daß der
Prinz diese beiden bürgerlichen Karikaturen
hatte sehen müssen! Es war kompromittierend,
— vor allem für später. Berta war für den
Prinzen natürlich entwertet, wenn es heraus-
kam, daß sie die Tochter dieser beiden unmög-
lichen Menschen war. Und es mußte ja heraus-
kommen. Er konnte doch unmöglich behaupten,
daß auch sie ein angenommenes Kind diskreter
höchster Herkunft sei. — Scheußlich. Ver-
hängnisvoll scheußlich.

Felix gab sich alle Mühe, diese mehr als
störenden Gedanken zu unterdrücken. Sie
ließen nicht ab von ihm. Es war, als durch-
klammerten sie sein ganzes Wesen, als unter-
bänden sie alle Adern seiner Energie. — Schon
der Gedanke an Berta hatte ihn benommen
in einer Überwallung, die ihm die Ruhe raubte,
ihn ablenkte, seinen Willen nach einem anderen
Ziele mitvibrieren ließ. Aber immerhin: darin

war auch Antrieb. Diese Zwangsvorstellung
jedoch, dieses Bild vor seinem inneren Auge:
der prinzliche Husar neben dem Mucker und
der Muckerin, die Attila Seiner Durchlaucht
neben dem Bratenrock Jeremiassens und dem
berühmten Glanzseidenen Sannas, — das war
deprimierend, und die Perspektive dahinter:
der Prinz als Mitwisser dieser schauerlichen
Schwiegerelternschaft eines Bourgeoispaares von
nicht zu überbietender Gewöhnlichkeit, war einfach entsetzlich, — war vielleicht ein Wink zur
Umkehr, ein Einspruch der leitenden Mächte.
— Felix kam völlig aus der Kontenance. Der
Gedanke an Berta, der ihn erhoben, mit
mächtigen Hoffnungen, ja einer festigenden
Zuversicht in seine Zukunft erfüllt hatte, erschien
ihm nun mit schreckhafter Plötzlichkeit fragwürdig. Ein Abgrund ins Ungewisse tat sich
vor ihm auf, wo er in dieser letzten, innerlich
aufs angenehmste bewegten Zeit einen sanften
Aufstieg in klare Ruhe und Sicherheit gesehen
hatte. Es riß ihn zu Berta hin, es riß ihn
von Berta weg. Statt eines Zieles sah er
eine Frage. — Verfluchter Unsinn! brüllte der
Reiter in ihm auf: das Band ist das Ziel;
alles andere kommt jetzt nicht in Betracht, und
er ließ den Terken einen Probegalopp machen.

„Wer auf einen anderen Gaul setzt als auf
den Terken, wirft sein Geld weg," bemerkte
Onkel Tom, der kein Rennen versäumte, zu
seiner in der Ehe mit einem anderen Gastwirt

recht üppig gewordenen Tochter Franziska, die ihrerseits von seligen Erinnerungen aus der Jugendzeit durchwogt war, als sie den schönen Offizier galoppieren sah, dem ihre Jungfernschaft geopfert zu haben sie keineswegs bereute. „Schön war's doch!" sann sie vor sich hin und stellte die elfjährige Henriette Felicitas, kurz Jettchen genannt, auf die Schranke, damit sie ihren Papa recht genau sehen konnte.

Onkel Tom aber winkte unausgesetzt mit seinem borstigen Zylinderhute, bis er es auf allgemeinen Einspruch unterlassen mußte. Er hatte fünfhundert Mark auf den Terken gesetzt, und er konnte sich das leisten, denn heute früh war John bei ihm erschienen und hatte das Halsband aus Opalen zurückgekauft, wobei John tausend, er aber viertausend Mark verdient hatte, nicht gerechnet den schönen Schnitt bei der Erwerbung des Schmucks.

— Solche Zeiten kommen nicht wieder! dachte sich Onkel Tom, der es dem Lyrischen Kükensalat zu verdanken hatte, daß er jetzt kein Budiker mehr war, sondern sich Hotelier nennen durfte.

„Donnerwetter, jetzt det Aas ins Zeug!" rief er aus, als das Feld gestartet hatte und der Terke sich sofort in rasender Flucht an die Spitze setzte.

„Er hat's schon! Er hat's!" rief er nach der ersten Runde, als der Terke, alles übrige weit hinter sich lassend, vorüberbrauste.

„Haste jesehn, Fränze!" schrie er beinahe,
„haste jesehn, wie er über den Wasserjraben
weg is? Jeflogen is er! Jeflogen! Hätt' ich
doch bloß nen braunen jesetzt! Viel kommt ja
nich 'raus, aber 'n bisken is ooch wat."

Da, als das Feld den Augen der Sattelplatz-
besucher entschwunden war, erhob sich auf der
Tribüne ein Gemurmel.

„Was is 'n los?" grunzte Onkel Tom und
drehte sich um. Er sah, daß das Tribünen-
publikum erregt nach einer bestimmten Richtung
hin gestikulierte und die Logeninhaber sich
sämtlich erhoben, und es fiel ihm auf, daß
eine Dame in Blau eilig die Treppe hinablief.
Und nun kam auch die Kunde schon beim
Sattelplatz an: der Terke war hinter der Stein-
mauer zusammengebrochen, Pferd und Reiter
lagen wie in einem Knäuel. Die Tausende,
die auf den Favoriten gesetzt hatten, waren
konsterniert, niedergeschlagen, wütend, empört,
aber ihre Ausrufe, ihr Gemurmel ging in einem
merkwürdigen, halb verhaltenen Rauschen unter,
das die nun verdoppelte Spannung der Menge
zum Ausdrucke brauchte, die, zu neuen Hoffnungen erregt, mit neuen Chancenabwägungen
beschäftigt, bereits kein Interesse mehr für den
offenbar endgültig erledigten Favoriten hatte.

So die Menge, aber nicht Berta.

„Ist er tot?" war ihr einziger, starrer
Gedanke. Er drückte — nicht ganz den Wunsch
aus, daß er es wäre. Und je mehr und mehr

überraschte sie die Empfindung, daß sie seinen Tod nicht wünschte, daß sie ihn — lebend ihren Händen überantwortet sehen wollte. Nur das? Nur der Wunsch nach einer Möglichkeit der Rache? Nicht auch etwas wie ...?

Ihrer kalten, harten Natur war ein Stoß versetzt worden, der sie verwirrte. In ihrer Entsetztheit war Schreck, Freude, Bangen, Wollust, Grauen und ein böses Gefühl der Genugtuung. Ihre Ungewißheit drängte sie wie zu dem Lebenden, so zu dem Toten. Sie hätte quer über die Bahn rennen mögen, nur um zu wissen, woran sie war.

Aber schon, wie sie am Fuße der Treppe angelangt war, hatte sie sich wieder.

Der Prinz, der hinter ihr her eilte, stellte sich kurz vor und geleitete sie zum Zimmer der Rennleitung, ihr schnellste Nachricht versprechend.

Sie erwartete ihn mit aufeinandergebissenen Lippen. Wenn der Prinz in den Darstellungen der antiken Mythologie bewandert gewesen wäre, würde er einen medusenhaften Zug in ihrem Ausdrucke erkannt haben, als sie das Gesicht stumm fragend zu ihm erhob.

Er verkündete: „Nichts von Bedeutung. Kleine Gehirnerschütterung. Wenigkeit gebrochen. Bewußtlos. Aber kaum gefährlich. Der Terke leider fertig. Schon Kugel. Schade um Gaul. Wahres Unglück. Unbegreiflich. Wie das ganze Rennen. Graf zum ersten Male nicht auf gewohnter Höhe. Trotzdem weitaus erster Sieger der Saison. Immerhin: sehr schade für Stall. Terke unersetzlich."

Berta lächelte und bat den Prinzen, dem Grafen zu sagen, daß sie glücklich sein werde, als Erste etwas Gutes von seinem Zustande zu erfahren.

— Wenn die nicht Rasse hat, dachte sich der Prinz, hab' ich auch keine. — Er hatte damit die höchste Anerkennung in sich produziert, der er fähig war.

Noch am selben Abend erschien John bei Krakers und gab einen Brief und ein Paket ab. Der Brief lautete so:

„Meine teuerste Berta!

Trotz fürchterlichen Schädelwehs und sonstiger Schmerzen meinen Gruß und das Versprechen, daß ich morgen früh komme. Als Vorboten schick' ich Dir das, was Dein Eigentum ist seit einer Stunde, die ich als die schönste meines Lebens immer verehrt habe. Jeder dieser Opale ist ein Schwur unwandelbar treu ergebener Angehörigkeit

Deines

Henry Felix."

„Was war denn das für eine Stunde?" fragte Sanna. „Er hat dir diese wundervolle Kette geschenkt und doch nicht gegeben?"

„Weil ich sie nicht genommen habe," antwortete Berta.

„Aber jetzt?..." fragte Sanna etwas ängstlich.

— „Jetzt gehört sie mir."

Die glückliche Mutter schloß die Tochter in die Arme und weinte Tränen der Freude.

Bertas Augen aber leuchteten.

Als am nächsten Vormittage der unwandelbar treu Ergebene erschien, den linken Arm in der Binde und ein ganz klein bißchen hinkend (gerade so viel, daß es interessant, aber nicht unästhetisch wirkte), trug Berta die Opale zu dem türkisblauen Kleide.

Felix litt noch an einem dumpfen Kopfschmerz, der seine Stimmung stark herabdrückte; als er aber Berta vor sich sah, überwallte ihn ein großes Gefühl, und er legte seinen rechten Arm um sie und küßte sie auf den Mund.

Sanna schluchzte auf, und Jeremias konnte es nicht unterlassen, zu sagen: „Gott segne euch!"

Beides, das Schluchzen und der Brautvater= spruch, war dem Brautpaare herzhaft zuwider, und Berta sowohl wie Felix beschlossen, fürder= hin keinen Anlaß mehr zu Gefühlsausbrüchen zu geben.

Sanna wäre jetzt gern ein bißchen über= schwänglich geworden, und auch Jeremias fühlte das Bedürfnis, eine kleine Ansprache über den erfreulichen Gegenstand zu halten, der dieses Zusammensein nach seiner Meinung zu etwas Feierlichem gestaltete und gemeinsame innere Einkehr zur Pflicht machte, aber Berta lenkte das Gespräch sofort auf das Rennen, und Felix ging hurtig darauf ein.

Er schilderte den Hergang in geschickter Zu=
richtung auf Berta, indem er erklärte, ihr
blaues Kleid habe auf ihn gewirkt wie jene
Blendspiegel bei den antiken Wagenrennen, mit
denen die Gegner sich bemühten, die Gespanne
der feindlichen Partei in Verwirrung zu bringen.
„Ich sah nur dich. Du hast mich geblendet.
Zwar nicht aus Feindschaft, aber mit etwas
Mächtigerem: mit deiner Schönheit. Und wenn
ich das Genick gebrochen hätte: es wäre ein
herrlicher Tod gewesen. Aber mein Schicksal
will, daß ich nicht in deiner Schönheit sterbe,
sondern für deine Schönheit lebe. Nur der
arme Terke mußte daran glauben. Ich habe
deiner Schönheit das edelste Pferd des Konti=
nents geopfert und damit meine Laufbahn als
Herrenreiter. Denn dies ist mir klar: Da ich
nicht vor dir siegen sollte, soll ich überhaupt
nicht mehr siegen. Mir winken jetzt höhere
Ehrenkränze, schönere Ziele. Mit dir vereint
will ich ihnen nachstreben."

Sanna und Jerimias waren entzückt. Berta
lächelte bloß.

Felix schloß seine schöne Rede: „Ich war glück=
lich im Sattel und siegte, bis mich das Licht
deiner Schönheit in den Staub warf."

„Wie Paulum das Licht vom Himmel nahe
bei Damaskus, Apostelgeschichte 9. Kapitel,
Vers drei," warf Jeremias ein.

— „Ja, es war mein Damaskus, und wie
Saulus damals zum Paulus wurde, so will

ich aus dem glücklichen Sieger Felix, jetzt Henry Felix, der wonnevoll Besiegte werden, Henry für dich, wie früher, Felix nur für die, denen ich äußerlich angehöre."

— Was für ein guter, lieber, edler Mensch! dachte sich Sanna.

— Wie hat sich diese Seele im Feuer der Erkenntnis geläutert! meinte Jeremias bei sich.

— Er ist und bleibt der Narr seiner Eitelkeit, konstatierte ruhig und befriedigt Berta.

Wobei sie so holdselig lächelte, daß Henry Felix aufs sicherste und angenehmste davon überzeugt wurde, ihr innig imponiert zu haben.

DRITTES KAPITEL
Am häuslichen Herde

Erstes Stück: Beklemmender Auftakt

Ehe Henry Felix zur Hochzeit nach Hamburg reisen konnte, hatte er böse Prüfungen in der Muschel zu überstehen.

Da er die bestimmte Empfindung hatte, daß die Gräfin schwierig werden und ihm eine heftige Szene machen würde, wenn sie von seiner Absicht, zu heiraten, erfuhr, hatte er eine öffentliche Verlobungsanzeige vermieden, gleichzeitig aber einen sehr frühen Hochzeits= termin festgesetzt, um das Unvermeidliche so schnell als möglich hinter sich zu haben. Mittler= weile kam er seinen Pflichten als Jussuff mit der besonderen Beflissenheit des schlechten Gewissens nach und ließ sich nicht das mindeste anmerken.

Die ahnungslose Zelmi schwamm in tausend Wonnen, und, als Prinz Assi es sich nicht hatte verkneifen können, von der schönen Ham= burgerin in Blau zu erzählen, die für den gestürzten Grafen ein so lebhaftes Interesse an

den Tag gelegt hatte, gab sie die Legenden,
die sich sofort daran geknüpft hatten, im Muschel=
bette lachend wieder und meinte: „Siehst du
nun, daß ich nicht eifersüchtig bin? Ich habe
dir deine schöne amerikanische Puppe gegönnt
und gönne dir auch deine himmelblaue Ham=
burgerin, obwohl die vielleicht gefährlicher ist,
weil sie offenbar etwas Gefühl für dich hat.
Aber eine wirkliche Gefahr kann ich in all
diesen Wesen nicht erblicken, die bloß für die
liebe Eitelkeit oder das obligate Amüsement
der Herren der Schöpfung da sind. Ihr habt
nun mal eure nicht ganz stubenreinen Reservat=
rechte, ihr großen Sultane. Bloß Bürger=
weibchen können sich darüber nicht hinwegsetzen.
Wir Aristokratinnen haben die Duldsamkeit im
Blut von wegen der vielen Liebeswilderer unter
unseren Vorfahren. Ich möchte gar nicht, daß
mein türkischer Jussuff ein deutscher Joseph
wäre, der irgendeiner geschminkten Potiphar
das Mäntelchen zurückließe und mit roten
Keuschheitsbäckchen davonliefe. Es bereitet mir
sogar eine Art Genugtuung, zu wissen, daß du
kein Duckmäuser bist und, vor allem, daß du
mich in meinem Selbstgefühle nicht erniedrigst
durch die Wahl von Gelegenheitsdamen aus
dem Durchschnitt. Je mehr ich höre, wie über
alle Maßen schön und elegant die Liebeskünst=
lerinnen deines Umgangs sind, um so mehr er=
kenne ich die Höhe des Ranges, den ich ein=
nehme. Du huldigst m i r durch deinen Geschmack,

und ich würde mich dieser Huldigung unwürdig erweisen, wenn ich so geschmacklos wäre, auf die là-bas eifersüchtig zu sein."

Als aber, woran der glückliche Bräutigam gar nicht gedacht hatte, das gesetzlich vor= geschriebene Aufgebot im Regierungsboten er= schienen war, änderte sich die Tonart der duld= samen Aristokratin mit einer Heftigkeit, die alle seine Befürchtungen weit hinter sich ließ.

Die Gräfin erschien in Hainbuchen, obwohl nicht Muscheltag war, wartete die Meldung durch John kaum ab und trat dem erschrockenen Henry Felix, der eben mit der Ordnung aller an ihn gerichteten Briefe Bertas beschäftigt war und das letzte Bild der zukünftigen Gräfin Hauart mitten zwischen diesen vor sich liegen hatte, dicht unter die Augen, zog den Regierungsboten aus ihrem Täschchen und sagte: „Ist das wahr?"

Henry Felix warf mechanisch einen Blick auf das Blatt, las seinen und Bertas Namen und — lächelte.

Es war aber ein verzerrtes Lächeln, ein Lächeln wider Willen, wie es manche Kinder angesichts der Rute zeigen; der letzte Versuch einer Bitte und schon der Übergang zu einem abwehrenden oder trotzigen Schrei.

In Ernas Augen war es eine höhnische Grimasse.

Sie ließ ihn nicht zu Worte kommen und sagte, scheinbar ruhig, aber mit einem Tone tiefster Empörung, Verachtung, Drohung: „Lügner!"

Der erste Schlag war gefallen; Henry Felix lächelte nicht mehr; er trotzte.

„Was fällt dir ein!“ sagte er leise; „ich habe dir nie versprochen, nicht zu heiraten.“

Die Gräfin lachte kurz auf: „Willst du mich nicht vielleicht auch darauf aufmerksam machen, daß wir kein Ehepaar sind, daß nichts Schriftliches zwischen uns existiert, daß du keine ‚Pflichten vor Gott und der Welt‘ gegen mich hast? Daß du im Rechte, daß du frei bist? Daß eine verheiratete Frau, die deinetwegen die Ehe gebrochen hat, keinen Anspruch auf Rücksicht hat? Daß sie froh sein muß, wenn du vielleicht künftig so liebenswürdig sein willst, Gleiches mit Gleichem zu vergelten und einmal deinerseits die Ehe mit ihr zu brechen?“

Henry Felix hatte in der Tat derartiges sagen wollen, und er wußte nun, da er dies nicht sagen durfte, gar nichts zu sagen.

Er spielte nervös mit den Briefen Bertas und warf einige von ihnen auf das Bild, um es zu verdecken.

Aber der Gräfin entging dieser Versuch nicht. Sie ergriff das Bild, warf einen haßvollen Blick darauf und sagte bös und verächtlich: „Das ist also das himmelblaue Fräulein Kraker aus der Hamburger Verwandtschaft, das an der Grafung teilnehmen soll.“

Das war der zweite Schlag, und der traf anders als das Wort Lügner.

Henry Felix wurde blaß vor Wut; seine

Zähne schlugen aufeinander; er machte einen Schritt auf die Gräfin zu, riß ihr das Bild aus den Händen und knirschte: „Du gehst zu weit. Ich rate dir, in diesem Tone nicht mit mir zu reden. Nicht in diesem Tone! Sonst, — was du willst."

Die letzten Worte waren nicht verächtlich gemeint, aber sie klangen so, und Erna hörte aus ihnen überdies ein Wort heraus: Schluß!

Ein Zittern lief über ihren ganzen Körper. Sie mußte sich mit den geballten Händen auf den Tisch stützen, um nicht vornüber zu fallen. Es wurde ihr rot vor den geschlossenen Augen, dann schwarz. Als sie die Augen öffnete, starrte Haß und Verzweiflung den noch immer im Tiefsten Wütenden, zu jedem trotzigen Widerschlag eben noch Entschlossenen, nun aber vor der maskenhaften Starre dieses feindselig schmerzlichen Ausdrucks heftig Erschreckenden an.

Er flüsterte, fast bettelnd: „Beruhige dich doch. Nimm nicht so schwer, was Notwendigkeit mich zu tun zwingt und was durchaus kein Grund zur Feindschaft zwischen uns ist. Erhalte mir deine Freundschaft, ohne die ich nicht leben kann. Behalte mich in deinem Herzen, wie ich dich in meinem behalte." Er reichte ihr die Hand hin. Sie starrte darauf, wie auf eine unbegreifliche fremde Erscheinung. Die steile Falte zwischen ihren Brauen wurde noch tiefer. Etwas Ratloses, Irres kam in ihren Blick. Dann schüttelte sie langsam den

Kopf und sagte: „Ich kann nicht neben einer anderen in deinem Herzen sein. Du hast nur die Wahl zwischen ihr und mir. Überleg' dir's."

„Aber ich darf ja nicht mehr zurück!" rief Henry Felix gequält und trotzig zugleich aus. „An dir ist's, zu überlegen, ob es verständig und in unserm gemeinsamen Interesse ist, sich gegen etwas Unabwendbares feindselig aufzulehnen."

— „Etwas Unabwendbares."

Erna nickte langsam mit dem Kopfe und fuhr sich mit dem Rücken ihrer weißbehandschuhten Rechten über die Stirn.

„Es ist gut," fuhr sie müde fort. „Ich gehe. Wenn die Gräfin Hauart hier ein- gezogen sein wird, hörst du wieder von mir."

— Sie vermied es, ihn anzusehen, blickte leer über den Tisch weg und flüsterte: „Es wird in der Tat verständig und jedenfalls in meinem Interesse sein, daß ich nicht unter denen fehle, die das junge Paar zur Hochzeit beschenken. Denn es würde auffallen, wenn ich allein es unterließe, mich mit einer Gabe einzustellen. Und wir haben ja bisher alles Auffallen so schön vermieden."

Sie drehte sich um und ging langsam hinaus.

„Erna!" rief Henry Felix ihr schmerzlich nach.

„Ja, ja!" klang's unter der Tür zurück.

Henry Felix wußte nicht, als was er sich diese seltsame doppelte Affirmation auslegen

sollte. Er fühlte nicht, welches Maß von
Verneinung darin lag. Er spürte nur, daß
etwas Endgültiges ausgesprochen war.

Und das war ihm im Grunde nicht un=
angenehm.

— Zwei Ehefrauen, meinte er bei sich,
wäre des Guten am Ende doch zu viel. —
Und: Einmal mußte die Sache doch ihr Ende
nehmen. — Und: sie tut mir ja leid, aber
schließlich kommt sie so schneller und besser
drüber weg, als wenn wir uns langsam hätten
auseinanderlösen müssen. — Und: Wenn sie
zur Ruhe gekommen sein wird, wird sie ein=
sehen, daß ich mich durchaus rücksichtsvoll be=
nommen habe. — Und: Unangenehm war die
Szene gewiß, wie jede Amputation, aber ich
konnte mir keinen besseren Abschluß wünschen.

Damit war die Sache für ihn erledigt, und
er vergaß den letzten Besuch Zelmis bald
über den vielen Besorgungen, die ihm jetzt
oblagen.

An etwas anderes, das er längst vergessen
hatte, erinnerte ihn ein Brief, der kurz nach
der Veröffentlichung des Aufgebotes bei ihm
eintraf und folgenden Wortlaut hatte:

„Mein lieber Henry!

Dein Leben und Dein Glück hat mich
überallhin begleitet, obgleich ich nur selten
in Deiner Nähe gewesen bin (doch habe ich
Dich zweimal siegen sehen, mein geliebter

Kosak: einmal in Baden=Baden, einmal in Carlshorst), und so weiß ich denn auch, was am 15. Dezember in Hamburg geschehen wird. Ich wußte es schon, als ich Deine Nennung für das letzte Rennen las. Einen Moment war ich unschlüssig, ob ich nicht hinreisen und Dich abhalten sollte, das Haus aufzusuchen, in dem ich Dich zum ersten Male aufgesucht habe. Ich habe es unterlassen, weil ich mir sagte: er will diese Gefahr be= stehen, also soll er sie haben. Der Männer Spielzeug ist die Gefahr. Gut, daß er ein Mann ist. Und: mit dieser Gefahr muß er sich auseinandersetzen. Es ist besser, sie lauert ihm nicht von ferne auf. Er wird sie in der Nähe sicherer erkennen, und er wird sie dann eher beseitigen können. — Du siehst, ich denke über die Sache um keinen Schatten besser als früher. Der glückliche Bräutigam wird jetzt anders darüber denken. Das ist sein Bräutigamsrecht. Aber die Pflicht des Ehemanns wird sein, gut aufzu= passen und nicht um die Gefahr herum, sondern ihr gerade ins Antlitz zu sehen, — wie immer es sich auch maskieren möge. — Da ein verliebter Mann aber Zustände von Blindheit zu haben pflegt, bestehe ich darauf, daß die zwei wachen und scharfen Augen bei ihm sind, die ich zu Wächtern über sein Glück bestellt habe. Meine schwarze Dienerin wird, so schwer es mir und ihr fällt, sich von mir

trennen, um zu Dir zu kommen. Hinterlasse
Anweisungen, daß sie auch während Deiner
Abwesenheit in Dein Haus aufgenommen
wird. Ich brauche Dir nicht zu sagen, daß
Deine Frau nie erfahren darf, von wem sie
gekommen ist, und daß sie sich nur taub und
blöde stellt. Lala wird sich nie verraten,
und die künftige Gräfin Hauart wird bald
darauf schwören, daß sie in ihr eine schwarze
Perle besitzt. Es gibt nichts Verschlageneres,
Heimtückischeres, Grausameres gegenüber
jedermann, mich und nun Dich ausgenommen,
als diese meine ,dunkle Schwester'. Laß
diesen Namen als eine Wahrheit und Sicher=
heit in Dich dringen. Ich bin bei Dir,
wenn Lala bei Dir ist. In Person aber
werde ich an Deiner Seite sein, sobald es
not ist, sobald die Entscheidung fällt, durch
die die Gefahr endgültig beseitigt werden
wird. — Inzwischen, mein teurer, teuerster
Henry, genieße, was an ihr zu genießen ist.
Daß Du nicht das finden wirst, was man
Liebe nennt, wird Dir bald aufgehen. Dieser
Mangel wird Dich nicht drücken. Du gehörst
nicht zu denen, die dieses Gefühl, das eine,
vielleicht, schöne Einbildung, aber nur für die
Schwachen im Fleische, ist, brauchen, um
glücklich zu sein. Laß diese Einbildung
immerhin zuweilen in Dir lebendig werden.
Sie gibt den Dingen des Genusses goldige
Farbenränder und einen schönen, satten, tiefen

Hintergrund. Aber mehr als eine Fata Morgana des Gefühles ist sie nicht, — wenigstens nicht für Deinesgleichen. Darum: hänge Dein Herz nicht an diese Farbenspiele und bedenke, daß sie so wenig etwas Reelles sind, wie das Bild in einem Spiegel. Du aber und die Wollust des gebenden Nehmers, der aber auch im Geben Nehmer ist, sind etwas lebendig Wirkliches. — Glaube mir, mein innig Geliebter, den ich mit einer Liebe umfasse, die mit jener Fata Morgana nichts zu tun hat, denn es ist jene einzige, aus den Sinnen kommende und doch unsinnliche Liebe, die lebendige Wirklichkeit ist, — glaube es mir: Du bist nur einer Liebe fähig, und das ist die Liebe zu Dir, zu Deinem Schicksal und damit, ich hoffe es, zu mir. Die goldfarbigen Ränder werden an den Dingen des Genusses, den Du jetzt ersehnst und bald genießen wirst, nicht lange vorhalten. Laß Dich das nicht kümmern und sei nicht enttäuscht. Es liegt so in Deiner Natur, die dafür nur um so intensiver wirklich genießen darf. Und es liegt in diesem Falle auch daran, daß Deine Partnerin darin genau wie Du angelegt ist, wenn auch auf anderer Grundlage. Nun, der Tag kommt bald, wo Du den Urtext ihrer Empfindungen aus ihren Augen und — Handlungen lesen wirst. Den Kommentar dazu wird Dir meine dunkle Schwester liefern.

Ich schließe Dich, mein einzig Geliebter, in die Arme und küsse Dich auf Mund und Stirn.

Deine Freundin

von Grund aus und in alle Ewigkeit."

Wenn auf dem Grunde seiner Seele noch ein Rest der Beklommenheit war von der Szene mit Erna her (denn Vergessen ist noch nicht Vertilgen), und wenn auch sonst noch mancherlei unsicher Aufdrängendes, Verdunkelndes, Bedrückendes seine Bräutigamsgefühle zuweilen wolkenschattenhaft verdüsterte, — dieser Brief erfüllte ihn mit einer warmen Zuversicht voller Gewißheit und Selbstgefühl.

Der beklemmende Auftakt zur Ouvertüre der großen Oper seiner Ehe (wie er sie sich vorstellte) war verklungen: von hundert Geigen säuselte die Melodie eines leisen heißen Südwindes über dem Ozeangemurmel des ganzen Orchesters drängender, treibender, schwellender, wogender, aus wimmelnden Tiefen aufwärts rauschender leidenschaftlicher Begierde auf.

Zweites Stück: Sinfonia erotica

Sanna und Jeremias hatten sich unter der Hochzeit der „Kinder" ein inniges Familienfest unter Zuziehung einiger Pastoren vorgestellt, mit kleinen, weiß gekleideten Mädchen aus der Verwandtschaft, die Blumen streuten und sinnige Gedichte aufsagten, und schüchtern fröhlichen

Brautjungfern, die ein paſſendes Lied einſtudiert
hätten, das unter Harmoniumbegleitung auf die
höhere Bedeutung der Ehe hinwies. Dann
ein gutes, feſtliches Mahl mit einer Anſprache
des Brautvaters, einigen Reden der Paſtoren und
zum Schluß vielleicht einem mehr heitern Toaſt des
Traktätchenverlegers aus Sannas Familie, der
trotz ſeiner ernſthaften Verlagsrichtung nach dem
einſtimmigen Urteil der Verwandtſchaft eine
„humoriſtiſche Ader“ beſaß.

Nichts von alledem geſchah. Nichts von alle=
dem. Braut und Bräutigam waren unerbittlich.
Sie lehnten durchaus jede Feierlichkeit ab und
hielten nach der Trauung nur eine Art Cercle
im Hauſe der Eltern inmitten der betreten
herumſtehenden elterlichen Sipp= und Magen=
ſchaft, zwiſchen deren ſchwarzen Röcken und
Kleidern die prächtige Uniform des jungen
Gatten und die blendend ſchöne Pariſer Toilette
der jungen Frau ſich ausnahmen wie der Bruſt=
glanz und die Schweifpracht von Paradiesvögeln
zwiſchen Krähen und Raben. Dann tauſchten
ſie die obligaten Abſchiedsküſſe mit den Eltern,
die für alles, was ihre herzensharte Frömmig=
keit je an ihnen geſündigt haben mochte, durch
die Unherzlichkeit dieſes Abſchieds, die zumal
Berta nicht im mindeſten auch nur zu bemänteln
für nötig hielt, überſtreng beſtraft wurden.
Die gräflich hauartſche Equipage, mit zwei
prachtvollen Iſabellen beſpannt, John in höchſter
Gala neben einem unendlich vornehmen Kutſcher

auf dem Bocke, führte sie in das exklusivste Hotel der Stadt.

Die beiden Alten blieben mit dem dumpfen Gefühl zurück, nun auch ihr zweites Kind ganz und für immer verloren zu haben. Kondolenzstimmung lastete auf der mehr noch bedrückten als beleidigten Hochzeitsgesellschaft, die sich bald still empfahl.

Sanna und Jeremias, zwei Gebrochene, sahen sich stumm an. Die alte harte Frau wurde weich und weinte, wie ein Kind aufschluchzend und in ratloser, rührender Verlassenheit um sich blickend. Jeremias nahm sie an der Hand und führte sie zum Sofa. Er setzte sich, ihre linke Hand immer in seiner rechten behaltend, neben sie und streichelte ihre nassen Backen mit seiner Linken. Er weinte nicht, aber in seiner Stimme waren Tränen, als er sprach: „Nun haben wir bloß noch unsern Gott, in dem wir sterben wollen, Sanna. So schlimm hat uns nicht einmal Karl verlassen."

„Nein, nicht so schlimm," schluchzte Sanna auf. „Womit haben wir das verdient, Jeremias? Womit!?"

„Das laß bei Gott," sagte der alte Mann. „Er wird's wissen, warum er uns so hart bestraft. Wir dürfen nicht murren."

„Aber ich ertrag' es nicht, Jeremias. Nein, ich ertrag' es nicht," weinte Sanna. „Es hat mir das Herz zerrissen, wie ich in ihren Augen nichts sah, als die kalte Freude, fortzukommen;

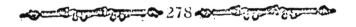

fort von uns, Jeremias, wie von zwei Feinden.
Und . . . ich . . . hab' . . . sie doch . . . so . . .
geliebt!"

Jeremias drückte ihre Hand.

„Man könnte wohl schwach werden, Sanna,"
sagte er, „und irre. Ja, weine nur, weine!
Weine über uns und über sie! Das kann
nicht Sünde sein. Aber halte dich fest im ge=
treuen Glauben. Wir haben sonst nichts, das
uns noch stützen könnte auf dem letzten, und
so Gott will, kurzen Wege."

Da wandte sich Sanna voll zu ihm und
legte ihre freie Hand auf seine Schulter. „Doch,
Jeremias," sagte sie innig, „nun haben wir
uns. Erst jetzt haben wir uns. Ach Gott,
erst jetzt. Wir waren keine rechten christlichen
Eheleute, Jeremias; nein, wir waren's nicht.
Wir sind immer verschlossen nebeneinander her=
gegangen, jeder mit seinen eigenen Gedanken.
Ach, Jeremias, wir sind zu hart gewesen, gegen
uns selbst zu hart, und gegeneinander zu hart,
und am schlimmsten hart gegen die Kinder.
Ich kann nicht mehr, Jeremias, ich kann nicht
mehr. Du mußt mich halten und gut zu mir
sein!"

Da mußte Jeremias weinen, und sie sprachen
nicht mehr.

*

Indessen kleidete Henry Felix seine Gattin aus
und sank vor ihrer nackten Schönheit in die Knie,
die herrlicher war, als alles, was er von ihr

geträumt hatte, und viel herrlicher als alles,
was seine Augen je gesehen, seine Hände je
gefühlt hatten.

„Du bist ein Wunder!" rief er aus und
küßte ihr Füße, Knie, Scham und Brust. „Auf
der ganzen Welt ist keine Schönheit wie deine.
Du bist das Schönheit gewordene heilige Leben.
Und wenn du eine Verbrecherin wärst und
keinen Gedanken hättest, als meinen Mord,
und ohne alles Gefühl für mich, außer Haß
und Abscheu, — ich müßte dich lieben und an-
beten und jede Schändlichkeit deiner Gedanken
und Gefühle verehren, weil sie aus diesem
vollkommenen Frauenleibe kommt. Wie deine
Brüste sich absetzen von der vollen Brust, spann-
weit auseinander, jede ein Kleinod für sich,
zugespitzt zu zwei rosahauchigen Teerosenknospen,
in leisester Schwellung aber dennoch sich ver-
einigend, fest und gefügig wie zwei zellenreiche
Früchte des Südens, prall voll Saft und eine
Haut straffend, für die jeder Vergleich eine
Beleidigung wäre; wie eine leise Falte, mehr
Andeutung als Unterbrechung, zu den Achselhöhlen mit den kleinen goldseidenen Locken
hinüber, hineinschwingt; wie edel und voll der
Hals sich ansetzt; in welch holder, sanfter, süßer
Schräge die Schultern abfallen bis zu der
wollüstigen Rundung des Armansatzes; wie
wonnevoll der Leib gegliedert ist, nichts Masse,
nirgends Verschwommenheit; wie sanft geschlossen
die schlanken, festen und doch nicht harten

Schenkel sich berühren, als müßte dein Fleisch
sich selbst liebkosen mit dieser Haut, die wie
die Wollust selber duftet, und die nur anzurühren,
schon volle Wollust ist; wie kindlich weich und
weiblich rund deine Knien sind; deine Waden
wie sanft und doch bestimmt geschwungen; deine
Füße wie edel und fest in der Gliederung, jede
Zehe ein Kunstwerk, jeder Nagel ein Juwel,
ganz gleich an Schönheit deiner Göttinnenhand,
von der ein Schlag selbst Glück, ein Streicheln
Seligkeit sein muß, — ach, Berta, Einzige,
Ewige, ich schwöre dir, daß ich dich immer ge=
träumt habe wie den Inbegriff alles dessen,
was zur Liebe reizt und den Mann zum be=
sinnungslos selig unterwürfigen Sklaven macht,
daß aber auch meine entzücktesten, bis zur
Raserei brünstiger Sehnsucht überschwingenden
Träume nichts waren als schwache, leere Vor=
spiegelungen deiner Wirklichkeit, die jeden Traum
zur schwächlichen Albernheit stempelt."

Er legte seine Hände in ihre Achselhöhlen,
ließ sie hinabstreichen an den Seiten, umfaßte
die schwellende Rundung hinterhalb der Schenkel,
drängte leise die sich berührenden auseinander,
schob seinen linken Arm dazwischen, legte seinen
rechten um Rücken und Brust und trug sie
zum Bett.

Da wurde Berta ihrem Schwure untreu, nie
Karls zu vergessen in Henrys Gegenwart. Sie
vergaß sich selbst in einer so wollustvollen Hin=
gabe, daß sie nichts fühlte, als diese Mannheit

über, um, in sich, — daß es ihr schien, als sei
sie selbst zu einem Teile dieses Mannes geworden,
oder dieser Mann das wichtigste Organ ihres
Körpers, sie umschließend mit einem Geäder
strömender Kraft, oder er und sie ein neues
Wesen, untrennbar ineinander übergegangen wie
zwei Wellen, Tropfen für Tropfen vereinigt,
heiß erfüllt, stromvoll durchbraust, wonnevoll
bewegt von einem Triebe, einer Stärke, einer
Lust.

Sie dachte nicht nach, wie das sein konnte,
da dieser Mensch, der jetzt Gewalt über sie
hatte bis zur Austilgung unabhängig eigenen
Selbstgefühls, der sie mit sich erfüllte bis in
die kleinste Ader, der es machte, daß sie Leben
jetzt nur fühlte in seinem Leben und damit ein
Leben, unendlich voller, mächtiger als jemals
Leben ihr bewußt geworden war: jede Sekunde
ein ganzer Lebensinbegriff, restloses Ausfühlen
und Vergessen der Existenz zugleich, — sie dachte
nicht nach, wie all dies so sein konnte, da dieser
Mensch ihr doch verhaßt und das Ziel ganz
anderer Wünsche ihres Herzens war. Er, der
Fremde, Feindliche, der Inbegriff alles Ver-
ächtlichen, Abscheulichen für sie, nahm sie so
ganz ein, daß selbst ihr Haß gegen ihn jetzt in
seinem Besitze war, aufgesaugt von seiner
Leidenschaft, zu einem Teil seiner Kraft geworden, wie alles, was sie an Lebenskraft
besaß und strömend hingab in einer unein-
dämmbaren Begierde, aufzugehen, hinzugehen,

ganz zu vergehen in einem wollustvollen Ver-
zehrtwerden.

Aber, wie sie keinen Haß fühlte inmitten
der ersten Flammen ihrer solange gebändigten
und nun schrankenlos frei gewordenen Sinnlichkeit, so fühlte sie auch keine Liebe. Sie küßte
ihn nicht, sie saugte an ihm. Ihr Mund hatte
keine zärtlichen Worte, nur Stöhnen. Wollte
er sprechen, so preßte sie seinen Mund auf
den ihren. Wenn er in den Pausen des
nachströmenden Genusses von ihr lassen wollte,
so umklammerte sie ihn nur noch fester, denn
seine Last schon war ihr Entzückung. Die
Augen hielt sie fest geschlossen, daß sie beinahe schmerzten. Finsternis wollte sie um sich
haben, samtene Schwärze, bläulich durchfunkt von
tropfenden Sternen oder wie mit gelben Blitzen
aus wirbelnden Lichträdern zerrissen. Und nichts
hören, als das Keuchen seines heißen Atems
über ihr und die eigenen stöhnenden Seufzer
der Wollust.

Alles, was sie je gelesen, alles, was die
eigene Phantasie ihr je zugetragen hatte aus
dem ziellosen heißen Ungestüm ihres Blutes,
alle Phantasmagorien aus dem leeren Gedränge
ihrer Selbstumarmungen sollten jetzt Wahrheit
werden. Sie wollte bis zu dem Punkte
dringen, wo aus Wollust Schmerz wird, aus
dem triumphierenden souveränen Genuß die
Verzweiflung des Unvermögens und daraus
wieder die Lust am Schmerzzufügen.

Sie wußte um alle Ekstasen, ihr Verstand wußte sie, und ihr Instinkt ahnte sie; in ihren Wünschen fehlte nichts, was Eros zu bieten, was das Tier mit dem doppelten Rücken zu leisten vermag. Was aber darüber hinausgeht: Psyches Mitgift an unanimalischen Werten, das Einswerden zweier Menschenherzen durch die Liebe, die den Genuß zur Innigkeit vertieft und aus dem Hirschpark das Paradies macht: das fehlte in ihrem erotischen Programm, wie die Melodie im Gewieher einer brünstigen Stute fehlt.

Ein Glück für Henry Felix, daß es fehlte. Solchen Wünschen hätte er nicht genügen können, denn auch er fühlte nur Brunst, nicht Liebe. Da aber bei ihm zur Begierde die Erfahrung kam, erwies er sich allen Anforderungen dieser gewitterisch stürmischen Brautnacht voller Spannungen und Entladungen völlig gewachsen, — von Gnaden seiner kräftigen Natur sowohl, wie mit Hilfe klug abwechselnder Kunst.

Wenn er trotzdem nicht imponiert, sondern nur nicht enttäuscht hatte, so lag das nicht an einer Insuffizienz seiner Fähigkeiten, sondern daran, daß Graf Henry Felix Hauart der Gräfin Verta auf diesem Felde der Tätigkeit zwar einstweilen Genüge zu tun vermochte, nicht aber imstande war, ihr auf irgendeinem Gebiete zu imponieren.

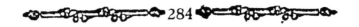

Drittes Stück: Intermezzo alla danza macabra

Nun hätte nach der Meinung des jungen Gatten in der großen Oper seiner Ehe so etwas wie ein prachtvoll feierlicher Ein- und Aufzug folgen sollen.

Henry Felix wußte zwar, daß seine Heirat in der Gesellschaft sehr gemischte Gefühle erregt hatte, in erster Linie, weil mehr als eine Familie dadurch um die Hoffnung ärmer geworden war, den interessantesten und reichsten Kavalier der Stadt einmal durch Einheirat zu den Ihrigen zählen zu dürfen, und dann, weil die Wahl einer geborenen Kraker nicht gerade als sehr gräflich empfunden wurde, aber er war überzeugt, daß die glänzend elegante und unbestreitbar höchst distinguierte Erscheinung Bertas die Herren zweifellos sofort, schließlich aber auch die Damen entwaffnen werde. Indessen begegnete das junge Paar bei seinen Besuchen doch einer, wenn auch nicht eben deutlichen, so doch immerhin fühlbaren Kühle. Es war ein Entree, dem offenbar die große Stimmung fehlte, und von dem hingerissenen Beifall, ohne den irgendein Schritt vor der Öffentlichkeit für Henry Felix etwas Niederdrückendes hatte, konnte keine Rede sein.

Im Pfründtenschen Hause hatte man nur den Grafen zu Gesicht bekommen, und auch beim Gegenbesuche fehlte die Gräfin. Indessen durfte der Grund dafür, nicht unbedenkliche Erkrankung, für bare Münze genommen werden, denn von allen Seiten wurde bestätigt, daß Gräfin Erna sehr leidend sei. Sie lasse sich nirgends sehen, nehme keinerlei Besuch an, und der Graf habe bereits zwei berühmte auswärtige Nervenärzte zu Rate ziehen müssen. Es scheine sich um einen Zustand allgemeiner tiefer Depression zu handeln, für die eine Erklärung offenbar schwer zu finden, Heilung wahrscheinlich nur durch einen Aufenthalt im Süden zu erhoffen sei. Doch lehne es die Gräfin mit Bestimmtheit ab, die Stadt zu verlassen.

Der Gatte der Gräfin Berta vernahm die schlimme Kunde mit Bedauern, war im Grunde aber doch froh, um das Zusammentreffen mit Erna in Gegenwart Bertas herumgekommen zu sein, und er hoffte, daß diese auf alle Fälle peinliche Begegnung auch bei der großen Abend= gesellschaft, die er darum recht bald zu geben sich entschloß, nicht stattfinden würde.

Indessen: Das gräflich Pfründtensche Paar nahm an.

Henry Felix erschrak, wie er seine ehemals so frische, blühende Zelmi sah. Sie schien um zehn Jahre gealtert und machte den Eindruck einer schwer Leidenden. Ihre fahl gewordene Haut hatte etwas Welkes bekommen, ihr Gang war müde, ihr Lächeln maskenhaft. Nur die Augen hatten einen sonderbaren Glanz. Aber es war et= was Starres darin, auch wenn sie niemand fixierte.

— Sie nimmt Arsenik, dachte sich der Graf, wie er ihren auf Berta gerichteten Blick beobachtete. Diese Augen sind wie vergiftet durch ein Stimulans.

Die beiden Gräfinnen wechselten nur wenige Worte, dann wandte sich Erna an Henry Felix und sagte laut: „Ich bereue es nicht, trotz meiner Krankheit gekommen zu sein. Es ist ein Genuß, so eine schöne junge Frau betrachten zu können, die so zuversichtlich und stolz ins Leben blickt, als gäbe es nichts Dunkles, Un-abwendbares."

Henry Felix wußte nur mit einer Phrase zu antworten, die schmeicheln sollte, aber wie eine Beleidigung wirkte.

Gräfin Erna trat nahe an ihn heran und flüsterte: „Auch ihre Stunde kommt. Diese Gewißheit ist meine letzte Freude. Oder glaubst du wirklich, ich bin hier, mich an deinem, ihrem Glücke zu weiden? Glaubst du, Ge-spenster kommen, um Lebenden Vergnügen zu machen? . . . Schweig'! . . . Ich weiß, du wärest froh, wenn ich nicht gekommen wäre. Und gerade darum bin ich gekommen. Du sollst dich nicht bloß sonnen dürfen, mein Lieber. Ich kenne deine Einbildung, ein Sohn des Glücks zu sein, dem nichts im Genusse stören kann, und ich will sie erschüttern. Du hast nicht umsonst einen Schatten aus mir gemacht. Er soll dich verfolgen."

Nach diesen Worten wendete sie sich kurz von ihm ab.

Während der Tafel saß sie im Rauschen des Gespräches, das sich mit der zunehmenden festlichen Stimmung mehr und mehr belebte und schließlich zu dem an= und abschwellenden Gewirre von Flüstern, durchdringenden Worten, aufklingendem Gelächter und lautem Durcheinanderreden wurde, wie es das Warmwerden bei üppigen Speisen und Weinen mit sich bringt, — bei alledem saß sie schweigend, in sich versunken da, kaum etwas zu sich nehmend, selten nur den Blick zur Rechten oder Linken wendend, aber manchmal starr zu Henry Felix hinübersehend, der unwillkürlich die Stirn runzeln mußte, wenn er sich von diesem unheimlich durchbohrenden und dennoch gleichgültig scheinenden Blick getroffen fühlte.

So heiter die Gesellschaft wurde, und so sehr er sich bemühte, mit heiter zu erscheinen, so unbehaglich war ihm zumute.

— Weiß Gott, dachte er sich, es sitzt ein Schatten am Tische.

Und er rief sich sein erstes „Zauberfest" in die Erinnerung zurück, das durch die jetzt so Düstere in seinem Gedächtnis lebte als das Fest der Farbe des Lebens. Damals war Frühlings Anfang nahe gewesen, und bald war jener Mai gekommen, der ihn so glücklich gemacht hatte durch den Stolz, die schönste Frau der Stadt gewonnen zu haben. Nur ein paar Jahre waren vergangen seitdem, und diese Schönheit war verwelkt. — Weshalb? — Durch seine

Schuld etwa? — Unsinn! Nur, weil diese da
den Sinn des heiligen Lebens nicht verstehen
wollte, wie er in ihm verkörpert war. Weil
sie den aberwitzigen Begriff der Treue dem
Leben aufzwingen wollte, das für solche Kon-
struktionen eines beschränkten Frauengehirnes
keinen Raum hat.

— Sie soll nach dem Süden gehen, sagte er
zu sich selbst; dort wird sie vielleicht lernen,
wie frei das starke, echte Leben von solchen
hyperboreischen Sentiments ist. Sie ist ja noch
jung, jünger als Berta. Was hindert sie, ihrem
Adalbert Hörner aufzusetzen, die ein andrer,
als ich, gedrechselt hat? In Sizilien, in Ägypten
findet sie geschickte Drechsler genug.

Der Oberst schlug ans Glas und hielt eine
soldatisch straffe Tischrede zur Begrüßung der
jungen Gräfin. Die Gläser klangen aneinander,
die Regimentsmusik, unter dem Säulengang
des Schloßeingangs draußen aufgestellt, blies
einen schmetternden Tusch, und wieder, wie damals, glühten die Lampen im Garten auf, er-
strahlten die Stallgebäude im roten Lichte des
Scheinwerfers. Aber der Garten war winter-
lich, ohne junges Grün, und das Ganze hatte
etwas Kaltes, Strenges.

Henry Felix sah, fühlte das nicht. In ihm
war nichts Winterliches, und selbst der Schatten
am Tische trübte nur vorübergehend die Sonne
seines stolzen Glückes, denn er sah, wie Berta
mehr und mehr bewundert wurde, und wie die

kühle Zurückhaltung der Gesellschaft ihr gegenüber einer deutlichen Anerkennung ihrer vornehmen, sicheren Art, sich als Dame des Hauses
liebenswürdig und edel gemessen zu bewegen,
wich. Und er bewunderte sie selbst und fand
eine stolze Genugtuung in dieser Bewunderung.
Wie ihre Augen leuchteten! Wie adelig jede
ihrer Bewegungen war! Wie fein und klug
sie zu reden, wie anmutig sie zu lächeln verstand! Und: wie strahlte ihre sieghafte Schönheit, gehoben durch eine Gesellschaftstoilette,
neben der alles übrige Kleiderwerk provinzial
kümmerlich wirkte. Diese geborene Kraker erschien unter diesen geborenen Aristokratinnen
als eine geborene Königin.

Ihr beglückter Gemahl warf einen ver-
gleichenden Blick auf die Gräfin Erna, und
dieser Blick sagte: Wegen dieser verwelkenden
Butterblume hätte ich auf diese in höchster
Frische und Pracht stehende Rose verzichten
sollen? Mag sie verschrumpfen, wenn sie keine
Kraft hat, weiter zu blühen. Ich bin der
Mann nicht, sich an kraftlos Verkümmerndes
zu ketten.

Und es war wahr: Gräfin Erna bot mehr
und mehr das Bild müder, versiechender Kraft,
je lauter und fröhlicher es an der Tafel wurde.
Es war, als fiele sie in sich zusammen, obwohl
sie sich äußerlich mit krampfhafter Anstrengung
steif aufrecht erhielt, zuweilen nervös laut auf-
lachend und sprunghaft gesprächig werdend.

Sie begann haftig zu trinken, als wäre plötz=
lich ein wütender Durst über fie gekommen
oder eine verzweifelte Begierde, sich zu berauschen.

Als die Tafel aufgehoben wurde, wankte
fie, griff mit beiden Händen nach der Stuhl=
lehne und fank wieder in den Stuhl zurück.

Ihr Mann und Henry Felix verließen ihre
Damen und eilten zu ihr.

„Ich bringe dich nach Hause," fagte Graf
Pfründten; „du hast dir zuviel zugemutet."

„O nein," antwortete fie; „es fieht fich nur
für den Augenblick fo an. Ich brauche Luft
und Ruhe. Luft und Ruhe. — Bitte, Graf,
laffen Sie fich von Ihren Hausherrnpflichten
nicht abhalten, und auch du, Adalbert, bitte,
forge dich nicht. Es geht alles vorüber. Alles.
— Geben Sie mir jemand mit, der mich in
den Garten begleitet, Graf. Bis zu Ihrem
Pavillon. Sie . . . zeigten ihn mir einmal.
Es steht ein Ruhebett darin."

Henry Felix erfchrak und murmelte: „Aber
um Gotteswillen, dort ist es kalt."

— „Eben drum. Ich brauche Frische. Hier
erfticke ich."

— „So darf ich gnädigste Gräfin wenigstens
felbst begleiten!"

— „Wo denken Sie hin! Ihr Platz ist jetzt
nicht in der Nicchietta. Ihr Platz ist an der
Seite Ihrer Frau. Geben Sie mir Brigida mit."

— „Wer . . . wer . . . ist das . . .? . . ."
Henry Felix erblaßte.

— „Seltsam, ich dachte, Ihre Negerin hieße so.‟

„Du phantasierst, Erna,‟ meinte ihr Mann; „wollen wir nicht doch lieber . . .‟

„Bitte, quäle mich nicht,‟ entgegnete sie und drückte seine Hand fest, indem sie ihn sonderbar tief ansah: wie eine flehende, maßlos Leidende.

„Tun Sie ihr den Willen, Graf!‟ entschied der Oberst. „Sie ist krank und weiß wohl am besten, was ihr jetzt dienlich ist.‟

„Ja, Adalbert,‟ sagte dankbar die Gräfin; „niemand weiß das; nur ich. — Und nun gehen Sie!‟ wandte sie sich fast herrisch an Henry Felix.

„Wie Gräfin befehlen!‟ erwiderte der, während Graf Pfründten wegschritt, und es klang etwas wie Trotz, aber auch etwas wie Angst durch. Dann: „Was hast du vor!? Ich lasse dich nicht allein!‟

Gräfin Erna sah ihn starr an: „Was ich vorhabe? Nichts! Ruhe! Und ich will ja auch nicht allein bleiben. Schick' mir die Schwarze! Den Schlüssel zur Muschel hab' ich bei mir. Einmal darf ich sie doch wohl noch betreten.‟

Sie schlug an ihr Täschchen, in der es klirrte.

Henry Felix wurde es immer unbehaglicher zumute. Er sagte sich: ich darf sie nicht gehen lassen, und er ergriff ihre eiskalte Hand, murmelnd: „Ich bitte dich! Ich flehe dich an! Bleib! Geh' jetzt nicht weg von mir!‟

— „Von dir? Wie du schön lügen kannst, wenn du bettelst! Wie du mir zum Ekel bist!"

In diesem Augenblicke rief Bertas Stimme: „Henry!"

Ihm war, als hörte er die Stimme des Lebens, der Liebe selber neben, über dem Geröchel des Todes und der Verachtung.

— „Sofort, Liebe! Ich komme!"

Und er ging.

Erna sah ihm leer nach. Ihre Lippen verzogen sich zu einem Lächeln voll Haß, Schmerz, Ekel.

Nach einer Weile trat Lala lautlos durch eine Türe und kam ebenso lautlos auf die Gräfin zu, die sie erst wahrnahm, als sie vor ihr stand. Sie erschrak vor dem häßlichen, unterwürfig grinsenden Gesicht der unbewegt vor ihr Stehenden.

Aus einem der Nebenräume klang ein Walzergesäusel von Geigen auf. Erna kannte den Text, schmalzig, wie die Weise:

> Laß mich nicht einsam sein,
> Komm, mich zu führen
> Tief in den Wald hinein,
> Dort sollst du spüren,
> Wie ich so lieb dich hab',
> Du, du, du, du, du, du!
> Liebe ist Seligkeit,
> Stürmen und Ruh'.

„Gehen Sie mir voran!" sagte die Gräfin barsch, gepeinigt von den unausstehlich zärtlichen,

girrend verliebten Tönen, mit denen sich ihr
der plattsüßliche Sinn des Textes widerlich
aufdrängte.

Lala schüttelte blöd tuend den Kopf, wies
auf ihre Ohren und sagte schwerfällig mit dem
harschen Tone einer Tauben: „Lala nicht ver=
steht Worte; nur Zeichen."

Erna erhob sich müde, deutete ihr an, daß
sie ihr vorausgehen sollte und schritt hinter
der lautlos zur Tür Gehenden drein in den
Garten hinaus.

*

Die ganze Gesellschaft, auch die Herren, (bei
dieser Gelegenheit auf die Dinerzigarre Verzicht
leistend) hatte sich indessen in dem neuen Salon
der jungen Gräfin vereinigt, dessen Wand=
bekleidung, Fußbodenbelag, Vorhänge, Möbel=
stoffe gleichmäßig in einem sanften Altblau mit
sparsamem Dekor in grau abgeschattetem Rosa
gehalten waren, wovon sich das nachgedunkelte,
von flachen, mattierten Bronzebeschlägen diskret
unterbrochene schwärzlich rote Mahagoni der
Möbel bestimmt und doch weich abhob. Das
gelbe Licht der Wachskerzen erfüllte diesen
Raum der lautlosen Farben wie mit einem
warmen Lichtbade. Selbst die vom Reden,
vom Wein und von der unsichtbar irgendwoher
wollüstig leise hereinflutenden Walzermusik er=
regten Damen wagten hier anfangs nur zu
flüstern. Wie aber der narkotische Geruch des
Kaffees sich mit dem Dufte der vielen dunkel=

roten Rosen, die in breitbauchigen graublauen
chinesischen Vasen und bronzenen japanischen
Räuchergefäßen auf allen Tischen samtig tief
leuchteten, zu einem stimulierenden Parfüm von
fast berauschender Fülle vereinigt hatte, und die
unsichtbare Musik in die lebhafteren Weisen
einer hüpfenden Gavotte überging, hoben sich
die Stimmen, und mit den schweren Likören
stellte sich auch der Grundbaß männlichen Ge-
lächters und der frische Diskant lustigen Frauen-
lachens ein. Das seidene Rauschen der Damen-
röcke, silbernes Klirren von männlichen Sporen,
leises Aneinanderklingen von Porzellan und
Glas machte die Symphonie angenehm belebter,
behaglich heiterer Verdauungsstimmung vollständig. Über allem aber dominierte das volle
Lachen des glücklichen Hausherrn, der, von
Gruppe zu Gruppe schreitend, immer aufs
neue und in immer lebhafteren Tönen es vernehmen durfte, wie entzückt, ja begeistert man
von der jungen Herrin des Hauses war. —

Da stand plötzlich in der Türöffnung zwischen
den mattblauen Portieren eine schlotternde Gestalt,
und man hörte die hervorgekeuchten Worte:
„Master! Master!" Alles wandte sich um und
sah ein schwarzes, verzerrtes Gesicht, gefletschte
Zähne zwischen bebenden blaßroten Lippen und
zwei weiße Augenöffnungen, aus denen das
Entsetzen selber starrte.

Totenstille brach alles Reden und Lachen
mit einem Schlage ab.

Henry Felix stürzte zur Türe und schob die Negerin hinaus. Graf Pfründten war mit einem Sprunge bei ihnen. Die ganze Gesellschaft drängte nach, als man den alten Grafen draußen stöhnen hörte: „Tot! Tot! Wo?"

Alles schob sich in den breiten Korridor, wo man die beiden Grafen wie in einem Handgemenge sah.

„Bleiben Sie doch! Bleiben Sie um Gotteswillen!" schrie Henry Felix.

„Sind Sie von Sinnen!?" rief Graf Pfründten und bemühte sich, ihn beiseite zu schieben. „Wozu wollen Sie mich abhalten!"

„Sie . . . dürfen nicht, Graf!" schrie Henry Felix, dessen kalkweiß gewordenes Gesicht zu einer Grimasse der Todesangst verzerrt war.

„Ich — darf nicht?!" keuchte der Graf und sah ihn mit einem Blicke an, vor dem der immer noch Abwehrende zurückwich. „Geben Sie die Bahn frei, oder . . ." Er erhob den rechten Arm.

Der Oberst drängte sich vor und legte ihm die Hand auf die Schulter: „Bitte, Graf, Besinnung!" Und zu Henry Felix: „Was ist eigentlich geschehen!?"

„Es läßt sich in Gegenwart der Damen nicht sagen", murmelte der, während ihm Lala einen Brief in die Hand schob. „Es ist zu entsetzlich."

Seine zitternden Finger öffneten mechanisch den Brief.

Der Oberſt wandte ſich um: „Wollen ſich die Damen nicht zurückziehen?"

„Nein!" ſchrie Graf Pfründten auf. Dann, ruhig, leiſe, betont: „Dieſer Brief iſt entweder an mich gerichtet, wie ich hoffe, und dann wird ihn mir der Herr Graf Hauart ſofort überreichen, oder . . . er iſt . . . nicht an . . . mich gerichtet, und dann wird er ihn laut vorleſen, oder ich . . . werde ihn . . . vor allen Anweſenden . . ."

Der Oberſt hielt ihn feſt.

Henry Felix warf einen Blick auf die Adreſſe und ſagte tonlos: „Er iſt an meine Frau gerichtet."

Graf Pfründten trat einen Schritt zurück, maß Henry Felix mit einem langen Blicke und ſagte ruhig: „Dann hat niemand hier ein Anrecht, zu erfahren, was er enthält, und ich — brauche es nicht mehr zu wiſſen. Ich weiß genug. — Gehen Sie beiſeite, Herr Graf, und wagen Sie es nicht, mir zu der Toten zu folgen. Ich möchte mich nicht gerne . . . in Ihrem Hauſe an Ihnen vergreifen."

Henry Felix biß die Lippen aufeinander und machte dem Grafen Platz.

In der beklommenen Stille, die jetzt eingetreten war, hörte man nur den ſtoßenden Atem des Hausherrn und die ſporenklirrenden Schritte des ſich Entfernenden.

Berta trat an Henry Felix heran und ſagte leiſe, kurz: „Gib!"

Er reichte ihr wie bewußtlos den Brief.

Die Gesellschaft empfahl sich bis auf den Prinzen, der mit Henry Felix in das Studierzimmer ging, während die Gräfin das Schlafgemach aufsuchte.

„Gräßliche Sache!" murmelte der Prinz. — „Über alle Maßen scheußlich. — Wichtigste Regel verletzt: niemals irgendwie was mit Dame von Regiment. Nimmt immer böses Ende. Diesmal aber besonders greulich."

Henry Felix starrte apathisch vor sich hin. Er dachte nicht an die Gräfin Erna, die mit aufgeschnittenem Halse im Bette der Nicchietta lag; er dachte auch nicht an die Gräfin Berta, die jetzt einen Brief las, der gewiß einen scheußlichen Inhalt hatte; er dachte nur an den Blick, an die Worte des Grafen Pfründten und daran, daß dieser der beste Pistolenschütze des Regimentes war.

Der Prinz ging auf und ab und entwickelte seine Meinung von der Sachlage: „Hätten Ihrerseits nach Auftritt vorhin alle Ursache, vorzugehen. Warten aber besser ab. Pfründten schließlich doch der schwerer Beleidigte. Wird nicht lange warten lassen."

Unter dem Fenster knirschten Schritte.

Henry Felix sprang auf.

Der Prinz verstand die Bewegung, die wahrhaftig nicht aggressiven Gefühlen entsprang, falsch und sagte: „Bitte, Ruhe! Nur keine Auseinandersetzung! Ruhig reden lassen!"

Graf Pfründten erschien in der Türe. Er

sah unheimlich greisenhaft aus, hielt sich aber straff aufrecht und sprach ganz ruhig: „Gut, daß Sie da sind, Prinz. Ich hätte ungern das Wort an diesen dort gerichtet. Man muß die Leiche fortschaffen lassen. Ich schicke Wagen und Träger. Sie veranlassen wohl, daß der Pavillon geöffnet bleibt, und nehmen es auf sich, daß kein Unberufener es sich untersteht, diesen Raum zu betreten. Alles übrige morgen. Diese Angelegenheit muß noch erledigt werden, ehe meine Frau unter der Erde ist. Gute Nacht, Prinz!" — Er ging, ohne Henry Felix auch nur mit einem Blick zu streifen. Der hatte sich wieder gesetzt und starrte auf den Boden.

„Gehen Sie zu Ihrer Frau, Graf!" sagte der Prinz. „Braucht auch Trost. Doppelten. Wird hoffentlich verständig sein. Haben's ohnehin schwer."

Aber Henry Felix rührte sich nicht. Er war völlig niedergebrochen.

Plötzlich schluchzte er auf und stützte weinend den Kopf in beide Hände.

Der Prinz trat zu ihm: „Na ja. So was wirft um. Aber trotzdem: Kopf hoch! Haltung Hauptsache."

„Gibt es denn keinen Ausweg?" stöhnte Henry Felix. „Ich kann doch unmöglich gerade jetzt . . ."

Prinz Assi riß die Augen so weit auf, daß das Monokel zu Boden fiel.

Er hob es auf, klemmte es ein und sagte, die

Brauen zusammenziehend: „Ausweg? Wie
meinen?"

„Ich bin ja zu jeder gewünschten ... zu
allem bereit," flüsterte Henry Felix, der nicht
mehr imstande war, zu verbergen, welches
Grauen ihn jetzt schüttelte.

„Erlauben, Graf," sagte der Prinz betont, indem er sich zum Gehen wandte, „solche Phantasien sind, äh, ... sind nicht mehr am Platze."

Er ergriff die Hand des Zusammengesunkenen
mit einem Ausdruck von Unbehagen und sagte:
„Werde also nach Pfründtens Wunsch Anweisungen geben. Brauchen sich nicht zu kümmern.
Setze voraus, daß gleichfalls nach seinem Wunsch
verfahren werden wegen ... na ja ... nicht
in den Pavillon. Verlasse mich drauf."

„Ich werde diesen Raum nie wieder betreten,"
murmelte Henry Felix; „ich lasse das Mauer-
haus noch morgen abtragen. Ich gehe überhaupt fort von Hainbuchen."

Prinz Assi war kein großer Psychologe.
Trotzdem sagte er sich: du möchtest wohl am
liebsten jetzt überhaupt fort von hier. — Und
seine Kenntnis der Pfründtenschen Schützen-
kunst setzte hinzu: du wirst aber kaum mehr
dazu die Beine haben.

*

Henry Felix, so sehr es ihn nach einer Aussprache drängte, ging nicht sogleich zu seiner
Frau.

Er fürchtete sich auch vor ihr.

Nicht wegen des Briefes, sondern wegen
seiner Furcht vor der Pfründtenschen Pistole.

— Sie wird mich verachten, sagte er sich,
und, was noch schlimmer ist: ihr Stolz wird
mich zwingen, daß ich mich stelle.

Und plötzlich: nicht bloß ihr Stolz wird mich
zwingen, sondern auch der Geist Karls, der
noch in ihr ist. Sie weiß, obwohl sie es noch
nicht deutlich gesagt hat, wie das in Sorrent
damals zugegangen ist, und nur ihre Sinnlich=
keit ist mir untertan, nicht ihre Seele. Nur
ihr Leib drängt nach mir; ihrer Seele bin ich
verhaßt. Sie wird froh sein, mich so leichten
Kaufes los zu werden. Sie wird triumphieren,
so über alles Erwarten schnell aus meiner Frau
meine Erbin zu werden . . .

*

War das Gedankenübertragung?

Während ihr Mann, zerfressen von Angst
und Argwohn, hin und her geworfen von
Todesgrauen und dem wütenden Wunsche, zu
leben um jeden Preis, in seinem Stuhle saß,
bald laut emporheulend, bald tief aufstöhnend,
lag sie ruhig in dem großen üppigen Bette
unter der blauseidnen Decke, übergossen von
einem angenehm gedämpften Lichte, das aus
dem Opalglase muschelig geschliffener Schalen
milchig weißbläulich in den mit allem Raffinement
auf Wollust abgestimmten Raum fiel. — Der
tragische Abschluß ihrer ersten Gesellschaft hatte
sie nicht eben tief berührt, nur gerade etwas

aufgeregt, und der Brief der Toten war
ihr im Grunde eine prickelnde Senſation geweſen.

Eine ihretwegen verſchmähte Nebenbuhlerin,
die ſich überdies — zurückzieht, — ſollte das
etwas Schreckliches ſein? — Ich werde mich
wegen Henry gewiß nicht umbringen, dachte
ſie ſich, auch wenn die arme Närrin mit ihren
drohenden Prophezeiungen recht behalten ſollte,
daß er mich gleichfalls „betrügen" wird. Übrigens
war es um ihre Logik ſchlecht beſtellt, denn
ihre Hauptdrohung iſt ja die, daß er gar keine
Zeit mehr dazu haben wird, da ihn die un-
fehlbare Piſtole des beleidigten Witwers ihr
innerhalb zweier Tage nachſenden ſolle.

Und nun bewegten ſich ihre Gedanken genau
in den Gängen, die ihr Mann ahnte, während
ſie ihnen ſeelenruhig nachhing.

*

Es ſchlug zwölf Uhr, als die Schritte der
Träger über den Parkſand knirſchten.

Henry Felix ſchrak zuſammen. Es trat vor
ſeine Erinnerung, wie oft die ſelben Schläge
Erna an den Abſchied erinnert hatten.

Der Gedanke, daß ſie nun zu ihrem letzten Ab-
ſchiede ſchlugen, machte ihn nicht weich. Er haßte
dieſe tote Frau jetzt, die ſich ſeinethalben immerhin hätte ermorden dürfen, wenn ſie es nur
nicht in der Abſicht getan hätte, damit auch ihn
ums Leben zu bringen. Dieſe Leiche war ihm
kein Vorwurf, ſondern ein Greuel. — Aber die

Glockenschläge, so oft hineingeläutet in seine
heißesten Lebensgefühle, brachten ihm keine
Leiche vor das innere Auge, sondern üppiges,
verliebtes Leben: die Erinnerung an die zärt=
liche, andrängende Nacktheit Ernas, an das Un=
ersättliche in ihren Küssen und Umarmungen, an
das wollüstig Bebende in ihrer Stimme und an
den Duft ihres heißen Körpers.

— Und ich soll sterben?! tobte es in ihm
auf, ich, den ein paar Glockenklänge wollüstig
betäuben, über alles Grauen des Todes weg=
tragen zu neuen Begierden? Ich will nicht
sterben! Ich darf nicht sterben! Ich kann
meine Lebenskraft nicht diesem blödsinnigen
Phantom der Ehre oder gar Vergeltung auf=
opfern. Mir gehört eine Frau, die noch zehnmal
schöner und heißer ist als diese Tote, und ich will
sie nicht bloß genießen, wie jene, sondern sie mir
auch völlig untertan machen. — Ja, sie lauert
auf mich. Ja, jene Geheimnisvolle, die alles weiß,
was mich angeht, hat recht: sie will nicht Liebe,
sondern Rache genießen. Ja, ja, ja: alles das
ist so: dunkel, gefährlich, glühend, verhängnis=
voll. Und eben darum brauche ich meinen
Mut zu der höheren Aufgabe, diese Gefahr zu
bestehen, dieses Verhängnis zu besiegen. Mein
Schicksal ruft. Ihm muß ich folgen. Nicht in
den Tod, sondern ins Leben. Ich bin nicht be=
stimmt, ein Opfer des Todes zu sein, sondern ein
Sieger, dem das Leben immer neue Schönheit,
immer neue Nahrung des Genusses opfert.

Die Bahre wurde unter seinen Fenstern vorübergetragen.

— Sie hat mich immer unterschätzt, Die da unten, sagte er sich. Und jetzt am meisten. Ihr Anschlag hat mich nicht geschwächt, sondern gestärkt. Was auch in Berta alles gegen mich lebendig ist: jetzt wird es schweigen, wenn sie sieht, daß selbst dieser Schlag mein Lebensgefühl nicht gedämpft, sondern erhöht und zu Entschlüssen emporgetrieben hat, die die ganze Anlage meiner Lebenspläne wie ein Kartenhaus umstoßen, um dafür einzig eine Existenz der Liebe zu ihr, mit ihr aufzurichten. Sie selber soll es sein, die mich anfleht, das Odium der Feigheit, den Verlust des Offizierstitels auf mich zu nehmen, — um ihretwillen. — —

Und so geschah es.

Die Seele Bertas schwieg auch jetzt, als ihre Sinne sprachen.

Aber sie gab nichts auf, indem sie schwieg, und sie sah wohl, daß hinter den großen Worten und Gebärden dessen, der vom Mute zum Leben sprach und doch nicht den Mut zum Sterben hatte, ohne den dieser Mut ein Unding ist, nichts war, als eine trübe Leere.

Viertes Stück: Tenor-Soli

Mit dem frühesten Schnellzug des nächsten Tages fuhr das gräfliche Paar, Berta in einem knappen englischen Reisekostüm, ganz Lady,

Henry Felix in einem dito englischen Zivil, ganz Lord, nach Berlin.

John, der mit Lala und der Zofe am nächsten Tage nachkommen und die Bagage mitbringen sollte, leitete das Geschäft des Einpackens von mehr als zwei Dutzend gewaltigen, grafenkronengeschmückten und schwarz=gelb gestreiften Koffern mit ernster Umsicht, aber fröhlichen Gemütes, denn er dankte seinem Schöpfer, daß er Hainbuchen auf eine, wie es allen Anschein hatte, nicht kurzbemessene Dauer verlassen durfte.

Die mit feierlich gemessenen Mienen vormittags erscheinenden Herren erhielten den Bescheid, der Herr Graf habe den ihm gewährten Hochzeits= reiseurlaub auf Wunsch der Gräfin sogleich an= getreten. Prinz Assi, der kurz darauf an= geritten kam und an John die Frage richtete, ob es Tatsache sei, daß sein Herr Hainbuchen auf längere Zeit verlassen habe, knirschte, als er ein Ja zur Antwort erhielt, „Canaille!“, und es blieb John unbenommen, anzunehmen, daß dieser Ausruf dem Pferde des Prinzen galt, das eben bockte.

Ein Hieb mit der Reitgerte, und der Prinz galoppierte davon. Aber schon nach zwei Minuten war er wieder da und fragte John: „Nichts, äh, . . . hinterlassen?“

— „Nichts, Durchlaucht.“

— „Nicht mal Adresse?“

— „Nein, Durchlaucht.“

— „Und, äh, bestimmt längere Reise?“

— „Solange der Urlaub des Herrn Grafen dauert."

— „So!... Na ja... Schön... Sagen Sie Ihrem, äh, Herrn, daß sein Urlaub be- trächtlich verlängert werden wird. Und er soll ja auch fernerhin gut auf seine Gesundheit achten. Haben verstanden?"

— „Zu Befehl, Durchlaucht."

Der Prinz setzte sich wiederum in Galopp, nicht anders, als wenn ihm das Verweilen auf gräflich hauartschem Grund und Boden höchst widerwärtig wäre.

Er ließ sich den ganzen Tag über nirgends sehen, so sehr schämte er sich seines ehemaligen Protégés. Am Abend aber ging er zum Grafen Pfründten, der ohne Licht in seinem Zimmer saß und ihn mit tonloser Stimme begrüßte.

„Gestatten, Graf," sagte er, „daß um Ver- zeihung bitte."

— „Wieso, Prinz?"

— „Wegen dieses, äh, dieses Elenden. Fühle mich schuldig. Wäre uns erspart geblieben ohne meine blöde Verblendung."

— „Ach nein, Prinz. Auch ohne Ihr Zutun wäre ihm die ganze Stadt verfallen gewesen, vom Höchstseligen bis zur Populace. Die Millionen, Prinz, — das war's. Ich habe mich am längsten gewehrt. Aber ein prachtvoller Stall, brillante Gäule, — nun, kurz, Dinge, die man sich kaufen kann, wenn man viel Geld hat, haben auch mich überwunden. Ich sage

Ihnen, Prinz, der größte Hallunke, wenn er
sehr viel Geld hat, ist eine Macht, der alles
nachläuft. Ohne Geld vielleicht Jockei, mit ein
paar Millionen Offizier, Graf. Wer weiß, was
er noch wird. Tot in der wirklichen Gesellschaft
ist er ja wohl. Was tut's ihm? Die Welt ist
groß, und für Millionäre gibt's viele glänzende
Rollen darin. Seit er echappiert ist, habe ich
über ihn nachgedacht, wie über einen Menschen,
der mich nichts angeht. Ich hätte ihn gestern
nacht, wie mich's mein erstes Gefühl tun hieß,
an dieses schmachvolle Bett schleppen und ihn,
mit der Pistole in der Hand, zwingen sollen,
sich mit demselben Messer den Hals aufzuschneiden.
Ich sagte mir: dieser Mensch ist kein Mann,
mit dem man sich schießt. Er ist das, wofür
ich ihn im Anfang hielt: ein Eindringling, eine
Schmarotzerpflanze; seine Millionen sind die
Saugzweige, mit denen er uns umschlungen hat.
Aber, sehen Sie, selbst in diesen fürchterlichen
Augenblicken kam diese Überzeugung nur als
kurze, vorübergehende Erhellung über mich.
Ich glaubte, mich beherrschen und den Offizier
in ihm achten zu müssen. Den Offizier, — das
heißt: die Uniform. So sind wir. — Erinnern
Sie sich an den kleinen Herzfeld? Wie haben wir
den malträtiert! Warum? Im Grunde deshalb,
weil wir fühlten, daß er nicht zu uns gehören,
daß er nicht unsern Rock tragen wollte. Hätte
er wirklich nach dem Portepee gestrebt, hätte
er sich uns akkommodiert, wie der andere,

er hätte es auch erreicht. — Die heutige Gesellschaft hat sich aufgegeben. Sie ist keine Festung
mehr, deren Wälle vor Eindringlingen schützen.
Das Geld hat überall Breschen hineingelegt.
Eine Weile noch, und die Hauarts sind die Kommandanten. — Aber was geht das mich an?
Ich bin fertig. Auch ich habe das Prinzip
verraten, obwohl mich mein Instinkt eindringlich
genug gewarnt hatte. Es geht alles drunter
und drüber. Wir haben nichts mehr, als alte
Einbildungen, die früher einmal Wahrheit gewesen, jetzt aber höchstens noch die Schatten
von Wahrheiten sind. Das Geld frißt uns
auf. Ablösung vor! heißt's auch in der
Weltgeschichte. Jetzt kommen die Juden dran."

„Bin jetzt auch überzeugt," erklärte Seine
Durchlaucht dumpf bekümmert: „alles Schwindel
gewesen. Einfach Jude."

Aber der alte Graf schüttelte den Kopf:
„Ich bin nicht Antisemit mehr. Semit oder
nicht, das ist einerlei. Das Kapital ist der
Feind, der alles umstürzt. Die Juden sind
nur die Avant=Garde. — Sie sagen: er ist ein
Jude. Aber was sagen Sie damit? Daß ein Jude
ein glänzender Offizier, ein brillanter Reiter, der
Abgott unserer Damen, der Mittelpunkt unseres
Interesses, kurz und gut äußerlich ein Kavalier sein
kann, vor dem wir uns alle beugen. Und wenn er
sich vor die Pistole gestellt hätte, was auch schon
genug Juden getan haben, dann würden wir zu=
gestehen, daß er auch innerlich Kavalier ist."

20*

— „Hat aber nicht."

— „Lieber Prinz, die Sache ist komplizierter. Er ist nicht echappiert, weil er vielleicht Jude ist, sondern er ist echappiert, weil er ein Glied der neuen Macht ist, die noch keine Traditionen hat und nie christlich=ritterliche Traditionen haben wird, gleichviel ob der einzelne, der sie vertritt, Jude oder Christ ist. Das Ehrgefühl der alten Aristokratie, das Gefühl einer be= sonderen Ehre, die kitzlicher ist, als jede andere, hat sich durch lange Ahnenreihen entwickelt. Es ist ein Züchtungsergebnis, das uns aus= schließlich angehört und nicht etwa identisch mit Mut ist. Mut hat das Volk auch, und es gibt feige Herren von Adel. Aber es gibt keinen echten Adeligen ohne das spezifisch adelige Ehrgefühl, während der Mann ohne Geburt es sich nur anzwingt, wenn er zufällig ein Mann von Mut ist. Die Gefahr besteht gerade darin, daß die Usurpatoren unserer Rechte zu einem großen Teile klug genug sind, sich uns auch darin zu akkommodieren. Aber sie eignen sich unser Ehrgefühl nur an, um es bei Gelegenheit wegzuwerfen. Wenn wir als Aristokratie einmal ganz von der neueren Macht abgelöst sein werden, wird die Nötigung, uns gleichzuscheinen, nicht mehr bestehen, und es wird in unserem Sinne kein Ehrgefühl mehr geben."

Der Prinz hatte darauf nichts zu er= widern, und der Graf fuhr nach einer Weile fort: „Resignation. Was bleibt mir sonst noch übrig? Ich begrabe meine Frau und alles übrige von schönen Einbildungen dazu. Mir fällt von ihr ein Gut im Mecklenburgischen zu. Da oben ist noch ein Rest aus der alten Zeit. Den will ich verwalten. Ich habe als Junker gelebt und will als Junker sterben. Mag das Heranwimmeln der neuen Herren nicht mit ansehen, da ich es am eigenen Leibe verspürt habe, daß ich Echt und Unecht nicht mehr unterscheiden kann."

*

Um dieselbe Zeit saß Henry Felix im Bestibül eines großen Berliner Hotels und bewunderte mit seiner Frau die Juwelen einer über jeden Verdacht der Unterernährung erhabenen amerikanischen Multimillionärin, indem er gleichzeitig deren pretiöses Gebaren abschätzig kritisierte, das auch wirklich allzubewußt „schön" war.

„Dieses Chicagoer Büchsenfleischresultat," meinte Henry Felix, der sich bei bester Laune befand und von den leidenschaftlich lüsternen Rhythmen der ungarischen Zigeunerkapelle angenehm inspiriert wurde, „ist eigentlich ein recht übles Phänomen. Diese gespreizte, überästhetische Manier, aus der Zuführung eines jeden Gabelbissens zum Munde eine Schönheitsoffenbarung zu machen, dieses unausgesetzte strahlende Lächeln, das schließlich zu einer blödsinnigen Maske wird, diese fortwährende Aufforderung zum Bewundern von Dingen, die nur als Selbstverständlichkeiten Reiz haben, ist widerwärtig kulturlos, gerade weil es unablässig darauf ausgeht, Kultur zu manifestieren. Man spricht immer von einer amerikanischen Gefahr auf materiellem Gebiete; sie scheint mir auf dem der ästhetischen Kultur noch größer zu sein. Dieses traditionslose, zu schnell reichgewordene, durch keine alte Aristokratie erzogene Volk importiert uns die schrecklichste aller Geschmacklosigkeiten: die Wut, ewig geschmackvoll zu tun. Man sehnt sich, wenn man die unausstehlich runden, gemacht müden Bewegungen einer solchen mit Beefsteaks ausgestopften Fleischpuppe eine Weile mit hat ansehen müssen, nach einem Menschen, der sich resolut schlecht benimmt. Dieses triumphierende Republikanertum war, als es noch die Beine auf den Tisch legte und auf den Boden spuckte, immer noch sympathischer, als jetzt, wo es sich in seinem weiblichen Teile präraffaelitisch aufführt. Es ist keine angenehme Perspektive, sich vorzustellen, daß diese would be-Ladies schließlich einmal unsern Damen als Muster gelten werden, weil man sich in Deutschland ja so gerne an das hält, was weit her ist. Aber diese Tuerei ist gerade nicht weit her. Sie ist die schlechte Allüre eines allzuschnell erworbenen Reichtums von Leuten, die keine Vornehmheit im Blute haben. Nur der ererbte Reichtum macht vornehm. Es gibt keine frechere Blasphemie als das Wort „Arbeit adelt“.

Gräfin Berta lächelte und hörte nur halb
hin. Ihr war der Zigeunerprimas mit dem,
was er seine Geige von seinem unvornehmen
Blute verraten ließ, viel interessanter, als alle
die Anstrengungen zum Lobe der Vornehmheit,
die ihr Mann seinem Geiste zumutete. Sie
sagte sich: Wie schön, daß wir nun reisen werden.
Was werde ich alles zu sehen bekommen. Es
gibt doch recht viele prachtvolle Männer, —
Herren und andre. — Ich hätte ja auch als
Witwe reisen können; scheinbar sogar freier.
Doch nur scheinbar. Es hätte sich zuviel an
mich herangedrängt, und überdies liebe ich es
nicht, aufzufallen, aus dem Üblichen heraus-
zufallen. Karl hatte auch darin recht: der
wirklich vornehme Mensch muß alle Gesetze der
Konvention um so strenger befolgen, je mehr
er die Absicht hat, die Sittengesetze zu ignorieren.
— Als alleinreisende Dame hätte ich mich dem
Typus der Abenteurerin genähert, und der ist
nicht nach meinem Geschmack. Ich will Abenteuer erleben, aber keinen abenteuerlichen Lebenswandel führen. Der gute Henry soll mir gewissermaßen das Licht der Reputation halten,
— bis seine Stunde kommt. Es wäre ein
großer Fehler von mir gewesen, mich seiner
durch die Pistole des Grafen Pfründten zu entledigen, da ich ihn doch noch so nötig brauche.
Ich bin überzeugt, daß ich augenblicklich in der
ganzen Welt keinen Mann finden könnte, der
mir so zu Gefallen sein würde, wie er. Er

würde auch sonst noch recht lange beflissen ge=
blieben sein, mir zu dienen und mich von seinen
Kräften und seiner Leidenschaft zu überzeugen,
aber dadurch, daß er jetzt ein Ausgestoßener,
daß er auf mich angewiesen ist, gehört er mir
sklavisch an. Wen, was hat er jetzt außer mir
und meiner Erscheinung, in der er sich so selig
sonnt? Der schlichte Abschied ist ihm sicher und
der Wiedereintritt in „seine" Gesellschaft für
immer versagt. Er war immer déraciné; jetzt
ist er's auch offiziell. Das kann meinen Plänen
nur günstig sein, und ich habe persönlich gar
nichts damit verloren, denn ich hätte wahrhaftig
auf die Dauer wenig Genugtuung darin em=
pfunden, die Herrin von Hainbuchen zu spielen
und mir die Anerkennung dieser langweiligen
Herren von Adel zu erringen, daß ich mich wie
eine Geborene — benehme. — Das ist wohl das
einzige, worin ich mich von Karl unterscheide:
ich bewundere diese „Gesellschaft" nur recht
skeptisch, und ich bin mir nicht unklar darüber,
daß sie unsereins niemals als ebenbürtig be=
trachtet. Auch Karl würde das schließlich wohl
eingesehen und gefühlt haben, daß wir, die wir
von unten kommen, für diese — Hochgebornen
notwendigerweise immer Parvenüs bleiben müssen.
Aber wir haben wahrhaftig keinen Grund, uns
in ihre kümmerliche Höhe zu drängen. Wir
können als goldene Wolke der wirklichen Macht,
des wirklichen Genusses und somit einer wirk=
lichen Aristokratie über dieser — Gesellschaft

schweben. Wir, — wer? Nun, der gute Henry gehört nicht dazu. Er wird immer nur Wolken= schieber bleiben, bis er auch aus dieser Funktion entlassen wird. Zur goldenen Wolke der neuen Aristokratie gehört nicht bloß Geld und physisches Genußvermögen, sondern auch Geist, angeborner und durch persönliche Übung gesteigerter Ge= schmack und eigene, nicht mehr oder weniger gut imitierte Vornehmheit. Dieser Mensch redet unablässig in fremden Zungen. Es ist unbe= greiflich, daß ihm das nicht selbst so widerwärtig wird, wie es mir jetzt schon widerwärtig ge= worden ist, es anhören zu müssen.

Und Henry Felix hatte geglaubt, damit Ein= druck zu machen . . .

Und er ließ auch weiterhin nicht ab, in dieser Weise zu reden, gleichviel, wo sie in dem folgenden halben Jahre weilten: in Kairo, in der Oase Biskra, in Konstantinopel, auf Korfu, in Athen, auf Sizilien, in Neapel, in Rom, in Florenz. Und jedes Wort war ihm ein Spiegel, in dem er seinen Geist zu sehen glaubte, während sich Berta immer wieder Karls Vers zitierte: Glas glänzt gemein.

Aber sie ließ ihn reden. Es gab so viel für sie zu sehen, während er schwatzte, und auch mancherlei zu denken, zu träumen, zu hoffen. Überdies befand sie sich anfangs doch auch noch tagsüber etwas im Banne seiner körperlichen Vorzüge, und sie sagte sich kaltblütig: ich bin ungefäh in der Lager eines Mannes, der eine

zwar schöne, aber törichte und dennoch auf ihren
Geist eingebildete Maitresse hat. Es fragt sich
nur, wann ich mich dieses — Geliebten werde
entledigen können. Einstweilen nehme ich seine
törichte Unart und was sonst an ihm mir un=
sympathisch ist, noch ruhig mit hin. Karl hat
viel mehr mit ihm gelitten . . .

Karl . . . Henry Felix wußte, daß sie seine
Tagebücher mit sich führte, und mehr als ein=
mal fragte er, ob es ihm nun nicht endlich ge=
stattet sei, Einblick in sie zu nehmen. Aber
Berta lehnte dies immer kurz, ja beinahe schroff
ab. Schon die Nennung von Karls Namen
durch ihren Mann pflegte ihr die Stimmung
sofort zu verderben.

— Also dann nicht, dachte sich Henry Felix
und hoffte auf später. Da Berta während=
tags immer gleichmäßig liebenswürdig zu ihm
war und währendnachts nicht nachließ, zu
zeigen, daß sie seiner Glut mit gleichem Feuer
begegnete, glaubte er, daß seine Ehe im besten
Geleise gegenseitiger Harmonie lief, und er war
recht zufrieden mit der Wendung, die sein Leben
genommen hatte. Er besaß eine schöne, elegante,
tadellos vornehm auftretende Frau, die inmitten
des distinguiertesten Publikums der ersten Hotels
der Welt Aufsehen und Bewunderung erregte.
Schon das hätte genügt, ihn zufrieden zu machen,
denn seine Eitelkeit kam dabei auf ihre Kosten.
Aber diese Frau war außerdem allem Anschein
nach glücklich in seiner Liebe. Sie zeigte keine

Launen, widersprach nie, hörte ihn ruhig und mit dem Ausdrucke bewundernden Verständnisses an. Das beglückte ihn, und er begann an der Allwissenheit der schwarzen Perle zu zweifeln, in deren Auftrag Lala von Zeit zu Zeit so etwas wie: Herr, gedenke der Athener! zu murmeln hatte. — Ach nein, dachte er sich, Berta ist zu sehr Weib, als daß sie einen unfruchtbaren Haß weiter nähren sollte, da sie nichts als Liebe empfängt.

Er begann bereits, geheimnisvolle Andeutungen zu dem Punkte zu machen, dessen Enthüllung er Berta schon zur Zeit ihrer heimlichen Verlobung versprochen hatte. Aber Berta schien nicht sehr neugierig darauf zu sein, und schließlich fand auch er, daß diese wichtige Offenbarung besser zu späterer Zeit zu erfolgen habe.

So fuhr man gemeinsam erster Klasse durch die Welt, sah, was die Vergangenheit Schönes hinterlassen hat und die Natur an Schönem immer wieder hervorbringt, gewöhnte sich an die Gleichmäßigkeit der Gesellschaft in allen ersten Hotels und lebte, wie es in dieser Gesellschaft an der Ordnung ist. Ein bißchen Langeweile gehört auch dazu, und so begann man, sich da und dort etwas an andere anzuschließen, wie es auf Reisen unter Leuten von gleich guter Kleidung und gleich tadelloser Tournüre möglich ist. Aber schon in Konstantinopel mußte Henry Felix Graf Hauart die Erfahrung machen, daß ein Teil der Gesell=

schaft nicht mehr für ihn existierte. Der dortige deutsche Militär=Attaché, der in dem Hotel ver= kehrte, wo das gräfliche Paar abgestiegen war, schnitt ihn nach erfolgter Vorstellung ostentativ, und kurz darauf kam auch über einige deutsche Herren, mit denen man schon gemeinsame Wanderungen durch die Stadt unternommen hatte, jener Geist der Kühle, der zu weiteren Gemeinsamkeiten nicht ermutigt.

Henry Felix biß die Lippen aufeinander und sagte zu Berta: „Hast du bemerkt?"

„Natürlich," antwortete sie; „aber daran müssen wir uns gewöhnen. Was mich betrifft, so wird es mir nicht schwer fallen, — weder im Auslande, noch später zu Hause. Wir brauchen weder hier noch dort diese Gesellschaft, die einmal die deine war, und die sich leicht durch eine bessere ersetzen läßt, in der w i r den Ton angeben."

Das war eine Herzstärkung für den mit schlichtem Abschied Entlassenen. Er drückte seiner Frau die Hand und sagte mit etwas mehr Emphase, als gut war: „Ich danke dir für deine schöne Entschlossenheit. Du sollst mich immer auf gleicher Höhe mit ihr finden."

Indessen verließ man Konstantinopel doch früher, als man eigentlich vorgehabt hatte, und Henry Felix studierte fernerhin die Fremden= bücher der Hotels mit einer Genauigkeit, die einigermaßen mit Besorgnis verbunden war. Wenn er sich vor Bertha nicht geschämt hätte, würde er es vorgezogen haben, unter einem falschen Namen zu reisen. Der Turfruhm, der dem seinen anhaftete und der seiner weniger rühmlichen „Affäre" offenbar eine fatale Publizität verliehen hatte, war ihm jetzt recht fatal.

Aber, wie Berta ganz richtig vorhergesehen hatte, das Gefühl der Deklassiertheit band ihn nur fester an sie. Er verfiel (noch, ohne es zu spüren), ihrer Führung nicht weniger, als er früher Karls Führung verfallen war.

Noch immer war er es, der die großen Worte machte; aber die Pläne zu ihrer Zukunft machte sie.

Einmal standen sie an einem Frühlings= morgen vor dem großen Dionysos=Theater in Athen. „Ah!" rief Henry Felix aus; „wie das beruhigt und von allen modernen Alfanzereien befreit! Sieh dort die Satyrstatuen! Welche Hoheit heiteren Selbstgenusses liegt in den ver= witterten Zügen dieser Weltweisen der Wollust! So unmöglich es ist, sich diese Gestalten in einer deutschen Leutnantsuniform vorzustellen, so unmöglich ist es unserm heutigen deutschen Gesellschaftsgeiste, zu der Freiheit des Lebens zu gelangen, deren göttliche Abbilder sie sind. O, wie danke ich dir, daß ich durch dich von jener Sklaverei befreit worden bin!"

— Durch mich? dachte sich höhnisch Berta; nicht durch deine Feigheit? Aber sie sagte: „Du hast recht. Und wir wollen gewiß nicht

daran denken, in jene Sklaverei zurückzukehren.
— Das Wort Berlin klingt in dieser Umgebung
wunderlich, aber ich glaube, wir können nur
in Berlin die volle gesellschaftliche Freiheit
finden, ganz nach unserm Gefallen zu leben
und uns zum Mittelpunkt eines Kreises zu
machen, der gewiß interessanter und bedeu-
tender sein wird, als der der ‚großen Welt‘,
die sich nur einbildet, la grande vie zu ver-
körpern.“

Henry Felix hatte nicht übel Lust, zwischen
den blühenden Kamillen in die Knie zu sinken
und beim großen Dionysos zu schwören, daß
er Berta zur heimlichen Kaiserin des deutschen
Geistes, nicht doch: des geistigen Europa erheben wolle, — aber er hatte doch schon ein
paarmal gespürt, daß derartige dramatische
Aufwallungen wenig Gegenwärme bei ihr erzeugten, und so sagte er nur mit gemessener
Herzlichkeit: „Deine Schönheit, dein Geist, deine
Vornehmheit werden unser Haus zum Mittelpunkte der echten Aristokratie von Berlin
machen. Dein Salon wird der Fokus des
wirklichen großen Lebens unserer Zeit sein.
Du hast mir nicht allein die Freiheit gegeben,
sondern auch den Weg zu dem Ziele erleuchtet, zu dem mich meine ganze Bestimmung
drängt.“

Das Leitseil schloß sich fest um seinen Hals,
aber Bertha war klüger als Karl. Sie zog
es nicht so heftig an, daß es schmerzte. Er

trollte hinter ihr drein mit der Folgsamkeit eines Lammes, dem eine kluge Hand ein Büschel würziger Kräuter vor die Nase hält.

Fünftes Stück: Duetto dramatico

So ging es eine Weile recht angenehm dahin. Auch der fatale Brief, der den dicken schwarzen Strich unter seine Offizierslaufbahn setzte, störte sein Wohlbehagen nicht. Dieser Abschnitt seines Lebens war für ihn nun auch schon, gleich allen anderen, ein Intermezzo, auf das er kaum mehr zurückblickte. Der Herr hat's gegeben, der Herr hat's genommen, der Name des Herrn sei gelobt! Henry Felix sagte Schicksal für Herr, aber im Grunde deckte sich seine Art des gläubigen Hinnehmens aller Lebenswendungen ganz mit der probaten Frömmigkeit, die er im Hause Kraker kennen gelernt hatte, und die sich wirklich nicht allzusehr von seinem Glauben an sein Schicksal unter= schied. Der Faden war anders, der Ein= schlag derselbe. Ob Jeremias Kraker sagte: „Denen, die Gott lieben, müssen alle Dinge zum Besten dienen", oder Henry Felix: „Was auch mein Schicksal über mich beschließen möge: ich liebe es, denn es kann mich nicht anders als recht führen", — es lief auf eins hinaus: auf eine selbstgerechte Einbildung und auf eine Trägheit des Geistes.

Wenn in Berta nach und nach der Haß

gegen ihren Vetter wieder hochkam, der jetzt ihr Mann war, so war nicht bloß die Erinnerung an Karl daran schuld, sondern etwas, das noch tiefer in ihr lebte als das Eigentliche ihres Wesens: ihr Selbstgefühl als geistige Potenz und als tätiger Wille. Die Feindschaft, die zwischen die Geschwister Kraker und Henry Felix Hauart gesetzt war, war die Urfeindschaft, die immer und überall zwischen dem Geiste der Bewegung und dem Geiste der Schwere besteht, und diese Feindschaft wurde auf der Seite der Bewegung um so heftiger empfunden, als sich der Geist der Schwere in diesem Falle als Bewegung maskierte. Henry Felix hatte von allem Anfang an den Geschwistern nicht nur als Usurpator im Besitze des Vermögens gegolten, das nach ihrer Überzeugung ihnen gebührte, sondern auch als Usurpator von geistigen Rechten, die sie nur sich und ihresgleichen zugestehen wollten.

Je geistreicher sich Henry Felix gebärdete, um so fataler begann er nur, Berta auf die Nerven zu gehen.

Vor dem Denkmale Karls kam es zur ersten Szene zwischen ihnen.

Henry Felix hielt Ort und Gelegenheit für passend dazu, ein großes Brillantfeuerwerk aller der Ideen abzubrennen, die er sich im Laufe der Zeit angeeignet hatte, und er bemerkte, im Geströme seiner Phrasen wohlgefällig herumplätschernd, gar nicht, wie Bertas

Züge sich mehr und mehr verdüsterten. Sie saß auf der Bank des Denkmals, ihre Ellenbogen auf die Mauer just dort gestützt, wo damals der letzte Kampf stattgefunden hatte.

Plötzlich richtete sie sich gerade auf, sah ihrem Manne bös ins Gesicht und sagte: „Alles das weiß ich besser, als du. Es sind Wahrheiten, die im Echo hohl und tot klingen. Du bist nichts, als eine Wand, von der sie widerhallen."

Henry Felix sah sie entsetzt an und stammelte: „Wie ... wie kommst du dazu, mir auf diese Weise ..."

„Schweig!" rief sie aus und warf die Blumen, die er vorhin feierlich auf die Mauer gestellt hatte, zur Mauer hinab. „Habe wenigstens hier so viel Scham, zu schweigen. Es ist ekelhaft, dich an diesem Orte reden zu hören, wo du den ermordet hast, von dem alles das stammt, was du sprichst." Sie sah ihn mit einem Blicke an, vor dem er die Augen schließen mußte.

Erst nach einer Weile raffte er sich auf und trotzte: „Du redest Unsinn. Ich halte ihn dem Schmerz zugute, der dich hier übermannt."

„Schmerz?" sagte sie und kräuselte die Lippen. „Schmerzlich ist mir hier bloß deine Gegenwart."

„Du brauchst nur zu befehlen," höhnte Henry Felix, „und ich springe ins Meer."

„Wenn dich das Gefühl deiner Leere und

Erbärmlichkeit noch nicht bewogen hat, deinem überflüssigen Leben ein Ende zu machen, so wird es ein Wort von mir nicht vermögen," klang es kalt entgegen.

Ihm war, als griffe wer mit eisigen Fingern nach seinem Hals. Diese Augen hatte er hier schon einmal gesehen. Es kam ihm blitzschnell der Gedanke, das beste sei, jetzt zu reagieren, wie damals. Er sprang auf und sah sich wild um.

Berta setzte sich ruhig wieder nieder und sagte schneidend: „Glaubst du, ich fürchte mich vor dir? Du wagst an diesem Orte nicht das gleiche zum zweiten Male."

Er erschrak.

— Liest sie mir die Gedanken vom Gesichte, wie sie die Wahrheit dessen, was hier geschehen ist, mir damals vom Gesicht abgelesen hat? dachte er sich und begann, einzulenken: „Du bist außer dir. Laß uns fortgehen. Wir dürfen so nicht weiter miteinander reden. Bedenke, daß wir zusammengehören. Denke nicht an den Toten."

Sie biß die Lippen aufeinander und preßte zurück, was sie erwidern wollte.

Und sie sagte, tonlos: „Du hast recht. Man muß die Toten vergessen, um leben zu können."

Sie fuhren schweigend nach Sorrent zurück. Die Nacht ging hin wie immer.

— Das Leben triumphiert, dachte sich Henry Felix der Starke.

*

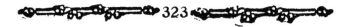

Sie reisten weiter, Ort für Ort besuchend, wo damals Karl mit Henry Felix gewesen war. Berta wußte überall Bescheid, und es bereitete ihr ein grausames Vergnügen, Ort für Ort die Worte zu wiederholen, die ihr Mann hier schon einmal gehört hatte, und die sie aus Karls Tagebuch kannte.

Es war, als ob Karls Gespenst sie begleitete.

Äußerlich ertrug es Henry Felix ruhig, mit Stimmen aus dem Grabe gepeinigt zu werden, aber im Innern stieg Wut auf. Und, da er keine andere Möglichkeit hatte, sich zu rächen, als nachts, so begann er, den Kalten zu spielen. Der Effekt war nicht so, wie er erwartet hatte. Es schien durchaus nicht, als ob sie etwas entbehrte. Er blieb halbe Nächte weg. Sie schlief oder stellte sich schlafend, wenn er kam. Eine Weile noch, und er hatte den Eindruck, als sei es ihr eher angenehm, wenn er sie abends allein ließ.

Und er begann, sich auf seine alte Weise auswärts schadlos zu halten.

Er hoffte, daß sie es merken und eifersüchtig werden möchte.

Sie merkte es und wurde garnicht eifersüchtig.

Diese Ehe begann, ihr wahres Gesicht anzunehmen.

Sechstes Stück: Quartetto con finale furioso

In Florenz begegneten sie bei Billi Hermann Honrader und Frau Christine.

Als Henry Felix die beiden im hinteren Zimmer erblickte, wo sie deutsche Zeitungen lasen, wollte er umkehren. Seine Frau bemerkte es und ging gerade deshalb in das gleiche Zimmer. Nun blieb ihrem Manne nichts anderes übrig, als die beiden anzureden und seiner Frau vorzustellen.

Hermann und Christine waren ersichtlich freudig überrascht, und Hermann insbesondere zeigte lebhafteste Herzlichkeit.

„Aber das ist ja herrlich!" rief er aus. „Nun bedauere ich wirklich nicht, meiner Frau nachgegeben zu haben, die mich zu den deutschen öffentlichen Papieren beinahe hat zwingen müssen, denn ich hatte mir eigentlich fest vorgenommen, hier keine deutsche Zeitung anzusehen."

„Wie?" meinte Berta, „das ist aber sehr undankbar von Ihnen, denn gerade jetzt sind die deutschen Blätter voll von Ihnen. Tausend Zungen singen das Lob Ihres letzten Gedichtbandes."

Hermann lächelte.

„Das freut mich natürlich," sagte er, „denn man weiß sich gerne gelobt, zumal wenn man, wie ich, eine Zeitlang ein bißchen schlecht behandelt worden ist. Ich habe auch gerade so ein Lob genossen. Sie wissen doch," wandte er sich zu Henry Felix, „daß unser heimliches Licht ein gewaltiger Kritiker geworden ist, der alles, was da kreucht und fleucht auf dem

deutschen Parnaß, wie jämmerliches Gewürm behandelt, insonderheit uns arme Blinden, die wir ehedem die Fülle seines Lichtes übersehen haben?"

„Nicht möglich!" meinte Henry Felix. „Ich war immer der Meinung, er werde nach seinem mißglückten Debüt als Prophet Gottes im Narrenhause enden."

„Weit gefehlt!" sagte Hermann. „Er war so vernünftig, wie das Dichten, so auch das Offenbaren aufzugeben und hat sich breit ins Breite gesetzt: ein kluger Philister zu klugen Philistern. Er kocht die beliebte kritische Bettel-suppe für den untern Mittelstand des Geistes und ist zu seiner Art Glück gelangt: dabei anderen in die Suppe zu spucken. Er tut es mit einer Art Gelassenheit und Seelenruhe, die bei-nahe den Reiz von Stil hat. Ein Glücklicher mehr: der rechte Mann am rechten Platze. Also im Grunde, d. h. sehr von oben heran gesehen, ein erfreulicher Anblick. — Doch, wir reden ja von Literatur! Ich wollte eigentlich nur sagen, daß ich die Zeitungen nicht aus Geringschätzung vermeide, sondern aus einer Art Kunstpolitik. Ich spinne mich ein, von der Gegenwart ab, ganz ins lebendige Vergangene. Lese die pracht-vollen alten Italiener, die nicht lebten, um zu schreiben, sondern schrieben, um das Leben noch einmal erhöht zu leben. Sie lügen mit der wunderbarsten Naivität und gelangen dabei zu einem dichterischen Realismus, der die innersten

Wahrheiten des Lebens aufdeckt. Sie dichten wie Kinder und sind dabei von der entzückendsten Verruchtheit."

„Und Sie selber schreiben nichts?" fragte Berta, die mit dem größten Interesse zugehört und keinen Blick von Hermann verwandt hatte.

„O ja," antwortete der, „ich schreibe sogar viel zu viel. Ich bin nun mal vom Laster der Arbeit besessen und müßte mich Sünden fürchten, hätte ich nicht eine so gute und gescheite Frau, die mir täglich Absolution erteilt. — Ach," fuhr er nach einer Weile fort, und seine blauen Augen leuchteten, „welch ein Vergnügen, hier zu ar-beiten, wo soviel Licht und Schönheit ist! Ich bin Ihrem Manne, Frau Gräfin, mehr Dank schuldig, als ich je abtragen kann. Denn ohne ihn säße ich noch im Nebel."

Er gab Henry Felix die Hand, dem aber bei alledem nicht wohl zumute war. Er spürte, daß Berta verglich.

„Sie sind auf der Hochzeitsreise?" mischte sich Frau Christine ins Gespräch. „Wir sind ganz erstaunt, unsern Freund als Ehemann zu sehen."

— Unsern Freund? — Henry Felix runzelte die Brauen. Die gute Frau Christine schien ihm denn doch etwas s e h r gemütlich zu sein. Auch fand er, daß sie wenig elegant angezogen war.

Aber Berta schien an alledem gar keinen An-stoß zu nehmen. Sie antwortete in einem herz-licheren Tone, als den er von ihr gewohnt

war: „Ja. Hochzeitsreise. Und nun geht's
wieder nach Hause. Wenn auch Sie zurückgekehrt sein werden und einmal nach Berlin
kommen, hoffen wir, Sie bei uns zu sehen."

„Nach Berlin? Sind Sie nach einem andren
Regiment versetzt worden? wandte sich Hermann
fragend an den unangenehm betroffnen Freund.

„Habe den Dienst quittiert," antwortete er
kurz.

„Ach?" meinte Frau Christine; „und wir
dachten Sie so glücklich im militärischen Berufe."

„Dann haben Sie geirrt," erwiderte ärgerlich der ehemalige Reiteroffizier. „Ich bin vielmehr sehr glücklich, ihn hinter mir zu haben."

Berta lächelte ein Lächeln, das ihrem Manne
übel gefiel. Er fuhr fort: „Natürlich bin ich
gerne Offizier gewesen, und wenn wir uns, wie
die Italiener jetzt, mit den Abessiniern zu schlagen
hätten, würde ich es auch heute noch gerne
sein. Aber ein Beruf, der immer nur aus Vorbereitung zu Handlungen besteht, die alle Welt
durchaus vermeiden möchte, ja dessen Sinn es
eigentlich ist, das hintanzuhalten, wofür er
sich unausgesetzt vorbereitet, ist im Grunde etwas
Absurdes und kann auf die Dauer nicht nach
meinem Geschmacke sein, da ich etwas Positives
wirken möchte."

„Das ist zu begreifen," sagte Hermann. „Die
heutigen Offiziere sind Beamte des bewaffneten
Friedens, und ein Beamtendasein paßt zu Ihnen
kaum. Übrigens empfinden vermutlich alle

Offiziere wie Sie, und je länger die Friedens=
zeit dauert, um so widerwilliger werden sie so
empfinden. Es wird daher sicherlich ein Tag
kommen, wo das Wetter loskracht. Gesammelte
Elektrizität muß sich einmal entladen. Und die
bei allen friedlichen Tendenzen doch auf den
Krieg gerichteten Empfindungen und Gedanken
Hunderttausender von Menschen der kräftigsten
Art sind Elektrizität. Es ist gegen alle mensch=
liche Natur, sich ewig fruchtlos abzustrapazieren.
Jede Begabung will sich einmal bewähren.
Man steigert nicht durch Jahrzehnte und Jahr=
zehnte alle kriegerischen Kräfte der Nationen
in fortwährenden Exerzitien und durch unab=
lässig vervollkommnete Hilfsmittel des Krieges,
ohne daß gleichzeitig der Wunsch gesteigert
würde, nun auch einmal zu beweisen, was man
gelernt hat, wie stark und geschickt man ge=
worden ist. Und der Wunsch wird um so
mächtiger sein, je mehr der Offiziersstand allen
übrigen vorgezogen wird. Gerade die besten
Naturen unter den Offizieren werden es mehr
und mehr als etwas Lästiges, ja Peinliches
empfinden, nie zeigen zu dürfen, daß sie dieses
Vorzugs würdig sind. Das Volk selbst, das
zweifellos nirgends den Krieg will, hetzt die
Offiziere unbewußt in eine Art kriegerischer
Ungeduld, indem es sie mit kaum verhehltem
Spott verfolgt. Der Offizier wird zur komischen
Figur in den Witzblättern. Das ist ungerecht,
aber psychologisch erklärlich, wie es auch psycho=

logisch erklärlich ist, daß viele Offiziere zum
Kultus wirklich komischer Äußerlichkeiten gelangen. Aber aus diesen scheinbaren Lustspiel-
elementen ballt sich eine dramatische Handlung
zusammen. Ich bin überzeugt, daß wir noch
einen großen Krieg erleben werden, obwohl die
gegenwärtigen Fürsten samt und sonders un-
kriegerisch sind. Sie werden es in dem Momente
nicht mehr sein, wo die ungeheure Waffe in
ihrer Hand so mit Elektrizität geladen ist, daß
die Hand von ihr bewegt wird, wie die Hand
des Bauernburschen vom Strome der elektrischen
Jahrmarktsbatterie".

„Sie irren sich," entgegnete Henry Felix mit
dem Tone eines Sachverständigen; „unsere
Offiziere sind nicht so vom Kriegsdurst geplagt,
wie Sie meinen. Sie haben sich an die bevorzugte Stellung von prachtvoll uniformierten
Friedensbeamten völlig gewöhnt. Ihr Temperament hat alles Elektrische verloren. Der Dienst
hat sie phlegmatisiert, und der zunehmende
Luxus in den Kasinos wird von ihnen, die ja
jetzt schon von Haus aus an mehr Komfort
gewöhnt sind, als etwa die Generation von
vor 1870, mit zuviel Talent für alles Angenehme
genossen, als daß sie wünschen möchten, dafür
die Unbequemlichkeiten eines Feldzugs einzu-
tauschen, nach dem sich höchstens die jüngsten
Leutnants noch momentweise sehnen, wenn die
Langeweile des ewigen Einerlei in Kaserne
und Kasino ihnen mal auf die Nerven fällt.

Sie überschätzen meine ehemaligen Herren Kameraden, weil Sie ein Idealist sind. Die aber sind Realisten, die da wissen, daß ihre Situation nie besser werden kann, als sie jetzt ist. Sie denken vielleicht auch an Ruhmsucht, — nicht? Die gehört nicht zu den Eigentümlichkeiten der deutschen Nation. Und, schließlich, welchen Ruhm kann sich heute ein Offizier erwerben? Vom Ruhm ist bei deutschen Offizieren nie die Rede. Immer nur von der Pflicht, der großen Beamtentugend. — Sie vergleichen die Armee mit einem Schwerte. Sie ist aber eine Maschine. Auch die Offiziere sind bloß Räder darin, bis auf die paar Oberen, die an den Hebeln rücken dürfen. Aber auch nur reglement= mäßig. — Nun, sie funktioniert ja sehr sauber und wird gewaltig losstampfen, wenn's einmal befohlen wird. Ich bin aber sehr fest davon überzeugt, daß wir das nicht mehr erleben werden. Eher die Abrüstung aus Langerweile."

Das wurde sehr schön und in einem ein wenig dumpfen Tone resignierter Überzeugung vorgetragen, aber Hermann war nicht der Mann, sich gleich für überwunden zu erklären, wenn es galt, zu disputieren. Er war nicht umsonst als Student Mitglied verschiedener sozialdemokratischer Diskussionsklubs gewesen, und dann war er ja wirklich der Sohn des seligen Hauart, von dem er zwar nicht die Millionen, aber die Lust am Theoretisieren geerbt hatte. Und so antwortete er: „Alles was Sie sagen, mag auf Ihr Offizierkorps zustimmen, aber allgemeine Gültigkeit hat es kaum. Gewiß, wir Deutschen sind nicht ruhm= süchtig, aber, wie untermischt mit anderen Rassen wir auch sein mögen, der Grundstoff unseres Blutes ist germanisch, und die Germanen sind von Natur kriegslustig. „Wo kühne Kräfte sich regen, da rat' ich offen zum Krieg" läßt Richard Wagner singen, und Nietzsche weiß es noch besser und deutscher: „Der gute Krieg ist es, der jede Sache heiligt." Hat doch sogar ein deutscher Professor vom „frischen, fröhlichen Krieg" geredet. — Wenn wir heute eine ver= hältnismäßig lange Friedenszeit hinter uns und gewiß auch noch für eine ziemliche Weile Frieden vor uns haben, so liegt der Grund dafür gewiß zum Teile in dem Geiste des Behagens, der allen Erben eigentümlich ist. Aber der Haupt= grund dafür liegt in dem Gefühle der Un= sicherheit unserer Herrschenden: Was wird aus uns, wenn's schief geht? Die internationali= sierende Tendenz der Sozialdemokratie ist ein mächtigeres Schwergewicht gegen den Krieg, als die großen Heere, die übrigens doch auch die nicht ganz unbedenkliche Bedeutung einer gesammelten Volkskraft haben, von der man nicht wissen kann, ob sie sich nicht einmal in weniger normalen Zeitläuften gegen die wendet, denen sie im ruhigen Gange der Dinge folgt. Ich für mein Teil, der ich unsere Sozial= demokraten kenne, teile die Befürchtungen, die

in dieser Hinsicht an manchen hohen Stellen
zweifellos gehegt werden, nicht. Ich bin viel=
mehr überzeugt, daß der furor teutonicus auch
sie ergreifen wird, wenn's einmal zum großen
Donnerwetter kommt. Auch ein unglücklicher
Krieg würde bei uns keine Commüne zur Folge
haben, vielmehr würde gerade er dazu bei=
tragen, bei unsern Leuten den sozialen Idealis=
mus zurückzudrängen und den kriegerischen zu
steigern. Die deutschen Fürsten müßten sich
persönlich schon sehr erbärmlich benehmen, wenn
sie nicht selbst durch einen unglücklichen Krieg
an Anhänglichkeit beim Volke gewännen. Es
wäre nur dann für sie verspielt, wenn aus
dem Volke ein Napoleon wider sie erstünde, —
ein Held, ein Genie der Tat. Der würde im
deutschen Heere, im deutschen Offizierkorps,
trotz aller Pflicht, reichliches Material zu
Marschällen finden. Darauf können Sie sich
verlassen."

Henry Felix lächelte geringschätzig: „In
Deutschland ist nur ein Bismarck möglich, kein
Napoleon. Oder ein — theoretischer Napoleon,
wie Nietzsche, der im Grunde etwas unsäglich
Kümmerliches hat."

„Wie mein Bruder Karl in seinem Tage=
buche fast wörtlich sagt," warf Berta ein und
sah ihn verächtlich an.

Ihr Gatte biß sich auf die Lippen und
runzelte die Stirne. Hermann sowohl wie
Christine bemerkten es wohl, daß er einen

Schlag mitten ins Gesicht bekommen hatte, und zumal Christine fühlte mit vollster Schärfe, wie problematisch es um diese Ehe stand.

Es trat eine Pause ein, bis Hermann das Wort fand: „Sie sind eine Schwester Karl Krakers, Frau Gräfin?"

„Ja," antwortete sie kurz.

„Und Sie besitzen Tagebücher von ihm?" fuhr Hermann, aufs höchste interessiert, fort. „Die müssen Sie herausgeben, Henfel! Ich glaube, daß jede Zeile dieses genialen Menschen ein Wertstück für die Öffentlichkeit ist."

Christine wollte ablenken, aber Berta ließ es nicht geschehen. Sie schien es darauf abgesehen zu haben, ihren Mann zu demütigen und sich vor Hermann als die legitime Erbin der Karlschen Gedankenwelt aufzurichten.

Sie sagte, ganz langsam, als empfände sie eine Wollust dabei, den Schmerz, den sie ihrem Manne zufügte, zu verlängern, wenn auch nur um Augenblicke: „Ich glaube nicht, daß mein Mann darüber völlig so denken wird, wie Sie, wenn er einmal die Tagebücher meines Bruders gelesen haben wird. Zwar decken sich seine Meinungen mit denen Karls an der Oberfläche vielfach, in der Tiefe gibt es aber wesentliche Unterschiede, wie es nicht anders sein kann bei zwei Menschen, die im Wesen weit auseinander gehen. Ich glaube, daß die Herausgabe Ihnen, Herr Honrader, mehr liegen würde, als ihm."

Henry Felix stand mit einem Ruck auf und schob das kleine Marmortischchen so heftig von sich, daß es ins Schwanken kam und das Geschirr herabgeglitten wäre, wenn Christine es nicht verhindert hätte. Seine Augen traten hervor; seine Lippen bebten. Er hatte die größte Mühe, seiner wütenden Aufwallung wenigstens insoweit Herr zu werden, daß er keinen öffentlichen Skandal machte. Er keuchte, indem er sprach: „Ich muß bitten, mich zu entschuldigen. Ich . . . wir reisen morgen. Ich habe bei Cookes zu tun."

Er trat zum Handkuß an Christine heran, schlug die Hacken laut zusammen, gab Hermann die Hand und ging, ohne sich von seiner Frau zu verabschieden, schallenden Schrittes aus dem Teezimmer.

Draußen warf er sich in eine Droschke und schrie den Kutscher an: „Fahren Sie!"

— „Wohin?"

— „Wohin Sie wollen! Fahren Sie!"

— „Ma, Signore, no so . . ."

— „Herrgott, so fahren Sie doch! Fahren Sie mich . . ."

Plötzlich fiel ihm die Adresse eines „casino" außerhalb der Stadt ein. Er nannte laut die Adresse und schlug die Wagentüre zu.

— Dio mio, dachte sich der Kutscher, warum diese Wut bei so liebevollen Absichten?

Die Polster der Droschke waren nicht sehr reinlich. Trotzdem biß Henry Felix hinein, daß der Sand zwischen seinen Zähnen knirschte. Dann riß er die Gardine in Fetzen und zerschlug eine Scheibe.

— Pazzo! dachte sich der Kutscher; hoffentlich demoliert er mir die ganze Karre. Er soll gut zahlen dürfen dafür. Gott aber Gnade den schönen Damen draußen, die diesem wütenden Germanen in die Hände fallen. Hat man je so ein wildes Tier gesehen? Das kommt von den vielen bistecche und dem dicken Bier. Diese reichen deutschen Hunde fressen und saufen zu viel. Totschlagen sollte man sie, diese geilen Nichtstuer, totschlagen!

Und er drasch seine soziale Empörung dem armen Gaul auf Rücken, Weichen und Hals, der wahrhaftig in seinem ganzen jammervollen Leben noch nicht geil und träge gewesen war. Das elende Tier, bestimmt, wenn nicht der Welt Sünde zu tragen, so doch die in Bier umgeschlagene Wut eines Menschen hinter sich herzuschleppen, der in diesem Momente viehischer empfand, als irgendein Vierfüßler, raste, mit Striemen überdeckt, davon, — ein Symbol der Allgerechtigkeit, mit der die Welt regiert wird.

Indessen nahm Berta, ruhig, als ob nichts geschehen wäre, das Gespräch wieder auf und lud das Ehepaar aufs neue ein, sie in Berlin zu besuchen.

„Sie sollen der Erste sein, der nach mir Einblick in das Tagebuch meines Bruders nimmt, Herr Honrader," sagte sie.

„Ich fürchte nur," warf dieser ein, „daß mir Ihr Mann das verübeln wird, und ich möchte das nicht, da ich ihm Dank schulde, wie keinem Menschen sonst."

„Sie schulden ihm keinen Dank," rief Berta aus und fuhr mit jäher Heftigkeit fort: „oder ich müßte sagen, daß auch mein Bruder ihm Dank geschuldet habe. — Nein, lassen Sie mich reden! Mir sitzt das Herz sonst nicht auf der Zunge. Ich kann fast übermenschlich schweigen. Sie sind der erste Mensch seit dem Tode meines Bruders, zu dem ich etwas von mir sage. O, es ist ein Glück, einmal reden zu dürfen, wenn man, wie ich, verurteilt ist, ewig einen Schwätzer anhören zu müssen, der mit der Unverschämtheit des Dummkopfs als Eigenes von sich gibt, was nichts ist, als hohler Widerhall aufgeschnappter Wahrheiten. — Kennen Sie ihn denn nicht? Wissen Sie nicht längst, wie leer und null er ist? — Ich begreife es, daß Sie die Unterstützung von ihm angenommen haben. Es war mehr als ihr Recht, dies zu tun. Aber es ist mir unbegreiflich, daß ein Mann wie Sie, ein Geist, eine Kraft, dem unwürdigen Gedanken verfallen kann, einem Nichts Dank zu schulden. Mein Bruder hat ihn immer nur mißhandelt für seine sogenannten Wohltaten, und selbst seine Mißhandlungen waren unverdiente Geschenke für diesen Schmarotzer, der immer nur nimmt, nimmt, nimmt, stiehlt, stiehlt, stiehlt von Geburt an. Ich bin sein letzter Raub. Aber an mir soll er ersticken!"

Nicht sie sprach. Es sprach aus ihr. Sie
hatte alle Besinnung verloren. Ihr wütender
Haß tobte wilder, als ihres Mannes Wut, der
sich jetzt an käuflichen Weibern ausließ, die er
peitschte und mit Füßen trat.

Hermann und Christine brachten die wie
vom Fieber geschüttelte ins Hotel.

Als sie bei sich, in der kleinen Villa über
dem Friedhofe bei Trespiano, angelangt waren,
schlang Christine die Arme um den Hals ihres
Mannes und weinte.

„Wie entsetzlich das Leben ist!" sagte sie;
„welches fürchterliche, trostlose Elend zwischen
diesen Menschen des Reichtums. Wie ist es
nur möglich, daß sie sich zusammengetan haben,
daß sie zusammen bleiben können!"

Hermann streichelte das Haar seiner Frau
und sah in ihre guten, kugen Augen: „Der
Haß schnürt zusammen, wie die Liebe zusammen-
bindet. Ich sehe so wenig klar wie du. Aber
ich ahne eines: Nemesis. Das Leben der Menschen
ist meist wirr und verzerrt. Aber der Sinn des
Lebens, der über all diesen tausend kleinen und
großen Tragödien waltet, ist Harmonie. Er
will Ausgleich, Ordnung, Wahrheit. Die Frau
hat recht; ich fühle es: Henry ist ein Frevler
an der vernünftigen Ordnung der Dinge, ein
Nichts, das Würden und Genüsse beansprucht,
die ihm nicht zukommen, ein Dieb, wie sie sagt.
Es gibt deren Hunderttausende, die alle ebenso
unbewußt freveln. Ich glaube, daß sie alle in

fich ihren Lohn dahin haben, auch wenn sie nicht, wie er, mit ihrem Widerpart tragisch verknüpft sind."

Der alte Hauart spintisierte in seinem Sohne weiter.

Christines ruhige, weiblich realistische Art, zu denken, ging darauf nicht ein.

Sie sagte: „Ich sehe bloß, daß es sehr traurig ist, wenn zweie durch den Haß und nicht durch die Liebe zusammenkommen. Der Sinn des Lebens ist scheußlich, wenn er unselig macht. Man sollte die beiden trennen. Mag sie immerhin recht haben. Er hat auch recht. Du weißt, ich halte ihn nicht für gut und wertvoll. Sie mag mehr Wert haben, als er. Aber sie ist grundböse. Wir wollen sie trennen, Hermann. Das soll dein Dank sein."

„Was das Schicksal bindet, kann nur das Schicksal trennen," entgegnete er bestimmt. „Nemesis. Die hat weder mit Moral, noch mit Glück etwas zu tun. Diese zwei Bösen sollen sich aneinander messen. Ich kann mir nicht helfen: Ich wünsche i h r den Sieg, obwohl meine Sympathie so wenig auf ihrer, wie auf seiner Seite ist. Wir wollen uns nicht dareinmischen und ruhig in unseren Bahnen bleiben, die mit dieser bösen Sphäre nichts zu tun haben. Auch die Guten sollen hart sein."

Siebentes Stück: Duetto misterioso

In dieser Nacht kam Henry Felix nicht nach Hause. Als er am nächsten Vormittag in den Salon seiner Frau trat, fand er nur Lala vor, die bei seinem Anblick erschrak. Es war, als hätte sich die Wüstheit dieser Nacht als eine Maske über seine Züge gelegt. Seine Lider waren gerötet; selbst ins Weiße seiner Augen war Blut getreten; die große Unterlippe hing häßlich nieder; der Blick war scheu und wild zugleich.

— Nie sah die helle Schwester so aus, wenn sie früh heimkehrte, dachte sich Lala. Nie hat sie so gelitten, wie unser schönes Kind. Die Rote wird ihn mir töten.

Lala hing dem Sohne Saras mit fast noch größerer Schwärmerei und Unterwürfigkeit an, als der hellen Schwester. Sie liebte ihn auf ihre Art abgöttisch und haßte Berta mit einem tückischen Hasse, obwohl diese stets freundlich, der Master immer nur barsch zu ihr war.

„Wo ist die Gräfin!" schrie er sie an.

„Ausgefahren," antwortete Lala. „Zu einem Herrn."

— „Was redest du da!"

— „Lala sagt, was Lala sieht."

— „Was siehst du!"

— „Lala sieht, daß die rote Frau an einen anderen Mann denkt. Seit gestern."

22*

Henry Felix lachte hell auf und rief: „Prachtvoll! Der blonde Backenbart als Rivale! Hermann! Der erhabene Hermann! Unter einem
Genie tut sie's nicht."

Er warf sich in einen Stuhl und grübelte vor
sich hin. Seine Phantasie stellte ihm sogleich
alle Einzelheiten des Ehebruchs plastisch vor,
und — er fand Gefallen an dieser Vorstellung.
Sie regte ein wütendes Begehren nach Berta
in ihm auf. — Ein ekelhaft wollüstiges Lächeln
spielte blöde um seine wulstigen Lippen. — Hatte
er bis jetzt abstoßend ausgesehen, so sah er nun
abscheulich aus.

Lala schlich zu ihm und kauerte sich vor den
Stuhl, seine Hände ergreifend und küssend, in-
dem sie ihn von unten mit einem sklavischen
Grinsen verliebt ansah.

Henry Felix wollte ihr in einer Aufwallung
von Ekel die Hände entziehen, — aber er ließ
sie ihr. Die animalische Wärme dieser schwarzen
Handflächen, die ihn jetzt streichelten, tat ihm
wohl, und er sah, daß in diesen tierischen Augen
eine Treue war, von der er alles verlangen
durfte, ohne dafür das geringste zu geben.

Das tat dem Sultan noch mehr wohl, als
ihr mütterliches und untertäniges Streicheln.
Er sagte mit freundlichem Tone: „Na, und was
weiter, mein Holdchen?"

Lala beugte sich und küßte ihm die Knie,
dankbar für den freundlichen Ton, und sagte:
„Noch nichts. Es fängt nun an. Vorher war

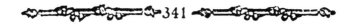

nichts. Nur einmal, in Neapel, war etwas in
ihren Augen. Tonino."

— „Tonino?"

— „Der Hausknecht im Hotel."

— „Der Hausknecht?"

Henry Felix lachte brutal laut. „Du haſt
geträumt."

— „Lala träumt nur nachts. Lala kennt
die Augen der weißen Frauen. Sie hat Tonino
mit den Augen geküßt."

— „Und?"

— „Tonino hat es nicht gefühlt."

— „Wie talentlos!"

— „Scherze nicht, Maſter!"

— „Was, du ſagſt du zu mir?"

— „Zu dir und der hellen Schweſter. Weil
ich euch gehöre."

— „Das iſt ein Grund. Und wenn dir's
die helle Schweſter erlaubt, mag's ſein. Ich
bin ja wohl dein heller Bruder. Nicht?"

— „Nein."

— „Was denn?"

Lala ſchwieg und ſah in mit den zärtlichen
Blicken einer alten Amme an.

— „Na?"

— „Lala darf das nicht ſagen."

— „Ein Geheimnis alſo?"

— „Ein tiefes Geheimnis, dunkler als der
Grund eines Brunnens, der ſo tief iſt, daß der
Eimer der Frage hundert Jahre braucht, hinabzu-
gleiten an den ſchwarzen Ketten der Sehnſucht."

— „Du kannst ja dichten!"

— „Mein Herz spricht so."

— „Und wenn ich jetzt meine Hände um deine Gurgel lege und dir sage: Ich erwürge dich, wenn du mir das Geheimnis nicht verrätst? Was dann?"

— „Erwürge mich, Master!"

Sie reckte ihm ihren Hals entgegen.

— „Nichts zu machen!" Er lächelte. Aber es war ihm angenehm ernst zumute. Er hatte seinen Halt wieder: sein Geheimnis.

„Es ist gut, daß du bei mir bist, du dunkle du," sagte er. „Du sollst mich immer an das erinnern, was ich fast vergessen habe. Es ist schön, daß du schwarz bist."

„Es ist schlimm, daß du vergessen kannst," sagte Lala ernst. „Es ist schlimm, daß du den Ring mit der schwarzen Perle nicht mehr trägst. Stecke ihn dir an den Finger, wo der böse Ring glänzt, der von der Roten ist. Wenn die schwarze Perle ihn berührt, wird sie keine Macht mehr über dich haben."

— „Sie hat keine Macht mehr über mich."

— „Doch."

— „Warum glaubst du das?"

— „Ich weiß es. Denn ich weiß, daß du unglücklich bist. Aber es wird besser. Sie hat sich verraten."

— „Das ist wahr."

— Nun verrate du dich nicht! Laß sie ihre Wege gehen zu fremden Männern. Du sollst

sie alle von mir erfahren, aber nie zeigen, daß
du sie kennst. So werden wir sie fangen, wenn's
Zeit ist. Sie ist noch klüger und böser, als
du glaubst, aber nicht so klug, wie sie denkt.
Sie ist zu böse, um ganz klug zu sein. Ihre
Bosheit ist so dumm, dich zu verachten. Das
laß wachsen!"

Der Sultan schenkte seiner Sklavin einen
respektvollen Blick des Erstaunens und sagte:
„Du aber bist höllisch klug, mein schwarzer
Schatz. Ich habe dich unterschätzt."

— „Ich bin nur der Docht, den die helle
Schwester angezündet hat, und ich brenne und
verbrenne für dich."

Sie legte ihre Stirne auf seine Knie, indem
sie seine Beine mit beiden Armen fest gegen
ihre Brust preßte, erhob sich und ging lautlos
hinaus.

Sie hatte immer nur geflüstert, und Henry
Felix war nun auch davon, wie von dem seltsamen Inhalte ihrer Worte, benommen. Er
lehnte sich im Stuhl zurück und schlief ein.

Es war schon hoch am Tage, als der Ein-
tritt Bertas ihn weckte.

Sie sah verdrossen aus und sagte: „Ich denke,
wir reisen? Warum hast du nicht packen lassen?"

„Ich nahm an, daß du jetzt lieber bliebst,"
antwortete mit Betonung ihr Mann, besann sich
aber sogleich, daß diese Betonung gegen den
klugen Rat Lalas verstieß, und fuhr gleichgültig
fort: „Übrigens können wir ja ruhig mit dem

Expreß vorausfahren und die Leute mit dem Gepäck nachkommen lassen. Mich hält hier nichts."

„Mich auch nicht," erwiderte kurz Berta.

Henry Felix aber spürte wohl, daß in diesen drei Worten mehr lag, als bloßes Beistimmen.

Es ist ihr vorbei gelungen, sagte er höhnisch, aber ohne sonstige weitere Genugtuung, bei sich; Joseph hat den Mantel in ihren Händen gelassen. Dieses Genie ist von bescheidenen erotischen Bedürfnissen. Die gute Christine genügt ihm vollkommen, obwohl sie, weiß Gott, recht reizlos geworden ist. — Der kleine Dämpfer ist ihr zu gönnen. Aber sie wird schon noch einen Herausgeber für die Tagebücher Karls des Großen finden.

*

Berta bestand darauf, daß man direkt bis Berlin durchfuhr. Der Name Hermanns kam nicht über ihre Lippen, aber sie gab die Maxime von sich: Der beste Maßstab für das innere Wesen eines Mannes ist seine Frau.

— Aha! Christine! dachte sich Henry Felix. Aber, was für ein außergewöhnliches Wesen muß dann ich sein, da ich die erlauchte Berta zum Weibe erkoren habe?

Er war sich jetzt sehr klar darüber, daß auch seine Ehe bereits eine überwundene Episode war. Die große Oper konnte ja noch eine Weile weiterspielen, und es würden gewiß noch einige neue Personen auftreten. Er aber war wohl mehr

Zuschauer geworden, —: bis zu dem wichtigen Stichwort am Schlusse, woran sich seine große Szene knüpfen sollte. Das bei Gilli war die Peripetie gewesen. Was ihm jedoch die Trümpfe für die weitere Entwicklung in die Hände gespielt hatte, war die Beobachtungskunst und Verschlagenheit der Schwarzen und die, freilich hinter den Kulissen vorgegangene Szene in Hermanns Wohnung. Von dieser Szene machte sich Henry Felix eine falsche Vorstellung. Er dachte sie sich dramatisch bewegt und wortreich, während sie aus nicht viel mehr wie einem Frage- und Antwortspiel der Augen bestanden hatte. Ihre Bedeutung für die Entwicklung des Dramas seiner Ehe erkannte er aber ganz richtig. Dieser Fehlschlag mußte Berta weiter ins Leidenschaftliche treiben, und der junge Gatte war sich völlig klar darüber, daß er dieser Frau gegenüber nur siegen konnte, wenn die gerade Linie ihres Hasses gegen ihn durch Kurven ihrer Sinnlichkeit unterbrochen wurde. An eine Möglichkeit, sie zu gewinnen, das Gespenst Karls aus dieser Ehe zu vertreiben, glaubte er seit dem ihm bei Gilli angetanen Affront nicht mehr. Er sagte sich ganz kaltblütig: Ich habe dieses Weib besessen, wie andere Huren auch. Sie war nie meine Frau. Noch weniger war ich je ihr Mann. Diese Ehe ist ein Stück Papier, das zerrissen werden muß, wenn der Augenblick günstig für mich ist. Er wird kommen. Diese gehässig Berechnende hat sich bereits ver-

rechnet, — genau wie damals ihr Bruder, der
auch bloß mit seinem Gehirn rechnete und vergaß, daß das Leben keine Gehirnmathematik
ist. Blut ist mächtiger als Hirn, Madame.
Auch das Ihre. Es wird Sie zu Ihrem Tiberio
führen, und dann wird es sich zeigen, daß das
meine noch zehnmal mächtiger als Ihres ist.
Einstweilen sollen Sie Ihren Salon für mich
gründen, — auch Sie zu nichts anderm bestimmt,
als zum Vorspann am Siegeswagen meines
Schicksals. — Hüh, schöne Stute!

Achtes Stück: Rosa mystica

Hainbuchen war verkauft worden. Herr
Martin von Herzfeld, dem es in der Residenz
selber nicht mehr recht gefiel seit dem Regierungs-
antritt des neuen Herrn, der dem neuen Adel
nicht grün war, hatte es erworben, und mit
ihm den schwarzgelben Stall. Er hatte sich nicht
verrechnet dabei. Erstens war er billig zu Gut,
Schloß und Stall gekommen, denn er hatte sogleich gemerkt, daß Graf Hauart das Besitztum,
das für ihn jetzt nur eine Verlegenheit war,
um jeden Preis wieder los sein wollte. Und
dann hatte der schöne alte Grundbesitz seinen
neuen Adel in den Augen der Landesaristokratie,
wenn schon nicht sanktioniert, so doch in einem
gewissen Sinne mit einem Anschein von anständiger
Solidität umgeben. Es war ja peinlich, einen
ehemaligen jüdischen Lederhändler, der nicht ein-

mal, wie Henry Felix, das Aussehen eines „assyrischen Edelmannes" (Prinz Assis Lieblings. wort jetzt) hatte, auf ehemals feudal Pfründten. schem Grunde sitzen zu sehen, aber der alte, aus Landsässigkeit entstandene Adel wird unbewußt von dem Gefühle beherrscht, daß großer Land. besitz an sich schon etwas wenigstens Adelmäßiges ist, das eine Art Vornehmheit verleiht. Der ihm aufgeadelte Herr von Herzfeld hatte ihm weniger gegolten, als der gewöhnliche vonlose p.p. Herzfeld, aber der Besitzer eines altgräf= lichen Gutes erschien, wenn auch als Usurpator, immerhin doch wie von einem Abglanze früherer echter Herrlichkeit umstrahlt. Und nun gar die hochadeligen Rosse! Ihr Besitz nobilitierte noch um eine Nuance mehr, und unter den jungen Leutnants des glücklich von dem assyrischen Edel. mann befreiten und nun wieder fleckenlosen Regiments befand sich mehr als einer, der gerne bereit war, sie für den Besitzer Hainbuchens zum Siege zu steuern. Der Hainbuchener Stall überdauerte den Turfruhm seines Begründers, der mit diesem wie mit einem Schlage aus dem Gedächtnis der Herrenreiterschaft gelöscht war.

In der Muschel aber richtete sich Dr. Kurt von Herzfeld eine kleine Bibliothek von Erst= ausgaben seiner geliebten Romantiker ein, zwischen denen er oft als beglückter Genießer einer ritterlich deutsch=poetischen Kunst sinnierend saß, über Wiesen und Fluß zum Walde blickend, den seine nachgefühlvolle Phantasie sich gerne

mit den zarten und innigen Fabelwesen aus
dem Wunderhorne dichtenden Deutschtums be=
völkert dachte. Auch ihn störten die mitter=
nächtigen Schläge der alten Turmuhr aus der
Umarmung eines geliebtens Wesens auf, aber
diese Schöne war nicht von Fleisch und Bein,
und sie schuf keine tragischen Ungelegenheiten.
Denn so was tut die germanistische Philologie
nicht, auch wenn sie noch so poesieempfänglich
betrieben wird.

Doch war der liebende Umgang mit ihr
daran schuld, daß der gute Kurt frühzeitig eine
Glatze bekam und beinahe alljährlich schärferer
Brillengläser bedurfte.

Währenddessen richtete sich der weiland Herr
von Hainbuchen eine prachtvolle Villa im Berliner
Tiergartenviertel ein, wo bald alles aus und ein
ging, was einer neuen deutschen Romantik (oder
wie man es nennen mochte) das eine oder
andere Fähnchen vorantrug. Der Naturalismus
hatte es damals gerade so weit gebracht, daß das
große Publikum auf ihn ebenso begeistert schwur,
wie es wenige Jahre vorher noch frenetisch
auf ihn geschimpft hatte, aber für die goldene
Wolke des neuen Kunstadels, die Henry Felixens
Reichtum und Bertas Schönheit um sich hatte
lagern heißen, war er so gänzlich mausetot, wie
es auf Gottes Erdboden nur das ausgeblasene
Ei eines literarischen Theorie=Dogmas sein kann.
Dafür gab es nun neue Theorieneier zum Aus=
brüten, und das Gegacker darüber her war groß.

Ha, wie tobte der Streit in Bertas malven=
farbenem Salon! Doch nein, das Wort ist zu
heftig. Die Zeiten des Streites waren vor=
über. Die neuen Dichter und Kunstrichter waren
nicht von der robusten Art der Paladine des
Misthaufens, und auch diese selbst, soweit sie
sich an diesen Spielen des Witzes und Ver=
standes beteiligten, waren sanfter geworden.
Die meisten freilich spielten nicht mehr mit.
Der grimmige „Wanzentod" hatte sich zum
Redakteur eines ehedem sehr kleinbürgerlichen
Blattes resigniert, das durch das organisatorische
Genie seines Verlegers zum Allerweltsblatte
geworden war. Er tötete die Wanzen nicht
mehr, sondern bemühte sich, ihnen Kultur bei=
zubringen. „Weshalb sie töten," meinte er,
„da sie stinken, wenn sie sterben?" Doch war
er weit davon entfernt, sich in dieser Be=
schäftigung so wohl zu fühlen, wie das „heim=
liche Licht", das als kritische Unschlittkerze seinen
tranigen Geruch mit höchster Genugtuung ver=
breitete und froh war, aller törichten Selbst=
täuschungen frei und ledig zu sein. Dagegen
rauschte die „Weltesche Ygdrasil" mächtig weiter
im Bewußtsein ihrer Ewigkeit. Hatte sich aber
doch auch äußerlich etwas resigniert, und zwar
auf ein Spezialgebiet abseits der üblichen
Dichterei, wo sie Legionen von Lesern und
Bewunderern hatte. In ihrem Schatten stand,
von ihren Wurzeln fest umklammert, gewaltig
die Statue Napoleons des Geniekaisers. Wer

den Gewaltigen verehrte (und seine Verehrung
begann um diese Zeit zu wachsen wie die
Goethes), zollte auch dem Manne hohe Achtung,
der, wie heftig er sich auch immer noch zuweilen
verhaute, doch das eine von sich sagen durfte,
daß er gegenüber aller Pygmäenerhöhung des
Tages immer auf wirkliche Größe hingewiesen
hatte.

Der mit der Stirnlocke hingegen wurde
nicht müde, immer aufs neue dem Tage ein
Götterbild zu errichten. Er beteiligte sich, leb-
hafter noch als die Jungen und mit viel mehr
Temperament und wirklicher Hingabe, als sie,
unausgesetzt weiter am Ausbrüten der neuen
Eier, und, wenn es sich einmal ergab, daß er
auf einem Windei gesessen hatte, so gluckte er
doch. Hatte sich aber als watschelndes Entlein
herausgestellt, was er als Perlhuhn oder gar
Königsfasan und kaiserlichen Pfau allzu voreilig
annonciert hatte, so führte er das quarrende
Ungetümchen darum mit nicht weniger Brut-
hennenzärtlichkeit zu der ihm gebührenden
Pfütze. Viele fingen an, ihm böse zu werden,
weil er allzuhäufig gluckte und sich bei jedem
Male immer heftiger aufplusterte, gleichsam als
ob sein pflegemütterliches Gefieder sonst nicht
Raum böte für das diesmal nun ganz bestimmt
zum Ausschlupf kommende Überfedervieh, aber
es konnte ihm mit Recht doch eigentlich nur
böse sein, wer früher von ihm begluckt worden
und nun darüber ärgerlich war, daß er immer

aufs neue neuen Eiern seine Brutwärme schenkte.
Wenn irgendeiner, so hätte er über Undank
schelten können. Doch tat er's nicht. Nur
seine Stirnlocke wurde allmählich grau und das
Netz der Falten um seine kleinen gescheiten
und lebhaften Augen dichter.

Da er viel Sinn für schöne Frauen besaß,
kam er Bertas wegen oft nach Berlin und
trug ihr zuliebe viel dazu bei, daß ihrem
Geflügelhof keine Spezies der modernsten Rassen
fehlte. Henry Felix konnte ihn nicht leiden,
weil er etwas Frozzelndes hatte und ihm überdies wegen seiner ehemaligen Zugehörigkeit zum
Misthaufen fatal war. Der gräfliche Protektor
der neuesten Spielarten wurde nicht gerne an
die wenig dekorative Rolle erinnert, die er
damals gespielt hatte, und er wollte vor allem
nicht, daß andere daran erinnert wurden. Denn
diesmal hoffte und meinte er, eine größere
Rolle zu spielen.

Daß es danach aussah, war unbestreitbar.
Zwar nahm die Öffentlichkeit erst noch wenig
Notiz von den Überwindern des Naturalismus,
unter denen es überdies einen innersten Kreis
der ganz Erhabenen gab, die es ausdrücklich
wünschten und darauf anlegten, vom Publikum
ignoriert zu werden. Dafür interessierten sich
Die von der Purpurnen Wolke, wie sie sich nach
einem Einfalle Berthas nannten, um so intensiver
füreinander, und, da nicht wenige unter ihnen
Menschen der Gesellschaft waren (denn es be-

gannen dazumal die reichen Jünglinge zu dichten),
so war in den literatur= und kunstbeflissenen
Salons des westlichen Berlin ein großes Gewispere
und auch schon einiges Lorbeergetuschel über
die am Horizonte Aufschwebenden. Doch blieb
der gräfliche Salon einstweilen der unbestrittene
Mittelpunkt und Kern des neuen Geistes, der
zwar keineswegs so revolutionär auftrat, wie
damals das wilde Feuer des Naturalismus,
aber im Grunde doch auch eine Art Umsturz
im Auge hatte.

Der Naturalismus war eigentlich ein ver=
kappter Idealismus mit demokratischen und
sozialen Tendenzen gewesen. Dieser neue
Idealismus, ästhetisch sowohl wie materiell viel
besser fundiert, als er, war wesentlich realistisch
gerichtet, soweit er sich überhaupt für das
Leben interessierte. Eine neue Gesellschafts=
ordnung mit aufrichten zu helfen, das lag
keineswegs in der Wunschsphäre dieser bereits
in komfortablen Kinderstuben aufgewachsenen
und eigentlich nur in ihren Geschmacksansprüchen
unbefriedigten jungen Leute. Nietzsche hatte
ihnen den Willen zur Macht gelehrt und die
neue Tafel der Herrenmoral aufgerichtet; die
sozialdemokratischen Konsequenzen der alten
christlichen Idealismen erschienen ihnen als die
letzten Zuckungen der abgetanen Sklavenmoral,
mit der sie durchaus nichts zu tun haben wollten,
obgleich sie es für geschmacklos hielten, gegen
das staatlich aduptierte Christentum zu demon-

ſtrieren. Sie nahmen alles Gegebene weiſe
hin, alſo auch den chriſtlichen Staat. Aber ſie
fühlten ſich als die durch Geiſt und Reichtum
neu legitimierten Herren darin und gedachten
keineswegs, ſich mit der Stellung einer geſell=
ſchaftlichen Unterſchicht zu begnügen. Ihre
Väter waren liberal geweſen und hatten ſich als
bürgerliche Oppoſition gegen alles bevorrechtet
Ariſtokratiſche gefühlt. Sie aber waren politiſch
indifferent, fanden den Liberalismus jedoch
lächerlich und dachten gar nicht daran, ſich als
Bürgerliche aufzuſpielen. Sie opponierten nicht
gegen die Reſte der früheren feudalen Herr=
ſchaft, ſondern begannen einfach, ſich aufwärts
zu drängen, indem ſie gar nicht daran zweifelten,
daß ſie eines Tages deren Stelle einnehmen
würden als die neue Ariſtokratie. Was ſie
von der alten brauchen konnten an Äußerlich=
keiten, Geſinnungen, Liebhabereien, nahmen ſie
an. Auch die Überläufer aus dem alten Adel
waren ihnen willkommen. Sogar ſehr.

Was der allerhöchſt ſelige weiland aller=
gnädigſte Herr des Grafen Hauart geahnt
hatte, begann in die Erſcheinung zu treten.
Der neue Reichtum fing an, die Pflege der
äſthetiſchen Kultur in ſeine Hände zu nehmen.
Freilich fürs erſte nicht ſo ſehr durch Förderung
fremder Talente, als durch Pflege der eigenen,
die von der Natur nur wenig, von erworbenem
Geſchmack aber ziemlich viel hatten. Da ſich
aber auch die wirklich ſchöpferiſchen Begabungen

der Zeit vom Naturalistischen ab in freiere
Imagination und der schönen Form zuwandten,
so fehlte es dieser neuen Richtung, die im
Grunde eine gesetzmäßige Folge des Naturalis=
mus war, keineswegs an positiven und fruchtbaren
Talenten. Doch überwogen einstweilen noch
die Halbkünstler, die, indem sie die fehlende
Naturkraft durch Geschmack ersetzen mußten,
leicht in leere Künstelei und, eben aus Ge=
schmackshypertrophie, ins Geschmacklose ver=
fielen.

Gerade diese aber waren Henry Felix sehr
sympathisch. Was sie konnten, konnte er auch.
Denn auch ihre Hauptkunst war die Allüre,
auch sie stolzierten, mit mehr oder weniger
Geschmack, im Schmucke fremder Steine, und
auch ihnen war die Kunst nicht das ernste
bedeutsame Spiel, in dem der wirkliche Künstler
das Leben auf seine reizendste Urform zurück=
führt, Kind und Weiser in Einem, sondern eine
billige Spielerei mit bald so, bald so, je nach
Geschmack und „Stil“, drapierten, verstellten,
wohl auch verrenkten angenehmen Gegenständen
einer eigentlich gestaltlosen Phantasie. Das
Jonglieren mit bunten Glaskugeln oder kristallisch
geschliffenen, in hundert Facetten blendenden
Glasstücken, wozu man die Worte einer nicht
immer völlig klar beherrschten deutschen Sprache
hier zu verwenden pflegte, war ein Talent, das
er schon immer besessen hatte. Er brauchte
sich nur noch die neuesten Tricks anzueignen,

die nicht wesentlich schwieriger zu erlernen waren,
als die älteren Formen, die er sich früher aus
Echtermeyers Sammlung deutscher Gedichte und
später aus Karls Versweise entlehnt hatte.
Diese Art zu dichten, fiel ihm sogar leichter,
weil sie starkes Empfinden und klaren Aus=
druck nicht nur nicht verlangte, sondern sogar
als etwas Banales perhorreszierte und selbst
im nur halb zu Ende Gedachten und daher in
trüber Unverständlichkeit nebelhaft Angedeuteten
keinen Mangel, sondern den Reiz der Tiefe
erblickte. Seine Neigung zum Mystischen konnte
sich nach den Gesetzen dieser für Talente seiner
Art höchst probaten, weil höchst toleranten
Poetik gar prachtvoll manifestieren, und so
darf es nicht wunder nehmen, daß sein erster
Gedichtband, die poetische Frucht des ersten
Jahres der Purpurnen Wolke, den Namen
Rosa mystica führte. Es war wirklich ein
Band, obwohl er nur zwölf Sonette enthielt.
Und das war nicht etwa bloß damit erreicht,
daß er auf dickstem Büttenkarton gedruckt und
in schwerstes Eselsleder gebunden war, sondern
es war auch die Folge einer höchst sinnreichen,
ja, man konnte wohl sagen genialen Anordnung.
Wer das Buch aufschlug, erblickte zuerst ein
über alle Begriffe herrliches Vorsatzpapier.
Papier? Nicht doch! Es war ein eigens für
diesen Zweck gefertigter Brokatstoff: schwarze
Rosen auf goldenem Grunde. Dann kam ein
bedeutsam leeres Blatt. Dann ein Blatt mit
23*

der Aufschrift: Rosa mystica. Dann ein Blatt
mit der Verkündigung:

Dieses Buch wurde in
zwölf Exemplaren,
wovon dieses das
Erste
ist,
für zwölf seiner Freunde
im Auftrage von Henry
Felix Grafen Hauart,
der die darin
aufbewahrten Gedichte
im Jahre 1897
empfangen und nieder-
geschrieben hat, gedruckt
in der Offizin der
Purpurnen Wolke
im darauffolgenden
Jahre.

Den Nachgenuß dieser Offenbarung zu verlängern, hatte tiefer Bedacht das nächste Blatt
wiederum freigelassen. Das nächste jedoch wies
den Haupttitel auf:

Rosa Mystica

Zwölf Gedichte

in Sonettenform niedergelegt

vom

Grafen

H. F. H.

Folgte ein Blatt mit dem Exlibris des Dichters.
(Ein Umstand, der von den allersublimsten
Kennern des Kreises beanstandet wurde.) Dann
ein Blatt mit der lapidaren Anzeige: Erstes
Stück. Dann ein Blatt mit dem Kalenderver=
merk: Januar. Dann ein Blatt mit dem Namen
dessen, der durch Widmung des ersten Stückes
ausgezeichnet worden war. Dann ein Blatt
mit einem Zitate aus den Werken desselbigen.
Dann (man sage nicht: endlich! denn Ungeduld
ist keine vornehme Eigenschaft) gab sich das
erste Gedicht in Sonettenform dem Auge dessen
preis, dem zu lesen es vergönnt und nach so
langer Vorbereitung auch wohl zu gönnen war.
Daß die Rückseite eines Blattes, das vorn vier=
zehn Verszeilen des Grafen H. F. H. tragen
durfte, nicht durch irgendwelche Worte pro=
faniert war, versteht sich von selbst. Aber auch
das nächste Blatt war gänzlich dem Genuß ge=
widmet, den jeder höhere Geschmacksmensch beim
Anblick von echtem holländischen Büttenkarton
mit dem gräflich=hauartschen Wappen als Wasser=
zeichen empfinden muß. Dafür schlug es dann
auf dem übernächsten Blatte wieder gewaltig:
Zwei! Und so fort bis zum Schlusse, wo aber
statt eines, vier leere Blätter die Seele des
Lesers beruhigten.

Alles in allem also ein Werk von einhundert=
undneunzig Seiten, falls sich Der mit der Stirn=
locke nicht verzählt hat, der aus häßlicher
Scheelsucht, weil er nicht unter den zwölf Aus=

erwählten war, nach dem Durchzählen ausrief: „Sie sind ein Schmutzian, Graf! Bei Ihnen geht's zu, wie bei den armen Leuten. Zwölf Sonette und bloß hundertneunzig Seiten! Wo es doch allein hundertachtundsechzig Zeilen sind, zu denen Sie dreihundertfünfundsechzig Tage gebraucht haben! Und dann: net a mal Seidenpapier ha'ms vor die Sonette geklebt! Das ist direkt respektlos. Ich, wenn ich Sie wäre, hätte die Gedichte in zwölf Bänden herausgegeben. Schaun's, das wär Kultur gewesen. Denn, wenn wir's recht betrachten, ist es doch halt nix als Barbarei, zwölf lebendige poetische Wesen zusammenzusperren, wie Proletarier in eine Mietskaserne. Wo bleibt da der ästhetische Genuß? Dem Menschen von kultureller Sensitivität tut's weh, wenn er sich denkt: das arme Sonetterl hat net amal a Villa für sich. Und zumal die Ihren, die ganz nacket sind und net das kleinste Komma anhaben. Wann's allein wohnten, ging es noch, aber so is es auch noch unmoralisch."

Die gräflichen Gedichte in Sonettenform entbehrten in der Tat der Interpunktion völlig, da diese als Sinnbehelf für gemein galt und das Oberhaupt der Interpunktionslosen erklärt hatte, ein Dichter sinke zum Journalisten herab, wenn er an der immanenten Klarheit seiner Poeme selber Zweifel an den Tag lege, indem er in der Form von Kommas und Punkten Lichter aufsteckte. Da auch keine großen An-

fangsbuchstaben gedruckt werden durften, wurden
die Gedichte zuweilen zu wahren Rätseln, und
es kam vor, daß man sie nach Belieben so
oder so lesen konnte. Man hatte dann zwei
oder mehr Gedichte in einem, das eine immer
dunkler als das andere, und zuweilen wurde
der unbeabsichtigten Lesart der Vorzug gegeben,
weil sie die dunklere war. Diese Gedichte
nannte man eleusinisch. Henry Felix hatte be=
sonders oft das Glück, zwei oder gar drei
Gedichte gemacht zu haben, wo er Mühe nur
für eines aufgewendet hatte.

Indessen betrieb er die Dichtkunst doch nur
nebenher. Er hätte ebensogut sticken oder
häkeln können, wenn das nicht schwieriger ge=
wesen wäre. Es machte ihm nicht einmal viel
Vergnügen. Daß er es nie zu Versgobelins
bringen würde, wie der Meister der Inter=
punktionslosen, mußte ihm schon deshalb klar
sein, weil es zu den Überzeugungen dieser Gruppe
gehörte, daß nur dieser berufen sei, am Web=
stuhl der Ewigkeit zu wirken, während die
Jünger, wie es sich gehört, seiner Herrlichkeit
nur zur Folie zu dienen hatten. Aber er wußte
es auch ohnehin. Er wußte es, weil es ihm
sein eigentlicher poetischer Instinkt sagte, der mit
diesen Verswebereien gar nichts zu tun hatte
und, ewig unterdrückt durch den Trieb, andere
zu imitieren, schließlich zu einem Gefühl halb
schon resignierter, halb noch ärgerlicher Unbe=
friedigtheit geworden war.

Henry Felix glaubte auch an seine mit soviel
falscher Inbrunst umsungene Rosa mystica nicht.
Es hätte ihm besser angestanden, zu schreien,
als zu säuseln, und er hätte sich in anderen,
freieren Formen glücklicher gefühlt und bewegt,
als im Sonett-Korsett, aber die Sucht, zu posieren,
überwog auch hier alles andre in ihm, und er
fühlte sich gröblich beleidigt, als Hermann
Honrader nach Empfang der Rosa mystica
schrieb: „Überlassen Sie das feierliche Umher=
sprengen künstlichen Parfüms doch denen, die
den frischen Duft des Lebens nicht kennen
und wohl auch nicht vertragen. Rosa mystica!
Sind Sie ein Mönch? Wohl: es drängen sich
dem Poeten auch solche Stimmungen ein. Er
werfe sie als Gestalten hinaus und erhebe sich,
befreit von Gespenstern, zum Klarsten seiner
Zeit. Auch diese Klarheit ist voller Geheimnisse
und, wenn man will, Mystik. Die Röntgen=
strahlen und die soeben erfundene drahtlose Tele=
graphie sind tausendmal geheimnis= und wunder=
voller, als der ganze parfümierte Nebel dieser
abgedroschenen, mühsam aufs neue herausge=
putzten Halbgefühle, die auch ästhetisch nichts=
würdig und um nichts wertvoller sind, als die
Schöntuereien der nun glücklich endgültig ab=
getanen Nachtreterchen der Epigonen. Diese
Lilienstengler sind genau so fad wie die früheren
Zuckerstängler. Auch sie sind bloß Salon=Poeten.
Sie haben einen feineren, kulturelleren Geschmack
als diese, wie ja auch die Salons, in denen

sie ihr Wesen treiben, geschmackvoller eingerichtet
sind. Aber das soll der ganze Gewinn unsrer
literarischen Bewegung sein? Geschmack, und
nichts als Geschmack? Das ist nur eine neue
Kümmerlichkeit. Die geschmacklosesten Ver-
irrungen des Naturalismus wiegen schwerer auf
der Goldwage der Kunst, als diese geschmack-
vollen Nichtigkeiten, hinter denen nicht ein Hauch
gestaltender Kraft steckt. Masturbation, kein
Zeugen. Die Selbstbefriedigung ist das wenig
sympathische Symbol dieses Symbolismus, während wahre Poesie immer zeugende Lustüber-
tragung ist. Ich glaube nicht einmal an die
Echtheit des Kinädentums, das einige dieser
lyrischen Epheben zur Schau tragen, denn ich
meine, daß ein echter Päderast als Künstler
gerade deshalb um so entschiedener auf zeugendes
Gestalten in der Kunst ausgehen wird, weil er
im Geschlechte kein Vermögen oder keine Neigung
dazu besitzt. — Dies nebenbei. Ich würde von
alledem nicht reden, da ich dieses ganze Wesen
für eine Unbeträchtlichkeit halte, wenn es sich
nicht um Sie handelte. Malträtieren Sie sich
doch nicht so, lieber Henfel, indem Sie immerzu
etwas andres aus sich machen wollen, als was
Sie wirklich sind. Pfeifen Sie doch, wie Ihnen
der Schnabel gewachsen ist, und, vor allem:
pfeifen Sie auf alle Maskeraden. Man wird
nur glücklich mit dem, was man in sich hat.
Der vernünftige Sinn des Lebens besteht darin,
das in fortwährender Tätigkeit zu steigern, so

weit es irgend geht. So macht man sich fest
und stark in sich selbst und gewinnt Freude an
sich selber und an der Aufgabe, die man im
Verhältnisse zu allem, was außer einem ist, zu
lösen hat. Kein Mensch ist von vornherein in
sich harmonisch, denn in uns kämpfen tausend
und tausend Väter und Mütter miteinander.
Aber schließlich ist doch ein Ich=Punkt da, und
das ist die Keimzelle des persönlichen Glücks.
Das Kind ahnt sie, der Jüngling sucht sie, der
junge Mann, wenn er fleißig ist, kann sie finden,
und der rechte reife Mann wird sie mit all dem
Guten nähren, was in ihm aus dem Erbe der
tausend Väter und Mütter ist und was ihm
das Leben an Ichförderlichem bietet. So wird
die Zelle zum Kern. Süß oder bitter, — es
ist gleich, denn das ausgewogene, schwerpunkt=
sichere Selbstgefühl ist Glück, ob es nun zum
Behagen oder zum Kampfe, ob es zu dem treibt,
was man Tugend oder was man Laster nennt,
zum Gott oder zum Teufel, in den Schlafstuhl
des Philisters oder auf die Bahn des Helden."

Henry Felix fühlte sich durch diesen Brief
nicht bloß geärgert, weil er Kritik an seinen
Gedichten in Sonettenform übte und eine
der seinen entgegenstehende Lebensanschauung
predigte, sondern auch, weil er auf etwas
hinwies, was ihm jetzt wirklich fehlte. Reelles,
tätiges, fruchtbares Selbstgefühl hatte er nie
zu gewinnen ernstlich versucht, geschweige denn
besessen. Aber als der geistige Surrogaten=

konsument, der er überhaupt war, hatte er sich
wenigstens von seiner Art Selbsteinbildung
nähren können. Ein fauler Kern, nach Hermanns
Bilde, aber immerhin genügend für das im
Grunde sehr geringe Persönlichkeitsbedürfnis
dieses Lebensmimen. Jetzt schien auch der
hohl zu sein.

Neuntes Stück: Tremoloso

Aus der großen Oper seiner Ehe war eine
endlose Reihe von Divertissements geworden.
Eine Einlage folgte auf die andere. Das
Stück, äußerlich um jede Entwicklung gekommen,
ging in Stücken auf. Die Hoffnung Lalas,
daß Berta ihr ins Netz gehen werde, schien
sich nicht erfüllen zu wollen.

Die schöne Gräfin hatte einen ganzen
Schwarm von Anbetern um sich und durfte
sich mit Recht für die Muse von gut einem
Dutzend höchst ungemeiner Originalgenies halten,
aber sie ließ sich weder von dem poetischen
Weihrauch benebeln, noch wurden ihr die
feurigen Blicke und Händedrücke ihrer Ado-
ranten gefährlich.

Trotzdem blieb Lala dabei: Sie sucht.

„Ich wünschte, sie fände endlich," meinte
Henry Felix einmal zu ihr, die das einzige
menschliche Wesen war, in dessen Gegenwart
er das Gefühl eines Heims, einer Sicherheit
hatte. „Ich halte es nicht mehr lange aus,

Sie drückt mich nieder. Es ist, als ob sie mich langsam erwürgte."

„O," sagte Lala, „so ist es auch. Sie will dich langsam töten. Sie macht einen Schatten aus dir. Was bist du hier? Nichts. Alles ist sie. Diese Herren und Damen schmeicheln dir wohl, sie aber verehren sie. Lala sieht gut, und was sie nicht sieht, fühlt sie. Sie ist wie ein Hund, der es spürt, wer seinem Herrn gut, und wer ihm feindlich ist. Alle diese Menschen tragen Gift in ihrer Seele für dich: die Verachtung. Du atmest es mit der Luft ein, die von ihren falschen Worten bewegt wird, und davon bist du krank. Es kommt dies Böse aber alles von der Roten, denn von ihr ist das Gift zuerst ausgegangen, und sie atmet es immer wieder von sich. Wenn du sprichst, lächelt sie Verachtung, und wenn sie zu dir redet, so ist es das gleiche. Sie weiß, daß Verachtung dich tötet. Seit du hier bist, stirbst du."

Henry Felix runzelte die Stirne und sagte leise: „Ja. Sie saugt alles Leben an sich, von mir weg. Ich werde ganz leer. Nicht ein Tropfen Kraft und Lust ist mehr in mir. Ich habe an nichts Freude. Es ist wie eine Taubheit aller Sinne."

Er griff sich hastig an den Hals und schrie auf: „Ich bin vergiftet! Ich bin wirklich vergiftet! Es schleicht etwas Tödliches in mir. Du hast nicht aufgepaßt!"

Lala streichelte seine Stirn, die naß war von kalt ausbrechendem Schweiße: „Nein, Master. Das kann dir nicht geschehen. Sei ruhig und hab keine Angst. Lala wacht. Lala sorgt. Es ist nur die kalte Verachtung, die dich schwächt."

„Was soll ich tun!" rief Henry Felix aus.

— „Töte sie oder schicke sie weit weg von dir!"

Er schwieg und starrte ratlos an Lala vorbei. Dann murmelte er: „Ich kann nicht."

„Ich wußte es," sagte die Schwarze. „Sie hat dich feig und faul gemacht."

Er sah sie wütend an.

Sie kauerte sich vor ihm hin und legte ihre Stirn auf seine Füße: „Tritt mich! Lala hat Schläge verdient. — Aber dann sieh dich an! Geh zum Spiegel und sieh dich an! Du bist nicht mehr, der du warst. Du bist nicht mehr der schöne Liebling der hellen Schwester."

Henry Felix murmelte, wie zu sich selbst: „Ich weiß es selbst. Wie ein fetter Knabe seh ich aus oder wie ein Eunuch. Als ob ich ewig weinen müßte über meine Erbärmlichkeit, habe ich dicke, schwammige Tränensäcke unter den Augen. Feist werd' ich, aufgeschwemmt überall. — Und immer bin ich müde. — Warum reit' ich nicht?! — Aber ich gehe ja kaum mehr. Ich schleppe mich von Lager zu Lager. Selbst im Stuhl lieg ich."

Er strich sich durch die Haare, die er sich jetzt jeden Morgen kräuseln ließ, weil er alles, was äußerlich an seine Leutnantszeit erinnern konnte, beseitigen wollte. Er trug auch keinen Schnurrbart mehr und sah in der Tat eher wie ein gemästeter Tenor aus, als wie ein Mann, der vor anderthalb Jahren noch ein Kavallerieoffizier und siegreicher Herrenreiter gewesen war.

„Vielleicht eß ich und trink ich nur zu viel," murmelte er, „und mache mir zu wenig Bewegung. Kein Reitpferd mehr im Stall; nur fette Wagengäule. Wie man den Degen führt, hab ich auch verlernt. Verse drechseln. Kunstquatsch treiben. Verrückte Mappenblätter, alte Töpfe, bunte Papiere, Stoffe, Teppiche sammeln. Immer bloß sammeln und gaffen und reden. Es ist zum Umkommen!"

Lala lächelte: „Und die kleinen Mädchen, Master?"

Auch Henry Felix lächelte: „Ach ja, die. Das einzige. Mein Borkenhäuschen auf der Liebesinsel. Da ist es wohl schön."

Über sein fettes Antlitz rann ein gemein behagliches Lächeln. Er kicherte leise, fast blöde vor sich hin: „Hehe! Du solltest sie sehen, Lala, wie süß sie sind, meine kleinen Schweinchen und Schäfchen. Ich werde dir meine Töchterchen mal photographieren. Es ist die geilste Sumpfflora der Verdorbenheit. Kindliche Körper; Ärmchen, Händchen, Füßchen so weich und zart; — aber Augen wie die große Hure von Babylon, und Worte, Bewegungen, Seufzerchen . . . dagegen ist alles Reife schaal und gewöhnlich. — Wie sie mich lieben! Wie zärtlich sie zu ihrem Papa sind! — Ich muß dich einmal mitnehmen. Du sollst sehen, daß ich doch auch noch ein bißchen glücklich bin, daß mich nicht alle Menschen verachten."

Es schien, als würden seine schwammigen Züge noch welker unter diesem säuischen Lächeln. Plötzlich erstarrte es, und er sprang auf: „Aber das ist zu früh! Ich fühls: das ist zu früh! Selbst mein bischen Vergnügen beweist, daß ich krank, daß ich vor der Zeit alt geworden bin. Ich treib' es wie ein Greis, und es ist nicht wahr, wenn ich sage, daß diese Kinder mich nicht verachten. Auch sie spielen nur mit mir, weil ich ihnen Geld gebe. Auch sie wissen, daß ich schwach und verkommen bin. Ich habe Augenblicke, wo ich sie erwürgen und in Stücke schneiden möchte. — Ich will nicht mehr! Ich will nicht mehr! Das ist kein Leben! Das ist langsames Verfaulen! Sonst ließe sie es nicht zu!"

Er senkte den Kopf wie zum Stoße und machte einen hastigen Schritt vorwärts, als wollte er gegen die Wand rennen. Sein Blick war wild und dumm wie der eines wütenden Stieres. Er keuchte.

Lala hing sich an ihn und zog ihn zurück in den Stuhl.

Sie sprach: „Du hast recht, Master. Sie hofft, daß auch das dich verdirbt. Aber die

Püppchen würden meinen Herrn jung machen, wenn sie ihn nicht so ganz schwach gemacht hätte. Was du auch tun magst: alles ist Gift für dich, solange sie aufrecht neben dir hergeht. Sie muß unter deinen Fuß, und du sollst ihr den Kopf zertreten. — Gib sie mir in die Hand, Master, und ich töte sie. Ich weiß ein Gift der roten Menschen mit den Federkronen, das lähmt. Der Mensch, der es genossen hat, wird starr wie Holz und kann sich nicht wehren. Er ist wie tot und fühlt doch. Es ist das schönste Gift zur Rache."

Henry Felix blickte auf und murmelte: „Hast du es?"

— „Ja."

Er sann mit halb geschlossenen Augen nach.

„Sprich!" flüsterte die Schwarze, „und heute noch ist sie starr in deiner Hand."

Er erhob sich, sah sie wild an und murmelte: „Nein! Geh! Ich will nicht."

Lala wandte sich enttäuscht zum Gehen.

Er rief sie zurück.

— „Wirkt es ganz sicher?"

— „So sicher, wie ich jetzt weiß, daß du nicht den Mut dazu hast."

Er sah sie verächtlich an: „Was weißt du von mir! Was weiß der Hammer von der Hand, die ihn führt! Sie läßt ihn niederfallen, wenn es an der Zeit ist. Nicht eher! Geh und sei bereit!"

Zehntes Stück: Ballo in maschera

I.

Der Priester des Schmerzes.

— „Bruder, hast du einen Schnaps?"

— „Aber natürlich. Dort, auf dem schwarzen Tischchen."

— „Heilige Hadwiga! Das ist ja das fressende Höllenfeuer!"

— „Es ist reiner Alkohol, und außerdem hast du ihn aus einem Untersuchungsglase getrunken, das ich in der Praxis verwende."

— „Du bist ein gottvoller Teufel, Bruder; ich glaube, du bist einer von den unsauberen Geistern, die damals in die Schweine gefahren sind. Es bereitet dir ein seliges Vergnügen, zu denken, daß ich mir Löcher in die Magenwände brenne und außerdem eine Kolonie niedlicher Kokken auf den Schleimhäuten ansiedle."

— „Das Vergnügen könnte größer sein. Ich habe nicht den geringsten Schmerz an dir wahrgenommen. Ein anderer wäre mit diesem Trank im Leibe heulend unter den Tisch gesunken, und ich hätte ihm dann auch noch den Magen auspumpen dürfen. Allein das Heraustreten der Augen bei dieser Operation gestaltet sie zu einem reinen Genuß."

— „Bruder, du kokettierst. Dein Satanismus ist Pose. Ich habe dich im Verdacht, daß du im Grunde ein deutsches Lämmer-

schwänzchen bist trotz deiner malaiischen Ur-
großmutter und der anderen Exoten in deiner
Ahnenreihe." —

Herr Dr. Jan del Pas, in dessen ärztlichem
Sprechzimmer diese Unterhaltung zwischen ihm
und einem deutsch dichtenden Polen vor sich
ging, dem man den Spitznamen Goethinsky
gegeben hatte, weil der Name des großen
Wolfgang sein sarmatisches Blut in Wallung
zu bringen pflegte, lächelte. Dieses Lächeln
nahm sich in dem blassen, harten, von einem
dichten schwarzen Vollbart, wie mit einer
Krause eingerahmten Antlitz etwas deplaciert
aus. Diese schmalen Lippen, die wie ein langer
wagerechter hochroter Strich in dem bleichen
Gesicht saßen, das bis auf die Bartkrause
glatt rasiert war, schien nicht zum Lächeln gemacht zu sein. Der Doktor pflegte sie, wenn
er nicht sprach, fest aufeinander zu pressen,
und, wenn er sprach, öffneten sie sich nur wenig
und langsam. Denn er ließ sich Zeit beim
Reden, wie ein Prediger, brachte dafür aber
jedes Wort mit schärfster Betonung tief sonor
und vom vorhergegangenen wie nachfolgenden
fast demonstrativ geschieden heraus, als wollte
er jede Berührung dieser Individuen miteinan-
ander, jedes ein strenger Charakter für sich,
peinlich vermeiden. Er hatte eine breite,
eckige, kurze Nase und eine gleichfalls breite,
eckige und durch den tiefen Ansatz der straff
gekrausten, dicken, blauschwarzen Haare sehr

niedrig wirkende Stirne, dichte, ebenso schwarze Augenbrauen, die gleich den Lippen nur unmerklich geschwungen waren, und auffällig lange, nach oben sehr spitz, nach unten sehr breit ausgehende Ohren. Ein seltsamer, nicht eben angenehmer, aber entschieden interessanter Kopf, der überdies durch sehr große, tiefblaue und bei einer gewissen Starrheit doch höchst ausdrucksvolle Augen verschönt war. Im Verhältnis zu dem mittelgroßen, übrigens wohlproportionierten Körper wirkte er zu wuchtig. Auch die sehr knochigen Hände waren zu groß, sowohl in der Breite, wie in der Länge. Ihre Haut war, wie die des Gesichtes, fahl blaß. Um so mehr fielen an ihnen die leicht bräunlichen hochgerundeten, sehr dicken und über den Fingerkuppen nach unten gebogenen, aber spitz zugeschnittenen Nägel auf.

„Ich kann mit ihnen in lebendiges Fleisch hauen wie mit Messern," sagte der Doktor gerne, der es bei jeder Gelegenheit liebte, schmerzliche Vorstellungen zu erwecken, wie auch seine dichterischen Arbeiten, die er aber nirgends drucken ließ, dies eine gemeinsam hatten, daß sie im Grausamen ausschweiften, ohne übrigens dabei geflissentlich an die Geschlechtssphäre zu rühren. Seine Phantasie schien sich am Gräßlichen zu weiden, wie die Phantasie eines Backfischs am Süßen, und die wenigen Menschen, die ihn näher kannten, meinten, daß er auch die ärztliche Praxis nur deshalb ausübte, weil

24*

fie ihm Gelegenheit gab, Scheußliches zu fehen
und Schmerzen zuzufügen. Doch schien ihm das
noch nicht zu genügen, denn er ließ keine
Woche vorübergehen, ohne wenigstens einmal
den Schlachtviehhof zu besuchen und dem
Schlagen von Ochsen und Stechen von Kälbern
beizuwohnen. Dabei galt er als ein Mensch,
der freundschaftlicher Zuneigung fähig war,
wenngleich er auch im freundschaftlichen Umgange zuweilen die Kralle des Grausamkeits-
lüsternen vorstreckte.

Viele Freunde konnte er sich daher kaum
erwerben, ging auch wohl nicht darauf aus
und lebte in einem gewissen Dunkel dahin, in
dem er sich ganz wohl zu fühlen schien.

Goethinsky hatte ihn als Patient kennen
gelernt und sich ihm angeschlossen, weil er in
ihm, wie er sagte, eines der höchst seltenen
Exemplare aus der fast ausgestorbenen Gattung
transsubstanziierter Teufel entdeckt zu haben
glaubte, eine lebendige Illustration zu den
Satanslegenden und Teufelsgeschichten, die er
mit vielem Fleiße und einer sonderbaren
Mischung aus Glauben und Spott auf der
Bibliothek studierte.

„Wenn der Erzteufel Satanas nicht dein
direkter Uronkel ist, Bruder," hatte er einmal
zu ihm gesagt, „so will ich ein Preuße sein
und kein Pole. Ich will dir ganz genau
erklären, wie das kalte Teufelsblut in deine
Familie gekommen ist. Dein großer Vorfahr

Don Eftobal, der nach Holland kam und
aus verrückter Liebe zur blonden Beatrijs van
Meteren, von der du diese unglaublichen blauen
Augen haft, seinen heiligen katholischen Glauben
aufgab, war zwar noch nicht vom Teufel be-
seffen, aber doch schon von ihm angeblasen.
Sonft wäre er nicht aus einem Spanier ein
Holländer und aus einem Katholiken ein
Proteftant geworden. Nun also: Sein dunkles,
heißes, adliges Blut vermischte sich mit dem
helleren, kälteren, gemeineren jener Beatrijs,
deren Großvater ein Aftrologe, deren Vater
ein ketzerischer Theologe war. Vermutlich
hatte schon bei dieser Begattung der Teufel
seine Wurzel im Spiel. Denn so was liebt
er, mußt du wiffen. Obwohl er katholisch ift,
protegiert er alle, die aus unfrer heiligen
Kirche entlaufen. Das ift Teufelslogik, —
eine prachtvolle Sache: zum Verrücktwerden.
Und er schickte die Mischlinge aus dem edlen
Hause der del Pas und aus dem mehr gemeinen, aber sehr spirituellen der van Meteren
über das tiefe und große Waffer in die holländischen Kolonien, wo des Teufels Pfeffer
und auch sonft noch viel Hitziges wächft. Z. B.
Weiber, die mehr können, als Strümpfe ftricken,
nämlich: zaubern, — und nicht bloß auf die
gewöhnliche Manier unfrer Weibsen mit den
armseligen Mitteln des Geschlechts, sondern
vermittels uralter Geheimniffe, die von den
indischen und malaiischen Teufeln ftammen, vor

denen ich), obwohl sie nicht katholisch sind, eine
große Hochachtung habe. Denn es sind prachtvoll wilde, heimtückische und grausame Teufel.
Neben ihrer Hölle nimmt sich die katholische
wie ein Tanzvergnügen aus. Nun also: Diese
Weiber haben es deinen spanisch-holländischen
Vorfahren gründlich besorgt, und nicht bloß
von deiner Urgroßmama Malaiin, die als
Giftmischerin enthauptet wurde, ist tropischer
Teufelspfeffer in dein Blut gekommen. Aber
die richtige Infiltration begann doch erst, wie
der Sohn der Malaiin, dein Großvater, die
glänzende, von genial höllischem Instinkte ein-
gegebene Idee hatte, aus seinen spanisch-hol-
ländisch-indisch-malaiischen Lenden katholisch-
protestantischen Samens deinen Vater mit einer
Polin zu zeugen, die, wie sich's von selbst
versteht, niemals aufgehört hat, an den polnisch-
katholischen Teufel zu glauben. Der ist dafür
denn auch erkenntlich gewesen und hat deinen
Vater angetrieben, das Teufelskraut fett zu
machen und eine biedere Deutsche zu heiraten,
die dann die unverdiente Ehre hatte, einen
richtigen, rechtschaffenen Teufel zu gebären:
dich."

Zu solchen und ähnlichen Reden des phantasie-
vollen Satanologen, Diabolikers, National-
polen und Alkoholisten lächelte der Doktor
Jan del Pas bloß. Er war zu sehr überzeugter Anhänger der monistischen Weltanschauung auf streng naturwissenschaftlicher Grund-

lage, als daß er an den Teufel hätte glauben
sollen. Das aber, was ihm, neben seinem
Triebempfinden, die Vererbungslehre zur
Beurteilung seines aus so verschiedenen Rassen-
bestandteilen zusammengesetzten Wesens bei-
brachte, führte ihn dazu, sich bewußt als einen
Menschen zu fühlen, der mit dem Durchschnitt
seiner deutschen Umgebung nur sehr wenig
gemein hatte. Mit Ausnahme einiger entfernter
Vettern seiner verstorbenen Mutter waren seines
Wissens keine Blutsverwandten von ihm am
Leben. Die Eltern waren ihm früh gestorben.
Solange er zurückdenken konnte, hatte er, in
Erziehungsinstituten, dann im Internate einer
ehemaligen Klosterschule, schließlich auf der
Universität und eine Reihe von Jahren als
Schiffsarzt, immer als Fremder unter Fremden
gelebt, genau wie jetzt, eine nicht sehr aus-
gebreitete ärztliche Praxis betreibend, in Berlin.
Diese isolierte Existenz in einer großen Stadt, wo
sich niemand um ihn kümmerte, und er sich bloß
um Dinge und Menschen zu kümmern brauchte,
die er an sich herankommen lassen mochte,
entsprach seinen Neigungen durchaus. Er besaß
ein kleines Vermögen, das zu einem Leben
nach seiner Art gerade hinreichte, und genügen-
den Hausrat aus dem Erbe seiner Eltern, um
sich's auch äußerlich junggesellenhaft behaglich
zu machen. Seine Wohnung befand sich in
einer der alten wenig schönen Straßen von
Berlin NW. und ging nach dem Garten eines

wissenschaftlichen Instituts hinaus. Dort standen
die Möbel aus der Familie seiner Mutter,
mehr solid und behaglich, als stilvoll und schön;
aber aus dem Erbe des Vaters besaß er kost-
bare alte Teppiche indischer Herkunft, bunte
Decken und Vorhänge aus den niederländischen
Kolonien, sowie eine Menge von bronzenen,
elfenbeinernen, holzgeschnittenen kleinen Skulpturen und eine große Sammlung von Waffen
aus dem äußersten Orient. Gab dies Nebeneinander seinen Zimmern schon ein sonderbares
Ansehen, so wurde der etwas wunderliche Eindruck noch dadurch erhöht, daß zwischen den
seltsam geformten Waffen, bunten Wandteppichen,
grellfarbenen Battiks und den elfenbeinweißen,
goldbronzenen, holzbraunen Götzen, Leuchtern,
Räuchergefäßen, die auf schwarzen Konsolen
standen, große farbige Blätter aus medizinischen
Atlanten hingen, die anatomische und pathologische
Querschnitte des menschlichen Körpers und allerhand scheußliche Hautkrankheiten, krankhaft
deformierte Organe, Krebswucherungen, Ge-
schwüre und andere lehrreiche, aber grauenhafte
Abbildungen zeigten. Grauenhaft für jeden andern
(selbst für seine alte Aufwärterin, die an
Gräßliches doch nachgerade gewöhnt worden
war), aber nicht für ihn. Er hatte nicht etwa nur
ein stoffliches Vergnügen in der Betrachtung
dieser Darstellungen, sondern auch ein ästhetisches.

*

„Bist du bloß wegen des Schnapses zu mir gekommen?" fragte er im Verlaufe des Gespräches seinen Besuch.

„Nein, Bruder," antwortete der Pole; „du sollst mir deinen malaiischen Zauberermantel borgen. Weißt du: den prachtvollen bastseidenen Talar, der die Farben eines Feuersalamanders hat: schwarz und rotorangen, — sehr scheckig und scheußlich, mit Schlangen und Fratzen und Totenköpfen et cetera pp. Und dazu diesen hochherrlichen Schlangenbeschwörerhelm aus vergoldeter Schlangenhaut, die sich über einem Bambusgestell wie ein Kürbis bläht, aus dem ein Kinderschädelchen guckt wie ein großer Fruchtkern. In den Augenhöhlen sitzen ihm Opale; anstatt der Zähne hat er kleine Perlchen; die noch offenen Schädelnähte sind mit Goldblech ausgelegt. Ein prachtvolles Erzeugnis exotischen Kunstgewerbes, hehe, höchst geistreich erfunden und mit den primitivsten Mitteln gar geschmackvoll ausgeführt."

Der Doktor erwiderte mit seinem gewöhnlichen Ernste: „Ich verleihe diese Sachen nicht gern, und du mußt mir erst sagen, wozu du sie brauchst."

„Zu einem Maskenball, Bruder", antwortete der Pole.

Jan del Pas riß die Augen weit auf und wiederholte: „Zu einem Maskenball?"

— „So ist es. Zu einem Maskenball. Zu

einem ungemein echten Maskenball, auf dem
sogar die sogenannten Seelen maskiert erscheinen.
Ich will Mazurka tanzen mit dem Schädelchen
auf dem Kopfe, angetan mit einem malaiischen
Zauberermantel und fest entschlossen, eine rot=
haarige Hexe zu berücken, die ich schon seit
einem Vierteljahre vergeblich mit meinem
eigenem Gehirnschmalz salbe, wie es bei uns
zu Hause die Burschen mit ihren spröden
Geliebten tun, nur daß sie dazu Igelfett
brauchen."

— „Hm."

— „Heißt das ‚nein‘, Bruder, oder willst
du mit diesem deutschen Büffellaut ausdrücken,
daß du noch überlegst?"

— „Ich stelle mir vor, wie die Opale des
Köpfchens deine Tänzerin anstarren werden,
wie sie sie hypnotisieren und müde und willig
machen."

— „Du leihst mir die Sachen also?"

— „Hm."

— „Entschuldige, Bruder, aber ich muß dir
sagen, daß du zu einem Ja sehr lange Zeit
brauchst."

— „Ich stelle mir vor, daß deine Tänzerin
plötzlich in einem furchtbaren Schmerze die
Augen schließt und tot in deine Arme sinkt.
Man reißt ihr das Korsett auf, und dicht unter
der linken Brust sitzt ein Opal. Man blickt
genauer hin: es ist eine Zecke, die sich fest=
gesaugt hat am Herzen der Toten. Nun fällt

sie ab und patscht schwer auf das Parkett auf.
Du zertrittst sie. Ein leiser Knall ertönt, und
unter deinen Sohlen hervor schwappt schwarzes
Blut und prachtvoll gelber Eiter."

— „Das ist alles überaus lieblich, Bruder,
und macht deiner Phantasie mächtig Ehre, aber
es bestärkt mich in der Überzeugung, daß du
ein ausgewachsener Teufel bist. Denn es ist
die Art der Teufel, liebliche Geschichten zu erzählen, wenn sie nicht ja sagen wollen."

— „Schwarz und gelb überschwemmt es das
braune Parkett. Die Masken glitschen im Tanze
aus und ertrinken in dem wachsenden Schlamme.
Nur ich stehe und sehe zu, wie die Rothaarige
emporgetragen wird, die toten Augen immer
noch auf meine Opale gerichtet."

— „Erlaube mal, Bruder: Das bin ich, der
dort steht. Du verwechselst die Personen. Aber
das ist ein alter Witz der Herren Teufel."

Der Doktor lächelte und stand auf: „Komm!
Ich will dir den Mantel und den Helm geben."

Sie gingen in das Speisezimmer, wo sich die
große alte Truhe aus Kampferholz mit den
„östlichen Gewändern" aus der väterlichen Vor-
fahrenreihe des Doktors befand.

Der Raum war sehr dunkel gehalten: die
Tapete einfarbig dunkelblau, darauf, in goldenen
Rahmen zwischen schwarzen Passepartouts, die
„Krebstafeln": purpurn, karmin, violett leuch-
tende Darstellungen dieser „animalischen Ge-
müse", wie der Doktor die geil-üppigen

Wucherungen krebskranken Blutes mit Vorliebe nannte.

Er konnte es sich auch diesmal nicht versagen, sie wie etwas überaus Köstliches zu preisen.

„Da hast du, aus menschlichem Zellengewebe, Tomatenberge, Blumenkohlköpfe, Erdbeerenhaufen, Himbeerenkonglomerate und was noch sonst dein Herz begehren mag, — aber alles ins Ungeheure getrieben, ein wahrer Überschwang gestaltender Kraft, gewaltigste Offenbarungen der intensivsten Schönheit, deren das Leben fähig ist. Man nennt es scheußlich, wie der empfindsame Mensch des verzärtelten Westens ja auch die Gebilde der indischen Phantasie oder der Südseeinsulaner scheußlich nennt. Warum? Weil sie Tod und Verderben mit prachtvoller Ehrlichkeit verkünden, während wir, ich meine die Europäer, alles mit der lächelnden Maske des sogenannten Lebens, mit der glatten Epidermis der sogenannten Gesundheit ‚heiter‘ überkleben. Dumme, alberne Kindereien das. Als ob nicht alles Leben Schmerz und bloß Futter für den Tod wäre. Man muß den Schmerz und den Tod lieben, oder man ist gezwungen, die Lüge zu lieben. Wir sind allesamt nicht bloß in Schmerzen geboren, sondern auch in Schmerzen erzeugt; denn der Orgasmus ist nichts anderes, als der Gleichwagepunkt von Schmerz und Wollust. Von beiden ist darin, wie die Begattung ja gleichfalls ebensowohl

Haß wie Liebe ausdrückt. Doch darüber mögen
Paſtoren und Lyriker anders denken. Zweifellos aber und ſelbſt von den Hohenprieſtern
der Lüge anerkannt iſt es, daß auch der Zweck
dieſer Übung ſchließlich der Tod iſt. Der ganze
Sinn des Lebens iſt der Tod. Und vor dieſer
Wahrheit ſoll man nicht fliehen, — auch nicht
in die Kunſt, und auch nicht als Künſtler. Oder
aber man bekenne ehrlich, daß man feige iſt
und die Lüge liebt. Der Ehrliche und Tapfere
jedoch fürchtet die Wahrheit nicht, ſondern er
ſucht ſie und liebt ſie. Er liebt den Schmerz
und betet an den Tod.“

„Aber dann ſollteſt du dich ſchnell vergiſten,
Bruder,“ meinte der Pole, „oder es machen,
wie dieſe prachtvollen Geißelbrüder im Mittel-
alter, die ſich bis aufs Blut auspeitſchten und
dazu tanzten.“

„Das Peitſchen iſt auch gut,“ entgegnete
der Doktor ernſthaft; „aber es iſt nicht das
Eigentliche, Ganze; iſt nur Dilettantismus. Es
iſt zu primitiv und nicht in ſich differenziert
genug, ſich einfach ſelber Schmerz zuzufügen
und damit zu einer ekſtatiſchen Ahnung jenes
heiligen Kernpunktes allen Lebens zu kommen,
wo Schmerz und Wolluſt eins iſt. Dieſem
Dilettantismus fehlt, wie jedem anderen, das
Souveränetätsgefühl, das Drüberſtehen. Man
muß fremden Schmerz erzeugen und mit-
fühlend genießen als eine wundervolle Offenbarung des großen Lebensprinzips, das, ich

wiederhole es, den Tod will auf dem Umwege von Schmerz und Wollust. Man wird gewissermaßen zum Vollstrecker des Gesetzes dadurch und hat das Gefühl der tiefsten Genugtuung, der intensivsten Erkenntnis. Rinnendes Blut hat für den Auserwählten ein phosphorisches Leuchten, das direkt ins Lendenmark dringt. Röntgenstrahlen der Wollust gewissermaßen. Ein schmerzenseliges Aufglühen jeder Zelle durchhellt, durchhitzt den opfernden Priester, der in dem verzerrten Gesicht des Leidenden das Antlitz ‚Gottes‘ selber sieht und in seinen Zuckungen die bewegende Kraft des Weltwillens. — Wer dies nur einmal genoß, denkt nicht an Selbstmord, wenngleich er, kein Heuchler und Halbdenker, den Tod anbetet und heilig nennt.“

— „Ich sehe, Bruder, die Opferpriester des Schmerzes sind gerade so schlau, wie ihre Kollegen, die nicht dem Schmerze, sondern der Liebe opfern und nicht vom heiligen Tode, sondern vom ewigen Leben predigen. Vorm Tode schlägt sogar der Teufel das Kreuz.“

— „Du irrst. Ich weiß, daß für unsereinen im Sterben der höchste Schmerz und darum die höchste Wollust ist. Aber ich fürchte: danach ist es mit allem Schmerze und aller Wollust aus. Doch gesetzt auch, daß dem nicht so wäre: nur ein Kind greift zuerst nach dem Besten. Ich liebe die Steigerung und möchte daher recht lange leben.“

— „Das ist das einzige, was ich dir nachfühlen kann, Bruder. Und daher bitte ich dich,
versuche es nicht weiter, als Teufel den Priester
zu spielen, sondern gib mir Mantel und Helm
und einen Schnaps, denn ich muß nach all dem
Gehörten eine innere Ausbrennung vornehmen.“

Der Doktor hob den Deckel der Truhe auf.
Ein scharfer Geruch von Kampferholz und
Pfeffer brachte den Polen zum Niesen, worüber
Jan del Pas überraschenderweise in ein so
heftiges Gelächter ausbrach, daß seine Auf-
wärterin mit komisch erstauntem Gesichte in der
Türe erschien.

Der Doktor, im Lachen plötzlich abbrechend,
sagte feierlich, indem er ihr den Mantel ent-
gegenhielt: „Nehmen Sie das, Frau Bußke,
und reinigen Sie es säuberlich von dem daran
haftenden Pfefferstaube, der sonst den ganzen
Maskenball zum Niesen reizen würde.“

„Was, Herr Doktor, Se jehn zu Tanze?“
fragte Frau Bußke und erhielt zur Antwort:
„Jawohl, altes Reff, auf den Luderplatz bei
Emberg.“

Frau Bußke lächelte geschmeichelt und verschwand.

„Das ist die Art, mit Hexen umzugehn, wie
der dilettantische deutsche Teufel des Herrn
von Joethe sagt,“ meinte Goethinsky, als sie
draußen war. „Übrigens solltest du wirklich
mitkommen, Bruder. Es ist unglaublich, daß
ich nicht längst daran gedacht habe, dich der

Purpurnen Wolke zuzuführen. Unter so vielen Genies sollte der Teufel nicht fehlen."

Jan del Pas lächelte: „Ich wüßte nicht, was mich weniger lockte, als diese falschen Lebenskünstler. Nur die Gräfin hat einen Zug um den Mund, der mich reizen könnte."

— „Du hast sie gesehen?"

— „Ja, in der Werestschagin=Ausstellung. Sie lächelte sehr richtig über die Schädel= pyramide dieses törichten Gruselnmachenwollers."

— „Sie kann überhaupt über mancherlei sehr richtig lächeln. Unter uns gesagt: Sie ist ein Aas."

„Darüber ist kaum ein Zweifel erlaubt," meinte der Doktor, fügte aber ein Be= denken hinzu, ob es angängig sei, ohne Ein= ladung im Château der Purpurnen Wolke zu erscheinen.

Doch der Pole entgegnete: „Glaubst du vielleicht, ich bin eingeladen gewesen, als ich das erstemal dort erschien? ‚Die Bahn frei jeglichem Talent!' sagte Napoleon, und der nicht weniger große Graf Hauart sagt: ‚Die Purpurne Wolke offen jeglichem Genie!' Dieser Sultan braucht Trabanten und seine Frau Verehrer. Die Purpurne Wolke ist eigentlich weiter nichts, als der große Geldsack des Grafen und das große Herz der Gräfin. Jener bedarf der Entleerung, dieses der Füllung. Wer weiß: vielleicht bist du berufen, es aus= zufüllen. Diese infame Hexe ist ebenso wählerisch,

wie sie lüstern ist. Man kommt ihr immer nur bis zu einem gewissen Punkte nahe; da hört man ein Schnurren, und die Klappe schließt sich. Ein interessanter Mechanismus. Ähnlich wie bei den fleischfressenden Pflanzen. Nur, daß die sich erst schließen, wenn das Insekt drin ist. Komm mit und laß dich fressen, Bruder!"

Der Doktor zeigte wiederum die Zähne, indem er lächelte.

„Und wenn dir's nicht gelingt, gefressen zu werden," fuhr der Pole fort, „so wirst du wenigstens Gelegenheit finden, gut zu essen und eine niedliche Kollektion Mitesser zu beobachten. Reizt dich das nicht?"

— „Das Essen schon."

Der Pole griff in seine Brusttasche und holte einen Zettel hervor. „Höre mich an!" sagte er. „Ich genieße das Vertrauen meines gräflichen Gönners in Dingen der Gourmandise, weil ich ihm einmal vorgelogen habe, daß mein Großvater polnischer General unter Napoleon war und dessen Koch geerbt hat. In Wahrheit war mein Großvater so wenig General, wie der seine Graf war. Ja, er war nicht einmal Koch, und ich vermag ein Rebhuhn nicht von einer Taube zu unterscheiden. Was tut's? Der Graf ist selig, wenn ich ihm bestätige, daß er der größte Gourmet ist seit Savarin. Eine ganze Woche lang hat er mich geödet, indem er den Speisezettel mit mir zusammenstellte. Da! Höre! Ich lese nur die

Einfälle, die er mir in der Inspiration diktiert
hat, während er in einem Haufen historischer
Menükarten wühlte. Denn er sammelt solche Papiere, weil das sehr vornehm ist. Höre bloß: Péri-
gord-Trüffeln en serviette au vin de Cham-
pagne. Rebhuhnpasteten von Angoulême. Soupe
à la Camérani (die Portion kostet 25 Mk.). Tre-
pangsuppe (das ist Suppe aus Meergurken). Sterlet
aus der Oka. Seebarsch nach dem Rezepte des Api-
cius mit Pfeffer, Kümmel, Zwiebel, Petersilie und
Raute gekocht, in geölter Fischsulzsauce. Känguruh-
schwanz mit Oliven gespickt. Bécasse am Spieß
mit höchstihrem Dreck und Kresse nebst Schnirkel-
schnecken à la Julvius Lupinus (mit Schalotten
und Tomaten in Butter gedünstet aux fines her-
bes). Gedämpfte Schildkrötenscheiben mit Sar-
dellenfilets durchzogen. Oreilles de mouton en
croûte mit King of Onde-Sauce. — Hahnen-
kamm-Ragout. Krebswürste mit Blumenkohl.
Wacholderdrosseln, Lerchen, Ortolanen, Wachteln,
Kramtsvögel nebeneinander zwischen durchwach-
senem Speck und Salbeibündeln am Spieß ge-
braten . . ."

— „Hör auf!"

— „Lammkotelette sautée aux champignons.
Olla potrida, die ganz feine, von einem Ritter
des Goldenen Vließes erfunden, aus: Kicher-
erbsen, weißen Bohnen, Kohlblättern, Speck-
würfeln, Hammelfleisch, Blumenkohl, Spargel,
Sellerie, Quitten, rohem Schinken, Knackwürsten,
geknofelter Tomatenfarce . . ."

— „Genug! Mir wird übel. Das alles soll …"

— „Das alles und noch mehr, geistreichst und taktvollst in Reih und Ordnung gebracht, gegliedert, gesondert und eingerahmt oder, wenn man will, amalgamiert durch Weine, wie: Vino muscatell de Alicante, Mont Rachet, Clos Saint-Georges, Haut-Brion …"

— „Ja doch. Langweilig."

— „Du bist ein Barbar und nicht wert, auch noch russische Bärentatzen, Alcachofas in Chivery-sauce, Jajagna-Ananas, Cardonen mit Knochen-mark, gebackene Adamsfeigen, sowie die höchst erlauchten Käse zu essen: Gloucester, Livarot, Béromé, Caciocavallo. — Und dann die Schnäpse, Bruder, — die Schnäpse! O höre und vernimm den Schnapskatalog:

Rosoli, Kümmel, Absinth, Goldwasser, Kirsebaer, Whisky,

Kirsch, Ratafia, Kognak, Peach-Brandy, Eau, de ma tante,

Crême de La Côte Saint-André, Chartreus', Maraschino, Nalifka,

Gin, Curaçao, Vespetro, Genever, Sabayon, Wudky,

Cedri, Gemma d'abete, Kurfürstlicher Magen, Wacholder,

Sillabub, Sliwowitz, Raki, Usquebagh, Enzian, Ingwer,

Whip cordial, Sangaree, Melissen, Krauseminz, Nelken,

Nuß, Alymet, Cinamon, Noyau, Nordhäuser und Gilka!

Zum Indieknieſinken, Bruder! Erhaben! Sakramental! Ein wahrer Parademarſch von ganzen Alkoholregimentern. Selbſt die Symboliſten werden menſchlich, wenn die gräflich Hauartſchen Lakaien in ihren ſchwarzſamtenen Livreen mit goldenen Treſſen hereinſchreiten und dieſe göttlichen Flaſchen feierlich vor ſich hertragen, während von der Galerie der Einzugsmarſch der Gäſte auf der Wartburg ertönt.“

„Dieſe Blasphemie iſt wohl der einzige Witz dabei,“ meinte der Doktor, ernſthaft wie immer.

„O nein,“ entgegnete der Pole, „es begibt ſich auch ſonſt noch viel Spaßhaftes: 3. B. wenn der dantenaſige Meiſter ſich herabläßt, im Wintergarten zwiſchen Lorbeerbäumen ein Gedicht über die Schar der Jünger auszugießen, die wie ſtigmatiſiert mit ekſtatiſch aufgeriſſenen Augen und Naſenlöchern herumſitzen und nicht zu atmen wagen, bis das edle Profil mit dem käſigen Teint wieder hinter dem ſchwarzen Vorhang verſchwunden iſt. Dem gräflichen Gaſtgeber pflegen dabei die Augen wie Pflaumen aus dem Kopfe zu hängen.“

— „Und die Gräfin?“

— „Sieht den Meiſter hingeriſſen, aber ein bißchen reſigniert an, weil ſie weiß, daß er nicht Weiblein, ſondern Knäblein liebt.“

— „Unbegreiflich.“

— „Die Knäblein?“

— „Nein, daß eine Frau mit ſolchen Lippen

sich für einen Apparat zur Herstellung von
Versen interessiert."

— „Aber, Bruder, er ist doch ein Genie,
und die Purpurne Wölknerin hat nichts anderes
zu tun, als sich für Genies zu interessieren."

— „Arme Frau!"

— „Komm mit und mache sie reich, Bruder."

Jan del Pas zog die Stirnhaut hoch und
sagte mit beinah fürchterlichem Ernste: „Ich
werde kommen."

Der Pole lachte: „Willst du sie auf der
Stelle töten oder ihr einige Steigerung gönnen?"

— „Ich werde versuchen, zu erfahren, ob
diese Lippen auch nur Maske sind."

— „Wirst du als leibhaftiger Satanas erscheinen oder deine teuflische Majestät hinter
einem menschlichen Gewande verbergen?"

— „Wenn du mich, worum ich dich bitte, abholst,
wirst du mich im Mantel Don Estobals sehen, der,
bevor er abtrünnig wurde, Malteserritter war."

— „Du treibst die Frechheit weit, Bruder.
Das geschlitzte Kreuz wird dir Unglück bringen."

II.

Der praktische Arzt

Es war ein weichliches Spätwinterwetter, als
der Pole mit dem Doktor in einer geschlossenen
Droschke zur Villa des Grafen fuhr, und der
malaiische Zauberer war übler Laune. Die
zwei Schritte, die er in Berlin NW. von der
Droschke zur Haustüre hatte machen müssen,

hatten genügt, eine Volksversammlung auf dem Trottoir hervorzurufen, die das Einsteigen der beiden ulkend erwartete und mit lautem Johlen begleitete.

„Es ist die höchste Zeit, daß Berlin polnisch wird," sagte Goethinsky. „Bei einem Haare hätte mir so ein germanisches Schwein mit seinem Regenschirm das Schädelchen vom Helme gestoßen. — Aber du hast ja überhaupt nichts auf, Bruder! Hat Don Estobal den Helm oder das Barett mit ins Grab genommen?"

„Beides ist da," antwortete ernst und langsam, wie immer, der Doktor; „aber ich habe einen zu breiten Schädel dafür. Es hätte lächerlich ausgesehen, wenn ich diese viel zu kleinen Kopfbedeckungen aufgesetzt hätte."

Der Zauberer musterte den Ritter im Halbdunkel der Droschke und kicherte: „Weißt du, wie du aussiehst, Bruder?"

— „Nun?"

— „Gewaltig. Höchst gewaltig. Und sehr gemischt. Du hast da einen protestantischen Wasserkopf mit holländischer Seemannskrause und malaiischem Ringelhaar auf zu einem katholisch-spanisch eleganten Ritterüberzieher, der dazu paßt, wie ein Frack zu einer Ballonmütze."

— „Ich bin also grotesk."

— „Aber nein, Bruder! Du bist gewaltig. Du bist der siegreiche Onkel Martin Luther. Du atmest Weltgeschichte: den Triumph der germanischen Dickschädel über das génie latin. Oben Jan, unten del Pas. Sieht man länger hin, so wird einem unheimlich zumute. Es kommt einem vor, als wäre der Kopf Maske und der Mantel echt."

— „Er ist es ja auch."

— „Also dann so: als wäre der Kopf aus einem andern Jahrhundert und der Mantel von heute. — Du wirst einen protuberanten Effekt machen, Bruder! Mein Schädelchen wird neben deinem Naturkopf unangenehm anmutig wirken. Obwohl ich im übrigen direkt prachtvoll aussehe. Oder findest du mich etwa nicht prachtvoll?"

Jan del Pas sah ihn mit Examinatorenmiene lange an und antwortete im Tone kritischer Überzeugung: „Du siehst sehr lächerlich aus."

Der Pole grinste, doch etwas geärgert, und kicherte dazu: „Du bist grob, Bruder. Erkläre dich näher."

Und der Doktor, immer gleich ernsthaft: „Man sieht dir an, daß dir der Ernst zu einem Maskenballe fehlt. Du hast keinen Sinn für tragische Sehnsucht. Du bist eine Figur aus dem Spielkasten der Kunst. Oder, um es anders zu wenden: Du bist ein moderner Künstler. Das Leben ist dir zu groß, zu tief, zu heilig. Du machst ein Spiel daraus. Treibst Allotria. Hast Trost nötig, — d. h. Lüge, — d. h. Kunst. Dieser Kinderschädel, echt und sehr ernst, dient dir dazu, dich aufzudonnern. Du fühlst ihn

nicht. Er ist dir ein interessanter Schmuck.
Und aller Schmuck ist lächerlich. Wirklich
Lebendiges braucht keinen Schmuck. Schon die
Haut ist eine Art Lüge, wenn auch leider
notwendig als Fassung: — Verhüllung des
eigentlich Schönen: des Blutes, der rinnenden
Kraft."

Der Pole ärgerte sich, weil er nicht wußte,
ob das wirkliche Meinung oder Blague war.
Er sagte: „Heb dir deine Paradoxe für nachher
auf, Bruder. Du wirst einen Bombenerfolg
damit bei dem Grafen haben, der alles bewundert, was er nicht kapiert. Aber auch bei
der Gräfin wird dir ein succès d'estime beschieden sein. Denn die Gehirn-Parterregym-
nastiker, die sich sonst vor ihr produzieren,
zielen auf das Gegenteil von dir. Und sie ist
sehr für Abwechselung. — Aber wir werden
gleich da sein. Diese schwarz lackierte mit Gold
übertupfte Fläche, auf der wir jetzt dahinrollen,
ist der Asphalt des Tiergartenwestens. Links
da sind schon die ersten Palazzi unserer Börsenpaschas, rechts biegen sich im Regenwinde wie
riesige Besen die Bäume des Parks, in dem
ich ehedem manchmal übernachtete, als ich noch
keine begüterten Freunde zum Anpumpen hatte.
Noch ein paar Minuten, und wir werden auf
Grund unseres Genies Einlaß erhalten in das
Schloß der Purpurnen Wolke, vor dessen Glanz
und Pracht der Börsenpaschas goldene Säle
verblassen: — Ich hoffe, daß dir diese Stilleistung

als genügende Revanche für deine Paradoxen-
sammlung von vorhin gelten wird."

„Wenn du das für Paradoxe gehalten hast,
hast du es nicht verstanden," entgegnete der
Doktor, „und wenn du denkst, ich besuche einen
Maskenball, um zu reden, so irrst du dich erst
recht. Ich will sehen und tanzen."

In diesem Augenblick bog der Wagen die
Rampe zum Portikus der gräflichen Villa hinan.
Die Wagentüre wurde von einem riesenhaften
Portier in Schwarz und Gold geöffnet, zwei
Lakaien schoben die Torflügel zurück, und die
beiden Gäste standen im Glanze des Vestibüls,
eines quadratischen, nicht sehr hohen Raumes
von kahler Marmorpracht. Fußboden, Decke,
Wände, Säulen, — alles teils schwarzer, teils
gelber Marmor, geradlinig geschnitten, durch
keinerlei Schmuck unterbrochen, beleuchtet aus
runden kristallenen Lichthauben, die im Mittelpunkte der Kassettengevierte der Decke saßen.
Lautlos schlüpfende Diener führten den Ritter
und den Zauberer zu einem Spiegelzimmer, das,
wie alle übrigen Nebenräume, nicht durch Türen
verschlossen, sondern durch schwere, schwarze,
goldbordürte Samtvorhänge vom Vestibül abgeschieden war.

Jan del Pas stellte sich steif zwischen ein
Spiegeltourniquet und betrachtete sich, die Spiegel-
flächen drehend, aufmerksamst von allen Seiten,
während der Pole die Schlangenschuppenkette
seines Helmes fest unterm Kinne anzog und

ein paar Mazurkaſchritte ſprang, um zu
probieren, ob ſein Kopfſchmuck auch feſtſaß.
Dann trat er zum Doktor heran, tippte ihm
auf die Schulter und ſagte: „Für einen Prieſter
des Schmerzes gönnſt du dir reichlich viel
Vergnügen an deinem holdſeligen Äußeren.“

„Ich gehe auf einen Maskenball,“ antwortete
der Malteſer, „und habe die Pflicht, mich zu
prüfen, ob ich eine Maske bin.“

— „Und du findeſt, Bruder?“

— „Ich finde, daß ich nach Hauſe gehen
ſollte, denn ich bin durchaus nicht maskiert.“

— „Indeſſen wirſt du nicht nach Hauſe
gehen, denn das wäre Flucht. Komm!“

Sie ſchritten durch das Veſtibül zum Empfangs-
raum. Als die Portieren auseinandergeſchlagen
wurden, mußten ſie einen Moment ſtillſtehen,
wie zurückgedrängt von einem Schwall bunten,
ſtrudelnden Lichtes ... Dieſer Raum war ein
Rendezvous aller Farben, auch wenn man von
den Masken abſah, die ihn jetzt erfüllten.
Aber Gold hielt dieſe Farben im Zügel. Gold-
moſaik bedeckte die Rundung der Niſchen, in
denen farbige Skulpturen (Köpfe und Vaſen)
ſtanden; Gold gliederte die lapislazuliblaue
Decke auf Roſettenknäufen, Kaſſettenrahmen und
diagonal ſich kreuzenden Lorbeerblättergir-
landen; Gold rahmte die auf blau, orange und
grün geſtimmten Moſaikbilder ein; eine üppige,
dicke Goldſtickerei auf dunkelrotem Grunde lief
als Lambrequin um das ganze Zimmer herum,

nur unterbrochen von dem mit schwerer Gold-
bronze eingerahmten Kamin aus violettem
spanischen Marmor. Die Wände waren von
oben bis unten mit chinesischen Kacheln bedeckt,
deren Grundfarben ein helles Grün und ein
sehr zartes Blau waren. Schmale geschnitzte
Ebenholzrahmen, gegen die Kacheln mit Gold
abgesetzt, trennten diese voneinander. Der Fußboden bestand aus einem unregelmäßigen Mosaik
von seltenen Marmorstücken der verschiedensten
Färbung. Grüne, gelbe, rote, braune Serpentin-
flecke, gestreift, geädert, gekörnt, wechselten mit
schwarzen Lukullanbrocken und glimmerig
glänzenden Cipollinen; spargelgrüne, lauch-
grüne, apfelgrüne, rauchgraue, violettgraue,
taubengraue Flocken von allerhand Halbedel-
steinen waren untermischt, und, wie von ungefähr
hineingetropft, leuchteten sanftgoldene Glas-
schmelzflächen dazwischen auf. Die Beleuch-
tungskörper aus goldgesprengeltem Milchopal-
glas saßen in den Kehlen der Decken=Kassetten.
Außer einem riesigen breiten Ruhebette (gold-
bronzenes Gestell, das Polster mit Goldbrokat
überzogen) befand sich kein Möbel in diesem
Raume.

Das Ruhebett umstanden etwa zwanzig
Personen in den verschiedensten Zeit- und
Phantasiekostümen. Ein römischer Imperator
in purpurner, goldgesäumter Toga, einen
breiten goldenen Lorbeerkranz auf dem fetten,
schwammigen, gekräuselt schwarzhaarigen Kopfe,

löste sich von der Gruppe und ging schwerfällig, vornübergebeugt, den Eintretenden entgegen: der gräfliche Hausherr. Er reichte dem
Polen die fettpolstrige Hand und sah den
Malteserritter scheu musternd an. Der Pole
machte eine tiefe Verbeugung, wies, darin ver-
harrend, von unten mit der Linken auf den
steif aufgerichtet verbleibenden Doktor und
murmelte: Don Estobal del Pas, Grande von
Spanien, Commodore der jungfräulichen Ritter
von Malta, Doktor der Medizin und Satano-
logie, mein Freund und Euer gräflichen Gnaden
untertäniger Verehrer und Bewunderer. Dichtet
in Blut und schlägt die Darmsaiten der Harfe
des Todes."

Der Imperator reichte dem Ritter die Hand
und sagte leise: „Willkommen, Don!"

Der Doktor sah den Grafen groß an, neigte
den Kopf und sprach laut und langsam, während
die übrige Gesellschaft nur flüsterte: „Ich danke
Ihnen, Herr Graf, für die freundliche Begrüßung eines Ungeladenen, der noch nie in
seinem Leben soviel Glanz und Pracht gesehen
hat." Alle Anwesenden wandten die Köpfe
nach dem Sprecher um, der seine Blicke ruhig
von Kopf zu Kopf schweifen ließ und nun mit
dem Grafen zum Ruhebette schritt. Die davor
Stehenden traten zur Seite, und der Doktor
erblickte nun die Herrin des Hauses, die, halb
liegend, halb sitzend, gegen das Kopfende des
Lagers gelehnt, ihn mit dem gnädig freund-

lichen Lächeln einer Souveränin empfing, indem sie ihm die schöne Hand zum Kusse reichte.

Aber der Doktor ergriff sie nur und küßte sie nicht. Er schien es nicht darauf abzusehen, Lebensart zu beweisen und auf den Stil dieser Veranstaltung einzugehen. Es klang fast demonstrativ ungezogen und betont pedantisch, als er, wiederum laut und langsam, verkündete: „Mein Name ist Jan del Pas, Doktor der Medizin und praktischer Arzt."

„Ah!" sagte die Gräfin erstaunt, die ein Direktoirekostüm aus amarantfarbener fließender Seide mit eingestickten goldenen Rosen trug. „Ein Arzt? Ein Gelehrter? Oder verstellen Sie sich nur, Herr Ritter?"

— „Ich werde mir alle mögliche Mühe geben, mich zu verstellen, Frau Gräfin," erwiderte der Doktor, als ob er eine Erklärung an Eidesstatt abgäbe.

„Was für einen Bauern haben Sie uns da mitgebracht!" flüsterte der imperatorische Graf den Zauberpolen böse an. „Dieser Mensch paßt nicht zu uns und mißfällt mir sehr."

„Er wird Ihnen bald sehr gut gefallen," entgegnete der Getadelte leise. „Er ist von spanischem Uradel und ein teufelmäßiges Genie."

„Er glotzt meine Frau an, als wollte er sie fressen," sagte der Graf.

„Aber es scheint," erwiderte der Pole, „als ob die Frau Gräfin nicht böse darüber wäre, von dieser spanischen Sonne beschienen zu werden.

Sehen Sie nur, wie huldreich sie lächelt! Ah! Sie reicht ihm den Arm! Der schlißkreuzige Satan darf sie zu Tische führen!"

Henry Felix kniff die Augen zusammen und sah scharf auf das sonderbare Paar hinüber, das jetzt um das Ruhebett herum und zur Türe des Speisezimmers schritt, — der Doktor steif, wie ein welscher Hahn, die Gräfin mit wiegendem Gange und lebhaft auf ihn einsprechend.

„Sonderbare Kaprice," murmelte der Graf. „Wirkt Ihr plumper Spanier auf alle Frauen so berückend?"

„Des Teufels Metier ist die Verführung," flüsterte der Pole. „Graf! Geben Sie acht! Ehe der Hahn dreimal gekräht hat, tragen Sie Hörner vom Haupte des Höllenbocks!"

Der malaiische Zauberer, selber wirklich eifersüchtig geworden, meinte es ernst mit der Absicht, den Grafen eifersüchtig zu machen.

Der aber lächelte fast befriedigt und sagte: „Sie haben recht gehabt, Goethinsky! Der Spanier gefällt mir schon. Ich habe ihn unterschätzt."

— „Sie tun es noch."

— „O nein!"

*

Das Tafeln währte bis um Mitternacht. Es gab nicht nur unendlich vieles und Auserlesenes zu essen und zu trinken, sondern auch allerhand Außerordentliches zu sehen und zu hören. Zehn kleine Mädchen in durchsichtigen

Gewänden, die sie schließlich auch noch fallen
ließen, produzierten sich in Tänzen üppigster
Art und umschritten zum Schlusse des Mahls
mit goldenen Handwaschbecken den Tisch. —
Ein riesiger Neger und ein knirpsiger Japaner,
beide nackt, rangen miteinander und wurden
so wütend, daß sie sich, zur lebhaftesten Freude
des Doktors, beinahe erdrosselt hätten. Eine
Gruppe mit Schaumgold überzogener junger
Männer und Frauen stellte in lebenden Bildern
antike Gruppen dar. Ein unsichtbares Streich-
orchester spielte alte italienische Festmusik, und
ein Knabenchor sang im frischesten Diskant aus
der Höhe einer lorbeerumstandenen Gallerie
Madrigale und Hirtenchöre des achtzehnten
Jahrhunderts. Die Szene auf den Pharsalischen
Feldern der Klassischen Walpurgisnacht wurde
melodramatisch von Künstlern und Künstlerinnen
rezitiert, die hinter einem hereingeschobenen
Halbrund von mannshohen bronzenen Flammen-
beckensäulen standen, so daß das erhabene Pathos
der Weisheit und Leidenschaft durch blaue
züngelnde Flammen zu den schmausend Lauschen-
den drang:

> . . . Schwebe noch einmal im Runde
> Über Flamm- und Schaudergrauen . . .

So gab es zu Tischgesprächen wenig Zeit,
da das Ganze eigentlich eine Variété-Vor-
stellung vor einem Parkett von Tafelnden war.
Man saß, durch kein Gegenüber am freien
Überblick auf die Szene gehindert, an einer

langen Tafel, die entlang der einen Seite des
genau quadratischen Saales stand, in massigen
halbrunden Gestühlen etwa etruskischen Stiles.
Nur für den ungeladenen Doktor hatte man einen
hochsitzigen, geradlehnigen, schmalen gotischen Stuhl
einschieben müssen, so daß er als der Einzige
in der Gesellschaft steif aufrecht und erhöht saß.
Da sein Stuhl überdies in die Mitte der Reihe
placiert war, so ergab sich der Anschein, als
sei er die ausgezeichnete Hauptperson des Ganzen.

Für seine Nachbarin schien er dies entschieden
zu sein. Sie hatte für keine Produktion, hatte
nur für ihn Auge und Ohr, während die übrige
Gesellschaft sich mit einem ab und an vorüber=
glänzenden Lächeln begnügen mußte. Und auch
dies nur dann, wenn die Gräfin ihrem Nach=
barn die einzelnen Teilnehmer des Festes
charakterisierend bekannt machte.

— „Der Perser dort mit dem blonden Spitz=
bart ist unser Kosmoerotiker. Der Stoff seiner
Romane sind die Liebesabenteuer von Welt=
körpern. Menschliches ist ihm nicht bloß fremd,
sondern degoutant. Zumal das, was man
Liebe nennt."

„Dies ist auch meistens nicht der Rede wert,"
entschied mit Überzeugung der Doktor. „Ich
begreife es sehr wohl, daß ein genialer Dichter
sich mit Ekel von der landläufigen menschlichen
Erotik abwendet."

— „Und doch hat sie der dürre Magier dort
mit dem zerrissenen Gesichte, an dessen Genie

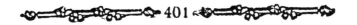

zu zweifeln bei uns für Blasphemie gilt, in ein System gebracht; — weshalb ihn der boshafte Pole freilich, dem außer dem Teufel nichts heilig ist, den Oberlehrer der Liebe genannt hat. Die zimtbraune Bajadere ganz rechts, die ihn mit so komischer Inbrunst und Gewissenhaftigkeit fortwährend anstrahlt, ist seine Frau."

„Er sollte — trotzdem kein solches Wesen aus der ‚Liebe‘ machen," meinte der Doktor. „Ich kenne viele seiner Verse, die den Rhythmus der Tiefe haben, inhaltlich aber doch bloß Lakritzen mit ein bißchen Haschischbeimischung sind."

— „Aber, Herr Doktor! Wie können Sie so respektlos von einem Propheten reden!"

— „Eben! Soweit er Dichter geblieben ist, hat er meinen Respekt. Insofern er aber Gemeinplätze ‚vertieft‘, was doch nur zu Löchern und Pfützen führt, hat er mein Bedauern. Wofür ihn das Halleluja seiner Ministranten gewiß reichlich entschädigt."

— „Ich habe nicht gedacht, daß auch Sie boshaft sein können."

— „Sie tun mir unrecht, wenn Sie glauben, ich könnte boshaft sein. Bosheit ist kleiner Haß, der von unten kommt. Ich aber hasse nur groß und von oben."

Die Gräfin sah ihren Nachbar lange und forschend an. — Macht der auch bloß große Worte? dachte sie sich. Aber sie fand, daß diese Stirn, dieses Auge, dieser Mund nicht nach einem aussahen, der Vergnügen am bloßen Wort haben konnte.

Sie fuhr fort: „Sie können also hassen?"

Er gab den fragenden Blick mit einem forschenden zurück und antwortete: „Wie Sie."

— „Und was?"

— „Das Weiche, Halbe, Faule, — alles, was Behagen in der Lüge findet."

— „Aber warum denn? Ist es nicht Christenpflicht, jedem Tierchen sein Pläsierchen zu lassen?"

— „Was gehen mich die Pläsierchen von — Tierchen an? — Doch fragen Sie mit Recht. In der Tat: Warum Haß? Ich hasse auch eigentlich gar nicht. Haß ist im Grunde eine Gefühlsbeschäftigung mit den Anderen, und er will, wenn er zur Tat wird, meistens bessern, — sei's auch mit dem schönen Mittel der Vernichtung. Mein Gefühl aber beschäftigt sich nur mit mir, und, wenn es sich um Andere kümmert, so geschieht dies gewiß nicht in der Absicht, irgendwen oder irgendwas zu bessern. Ich finde die Welt nicht gut, aber richtig. Auch jene Wesen gehören dazu, von denen ich vorhin, etwas flach, gesagt habe, daß ich sie hasse. Nein, ich hasse sie nicht. Ich bin nur ihr geborener Feind, und es ist mir ein Vergnügen, sie zu vernichten, wenn sie mich stören."

„Und sie stören uns immerzu," sagte die Gräfin, „denn sie sind die Herrschenden. Wir leben unter ihren Gesetzen."

— „Das Gesetz stört nur den, der ihm dient.

Oder stört uns etwa jetzt das Geplärre dieser Knaben, deren süßlicher Gesang von oben nichts anderes verkündet als das Gesetz der faulen Lüge, das das hohe Wort Liebe mißbraucht? Wir wissen den wahren Sinn dieses Wortes und überhören einfach die alberne Kantilene des schwammigen Behagens."

— „Ich verstehe Sie nicht ganz."

— „Weil auch Sie dem Gesetz noch dienen, das die Schwachen gegeben haben. Aber Sie ahnen die Wahrheit, daß die Liebe der Starken nicht Friede ist, sondern Kampf, nicht Entsagung irgendwelcher Art, sondern grausam herrisches Begehren, Eroberung, Raub, Unterjochung, — daß sie herrlich böse ist, wie das wahre Leben selbst."

— „So können Frauen kaum fühlen."

— „Es gibt auch starke. Der Kampf mit ihnen muß höchste Wollust sein, nicht ein einmaliger Gipfel bloß, sondern Schwingung von First zu First, — bis in die kaum ahnbare Höhe gegenseitiger, gemeinsamer Vernichtung."

Die Gräfin sah ihn starr an. Dann lächelte sie spöttisch: „Die Geschichte von den beiden Löwen, die sich gegenseitig auffraßen, bis von jedem nur der Schwanz übrigblieb."

Jan del Pas lächelte nicht mit, sondern erklärte trocken: „Gnädige Frau, ich habe keinen Sinn für Humor."

„Ich meinte immer, Humor sei das Zeichen eines starken Geistes," entgegnete die Gräfin spitz.

Jetzt lächelte der Doktor, indem er sagte:
„Das mag wohl sein, und es wäre ein weiterer
Beweis dafür, daß ich kein starker Geist bin.
Ich halte mich nur für einen geraden Geist,
der kräftig genug ist, allen den Irrwegen aus-
zuweichen, auf denen sich seit jeher die geist-
reichen Leute in allerlei Gehirndickichte verlaufen
haben. Wahrscheinlich auch alle die genialen
Herrschaften, die Sie hier um sich sehen. Der
Pole kam dabei beim Teufel an und der magische
Prophet im Nudeltopfe der „Weltpflicht", in dem
die gesamte, längst schon ausgekochte Liebes-
Teigware direktionsloser Metaphysik in allerhand Format und Dicke durcheinander wirbelt,
nur sehr selten durch ein paar reelle Fleisch-
brocken am rhythmischen Nudeltanze gehindert.
Und hält's fürs Bild der Welt!"

Er lachte plötzlich lautschallend auf, mitten
in ein verwisperndes Pianissimo zärtlich girren-
der Geigen hinein.

— Was für ein unausstehlicher Bauer! dachte
sich Henry Felix, dem vom allzu eifrigen Kauen
und Schlingen der Schweiß auf der Imperatoren-
stirn stand; ich möchte wirklich wissen, wovon
sich die beiden so lebhaft und, wie es scheint,
lustig unterhalten. Sollte das Lachen mir
gelten?

Eine jähe Röte stieg ihm bei diesem Verdacht
ins Gesicht, und er schickte einen wütenden Blick
zu dem gotischen Stuhle. Gleich darauf aber
kräuselten sich seine Lippen zu einem Lächeln,

das, bös und blöde, wie das Grinsen eines heimtückischen Idioten war.

„Je eher, je besser!" murmelte er.

„Was denn?" fragte seine Nachbarin, eine kleine, halb gassenjungenmäßig, halb kokotten= haft aussehende Person mit nur ungenügend überschminktem schlechten Teint, die den Versuch gemacht hatte, einen Beardsleyschen Lustknaben darzustellen.

„Was denn andres, als zu Bette gehen, mein holdes Ferkelchen," antwortete der Graf.

— „Mit mir?" fragte, an der Aufgabe, neckisch zu lächeln, durchaus scheiternd, die laszive Maske, die sich seit Monaten bemühte, diesen, wie sie hoffte, ergebnisreichen Gang mit dem Herrn der Purpurnen Wolke anzutreten.

Der Graf überhörte die Frage, doch wurde sie wiederholt, und nun mußte er wohl ant= worten.

Er sagte sehr gemessen: „Gnädige Frau, rauben Sie mir nicht den letzten Rest des Glaubens an das Ideal. Sie sind mir immer als Egeria der platonischen Unzucht schätzenswert gewesen. Die göttliche Schamlosigkeit Ihres Mundes würde in ihrer labsäligen Wirkung auf mich beeinträchtigt werden, sobald ich mich — tiefer mit Ihnen beschäftigte."

Wie gerne hätte ihm die Egeria eine Maul= schelle gegeben! Aber sie durfte ihn ins Ge= sicht nicht einmal einen Lausejungen heißen, und hinter seinem Rücken war das Vergnügen doch

nur halb, so oft sie es sich auch gönnte. Es
blieb ihr nichts übrig, als das halb unter=
würfige, halb freche Lächeln, das sie dem Grafen
gegenüber immer zur Verfügung hatte. Sie
applizierte es sich wie eine Larve, sobald sie
diese Villa betrat, — auch wenn es kein Masken=
fest galt. Und gleich ihr hatten fast alle Gäste
dieses Hauses Larven vor, wenn sie in die
Sphäre des Grafen kamen. Auch wer nichts
von ihm wollte und frei von aller Liebedienerei
aus Spekulation war, kam unbewußt dazu,
hier zu mimen. Das Haus dieses Lebensmimen
war kein Heim, sondern ein Theater, auf dem
das Ausstattungsstück der Purpurnen Wolke
aufgeführt wurde.

III.
Der Erwartete.

Im großen Saale des ersten Stockes wurde
getanzt. Der schwarzgelbe Parkettfußboden war
glätter als eine frisch gefegte Eisbahn. Wer
von einer der balkonartig vorgebauten Logen
aus halber Höhe des Saales auf das Tanzen
herabsah, hatte den Eindruck, daß die Paare
sich auf einem Spiegel drehten.

Der Anblick von oben verlohnte sich über=
haupt, und Paar nach Paar stieg die Kristall=
glastreppe hinan, die innerhalb des Saales zu
einer Art Kanzel emporführte, hinter der sich
der Eingang zu den Logenräumen befand.
Zuerst, gleich nach der Polonäse, die Goethinsky

aufs feierlichste angeführt hatte, die Gräfin und der Doktor.

„Wird man es nicht auffällig finden," sagte Jan del Pas in seinem pedantischen Tonfalle, „daß sich die Herrin des Hauses schon nach dem ersten Tanze mit einem Gaste zurückzieht?" Sah die Herrin des Hauses dabei aber mit Augen an, deren Ausdruck keinerlei Pedanterie verriet.

„Wenn Sie auf der Purpurnen Wolke bereits so heimisch wären, wie ich hoffe, daß Sie es bald sein werden," entgegnete die Gräfin, „so würden Sie diese" (sie machte eine Pause und lächelte ihn an) „— Frage nicht stellen. Man findet bei uns nur das, wie soll ich doch gleich sagen . . .: das Regelrechte, Hausbackene, Gewöhnliche auffällig, — oder, besser, alles, was sich nicht originell gebärdet. So haben, z. B., Sie anfangs entschieden Aufsehen erregt, bis man fand, daß Ihr nicht geniemäßiges Betragen ein besonders kühner Originalitäts- trick sei."

— „Dann habe ich hier also die besten Chancen, eine prominente Rolle zu spielen, ohne daß ich mich irgendwie anzustrengen hätte."

„In der Tat," bestätigte die Gräfin und lud ihn mit einer Handbewegung ein, sich auf einen kleinen gelbseidenen Lehnstuhl neben ihr nieder- zulassen.

Ein geschweiftes Gitter aus vergoldetem Schmiedeeisen, das den in sanfter Rundung nur wenig aus der Mauer vortretenden Balkon nach spanisch-südamerikanischer Art abschloß, zerlegte das Bild, das sich vor und unter ihnen bot, in einzelne Flächen.

„Wir sind wie in einem Käfig," meinte der Doktor.

„Aber nicht gefangen," fügte die Gräfin hinzu; „nur abgeschieden von dem Allgemeinen."

„D. h. hier: dem Ungemeinen!" lächelte der Doktor.

— „Sie sind doch boshaft, mein Herr Ritter!"

— „Daß ich nicht wüßte! Oder ist das etwa kein ungemeiner Anblick? Lauter tanzende Genies! Sehen Sie nur! Der Pole schwingt die Bajadere so wild im Kreise, daß ihre Brüste, wagerecht erhoben, zu zentrifugieren scheinen. Der kosmoerotische Perser, getreu seinen Prinzipien, hat kein Weib, sondern eine Cloisonnévase ans Herz gedrückt und dreht sich feierlich wie ein Gestirn. Dagegen scheint Ihr Gatte nicht durchaus antierotisch gerichtet zu sein. Wer ist die Königin der Nacht mit der rostroten Perücke, die der gewaltige Cäsar so innig an sich preßt, während er sie majestätisch vor sich her schiebt?"

— „Eine Gans, die sich für eine Löwin hält. Dieses Paar, Herr Doktor, ist nicht genial."

Jan del Pas sah die Gräfin groß an: „Cäsar ist nicht genial?"

Die Gräfin runzelte die Brauen, indem sie

sprach: „Warum verstellen Sie sich mir gegenüber, Doktor? Wollen Sie mich reizen? Oder
quälen?"

— „Warum sollte ich das nicht wollen?"

— „Aber diesen Hohn dulde ich nicht! —
Nicht von Ihnen!"

Sie ergriff seine große Hand und preßte sie
wütend, um sie sogleich von sich zu schleudern.

Jan del Pas lächelte.

„Eine Gans, die sich für eine Löwin hält,"
sagte er dann; „aber sie hat einen bösen Zug
um den Mund, der mir gefällt. Wer ist sie?"

Er ließ keinen Blick von der Königin der
Nacht.

Die Gräfin preßte die Lippen aufeinander.
Sie fühlte einen dumpfen, drängenden Schmerz
in sich; — nie hatte sie das gefühlt. Sie
wollte lächeln, wollte etwas Gleichgültiges sagen
oder etwas Höhnisches. Sie konnte nicht. Dann
wollte sie schweigen. Sie konnte nicht. Sie
stand auf und flüsterte hastig: „Sie entehren
sich, wenn Sie dieses Nichts anstarren. Diese
Frau ist eine ganz gewöhnliche boshafte In-
trigantin und Schwätzerin. Leer und gemein
wie ihr Mann, ohne Natur, Temperament,
Charakter, einfältig und eingebildet. Keine
Schlange, wie Sie meinen, sondern eine erbärmliche Blindschleiche, die nur zischen, nicht beißen
kann."

Jan del Pas lächelte. Dann fragte er gleichgültig: „Welches ist ihr Mann?"

— „Dieser armselige dürre Mensch dort, der sich als Abbé kostümiert und einen Buckel ausgestopft hat, um als Abbé Galliani zu gelten. Ein Mensch, der sich von geistigen Abfällen nährt und krampfhaft abmüht, für einen Debaucheur gehalten zu werden, indem er Laster heuchelt, die er in Bibliotheken kennen gelernt hat. Aber sein einziges Laster ist die schmutzige Lüge und die unsaubere Perversität des Literaten, der mit allem Kostbaren, das die Vergangenheit uns hinterlassen hat, Leichenschändung treibt."

„Hm!" machte der Doktor; „ein unsympathisches Gewerbe." — Er bemerkte es mit Vergnügen, daß sie immer aufgeregter wurde beim Anblick ihrer Trabanten.

„Aber, Frau Gräfin," fuhr er nach einer Weile fort, „warum lassen Sie solches Ungeziefer in Ihr schönes Haus? Und, wenn es schon drin ist, warum rufen Sie keinen Kammerjäger?"

Er erhob sich, während er dies sagte, und wandte sich zum Hintergrund der Loge, wo Bertha jetzt, an einen gelben Wandteppich gelehnt, im Halbdunkel stand.

Sie streckte ihm beide Hände entgegen und flüsterte: „Sie fragen immerzu, Doktor, und wissen die Antwort doch längst. Ich brauche Ihnen nichts zu sagen, als dies: Sie sind Der, auf den ich gewartet habe."

Jan del Pas trat, ihre Hände fest in die seinen gepreßt, so dicht an sie heran, daß sie seinen Atem spürte und es ihr war, als drückten seine Augen körperlich auf die ihren. Er ließ ihre Hände los und warf seine Arme um ihren Rücken, die Fäuste geballt. In ein ungeheures Wonnegefühl wie hinabgeschlungen mußte sie ihren Mund auf seinen pressen. Es war kein Kuß, — war wie ein Kontakt von innerlichsten Kräften.

Beide fühlten: Nichts reißt uns voneinander los, als eigener Wille.

Als sie die Türe öffneten, sahen sie jemand hinter der Portiere verschwinden, die den rückwärtigen Eingang zum Logenkorridor verdeckte.

„Man hat uns belauscht," sagte der Doktor.

„Nein," entgegnete die Gräfin. „Es war meine schwarze Dienerin. Sie ist taub und mir völlig ergeben."

— „Sind Sie dessen sicher?"

— „Vollkommen."

Sie traten auf die Kanzel. Die Musik brach eben ab. Der Pole ließ sich emphatisch auf die Kniee nieder und erhob beide Arme wie ein betender Derwisch, indem er rief: „Ich bete an den Gott des Schmerzes!"

Aller Augen richteten sich nach oben, und Henry Felix, vom Tanze noch außer Atem, schrie: „Tusch, Musikanten! Tusch! Es lebe die erhabene Kaiserin der Purpurnen Wolke und ihr gelehrter Ritter!"

Die Masken wiederholten den Ruf, die Musik fiel ein. Berthas Augen strahlten, und der Doktor lächelte.

Elftes Stück: Allegro con attenzione

„Die Fledermaus ist fortgeflogen", hatte nach dem ersten auf den Maskenball folgenden Besuch des Doktors Lala zu ihrem Master gesagt. „Nun wird es hell und frisch, und alles ist bald ganz klar. Die Rote fliegt ums brennende Licht. Bald wird sie hineinfliegen und zu Asche verkohlen. Du brauchst keinen Finger zu rühren, Master. Kannst ruhig zusehen. Es kommt, wie's muß. Doch mußt du klug und stille sein. Denn dieser Mann mit der breiten Stirn und den ganz ruhigen Augen ist sehr bös und fest: ein Dolch mit vergifteter Spitze. Ich würde ihn lieben, Master, wenn er nicht ihr Freund wäre und also dein Feind."

„Bist du ganz sicher?" hatte darauf der Graf entgegnet. „Mir scheint, er ist so kalt, daß er gar nichts fühlen kann, und ich möchte meinen, er liebt die Frauen nicht."

„Er liebt nichts, Master," war Lalas Antwort gewesen; „nur sich. Er ist der ganz Rechte. Er wird sie im Mörser zerstoßen. Das ist kein Mann, wie ihr Weißen seid. Nicht nur seine Fingernägel sind braun. Auch sein Herz ist ganz dunkel. Aber kalt ist es nicht. Es dampft in siedenden Wünschen. — Ich weiß die Wahrheit, Master. Ich habe in seinen Augen gelesen, als ich ihn durch die Zimmer führte zu der Roten. Sie schlangen alles in sich hinein, was dir gehört. Die Rote ist nur sein erster

Fraß. Das Ziel bist du und was dein ist. Aber das Schicksal führt ihn und sie in unser Netz."

Und Henry Felix, ihr die Wangen tätschelnd: „Gut, meine schwarze Spinne! Ich freue mich auf den Tag, wo wir sie beide in den Maschen zappeln sehen."

✶

Es war so. Der düstere Jan del Pas machte das Haus des Grafen hell. Seit er täglich in ihm erschien, immer der gleiche in seiner etwas pedantischen Steifheit, ernsthaften Würde, gelassenen Ruhe, kam Heiterkeit in den öden Reichtum.

Die stolze Schönheit der Gräfin munterte sich zu fast zärtlicher Liebenswürdigkeit (auch Henry Felix gegenüber) auf, und dieser selbst, wie seine Haltung sich aufrichtete, sein Kopf sich hob, sein Blick sich klärte, so schien auch sein Gemüt befreit, erstarkt, vergnügt, resolut.

Es wurde wieder laut gesprochen, wurde gelacht, wo bisher die Purpurne Wolke feierliches Schweigen zur Pflicht gemacht hatte.

Die purpurwolkigen Genies aber schienen abgedankt, ja vergessen. Es gab keine Feste mehr, ja nicht einmal die regelmäßigen Genie-Reunions. Die heimliche Kaiserin hatte allen Geschmack an interpunktionslosem Symbolismus, Weltpflicht, Kosmoerotik, Satanismus, Semito-hellenismus und was noch sonst sie bis vor kurzem „interessiert" haben mochte, verloren, und der gräfliche Mäcen begnügte sich damit, seinen Beutel aufzutun, wenn es galt, ästhetische Gründungen zu unterstützen, deren jede ausdrücklich dazu bestimmt war, eine neue Renaissance der Schönheit herbeizuführen.

Ein Dramatiker ohne Talent, aber voller „Ideen", hatte sich mit einem Maler ohne Gestaltungskraft, aber voller Prinzipien, auf Grund eines ahnungsschwangeren Schlagworts von der Reliefwirkung der Bühne zu dem Plane vereinigt, eine neue Dramatik aus dem Schoße der Zukunft zu locken, indem sie, gewissermaßen als ästhetische Falle, ein neues Schauspielhaus nebst neuer Bühnenanlage aufrichten wollten; — der Graf fand die Idee „scharmant" und bekannte sich mit zehntausend Mark zu ihr. — Ein flinker Geist, von Zweig zu Zweig der vielästig sich vergabelnden modernen Malerei hüpfend, der seinen tönereichen Schnabel schon an allen möglichen Meistern und Gesellen gewetzt hatte, ohne doch bisher mit seinen schmetternden Liedern der Ergriffenheit hinlänglich Eindruck gemacht zu haben, hatte plötzlich das allein gültige Gesetz der Kunst erpicht, das perpetuum mobile der Entwicklung entdeckt, alle seine früheren Ölgötzen vom Altare gestoßen und einen definitiven Kunstgott erhöht; dafür: für dieses Gesetz, diese Entwicklung, diesen Gott wollte er eine Schule, eine Palästra, einen Tempel errichten, einen Komplex von Gebäuden, einen

Stadtteil, eine Stadt, ein Reich, einen Kontinent, eine neue Welt; — der Graf fand die Idee „scharmant" und bekannte sich mit zehntausend Mark zu ihr. — Er betätigte sich (d. h. sein Portemonnaie) an der Gründung eines ästhetischen Kindergartens, einer Akademie zur Erneuerung der Tanzkunst auf der Grundlage der antiken Vasenmalerei, eines esoterischen Schattenspieltheaters zur Herbeiführung einer metaphysischen Bühnenkunst. Er legte einen Taschengelderfonds für geistige Luxusmenschen an. Er sandte eine Expedition zum Studium der Felsmalerei auf der Insel Borneo aus, wo sein ästhetischer Ratgeber die Wiege des Pointillismus vermutete. Er inspirierte (mit einigen Tausendmarkscheinen) die Entstehung einer Geheimbibliothek der gesamten Pornographie der Weltliteratur. Er edierte Werke, die andre lasen, kaufte Bilder, die andern gefielen, gründete Anstalten, die andre leiteten, — kurz: er wurde Kulturförderer im großen Stile der stets offenen Hand aus der Adlerperspektive des innerlich unbeteiligten Zuschauers.

Eigentlich tat er jetzt, was Karl ihm immer vergeblich gepredigt hatte: er beschränkte sich auf die Wirkungen, die sein Geldbeutel vermochte, und gewann dadurch doch für sich selbst die Wohltat des Gefühls, förderlich beschäftigt zu sein. War auch eigentlich auf den Ich-Punkt gekommen, von dem Hermann geschrieben hatte, und hätte sich wohl sagen dürfen, daß er auf dem Wege zu seiner Art Glück sei. Denn diese zerstreute Tätigkeit amüsierte ihn nicht bloß, sondern hatte auch, da sie ihm einen ganzen Schwall von Schmeicheleien und den Ruf eines Mäcens einbrachte, die angenehmsten Folgen für seine Eitelkeitsbedürfnisse.

Indessen sah er auch diese Beschäftigung nur als Intermezzo an, als eine Art spanischer Wand, hinter der er ein völlig anderes Ziel verbarg. Und dieses Ziel, viel mehr als seine Betätigung, war es, das ihn heiter anregte.

Ein entschiedener Woller, der Doktor, hatte ihn zu einem entschiedenen Wollen gezwungen. Das Licht, das von der breiten, bleichen Stirn des gefährlichen Eindringlings jetzt in das Leben des stets von fremden Einflüssen Abhängigen strahlte, war der Wille. Und zwar der Wille, zu vernichten.

Nicht der Friede machte das Haus des Grafen heiter, sondern der Krieg.

Verstellung gegen Verstellung, und auf beiden Seiten das gleiche Ziel: unbedingte Unter- werfung, — womöglich Austilgung.

Für Jan del Pas war das ein schlechthin wollüstiger Zustand. Was er die Einführung der Gräfin in die Mysterien des Schmerzes nannte, besaß für ihn jetzt nur einen neben- sächlichen Reiz, seitdem ihm klar geworden war, daß er hier mehr zu gewinnen hatte, als die körperliche Untertänigkeit einer Frau, die er auf seine Art zwar liebte, und deren Gegen-

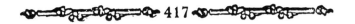

liebe sich völlig in den Bann seiner Triebe
begab, an der ihm aber doch viel wertvoller
noch als dies die vollkommene Seelenverwandt=
schaft mit ihr war. Er hatte sich bisher immer
als einen Einsamen empfunden, dem es nie
beschieden sein würde, irgendeine Gemeinsam=
keit zu genießen, und er hatte sich darauf
resigniert, auch darin eine Art besonderer Aus=
zeichnung zu sehen. Nun aber fand doch auch
er, daß ein seelisches Verbundensein mit einem
anderen Menschen Glück ist, — tieferes noch,
als in der Gemeinsamkeit von Ekstasen körper=
lichen Ursprungs.

Daß Berta ihn als Helfer zur Beseitigung
ihres Mannes angenommen hatte, war es nicht;
aber daß sie nun in der gemeinsamen Ver=
folgung dieses Zieles unter seiner Führung
mehr sah, als die Erledigung einer Notwendig=
keit, mehr als Interessendienst: eine fast künst=
lerische Aufgabe, einen Genuß und die Voll=
streckung eines hohen Wahrheitswillens, — das
erfüllte ihn mit einem stolzen und sicheren Hoch=
gefühl. Der Halt seines Daseins war immer
die bei aller Kälte überschwängliche Gewißheit
gewesen, daß seine Wesensart nicht etwa eine
monströse Verirrung der Lebenskraft darstellte,
sondern den einzig wahren Sinn des Lebens
selber, der beim jetzigen Normaltypus des
Menschen krankhaft entartet sei. Aber, wie
starr und unbeirrbar dieser maniakalische Glaube
auch sein mochte: zuweilen hatten ihn doch

Zweifel beschlichen, wenn er sich vor Augen
führte, daß das, was er Entartung nannte,
offenbar doch eben zu einer neuen und allem
Anscheine nach lebenskräftigen Art hatte führen
können, die jedenfalls Kraft genug besaß,
seinesgleichen als verbrecherischen oder krank=
haften Auswurf beiseite zu drücken. Sein einziger
Trost war dann die „Weltgeschichte" gewesen, die
seiner Auslegung nach immer aufs neue die
„Macht der Wahrheit" bestätigte, indem sie als
Höhepunkte immer wieder den Triumph großer
Vernichternaturen aufwies, — wenn sie es
nicht, wie in der neuesten Epoche, vorzuziehen
schien, das Prinzip der Vernichtung gewisser=
maßen industriell schematisch zu gestalten, indem
sie von Helden absah und das Geschäft mehr
maschinell besorgen ließ auf dem Umweg durch
die Gehirne von Technikern und Erfindern.
Der so schnell und ungeheuerlich anschwellende
Reichtum der Familie Krupp, — welches tröst=
liche Symbol für Jan del Pas! Aber, leider,
das schöne, herrliche, große Urprinzip schlich nun
unter den Mantel der Lüge. Moloch ist nicht
tot, sagte sich der Doktor, aber maskiert, —
und wie grotesk! —: Kriegsschiffe werden ge=
tauft, und man würde wohl auch Kanonen
das Gleiche antun, wenn es ihrer nicht zu viele
wären. Jan del Pas konstatierte, daß die
Macht Molochs zwar nicht abgenommen habe,
aber seine Kraft oder Neigung, sich mächtig
zu personifizieren. Neben der prachtvollen Ehr=

lichkeit eines Dschingischan nahm sich für ihn
selbst Napoleon wie ein kümmerlicher Tartüffe
aus. Der letzte ganz Echte, ganz Große, der letzte
Heilige der Wahrheit, war ihm Tschang-Hsien-
Tschung, der „gelbe Schrecken" von China, der
sich zu seinem millionenfachen Morden durch
keinen kläglichen Menschenzweck hatte leiten
lassen, sondern, nach Jan del Pas, vom Sinne
des Lebens selber, dessen göttlich Besessener er
war. —: „Und als er seine Hand nur auszu-
strecken brauchte nach der Krone des Kaisers,
als das kaiserliche Heer vor dem seinen zurück-
schlotterte in winselnder Furcht vor dem kleinen
gelben Manne, der selbst die Götter in effigie
ermordet hatte, indem er blutgefüllte Rinds-
häute, die ihren Namen trugen, mit seinen
Pfeilen durchschoß, — da ergriff ihn der Ekel
des Erfolgs und die Furcht, daß er gemein
werden könnte, und er gebot seinem Heere,
zurückzubleiben, und ging allein den Hundert-
tausenden des Feindes entgegen, die selbst vor
ihm, dem Einen, fliehen wollten, da in ihm
der Sinn der Erde war, und schrie sie an und
befahl ihnen, daß sie nach ihm schössen. Aber
selbst, als er tot war, glaubten sie es nicht,
und flohen."

Wenn Jan del Pas der Gräfin derlei erzählte und in ihren Augen nicht bloß Verständnis, sondern Entzücken las, so wußte er,
daß er nicht mehr ohne Verwandte fremd und
einsam im Leben stand. Und er glaubte, daraus

noch eine andere Gewißheit schöpfen zu dürfen: die Zuversicht, daß ein neues Geschlecht „starker Wahrheitsmenschen" im Heraufsteigen sei, aus dem vielleicht wieder einmal ein ganz großer Vernichter hervorgehen würde.

Sein Wille stand nach einem Sohne von ihr, den sie im Geiste der Zerstörung auferziehen wollten als einen Rächer der beiseite geschobenen Wahren, Starken an den im Mantel der Lüge herrschenden Schwachen.

Henry Felix war für ihn in einem noch tieferen Sinne als dem der Gräfin die Verkörperung dieser Schwäche. Mit wahrer Wonne betrieb er den Plan seiner Beseitigung. Im Gegensatze zu seiner Geliebten hatte er nicht den mindesten persönlichen Haß auf ihn. Dieser Mensch war ihm so gleichgültig, daß er sich gar nicht zu verstellen brauchte, wenn er im Verkehr mit ihm eine gleichmäßige Freundlichkeit, ja eine Neigung zu allerhand Scherzen zeigte. Es lag überdies in seiner Natur, mit seinem Opfer zu spielen.

Der Graf ging mit gut gemimter Ahnungslosigkeit darauf ein, und seine mehr passive Tücke fand gleichfalls ein Vergnügen darin, den tückisch aktiven Gegner, über dessen Pläne und Gesinnungen er durch Lala aufs genaueste unterrichtet war, durch fast tölpelhafte Zutraulichkeit immer sicherer zu machen.

Er wußte, daß der Doktor in seiner pedantisch-systematischen Art, die keine Eile kannte, sondern

vor allem immer aufs Sichere ging, noch nicht
einig mit sich war, durch welche Mittel er ihn
auf die Seite bringen sollte. Lala konnte ihn
fast täglich durch Schilderung von Giftwirkungen
erfreuen, die Jan del Pas vor Bertha in ihrer
Gegenwart entwickelt hatte, da er sich um so
weniger genierte, als sie mit großem Geschick
jede Prüfung auf ihre Taubheit bestanden und
überdies den Eindruck bei ihm erweckt hatte,
als sei sie ihrer Herrin dumpf animalisch an=
hängig, Henry Felix gegenüber aber, der sie
vor den andern geflissentlich schlecht behandelte,
von einem boshaften Haß erfüllt. Zwar sah
sie der Doktor manchmal plötzlich forschend an,
wenn es ihm schien, als habe ihr idiotisch
grinsender Gesichtsausdruck doch etwas auf=
merksam Gespanntes, und es kam auch vor, daß
er sich zu ihr wendete und drohende Worte
sprach. Aber gerade bei solchen Gelegenheiten
wußte sie ihn in der Überzeugung, daß sie
völlig ungefährlich sei, zu bestärken, und Bertha
sowohl wie er, kamen schließlich zu der Gewiß=
heit, daß sie sich ihrer bei Ausführung ihres
Planes geradezu als Helferin bedienen könnten,
falls es nicht gelänge, die Dummheit des
Grafen selber dazu zu benutzen.

Als Henry Felix dies erfuhr, war er sehr
vergnügt.

„Scharmant!“ rief er aus; „ich soll also doch
auch ein bißchen mittun dürfen. Ich habe
eine Rolle erhalten und brauche nicht mehr

bloß als Zuschauer zu figurieren. Es ist sogar
die Hauptrolle, die mir anvertraut ist. Welche
Ehre! Von meinem Mienenspiele hängt es ab,
ob die Sache tragisch oder komisch ausgeht.
Da gilt es, die Gesichtsmuskeln zu beherrschen.
Schwer! Schwer! Denn ich werde oft laut
hinauslachen wollen, während ich doch tun
muß, als hätte ich — Gift im Leibe. Aber
ich kann warten. Das große Lachen am
Schluß ist mir sicher. Und wer zuletzt lacht,
lacht am besten."

„Master," sagte die Schwarze, „nimm's
nicht zu leicht! Denke: Wenn die Beiden
am Ende auch vor mir spielten! Wenn sie
wüßten, daß ich auf deiner Seite bin und
dir alles berichte! Ich habe Furcht bis zum
Schlusse. Solange die Rote Atem hat und der
mit der breiten Stirne im Hause ist, droht
Unheil. Warte nicht, sondern stoß zu! Wer
weiß, ob sie nicht schon zum Sprunge an=
setzen."

Henry Felix lächelte überlegen: „Du bist
ein kluges Aas, mein schwarzes Täubchen, aber
du unterschätzest mich. Seitdem die Entscheidung
naht, seit die Dumpfheit der Purpurnen Wolke
vorüber und der Geist des Kampfes über mich
gekommen ist, besteht keine Gefahr. Ich konnte,
aber auch nur durch mich selbst, zugrunde gehen,
solange ich trübe und träge war. Dieser Gegner,
mit dem ich gerne die Klinge kreuze, weil er
gut sicht, ist mir vom Schicksal gesandt worden,

mich aufzuwecken. Jetzt bin ich wach und fühle den Schild meines Schicksals über mir. Ich kämpfe mit Vergnügen und wünsche nur das eine, daß dieser vergnügte Kampf recht lange währen möge. Diese Spannung, dieses gefährliche Spiel hat etwas Wollüstiges. Ich glaube, daß ich nie so glücklich war, wie jetzt."

Er sagte nicht zuviel, denn er hatte in der Tat noch nie mit größerer Zuversicht und um einen höheren Preis Komödie gespielt.

Zwölftes Stück: Pantomime

Das Duell der Tücke zwischen Jan del Pas und Henry Felix, bei dem Berta und Lala sekundierten, währte fast ein halbes Jahr und hielt beide Parteien, so gleichgültig sie taten, scharf in Atem. Lala berichtete darüber der hellen Schwester, indem sie ihr die wichtigsten Notizen aus ihrem Tagebuche sandte. Und Sara, als sie fühlte, daß die Entscheidung nahe war, kam nach Berlin und nahm ganz in der Nähe der gräflichen Villa Wohnung.

Sie war nun aus einer schönen Frau eine stattliche Matrone geworden, und man konnte es ihr schwerlich ansehen, daß sie trotz ihrer fünfundfünfzig Jahre keineswegs ganz darauf verzichtet hatte, das Leben auf ihre Weise weiter zu genießen. Sie sah sehr würdevoll aus, — fast streng, aber der üppige Mund hatte noch sein altes einladendes Lächeln, und

die hurtigen Augen hatten nichts von ihrem
Glanz verloren, wenn sie Wünsche ausschickten.
Sie schminkte sich mit noch mehr Kunst, als
früher, aber sie besaß den guten Geschmack,
sich nicht allzu jung zu schminken. Nur die
Falten um Augen und Mund deckte sie peinlich
weg, aber die Farbe des Gesichts war auf die
Silberstreifen im Haar gestimmt. In der
Kleidung bevorzugte sie jetzt ganz diskrete
Pastellfarben mittlerer Helle mit viel Spitzen-
aufputz und trug nur wenigen und matten
Schmuck. Sie hatte nie so distinguiert ausgesehen. Von der Liebesabenteurerin war gar
nichts mehr zu bemerken. So deutlich sich
auch die Rasse für den Kenner jetzt in ihrem
etwas zu voll gewordenen Gesichte ausprägte,
es war darum nichts vulgär Jüdisches, nichts
orientalisch Lässiges, energielos Verschwommenes
darin. Dazu hatte es zu viel Geist und Leben,
und das Sinnliche in ihm besaß durchaus edle
Züge. Sehr im Gegensatze zu ihrem Sohne
hatte das Erotische bei ihr auch äußerlich kulturell
gewirkt. Sie war eine Genießerin gewesen
und war es noch, — keine Wüsterin. Und
so bereute sie weder, noch haderte sie mit dem
Alter. Aber eine gewisse Bitterkeit begann
dennoch in ihr aufzusteigen. Sie, die sich nie
Illusionen gemacht und, nicht mit Unrecht, geglaubt hatte, daß das die Voraussetzung zu
ihrer Art Glück war, fing an, es fatal zu
verspüren, daß dieser Mangel an Glauben

jetzt zu einer Leere wurde, aus der etwas Kaltes, Haßvolles kam wie ein Hauch, unter dem es sie zuweilen selber fröstelte. Darüber halfen auch die Spätlinge ihrer sinnlichen Liebeskraft nicht hinweg; ja selbst den Männern gegenüber, mit denen sie jetzt Beziehungen hatte, fühlte sie oft genug Verachtung, ja Haß. Die einzige Wärme, die sie jetzt noch wirklich empfand, verdankte sie den Gefühlsbeziehungen zu dem Sohne, der nicht wußte, daß sie seine Mutter war, und der es nach ihrem Willen auch nie erfahren sollte. Sie wußte sich über diese Gefühle selbst nicht ganz Rechenschaft zu geben und wiederholte sich oft, daß es, wenn es schon nichts anderes als Mutterliebe sein konnte, so doch sicherlich eine sehr wunderliche Art von Mutterliebe war. Es drängte sie keineswegs sonderlich zu Henry Felix hin. Sie liebte ihn, — ja; aber sie liebte ihn aus der Ferne, als ob er doch, wenn auch ihr Fleisch und Blut, gleichzeitig etwas ihr Fremdes wäre, etwas, das sie wohl anzog, aber nur bis zu einem gewissen Indifferenzpunkte. Sie hatte das Bedürfnis, über ihn zu wachen, aber nicht, bei ihm zu sein, ihm Wärme von ihrer Wärme zu geben. Das Geheimnis, das sich zwischen sie und ihn, damals mit ihrem Willen, gestellt hatte, war jetzt so mächtig geworden, daß sie das Gefühl hatte, es sei nun mächtiger, als sie selbst. Sie hatte es erst bloß ihretwegen gutgeheißen, dann aber bewußt seinet-

wegen bewahrt und als heilsam für ihn befunden, da sie sich den Glauben beigebracht
hatte, es werde ihm helfen, das Sonderbare
seiner Natur um so freier und eigner zu ent=
falten. Da war Phantastisches von ihrem Vater
her im Spiele, Freude am Abenteuerlichen,
Ungemeinen, aber auch eine Art Herrschsucht.
Sie ahnte, daß sie mächtiger über ihn wäre,
wenn sie sich mit dem Zauber des Geheimnis=
vollen umkleidete, als wenn sie „bloß" als
Mutter wirken wollte. Und noch etwas kam
hinzu, worüber sie sich eigentlich klar freilich
nie geworden war: eine gewisse Lust am
Düpieren der Ordentlichen, Regelrechten, — das
Vergnügen der Kuckucksmutter am Belegen eines
fremden Nestes und an der Kraft ihres Spröß=
lings, die aus legitimen Eiern Gekrochnen zum
Neste hinauszuwerfen.

Sie hatte das Leben ihres Sohnes aufs
genaueste und beifällig verfolgt. Daß er immer
nur geschoben worden war, hatte sie aber nicht
gemerkt, sondern gemeint, alles habe sich plan=
mäßig bewußt aus ihm entwickelt. Gesehen
hatte sie ihn seit seiner Herrenreiterzeit nicht,
und so war von ihm das Bild eines kühnen,
mit äußerster Energie sein Ziel verfolgenden
jungen Mannes von zwar nicht schönem, aber
ausdrucksvollem Äußeren in ihr. Auch jetzt,
als sie in seiner Nähe wohnte, bekam sie ihn
nicht zu Gesichte. Zu ihm gehen konnte sie
Bertas wegen nicht, derentwegen sie sich auf

der Straße nur tiefverschleiert sehen ließ, und er selbst kam nicht mehr aus dem Hause, da er den Kranken spielte.

Er war den lauernden Absichten des Doktors, in scheinbar völliger Ahnungslosigkeit, entgegengekommen, indem er, tiefste nervöse Depression zur Schau tragend, den Wunsch nach stimulierenden Mitteln geäußert hatte. Jan del Pas wußte sich vor Entzücken über diesen Glücksfall kaum zu fassen und entwarf nach genauestem Studium der Literatur über die „anregenden" Gifte einen mit pedantischer Genauigkeit festgelegten Plan, der, wie er vor Berta und in sich selber immer aufs neue fröhlicher Zuversicht voll wiederholte, sich „mit der Exaktheit eines Naturgesetzes abrollen" würde, „immer genau auf das vorgesteckte Ziel los, auch im scheinbaren Retardieren nicht eigentlich stockend, sondern nur das Tempo klüglich verlangsamend, um desto sicherer zu zerstören".

„Wir lösen ihn bei lebendigem Leibe auf," so ging seine Rede; „wir führen den lockernden Pflug des Giftes durch seinen Organismus und säen gleichzeitg Keime hinein, die die schon gewissermaßen zerfaserte Materie morastig machen. Doch ist es nicht nötig, in Bildern zu reden, da die Realität viel schöner als irgendein Bild ist. So ist der Gang im allgemeinen: Ein relativ harmloses Mittelchen in kleiner Dosis kitzelt ihn für ein paar angenehme Momente, die diesem wollüstigen Weichling um so köstlicher dünken, da er ohne Mühe zu ihnen gelangt ist, aus seiner Depression auf; aber die Momente sind bald vorüber, und es folgt die vorherige Unlust in potenzierter Stärke; demgemäß wird das Mittel potenziert; und so fort, bis ein stärkeres das Spiel der scheinbaren Befreiung und Erhebung fortsetzt, das in Wahrheit immer nur Betäubung ist, — Betäubung und schließlich Lähmung. Die Unlustgefühle steigern sich dabei progressiv um so mehr, je unfähiger der Organismus wird, sich zu wehren, die Gifte auszustoßen. Es kann schließlich zu Krämpfen kommen, zu Aufregungs= zuständen bis zur Tobsucht, in denen er knie= fällig, falls er noch in die Knie zu sinken ver= mag, um den Gnadenstoß fleht, um das Pülver= chen der letzten Lust, die Abschiedsprise, die letzte Spritze. Doch gibt es auch Individuen, die anders, dumpfer, aber sicherlich subjektiv nicht schmerzloser reagieren. Nous verrons. Gewiß ist, daß uns ein interessantes Schauspiel bevorsteht, wie es vielleicht noch kein Arzt be= obachtet hat, denn eine Gelegenheit wie diese ist natürlich ungemein selten. Ich werde die genauesten Aufzeichnungen machen, Phase für Phase, um zu prüfen, ob die Literatur in allen Punkten recht hat. Es könnte wohl sein, daß uns Überraschungen beschieden wären, die ich dann in Form von — Hypothesen der wissen= schaftlichen Welt zum besten geben könnte. Ein paar Experimente mit annoch ungenügend aus= probierten Medikamenten werde ich mir kaum

versagen können, und so bitte ich dich um Geduld. Was schließlich damit verlängert wird,
ist ja auch der Genuß deiner Rache, da du
nun einmal auf diese Nuance des Schauspiels
Wert legst. Die Hauptsache bleibt, daß wir
nicht bloß erreichen, was wir wollen, sondern
auch noch das Extravergnügen haben, den Zer-
setzungsprozeß monatelang zu verfolgen. Ich
denke, daß er sich ohne Beeinträchtigung der
Spannung auf etwa ein halbes Jahr ausdehnen
lassen wird, wenn man gleichzeitig dem Organismus genug kräftigende Mittel zukommen läßt.
Wir wollen es machen wie der Staat, der einen
bei der Festnahme verwundeten Mörder erst
gesund und stark macht, ehe er ihn tötet. Es
ist ja auch Gerechtigkeit, die wir vollziehen, und
zwar eine höhere, als die staatliche. Wir könnten
sogar den Schmerz, den wir bereiten, auf diese
Weise rechtfertigen, — wenn wir heuchlerisch
angelegt wären, wie der Staat der herrschenden
Schwachen. O, wenn der uns packen könnte!
Wie voll würden seine Wortführer das Maul
nehmen, um zu beweisen, daß wir von Rechts
wegen zu schlachten seien. Aber seine Finger
sind zu plump, um uns zu greifen. Wir können
ruhig hinter dem Sarge des Verblichenen her-
schreiten und werden wohl gar das Vergnügen
haben, zu lesen, daß der hochsinnige Mäcen
sein Krankenlager betreut sah durch eine liebende
Gattin und die sorgende Kunst eines unermüdlichen
Arztes und Freundes. Denn nach dem Tode

eines Menschen entfaltet die Lüge ihr rauschendes Banner mit besonderer Beflissenheit."

Wenn der Doktor so sprach, saß Berta wie in sich versunken da und sah bald in seine ruhigen dunkelblauen Augen, aus denen der kälteste Wille sprach, bald zu dem Rahmen an der Wand, in dem sie alle Bilder Karls ver= einigt hatte. Und sie erinnerte sich, daß der selbe Geist, der selbe rücksichtslos kalte Wille schon seit früher Jugend aus dem Munde ihres Bruders gesprochen hatte, der von den Händen dessen getötet worden war, dem nun der Lohn dafür und für alles das werden sollte, was er sonst noch ihrem Bruder und ihr angetan hatte. Aber auch sie dachte dabei vielmehr an das, was ihr starker Geliebter die „höhere Gerechtig= keit" nannte. Dieser Mensch, der sich ewig von fremden Gütern genährt und sich noch damit gebrüstet hatte, der ein Nichts war und doch als Herr über Karls und ihr Leben hatte be= stimmen dürfen auf Grund eines blöden Zu= falls, dieser Mensch der geblähten Leere, der nach ihrem Gefühle nur ein Recht zum Dasein als Knecht hatte, mußte fallen, weil es wider alles natürliche Recht war, daß er sich ein Da= sein als Herr anmaßte. Hatte er sich nicht so= gar jene Meinungen vom höheren Rechte der schicksalsbevorzugten Herrennaturen angeeignet, obwohl sie in seinem Munde eine Blasphemie waren? Er sollte dies Recht jetzt an seinem Leibe verspüren. Es wandte sich gegen ihn,

was seine frevelhafte Unverschämtheit immer
gegen andre ausgespielt hatte. Die breite freche
Lüge seines Usurpatorendaseins mußte aus=
getilgt werden, um einer wahren, echten Herren=
natur Platz zu machen.

Berta stand jetzt so unter dem Banne des
Doktors, daß sie nicht so sehr an sich und ihre
Rache, wie an ihn und seine grausame Be=
gierde dachte, und an ihn genau so voll Be=
wunderung und Hingegebenheit, wie früher
an Karl. Jan del Pas erschien ihr im Grunde
als der Vollstrecker von Karls Willen, ja als
dessen legitimer Nachfolger von noch höherem
Herrscherrechte. Ihr Bruder, sie spürte es, hatte
sie mit größerer Innigkeit geliebt, als es jetzt
ihr Geliebter tat, aber sie war sich auch dessen
bewußt, daß ihrerseits sie ihn nicht so völlig
geliebt hatte, wie sie jetzt diesen herrisch starken,
bis ins Ungeheuerliche männlichen Mann liebte.

Wie er ihren Scheinmann vernichten wollte,
so hätte er sie selbst vernichten dürfen, und es
war davor eine Angst in ihr, die etwas ver=
zehrend Wollüstiges hatte.

Sie liebte ihn mit einer solchen Sucht der
Hingabe, des Wegwerfens ihrer selbst, fühlte
sich so selig überschattet von ihm, daß die
Aktion gegen Henry Felix für sie nicht viel
mehr als ein Schattenspiel im Hintergrunde
ihrer Liebe war.

Sie vernahm täglich Berichte über den Fort=
gang dieser für Jan dal Pas durchaus im Vorder=

grunde des Interesses stehenden Handlung und suchte auch zuweilen das Zimmer ihres Mannes auf, wo sich Henry Felix vom Bett zum Diwan, vom Diwan zum Lehnstuhl, vom Lehnstuhl zum Bett schleppte, aufs genaueste das ausführend, was ihm Lala nach den Darlegungen des Doktors als voraussichtliche Wirkung des jeweiligen „Mittels" berichtet hatte, deren jedes er sich säuberlich für später aufhob, — aber alles dies war nur ein Nebenbei für sie. Zumal von dem Tage an, da sie wußte, daß sie ein Kind von Jan del Pas haben würde.

Einen Tag darauf wußte das aber auch schon Henry Felix, und an diesem Tage zeigte er, ganz programmwidrig, Symptome eines so deutlich erhöhten Lustgefühls, daß der Doktor zum ersten Male eine „überraschende Aus=nahmswirkung" in seine Krankengeschichte eintrug. Im allgemeinen aber rollte des Doktors Plan scheinbar ganz so exakt in seinen Wirkungen ab, wie es sein ingeniöser Erfinder angenommen hatte.

Henry Felix, zu allen Künsten der Ver=stellung von Natur aus verschwenderisch begabt und mit wahrer Wollust seine Rolle spielend, sorgte sogar (durch massenhaften Genuß über=mäßig starken Kaffees) für Unregelmäßigkeit des Pulses und mimte krampfhafte Anfälle der verschiedensten Art, bald höchst schauerlich nach Atem ringend, bald sich unter entsetzlichem Gestöhne übergebend, bald starr sich streckend wie ein Stück Holz. Auch den wilden Mann

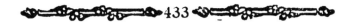

spielte er mit großer Naturtreue. Jan del Pas, da er nicht wußte, daß das von Jugend an eine Spezialität von ihm war, wäre eher auf alles andere gekommen, als auf den Verdacht, daß dieses schauerliche Augenrollen bei fast blaurotem Gesicht, dieses tierische Gebrüll, dieses wahnsinnige Umsichherumschlagen Verstellung sein könnte. Er weidete sich an dem, was er als Symptome fortschreitenden Verfalles ansah und war entzückt darüber, wie „prachtvoll exakt" dieses Krankheitsbild der Wirklichkeit mit dem Bilde der Krankheit übereinstimmte, das die Wissenschaft aufgestellt hatte. Wenn Henry Felix, scheinbar vor Schmerz, sich am Boden wand und mit den Zähnen knirschte, während die Finger sich in das Gewebe des Teppichs krallten, so stand er mit übereinandergeschlagenen Armen steif da und kostete diesen Anblick wie ein überschwänglich schönes Naturschauspiel aus, die Augen weit offen, die Lippen aufeinander gepreßt, selbst die Nüstern gespannt vor innerer Erregung. Denn, so kalt und ruhig er sich dabei äußerlich hielt, so gewaltig war er im Inneren bewegt, wenn sein Auge auf einer solchen Szene ruhte, die in ihm ein reißend wollüstiges Aufschwellen der innersten Kräfte hervorrief. Wenn Henry Felix, seinerseits hingerissen wie ein Schauspieler von einer des Erfolges sicheren Glanzrolle, dann gar noch irre Worte des Schmerzes zu stammeln, zu keuchen, zu kreischen, zu brüllen begann, von einer so blutig echten Qual im Tone, daß er selbst davon ergriffen wurde und wirklich beinahe selber Schmerz zu empfinden glaubte, so erlebte Jan del Pas Momente einer ungeheuren Ver= zückung und Ekstase. Der ohnehin Blasse wurde bleich wie Elfenbein, alles an ihm streckte sich, wie wenn der Körper den andrängenden Mächten des Gefühlssturmes mehr Raum zu gewähren trachtete, und die sonst stets fest geschlossenen Lippen öffneten sich wie lechzend. Nur noch eins fehlte ihm dann: Blut, und mehr als einmal war er nahe daran, sich mit dem Messer über den Grafen herzustürzen.

Wenn dann der Anfall zu verebben schien, ging er wie ein Mensch zum Zimmer hinaus, den ein Übermaß von Wollust erschöpft hat, — unsicheren Blickes, gebückt, fast wankend. Erst vor Berta richtete er sich wieder auf, und nun kam es wie Hymnen von seinen Lippen. Die Person des Grafen spielte in diesen hohen Liedern der Qual keine Rolle; alles war ins Unpersönliche, Absolute eines offenbarunghaften Gesichtes gesteigert, dessen Maße alles Mensch= liche überschritten, wie die Greuelmasken an aztekischen Tempeln.

Henry Felix aber, wenn er, wohlig lächelnd und behaglich im Bett ausgestreckt diese poetischen Steigerungen seiner mimischen Leistung durch Lala wiedergegeben erhielt, nahm das befriedigt und geschmeichelt hin, wie der Schauspieler seinen Applaus. Es tat ihm beinahe leid, daß

schließlich einmal, und bald, die letzte Szene
dieser Komödie kommen mußte, in der er seine
Rolle mit so großem Erfolge spielte. Er schien
es ganz vergessen zu haben, daß es kein Spiel,
sondern ein Kampf um Tod und Leben war,
— um seinen Tod, sein Leben. So sehr war
er jetzt in seinem Elemente, so glücklich in dem
Sicherheitsgefühle, das ihm seine Fertigkeit als
Komödiant gab, daß sich auch die alten Einbildungen von seinem Schicksalsgnadentume in
krasser Stärke einstellten. Er erschreckte Lala
durch Äußerungen, die ihr wie die eines Wahn-
sinnigen erschienen, da sie völlige Blindheit
gegenüber der Realität verrieten.

„Wozu ein brutal böses Ende machen?"
sagte er. „Wir spielen doch eine Posse, und
ich bin meinen Partnern sehr verbunden, daß
sie mir Gelegenheit gegeben haben, meine
Überlegenheit zu zeigen. Ich werde also, wenn
der Moment gekommen ist, daß ich zum Schlage
aushole, der sie vernichtet, nicht das Schwert
niederfallen lassen, sondern die Maske. Mein
Gelächter und ihre eigene Beschämung soll sie
zum Hause hinausjagen, und ich bin mir sehr
sicher, daß sie sich fortan in ein Mauseloch ver-
kriechen werden vor der souveränen Macht eines
Menschen, der ihre plump tragischen Absichten
zunichte gemacht hat, indem er sie einfach zum
Stoffe einer Burleske benutzte."

Lala fühlte, daß ihr Master verloren war,
wenn jetzt die helle Schwester nicht half.

28*

Dreizehntes Stück: Finale

Es war eine feucht laue, sehr finstre Nacht und zehn Uhr vorüber, als die Schwarze zu Frau Sara ins Zimmer gestürzt kam und hastig hervorkeuchte: „Schnell! Komm! Komm schnell! Es ist die Zeit da! Jetzt! Jetzt! Die Rote ist krank geworden, und der Doktor muß bei ihr sein. Er gibt ihr zu schlafen. Sie stöhnt. Wenn sie aber schläft, wird er zum Master gehn, wie die Hyäne sich an die Hütte des Sterbenden schleicht. Denn er weiß und will, daß er heute sterben muß. Und er wird von seiner Hand sterben, wenn der Doktor sieht, daß er ihn betrogen hat. Denn der Doktor spielt nicht."

Sara legte einen Theatermantel aus violettem Samt mit schwarzem Spitzencapuchon an und begab sich eilig in die gräfliche Villa, auf dem Wege dahin von Lala alles Nähere erfahrend. Sie sagte nichts dazu, aber wie sie die Villa betrat, war ihr Gesicht sehr ernst, und um den Mund lag ein strenger Zug, der ihren Ausdruck völlig veränderte. Alles, was sie in der letzten Zeit gehört hatte, ließ sie ahnen, daß sie einen anderen sehen würde, als den, dessen Bild sie in sich trug. Was sie jetzt von ihrer Getreuen erfuhr, erschreckte sie, als sei es bereits die Bestätigung ihrer Ahnung. Sie fürchtete nichts für ihn, — sie fürchtete für sich. Zum ersten Male fürchtete sich diese Frau vor der Wahrheit.

Lala öffnete ihr die Tür zu Henry Felixens Zimmer und riegelte sie zu, als sie eingetreten waren. Ihrem Blicke entging es nicht, daß der Graf bei ihrem Eintritte für einen Moment die Augen ein klein wenig geöffnet hatte, und sie war sich ganz sicher, daß er nun wußte, wer in seinem Zimmer war. Indessen blieb er regungslos liegen wie ein Mensch in der Agonie. Sah auch ganz wie ein Sterbender aus, fast grünlich bleich, scharfe Schatten im Gesicht.

Aber das war ein ausgeklügelter Beleuchtungseffekt, arrangiert wie alles übrige. Er hatte sich, während der Doktor bei Berta beschäftigt war, ein Lager in seinem Bibliothekszimmer aufrichten lassen, dessen Wände auf seinen Befehl mit schwarzen Tüchern verhängt worden waren. Auch das Bett war ganz schwarz wie eine Bahre, und an seinem Kopfende standen auf schwarzen Säulen zwei Becken, in denen mit Salz vermischter Spiritus grünlich brannte, das einzige Licht in dem dadurch doppelt düster, ja unheimlich wirkenden Raume.

Sara stand betroffen. Widerwillen ergriff sie.

Sie empfand es mit einem Schlage ganz klar, daß die Komödie dieses Menschen in einem Augenblicke verhängnisvollen Ernstes nicht einem souveränen Kraftgefühl, nicht dem grimmigen Humor eines starken Willens entsprang, der es sich erlauben durfte, die feindlichen Mächte burlesk zu verhöhnen, weil er

auch im Gewande des Narren als Held handelte,
sondern lediglich einer albernen Lust an selbst-
gefälliger Schauspielerei, die zum Hintergrunde
nichts hatte, als kindisch leere Einbildung und
die Unfähigkeit, den Ernst und die Überlegenheit
eines fremden Willens zu erkennen.

Das war es wahrlich nicht gewesen, was
sie hatte fördern wollen, indem sie ihrem
Sohne den Glauben an eine geheimnisvolle
Verknüpfung mit einer hohen Schicksals-
macht einflößte. Sie hatte an die Kraft der
Phantasie geglaubt, den Willen zu befruchten,
und sah nun, daß sie ihn verkümmert hatte.
Ihr Ziel war schließlich sein Glück gewesen,
aber nicht dieses billige gemeine Glück im
Nebel eigener Dumpfheit. — Es graute ihr vor
diesem Menschen, in dem sie die einzige Illusion
ihres Lebens vernichtet vor sich liegen sah.

— Das beste wäre, ich überließe ihn seinem
Schicksale, dachte sie. Er ist mir nicht bloß
fremd, sondern feind.

Sie wandte sich um und drückte auf die
Klinke. Wäre die Tür nicht verriegelt ge-
wesen, sie wäre gegangen. — Eine vorgeschobene
Stahlzunge kann über das Schicksal eines
Menschen entscheiden.

Ihre Hand tastete nach dem Riegel.

Da flüsterte Lala: „Master! Die helle
Schwester ist da. Nun geschieht alles recht."

Er aber, selbst jetzt an nichts denkend, als
an sein gutes Spiel, lallte: „Ich sterbe, ich

ersticke. In meinen Eingeweiden wühlt eine
eiskalte Hand."

Die Schwarze warf einen Blick auf Sara,
erschrak vor deren angeekeltem Ausdruck und
sagte nun lauter: „Nicht doch, Master! Laß
das! Es ist jetzt keine Zeit mehr, zu spielen."
Und, um vielleicht durch Schreck zu wirken:
„Ich höre schon den Schritt des Doktors auf
dem Korridor."

Aber Henry Felix mimte weiter: „Er soll
kommen! Soll mich retten! Soll mich töten! Ich
ertrage es nicht länger. Er soll kommen, mein
lieber Heiland! Mein Jesus, Barmherzigkeit!"

Da schritt Sara hastig zum Bette und
rüttelte den Komödianten an der Schulter.
Und sie sagte laut und herrisch: „Hör auf! Ich
bin nicht gekommen, dich als Schauspieler zu
bewundern. Werde ernst, oder ich gehe! Und
wenn ich gehe, ist dein Ende da!"

In diesem Augenblicke richtete sich Henry
Felix auf und sah sie wütend an: „So laß
mich doch! Bring mich nicht aus der Rolle!
Verdirb mir, bitte, meinen Schlußeffekt nicht!
Bleib meinethalben da und versteck dich hinter
den Büchergardinen, daß du meinen Triumph
mit ansehen kannst. Aber misch dich nicht ins
Spiel! Ich hab es angelegt, ich allein, und
ich führ es durch. Ich brauche auch keinen
Souffleur. Niemand brauch ich, niemand! Ich
habe mich schon zu viel gängeln lassen. Jetzt
bin ich frei, will ich frei sein!"

— „Auch von mir? Hast du vergessen, wer ich bin?"

Er aber, grillig und höhnisch zugleich: „Nein doch, nein: du bist meine schöne Schicksalsdame, und ich verehre dich, aber ich habe keine Lust mehr, mich von irgendwem führen zu lassen, außer vom Schicksal selber. Frei will ich sein, ganz frei! Heut geb ich, auf meine Manier, meiner Frau und ihrem Liebhaber den Laufpaß. Nicht grob! O nein! Ich bin galant. Lachend mach ich's, mit einem Witz. Dann aber beginnt mein Leben. Mein Leben, ganz bloß mein Leben! Und das soll mir niemand mehr verpfuschen mit Dreinreden und Dreinfahren. Niemand! Ich bin es satt, immer die Figur zu sein, die andere schieben. Ein halbes Jahr lieg ich im Bett und spiele Theater, und dieses halbe Jahr hat mich gelehrt, was ich kann und was ich soll. Ja, starre mich nur an und hör es! Hör es! —: Ich kann die Komödie meines Lebens selber spielen, und ich soll der Freieste aller Freien sein. Ich habe nur einen Herrn über mir: das Schicksal. Ich brauche keine Vermittlung zwischen ihm und mir, und es kommt vielleicht der Tag, da es sich herausstellt, daß dieser Herr in mir selber sitzt. Und, wer ist er dann, wenn nicht ich selbst!? Aber nur die Freiheit bringt mir diesen Tag. Erst, wenn ich alles von mir weggestoßen habe, was nicht Ich bin, bin ich stark genug, mein innerstes Ich in die

Gewalt zu bekommen, Herr meines Schicksals zu sein."

Er war in seine andere Rolle gefallen und gefiel sich in ihr womöglich noch besser, als in der vorherigen.

Aber Sara entgegnete geringschätzig: „Du phantasierst. Du bist krank. Nun, ich weiß das Mittel, dich von dieser Krankheit zu heilen. Vorher aber muß ich noch einmal dein Schicksal in die Hand nehmen. — Schweig! Jetzt rede und handle ich! Es ist keine Zeit mehr für Albern-heiten. Der Moment ist ernst. Erbärmlich genug, daß du seinen Ernst nicht fühlst. Vielleicht verlohnt es sich nicht, dich zu retten. Aber es ist meine Pflicht. Erinnere dich an unsere früheren Unterredungen! Ich spreche jetzt anders zu dir, weil es sein muß. Aber ich spreche aus dem-selben Rechte, wie früher. Zum letzten Male vielleicht rede ich heute zu dir. Und gewiß ist, daß ich zum letzten Male für dich handle."

Es war eine Macht im Tone und Sinne ihrer Worte, daß Henry Felix sich vor ihr duckte wie ein eben noch bissig belfernder Hund, der einen Faustschlag zwischen die Augen be-kommen hat.

Sara wandte sich an die Schwarze: „Geh und hole den Doktor! Die Frau wird nun wohl schlafen. Nimm die Papiere, die du unter ihrem Kopfkissen weißt; wenn es sein muß, nimm sie mit Gewalt; und bringe sie mit den anderen, die du schon an dich genommen hast, schnell hierher."

Lala wandte sich zum Gehen. Sara rief sie zurück: „Noch eins! Stell den Portier ans Haustor! Er soll niemand hinauslassen. Rufe die Diener, daß sie sich hier im Korridor aufstellen. Erst wenn dies geschehen ist, hole den Doktor!"

Und zu Henry Felix: „Hast du eine Waffe im Zimmer?"

Der Graf holte verdrossen, aber höhnisch lächelnd, unterm Kopfkissen einen Revolver hervor.

„Daran hast du also doch wenigstens gedacht," sagte Sara. „Immerhin ein Zeichen dafür, daß du noch nicht ganz wahnsinnig bist. Vielleicht wirst du auch weiterhin der Vernunft zugänglich sein. Und nun: schreib, was ich dir diktiere!"

Henry Felix, gehorsam, halb wider Willen, doch halb auch schon in dem angenehmen Gefühle, daß eine starke Hand ihn sicher lenkte, griff wiederum unter das Pfühl, brachte sein Tagebuch hervor und riß, setzend, wie es noch immer seine Art war, ein Blatt heraus.

— „Was soll ich schreiben?"

— „Schreib: ‚Hiermit bekenne ich mich als den Verfasser der im Besitze des Grafen Hauart befindlichen Schriftstücke, aus denen hervorgeht, daß ich die Absicht gehabt habe, diesen langsam mit den Mitteln zu vergiften, auf die die, gleichfalls im Besitze des Grafen befindlichen, von mir ausgestellten Rezepte lauten. Ich erkläre, daß ich den Tod des Grafen im Ein-

verständnis mit der Gräfin Hauart herbeiführen
wollte, um in den Besitz des gräflich hauartschen
Vermögens zu gelangen, indem ich nach seinem
Tode die Gräfin, meine Geliebte, die mit einem
Kinde von mir schwanger geht, zu heiraten ge=
dachte. Ich verpflichte mich, um die Scheidung
zu beschleunigen, mit der Gräfin innerhalb
24 Stunden nach Unterzeichnung dieses Schrift=
stücks Berlin zu verlassen, und zwar unter
Hinterlassung eines weiteren Schriftstückes, das
als Bekenntnis des Ehebruches den Gerichten
übergeben werden kann.' — Das dürfte zu
deiner Sicherheit genügen. Sie werden sich nicht
mehr an dich heranwagen, wenn wir ihnen kund
tun, daß diese Erklärung nebst den anderen
Papieren versiegelt bei einem Notar nieder=
gelegt werden wird, der im Falle, daß du eines
gewaltsamen Todes sterben solltest, beauftragt
ist, die Siegel zu lösen und das Konvolut der
Staatsanwaltschaft zu übergeben."

Henry Felix sah Frau Sara groß an,
überlas das Geschriebene nochmals und
sagte: „Ausgezeichnet. Prachtvoll. Muster=
haft. Aber ich fürchte, die beiden werden
mir nicht den Gefallen tun, sich mir auf
Gnade und Ungnade mit gebundenen Händen
zu überliefern."

— „Das laß meine Sorge sein."

— „Gerne. Aber sie werden sich töten."

— „Mögen sie! Um so sicherer wirst du
vor ihnen sein."

„Aber es wäre schade," sagte der Graf mit einem unangenehmen Grinsen. „Ich hätte die Vögelchen gerne am Faden . . . Hm . . . Wie wärs, wenn man noch etwas hinzufügte? Etwas, das sie entweder bestimmt zwänge, sich umzubringen, oder, wenn sie die Courage dazu nicht haben, direkt zu meinen Gefangenen machte?"

— „Was denn?"

— „Etwa dies" (er rieb sich die Hände): „Der Doktor muß sich auch noch verpflichten, die Madame zu heiraten und mit ihr dauernden Aufenthalt an einem Orte zu nehmen, den ich bestimme. Zum Beispiel in . . . ah, das ist famos! . . . z. B. in Sorrent . . . Des süßen Karls wegen . . . Wie?"

Er lachte laut auf. Häßlich. Heimtückisch.

Sara blickte vor sich hin. Dann sah sie ihn an, als suchte sie nach irgend etwas in seinen Zügen, und sagte: „Es ist nicht vornehm, einen besiegten Gegner zu quälen. Es ist Barbarenart."

— „Aber praktisch und subjektiv angenehm."

„Tu, was du willst," sagte sie kurz, und er schrieb. Selbst das Kreischen der Feder klang in Saras Ohren gemein und tückisch.

Plötzlich lachte er neuerdings laut und sagte: „Ich hab' noch was! Das schärfste Gift kommt zuletzt. Ich habe vom Doktor gelernt. Sie muß mir auch das Tagebuch Karls ausliefern."

Er schrieb, ohne eine Antwort Saras abzu= warten, mit wütender Hast. Dann, dicke Striche darunter fegend, daß die Tinte spritzte: „So! Und wenn sie daran krepiert! Das erst ist der volle Triumph! O! Du hast recht gehabt! Ich war wahnsinnig, sie so leichten Kaufes fort= lassen zu wollen. Unter die Erde soll sie ge= treten sein. Unter die Erde! In ein Verlies, zusammengekettet mit einem Scheusal. — Viel= leicht besuch’ ich das junge Paar einmal in der Stadt des heiteren Golfes, wo das ganze Jahr Apfelsinenernte ist.“

Wieder ein abscheuliches Lachen.

Sara wandte sich weg, von fürchterlichstem Ekel erfüllt.

Da ging die Türe auf und Lala schlüpfte herein: „Er kommt. Die Rote ist eben erst eingeschlafen. Ich gehe nun zu ihr und hole.“

Kaum, daß sie weg war, trat Jan del Pas ins Zimmer, steif und ruhig, wie stets. Aber die Anwesenheit einer Fremden ließ ihn doch zusammenfahren. Auch mußte er sich an die Dunkelheit und Fremdartigkeit des Raumes erst gewöhnen. Er streifte Sara mit einem Blick, dann sah er durchdringend zu Henry Felix hin und sagte: „Sie haben Besuch? Zu so später Stunde? Und in Ihrem Zustande?“

Er wollte zum Bett hin.

Sara vertrat ihm den Weg. Sie hielt den Revolver, unter ihrem Umhang verborgen, fest in der Rechten, nach dem Drücker tastend.

„Wer sind Sie?" sagte, langsamer noch als sonst, der Doktor und blieb stehen.

„Jemand, der mehr recht hat, hier zu sein, als Sie," antwortete Sara.

Jan del Pas wollte an ihr vorüber. Sara hob den Revolver. Er zuckte zusammen und fuhr mit der rechten Hand wie stoßend nach vorn, den Revolver zu greifen, zog sie aber sogleich wieder zurück, als sein Blick dem ihren begegnete. Ein sonderbarer Laut kam aus seinen kaum geöffneten Lippen, Knurren und Zischen zugleich. Wie von einem Tiere, das die Fallenzange an der Gurgel spürt. Er sah sich nach der Türe um.

„Sie bleiben!" sagte Sara leise. „Es ist keine Möglichkeit für Sie, das Haus frei zu verlassen. Auch sollen Sie ja keinen Versuch machen, das Gift zu sich zu nehmen, das für den Grafen bestimmt ist."

Jan del Pas lächelte verzerrt und sagte, wenn auch bebend, so doch in seinem gewöhnlichen Tone, als ob er eine gleichgültige Tatsache konstatierte: „Es scheint, Sie sind gut unterrichtet. Aber Sie kommen zu spät, gnädige Frau. Dieser da ist nicht mehr zu retten." Er sah erst sie, dann den Grafen musternd an und fügte hinzu: „Auch von seiner Mutter nicht."

In diesem Augenblicke lachte Henry Felix gellend auf: „Kostbar! Kostbar! Er ist über-geschnappt! Der Schrecken läßt ihn phantasieren!"

Der Doktor erschrak vor dem kräftigen Tone, mit dem diese Worte gesprochen wurden, mehr als vorhin vor dem Revolver. Er wußte nun, daß er übertölpelt worden war. Mit einer steifen Verbeugung wandte er sich zu Frau Sara und sagte: „Sie sind nicht zu spät gekommen, gnädige Frau. Aber ich verstehe nun nicht mehr, was Sie von mir wollen. Ihrem Sohne ist ja nichts geschehen."

„Ihrem Sohne!!" wieherte Henry Felix.

In diesem Augenblicke schlüpfte Lala am Doktor vorüber und legte eine Mappe in die Hände des Grafen, der diese sofort unter die Decke steckte.

Als Jan del Pas die Mappe erblickte, wurde er aschfahl und trat unsicher zurück. Seine Lippen zuckten, sein Blick wurde flackernd.

Sara ließ den Revolver sinken und sagte, zu Lala gewendet: „Geh hinaus, verschließe das Zimmer der Gräfin und bringe den Schlüssel hierher. Die Dienerschaft soll im Korridor bleiben."

„Unnötige Vorsicht," murmelte Jan del Pas, das Kinn fast auf der Brust. „Es liegt nicht in meiner Absicht, Torheiten zu begehen." Er erhob den Kopf. „Ich bin in Ihrer Hand und erwarte ruhig, zu vernehmen, auf welche Weise Sie mich Ihre Macht fühlen lassen wollen."

„Das ist vernünftig," entgegnete Frau Sara. „Lesen Sie dies!" Sie überreichte ihm die von Henry Felix beschriebenen Blätter.

Der Doktor las mit gerunzelter Stirn. Man hörte nichts als das Knistern der Spiritus=flammen und zuweilen ein verhaltenes Kichern des Grafen. Dann das Gehen der Tür und das Hereinhuschen Lalas, die den Schlüssel brachte. Dann ein nervöses Räuspern des Doktors, der zu Ende gelesen hatte.

Er legte die Blätter am Fußende des Bettes auf die Decke und sagte, ohne eine Spur von Ironie, in geschäftsmäßigem Tone: „Sie ver=langen ziemlich viel."

„Aber wir geben nicht weniger," entgegnete Sara. „Sie erhalten, wenn Sie dies unter=schreiben, die Möglichkeit, mit Ihrer Geliebten das Haus frei zu verlassen, aus dem Sie sonst nur unter polizeilicher Begleitung kommen dürften."

Jan del Pas überlegte, indem er sich den Bart strich. Dann sagte er: „Sie haben recht. Und, ja, — es ist mir auch nicht erlaubt, mich zu töten. Denn der Inhalt der Mappe belastet die Gräfin nicht weniger, als mich, und es besteht keine Wahrscheinlichkeit, daß Sie sie nach meinem Tode schonen würden."

„Das würde ganz gewiß nicht geschehen," erklärte Sara.

Jan del Pas blickte sie an, nickte mit dem Kopfe und wiederholte: „Ganz gewiß nicht." Dann fuhr er fort: „Übrigens gibt es schließ=lich keinen vernünftigen Grund zum Selbstmorde für mich, da die Gegenleistung auf Ihrer Seite vermutlich darin bestehen wird, daß Sie keinen Gebrauch von den Schriftstücken machen werden, solange wir uns danach verhalten."

„Ich verpflichte mich zu nichts!" warf Henry Felix schroff ein. „Der Spaß für mich besteht gerade darin, das werte Paar an der Longe zu haben."

„Also unter Umständen nur eine Art Galgen= frist," sagte der Doktor im Tone der Über= legung, wie für sich. Und, den Blick auf den Grafen gerichtet: „Läßt sich derlei Ihnen gegen= über eingehen, solange man nicht die Meinung Ihrer Frau Mutter kennt, die offenbar auch Ihren Willen repräsentiert?"

Der Graf brauste auf und fuhr im Bette hoch: „Schweigen Sie endlich mit Ihren Be= leidigungen, oder ich mache dieser Sache ein Ende, indem ich die Polizei rufe!"

Sara sah ihn von oben herab an und sagte kühl: „Du wirst mir gütigst erlauben, die Sache, die ich begonnen habe, auf meine Weise zu Ende zu führen."

„Aber ich lasse mich nicht beleidigen!" schrie der Wütende. „Es gibt einen Punkt, an den mir niemand rühren darf. Niemand! Auch . . . Sie nicht, gnädige Frau!"

Sara preßte die Hand gegen die Brust, als hätte sie einen Stich ins Herz bekommen.

Lala stürzte auf sie zu und sank vor ihr nieder. „Stille!" winselte sie. „Stille du und du! Beide stille!".

Der Doktor gewann seinen gewöhnlichen Blick kalt interessierten Forschens wieder, als er diese Szene sich in die Handlung einschieben sah, die jetzt anscheinend nur noch für ihn die Haupthandlung war, während die anderen ein anderes Stück begannen.

— Wie, wenn diese Frau sich jetzt gegen ihn erklärte? dachte er sich; auf unsere Seite träte? Oder wenn sich das, was zwischen, über diesen beiden wie ein verhängnisvolles Geheimnis schwebt, jetzt, in diesem Augenblicke entlüde! Es wäre die Rettung, denn es würde uns völlig ausschalten, würde vielleicht den da an unsere Stelle setzen . . .

Aber, als ob sie seine Gedanken erriete, — Sara warf einen Blick auf ihn und flüsterte vor sich hin: „Zuerst dies!" Und sie sagte, voll zu ihm gewendet: „Ich versichere Ihnen, daß von meiner Seite her nichts geschehen wird, den Grafen Hauart in dem von Ihnen befürchteten Sinne zu beeinflussen. Meine . . . Rolle ist in dem Augenblick beendet, wo Sie unterschrieben haben. — Soweit ich urteilen kann, können Sie es ruhig tun."

Jan del Pas sandte wiederum einen seiner musternden Blicke auf sie und von ihr zum Grafen.

— Wie sonderbar! dachte er; diese Frau ist ihm zu Hilfe gekommen, und nun steht sie eigentlich auf meiner Seite. Fast sieht es aus, als bedauerte sie es ebensosehr, wie ich, daß

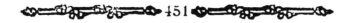

mein Plan mißglückt ist. — Und er kam ins
Grübeln. —: Das Leben ist durchaus sinnlos,
eine Folge alberner Zufälle. Wie hätte es
sich sonst für diesen Nichtswürdigen entscheiden
können. Oder — liebt das Leben vielleicht,
sehr im Gegensatze zu den Meinungen unserer
gelehrten Hypothesenmacher, die Affennaturen,
die geschmeidigen und schlauen Scheinwesen, die
— Masken, die sich amüsieren wollen? Liebt
es — die Lüge? Ist Lüge, Schein, Spiel
vielleicht sein — Sinn? Welch ein Unsinn wäre
dann das Leben, würdig der Verklärung und
Auslegung durch die bodenlos Heiteren und
der Herrschaft der Heuchler und Schwächlinge,
die dann allerdings von „Gottes" Gnaden
regierten. Aber dieser Gott ist nicht die Liebe,
sondern die Lüge, sofern beides nicht identisch
ist, und das Ganze ist ein irrsinniger Schwindel
des menschlichen Gehirns, eines krankhaft hyper-
trophierten Organs, das alle gesunden, echten
Instinkte zur Verkümmerung gezwungen hat.
Die Natur, die Wahrheit ist beim Teufel.
D. h. es ist im Großen geschehen, was sich im
Kleinen der Religionsgeschichte immer wiederholt: Gott ist verteufelt worden. Wer ihm
trotzdem dient, gilt als Feind des Menschen-
geschlechts und wird unschädlich gemacht, falls
der wahre Gott in ihm nicht so mächtig ist,
daß er das erbärmliche Gesindel unter die Füße
treten kann. Aber — Napoleon endete auf
St. Helena, und Herr Talleyrand triumphierte.

— Wie sollte dann ich, der so elend gestümpert hat, nicht nach Sorrent gehn?

Er hatte lange, in diese Gedanken versunken, schweigend da gestanden und in die eine im Verlöschen zuckende Spiritusflamme gestarrt. Als sie verloschen war, rief der Graf Lala herrisch an: „Licht! Viel Licht!" Und, zu Jan del Pas gewendet, während die Glühkerzen aufflammten und mit ihrer plötzlichen Helligkeit die Augen der Anwesenden blendeten: „Sie überlegen zu lange! Entscheiden Sie sich gefälligst!"

„Ich habe mich entschieden," sagte der Doktor und griff nach dem Papier. „Geben Sie mir die Feder!"

Er unterschrieb und legte die Bogen in Saras Hände.

„Da die Gräfin krank ist," sagte er zum Grafen, „so wird es ihr, meine ich, erlaubt sein, diese Nacht noch hier im Hause zuzubringen."

„Nein!" erwiderte Henry Felix barsch und zornig. „Es soll sogleich Schluß und alles fertig sein. Lassen Sie einen Krankenwagen kommen. Alles, was ihr gehört, schick ich morgen in Ihre Wohnung. Ausgenommen natürlich das Tagebuch Karl Krakers."

„Gewiß!" entgegnete Jan del Pas ruhig. „Ich hoffe, daß seine Lektüre zu Ihrer Selbsterkenntnis beitragen wird."

„Schweigen Sie und verlassen Sie uns,"

schrie der Graf, in dem eine wilde Wut immer mehr hoch stieg.

„Gerne," sagte der Doktor und verbeugte sich vor Sara und der Schwarzen, indem er sich zum Gehen anschickte. Er schritt zur Tür, wandte sich dort aber nochmals um und sagte langsam und betont: „Auch in Ihren Händen ist das Tagebuch der Mitwelt nicht verloren, Herr Graf. Berta ist in der Lage, es wort- getreu aus dem Gedächtnis herzustellen. Ich bin überzeugt, dieser Umstand wird Sie, wenn Sie das Tagebuch gelesen haben werden, davon abhalten, Ihre Macht uns gegenüber zu miß- brauchen. Karl Kraker ist nicht so tot, wie Sie glauben, Herr Graf, da Sie ihn getötet haben. Auch . . . verjährt ein Mord nicht."

„Hinaus!" brüllte Henry Felix und sprang aus dem Bette und auf Jan del Pas zu.

Der maß ihn ruhig mit den Augen und sagte, wie wenn er seinen Willen in den seinen bohrte: „Wir werden in Sorrent das Ge- dächtnis Karl Krakers pflegen und erwarten Sie dort."

Er ging zur Türe hinaus.

Henry Felix stand einen Moment wie erstarrt und murmelte: „Was . . . wollen sie von mir? Soll es noch nicht zu Ende sein? Immer wieder Karl?" Dann warf er sich mit beiden Fäusten wie ein Wahnsinniger auf die Tür und schlug darauf, besinnungslos brüllend: „Ich will nicht! Will nicht! Will frei sein! Ganz

frei!" Dann, erschöpft, wandte er sich zu Sara
um und keuchte: „Sie haben es falsch gemacht!
Ganz falsch! Wer hat es Ihnen erlaubt, sich in
meine Angelegenheiten zu mischen! Wie kommen
Sie dazu, sich immerfort mir aufzudrängen! Was
wollen Sie hier! Gehen Sie! Ich brauche Sie
nicht! Will Sie nicht! Ihr Amt ist aus!"

Er stand dicht vor ihr. Sein Atem blies
sie an. In seinen Augen war Wut, Haß,
Tücke, Wahnsinn.

Sara hatte die Empfindung, als sähe sie
das verfratzte Widerbild ihres eigenen Lebens.
Sie sagte, ganz tonlos, — es war, als wären
es nur die Gespenster von Worten —: „Ja,
mein Amt ist aus. Ich bin fertig mit dir.
Hier steht eine Mutter, die fertig mit ihrem
Sohne ist."

Henry Felix taumelte zurück. Sein Rücken
krachte gegen die Tür. Er fuhr mit beiden
Händen an den Kragen seines Nachthemdes,
als würgte ihn der zum Ersticken. Er riß ihn
auf, daß das in Fetzen gehende Hemd über
die rechte Schulter hinabglitt. Das ganze Gesicht zuckte wie unter Peitschenhieben, und die
Lippen öffneten und schlossen sich, ohne daß ein
Laut von ihnen kam. Dann war es, als liefe
die Welle dieses Krampfes den Hals hinab zur
Brust, als schüttelte ihn das Fieber des Wahn-
sinns. Er röchelte und schloß die Augen.

„Er stirbt," winselte die Schwarze; „er
stirbt."

Da, in diese Stille, die wie eine sinkende, alles unter sich erstickende Last von etwas unsichtbar Körperlichem war, stach, stieß ein fürchterlicher kurzer Schrei — die Stimme der Gräfin.

Henry Felix riß die Augen auf und lauschte mit einem Ausdrucke des Entsetzens, vor dem nun auch Sara den Blick verwenden mußte.

Totenstille.

Er tastete, immer noch den Rücken an der Türe, nach der Klinke. Aber, wie sie nachgab, ließ er sie, zusammenfahrend, los und stürzte nach vorn, lang auf den Teppich niederschlagend. Hob den Oberkörper, den Kopf nach der Türe wendend, immer noch das tödliche Entsetzen im Auge, und lauschte.

Kein Laut. Die Arme ließen nach. Der Kopf sank auf den Teppich. Über den halbnackten Rücken lief ein Zucken. Er wimmerte, schluchzte, murmelte.

Lala kroch zu ihm hin und streichelte ihm Kopf und Schultern.

„Zu mir!" hauchte Sara.

Die Schwarze wandte das übertränte Gesicht zu ihr auf und sah sie mit einem Blicke hilfloser Verzweiflung an. Aber sie erhob sich und lehnte sich an sie, ihren Kopf mit einem Zipfel von Saras Umhang verdeckend.

„Wir wollen gehen," sagte Sara und erschrak selbst vor ihrer heiseren Stimme.

Aber, wie sie einen Schritt vorwärts tat, sprang der Graf auf und zur Tür, sich breit an sie lehnend. Er hielt den Kopf wie zum Stoße gesenkt und murmelte: „Sag' erst, daß du gelogen hast!"

— „Genug! Gib die Türe frei! Ich habe dir nichts mehr zu sagen. Lüge dir eine andre Mutter vor, wenn du diese Lüge brauchst. Wollte Gott, daß ich mich auch so belügen könnte!"

Sie tat noch einen Schritt zu ihm hin.

Er sah sie verständnislos an und lächelte in blöder Verlegenheit, indem er stammelte, wie wenn die Worte Krusten wären, die von seinen Lippen brächen: „Es ... es ... ist also ... wahr?"

Er trat beiseite und rieb sich die Stirn, immer noch das blöde Lächeln um den Mund.

Dann sagte er, den Blick wie zögernd von unten zu ihr erhebend: „Aber du ... liebst mich ja nicht?"

Sara runzelte die Stirn: „Laß das! Ich will fort. Du willst ja frei sein. Was hat dir meine Liebe genützt?"

— „Hast du mich geliebt?"

Das fatale Lächeln war von seinem Gesicht verschwunden. Er sah die Mutter groß an.

Sie antwortete ganz leise: „Ich glaube, es war ein anderer."

Er nickte mit dem Kopfe und starrte dann auf den Boden: „Ein anderer. Ja. Ich bin immer ein anderer."

Frau Sara trat zu ihm und ergriff seine Hand, doch ohne Zärtlichkeit: „So werde nun

endlich du selbst! — Auch ich habe dich aus
deiner eigentlichen Bahn getrieben. Ich habe
Einbildungen in dir verstärkt, weil ich dich
für einen Starken, einen Reichen hielt, der
aus Einbildungen eine große Wirklichkeit machen
könnte hoch über dem Gewöhnlichen. Das
war ein Irrtum. Du bist kein Starker, bist
kein Reicher, bist schwach und leer. In deiner
Leere fanden die Einbildungen nichts, das sie
befruchten konnten; sie konnten dich nur auf-
blähen, noch leichter, noch widerstandsunfähiger
machen. So treiben dich die Winde des Zu-
falls, und fremder Wille ist es, der dich bewegt. Keine Wirklichkeit hast du aus den
Einbildungen gemacht; du bist zu ihrer Fratze
geworden, weniger, als die Gewöhnlichen. —
Vielleicht hilft dir die Wahrheit, in die
Niederungen zu gelangen, in die du gehörst.
Darum habe ich sie dir gesagt. Möge sie
dich heilsam ducken und bescheiden machen.
So wirst du, endlich, zu dir kommen und, vielleicht, glücklich werden."

„Das — glaubst du?!" sagte Henry Felix
mit einem bösen Blicke.

„Ich hoffe es," antwortete Sara und ließ
seine Hand los.

Ein Wagen fuhr vor. Türen gingen. Man
hörte, wie das Haustor sich öffnete und
mit einem leisen Dröhnen zuschlug. Der
Wagen knirschte über den Kies und fuhr langsam fort.

„Sie ist weg," sagte Henry Felix „und nun
gehst also du auch und läßt mich allein mit
dieser — Wahrheit. — Du weißt nicht, was du
mir genommen hast. — Trotzdem, sage ich dir,
sollst du sehen, daß ich nicht der bin, für den
du mich jetzt hältst. — Gut, meine Einbildungen
waren falsch. Ich will dir glauben. Aber sie
waren stark genug, mich auf einen Weg zu
weisen, der in die Höhe führt, — wenn ich
schon nicht aus der Höhe gekommen sein soll.
Diesen Weg werde ich verfolgen trotz deiner
abschätzigen Meinung von mir, die mich zur
Bescheidenheit mahnt. Du wirst es nicht erleben, mich in den Niederungen der Gewöhnlichkeit zu sehen. Auf das Glück, das du
mir erhoffst, verzichte ich gerne. Ich bin stärker,
als du glaubst. Wie hätte ich sonst den Ab-
sturz aus den Höhen meiner Einbildung ertragen können. Du sahst mich vorhin dort
zu Boden liegen. Da glaubte ich selbst, zerschmettert zu sein. Aber jetzt stehe ich wieder
aufrecht und fester, denn je. Die Berührung
mit der Wahrheit hat mich nicht nur fester,
sondern auch kräftiger gemacht. Ich liebe
sie jetzt, wie ich früher meine Einbildungen
geliebt habe."

Frau Sara sah ihn erstaunt an.

— Ist das wieder nur schnell erfaßte Rolle?
fragte sie sich. — Klingt das nicht echt? Wie,
wenn die Wahrheit ihn wirklich zu sich gebracht
hätte? Wenn ich ihn unterschätzte? Ihm unrecht

getan hätte? Wenn er imstande wäre, zu
handeln, wie er jetzt spricht?

Ein warmes Gefühl wollte sie überwallen,
eine neue frohe Zuversicht; die zurückgedrängte
Liebe fühlte sich stark genug zu neuem Glauben,
neuer Wärme, neuer Hoffnung. Sie wollte
seine Hand nochmals ergreifen, aus einem
zärtlichen, mütterlichen Impuls heraus zu
einem innigen Drucke herzlichen Umfassens.
Aber, wie sie die Hand schon ausstreckte,
mahnte etwas Kaltes ab, und ihr leuchtend gewordenes Auge verlor seinen Glanz wieder.
Etwas Düsteres, Hartes, Prüfendes war in
ihm, als sie sprach: „Du weißt noch nicht alles.
Du begnügst dich damit, zu wissen, daß du
nicht aus der geheimnisvollen Höhe her bist,
die du dir eingebildet hast. Wie kommt es,
daß es dich nicht drängt, mehr, Genaueres zu
erfahren? Fürchtest du dich vielleicht doch vor
der ganzen Wahrheit?"

Henry Felix machte eine gleichgültig ver-
neinende Handbewegung: „Wie konnte ich in
diesem Zusammenbruche an Einzelheiten denken.
Und, was kann es mich auch schließlich kümmern,
zu wissen, wer mein Vater ist, da dieser sich
nie um mich gekümmert hat? Willst du ihn
mir nennen, es steht bei dir."

Er sprach so geschäftsmäßig kühl, wie er
dabei empfand. Doch Leben und Ausdruck
kam in seine Stimme, als er, in einer plötzlichen Erinnerung, rief: „Aber ja: es interessiert

mich! Der Mantel! Der Kosak! Gewiß ist er ein Reiter gewesen!"

Sara sah ihren Sohn prüfend an. Sie hatte für einen Moment ihr altes Lächeln, als sie sprach: „Gewiß! Und außerdem ein Edelmann, der seinem gräflichen Sohne im Range sogar noch um eine Stufe über war."

Diese Eröffnung tat dem Grafen augenscheinlich sehr wohl.

— Also doch immerhin ein Fürst! dachte er sich, und er hätte nun sehr gerne mehr von dem fürstlichen Papa erfahren. Jetzt kam auch das Wort Mama über seine Lippen, als er munter angeregten Tones zu fragen begann.

Saras Lächeln verschwand. Sie hörte seine Fragen mit aufeinander gepreßten Lippen an und erwiderte schneidend: „All das ist Nebensache. Ich sehe wohl, du möchtest für das verlorene Spielzeug ein neues haben, auch wenn es nicht ganz so glänzend sein kann, wie das alte. Du hast es sehr schnell vergessen, daß die Zeit, zu spielen, jetzt für dich aus sein muß."

Sie machte eine Pause und überlegte, während Henry Felix seine ungeduldige Neugier hinter nichtssagenden, halb und halb schon scherzhaft werdenden Bemerkungen zu verbergen suchte. Denn er war wirklich bereits auf dem Wege, alles Bittere der erfahrenen Enttäuschung zu vergessen und sich auf angenehmen Ersatz ein-

zurichten. Als daher Sara, ohne jede Spur
von Scherzhaftigkeit, sagte: „Vielleicht genügt es
dir fürs erste, zu erfahren, daß dein Vater
ein heftiger Antisemit war," nahm er das durch=
aus spaßhaft, lachte belustigt laut auf und
rief: „Dann hab' ich also mehr als den Mantel
und Kosaken von ihm geerbt: auch die anständige
Gesinnung. Gott weiß, wie widerlich mir dieses
Parasitenvolk ist."

Sara neigte den Kopf und sagte leise für
sich: „Ich wußte es." Dann sah sie ihren
Sohn mit einem Blicke der tiefsten Verachtung,
aber ohne Haß, eher mit einem Schatten von
Mitleid, an, trat dicht vor ihn hin und sprach:
„Du hast deine Mutter ins Gesicht geschlagen,
und sie weiß nun, warum dein Leben elend
war, und daß es elend bleiben wird bis zum
Ende.

Du kannst nie ehrlich an dich glauben,
kannst nie ganz du sein, nie frei, nie stolz, nie
stark. Denn ein Verhängnis hat es gewollt,
daß du zur Untreue an einem Teile deiner
selbst geboren bist, — nicht die harmonische, aus
dem Edlen vereinigte Doppelbildung, sondern
die Fratze zweier Rassen, die sich in dir ab=
scheulich und fruchtlos mit dem bekämpfen, was
im Satze ihres Blutes schlecht und gemein ist."

Sie hatte beide Hände wie in pathetischer
Abwehr erhoben, sprach aber ganz ruhig, Wort
für Wort langsam wie aus der Tiefe des
Unterbewußten emporholend, als hätten sie sich

dort in all den Jahren zusammengedrängt und verdichtet, bereit, in einem Augenblicke der Ent= scheidung Kunde von einer tragischen Erkenntnis zu geben, die Mutter und Sohn für immer scheiden mußte.

Sie wandte ihren Blick von ihm, der wie ein Gefesselter stand, von einem Schlage betäubt, vom andern geweckt, zu Lala, die ihren Kopf in die schwarze Decke des Bettes vergraben hatte, um nichts zu hören und zu sehen, und ging langsam hinaus.

Die Tür blieb offen. Henry Felix wankte zur Schwelle. Er mußte sich, links und rechts die Hände gegen das Gebälk gestemmt, fest= halten, um nicht umzusinken. Es war wie ein Dröhnen um ihn.

Gerade ihm gegenüber stand eine andre Tür offen, und er sah das zerwühlte Bett seiner Frau.

Die ganze Nacht bis zum Morgengrauen schritt er ruhelos, hastig, den Kopf gesenkt, zwischen diesen beiden offenen Türen hin und her, immer dieses drückende Dröhnen um sich, das schließlich zu einem Rauschen und Gurgeln wurde, als wanderte er auf dem Grunde des Meeres. Und es war ihm, als drängen aus den Gobelins der Korridorwände dunkle Un= getüme mit dolchspitzen Schnauzen auf ihn ein, runde verglaste Augen auf ihn gerichtet, ein schwarzes, zuckendes, aber totenstilles Gewimmel. Er floh vor ihnen, schlug mit den Fäusten um

sich, rieb sich Kopf, Leib, Glieder, sie von sich
zu entfernen, da sie an ihm hingen wie Nadeln.
Wälzte sich am Boden, sie zu erdrücken. Sprang
auf und rannte weiter. Einen Augenblick waren
sie weg. Er stand aufatmend still. Aber schon
waren sie wieder da, und die gräßliche Flucht
vor den stummen Scheusalen begann aufs neue.
Durch Stunden und Stunden hin. Bis ihn
die Verzweiflung packte und in die Helle des
Zimmers der Gräfin stieß. Aber auch die
Helle war voller Grauen. Die Opalampel
über dem Bette wurde zu einer der milchigen
Quallen, wie er sie im neapler Aquarium ge=
sehen hatte; tausende von schleimigen, phos=
phoreszierenden Fangfäden gingen von ihr
aus; hoben sich, senkten sich, drehten sich im
Kreise; schwangen und wellten wie das Kleid
einer Serpentintänzerin; fuhren in einem Strahle
hoch zur Decke und breiteten sich dort kriechend
aus, wie lebende Algen, überall an ihren Haupt=
strängen bläuliche Knospen ansetzend und aus
jeder Knospe wieder diese fürchterlichen, zuckenden,
zielenden Fangfäden aussendend, die seine Blicke
mit unwiderstehlicher Macht anzogen, so entsetz=
lich es ihm war, in dieses gierige Schleimleben
zu starren, — bis mit einem Schlage das ganze
Geschlinge von der Decke herabstürzte, sich zu
einem wirbelnden Bündel vereinigte und gerade
auf ihn losschoß. Da drehte ihn das Grausen
um und er rannte laut aufheulend durch den
Korridor zu seinem Zimmer. Aber das lau=

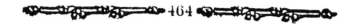

schleimige Gestrudel dehnte sich aus und saß
ihm nun mit tausend Sauglippen am Nacken
— und tastete sich um den Hals — und kroch
in die Ohren — verklebte die Augen — kroch
ins Gehirn.

Er warf sich auf den Fußboden nieder und
wälzte den Teppich über sich.

FUENFTES BUCH

Nachbericht

ERSTES KAPITEL
Der Büßer

Erstes Stück: Der unheilige Sebastian

Hermann Honrader hatte den Grafen, von dem es in den Zeitungen hieß, daß er infolge der Entführung seiner Frau durch den Dr. Jan del Pas wahnsinnig geworden sei, nach Genf in eine Privatheilanstalt gebracht.

Da der Kranke durchaus apathisch war und jede Antwort verweigerte, so mußte der leitende Arzt versuchen, Anhaltspunkte zur Beurteilung des Falles aus den Angaben zu gewinnen, die ihm Hermann machen konnte.

„Was Sie mir über seine Jugend und Erziehung, sowie über das Ungewisse seiner Herkunft und dann die weitere Entwicklung seines Lebens in Gegensätzen und unter sehr verschiedenartigen Einwirkungen mitteilen konnten," sagte er, „läßt natürlich noch keinen Schluß darüber zu, ob wir es mit einer organischen Erkrankung des Gehirns oder mit einem der pathologischen Zustände des Nervensystems zu tun haben, die sich in ihren Erscheinungsformen

mit pſychopathiſchen Zuſtänden zuweilen beinahe
decken. Die Angſtzuſtände in unſerem Falle,
denen entweder Apathie folgt oder ein übermäßig geſteigertes Selbſt- und Luſtgefühl, wirken
z. B. wie Verfolgungswahn mit intermittierenden
dumpfen Depreſſionen und Größenwahns-
wallungen. Eine genaue Diagnoſe läßt ſich
erſt nach längerer Beobachtung ſtellen. Daß
der Kranke über kurz oder lang wird entlaſſen
werden können, halte ich für ſicher. Gemein-
gefährlich im Sinne des Geſetzes dürfte er kaum
werden, auch wenn es ſich wirklich um eine
konſtitutionelle Geiſteskrankheit handelt. Na,
und wenn er auch hier und da mal einigen
Unfug verüben ſollte, — er hat ja genug Geld,
etwaigen, Anderen zugefügten Schaden zu er-
ſetzen. Schließlich nennt man im Leben bei
reichen Leuten recht gerne Spleen und Sonder-
barkeit, was eigentlich reelle Verrücktheit iſt.
Ich denke, wir kriegen ihn hier auf alle Fälle
ſo weit, daß er einen gewiſſen mittleren Zuſtand erreicht, der zwar kaum zur Entfaltung
einer wirklichen Tätigkeit, wohl aber zu dem
genügen wird, was er für Lebensgenuß empfinden mag."

Nach ein paar Monaten berichtete der Arzt:
„Ich bin mit unſerm Patienten recht zufrieden.
Die Apathie iſt gewichen. Sein Zuſtand iſt
jetzt der eines Nervenerſchöpften, der zwiſchen
Depreſſions- und Aufregungszuſtänden ſchwankt.
Die Alkoholabſtinenz erweiſt ſich auch bei ihm

als eminentes Mittel, die Stimmungslabilität immerhin in gewissen Grenzen zu halten. Für geisteskrank halte ich ihn bestimmt nicht."

Nach einem weiteren Monate:

„Der Graf ist so weit hergestellt, daß ich ihn ruhig ausgehen lassen kann; ja ich würde ihm nichts entgegenzusetzen haben, wenn er die Anstalt ganz verlassen wollte. Indessen scheint er sich hier wohl und geborgen zu fühlen und hat offenbar keinerlei Neigung, so bald in die Welt und sein altes Treiben zurückzukehren. Er ist sehr still und immer für sich. Fast zu viel. Einige Zerstreuung könnte nicht schaden."

Wiederum nach der selben Frist: „Der Graf beharrt darauf, hier zu bleiben, obwohl ich, was die Krankheit betrifft, wegen der Sie ihn zu mir gebracht haben, als Arzt kaum mehr etwas an ihm zu tun habe. Nur muß ich ihn täglich ermahnen, er möge etwas weniger verschwenderisch mit seiner — besten Kraft um-gehen. Er bleibt eine um die andere Nacht weg und verbringt diese Zeit in einem Bordell, das er, wie man mir berichtet hat, dann ganz für sich mit Beschlag belegt. Der darauf-folgende Tag hingegen ist dem gewidmet, was die Katholiken „Reue und Leid" nennen. Über-haupt gebärdet sich der Graf, obgleich er nicht katholisch ist, ganz so, als gehörte er dieser Kirche an. Er trägt ein Amulett. Hat sich ein riesiges, wagerecht schwebendes Kreuz mit einem fürchterlich realistischen Kruzifixus überm

Bett anbringen lassen. An der Tür hängt ein Weihwassergefäß von gleichfalls ungewöhnlichen Dimensionen. Er liest ausschließlich katholische Literatur: Heiligenlegenden und die gewissen ‚Betrachtungen‘. Ich frage mich ganz ernsthaft, ob ich darin nicht doch wieder ein Krankheitssymptom zu erblicken habe. Indessen: eigentlich exzessive Formen hat dieses neue Wesen noch nicht angenommen, — bis auf gewisse Redewendungen von fanatischer Heftigkeit, die, in unserer Zeit der Toleranz ausgestoßen, schon etwas Verrücktes an sich haben. — Es besteht da natürlich ein Zusammenhang zwischen den übermäßigen Ausschweifungen des Geschlechtes und diesen mit Zerknirschung und mystischem Dahinschweben ausgefüllten Pausen, in denen das Gehirn ausschweift. Es ist an dieser Konkurrenz gegensätzlicher Erscheinungen, bei der Reaktion auf Reaktion folgt, wie der Rechtsschwung des Pendels auf den Linksschwung, nichts, was mich als Arzt in Erstaunen setzte. — Was soll man aber dagegen tun? Worte helfen natürlich nicht. Der Graf setzt ihnen ein Lächeln entgegen, das entschieden etwas Impertinentes hat; als wollte er sagen: Was verstehst du einfältiger Materialist von so hohen Dingen! Er scheint sogar seine Bordelltätigkeit als eine mystische Äußerung tief religiösen Triebes aufzufassen oder wenigstens eine Art notwendigen Pendants zu seinen frommen Stunden darin zu erblicken, — wenn ich recht

verstanden habe, was freilich im Grunde gar
nicht zu verstehen ist. Denn seine Worte sind,
wenn er sich darüber ausläßt, ein direktionslos
verstiegenes Geschwafel. — Unter uns und mit
der Freiheit gesprochen, die sich der Arzt wohl
erlauben darf: Wenn ich den Grafen auch
nicht für eigentlich geisteskrank im klinischen
Sinne halte: eine Art Schwachsinnigkeit scheint
mir doch vorzuliegen. Die Gewandtheit der
Rede, die Gabe, schnell zu apperzipieren und
die verschiedenen Apperzeptionen in verblüffende,
manchmal geistreich anmutende Kombinationen
zu bringen, spricht, ich rede auf Grund persön=
licher Erfahrungen in mehr als einer Irrenanstalt,
nicht dagegen. Zumal, da alle diese Kombi=
nationen, so zügellos sie durcheinander zu wirbeln
scheinen, doch am Strange einer gewissen fixen
Idee laufen, die den anscheinend geistig ganz
frei Deliberierenden beherrscht, statt, daß er
ihr Herr ist. In dieser fixen Idee der Kern
scheint mir der Begriff von der christlichen
Buße zu sein, die er ein ‚geistiges Blut=
säuberungsmittel‘ nennt. — ‚Ist denn Ihr Blut
krank?‘ fragte ich ihn (weil es oft gut ist,
auf derlei Gedanken scheinbar einzugehen).
‚Krank?‘ erwiderte er; ‚mehr als krank:
dämonisiert. Es rollt einen uralten Fluch durch
meine Adern. Meine Krankheit war nur ein
Indieknieeknicken unter der Last dieses Fluches.
Jetzt stehe ich wieder; wohl; aber der Fluch
ist noch in mir, und ich bin geistig ein Aus=

sätziger. Alle Reinen, Edlen wenden ihre Blicke von mir ab, denn sie sehen, was meine Seele entstellt. Darum fliehe ich die Menschen. Ich schäme mich. — Doch ich arbeite gegen den Fluch an, wie ein Mensch, der gegen einen gefährlichen, schwarzen, trüben, klippigen Strom anschwimmt. Das geht langsam, Doktor, und kostet Kraft. Aber, Gottlob, ich habe das Mittel, das von Gott selber ist, geronnen aus der hochheiligen Schulterwunde des Herrn, von der er dem heiligen Bernhard gesagt hat, daß sie am wenigsten sichtbar war, ihn aber am heftigsten geschmerzt hat. Diese Wunde hat ihm das Kreuz gescheuert, an das auch ich ihn geschlagen habe, auch ich, — nicht mit diesen Händen, aber mit der Kraft des Blutes in meinen Händen. Aus ihr rann Blut und Wundwasser, das mehr denn Blut und Wund= wasser war: es enthielt das Geheimnis und die Kraft der Buße, durch Reue und Leid, Gebet und Demütigung die Dämonen aus dem Blute der sündhaft empfangenen, sündhaft ge= borenen Menschen zu bannen, jenen Fluch zu verjagen und rein zu machen den Befleckten. — Ich bete zur hochheiligen Schulterwunde des Herrn und knie mich in den Unflat meiner Niedrigkeit, bis daß seine Hand mich erhebt und seine Stimme ruft: Gehe hin und wandle unter den Deinen; du bist rein von dem ver= achteten Blute, das mir die Nägel schlug durch Hand und Fuß!'

— Sie werden es begreifen, sehr geehrter
Herr, daß ich von meinem Standpunkte als
Arzt aus solche Reden für Äußerungen eines
Schwachsinnigen erkläre; — indessen, wir befinden uns da auf einem gefährlichen Boden.
Sie verstehen mich. — Irgendeine Therapie
dagegen gibt es kaum. Man muß hoffen,
daß das Leben in der Welt, das der Graf
ja für später ins Auge gefaßt hat, ihn von
diesen mystischen Überbleibseln einer heftigen
Nervenerschütterung befreit und sein Gehirn
gegen eine Wiederholung solcher Anfälle stärkt.
— Ich vergaß übrigens, zu bemerken, daß er
jetzt nur in der Anstalt, also bei „Reue und
Leid", abstinent ist; — vielleicht gehört das
zur Buße. Mit seinen Freundinnen soll er
wieder unmäßig bechern." —

Kurze Zeit nach diesem Bericht erhielt Hermann folgenden Brief von Henry Felix in einem
Paket, dem ein versiegeltes Kuvert und ein
offener Brief beilag, beides an den Dr. Jan
del Pas in Sorrent adressiert.

Der Brief an Hermann lautete:

„Lieber Bruder! Ich bitte Dich, das Bei-
folgende dem Adressaten oder seiner Frau
persönlich nach Sorrent zu überbringen und
ihnen auszurichten, was ich Dir nachher auf-
schreiben werde. Da Du dieses furchtbare
Land Italien (objektiv furchtbar, weil es von
Teufeln beherrscht wird, jüdischen Freimaurern
und ihren Helfershelfern, die mit vereinter

Tücke und Gewalt den Statthalter Christi demütigen und gefangen halten, — subjektiv für mich aber gleichfalls höchst furchtbar, weil ich dort nahe daran gewesen bin, einer Verlobten des süßen Sohnes der Allerheiligsten Mutter Maria Gewalt anzutun), — da Du es also noch liebst (mit der Liebe des Heiden, Bruder, die eine schlechte Liebe ist, — verzeih, verzeih mir Unwürdigen, der ich freilich über niemand zu Gericht sitzen darf), so wirst Du, denk ich, gerne hingehen, weil Du das dort weißt, was ihr Schönheit nennt, und, ich hoffe es, gerne auch deshalb, weil Du mir einen großen Dienst damit erweisest. Denn ich kann nicht (noch nicht) diesen beiden Menschen unter die Augen treten, an deren Unglück ich schuld bin. Sie gedachten es (in einem höheren Sinne freilich, als es ihnen bewußt war) gut mit mir zu machen, ich aber, ein Besessener damals noch mehr als heute, habe es böse gemacht. Nimm also das Geld, das ich Dir schicke, mein Bruder (alles, was ich besitze, gehört auch Dir, denn ein zweites Mal bist Du als Engel bei mir erschienen, da mich der HErr zerbrochen hatte, — Dank Ihm auch dafür, denn, was Er tut, ist wohlgetan), nimm das Geld und reise."

— Sonderbar! mußte Hermann bei sich denken: das ist nun alles wohl sein Ernst jetzt, — aber klingt es nicht, als schriebe er es schließlich doch nur aus Freude an dieser Art Worten? Und:

von wem hat er diese Art, der neue Katholik?
Von Martin Luther auf dem Umwege über
Jeremias Kraker. — Und: „Bruder!" Ob das
nicht — Bußübung ist?

„Das versiegelte Kuvert wirst Du natür=
lich nicht öffnen, und ich bitte Dich, dem
Adressaten zu sagen, daß Du von seinem In=
halte nichts erfahren hast. Den offenen Brief
aber gib ihm offen, gleichsam zu Deiner Be=
glaubigung als mein Vertrauter, Freund,
Bruder. Und nun höre!

Gestern erschien bei mir das alte Ehepaar
Kraker. Als sie zu mir ins Zimmer traten,
mußte ich, zwischen die Augen getroffen von
einem grellen Lichtbalken, in die Knie sinken
und den Saum ihres Gewandes küssen. Denn,
siehe, es hatten sich zweie an der Hand und
sahen mich mit dem Blicke an, der da stöhnt:
Mörder. — Ihre Worte sprachen anders, ihr
Auge sprach so. Ich las es im Weiß ihrer
Augen: Unsern Sohn getötet, du da! Unsere
Tochter verwüstet und eingekerkert, du da!
Uns selber gemacht zu Gespenstern unserer
selbst, — du, du, du! „Ich, — nein, nicht
ich! schrie ich auf: nur jener Teil in mir,
den ich nun aus mir auszutreiben hoffe mit
der heiligen Hilfe der gebenedeiten Schulter=
wunde meines lieben Herrn Jesus.

O, mein Jesus, mein Jesus, Barmherzigkeit!"
Vor diesen Worten entsetzten sie sich mehr,
als vor ihrem eigenen Elend. Sie, die ganz

weiß, ganz still, ganz schwach Gewordenen,
wollten mich — bekehren! — Wehe den Armen!
Sie sind hart und verschlossen geblieben dem
fließenden Lichte der Gottheit!

Laß mich schweigen von der Unfruchtbar=
keit der Worte, die zwischen uns, an uns
vorüberflogen wie blinde Vögel, keines zum
Ziele, alle ins Leere.

Wir schieden, indem wir uns beklagten.

Höre nur dies: Was sie den Ehebruch
ihrer Tochter nennen (ach, sie wollten es nicht
annehmen, daß ich alle Schuld auf mich nahm),
hat sie als lebendige Wesen ausgelöscht.
Selbst von ihrer Heimat haben sie sich los=
gelöst. O, sie werden von den Winden ge=
nommen und hinweggetragen werden.

Doch dies ist es nicht, was Du besonders
wissen mußt wegen Deiner Reise, damit Du
meinen Willen verstehst, sondern: Sie haben
das Geld, das ich ihnen damals gestiftet
habe, als das erkannt, was es auch wirk=
lich war: als einen Teil des Giftes, das sie,
ihr ganzes Haus, zerstört hat, und sie wollen,
daß es nun nicht weiter Unheil anrichte,
sondern Segen schaffe.

Ach, mein Bruder, sie haben eine Stiftung
daraus errichtet zu Stipendien für arme
Studenten der protestantischen Theologie.

Ich betrachte auch dies als einen Teil der
Buße, die mir helfen soll, rein zu werden,
und sage kein Wort mehr darüber.

Aber ich will, daß nur ich zu büßen habe."

— Inwiefern eigentlich? dachte sich Hermann. Er nimmt es, wie immer, ein wenig leicht. Warum — stiftet er sein Geld nicht, zur Buße sowohl wie zur Balance, der katholischen Theologie? Ach, du — Bruder du! Noch im Tode wirst du dir Komödie vorspielen. Und wirst es nicht einmal merken.

„Und so bitt' ich Dich, dem Doktor Jan del Pas und seiner Gattin zu sagen, daß ihnen die selbe Summe, die ihnen durch dieses Stipendium entzogen worden ist, nochmals zur Verfügung steht. Ich biete sie ihnen dar, nicht als ein Geschenk (denn ich bin nicht würdig, zu schenken), sondern kniefällig, im Staube, die Stirn auf ihren Schuhen, als schuldigen Zins meiner Knechtschaft. Ich flehe sie an, daß sie es nehmen um Gottes und Jesu willen und zu meiner Reinigung. Indem ihre Hände es nehmen aus meiner noch unwürdigen Hand, werden sie mich ein wenig emporziehen aus meiner Verachtung. (Doch ganz aufrichten können mich nur die Hände mit den allerheiligsten Malen. M. J. B.! M. J. B.!)"

Hermann ließ den Brief sinken und sann vor sich hin: Ist das nicht vielleicht doch mehr als Komödie? Ist es nicht wirklicher Wahnsinn? — Aber dagegen spricht der Brief des Doktors, der diese fixe Idee von der christlichen Buße offenbar nicht sehr ernst ansieht. — Ausschweifung

nennt er's, und so wird es wohl sein: eine
andre Art Wollust, ein selbstgefälliges, wollüstiges
Sichhinsinkenlassen in laue Demut, — nachdem ihn
irgend etwas aus der Höhe gestoßen hat, wie
es immer in seinen Phantasien damals hieß:
„Kopfüber hinab zu den Gewöhnlichen!"

— „Alles übrige wirst Du, mein sehr geliebter Bruder, aus dem Briefe an den Doktor
Jan del Pas entnehmen. Sage ihm nicht,
wo ich bin. Sage ihm nur: er ist in der
Tiefe. — Er wird, ich weiß es, mich verachten (und sie wie er), weil ich aus meinen
Händen gebe, was mich mächtig macht über
sie (nicht das Geld). Denn er weiß nicht,
daß ich eine größere Macht dadurch gewinne,
und durch seine, ihre Verachtung noch mehr . . .
Sag ihnen ein Wort, Bruder, brenne es ihnen
ins Herz; es ist meine Zuversicht, mein ge-
heimstes Wissen, das Skapulier meiner Seele:
Blutleuchte! — Noch ist mein Blut dunkel
und zersetzt, noch kreischen, keuchen, grunzen
in ihm die Dämonen. Einst aber wird es
leuchten, und niemand mehr wird von meiner
Stirne lesen, daß ich unrein war. Dann
will ich mich, der ich noch scheu im Vorhof
stehe, gesenkten Hauptes an die Wand gelehnt, die schmutzig ist von den Mänteln der
Bettler und Unreinen, zum Altare wagen
und auf meinem Scheitel fühlen, unter der
Hand des gesalbten Priesters des Herrn,
den ruhig machenden Schatten Gottes. Aber

den Rand des heiligsten Schattens der seligsten
Ruhe umzirkt ein blaues, ganz reines Licht:
Das ist die Blutleuchte, mein Bruder, sicht=
bar nur den auserwählten Reinen, diesen
aber sichtbarlich bis ins Tiefste und wie
Musik von Engeln, deren Blicke singen."

— Wo — las ich doch derlei schon? dachte
sich Hermann. Es ist da vielerlei durcheinander=
gemischt, — aber sicherlich: es liegt irgendwo
gedruckt vor. Jungfranzösischer Neukatholizismus
hat einige Töne davon. Andres ist aus der
alten Kirche. Und „Blutleuchte" klingt nach
neuester Geheimwissenschaft. — Armer Henfel!
Hättest du doch besser, tiefer, reiner gelauscht,
als Frau Clara Mozart sang! Aber es war
und ist und bleibt wohl dein Schicksal, allem
einfältig Großen taub und blind zu sein: gefühl=
los allen den zarten Fingern, die nur das
Leben, das echte, zärtliche, frische Leben hat;
aber wollüstig, ach, wie gemein und gefährlich
wollüstig, zusammenzuzucken unter der kneifenden,
reißenden, peitschenden Kitzelung durch die Krallen
all der verkrankten, verkehrten, verkrochenen,
heute aber mit wahrhaft teuflischer Übergeilheit
ins Kraut schießenden Kräfte der Abnatur. —
Welcher Art der Stoß auch gewesen sein mag,
der dich aus deiner eingebildeten Höhe warf:
daß du so ins Bodenlose fallen konntest, statt
entweder ganz zerschmettert zu werden, oder
dich schließlich nach einem heilsamen Schmerze
auf festem Grunde stark aufzurichten, das zeigt,

daß du diese geistige Fallsucht in den Adern hast,
deren feineren Namen, Dekadence, die Philister=
schaft so gerne allen beweglichen Geistern an=
heften möchte. Arme Fratze eines fratzenhaft
verzerrten „Zeitgeistes", die in Wahrheit nur
ein zuckender Nebel ist, hinter dem der wahre,
schaffende, gesunde, große Sinn dieser Zeit ruhig
steht wie ein Felsmassiv.

Der Brief an Jan del Pas lautete:

„Sehr geehrter Herr Doktor! Sie empfangen aus den Händen meines brüderlichen
Freundes Hermann Honrader alle die Papiere
zurück, die Sie in meine Hände gegeben haben,
und mit denen Sie in meine Hände gegeben
werden sollten. Ich weiß heute, daß ich nicht
würdig bin, einen Mann wie Sie in irgendeiner
Art Gefangenschaft zu halten. Sie haben recht,
tausendmal recht gehabt, ein Leben vernichten
zu wollen, das, wie es war, ausgetilgt zu
werden verdiente. Aber, daß es Ihnen nicht
gelungen ist, obwohl die Hölle selbst dabei
am Werke war, beweist, daß in ihm, wenn
auch durch einen Bodensatz von Schmutz und
Schändlichkeit fast erstickt, Kräfte sind, die
über jede Hölle triumphieren werden, wenn
sie es vermögen, jenen Bodensatz hinauszu-
baggern mit Hilfe einer Gnade, von der ich
zu Ihnen nicht reden mag, da Sie unmöglich
fähig sein können, sie zu begreifen. Sie
würden nur Worte hören, wo göttliche Sub-
stanz selber sich in geheimnisvollen (Ihnen
ewig geheimnisvollen) Silben selig äußert.

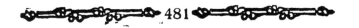

Wollen Sie mich noch töten: kommen Sie!
Ich will mich unter Ihren Fuß legen. Aber
kommen Sie schnell! Noch bin ich zu töten!
Bald, ich weiß es, nicht mehr!

Das Tagebuch des Bruders Ihrer Gattin
werde ich an die Öffentlichkeit befördern, —
falls nicht Ihre Gattin selbst es unter Ihrer
Redaktion besorgen will. — Dieses Buch
stellt mich in all meiner Blöße an eine Schand=
säule und einen Marterpfahl. Alle seine
Pfeile treffen mich von oben aus der Wolke
eines Geistes, der ein Recht hatte, mich zu
verachten. (Aber aus Gründen, die er nicht
kannte: aus ganz andern Gründen, als er
meinte.) Ich genieße jetzt diese Verachtung
wie eine Frucht, die mich stärkt. Auch sie
dient meiner Reinigung. O, wie hilft mir
ihre Bitterkeit. O, wie bitter wohl sie mir
tut! O, wie gewiß ist es, daß auch sie mir
bestimmt war vom Herrn der großen Güte,
der auch die Verworfenen zu sich ruft aus
den Ketten der Hölle, — und zuweilen durch
die Stimmen von Teufeln.

Gleich dem heiligen Sebastian steh ich im
Pfeilregen, halte ich stand den Geschossen,
die von der Sehne höllischen Hasses schwirren,
— ein sehr, ein mehr als Unheiliger jetzt noch,
aber ein Glaubender nun und ein Wissender:
daß das aus tausend Wunden abfließende
Blut mit sich wegschwemmt den trüben Boden=
satz meines Wesens.

O, daß es ganz von mir flösse und nur
ein Tropfen in mir bliebe, — aber ein reiner!

Ich sehe Ihr Lächeln, Herr Doktor, mit
dem Sie diese Worte lesen: es ist kalt und
hat dieselbe Verachtung in sich, wie das Lächeln
Jenes, von dem ich nun erst ganz frei bin,
da ich seine Blätter des Hasses, der Verachtung und eines teuflischen Übermutes gelesen habe. Bald wird er, bald werden Sie
— unter mir sein. Ich knie mich unter Ihr
Lächeln und empfange seine Verachtung wie
Geißelstreiche, die mich zerfleischen und entzücken.

So, in meinem Blute, meinem schlechten,
verderbten, noch unreinen Blute kniend, reiche
ich Ihnen entgegen, was mein Bruder und
Freund Ihnen anbietet. Nehmen Sie es an,
mit Verachtung an, wie man den Dank eines
Bettlers entgegennimmt, ————

von Ihrem Knechte

H. F. H."

*   *   *

Jan del Pas nahm es an, mit Verachtung an.
Er sagte zu Hermann Honrader: „Melden
Sie dem Herrn Grafen, daß das Geld zur Erziehung unsres Sohnes Karl verwendet werden
wird, der hier in Sorrent aufwachsen soll, immer
nahe bei sich das Denkmal seines Namenspatrons
und Mutterbruders. Florenz und Rom, der

Geist der Renaissance und der Antike, sollen seine Erziehung vollenden. — Dem unheiligen Sebastian aber wünsche ich von Herzen, daß er sich bald — erheben möge, — hoch über mich und meinesgleichen. Er wird es gewiß. Seine Leere trägt ihn, — zumal in der dicken Luft, nach der es ihn jetzt verlangt."

Frau Berta del Pas sagte nichts dergleichen. Es war, als hätte sie alle Erinnerung an Henry Felix verloren.

„Und das Tagebuch?" fragte Hermann.

„Das Tagebuch Karl Krakers wird Karl del Pas herausgeben," erwiderte der Doktor. „Wir befehlen dem Grafen, es an uns, seine legitimen Besitzer, auszuliefern. Es ist noch nicht die Zeit dafür. — Sagen Sie ihm, er möge es selbst bringen. Denn er wird ja doch eines Tages kommen müssen. Ich habe es ihm gesagt, als ich ihn in Berlin verließ. Es ist nicht vergessen."

Zweites Stück: Regina spinosa

Ehe Hermann von Sorrent abreiste, stieg er die Straße nach Amalfi hinan zum Denkmale Karls.

Er las langsam, laut die Verse auf dem Fries. Sie prägten sich ihm so ein, daß sie wieder von seinen Lippen kamen, als er sich auf der Bank niedergelassen hatte und, den Kopf auf den rechten Arm gestützt, über das blaue Meer hin nach Capri blickte:

Und Tod? Was ist der Tod? Es fällt ein Haar
Vom Haupte Gottes, — weniger noch: ein Sämlein
                     wirbelt
Ins Nichts. — Und geht verloren? Nein. Wie
                     könnt es denn?
Wer weiß, wohin wir fallen! Sicherlich
Aufs neu in Gottes Schoß . . .

„In Gottes Schoß . . ." wiederholte er
und dachte bei sich: Der arme Henkel . . .
„Ein Sämlein wirbelt" . . . Ach, was für
ein Sämlein . . . Und jetzt will's wohl „in
Gottes Schoß" . . . Will's? . . . Will es
wirklich einmal? . . . Es hat den Anschein,
als wollte es jetzt nur bewußt nicht wollen . . .
Bewußt? . . . Ach! . . . Aber es ist immerhin eine Art Fortschritt . . . Vielleicht trägt
ihn seine Leere jetzt wirklich, da auch die Einbildungen von ihm abgefallen sind, die doch
nur Ballast waren. — Aber: hat er nicht schon
neue? . . . Besser wär's, er bliebe kniend
in der Knechts- und Büßerpose, die ihm ja
auch gefällt, — wie jede Pose. — Ob er wohl
jetzt im Gebete vor der allerheiligsten Schulterwunde kniet? Oder bei einem Weibe liegt? . . .
Wie arm ist die Wollust der Ausschweifen-
den! . . . Was ist Wollust, die nicht reich
macht? . . . Aber da hab ich ja das Wollen,
das ich ihm absprach! O! Er hat immer gewollt! Aber leider — nur Lust. — Welcher
Mensch aber wäre stark genug, dies zu dürfen?
Wer brauchte nicht, um sich zur Lust zu

kräftigen, — Arbeit? Denn Arbeit ist Kampf
um Lust.

Arme Wollüstlinge! Arme Größenwahn-
sinnige der Lust! Sie wollen sein wie die klaren
Götter und werden zu dumpfen Untermenschen.
— Kampf, Arbeit um die Lust! Lust im Kampf
und in der Arbeit! Aus Kampf und Arbeit Lust!
Denn Kampf und Arbeit ist Geist, — jeder
Kampf, jede Arbeit —, und ohne Geist ist
alles ekel.

*

Henry Felix aber lag, während Hermann
sich so von seinen Gedanken tragen ließ, weder
bei einem Weibe noch im Gebet vor der allerheiligsten Schulterwunde, sondern er befand sich
auf dem Wege von dem einen zum andern.

Da hatte er eine Begegnung, die ihn noch
tiefer ins Gebet warf, als sonst.

Er hatte die Villa Madame Adeles kaum
verlassen und bog eben in einen Zypressengang
ein, der, rechts und links von rosenüberhangenen
Mauern begleitet, einen sanften Hügel hinauf-
führte, als er, wie von einer unirdischen Erscheinung berührt, stehen bleiben mußte.

Er sah, kaum zehn Schritte vor sich, eine
schmächtige, hohe, edle Frauengestalt langsam,
doch leicht den Weg zwischen den schwarzen
Bäumen und hellen Rosen hinaufschreiten.
Sie trug ein dunkles, etwas nachschleppendes
Kleid. Ein schwarzer Spitzenschleier hing über
die Schultern. Der Kopf war unbedeckt, aber

schwere, dunkle Flechten wuchteten wie eine Krone auf dem Scheitel, wandten sich um die Schläfen wie ein Kronband. Selbst aus der Ferne sah der Stehengebliebene wie ein düsteres Flammen und Blitzen das Leuchten von großen Edelsteinen, die in diesem wundervollen Haar an Spangen und verbogenen Perlenketten saßen.

— Welch ein Weib! sprach eine sonderbare Ergriffenheit in Henry Felix. Scheu, als traue er sich nicht in die Nähensphäre dieser Erscheinung von tragischer Schönheit und Würde, tat er zögernd einen Schritt nach vorn.

Da wandte sich die Frau um. Er sah eine hohe, weiße, leuchtende Stirn, zwei große, dunkle Augen unter strengen Brauenbogen, einen Mund, schmerzlicher, als er je einen auf Bildern der schmerzhaften Mutter Gottes gesehen hatte. Und er sah, daß sie das Haupt in leiser Senkung nach vorn geneigt hielt. Welch eine Blässe lag auf diesem Antlitz! Und welch ein Geist. Welche Verklärung durch Geist, Schmerz, Liebe!

— Blutleuchte! schrie es in ihm auf. Das ist sie! Ist sie! Mir ist die Gnade! Die Gnade ist mir nahe! Ich habe es gesehen, gefühlt, das Ungeheure, Selige! Nicht Steine leuchten aus diesem Haar! Das ist der blaue Schein unter der schattenden Hand Gottes!

Er wollte ihr nach, wollte die Schleppe ihres Kleides küssen, sich vor ihr niederwerfen, die Stirne in den Staub.

Da verschwand die Erscheinung zwischen dem Rosenschwall eines Mauertors.

Hinter ihm knirschten Schritte.

Er wandte sich um und sah kaum, daß es eine kleine, weißhaarige, vornehme Dame war, der er die Frage entgegenstammelte: „Wer . . . wer . . . ist . . . das?"

Die alte Dame sah ihn erschrocken an und sagte, indem sie ihren Schritt beschleunigte: „Kaiserin Elisabeth."

Er stand einen Augenblick starr. Dann streckte er, als wollte er etwas Entschwindendes ergreifen, beide Hände aus und war mit zwei Schritten neben der Dame, die nun fast vor ihm floh, als sie das erregte Gesicht des Fremden mit den fieberisch leuchtenden Augen neben sich sah.

„Ich bin . . ." keuchte er, „ich will . . . ich bitte um die Gnade . . ."

„Nicht doch, mein Herr!" wehrte sie ab; „Sie dürfen nicht . . . Es darf niemand . . ."

Er blieb ächzend stehen, als habe er einen langen Weg hinter sich und sähe sich nun am falschen Orte.

Er mußte sich an die Mauer neben dem Tor lehnen, in dem jetzt auch die Dame verschwunden war.

„Träume ich?" murmelte er und griff in die dornigen Rosenranken, daß ihm das Blut zwischen die Finger rann.

„Dies ist wahr?" murmelte er, und sein

Blick, als ſuchte die Unruhe ſeiner Seele mit
ihm einen Ankerplatz, verlor ſich im Dunkel
des Zypreſſengrüns. „Aber dann . . . dann
iſt es doch mehr, als gemeine Wahrheit?
. . . Wer darf die Blutleuchte ſehen, wenn
nicht einer, der erwählt iſt? . . . Aber . . .
es iſt doch auch wie ein Gruß . . . meines
Schickſals . . . Und . . . mein Schickſal . . . hat
mich doch . . . verlaſſen? . . . Aber nein! . . .
Es iſt da! . . . Es iſt verwandelt da! . . .
Es iſt immer noch wahr . . . nur . . . anders . . .
tiefer . . . Die Verbindung iſt noch geheimnisvoller! Noch viel, viel geheimnisvoller! . . .
O, mein Jeſus, Barmherzigkeit! Barmherzigkeit! . . . O, Jeſus! Süßer, süßer Herr!
Chriſtus! Liebe! Chriſtus! Liebe! . . . Es
hat mir geleuchtet! Hat mir geleuchtet! Iddio!
Iddio! Amore!“

Da vermiſchte ſich vor ſeinem inneren Auge
das Bild der Kaiſerin mit dem Biancas, und ein
fürchterliches Grauen vor ſich ſelbſt überkam ihn.

Er ſtürzte davon.

Und warf ſich am Kreuz vor ſeinem Bette
nieder und flüſterte, lallte, ſtammelte wild
und wirr durcheinander was nur irgend von
katholiſchen Gebeten in ihm haften geblieben war.

Es war wie ein Krampf. Seine wie zu
einer großen Fauſt gefalteten Hände fuhren
taktmäßig auf und nieder, als klopften ſie an
ein unſichtbares Tor; ſeine Schultern zuckten;
kalter Schweiß rann von ſeiner Stirn.

Schließlich fiel er vornüber. So lag er lange,
den Kopf auf den gefalteten Händen.

Ein Diener richtete ihn auf, entkleidete den
völlig apathisch Gewordenen und brachte ihn
ins Bett.

Fast augenblicklich fiel er in einen dumpfen
Schlaf, der über vierundzwanzig Stunden währte.

Ein Wort der Kaiserin Elisabeth, das er
irgendwo irgendwann einmal gelesen und längst
vergessen hatte, tauchte in diesem, sonst traum-
losen Schlaf vor ihm auf. Er sah zwischen zwei
Schlössern: einem burgartigen aus schwarzem
und gelbem Marmor, das vor seinem Auge
langsam zerfiel, als umspannte sein Blick Jahr-
hunderte, und einem tempelartigen, ganz weißem
inmitten von rosendurchsponnenen Lorbeerhecken
—: einen Abgrund. Der war wie der dunkle,
mit felsenriesigen Hechtzähnen bestandene, in
einem erstarrten Gähnen offengebliebene Rachen
eines Ungeheuers der lauernden Nacht. Von
Rand zu Rand aber, über einem Gebrause von
stöhnenden Klagen aus der tiefsten Tiefe, spannte
sich eine schmale Brücke, wie zusammengegittert
aus goldenen gotischen Buchstaben, deren Sinn
der Satz der Kaiserin war:

„Wenn . . . der . . . Abgrund . . . mit
. . . menschlichem . . . Weh . . . und . . .
Leichen . . . von . . . Glück . . . voll . . .
sein . . . wird . . . wird . . . man . . .
ungefährdet . . . darüber . . . hinweg . . .
schreiten . . .“

*

Als ·der Graf erwachte, war es hoch am
Mittag. Das Zimmer lag in einem roten, durch
seidene Gardinen gedämpften Lichte. In einem
helleren Streifen tanzten goldene Sonnenstäubchen.

Henry Felix fühlte sich wunderbar gekräftigt,
aufs frischeste erquickt.

Ihm war, als trüge ihn etwas, — eine Kraft,
die stetig, mächtig in ihm schwoll, — ein Gefühl von Fülle und Sicherheit, das ins Leben
drängte.

— So tanzt es jetzt in meinem Blute, dachte
er sich, indem seine Blicke das goldene Wirbeln
im Sonnenstreifen verfolgten.

Er lächelte und sann: Wie könnt es anders
sein? Ich habe das Leuchten gesehen, das blaue
Leuchten des Blutes einer Himmlischen, die durch
Schmerz und Liebe geheiligt worden ist. — Sein
Blick wurde dunkel. —: Aber warum erschrak ich
denn? Warum verwirrte sich mein Herz bei
diesem Anblick der Gnade? — Das Dunkel schwand
aus seinem Blicke: — Es war das letztemal. Nun
sind die Dämonen betäubt. Ich darf in den
Schatten Gottes gehen, vor dem sie fliehen
müssen, und werde Gottes Wollust genießen.

— Welch ein Wort! Woher taucht mir das
entgegen?

Sein Blick fiel auf die kleine Bücherei an
der Bettwand. Er nickte lächelnd und griff ein
kleines Buch, mit Gold beschlagen, heraus und
murmelte: „Pater Cassian! — Ja, ich komme!
Du hast es recht gewußt, und alles war gut:

O Stern und Blume, Geist und Kleid,
Lieb, Leid und Zeit und Ewigkeit!

O heiliges Feldkreuz! ... Gottes Wolluſt ...
O sancta regina spinosa!"

Es klopfte. Der Arzt trat ein.

— „Nun, Graf, — ſo munter? Ich fürchtete
ſchon, Sie heute in einem böſen Zuſtand zu
ſehen. Der geſtrige Anfall war ſchlimm. —
Jetzt laſſen Sie aber gefälligſt ab von Ihren
nächtlichen Streichen! — Ernſthaft geſprochen,
Graf: ich kann Sie nicht hier behalten, wenn
Sie weiter ſo über die Schnur hauen."

Der Graf runzelte die Brauen. Dann ſagte
er kurz: „Ich reiſe ohnehin heut nacht. Ich
muß nach Wien."

— „Nach Wien? Da werden Sie ſich jetzt nicht
amüſieren können. — Aber, richtig, — Sie wiſſen ja
gar nicht! —: Heut' vormittag iſt unten am See die
Kaiſerin Eliſabeth von einem Anarchiſten er-
dolcht worden."

Henry Felix richtete ſich im Bette auf, ſchlug
das Kreuz, ſenkte den Kopf und murmelte:
„Erloſchen ... Nun ſchwebt die Leuchte und
ſucht neue Kraft, neues Blut, ſich zu binden ...
Wer ſie zuletzt ſah, ſieht ihren Weg dreimal
ſieben Tage, und wenn er rein iſt ..."

„Was haben Sie denn?" brummte der Doktor
und ſah ihn muſternd an.

Der Graf ſprang aus dem Bette und erklärte in herriſchem Tone: „Man muß meine
Koffer packen. Ich reiſe mit dem nächſten

Zuge. Es ist keine Zeit zu verlieren." Er schellte nach der Bedienung und nahm keine Notiz mehr von der Anwesenheit seines Arztes, der sich ärgerlich entfernte.

Bis zur Abfahrt seines Zuges nahm er gegenüber dem Hotel, wo die Leiche der Kaiserin aufgebahrt war, auf einer Bank Platz und starrte, über das Volksgewimmel weg, unverwandt zu den Fenstern, hinter denen er die Tote wußte.

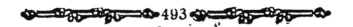

ZWEITES KAPITEL
Gottes Wollust

Erstes Stück: Pater Cassians Sattelpferd

Pater Cassian hatte es nicht leicht mit seinem Zögling.

Das war ihm nach der ersten halben Stunde des Besuches, den ihm der Graf sogleich nach seiner Ankunft in Wien gemacht hatte, klar gewesen: Ein Jesuit ließ sich aus diesem Verworrenen nicht mehr machen. Es fragte sich nur: Wie konnte man ihn sonst im Interesse der Kirche verwerten? Mochte er als geistige Potenz auch mehr denn fragwürdig geworden sein, — seine Millionen hatten nicht an Gewicht eingebüßt, und so verdiente er immer noch, als Macht behandelt, d. h. mit besonders beflissener Klugheit behandelt zu werden: mit der feinsten Sonde aufs Schonungsvollste untersucht, mit leichtester Hand nachgiebigst am sanftesten Zügel gelenkt.

Übrigens brachte der Pater dem Grafen auch rein menschliche Anteilnahme entgegen.

Er war nun alt. Frau Sara war seine letzte

Geliebte gewesen. Er dachte mit inniger Rührung an die schöne und mit kennerhafter Hochschätzung an die geistvolle Jüdin zurück. Daß er sie nicht zur Christin hatte machen können, daß sie seinen darauf zielenden Versuchen hochmütigen Spott und ein belustigtes Lächeln von oben herab entgegengesetzt hatte, wurmte ihn noch. Nun wenigstens ein Stück von ihr der Kirche zu gewinnen, tat ihm wohl, aber er dachte nicht bloß an das Seelenheil des Sarasohnes, sondern auch daran, ihn gleichzeitig im Leben zu fördern, — natürlich in einer Richtung, die zugleich der Kirche zugute käme.

Fürs erste galt es, den wild gewachsenen Katholizismus des Grafen von all dem Rankenwerk zu befreien, das ihm anhaftete und, dogmatisch angesehen, zum Teil höchst bedenklicher Herkunft war. Einiges erkannte der Pater als dämonisch, anderes als heidnisch, wieder anderes schien ihm aus beidem gemischt: Schwarmgeisterei aus allerhand modernen Geheimlehren, die der gelehrte Jesuit auf geheimnisvoll immer wiederkehrende indische Einflüsse deutlich dämonischen Charakters zurückführte.

Grob mit der Schere der Dogmatik da hineinzufahren, das wäre Kapuzinerart gewesen. Reiner und verunsäuberter Glaube, urchristliche und modern theosophische Mystik, Tiefenklarheit der Offenbarung und Tiefentrübe nebelhaften Irrgeistes schienen hier so innig miteinander verschlungen, fast verwachsen, daß nur ein leises, zartes Voneinanderlösen am Platze sein konnte. Manches Irrtümliche, das sich mit allerfeinsten Greifzweigen allzu tief ins Wahre hineingerankt hatte, durfte überhaupt nicht gleich entfernt werden. Man mußte es der Zeit und der Kraft der Wahrheit überlassen, es zu ersticken. Nur keine plumpe Hand, keine Ungeduld, kein Ungestüm. Ruhe. Milde. Schonung. Vor allem: nicht an wunde Punkte rühren, halb Vernarbtes nicht aufreißen, innerlichst Gehegtes nicht roh stören. Waren es gefährliche Irrtümer, die so tief saßen, so zärtlich gepflegt wurden, so hielt es der Pater für gut, sie nicht eigentlich zu beseitigen, sondern zu Wahrheiten umzuinterpretieren. Also wurde aus der arisch mystischen Blutleuchte der gut katholische Heiligenschein, und der Blick, der sie durch dreimal sieben Tage verfolgen wollte, bis sie sich mit dem eigenen, gereinigten Blute bände, wurde leise ins Weitere gewendet, ins Weitere und Innere, ins Ewige rückwärts und vorwärts. Die Blutreinigung selbst aber durch die Buße, allzu materiell als eine Art Destillation gedacht, wurde spiritualisiert, wurde zur Seelenreinigung.

Es ging nicht ohne Kampf und Widerzucken ab, und mehr als einmal fragte sich der Pater, ob der Streit mit diesen Dämonen, so hündisch artig sie sich auch vor dem Kreuze duckten, nicht in alle Ewigkeit vergeblich sein müßte; aber der Tag kam, da er sich mit bestem Jesuitengewissen sagen durfte, er habe das einstweilen mögliche getan und dürfe alles übrige der Kirche selber überlassen, die immerhin nun eine Seele mehr besaß, ihre Gnadenmittel daran zu erproben.

Indessen log der Pater sich nichts vor, so tadellos sein Werk sich auch präsentierte.

Der Katholik Henry Felix war äußerlich gewiß fix und fertig und konnte sich wohl sehen lassen. Ließ sich auch gerne sehen. Besuchte aufs fleißigste das Haus Gottes, hob den Hut vor jedem Kruzifix, schlug das Kreuz langsam und innig, ging regelmäßig zur Beichte. All das nicht aus Heuchelei, sondern weil es ihm wirklich und augenscheinlich wohl tat.

Ein weniger feiner Menschenkenner, als es Pater Cassian war, hätte wohl frohlockt über diesen eifrigen neuen Christen, der so viele alte beschämte. Aber der Jesuit wußte besser Bescheid in diesem katholischen Herzen. Er wußte, daß nicht wirkliche Demut es war, die darin dominierte, sondern nur eine augenblickliche Freude am Gefühl und an der Geste der Demut, als an etwas Auszeichnendem.

„Die Grundsuppe dieser Seele ist die Eitelkeit," sagte er zu einem jüngeren Mitgliede der Gesellschaft Jesu, das ihm etwas überschwänglicher zu diesem Proselyten gratulierte, als es dem Älteren, Erfahreneren gut schien. „Daß wir mit der menschlichen Eitelkeit fast immer zu rechnen haben, wissen wir, und wir haben den ungebührlichen Stolz abgelegt, sie als schlechthin abscheulich zu verachten. Wir wissen, daß wir uns vielmehr auch ihrer zu bedienen haben, um an unser Ziel zu gelangen. Indem wir die Eitelkeit lenken, lenken wir den Menschen. Sie ist das Sattelpferd erfahrener Seelenlenker. Lenken wir sie zum Kreuz, so haben wir ein gutes Werk getan, was auch die Hochfahren= den sagen mögen, die nur das gelten lassen wollen, was wohl auch sie selbst nicht besitzen, da es so selten ist, wie ein Heiliger: das ganze Aufgehen in der Wahrheit. — Indessen muß ich gestehen, daß es sich im Falle des Grafen um eine Seele handelt, die in einem erschrecklichen Maße von Eitelkeit durchsetzt ist. Alles, was in diese Seele fällt, auch das Heiligste, wird davon verschlungen. Ich bedarf meines ganzen Glaubens an die alles über= windende Macht der göttlichen Wahrheit, um nicht in der Hoffnung zu wanken, daß aus diesem, ich möchte sagen: vereitelten katholischen Herzen, das sich jedoch für ein höchst reines katholisches Herz hält, einmal ein klares Gefäß der göttlichen Gnade werde, in dem diese nicht entstellt, verzerrt, zur Fratze wird. Darin, daß es sich mit wirklicher Überzeugung für lauter und ganz katholisch hält, liegt das Fürchterliche, Abgründige, Dämonische dieser Eitelkeit, das mich entsetzt und verwirrt. — Sieh! Das große Herz des heiligen Franz

von Assisi steht vor dir: ein Herz, das ursprünglich
ganz schwarz war von einem wütigen Stolz. Was
machte es zum Herzen eines Heiligen? — : Daß
es unter seiner Wut aufs grausamste litt,
daß es in sich selber ergrimmte gegen sich selbst,
daß es, im furchtbarsten Kampfe wider sich,
stark und mächtig wurde über sich bis zur
vollkommenen Demütigung. — So haben wir
auch Heilige gehabt, die zu Heiligen wurden,
indem sie eine übermächtige Eitelkeit und Selbst=
liebe, den Dämon der in sich verliebten Fratze,
mit der Kraft qualvoller Selbsterkenntnis und
des gottsuchenden Willens überwandten: das
verfratzte Innere hinzuähneln an die ewige
Schönheit und Wahrheit Gottes. — Nun denke
dir einmal, daß der Seraphische Vater, statt zu
leiden unter dem wütigen Stolz seines Herzens,
dessen froh gewesen wäre und geglaubt hätte,
es sei nicht Stolz und Wut in ihm, sondern
etwa eine grimmige Kraft und ein Hochgefühl
der christlichen Gnade. Aus diesem Zerrbild
eines Christen hätte schwerlich ein innerlich
wahrer Christ werden können, geschweige denn
ein Heiliger des Herrn. — Ich will mit alledem
dies sagen und darauf hinaus: Wo über=
mächtige, beherrschende Mängel sind, ist die
Voraussetzung zu einer inneren Säuberung:
Selbsterkenntnis, erwachsend aus dem Vergleiche
mit Jesus; kommt göttliche Kraft hinzu, so
erfolgt die völlige Austilgung des Dämonischen:
und dies schon ist Anzeigen des Heiligen. Wie

aber, wenn Selbsterkenntnis unmöglich gemacht
wird durch eine unausrottbare Selbstliebe, die
sich vorlügt, sie habe alles Schlechte, Teuflische
bereits aus sich hinausgetrieben durch — die
Kraft des Herrn? Die also zufrieden ist, in
dem Wahne, siegreich bereits gekämpft zu haben
unter dem Schilde der Gnade? Die, es ist
entsetzlich, der Teufelsfratze in sich die Züge
Christi verleiht, vor Jesus zu knien glaubt,
indem sie vor sich selber, und das ist: vor
dem Teufel in sich kniet?"

„Ist es in dem Falle des Grafen so," entgegnete der Jüngere, da Pater Cassian eine
Pause machte, „so meine ich, daß ihm die Pforten
der Kirche nicht aufgetan werden durften."

Der Ältere neigte den Kopf und sah dem
jüngeren Genossen erst nach einer Weile des
Grübelns ins Auge. Und sprach: „Es sieht
so aus. Es sah auch mir so aus. Ich habe
lange geschwankt. Aber schließlich fand ich festen
Halt in der Erwägung, daß es Gott lästern
heißt, wenn man glaubt, der Teufel könne
irgendeinmal stärker sein, als er und die von
ihm der Kirche verliehenen Gnadenmittel. Sieh!
Womit hält er diese Seele? Nur damit, daß er
sich verstellt. Und, was stellt die Lüge vor, wenn
sie sich verstellt? —: Die Wahrheit. Diese Seele,
mein Bruder, glaubt ja und darf gewissermaßen
glauben, daß sie Jesus in sich hat, und aus
diesem Glauben hat sie nach den Heilsmitteln
der Kirche verlangt. Darf ich diesen Glauben

32*

stören, wenngleich ich weiß, daß er falsch ist?
Darf ich die Heilsmittel versagen? Muß ich
nicht vielmehr über dieses Wissen den Glauben
aufrichten, daß der Teufel selber, wie er sich
auch sträuben mag, sich in Gott verwandeln
kann, ja muß, wenn diese Seele ihn für Gott
hält und sich mit guten Werken im Geiste der
Kirche zur Seligkeit findet? – O! Es ist ein
furchtbares Dickicht im Herzen der Menschen!
In jedem, mein Bruder, außer in den Heiligen.
– Wir müssen nicht zu tief wollen, nicht zu
tief, – sonst kommen wir an den Abgrund der
Ketzerei, die es leugnet, daß die Kirche Mittel
kennt, die, so äußerlich sie sein mögen, Wunder=
kräfte haben. – Nein! Ich habe recht gehandelt!
Nicht der Lüge habe ich den Weg geebnet.
sondern der Wahrheit. Und mehr noch: ich
habe die Lüge der Wahrheit vorgespannt als
Zugtier unter dem Joche des göttlichen Willens.
– Dazu mußt du mehr von meinem Zögling
wissen. Was ihn zur wahren Kirche trieb, war
nicht das Gefühl des Ketzers, bisher geirrt zu
haben, war auch nicht die Qual des Weltmenschen,
ohne Halt zu sein: – es war eine sonderbare
Scham des Blutes. Der Graf ist der Sohn
einer Jüdin, und er schämt sich des Jüdischen
in seinem Blute. Doch nicht das Christliche in
seinem Blute schämt sich dessen, sondern das
Dämonische: eine Wut der Eitelkeit. – Höre
wohl zu! Es ist ein lehrreicher Fall. Zwei
Dämonen, wir können es nicht anders nennen,

lauern in diesem Blute: der des hochmütigen,
schändlichen, durch keinen Fluch zu demütigenden
Judentums, und der der Eitelkeit, die alles
auf Glanz, Ansehen, Auszeichnung setzt. Sie
bekämpfen sich, — merke wohl auf! — und sind
im Grunde doch eins. — Darum litt dieses Herz
nicht etwa deshalb, weil in ihm Blut jenes ver=
blendeten, trotzig irrenden, christusmörderischen
Volkes und damit eine dämonische, antichristliche
Kraft ist. Das wäre ein christliches Leiden,
wäre Erkenntnis eines Fehlers, wäre Antrieb
zu einem rechten Kampfe dagegen. Nein, es
litt unter einem Krampfe der Eitelkeit, durch
sein jüdisches Blut zu den von der Welt Ver=
achteten gestoßen zu sein; — von der Welt,
mein Bruder. Und nun begibt sich das Greuliche,
daß diese Eitelkeit sich mit dämonischer Frech=
heit als christliche Sehnsucht verstellt und eine
Art Glaubensinbrunst in sich hineinlügt, als
könne das verachtete jüdische Blut quasi körper=
lich eliminiert werden durch christliche Buße.
Der Vater der Lüge, nie verlegen um Mittel,
und frech bereit, auch Heilige darum zu bestehlen,
bedient sich des Rüstzeugs christlicher Mystik
dazu, kann aber doch nicht umhin, diese Waffen
mit dem Gifte mystisch betörter Rassenüberhebung
zu salben. Die von ihm besessene Seele aber
verschlingt er dabei immer mehr in den Wahn,
Jesus selbst sei es, der ihr hilft, sich vom
Jüdischen zu reinigen. — Was tut er, was er=
reicht er nun mit alledem? — : Er treibt diese Seele

zur Kirche. Man könnte vielleicht glauben, das
sei die bekannte Dummheit des Teufels. In=
dessen: weit gefehlt! Er weiß wohl, was er
tut. Was er in dieser Seele gestärkt hat, ist
nicht die Wahrheit, sondern die Eitelkeit. Der
Graf trägt sein katholisches Christentum vor
sich her, wie eine Krone auf einem Samtkissen,
und entzückt sich nicht an der Wahrheit des
Glaubens, sondern an dem Gefühle, eine Art
Auszeichnung erhalten zu haben. Es ist nicht nur
nicht ausgeschlossen, sondern sogar wahrscheinlich,
daß er, dieser Eitelkeit einmal müde, sich einer
anderen anheimgibt, — und zwar wahrscheinlich
einer entgegengesetzten. Denn seine Eitelkeit
gehört zu der hochmütig wechselnden Art. Der
Geist der Lüge weiß das alles wohl und glaubt,
zu triumphieren. Was in den Augen meines
Zöglings, wie demütig er sie auch niederzuschlagen
weiß, so sattstolz leuchtet, ist der Triumph der
Lüge, — ihm selber unbewußt. — Dennoch soll
er, wird er zuschanden werden. Ich fange den
Teufel in seinem eigenen Garne. Ich nutze die
Eitelkeit des Grafen, da ich sie nicht unter die
Wahrheit beugen konnte, zu christlichen Werken
aus und halte sie fest am Zügel, daß sie nicht
entwischen kann. Der Teufel machte ihn stolz
und zugleich träge, indem er ihm einblies, er
sei nun frei von allem, was die Abstammung
von einer jüdischen Mutter mit sich bringt. Ich
dagegen rege den Ehrgeiz des tätigen Christen
in ihm auf, indem ich ihm zeige, daß er seine

Freiheit von allem Jüdischen zu beweisen habe. — Wir brauchen Kämpfer gegen das Judentum. Wehe uns, wenn wir nicht danach trachten, diesen gefährlichsten Feind zu vernichten, der darauf aus ist, alle Macht an sich zu reißen. Wer Augen hat, zu sehen, der weiß, wie schrecklich weit ihm das bereits gelungen ist, und er kennt auch das verruchte Ziel: Écrassez l'infame! Das siegende Judentum wird der siegende Antichrist sein. In diesem Kampfe muß jeder Bundesgenosse von uns willkommen geheißen werden. Der Dämon des Rassen=Antisemitismus wird leichter zu überwinden sein, als der Antichrist im Judentum. Es ist wirklich ein kleiner, dummer Teufel. Bei meinem Zögling steckt freilich ein größerer dahinter: die ungeheure Eitelkeit des Grafen; aber durch ihre höllische Verwegenheit, sich christlich zu bemänteln, hat sie sich mir selbst in die Hände geliefert. Wie der Teufel der Eitelkeit auch mit den Zähnen knirschen und sich winden mag unter dem Joche, das ich ihm überwerfe: er muß für die Wahrheit kämpfen, und schließlich wird mir, wird der Kirche auch noch der höchste Triumph werden: daß der Graf eines Tages wirklich von ihm frei sein wird. Kämpfend wird er erstarken auch über sich selbst. Er wird nicht nur helfen, den jüdischen Antichrist draußen zu besiegen, er wird auch in sich selber wirklich Sieger werden über das Jüdische in seinem Innern. Dann erst wird er ein katholisches Herz haben und reif sein zu dem katholischen Glück, das er jetzt nur im Munde führt, wenn er von Gottes Wollust redet." —

Sein Sattelpferd nach diesem Ziele zu lenken, fiel dem klugen Pater nicht schwer. Die Eitelkeit des Grafen merkte es nicht einmal, daß sie wieder von einem fremden Geiste gelenkt wurde, als sie sich nun auf das politische Gebiet begab. Wie immer, so glaubte Henry Felix auch diesmal, eigenster Schicksalsbestimmung zu folgen, nur daß er jetzt, als der gute Katholik, für den er sich hielt, sein Schicksal Gott nannte.

Und wiederum fand er, daß alles Vorhergegangene nur Vorbereitung, sicherste und bis ins einzelne höchst wohl angelegte Bestimmung gewesen sei, göttliche Lenkung auf nur scheinbaren Umwegen zur rechten Bahn, in der er sich nun befand: bei aller Demut stolzer und zuversichtlicher denn je überzeugt, daß er nun, geläutert und gereift, in Freiheit lediglich Gottes Diener, wirklich aufwärts schreite zu einem Ziele, das innerste Befriedigung in einer bedeutenden Tätigkeit und äußeren Glanz gleichermaßen umschloß. Denn nun erst würde sein Name aufleuchten in einem wirklichen Ruhme, gewonnen in einem Kampfe um wahrhafte Güter und ernsthaft ruhmwürdigen Einfluß auf seine Zeit.

Tief unter ihm, ein dünner schwankender Nebel, lag die Purpurne Wolke, dieses nun von seiner begnadeten Klarheit als höchst kümmerliche, aber doch gefährliche Verirrung erkannte Streben nach einer ästhetischen Kultur

frivoler Luxusmenschen, deren Übermut blas=
phemisch mit Gott spielte, wenn er sich nicht
gar erfrechte, ihn zu leugnen. Das geläuterte
katholische Herz des Grafen erkannte jetzt
dank göttlicher Erleuchtung in voller Schärfe
den gleißenden Wurm, der in dieser üppigen
Frucht saß und sich von ihr nährte. Es war,
hier wie überall, das Judentum an der Arbeit:
der Geist der Verführung und Zerstörung.
Dieser Geist fraß das niedere Volk an in
der Maske der sozialdemokratischen Volks=
beglückung, indem er ihm die beseligenden
Heilswahrheiten des Kreuzes nahm und dafür
die Teufelslüge von einer allgemeinen Selig=
keit hienieden in sein Herz säte, es damit um
jede Möglichkeit zufriedenen, gläubigen Sich=
bescheidens bringend. Die oberen Schichten
aber vergiftete dieser selbe Aftergeist, indem
er ihnen gleichfalls Begehren über Begehren
einflößte, den Reichtum übermütig und geil
machte auf immer üppigere Genüsse, immer
schrankenlosere Gewalt, und den Geist bis zum
Wahnsinn der Selbstanbetung trieb. Aber oben
sowohl wie unten war das Judentum der
Feind des persönlichen Glückes. Hatte es der
nun in die Wahrheit Geflüchtete nicht selbst
an sich erfahren, solange er noch seinen Fluch
im eigenen Blute gespürt und sich der Führung
von Geistern überantwortet hatte, die, ob nun
selber Juden oder nicht, von ihm besessen
waren? Auch Karl, auch Hermann. Und

eben diese Erfahrung war es, die ihn stark machte zur vollen Erkenntnis:

Nur in Jesus, nur in der katholischen Jesuskirche ist das Heil. Alle diese Übermütigen des Geistes, angefangen mit den Ketzern der frühesten Kirche, über Luther hinauf zu Goethe, Nietzsche und allen ihren Jüngern, waren Irrlichter auf einem Sumpfe, den sie nicht einmal erkannten: brennende Miasmen. Aber alle diese bösen Gase kamen schließlich „irgendwie" (zu Untersuchungen war Henry Felix auch als Katholik nicht geneigt) aus der Pestilenz jenes von Gott ehedem so hoch begnadeten, dann aber gleich Luzifer in die ewige Verdammnis gestürzten Volkes her. — Der Kreuzzug gegen das Judentum war der Kampf gegen den Antichrist. In ihm wollte Henry Felix sich eine Führerstelle erringen, — vielleicht die des Generalissimus im Heere der jetzt aus langer Lässigkeit und Erniedrigung aufwachenden echten Christen Österreichs, — seines neuen Vaterlandes.

So folgte der lenksame Graf durchaus dem sicheren Zügel seines geistlichen Freundes und Beichtvaters und brannte darauf, in die Reihen der Christuskämpfer Österreichs aufgenommen zu werden. — Es gab aber noch eine andere Empfindung in ihm, die ihn zur Partei des christlichen Antisemitismus in Österreich hinzog. Diese Partei betonte, wie ihren Haß auf die Juden, so ihre unwandelbare Treue zur herrschenden Dynastie, zum Erzhause Habsburg, und

Henry Felix betrachtete dieses noch immer wie etwas, womit er aufs innigste verknüpft war. Wenn auch — vielleicht oder wahrscheinlich — nicht durch Blut, so doch sicherlich durch Bestimmung. Seine mexikanischen Einbildungen mochten falsch gewesen sein, aber er wies es, wie aus katholischem Empfinden, so aus innerster Gewißheit, durchaus von sich, all das für Zufall zu nehmen, was ihn in seinem Leben, wie er meinte, immer und immer wieder seelisch oder durch direkten Hinweis und persönliche Begegnung in die erlauchte Perspektive dieses erhabenen Geschlechtes gerückt hatte. In Gottes Ratschlüssen, sagte er sich, ist alles sinnvoll, — selbst die Verblendung. Nicht umsonst hat er mich jenen Wahn solange hegen lassen, ihn so oft scheinbar bestätigend. Ich gehöre zu Habsburg, wenn auch in einem anderen Sinne als dem, der mich bisher einnahm. Ich soll, wie für Gott und seine Wahrheit, so für Habsburg und seine Herrschaft eintreten. Alles fügt sich wunderbar zusammen. Alles reiht sich an dem schwarzgelben Faden auf, der sich geheimnisvoll durch mein Leben zieht. Alles beweist, daß ich, wie heftig mich das Schicksal auch im einzelnen hat straucheln lassen, in der Hauptsache doch stets von einem richtigen Gefühl erfüllt gewesen bin, von dem hohen Gefühl, das ich nun auch im Zustande christlicher Selbstdemütigung hegen darf als etwas Gottgewolltes: berufen zu sein zu außerordentlichen Dingen.

Pater Caſſian gönnte ſeinem Sattelpferde auch dieſe Kapriolen, obgleich er ſich nicht im Unklaren darüber war, von welchem Windhaber es dabei geſtochen wurde.

Zweites Stück: Die Heimat mit der habsburgiſchen Enklave

Als Henry Felix die öſterreichiſche Staatsangehörigkeit erhielt (vorher ſchon längſt mit ſeinem Gelde der Partei ſehr wertvoll geworden und beſtens willkommen geheißen als einſtweilen ſtiller Teilnehmer und Förderer ihrer Intereſſen), bewohnte er bereits ein altes, aus neuadeligem Beſitze erworbenes Schloß in Niederöſterreich, zwei Bahnſtunden von Wien entfernt, in einer Gegend, die als eine ſichere Domäne der Partei betrachtet, aber gerade damals eifrig von gegneriſchen Agitatoren heimgeſucht wurde. Ein Parteiangehöriger von der lebhaften Befliſſenheit und dem großen Reichtum des Grafen mußte hier, als Schloßherr und ſomit einflußreichſter Mann des Wahlkreiſes, der Partei ſehr wertvoll ſein, und ſo war es denn auch die Partei geweſen, die, mit dem Pater Caſſian als ihrem Mittelsmann, Henry Felix bewogen hatte, gerade dieſes Schloßgut zu erwerben, mit dem auch das Kirchenpatronat verbunden war. Dafür war der Graf dann für die nächſten Reichsratswahlen, die drei Jahre nach ſeiner Naturaliſierung bevorſtanden, als Kandidat der Partei in Ausſicht genommen.

Es hatte sich also alles nach seinen und seines Beichtvaters Wünschen entwickelt, und Henry Felix durfte mit Sicherheit darauf rechnen, bald als christlich=sozialer Reichsratsabgeordneter in das Haus mit den als antike Rauchaltäre maskierten Kaminen einzuziehen. Er brannte auf den Wahlkampf, wie ein feuriges Roß auf die Schlacht, und übte sich jetzt schon vor dem Spiegel Reden ein, in denen die Parolen seiner Partei gewaltig klirrten und krachten oder lieb= lich säuselten und warben, — jenachdem es die Gelegenheit erheischen mochte. Er war auf j de Gelegenheit und gegen jeden Gegner ge= rüstet. Er hatte gemütliche, leutselige, biderbe Reden voll sozialer Versprechungen und christ= katholischen Väterhausrats für die Bauern, darin es auch kräftige Witzworte und breite Wendungen von knorrigem Kalenderholzschnitt= stil gab, — zumal gegen die Juden; er hatte aber auch hallende, schallende, zornmütige Reden voll Wucht und Empörung für die Gegner, in denen Hohn, Verachtung, Grobheit, Herausforderung miteinander wechselten und Schlagwort auf Schlagwort niederprasselte im Dreschflegeltakt, — wiederum am heftigsten auf die Juden. Alle seine Reden aber gipfelten, wenn sie die Hauptnotwendigkeit des rücksichts= los bis zur Vernichtung geführten Kampfes gegen das Judentum so oder so erledigt hatten, in einem inbrünstigen Werberufe für Rom und Habsburg. „Das Reich Gottes, aufgebaut auf

dem Felsen Petri, und das Reich der Habsburger,
aufgebaut auf göttlichem Rechte und der Liebe
jedes wahrhaften Österreichers, — diese zwei
Reiche, verehrte Anwesende, sind unsre Heimat, in
der, für die wir leben und sterben wollen als gute
Katholiken und treue Diener Seiner Majestät
unseres erhabenen Kaisers."

Seit seiner Gymnasiastenzeit, wenn er Auf-
sätze zusammengeschmiedet hatte aus Phrasen,
die ihm selber über den Kopf wuchsen, aus
dem sie nicht ursprünglich gekommen waren,
war er nicht so glücklich gewesen, wie jetzt —
da er ja auch im Grunde das gleiche tat und
schließlich zu dem selben Zwecke, obwohl er sich
dessen nicht bewußt war — : eine gute Zensur
zu erhalten. Damals vom Herrn Professor,
jetzt vom Beichtvater und der Partei. Dieses
Fahnenschwingen fremder Meinungen (worin
nicht wenige Zeitgenossen einen intensiven Genuß
fanden, da sie es für eine Beschäftigung mit
Idealen hielten und in dem Wind, den sie
erzeugten, das Wehen eigener Kraft zu verspüren glaubten) tat ihm gewaltig wohl; — jetzt
schon, da es noch innerhalb seines Spiegel-
zimmers geschah und er sein einziger Zuhörer
war: optisch freilich zu einer Volksversammlung
von Tausenden vervielfältigt, die jede seiner
Bewegungen getreulich wiederholten, so daß um
ihn herum ein Meer von stürmisch bewegten
gelbseidenen Schlafröcken wogte.

Dieses Spiegelarrangement, obwohl es durch-

aus das Gepräge seines Geistes trug, stammte
nicht von ihm her, sondern vom zweitletzten
der Besitzer des Schlosses vor ihm, einem
Armeelieferanten aus der ersten Hälfte des
neunzehnten Jahrhunderts, gleich ihm von
dunkler, vermutlich auch jüdischer Herkunft,
gleich ihm geadelt für Verdienste seines Geld=
beutels, gleich ihm schwarz=gelb bis zur Ver=
zückung.

Henry Felix lächelte über diesen seinen Vor=
gänger in der Biedermeierzeit, von dessen
Wunderlichkeiten noch immer sonderbare Reden
im Volke gingen, wie er sich selbst in Schloß
und Park von Beweisen dieses wunderlichen
Wesens noch umgeben sah. Der bieder=
meierische Armeelieferant hatte entweder einen
heroischen Tick oder die Gabe der Selbstironie
in hohem Grade besessen. Er, der sich am
Kriegshandwerk nur durch Lieferung von
Fourage und Kleidungsstücken beteiligt hatte,
weit entfernt davon, Gut und Blut zu opfern,
vielmehr klug und mit großem Erfolg darauf
bedacht, den brüllenden Mars, der im Schlacht=
gewühl und am Biwackfeuer wenig Zeit und
Lust zum Nachrechnen hatte, durch den stillen
Merkur für sich schröpfen zu lassen; er, der
namenlose, waffenlose Mann hinter der Front,
der nur Wagenzüge dirigiert und Zahlenkolonnen
kommandiert, kein Blut, aber viele Rollen
Goldes gesehen hatte, die in seinen Händen
zu Marschallsstäben des Reichtums wurden:

er – umgab sich, als er sein Schäfchen im Trockenen hatte, mit Erzbildern von Löwen und Kriegshelden und erblickte seinen Ehrgeiz darin, neben den Lenkern der Schlachten — begraben zu werden, an denen er sich von seinem Kontor aus profitabel beteiligt hatte. In seinem Grund und Boden, erworben mit dem Profite, den ihm das Völkerwürgen abgeworfen hatte, ruhten zwei der siegberühmtesten Feldherren seines Landes und seiner Zeit von ihren Taten aus, — und er zwischen ihnen von seinen Geschäften. Sie in erzenen Särgen, ausgestreckt, wie es ruhmmüden Leichen geziemt, er aber in einer vergoldeten Ritterrüstung, sitzend: gewissermaßen noch immer zum Sprunge bereit, — ein prachtvolles Symbol der ewig wachen Macht des Geldes. Er hatte ihnen, die auch darin Helden waren, daß sie heldenmäßig viel Geld brauchten, zu ihren Lebzeiten ihre Leichen abgekauft: — sich, seinem Leichnam zur Folie. Und so saß nun das kleine Biedermeiergerippe, den molligen Schlafrock des guten Geschäfts um die Schultern, darüber und darum aber das vergoldete Eisen in seiner adeligsten Form: als Kriegsrüstung, zwischen den hingestreckten Skeletten in Feldmarschallsuniform: Mammon zwischen seinen Gehilfen.

Hatte der kluge Rechner wirklich geglaubt, dadurch an ihrem Ruhme zu partizipieren, oder war er sich bewußt gewesen, welch shakespearischen Witz er damit verewigte? Gleich-

viel, wie es sich damit verhalten mochte: Ein
Stück Geschichte der menschlichen Raufhändel,
für die das größenwahnsinnige Wort Welt=
historie im Umlauf ist, hatte in diesem von
einer hochragenden Viktoriensäule bekrönten
Grabgewölbe eine groteskironische Illustration
erfahren; — das Ganze war ein gemauertes
Epigramm auf Ruhm und Reichtum.

Das Volk aber hatte sich unter Zuhilfenahme
eines anonym gebliebenen witzigen Kopfes seiner=
seits ein Epigramm darauf geleistet in dem Verse:

Hier fanden drei große Helden ihre Ruh:
Zwei lieferten die Schlachten, der dritte die
Schuh.

Das Volk, zumal das österreichische, hat
zuweilen eine großartig souveräne Manier,
gemütlich zu spaßen, wo es ebensogut recht
ungemütlich empört sein dürfte.

Auch Henry Felix hätte sich wohl einen Vers
auf das Monument machen können, das hier
ein wunderlicher Reicher dem Ruhme Österreichs
gesetzt hatte, — sich selbst als Mittelpunkt. Aber
seine Gedanken liefen anders.

Er lächelte über seinen Vorgänger in
Schlafrock und Ritterrüstung, lächelte über
die vielen metallgegossenen Löwen des Armee=
lieferanten, lächelte über die großen seidenen
Sonnenschirme des Biedermeiers, die noch jetzt
in den alten schönen Empireschränken des
Schlosses lehnten, keiner ohne eine Silberplatte
mit dem Wappen des frischbewappneten Ritters

vom großen Portemonnaie, — lächelte und über=
sah, wie vieles von alledem recht gut zu ihm
paßte, der solange eine Fürstenrüstung aus
dem billigen Golde der Einbildung getragen,
seine persönliche Kümmerlichkeit mit allerhand
Attributen der Größe ausstaffiert und den
gräflichen Namen für noch geringere Leistungen
erhalten hatte. Dafür wurde er um so ernster
und nachdenklicher, wo es höchstihm gefiel, Be=
ziehungen zu sich zu finden, — oder, da er
ja nun etwas bescheidener geworden war, zu
seiner Bestimmung.

Da war eine Art Siegestor en miniature
(mit dem obligaten, etwas zu groß und zu
schwer ausgefallenen Löwen darauf, denn die
schmächtigen Pfeiler schienen nicht darauf be=
rechnet, ein so grimmiges Ungetüm aus Blei
zu tragen), an dem sich (wie auch über der
Tür zum Weinkeller und anderswo) eine
rätselhafte Inschrift befand: geheimnisvoll an=
einander gefügte Buchstaben ohne ersichtlichen
Sinn. Aber: die Bevölkerung hatte, wer weiß
nach welchem phantastischen Dechiffrierungs=
system, wohl einen Sinn herausgelesen. Näm=
lich den, daß diese Aufschrift besagen sollte:
der Errichter dieses Löwen=Siegestores, der
aus dem Dunkeln aufgetauchte Armeelieferant
sei ein Sohn des Kaisers Josef II. gewesen.

Henry Felix besaß viele Phantasie, kam
aber dennoch nicht dahinter, inwiefern die Buch=
staben gerade dies bedeuten mußten. Indessen

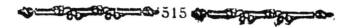

war seine Phantasie groß genug, schon in der
Tatsache dieser Auslegung wiederum einen
Beweis dafür zu erblicken, daß der schwarz-
gelbe Faden in seinem Leben noch nicht ab-
gerissen sei. So wenig bedeutend ihm die
Gestalt des Armeelieferanten erschien: er hätte
ihn doch gern als ein Pendant zum „Terken"
betrachtet, dessen Aufzeichnungen noch immer
im Fußgestelle des Kosaken lagen, jedoch mit
einem Rosenkranze aus Jerusalemdornen belastet. Er sann oft genug darüber nach, ob
es nicht doch am Ende wahr sein könnte, vielleicht sogar mußte, was das Volk aus dieser
Inschrift herauslas. Die merkwürdige Freundschaft des Namenlosen mit Radetzky, dem berühm-
testen Helden des damaligen Österreich . . . .?
Die Überlassung von dessen Leichnam an ihn . . .?
Die Übernahme des Geländes mit dem Grabe
in den Besitz der Krone . . . .?

Denn dieses Gelände, ein kleiner Berg, auf
dem sich nicht allein das Grabgewölbe mit der
Viktoriasäule, sondern auch eine Art Ruhmes-
tempel, sowie eine Unmasse von militärischen
Denkmälern aus den Kriegen befand, an denen
sich der unermüdliche Denkmalserrichter mit
Lieferungen beteiligt hatte, war nach Radetzkys
Tode von dem glühenden Patrioten dem erhabenen Erzhause unter der Bedingung dar-
geboten worden, daß auch sein Leichnam
dereinst darin ruhen sollte, und die Allerhöchste
Gnade hatte geruht, das patriotische Opfer

anzunehmen und damit gleichzeitig zu gestatten, daß der dafür zum Ritter erhöhte Armee= lieferant einmal in kaiserlichem Grund und Boden beerdigt werde.

Und nun bildete dieser kaiserliche Besitz eine mit schwarz=gelben Barrieren abgeschlossene Enklave seines Gutes.

War das nicht eine fortwährende Mahnung? War das nicht ein Symbol für die — habs= burgische Enklave seines Herzens?

Und nun gar dies: Auf diesem Gelände erhoben sich Standbilder sämtlicher Fürsten aus dem Hause Habsburg, darunter das erste, das dem regierenden Kaiser in der Öffentlichkeit errichtet worden war, ihn als blutjungen Herrscher im ersten Jahre seiner Regierung darstellend.

Zufall? Zufall, daß er gerade dieses Schloß= gut hatte erwerben müssen? Ein Gut mit einer schwarz=gelben Enklave, wo der Retter Österreichs aus dunkelster Gefahr ruhte . . .? Alle Habs= burger in Erz gegossen standen? . . . Dessen ehe= maliger Besitzer für den Sohn eines öster= reichischen Kaisers galt?

— Zufall ist der blasphemische Name, den der enge Verstand gottverlassenen Unglaubens den unablässig ins Leben wirkenden Äußerungen des göttlichen Willens gegeben hat, sagte sich das katholische Herz des Grafen. So gewiß kein Sperling vom Dache fällt ohne den Willen Gottes, so gewiß hat Gottes Wille meine

Schritte immer auf Wege geleitet, wo mir in irgend einer Form die Bestimmung meines Lebens eindringlich werden mußte: Du gehörst zu Habsburg. Er prägte mir diese Zugehörig- keit anfangs in einem mehr materiellen Sinne nur deshalb ein, damit ich sie in ihrer wahren, seelischen, darum aber nicht weniger intensiven Innigkeit um so unwandelbarer empfinde. Dies hier ist mein Land, meine Erde in Österreich, und von meinem Lande umschlossen ein Stück Habsburg. Ich bin zu Hause, zum ersten Male in meinem Leben zu Hause, hier zu Hause, wo habsburgische Erde wie das Herz ist inmitten der meinen. Mein ganzes Leben war ein Suchen nach diesem Zuhause. Ich war unstet, weil ich keine Heimat hatte oder nur eine Einbildung von einer Heimat, aber diese Einbildung hat mich dennoch zum rechten Ziele gedrängt. War es wirklich bloß eine Einbildung? Nein, es war eine Sehnsucht, eine Ahnung: Heimatsahnung, Heimweh. Aber ich durfte die irdische Heimat erst finden, als ich die ewige erkannt hatte durch die Gnade Gottes, die es mir erlaubte, durch die Buße rein zu werden vom Blute der ewig Heimatlosen, aus der Heimat Gestoßenen, die sie durch das furcht- bare Verbrechen des Gottesmordes befleckt haben.

So befand sich sein Gemüt wieder einmal wohl im Wirbel oberflächlicher, nicht zu Grunde, nicht ausgefühlter und darum ewig schwanken-

der, unklarer Gefühle, — wohl in einem Nebel,
der diesmal seinen goldenen Rand von einer
Selbstgefälligkeit mit der Etikette Göttliche
Gnade erhielt.

Aber auch sein Leib befand sich wohl. Seine
Art Wollust war hier in der Tat ebenso zu
Hause, wie die selbstgefällige Nachgiebigkeit
seines Geistes. In seinem Schlosse umgab ihn
die weichliche Atmosphäre der guten alten Zeit
des guten alten Österreich, sybaritische Behag=
lichkeit, mollig geschmackvoller Luxus, üppiges
Wohlleben aller Sinne: Wohlleiben ohne den
Geist der großen Lebenskünstler jener Epoche,
die ihren Höhepunkt zur Zeit des Wiener Kon=
gresses hatte, als man endlich wieder beginnen
konnte, sich gemütlich zu strecken und zu dehnen,
da die elektrische Spannung über Europa, die
Napoleon hieß, auf eine Insel im Meere iso=
liert war.

Es war kein falscher Instinkt (obwohl er ihn
fälschlich als christlich und habsburgisch empfand),
der Henry Felix veranlaßte, als Erstes eine
Säuberung seines Schlosses von allen den
Napoleonreminiszenzen vorzunehmen, deren es
zahlreiche in ihm gab, weil sein früherer Besitzer
ein erklärliches Interesse für den großen Kaiser
gehabt hatte, dessen kriegerischem Genius er
die ergiebigsten seiner Geschäfte verdankte. Ein
ganzes großes Zimmer war, die Wände zwischen=
raumlos von oben bis unten davon bedeckt,
mit Napoleonsbildern geschmückt, begonnen mit

Darstellungen seiner Geburt und Kindheit bis zu dem seltsamen Blatte, das seine Himmelfahrt darstellt.

Für Henry Felix, der den gewaltigen letzten echten Herrscher einmal ebenso verständnislos inbrünstig verehrt hatte, wie er nun Jesus verehrte, war Napoleon jetzt der korsische Parvenü und Satanasgesandte, besonders abscheulich wegen der von ihm durchgesetzten Emanzipation der Juden. Das Blatt „Huldigung der Juden Europas vor ihrem Befreier und Schutzherrn Napoleon" verbrannte er zuerst. — An den nun freigewordenen Wänden fand seine große Sammlung von Habsburger-Porträts ihren Platz, nachdem er das Zimmer vorher feierlich ausgeräuchert hatte.

Alles übrige ließ er, wie es war, denn es war alles recht wie für ihn geschaffen und bereitet. Nur brachte er an jeder Türe Weihwasserbecken, in jedem Zimmer ein Kruzifix, eine Weihrauchpfanne und eine ewige Lampe an.

Diese Gegenstände des kirchlichen Kultus hielten ihn jedoch nicht davon ab, die einzelnen Zimmer nach seinen früheren Freundinnen zu benennen und zahlreiche neue in ihnen zu empfangen.

Er trieb sein altes Wesen wie früher (nur daß er es heimlich trieb), und gieriger noch, als je vordem. Aber er nannte es jetzt Sünde und beichtete nachher. Was seiner Wollust nicht Eintrag tat, sondern sie verdoppelte. Denn

sein Herz erwies sich darin wirklich als grund-
katholisch, daß es die Wollust der Zerknirschung
in allen ihren Schauern bebend genoß und
aus der Wollust selber den bittersüßen Seim
der Sünde sog, der die Wollust erst eigentlich
tief macht.

Nie hatte er den geblümten, seidenen Schlafrock so oft getragen, wie jetzt. Aber er war nun
mit Flaumfedern gefüttert. Dazu schmückte ihn
das Hauskäppchen Radetzkys, eine durchaus
nicht heldenhaft stilisierte Kopfbedeckung, die der
begeisterte Armeelieferant gleich einem Heilig-
tume in dem Zimmer aufbewahrt gehalten hatte,
das seinem berühmten Freunde immer reserviert
gewesen und oft von ihm bewohnt worden war.
Es wurde zum eigentlichen Wohnzimmer des
Grafen, da alles in ihm: Möbel, Tapeten, Vorhänge, Teppiche, die heiligen Farben Schwarz-
gelb zeigte.

Hier empfing er nur die obersten Favoritinnen,
— ausschließlich Mädchen und Frauen aus den
österreichischen Kronländern. Da es innerhalb
dieses politischen Rahmens an Rassenabwechselung
nicht fehlt, war diese patriotische Beschränkung der
intimsten und intensivsten Tätigkeit des Grafen
auf das schwarz-gelbe Revier nicht eigentlich ein
Opfer zu nennen. Allein die Prüfung der verschiedenen slawischen Völkerschaften Österreichs
auf ihre erotische Begabung: ein Studium, das
den Grafen besonders anzog (jedoch nur in
der Richtung auf die slawische Weiblichkeit,

denn die liebevolle Beschäftigung mit Männern
verwarf Henry Felix jetzt als heidnische Un-
fläterei aufs heftigste), nahm ein paar Jahre
lebhaftester Aktivität in Anspruch. Der Graf
schwankte lange, ob er der Polin oder der
Tschechin die Palme reichen sollte. Jene lag
ihm eigentlich mehr, denn er fand bei ihr
häufig eine ihm sehr zusagende Mischung von
plötzlich ausbrechendem Temperament und einer
gewissen müden Lässigkeit im nachzitternden
Aushalten, Ausdehnen der Wonne; aber diese
besaß dafür eine Gabe, die ihm schließlich nicht
minder schätzenswert erschien und für die er
in einem inspirierten Momente das Wort Sumpf-
rausch gefunden hatte. In seinem Tagebuch,
das jetzt ausschließlich mit derartigen Beobach-
tungen und darauf folgenden Bußlitaneien angefüllt wurde, fand sich darüber der Passus:
„Mit der Tschechin ist es wie das Waten in einem
warmen Sumpfe zwischen geilfetten Blüten von un-
erhört schamlosen Formen auf schenkelhaft üppigen
Stielen. Ein Dunst, ein Brodem wie von
animalischem Moder, — schmutzig, schwül, aber
narkotisch berauschend. So tierhaft, daß das
Gemeine naiv wirkt. Ungeheuer profus.
Libussa: die Strömende . . .“ — Indessen erhielt schließlich doch weder die Polin noch die
Tschechin die Palme, sondern die Ruthenin.
Daran war eine ruthenische Tänzerin schuld,
die er als Mitglied einer Nationaltanzgesell-
schaft im Orpheum gesehen und am selben Abend

in sein Schloß gefahren hatte, wo sie dann
über ein Vierteljahr lang das Unterste zu oberst
kehrte und den Grafen so sehr um die Be=
sinnung brachte, daß er sich öffentlich vor seinen
Bauern mit ihr zeigte und in dieser Frist sämt=
liche Parteikomiteesitzungen versäumte. Auch
seine religiöse Inbrunst ließ während dieser
Monate, die er später „die abgöttische Periode"
nannte, entschieden nach. Dafür wurde er an
diesem Mädchen wieder einmal zum Dichter.

Welch eine Wonne das war! Er, der dick
und bis zur Unbeweglichkeit faul Gewordene,
konnte wieder, wenn die Verse auf das Papier
niedergeraschelt waren, vom Stuhle aufspringen
und mit hingerissenen Schritten durch die ganze
lange Zimmerflucht des ersten Stockwerkes eilen,
daß der wattierte Schlafrock in weite Schwin=
gungen kam und Radetzkys Hauskappe mit
der schwarz=gelben Quaste verwegen auf die
Seite rutschte. Das schwammige Gesicht, jetzt
ins Österreichische stilisiert durch Bartkoteletten
à la Franz Josef, rötete sich; die großen
kugeligen Augen, sonst nur im Zorn so er=
schrecklich vortretend, purzelten fast heraus vor
Entzücken; aus der fatal massig und nieder=
hängig gewordenen Nase, die ihm im Profil
etwas von einem ramsköpfigen Pferde gab,
kam ein Schnaufen, das wie Asthma klang,
aber Begeisterung war. Alle die vielen zucker=
butterigen Mehlspeisen, alle die schweren Weine
(zum Teil noch aus des Armeelieferanten

Keller), all das altösterreichische Wohlleiben,
all das versessene katholische Seelenwonnenweh,
— alles, was ihn fett und bei allem Behagen
doch stumpf und schwer gemacht hatte, schien,
für diese köstlich leichten Momente wenigstens,
in seinen Wirkungen aufgehoben durch den
Anhauch der Muse.

„Die ich aus dem braunen Zelte des Tar-
             tarkhans raubte: du,
O du mein atmendes Idol mit den starren
             Brüsten,
Auf denen zwei goldene Monde scheinen aus
             rosengelbem Hof,
Du, mein Idol aus lebendigem Elfenbein,
Du, mein weißes Füllen, das mich trägt
Auf einem Sattel aus goldenem Vliese — nein:
Du, mein laues Bad aus gelben Wellen,
Mein weicher Teppich aus lauter Seide und
             Goldfäden,
Mein Zelt, mein Thron, mein Baldachin: Altar
Aller meiner Opfer, auf dem ich selbst
Mein Leben heiß hinströmen lasse, tief
In dich —
Du, du . . .! . . .!"

*

„Du bist die heilige Unzucht, bist
Betende Schamlosigkeit.
Deine Schenkel loben Gott den Herrn.
Du spreitest sie, wie andre die Hände falten.
An den Spitzen deiner Brüste glimmt
Andacht.
Andacht ist ihr Auf= und Niedergehn.
Wenn du die Arme um mich tust, fühl ich,

Daß auch die Sünde von Gott kommt, zu
Gott ruft."

*

„Da deine Zähne das Fleisch einer Orange
zerrissen, hab ich gelernt,
Daß alle Wollust und Liebe Zerfleischung ist.
Schlag mich!
Grab' deine Zähne ins Fleisch mir! Trinke
mein Blut!
Laß mich sterben von dir! Deine rosigen Nägel
sind
Selig tötende Pfeile."

— Welch ein Dichter hätte ich werden können!
dachte er sich in diesen Tagen zuweilen. Und:
das ist mein größtes Opfer: daß ich auf diese
Wonnen verzichte um meiner höheren Bestimmung willen.

Aber er hätte noch lange nicht darauf verzichtet, wenn ihn Pater Cassian nicht bedeutet
hätte, daß sein Lebenswandel ärgerlich zu
werden begönne und es um so dringender nötig
sei, die auffällige und anstößige Person aus
dem Hause zu tun, als der Wahlkampf vor
der Türe stehe.

Und Henry Felix wachte aus seinem Rausche
auf: dem letzten, der ihm seine Art Glück noch
einmal hatte genießen lassen.

DRITTES KAPITEL
Zum Ziele

Erstes Stück: Rutschbahn

Als wichtigstes Requisit für den Wahlkampf hatte sich der Graf ein gewaltiges Automobil angeschafft, ein sechzigpferdiges Ungeheuer mit vier Zylindern und ebensoviel Übersetzungen, das hundertundzwanzig Kilometer in der Stunde „machen" konnte. Es war schwarz lackiert, mit gelb abgesetzt, hatte drei Scheinwerfer vorn, einen hinten, zwei Hubben und eine Lärmsirene. Mit ihm gedachte er seinen Wahlkreis nach allen Richtungen hin zu durchqueren; seine Schnelligkeit sollte es ihm ermöglichen, an einem Tage sowohl im Süden wie im Norden, im Osten wie im Westen seines Kampfgebietes Volksversammlungen abzuhalten und überraschend plötzlich auch im Lager der Gegner zu erscheinen. Ein ebenso verwegener wie sicherer Chauffeur, der schon Kaiser und Könige gefahren hatte, war engagiert und in ein schwarzes Fell mit goldenen Verschnürungen gesteckt worden; der alte John sollte trotz seiner

faſt ſechzig Jahre neben dieſem Kilometerüber=
winder in ähnlicher Gewandung Platz nehmen
und die eine Hubbe handhaben, während der
Graf ſelber die Sirene heulen laſſen wollte. — —

Henry Felix war nun über vierzig Jahre
alt, gut neunzig Kilo ſchwer und überdies be=
laden mit den Überzeugungen einer ganzen
Partei, die er für ſeine eigenen hielt; er hatte
innerhalb dieſer Partei einen Poſten ange=
nommen, der ernſt vertreten ſein wollte, und
war aufs feſteſte entſchloſſen, nicht nur ein
Abgeordneter neben vielen, ſondern ein ton=
angebender Führer im Parlamente zu werden.
Trotzdem nahm ihn jetzt, im Augenblicke, da
es ernſt wurde, das Vergnügen an ſeinem neuen
Spielzeug mehr ein, als der Ernſt des Augen=
blickes. Wenn er von der Generalſtabskarte
ſeines Kreiſes die Kilometeranzahl der einzelnen
Wege ablas und in Zeiten umrechnete, ſo fühlte
er ſich wohl als Generalſtabsoffizier ſeiner
Partei, der Wahlkampftaktiken erwog, aber
im Grunde intereſſierte ihn doch vor allem das
Automobilfahren; und wenn er dabei an den
Wahlkampf dachte, ſo ſtand im Vordergrunde das
Bild, das er ſich von dem Erſtaunen bei Freund
und Feind über ſeine Allgegenwart machte und
die noch nie dageweſene überfallartige Plötzlich=
keit ſeines Erſcheinens bald da, bald dort. Er
las im Geiſte bereits die Berichte über ſeine
fieberhafte Tätigkeit, die allein ſchon die all=
gemeine Aufmerkſamkeit auf ihn lenken mußte,

und fragte sich, ob er mit Hilfe seiner sechzig Pferdekräfte nicht auch den Parteigenossen der Nachbarbezirke, ja vielleicht ganz Niederösterreichs oder eines noch weiteren Umkreises, beispringen sollte. Seine Wichtigkeit und Bedeutung für die Partei mußte sich dadurch noch erhöhen, und seine wundervollen Reden würden gewissermaßen zum Sauerteige des ganzen Wahlkampfes überhaupt werden. Vor dem Gedanken einer so häufigen Wiederholung immer der selben Phrasen schreckte er nicht zurück. Dazu gefielen ihm seine Elaborate selber viel zu sehr. Auch war er überzeugt, daß sie von Mal zu Mal um so kräftiger wirken würden, da sein Vortrag durch die häufige Übung nur gewinnen konnte.

Er konnte sie aber auch jetzt schon hersagen, wie ehedem auf der Schulbank mechanisch einge= prägte mathematische Formeln. So vollkommen hatte er sie Wort für Wort inne, daß er zu= weilen mitten in der Nacht aus dem Bette sprang, seinen Schlafrock umwarf, ins Spiegel= zimmer eilte und sie alle hintereinander ins Leere von sich gab. Selbst auf Zwischenrufe hatte er sich eingeübt. John, auf das Stich= wort dressiert, mußte sie ausstoßen, und die Replik erfolgte mit der selben wundervollen Präzision wie die Benzinexplosionen in seinem geliebten Daimlermotor. — Er war gewappnet.

Als er zur ersten Kampfesfahrt seinen schwarzen Wagen bestieg und das Gebläse der Sirene in die Hand nahm, kam er sich nicht anders vor, als ein Ritter auf dem gepanzerten Roſſe, der, die Lanze in der Fauſt, in die Turnier=ſchranken reitet.

Nur ſchade, daß das Lokal, in dem ſein Debüt ſtattfinden ſollte, ſeinem Schloſſe ſo lächer=lich nahe lag. Er hatte die Sirene kaum zehnmal heulen laſſen können, als er auch ſchon da war. Und leider zu früh. Etwa zehn Bauern, die fluchend beiſeite ſprangen, als das grelle Licht ſeiner drei Scheinwerfer wie ein leuchtender Balken zwiſchen ſie fuhr, bildeten einſtweilen die ganze Verſammlung, die vor dem Gaſt=hauſe zum Adler um einen kleinen dürren Pfarrherrn herumſtand. Dieſer begrüßte ſeinen Patron mit geziemendem Reſpekte und führte ihn in den niedrigen, noch kaum erleuchteten Saal, ihm den Ehrenſitz auf dem Podium an=weiſend. Doch mußte er ſich bald von ſeiner Seite entfernen, um die nun allmählich an=kommenden Schäflein ſeiner Herde in Empfang zu nehmen.

Henry Felix fühlte ſich heftig ernüchtert auf ſeinem Ehrenſitze an der Schmalſeite dieſes leeren und höchſt ſtimmungsloſen Raumes. Es war ihm, als ſei irgend etwas von ihm abgefallen, etwas Warmes, das ihn bedeckt und geſchützt hatte. Es fröſtelte ihn faſt.

Er hatte ſich, ohne deſſen gerade bewußt zu ſein, eine Art Empfangszeremonie eingebildet, eine kleine Ovation, irgend etwas Feierliches. Und nun ſaß er da vor einem mit einer un=

fauberen Decke belegten Tifche, eine Waffer-
karaffe vor fich, an der der Rand gefprungen
war, und kein Menfch kümmerte fich um ihn.

— Wie ungefchickt! dachte er fich. Ich mußte
natürlich zuletzt kommen: auf mich warten laffen.
— Unglaublich, daß ich diefen faux pas begehen konnte!

Er war unzufrieden mit fich, — ein Gefühl,
das er um fo läftiger empfand, als es ihn
nur fehr felten überkam.

— Wie unangenehm und unartig, daß mich
diefer Pfarrer da allein fitzen läßt, als fei ich
nicht die Hauptperfon, fondern irgendein Figurant.

Sein politifcher Verftand war fo wenig ausgebildet, daß er in der Tat nicht fühlte, wie
viel mehr jeder einzelne der Wähler jetzt Hauptperfon war, als er.

Er wurde immer ärgerlicher. — Als fein
Chauffeur eintrat und meldete, es fei kein Platz
zum Einftellen des Automobils, und die Bauern
machten fich am Motor zu fchaffen; ein dicker
Kerl, den fie Bürgermeifter hießen, fei fogar
eingeftiegen, — wurde er heftig wütend und
knurrte: Schmeißen Sie ihn hinaus!

Er war wirklich recht weit davon entfernt,
feine Situation zu begreifen.

Endlich drängte die erfte Gruppe in den
Saal, der dicke Bürgermeifter mit zornig rotem
Gefichte voran. Der Graf richtete ein paar
herablaffend freundliche Worte an ihn, als er ihm
vom Pfarrer vorgeftellt wurde, aber der Dicke

schien nicht schnell zu besänftigen zu sein und
lehnte es ab, am Komiteetisch Platz zu nehmen.

„Ein unsicherer Kantonist und Krakehler!"
flüsterte der Pfarrer dem Grafen zu, „und
dabei leider von Einfluß in der Gegend."

— Recht angenehm! dachte sich der Graf; und
das erfahre ich erst jetzt. Warum hat man
mich nicht besser orientiert?

Er vergaß ganz, daß ihm unablässig geraten
worden war, „Fühlung zu nehmen", daß aber
die Beschäftigung mit seinem Idol ihm keine
Zeit dazu gelassen hatte.

Der Saal füllte sich. Die Honoratioren
wurden vorgestellt und nahmen auf dem Podium
Platz. Es waren alte Parteihähne darunter,
die verschnupft darüber schienen, daß ihr Kandidat
jetzt zum ersten Male mit ihnen „Fühlung
nahm". Aber der Graf berückte sie durch
Liebenswürdigkeit, indem er unablässig wieder=
holte, wie wichtig ihre Mitarbeit sei, und daß
er ohne ihre Hilfe, ihre Erfahrung, ihren Ein=
fluß es nicht wagen würde, das Banner der
Partei zu entfalten.

Er sagte das mit Überzeugung, denn er fing
an, ein fatales Gefühl von Unsicherheit zu em=
pfinden, und es war ihm sehr tröstlich, nicht
mehr allein da oben zu sitzen, sondern diese
mit breitem Gesäß auf ihrer Überzeugung ver=
harrenden Männer als eine Art Bollwerk um
sich zu wissen.

Er fuhr fort, ihnen zu schmeicheln. Er begann

fast um ihr Wohlwollen zu werben, zu betteln. Er ließ sie nicht mehr zu seinem Stuhle kommen, sondern stand auf und ging zu ihnen von Platz zu Platz. Er ergriff diese harten, nicht immer ganz sauberen Hände und drückte sie kräftig und lange. Es war, als wollte er sich an ihnen festhalten. Was sie sagten, hörte er kaum. Er hätte sie streicheln mögen.

Ihm war entsetzlich ungemütlich zumute.

Dabei rann es in ihm auf und ab, auf und ab wie ein glucksendes Gewässer, — seine Rede, seine Rede, seine Rede. Immerzu der Anfang bis zu einer gewissen Stelle, dann zurück und wieder von vorn.

Zum Verrücktwerden.

— Heiliger Himmel! Ist es auch die richtige? Wenn ich mich vergriffe . . .! In eine andre käme . . .? Nein . . . Gottlob . . . nein.

— Aber dieses ewig Gleiche . . . und immer bloß bis zum zweiten Absatz . . . Hätte ich doch nur das Manuskript eingesteckt . . . Aber Unsinn! . . . Dummheit . . .! Ich könnte sie im Traum hersagen . . . Ich . . . werde sie im Traum hersagen . . . Langsam . . . deutlich . . . Das ist die Hauptsache . . .

Ein dünnes Klingelzeichen.

— Der Herr Pfarrer spricht. O Gott, o Gott! Wenn er nur recht lange sprechen wollte! . . . Aber . . . Er ist schon zu Ende?

— „Bitte, Herr Graf!"

Henry Felix erhob sich, — oder wurde er er-

34*

hoben? Gleichviel: er stand da. Er kniff die Augen zusammen und fixierte ganz hinten etwas Rotes, Rundes. Was war denn das? Eine Scheibe? Buchstaben? Ein Kranz? Eine schwarz= gelbe Schleife?

Gott Lob und Dank: ja! Eine schwarz=gelbe Schleife.

Ein dicker Mann neben ihm, dessen Kahl= kopf von Schweiß glänzte, klatschte in die Hände. Die übrigen Podiumleute taten es ihm nach. Aus dem Saale kam es wie Echo.

Das tat Henry Felix wohl. Die Ovation war klein, aber es war eine Ovation.

Er lächelte. Verbeugte sich nach rechts, nach links, nach vorn.

Nun war es schauderhaft still.

Und in diese Stille klang seine Stimme so hohl hinein, als ob er in einen Topf tutete.

„Lauter!" flüsterte der Pfarrer.

Und Henry Felix erhob seine Stimme, daß er selber vor ihrer Kraft erschrak. So rufen Alpenhörner ins Tal.

Aber das tat nichts. Die Hauptsache war erreicht — er war im Schusse; der Motor war angedreht. — Vor dem zweiten Absatz aber hielt er ratlos an. Stockte die Zündung? War ein Ventil verstopft? — O Gott! Eine entsetzliche Neigung, nochmals von vorn zu beginnen, über= fiel ihn und hielt ihn fest. Aber es gelang ihm, sie mit einem gewaltigen Willensaufgebot zu überwinden und das nächste Wort, den nächsten

Satz zu erschnappen. Eine Art innerliches Knarren, und die Rede lief. Lief, lief, lief, — lief mit ihm fort. Er wußte selbst nicht, wo er war, als der schwitzende Glatzkopf, ein berühmter Bravorufer, aus vollem Halse „bravo!!" brüllte. Der Podiumchor fiel ein. Im Saale rollte es dumpf nach.

Und die Rede rann weiter. Rann und rann und kam ins Rennen, bis wieder der Schwitzkopf ein Bravo! einrammte gleich einem Pfahl.

Das war wohlgetan. Denn Henry Felix war außer Atem gekommen.

„Langsamer!" flüsterte der Pfarrer.

Und der Graf mäßigte das überstürzte Tempo seiner Worte und ließ sie aus dem Galopp in einen breiten Trab fallen.

„So is recht!" flüsterte der Pfarrer.

Henry Felix war glücklich über dieses Lob und ging in ein noch ruhigeres Tempo über. Fast wußte er schon, was er sagte, — da, — entsetzlich, — was war das? Die Lärmsirene draußen heulte schauerlich auf, und beide Hubben hubbten dumpf darein.

Alle wandten die Köpfe vom Redner ab, zur Türe zu.

„Automobüll! Automobüll!" brüllte der dicke Bürgermeister. „Wozu braucht unser Kandidat a Automobüll?"

Der Pfarrer stürzte hinaus und jagte die Burschen davon, die das Unfugkonzert verübt hatten.

Aber das Unheil war geschehen.

Das Wort „Automobüll" warf die ganze
Rede des Grafen um. Er versuchte, ruhig
fortzufahren, aber das Unglück wollte, daß er
jetzt dort angekommen war, wo er von der
Fürsorge für die Landwirtschaft und die kleinen
Bauern handelte. „Dazu braucht's kaa Automobüll net!" schrie der Dicke. Und so ging
es weiter. Die sechzig Pferdekräfte zeugten
wider den Volksbeglücker, und als er sich in
aufsteigendem Zorne gar hinreißen ließ, heftig
und hochfahrend zu werden, gewann die Partei
des automobilfeindlichen Bürgermeisters die Ober-
hand, und die Rede des Kandidaten erhielt nicht
einmal an ihren schönsten Stellen gegen die
Juden Beifall.

*

Der Graf fuhr nach Hause, ohne die Sirene
ein einziges Mal heulen zu lassen.

*

An anderen Orten erging es ihm wohl besser,
aber keineswegs gut, — auch wo er sein Automobil zu Hause ließ. Irgend etwas in seinem
Wesen mißfiel den Leuten. Nirgendwo stellte
sich eine Gefühlsverbindung zwischen ihm und
seinen Zuhörern ein. Selbst dann nicht, als er
seine Reden ziemlich sicher aufsagte und es auch
nicht an rhetorischen Künsten fehlen ließ. Aber
alles: Das schönste Auf- und Abschwellen der
Stimme, klug placierte Pausen, gut markierte

Gefühlstöne, — alles half nichts; im günstigsten
Falle lief das Bauernvolk schweigend auseinander; meist aber erhob sich irgendeiner aus
der Versammlung und erntete für ein paar ungefüge Worte oder einige Brocken aus dem
Phrasenschatze der Partei den Beifall, der ihm
versagt geblieben war. Fast immer aber gab es
auch einen breitmäuligen Bauernlümmel oder
spitzschnauzigen Kaplan, Pfarrer oder Kuraten,
der sich grob oder fein am Grafen rieb und
damit unglaublich schnell innige Heiterkeit erweckte. Und das in den sichersten Ortschaften
des Wahlkreises, wo von einer organisierten
Opposition nicht die Rede war und die gegnerischen Parteien es bisher als aussichtslos unterlassen hatten, das Agitationsnetz auszuwerfen.

Kein Wunder daher, daß man in Wien im
Schoße der Parteileitung mit dem Grafen sehr
unzufrieden war. Ein besonders wilder Häuptling wünschte energisch, daß der „Hergelaufene"
kurzerhand abgesägt würde. Aber das sehr
kluge Oberhaupt der Partei, obgleich ihm der
Graf gar nicht sympathisch war, meinte, es
werde genügen, ihn etwas zurückzupfeifen.
Gerade eine Mittelstandspartei könne aristokratische Namen gut gebrauchen, und das Geld
des Grafen wiege seine geringen agitatorischen
Fähigkeiten wohl auf. Vielleicht sei er auch
fürs Erste nur noch zu fremd, müsse sich erst
einwachsen in Österreich.

Der wilde Häuptling schrie: „Der? Gar nie!"

Und er fand keinen Widerspruch), als er er=
klärte, der Hauptzug im Wesen des Grafen
sei eine gewisse Art von dünkelhaftem Hochmut,
wofür das Volk eine sehr gute Witterung be=
sitze. Es lasse sich zwar gerne imponieren, aber
nur von Leuten, die wirklich was seien und
nicht bloß was vorstellen wollten. Und vor
allem, es glaube nur an solche Männer, aus
deren Wesen es spüre, daß ihnen die Sache,
für die sie redeten, wirklich ernst sei und nicht
bloß eine Art Sport. Aber dieser Automobil=
graf sei ein Sportsman der Politik, und für
die habe das christliche, werktätige Volk Öster=
reichs durchaus keinen Sinn, und wenn sie gleich
sogar ihre Automobile und Chauffeure schwarz=
gelb anstrichen und anzögen.

Trotzdem ließ man es mit einer Botschaft
an den Grafen (durch Pater Cassian) bewenden,
er möge sich etwas zurückhalten und die Wahl=
arbeit mehr der Geistlichkeit seines Wahlkreises
und anderen erprobten ansässigen Leuten über=
lassen.

Diese Pille schmeckte dem Grafen übel.

„Man will mich also zu einer Marionette
degradieren," sagte er in beleidigtem Tone zu
seinem geistlichen Freunde; „die regierenden
Drahtzieher in Wien wünschen nicht, daß ich sie
verdunkle. Gott ja, ich wußte es längst, daß
der schöne Gambrinus mir nicht wohl will."
(Mit diesem Namen bezeichnete er das blond=
backenbärtige Parteihaupt, das ihm sehr miß=

fiel, weil es ihm gegenüber bei aller Höflichkeit immer einen gewissen Ton von oben herab hatte.) „Und die Herren Gevatter Schneider und Handschuhmacher, Kreisler und Schulmeister, für die er das Geschäft des Denkens besorgt, erlauben sich natürlich auch hierin nicht, anderer Meinung zu sein. — Nun, gleichviel: Ich bin in die Arena des politischen Kampfes nicht hinabgestiegen, um von ihren schmierigen Händen beklatscht zu werden, und ich werde meine Pflicht erfüllen, auch wenn sie nicht bravo rufen. Der eigentliche Schauplatz meiner Tätigkeit wird das Parlament sein. Die Kleinarbeit in den Wirtshäusern will ich ihnen gerne überlassen."

— Die christliche Demut ist schon etwas fadenscheinig geworden, dachte sich der Jesuit, und redete ihm ernstlich ins Gewissen, nicht zu vergessen, daß eine Partei eine Armee sei, in der jedes Mitglied Order parieren müsse. — Wie er es aber verstand, jede Pille zu versüßen, fügte er, die Zügel bei seinem Sattelpferd leise lockernd, hinzu: „Übrigens ist es eine alte Parteierfahrung, daß die besten Parlamentskräfte oft in der Agitation versagen."

Henry Felix gedachte also, dem Winke aus Wien Gehorsam zu leisten und seine Redeperlen, statt sie vor die Säue zu werfen, für das Parlament aufzusparen.

Aber da lief eines Tages durch die gegnerische Presse der radikal=national=antisemitischen Richtung eine Aufforderung „an den Automobilgrafen

Henry Felix Hauart", sich, „falls er den Mut dazu
aufbringen sollte", seinem Gegenkandidaten „zu
einer kleinen Unterhaltung über Deutschtum,
Antisemitismus, Ritterlichkeit, Österreich und
noch einiges andere" zu stellen. Und es war
hinzugefügt: „Falls der hochgeborene Herr Kan=
didat mit den schwarz=gelb=christlichen Überzeu=
gungen es vorziehen sollte, nicht auf die Mensur
zu treten, würde man darin den Beweis einer
mehr klugen, als tapferen Sinnesart erblicken
müssen und ihn als politisch nicht satisfaktions=
fähig erklären."

Bei dieser Herausforderung war dem Grafen
nicht ganz wohl zumute. Denn er wußte:
einmal, daß sein Gegenkandidat ein rücksichts=
loser Draufgänger von schärfster Dialektik war,
und dann, daß der Schauplatz der „Unter=
haltung" sich im Mittelpunkte des gegnerischen
Lagers befand, wo die Radikaldeutschen über
die Majorität verfügten.

Auch seiner Partei war die Sache fatal
genug, aber man sah ein, daß der Graf sich
in diesem Falle nicht vornehm zurückhalten
durfte. Um das Schlimmste zu verhüten, wurde
beschlossen, ihm einige der schärfsten Redekämpen
aus Wien als Sekundanten beizugeben und
natürlich den ganzen Heerbann der Partei an
Ort und Stelle aufzubieten, — womit man die
Absicht verfolgte, wenn es irgend möglich wäre,
die Versammlung gleich am Anfang zu sprengen,
noch ehe der Graf sich genötigt gesehen hätte, den

Mund aufzutun. Denn man nahm als sicher
an, der hitzige Gegner werde, wie es seine Art
war, mit einem wütenden Angriffe auf alles
das beginnen, was der Partei hehr und heilig
war, und so Gelegenheit zu einem Tumulte
geben, der der Versammlung das erwünschte
frühzeitige Ende bereiten würde.

Indessen vereitelte der Gegenkandidat diese
kluge Absicht auf überraschende Weise, indem
er die Versammlung mit den Worten eröffnete:
„Zu unserm unaussprechlichen Vergnügen hat
mein hochgeborener Herr Gegner sich mit sämt-
lichen ihm zur Verfügung stehenden Pferde-
kräften in unsere Mitte begeben. Wir haben
es sowohl gehört, als gesehen und gerochen,
wie dieser durch Abstammung und Portemonnaie
gleichermaßen zur Vertretung christlicher und
Mittelstandsinteressen berufene Urösterreicher
herbeigebraust ist, offenbar von einem unwider-
stehlichen Drange getrieben, mit seiner ganzen
schwerwiegenden Persönlichkeit, der man die
Gesinnung schon vom Gesichte ablesen kann,
für Vaterland, Dynastie und Christentum ein-
zutreten. Es ist unmöglich, die Ungeduld zu
bezähmen, mit der wir dieser Offenbarung ent-
gegenharren, und so bitte ich, obwohl dies eine
Versammlung ist, die unsere Partei einberufen
hat, zuerst ihn, das Wort zu ergreifen.“

Daraufhin war mit dem besten Willen kein
Tumult zu entfesseln. Zwar meldete sich, um
nichts unversucht zu lassen, vorher einer der

Sekundanten des Grafen zum Wort, aber die größere Hälfte der Versammlung rief takt= mäßig: „Der Graf! Der Graf! Der Graf!" und so konnte der Versammlungsleiter mit gutem Fuge erklären: „Die Majorität der Anwesen= den bestätigt die Worte unseres Kandidaten, daß die Ungeduld, den Herrn Grafen Hauart zu hören, alles andere überwiegt. Ich bitte also ihn, sich heraufzubemühen und das Wort zu ergreifen."

Es blieb Henry Felix nichts anderes übrig: er mußte den Gang antreten, obwohl er eine recht deutliche Empfindung hatte, daß dies kein Gang in lichte Höhen sei. Er war vielmehr von einem dumpfen Angstgefühle vor etwas Dunklem, Drohendem völlig eingenommen, und es schien ihm, als schleppte er eine unerträg= liche Last auf dieses Podium voller Menschen hinauf, die seinem scheuen Blicke eine Schar grinsender Teufel waren. So kurze Zeit er brauchte, um von seinem Platze zum Redner= pulte zu gelangen: sie genügte, seiner Phan= tasie Spielraum zu den qualvollsten Furcht= empfindungen zu geben, die alle in das trübe, trostlose Gefühl mündeten: Man zerrt mich zum Pranger.

Als er aber oben stand, die Hände um das Pult gekrampft, den Kopf gesenkt, wie in einer undurchdringlichen Wolke von Dumpfheit und Hoffnungslosigkeit, umprasselte ihn gleich einem erfrischenden Gewitterregen das Hände=

klatschen seiner Parteigenossen, und er ermutigte
sich. Selbst das ironische Bravo! der Gegner
stärkte ihn. Denn auch in diesem Augenblicke
noch war er fähig und bereit, alles zu seinen
Gunsten auszulegen, in allem eine Stimme für
sich zu vernehmen.

Trotzdem war das Lächeln, mit dem er
begann, verzerrt, und die Ironie seiner Worte,
die der Ironie seines Gegners mit der gleichen
Waffe begegnen wollte, nicht so souverän, wie
Ironie es sein muß, wenn sie wirken soll.

Indessen hatte sie wenigstens die Schein-
wirkung eines Bravos seiner Parteigenossen,
und Henry Felix, auch dadurch wieder gestärkt,
konnte mit seiner eigentlichen Rede scheinbar
ruhig und sicher einsetzen.

Es war die, die er gegen die Partei des
antidynastischen Rassenantisemitismus entworfen
hatte: glühend von österreichischem Patriotismus,
in jeder Wendung durchleuchtet von Religiosität,
heftig entschlossen zum Kampfe gegen die „inter-
nationale Pest des Judentums", aber nicht
minder heftig ausfallend gegen die „verirrten
Söhne des ruhmreichen Landes, das von der
Krone der Habsburger machtvoll zusammen-
gehalten wird zum Heile aller seiner Völker,
die Deutschen voran", und gegen die „frevel-
haften Abtrünnlinge christlichen Blutes, die den
im Judentum verkörperten Antichrist niemals
erfolgreich bekämpfen können, weil sie selber
von ihm angesteckt sind."

Der Heerbann seiner Partei funktionierte ausgezeichnet. Die Abgesandten aus Wien setzten an den richtigen Stellen mit dem Beifall ein und dosierten ihn von Fall zu Fall vorzüglich, und die Menge hinter ihnen folgte nicht bloß exakt, sondern auch mit überzeugter Wärme.

Unheimlich aber war das Schweigen der Gegner. Unheimlich den Wienern, die sich nicht, wie der Graf, einbildeten, daß seine Worte sie überwunden hätten, sondern deutlich fühlten, daß das eine Taktik war, die irgendeine böse Überraschung vorbereitete.

Henry Felix jedoch fühlte sich wie von einem Alp befreit, und, wie sein Gemüt, so wurde von Satz zu Satz der Ton seiner Stimme freier, ausladender, sicherer. Er sprach wirklich gut, und man hätte meinen können, daß sein ganzes Fühlen und Denken bei und in diesen Worten war. Indessen lief sein Denken und Fühlen nebenher ganz anders. Seine Worte trugen ihn jetzt wie ein äußerer Mechanismus, mit dem er über dieser Menge schwebte. Während er die Hebel rückte, das Steuer drehte, war seine Aufmerksamkeit davon doch nur halb in Anspruch genommen. Hinter dieser mechanischen Tätigkeit arbeitete sein Gehirn selbständig weiter. Er sagte sich immer wieder: Wie prachtvoll das geht! Wie wundervoll alles wirkt! Welch eine Lust das ist, eine Menge hinzureißen und selbst die Widerwilligen zu zwingen! Welch ein Tor ich doch war, welch ein schwächlicher

Tor, mich zu ängstigen! Warum nur? Wie kam
es doch? Es war doch mehr, als Redefieber.
Es war wie ein panischer Schreck . . . Ob
es nicht eine Art Heimsuchung war? Eine
Prüfung? Eine letzte Prüfung? . . . Nun:
wie herrlich habe ich sie bestanden! . . . Jedes
Wort sitzt. Die Gegner ducken sich förmlich,
und die Freunde jauchzen. Was werden wohl
die Herren Kontrolleure aus Wien sich denken?
Das haben sie nicht erwartet. Und der ironische
Herr Gegenkandidat? Wo bleiben seine ge-
fürchteten Zwischenrufe? Er soll doch endlich
damit beginnen? Es wird mir ein „unaus-
sprechliches Vergnügen" sein, ihm heimzuleuchten.

So schwebte Henry Felix triumphatorisch über
der Menge, und seine Worte wurden voller und
voller, und seine Armbewegungen nahmen etwas
Feierliches, fast Priesterliches an, als er zu
dem letzten großen Bekenntnis zu Jesus und
dem Vaterlande, zu Rom und Habsburg an-
setzte. Er sprach es mit gewaltigem Tone und
einer so hinreißenden Wärme, daß seine Parteigenossen wie elektrisiert aufsprangen und unter
brausenden Beifallsrufen Hüte und Gläser
schwenkten.

Der Graf stand hochatmend da und über-
blickte zum ersten Male (denn bisher hatte er
nichts gesehen, als den Kranz von Petroleumlampen, der als Kronleuchter von der Mitte
der Saaldecke herabhing) die Versammlung,
— leuchtenden Auges.

Da sah er, wie sein Gegenkandidat in die Höhe schoß, mit beiden Händen seinen Anhängern, die keinen Blick von ihm verwandten, Zeichen gab, sich, da er hinkend war, mit Hilfe zweier Freunde auf den Tisch schwang und mit einer Stimme, die den Bravosturm schrill übertönte, rief: „Bravo, Jud! Gut gebrüllt, Sarasohn!"

Wie wenn diese Worte Beilschneiden wären, andere Worte damit abzuhacken, blitzten, krachten sie in das Bravo von Henry Felixens Parteigenossen hinein, und es klaffte für einen Moment eine scheußliche Stille.

Dem Grafen wurde es schwarz vor den Augen. Dieser Augenblick war ihm wie ein Abgrund, in den er versank mitsamt dem Boden, darauf er stand, und allem, was er über sich gewölbt hatte an Glauben, Hoffen, Wollen. Und wie ein Splitterregen von krachenden Balken, wie eine dunkle Staubwolke aus geborstenem Gemäuer schlug über ihm zusammen das aus Hunderten von Kehlen nachhallende Echo: „Bravo, Jud! Gut gebrüllt, Sarasohn!"

Ein scheu irrer Blick noch zu den Seinigen, und er senkte den Kopf.

Auch wenn er nicht gesehen hätte, daß diese völlig konsterniert und offenbar nicht imstande waren, der nun aus berechneter Zurückhaltung vorwärts schießenden Kraft der Gegner wirksam zu begegnen, fühlte er sich verloren.

Vor seinen geschlossenen Augen stand medusisch

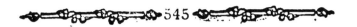

das Haupt seiner Mutter, und in ihren weit aufgerissenen Augen saß wie ein kaltes Glühen der Befehl: Tritt ab!

Er wandte sich um und schritt unsicher vom Podium hinunter in den Saal, wo die zur Redner= tribüne vorgedrängten Christlichen ihm eine Gasse machten bis zu den beiden Abgesandten der Partei. Die redeten hastig, heftig auf ihn ein, während zwischen den beiden feindlichen Lagern ein dumpfes Gemurmel hin und her ging, bis sich aus der gegnerischen Menge wie der Aufwärtsstoß einer geballten Faust der Ruf „Ruhe!" und der Name ihres Kandidaten erhob.

Henry Felix hörte an seinem linken Ohre ein Zischen: „Scheußlich! Sie mußten auf der Stelle erwidern!" Und an seinem rechten keuchte es: „Keinen Schlag ohne Entgegnung lassen! Immer gleich dazwischen fahren! Sonst haut Sie der da in die Pfanne, daß Sie . . ."

Der Graf hörte nicht mehr hin. Er war ganz anderswo. Wieder einmal kam ihm blitz= haft die gräßliche Erinnerung an den Saal in Jena mit dem langen Friesen und der fürchter= lichen, wehrlosen Verlassenheit inmitten des Geruches von Blut, Karbol und Jodoform. Und andere Erinnerungen leckten wie Stich= flammen hinein, eine die andre jagend, die nächste immer tiefer brennend als die vorherige, — alles im Grunde aber eine große, breite, faulige Dumpfheit, ein scheußliches, völliges

Verſagen: das Gefühl, hinabzugleiten ins Bodenloſe.

Wer war es, der da oben ſprach? Wem heulten die da unten Beifall? Unter weſſen, gleich Peitſchenhieben durch die Luft pfeifenden Worten voller Hohn, Verachtung, Haß duckten ſich ſeine — Freunde?

Henry Felix, an einen Tiſch gelehnt, die Hände hinter ſich auf den bierfeuchten Tiſch=rand geſtemmt, ſtarrte in dieſes ſcharfe, blaſſe, zuckende Geſicht mit dem wippenden Haarſchopf und den flammenden Augen, — aber er ſah nicht ſeinen triumphierenden Gegner, deſſen Worte in ſeinem Leben, ſeinem Weſen wühlten wie mörderiſche Meſſer, ſondern er ſah, neben=, hinter=, ineinander: die Züge ſeiner Mutter, ſeiner Frau, ſeines Vetters und die breite, bleiche Stirn des kaltblütig, pedantiſch dozierenden Doktors Jan del Pas.

Und es geſchah etwas, das ſeine Partei=genoſſen erſtarren machte, daß ſie nicht imſtande waren, dieſes Feuer der Vernichtung in Lärm und Widerwüten zu erſticken, ſie vielmehr von ihm abdrängte, wegriß und ſchließlich mit den triumphierenden Feinden gegen ihn vereinigte zu einem tobenden Sturme maßloſen Abſcheus —: Er wehrte ſich nicht gegen die Worte des Redners, wie ein Feind ſich gegen den anderen wehrt, ſondern nahm ſie hin wie ein Angeklagter, der unter der Wucht ſeines eigenen Schuld=bewußtſeins noch mehr zuſammenbricht, als

unter der Kettenlaſt einer bis ins einzelne bündig
geſchloſſenen Beweisführung.

Dieſer ewige Lügner vor ſich ſelbſt, dem es
noch immer gelungen war, ſich aus allen Zu=
ſammenbrüchen ſeines ſchwindelhaft konſtruierten
Lebensgebäudes in Schlupfwinkel ſeiner Eigen=
liebe zu retten, von wo aus ihm dann alles
gut und ſchön und · als Beweis einer aus=
erleſenen Beſtimmung erſchien; dieſer Komödiant,
der, ſo oft er auch gefallen war, doch immer
nur aus einer Rolle in eine andere fiel und
eine jede Rolle ſo ſehr zu ſeiner eigenen Be=
friedigung ſpielte, daß auch dieſes Rollen=
wechſeln ihm als Beweis für ſeine ungewöhnliche
Bedeutung galt; dieſer unerſchütterliche Be=
wunderer ſeiner ſelbſt, der nie das Fratzenhafte
ſeines Weſens empfunden, nie geſpürt hatte,
daß er immer nur die Karikatur von anderen
geweſen war: erkannte in dieſem vor der Öffent=
lichkeit aufgeſtellten Spiegel die traurige Wahr=
heit ſeines verfratzten, grundleeren, von frecher
Verlogenheit aufgeblaſenen Lebens und brach
davor in einer qualvollen Aufwallung von
ehrlichem Grauen zuſammen.

Was ihn erſchütterte war, daß dieſe Ent=
blößung in der Öffentlichkeit vor ſich ging,
war das Gefühl, daß er nun niemals mehr eine
Rolle werde ſpielen können, da die Komödie
ſeiner Eitelkeit jetzt dem öffentlichen Gelächter
preisgegeben war.

Hier, jetzt zeigte es ſich ihm überdies ſelbſt,

35*

daß es ihm an eigentlicher, selbstresoluter Kraft
gebrach, daß er allein nicht kämpfen konnte,
machtlos war im entscheidenden Augenblicke,
wo ihm ein kampfmutiger Wille gegenüberstand.
Es war in der Tat nicht anders, als damals
in Jena. Aber hinter diesem Menschen da oben
stand dazu sein ganzes Leben wider ihn auf,
standen alle die gegen ihn, die er bereits
überwunden zu haben glaubte, und deren Über=
windung er jetzt als jämmerlichen Selbstbetrug
erkannte.

Die Schlußworte des Redners lauteten so:
„Wir haben also in meinem erlauchten Gegen=
kandidaten, der für Rom, Habsburg und den
ehrlich um sein Leben kämpfenden Mittelstand
in die Schranken tritt: ganz Christ, österreichischer
Patriot, sozialer Gewissensmensch, einen Mann
halb jüdischen, halb tatarischen Blutes vor uns,
der nie in seinem Leben einen Finger zu wirk=
licher Arbeit gerührt, wohl aber sich in allen
Wollüsten gewälzt hat, die ihm der blinde
Zufall durch ein Millionenvermögen ermög=
lichte. Seine eigene Mutter, der auch wir
Antisemiten die Hochachtung nicht versagen
können, daß sie edlen Rassestolz besitzt und es
als unwürdig verschmäht, ihr Blut zu ver=
leugnen, schämt sich dieses Menschen und über=
antwortet ihn der allgemeinen Verachtung.
Das Tagebuch seines Vetters zeigt ihn uns
als einen geistigen Parasiten, der, wie er jetzt
jesuitische Meinungen wiederkäut, früher den

Übermenschen gemimt hat, — freilich auf der Grundlage einer blödsinnigen Wahnidee, die uns sein schwarz-gelbes Herz jetzt in einer recht grotesken Beleuchtung erscheinen läßt. Seine ehemalige Frau enthüllt uns die Herkunft seines Grafentitels und die Verdienste, denen er ihn verdankt, gleichzeitig aber, daß er mit dem gräflichen Wappen nicht auch ritterlichen Mut empfangen und für dieses Manko den Lohn in Gestalt der Verachtung seiner ehemaligen Kameraden erhalten hat. Er wußte zwar fremde Ehre geil anzutasten, nicht aber selber Ehre zu bewähren. Wie sollte er auch, da er nicht Ehre, sondern nur Eitelkeit und Wollust im Leibe hat? Er ist, mit einem Worte, der Typus des Parasiten. Er hat sich immer aus Fremdem vollgesogen, aber dennoch nie Kraft daraus gewonnen zu fruchtbarer Wirkung, sondern immer nur zu eigenem Genusse und neuer Genußgier. So umschlang er fremde Güter jeder Art, materielle und geistige, sog und log immerzu Fremdes in sich hinein, — zuletzt die Überzeugungen unserer verehrten christlichen Gegner, denen wir diesen judäotar-tarischen Habsburg-, Rom- und Mittelstand-verteidiger von Herzen gönnen."

In dem tosenden Gebrause des Beifalls für den Redner und des Abscheus gegen den Grafen, der schon längst allein an seinem Tische stand wie in einem mit Brauen gemiedenen Hohlraume, waren am lautesten die Rufe der

ehemaligen Parteigenossen des Verlassenen:
„Wir schenken ihn euch! Abzug Schwindler!
Abzug Jud! Da habt's ihn!"

Es fehlte nicht viel, daß die Wütendsten
sich tätlich an ihm vergriffen hätten, als die
Menge bei ihm vorbei zur Türe drängte.

*

Er stand noch immer allein in dem leeren
Saale, als bereits die Petroleumlampen ausgelöscht waren und nur noch die kleine Öllampe
zeigte, wo der Ausgang war.

Wie er sich zwischen Tischen und Stühlen
dorthingetastet hatte, ein Gefühl im Kopfe, als
würde ein glühender Eisenring von dämonischer
Faust schraubend um sein Gehirn gezogen, fand
er am Türpfosten den alten John gelehnt, der
ihm wortelos den Automobilpelz reichte.

Er starrte den Diener wie eine fremde Erscheinung an und ging barhäuptig in die Nacht
hinaus.

Das Automobil fuhr mit gedrosseltem Motor
qualvoll keuchend hinter ihm her wie ein ge-
fesseltes Ungeheuer.

Am Fuße einer Anhöhe ließ er den Wagen
halten und stieg den Hügel hinauf, auf dem
er ein großes steinernes Kreuz wußte. Er ließ
sich davor auf die Knie nieder und legte seine
Stirne auf die Füße des Gekreuzigten. Seine
Lippen bewegten sich wie im Gebete. Aber
er betete nicht. Und fühlte nichts, als die
Kühle des Steines, die ihm wohl tat.

Als er den Kopf erhob, trat der Mond aus einer dunklen Wolke hervor und ließ den grauen Christus silberig aufschimmern. Dem in die Höhe Starrenden schien es, als blitzte es von jeder Zacke der Dornenkrone.

Er sprang auf, stieß einen schmutzigen Fluch aus, wandte sich um und brüllte den Weg hinunter: „Herauf zu mir!"

Wie ein zyklopisches Ungetüm mit drei stieren Augen schnob der Wagen den Hügel hinauf und hielt mit einem Krachen vor Henry Felix an.

Der schob die Unterlippe zu einem breiigen Lächeln vor, legte die Hand auf den Bienenkorb der Kühlung und kicherte befriedigt vor sich hin.

Aber, wie er aufblickte, brach das Kichern kurz ab, und der Ausdruck seines Gesichtes wurde böse: Er sah in der Ferne unter sich die Lichter von Wien.

„Nach Hause!" schrie er und warf sich in den Wagen.

Als sie durch das Siegestor mit dem biedermeierischen Löwen fuhren, lachte er gellend auf und ließ halten.

„Wie heißt der Löwe?" brüllte er John an.

— „Gräfliche Gnaden? . . . ?"

„Sehr richtig!" knurrte Henry Felix; „Gräfliche Gnaden heißt der Löwe. Wir werden das Aas morgen von seinem Throne schmeißen und im Misthaufen begraben, wo er am tiefsten und dreckigsten ist . . . Ich wünschte, daß ich all diesen Denkmalsplunder hierherum . . ."

Er brach ab und rief: „Unsinn! Keinen Aufenthalt mehr! Mag all der Erzschwindel bleiben,
wo er ist. Was geht mich fremder Schwindel
an! — Vorwärts! Koffer packen! Benzin füllen!
Wir fahren noch heute nacht! Noch heute
nacht müssen wir die schwarz=gelben Barrieren
hinter uns haben!"

Er sprang aus dem Wagen und lief ins
Schloß.

Eine Stunde lang krachten die Türen hinter
dem aus einem Zimmer ins andere Laufenden,
der bald dort eine Gardine, da einen Vorhang
herunterriß, Schranktüren eintrat, Spiegel zer=
trümmerte, Weihwassergefäße zu Boden warf
und zu alledem lautschallend lachte und vor
sich her redete.

— Jetzt ist der Moment! dachte sich John;
jetzt drück ich mich. Das hat ihm den Rest
gegeben. Darüber kommt er nicht weg.

Als sich der Graf alle Taschen mit Geld
und Wertpapieren vollgestopft und den Schlüssel
zum Kassenschrank eingesteckt hatte, trat der
alte Kammerdiener vor ihn hin und sagte:
„Gräfliche Gnaden, es ist gepackt. Aber ich
bitte Gräfliche Gnaden um meine Entlassung.
Ich bin zu alt, eine Reise im Automobil zu
machen."

Henry Felix sah ihn groß an. Dann lächelte
er und klopfte ihm auf die Schultern: „Recht
so, alte Ratte! Mach dich weg vom Schiff!
Es hat mehr als ein Leck! Und du bist so

schön fett geworden. Auch wäre es wirklich schade, wenn irgendwer bei mir aushielte. Es könnte mich verführen zu glauben, daß noch nicht alles vorbei sei. Und mich darf nichts mehr zu irgendeinem Glauben verführen. Es hat sich ausgeglaubt, alter Freund."

Er lachte wieder gell auf. Dann fuhr er in einem sonderbar weichen Tone fort, indem er John die Hand reichte: „Weißt du, was ich möchte? Ich möchte dich umarmen. — Das ist wirklich das Ende: Mir ist sentimental zumute. — Aber du denkst doch nicht etwa, daß ich traurig bin? Nein; traurig bin ich gar nicht. Warum sollt' ich auch? Hab' ich nicht vielmehr alle Ursache, lustig zu sein? Denn, alter Freund, die Sache liegt so, — das mußt du doch einsehen: Ich bin jetzt frei! Zum ersten Male frei in meinem Leben! Vogelfrei, alter Gefängniswärter! — Und so hast du ganz recht: Ich brauche dich nicht mehr. Stopf dir noch einmal alle Taschen voll und gehe, wohin du magst. Oder, weißt du was? —: Bleib hier und bewache mein Eigentum. Es ist nicht viel: Der Schlafrock und der Kosak. Es könnte ja sein, daß ich wiederkäme . . ."

John war so gerührt, wie es nur ein alter Kammerdiener sein kann, der einen unbequemen Herrn auf gute Weise los wird, — und er flüsterte untertänigen Dank und das Versprechen, alles aufs beste zu bewachen, — wobei ihn die Hoffnung beseligte, sich recht lange einer ungeſtörten Exiſtenz als Schloßherr erfreuen zu können.

Als das Automobil davonbrauſte, lag er bereits, mit dem ſeidenen Schlafrock angetan, Vater Radetzkys Hauskäppchen auf der Glatze, im behaglichſten aller Fauteuils, blies den Rauch einer keulengroßen Henry Clay von ſich und dachte in ſeinem befriedigten Herzen: Endlich allein!

Zweites Stück: Raſebahn

Und Henry Felix raſte durch alle die Länder und Städte, in denen ſich Szenen ſeiner Lebens-komödie abgeſpielt hatten, nicht anders, als ſeien es Schauplätze von Verbrechen, zu denen ihn die Fauſt einer fürchterlichen, dumpfen, nicht läuternden, ſondern trübenden Reue ſtieß.

Es war, als wollte er ſich ſelbſt von der Wahrheit der Schilderung überzeugen, die ſein hinkfüßiger, aber an der Sprungſtange des Wortes wie ein beflügelter Dämon über ſein ganzes Leben wegſetzender Gegner von ihm entworfen hatte.

Doch dieſes Bild, das ihn eine Weile heftig peinigte, wich bald aus ihm. Wie er keine Einzelheit von den Landſchaftsbildern ſah, durch die er raſte, Augen und Gedanken immer vor-wärts, nur auf die Fahrbahn gerichtet, die er gleichſam in ſich ſchlang, ſo wußte er bald auch keine Einzelheit ſeines Lebens mehr: ſelber wie verſchlungen von dem immer aufs neue ſich

öffnenden, weitenden Trichter der weißen Landstraße. Die wahnsinnige Wut, vorwärts zu
rasen, auf alle Eindrücke der Umwelt, alles
Bildwerden im Innern zu verzichten, einzig zugunsten des einen, übermäßigen Gefühls einer
ungeheuren Wollust im sturmhaften Bewältigen
leerer Entfernungen: diese letzte ihm aufgesparte
Wollust besaß, beseligte ihn ganz. Und es kam
ihm nicht zum Bewußtsein, daß diese letzte Wollust
auch ein großes letztes, zusammenfassendes Symbol
seines ganzen Lebens war, dieser immer von
fremder Kraft getragenen, um jede Sammlung,
jeden fruchtbringenden Genuß, jede Selbst-
gestaltung, jedes Wertwirken betrogenen Existenz.
Er dachte an nichts und fühlte nichts als diese
ungeheure Lust, auf Rädern — beinahe zu fliegen.
Der wildeste Bewegungsrausch, dem westlichen
Menschen vom jungen zwanzigsten Jahrhundert
beschert als bedeutsame Morgengabe einer Zeit,
die damit vielleicht auf noch höhere Räusche,
höhere Überwindungen, höhere Freiheiten vor-
bereiten will, nahm ihn völlig ein. Ihm war,
als säße seine Seele selber in diesem Motor,
der in Explosionen lebte. Das Einknirschen der
breiten, von Luft prallen Gummiräder im Erd-
reich, wenn sie wie zum Sprunge ansetzten, fühlte
er selbst, als ob die eigenen Sohlen sich weg-
federten. Er empfand im Viertakt der Maschine
eignen Lebensrhythmus und lauschte ihm mit
stolzer Ergriffenheit wie der Offenbarung sicherster
Gesetzmäßigkeit.

Und dieser Takt hatte jetzt ein tröstliches Wort für ihn: Vorbei, vorbei, vorbei, vorbei.

Aber auch diese Lust nahm ab, und mit ihr verschwand der Trost. Je mehr er sich Italien näherte, um so mächtiger wurde wieder eine dumpfe Angst in ihm, und in seinen stieren Blick auf die Fahrbahn kam Entsetzen, Grauen, Verzweiflung. Der Motor wurde ihm zu einer fremden, herrischen, dämonisch fortreißenden Gewalt, über die er keine Macht hatte, und wenn er seinen ewig gleichen Stößen lauschte, glaubte er Karls Stimme zu vernehmen, Karls kurzes Lachen, Karls Hohn.

Da kam ein letzter Entschluß über ihn, ein letzter Wille.

In Mailand kaufte er sich einen Rennwagen: nichts als eine mächtige Maschine mit zwei Sitzen dahinter, das Ganze ein dahinschießender grauer Keil. Und er übte sich auf einer Rennbahn das Fahren ein und saß seitdem selber am Steuer, schräg darüber liegend, den Kopf wie zum Stoße nach vorn, während der Mechaniker neben ihm lediglich die Aufgabe hatte, unausgesetzt die Sirene wimmern und eine stiermäßig brüllende Hubbe ertönen zu lassen.

Diese barbarischen Klänge, wie das Heulen der Windsbraut, untermischt mit dumpferen Stößen erwachenden Sturmes, wurden seinen Ohren nun eine ermutigende Musik: Musik der Kraft, Musik der Macht, Musik der Vernichtung.

— Weg da, Gesindel! Zur Seite, Gewürm! büllte die Hubbe, heulte das Lärmrohr: ein Herr kommt, dem die gefesselten Dämonen zerkrachender Kraft gehorchen müssen in millionen Untergängen: jeder einzelne ein Sturmteilchen des großen Prinzips der Bewegung, alle zusammen ein rhythmisches, gesetzmäßiges Sturmrasen: ihm zu Willen als ziehende, tragende Kraft, der sie einsperrt oder losläßt, drosselt oder dahinschießen heißt nach seinem Gutdünken, ihr Bändiger und Lenker, dem sie im Verächzen frohlocken: ave Caesar, morientes te salutant!

Ein letztes, lautes, freches, dummes, plumpes Hochgefühl beglückte den armen Narren, den auch jetzt sein Reichtum wieder äffte: zum Affen wirkender Macht machte, daß er sich wunder wie erhaben vorkam in dem Gefühle, daß vor seinem Dahinbrausen in den Straßengraben flüchten müßte, was nicht von ihm überrädert werden wollte.

Seine letzten Opfer waren Hühner, Hunde, Gänse, Enten, Schweine, und als Trophäen seiner sieghaften Sturmgewalt brachte er die kleinen Leichen von Schwalben heim, die am Gitter seines Kühlers klebten, von des rasenden Ungeheuers Stemmwucht gegen die Luft dort festgehalten.

Aber bald genug mußte er fühlen, daß die Musik der Vernichtung, die ihn begleitete, einen ganz anderen Sinn hatte.

Was er von da an überrädern, überrasen, auslöschen, vertilgen, töten wollte, war die Fahrbahn seines Lebens selber mit allem, was darauf war, und alles Darandenken, Davonwissen in sich. Denn das erhob sich nun in ihm ununterdrückbar wie ein Wogen und Aufschwappen von Schlamm. Das niederzuwalzen war der Sinn des Zwanges, mit dem er sich zum Sklaven der Sekunde machte, von einer der anderen überliefert, immer nur den nächsten Augenblick abmessend, ein Knecht am Steuer, glücklich, sich dabei körperlich und geistig so abzumüden, daß er, nachts angelangt, gleichviel wo, kaum Zeit zum Essen fand, um dann sogleich in einen todähnlichen Schlaf zu versinken.

Und dennoch: je weiter er nach dem Süden Italiens kam, um so mächtiger hob sich das qualvolle Grauen in ihm. Zweimal kehrte er zwischen Neapel und Sorrent um und floh zurück zum Norden. Als er aber das drittemal durch Vico Ecquense und Meta gefahren war, schon das Tempo den Berg nach Sorrent hinauf nicht bloß der Steigung wegen verzögernd, da fielen seine Hände wie tot vom Rade, daß der Mechaniker die Steurung ergreifen mußte.

„Umkehren!" murmelte er. Mitten in der halben Drehung des Wagens aber: „Nein! Vorwärts!" — —

In der Pension, die ihn damals mit Karl beherbergt hatte, fand er, zermüdet an Leib und Seele, für eine Nacht und einen Tag

Ruhe in einem dumpfen Schlafe. Als er, in gleicher Dumpfheit, erwachte, wußte er nicht, ob es Tag oder Nacht war, denn die dicht schließenden Persianen ließen nicht ein Fünkchen Licht in das Zimmer. Die blendende Helle, die hereinbrach, als er die Läden zurückstieß, tat ihm körperlich weh und erschreckte ihn, ohne ihn zu ermuntern. Er schloß die Läden und legte sich wieder zu Bett.

— Schlafen! Immer nur schlafen und nie erwachen! dachte er sich. —: Was soll ich im Lichte? Was soll ich draußen? Immerzu weiter rasen? Aber: wohin? Bin ich nicht am Ziele? Hier ist der einzige Ort, wo ich etwas . . . getan habe. Hier wäre wohl der Ort, wo ich . . . ein zweites Mal etwas tun könnte.

Er schloß die Augen. Aber der Schlaf mied ihn. Es kam immer wieder der Satz: Hier . . . wäre . . . wohl . . . der . . . Ort . . .

Dazwischen dachte er an Berta und den Doktor. —: Ob ich . . . vorher hingehe? — Nein! Dieses eine Mal will ich stark sein und nicht tun, was fremder Wille will . . . Sie ziehen mich, — ich spür's. Die entsetzlich klaren, harten Augen der . . . Frau ziehen mich, und diese fürchterliche breite Stirne, die so weiß und gleißend ist, wie die Landstraße . . . Nein! Nein! Nein! Ich . . . will . . . nicht!

Er faltete die Hände zum Gebet, als suchte er einen Halt im Umkrampfen seiner Finger. Sie waren kalt und feucht, und seine Lippen

fanden keine betenden Worte, denn es war
etwas in ihm, das stöhnte: Nur keine Lüge
mehr! Nur jetzt, dieses einzige Mal, keine
Lüge, sondern Wille, Wille, Wille: Kraft!
Wenigstens das ... Ende soll ehrlich sein,
von mir sein, Stärke sein ... wie ... da=
mals ... Damals! Das war mein schönster
Moment, — schöner noch, als die, wenn ich
als Erster durchs Ziel ging. Damals! Hier!
Ja! Hier ... ist ... der ... Ort!

Er erhob sich und kleidete sich an. Es
hungerte ihn, und das Gehen fiel ihm schwer,
da er in der letzten Zeit nur vom Wagen und
zum Wagen gegangen war. Aber er bezwang
sich und schritt, ohne etwas zu sich zu nehmen,
zum Haus hinaus auf die Straße.

Es war ein warmer Septembertag, und
der dicke, undurchlässige Automobildreß aus
schwarzem Leder drückte ihn wie eine Rüstung.
Die schweren Gamaschen waren wie Schienen
um seine Unterschenkel, die dicksohligen Schuhe
klopften beim Gehen wie Holzpantoffeln auf
die steinige Straße. Er kam nur langsam
vorwärts und geriet in Schweiß.

— Ich werde mindestens zwei Stunden bis
zum toten Winkel brauchen, sagte er sich, —
wenn ich nicht vorher umsinke. Ob ich nicht
lieber umkehre und hinauffahre?

Aber er schleppte sich weiter. Das Licht
tat ihm weh. Er zog die schwarze Fahrbrille
vom Mützenrande herunter über die Augen.

Aber das verhalf nur zu einer Täuschung von Schatten. Mitten auf dem heißen, leeren Hauptplatze von Sorrent mußte er erschöpft stehen bleiben. Das Gefühl einer entsetzlichen Vereinsamung überkam ihn und mit ihm eine weichliche Schlaffheit, eine weinerliche Angst.

Ein Fremdenführer drängte sich an ihn heran, ihm seine Dienste anzubieten.

Er legte dem Manne seine rechte Hand auf die Schulter und sah ihn unsicher an. Etwas Heißes drängte in ihm auf. Tränen stürzten ihm aus den Augen. Er schluchzte heftig.

„Sie sind krank, Signore!" rief der Führer und legte den Arm um die Hüfte des Wankenden. „Soll ich Sie zu einem Arzte führen?"

Das Wort traf ihn wie eine Erleuchtung, ein Strahl der Rettung. Er vergaß alles, was er gewollt hatte, und sagte hastig: „Ja! Ja! Zum Doktor del Pas!"

Der Führer überstürzte sich in Worten: „O! Wohl! Ich kenne ihn gut! Er wohnt nicht weit! Gleich dort, die rote Villa mit den weißen Säulen ist's! Ah, und sehen Sie! Er ist zu Hause! Er steht auf dem Balkon. Und, sehen Sie doch, er weist mit der Hand hierher. Die Signora neben ihm, die nun auch her sieht, ist seine Frau. Wir nennen sie die goldene Dame. Sie verstehen: wegen ihrer Haare. Und dann, weil sie so reich ist. O, so reich! Sie werden es selbst sehen: Ihre Villa ist innen herrlich wie ein Palast. Der Papst und der König wohnen nicht schöner. Ihr Kind, der kleine Carlo, hat eben so goldene Haare, wie sie, und er ist so klug, daß es ein Wunder ist. Aber auch stark ist der kleine Bursche und gewandt! O! Kaum sechs Jahre und reitet schon! Sitzt auf seinem kleinen wilden schwarzen Pferdchen und reitet, daß die goldenen Haare im Winde fliegen. Reitet ganz allein, Signore, — jeden Tag die Straße nach Amalfi hinauf zum Denkmale des anderen Carlo, von dem die Signora die Schwester ist. Aber das ist eine böse Geschichte, Signore, eine sehr böse und geheimnisvolle Geschichte. O, es werden furcht= bare Dinge davon erzählt. Warum ist kein Kreuz auf seinem Grabe, sondern, von der Signora und ihrem Manne gesetzt, eine schwarze Pyramide mit einem goldenen Adler und einer silbernen Schlange? O, es hat es uns niemand gesagt, und doch wissen wir es alle: dieser Carlo ist ermordet worden! Ein Fischer in Capri, den sie Tiberio nennen, wüßte wohl mehr davon zu erzählen. Aber der ist stummer, als seine Fische, wenn es zu schweigen gilt."

Alles dies ergoß sich über Henry Felix, während ihn sein wortreicher Führer zur Villa des Doktors geleitete. Ihm war, als drängten diese Worte in ihn ein, wie stechende Tropfen aus einer dichten Wolke, in der er seinem Ver= hängnis entgegenschritt, — willenloser denn je. —

Er wußte nicht, wie er in das dunkle Zimmer gekommen war, in dem er plötzlich der weißen

Stirne des Doktors (er ſah nur ſie) und den
kalten Augen Bertas gegenüberſtand.

Er hielt ihren Blick nicht aus und ertrug
nicht das Leuchten dieſer Stirne. Indem er
den Kopf ſenkte, war es, als erwartete er
ſein Urteil.

Die Stille, die ihn umgab, ſchien ihm von
einem dumpfen Murmeln beratender Richter
erfüllt zu ſein, und, als er die Stimme des
Doktors vernahm, hatte er das Gefühl, ſie zu
ſehen: wie zwei Lichthörner, ausgehend von
dieſer entſetzlichen Willensſtirne.

Aber der Doktor ſprach ganz ruhig und
langſam, wie immer: „Sie ſind alſo gekommen,
Graf, wie Ihnen aufgegeben war. Daran iſt
nichts auffälliges. Aber ich ſehe es Ihnen an
und weiß, daß Sie wieder etwas wollen, das
Sie nicht können: noch nicht können, und auch
nicht ſollen: nicht jetzt und hier ſollen. Denn“
(er erhob ſeine Stimme): „Ich will es nicht.“

Henry Felix ſenkte den Kopf noch tiefer und
machte eine Bewegung, als wollte er ſich abwenden und gehen.

„Noch nicht!“ ſagte der Doktor barſch und
fügte mit ſonderbarer Betonung hinzu: „Sie
ſollen erſt ſehen, weswegen Sie kommen
mußten.“

Trotz der völligen Dumpfheit, die ihn jetzt
ſo erfüllte, daß er für dieſe tiefſte Demütigung,
dieſes Zertreten= und Beiſeitegeſchobenwerden
keine bewußte Empfindung hatte, ſpürte er bei

diesen Worten etwas gräßliches: es war wie seelische Erdrosselung durch eine wahnsinnige Angst.

Er erhob den Kopf mit dem Ausdrucke grauenvollster Furcht — und erblickte vor sich, zwischen Berta und dem Doktor stehend, den leise ins Zimmer gekommenen kleinen Karl.

„Karl!!!" schrie er auf und stierte das Kind an, wie ein Gespenst. Denn vor seinen flackernden Augen, den Augen eines Irrsinnigen, stand leibhaftig der Ermordete. Er sah nicht einen sechsjährigen Knaben, der dem Vetter ähnelte, sondern den Vetter selbst, — aber als Kind und damit etwas noch viel Schrecklicheres: etwas grausam Kräftiges, Gesundes, Wachsendes, — im Wachsen Drohendes. Es waren diese selben leer wasserblauen, aber durchdringenden Augen, diese selben messerscharfen höhnischen Lippen, — alles war das gleiche, fürchterliche, haßvolle Überlegensein, nur noch fürchterlicher, noch überlegener: grausamer noch und entschlossener.

Er starrte und starrte, keuchend.

Als er aber die Lippen des Kindes sich öffnen sah und nun auch die Stimme des für ihn wieder lebendig Gewordenen vernahm: „Ist er's?" — da drehte ihn wahnsinniges Entsetzen um, und er wollte hinaus.

Doch die Stimme des Doktors hielt ihn fest wie ein übergeworfenes Lasso. Er mußte den Kopf zurückwenden und ein letztes Mal in diese drei Gesichter sehen, die für ihn drei teuflische

Larven waren: Verachtung, Drohung, Willens-
zwang.

Er vernahm die Worte: „Dies ist Ihr
Erbe!" wie ein Todesurteil und rannte davon.

*

Und rasender noch, als er zum Süden gefahren war, fuhr er nun nordwärts. Aber er
war nicht mehr imstande, selber zu lenken.

In dicke Pelze gewickelt, die Mütze bis über
die Ohren gezogen, die schwarze Brille so fest
geschnallt, daß die roten Striemen auch nachts
nicht vergingen, saß er bucklig zusammengesunken
neben dem Fahrer und starrte auf die Haube
des Motors. Seine Lippen bewegten sich in
lallenden Selbstgesprächen, aus denen der
Chauffeur ab und an einzelne Worte vernahm
wie: „Der Erbe . . . Karl der Erbe . . .
Wieder und immer wieder und in alle Ewigkeit er . . . Er, er, er . . . Er da, er dort;
er damals, er jetzt; und immer in mir . . . Geld
ist Geist, hat er gesagt . . . Aber es ist auch
Gift . . . Es will zum Geiste . . . Hin
damit! Nur hin damit! . . . Ich geb ihm
das Gift . . . Friß! Friß! Friß dich voll
damit und laß mich endlich in Ruhe . . .
Nur was mein ist kriegst du nicht! Nicht das!
Nie! . . . Das nehm ich mit, nehm ich mit
und ruhe drauf aus . . . Mein lieber Kosak,
wo reiten wir hin? . . . Mich friert. Ihre
Blicke waren so kalt. Meinen Nachtmantel her!"

Dem Chauffeur wurde es an der Seite des
Verwirrten, der zuweilen laut aufschrie und
mit den Händen um sich herum fuhr, als
wollte er sich aus einer Schlinge befreien,
unheimlich zumute, und mehr als einmal dachte
er daran, ihn zu verlassen. Aber es kamen
auch ruhige Momente, während deren der
Graf nicht ins Leere sprach, sondern das Wort
an ihn richtete: „Sie halten mich für verrückt,
Franz? Sagen Sie nur ruhig Ja! Es beleidigt
mich nicht. Ich weiß es selbst, und ich bin
froh darüber. Denn, sehen Sie: verrückt und
verrückt ist zweierlei. Wird ein Klarsinniger
verrückt, — nun, so ist das Wahnsinn. Wenn
aber ein Wahnsinniger verrückt wird? He?
Was heißt das? Das heißt, daß er zurecht
gerückt, daß er klarsinnig wird! Ist das logisch
oder nicht? — Und das ist mein Fall. Ich sehe
auf einmal klar, — rückwärts und vorwärts.
Voll . . . kom . . . men klar! Und damit
ist etwas sehr Schönes über mich gekommen,
das Schönste, was es überhaupt gibt: Der Wille.
Und so bin ich gar nicht verrückt, —: ich bin
verwillt! Ich bin ganz und gar Wille. Zum
ersten Male in meinem Leben weiß ich, was
ich will. Das ist eine Wollust, größer, als
beim Weibe liegen.“

Aber dann schüttelte ihn wieder das Grauen,
die Angst, und er kreischte: „Schneller! Schneller!
Schneller! Wir kommen zu spät! Der Kleine sitzt
nicht mehr vorn! Der Geist hat Flügel, und wir

kleben mit vier Rädern am Boden. Er ist
schon am Ziele. Er steht schon im Zimmer.
Er raubt mir, was mein ist. Um seine Schultern
liegt mein seidener Mantel: mein Königsmantel,
mein Zaubermantel, der mich in die Heimat
tragen soll. Er stößt den Kosaken vom Pferde.
Er reitet davon. Seine goldenen Haare fliegen.
Adler und Schlange begleiten ihn. Er stellt
sich auf vor dem dunklen Tore, in das ich
muß, in das ich will. Auch dort weist er mich
weg. Wo soll ich dann hin? Ich bin ja ganz
nackt. Meine Mutter hat mir alle Kleider
vom Leibe gerissen, und Alle sehen, wie scheußlich
ich bin."

Dann kam eine Zeit, da er immerzu die
Augen geschlossen hielt und lächelte. Als er
sie wieder auftat, sagte er: „Ich habe ge=
beichtet, und es hat sich dabei herausgestellt,
daß nicht ich mich geirrt habe, sondern Gott.
Er hat sich vergriffen. Das ist alles. Wenn
ich jetzt in ein Kloster ginge, könnte ich sogar
ein Heiliger werden. — Ich fürchte nur: Der
da läßt mich nicht." (Er wies auf die Spitze
der Maschine.) „Er ist ganz gottlos, und die
Gottlosen sind stärker, als Gott. Denn Gott
ist den Menschen ein Hindernis, stark zu sein.
Mich hat nur Gott davon abgehalten, so stark
zu sein, wie der Kleine da vorn."

Je näher sie Wien kamen, um so mehr ver=
sank er in Schweigen. Als aber die Lichter
der Donaustadt vor ihnen aus der Nacht auf=

glänzten wie ein Gepränge gelber Sterne
zwischen schwarzen Wolken, richtete er sich auf
und sagte: „Schwarz und gelb! Wir wollen
langsam fahren."

Er nahm zum ersten Male die schwarze Brille
von den Augen und blickte verzückt um sich.
Und murmelte: „Hier war ich fromm ... Ich
hätte immer fromm sein sollen ... Alle Armen
müssen fromm sein ... Und ich war sehr arm."

Es kam ihm ein Vers in die Erinnerung,
den er wie ein Kind eintönig vor sich aufsagte:

Jesus, du König der Armen,
Der du geboren bist
Auf schlechter Streu,
Bedeckt mit Heu,
Liebster Herr Jesu Christ,
Hab doch mit mir Erbarmen
Und nimm mich du
In deine Ruh!
Aus meiner Not, Armseligkeit,
Mein Herz zu deinem warmen
Liebreichen Herzen schreit:
Jesus, du König der Armen,
Der du geboren bist
Auf schlechter Streu,
Bedeckt mit Heu,
Liebster Herr Jesu Christ,
Hab doch mit mir Erbarmen!

Da mußte der Wagen halten, weil eine große
Menge Menschen die Fahrbahn sperrte. Es
waren meist junge Leute, Studenten zumal, aber
auch junge Mädchen, und alles stand eng bei=

einander, Ellenbogen an Ellenbogen, ein Körper
den andern berührend, aber Alle waren still
wie in einer feierlichen Erwartung. Henry Felix
stand auf und folgte mit seinen Blicken der
Richtung, wohin alle diese Köpfe gewandt waren,
und er erkannte, daß die Erwartung der Menge
sich auf einen Seitenausgang des Burgtheaters
vereinigte. Er konnte über die vielen Köpfe
weg durch die Türe in den schmalen Korridor
hineinsehen und dachte sich: Was mag da nun
wohl für ein schönes Mädchen erscheinen, dem
diese beneidenswerten Burschen hier die Pferde
ausspannen wollen. — Und, wie er so starrte,
für eine kurze Weile aus der Dumpfheit, Angst,
Verwirrung seines gequälten Inneren zum ersten
Male wieder seit langer, für ihn unendlich
langer Zeit frei gelassen in eine ruhige Wirkung
von außen, kam ihm die Erinnerung an gemein=
same Theaterbesuche mit Hermann in Leipzig,
nach denen auch sie sich am Bühnenausgang
mit aufgestellt hatten, der blutjungen Josefine
Wessely zuzuwinken und eine Gute Nacht nach=
zurufen zum Danke für ihren sanften Liebreiz
und ihre herzlich schöne Kunst.

— Das waren wohl meine reinsten Momente,
dachte er sich, wenn ich dieses wunderbare
Mädchen auf der Bühne sah und Goethe aus
ihr sprechen hörte. Und nie in meinem Leben
habe ich daran gedacht, — nie! Auch undank=
bar bin ich gewesen ... Und nun schenkt sich
mir die Erinnerung daran wie ein Abschiedswink.

Das Rasseln des Motors tat in diesem Augenblicke seinen Ohren weh. „Stellen Sie ab,
Franz!" befahl er. Und wie draußen, so wurde
es jetzt in seinem Innern ganz still.

Aber dieses Glück dauerte nur den Bruchteil
einer Sekunde. Sein Gesicht verzerrte sich plötzlich, ein gurgelnder Laut kam aus seinem Munde,
er fühlte einen Stoß gegen sein Herz: In den
Lichtschein des Korridors trat am Arme seiner
Frau Hermann Honrader.

„Andrehen!" brüllte Henry Felix, aber seine
Stimme überbrauste der begeisterte Ruf der
Menge: „Heil Honrader! Heil! Heil!"

Der Chauffeur wurde von den Zunächststehenden
am Hantieren an der Maschine verhindert, und
Henry Felix war gezwungen, die Ansprache mit
anzuhören, die ein Student an „unsern Dichter,
den Dichter des ‚Siegers'" richtete: „der selber
so ein Sieger ist, Heldenkünder und Held zugleich: der die Würde der Arbeit vor uns hat
aufleuchten lassen in einem gewaltigen Symbol
der Kraft des freimachenden Willens, für den
es keinen Widerstand gibt und kein träges
Verharren; der alle Fesseln der Not abstreift
als ein König von Geistes Gnaden, und dessen
Schwert nicht bloß zerstört, sondern auch aufrichtet: aufrichtet die neue Kirche, den neuen
Tempel der Freiheit, Freude und Schönheit."

Henry Felix brach auf seinem Sitz zusammen.
Ihm war, als seien alle diese Worte zum Ruhme
des Siegers wider ihn gerichtet, den Besiegten.

Wie aber die Begeisterungsrufe nochmals auf-
brausten und die Menge zu dem Gefeierten
vordrängte, da lachte er in wahnsinnigem Hohne
gell auf und schrie: „Vorwärts! Hinein in das
Gesindel! Hier ist die Kraft! Hier!"

Aber der Chauffeur hütete sich wohl, diesen
Befehl zu befolgen, und die Menge hörte weder
die Worte des Grafen, noch sein wahnsinniges
Getute und den Lärm der davonrasenden
Maschine. Denn sie war im Banne der Worte,
die jetzt ihr Dichter an sie richtete ...

Hinter Henry Felix aber brauste jetzt eine
Furie mehr: der gegen sich selber wütende Neid.

Noch unerträglicher als alles andre war ihm
dieses Gefühl: So tief ich unten liege, steht
dieser oben, — und ich bin ganz ohnmächtig.
Nichts kann ich ihm antun, nichts. Sein ist
die Macht und die Herrlichkeit, und ich, über
den alles ausgeschüttet wurde, was eigentlich
ihm gehörte, bin wie ein räudiger Hund, der
einen Winkel sucht, zu krepieren. Verfluchtes
Schicksal, das mich so beladen hat, damit er
seine Kräfte freier rühren konnte!

Und er belog sich ein letztes Mal, indem er
alle Schuld von sich selbst wegwälzte auf seinen
Reichtum, und er machte sich aus dieser letzten
Lüge ein letzte wollüstige Wut in dem Gedanken,
daß er diese Last nun einem anderen aufbürden
wollte, der gleich ihm daran zugrunde gehen werde.

„Papier her! Tinte her! Siegellack! Pet-
schaft! Kerzen auf den Tisch!" herrschte er den

schlaftrunkenen John an und setzte sich im Vor=
zimmer an einen Tisch, sein Testament zugunsten
des jungen Karl del Pas niederzuschreiben.

— „Lies und setz deinen Namen darunter!"
John schrieb.

— „Ruf Franz!"

— „Er ist gleich ins Bett gegangen."

— „Dann irgend einen andern!"

Ein zweiter Diener gab die zweite Unterschrift.

— „Wo sind meine Sachen?"

— „Welche?"

— „Weißt du es nicht?!"

Henry Felix sah den Alten so drohend an,
daß er erschrak und begriff.

— „Verzeihung! Oben in meinem Zimmer."

— „Hol sie und bring sie her!"

Während John weg war, untersiegelte der
Graf das Schriftstück, schlug es ein, versiegelte
das Ganze, schrieb darauf „Mein letzter Wille"
und verschloß es in einem Sekretär.

Er war jetzt ganz klar. Alles Dumpfe,
Wirre in ihm war einer tückischen Wut ge=
wichen, die ihn aber ganz wohl überlegen ließ.
Nur lauerte eine flackernde Angst dahinter,
die ihn fieberisch ungeduldig machte: die Angst
vor der letzten Angst.

„So mach doch!" schrie er den eintretenden
John an. „Hilf mir in den Mantel!"

John begriff nicht. —: „Über das Leder=
zeug?"

— „In drei Teufelsnamen, ja doch!"